Die Memorien
des Grafen von Tilly

Erster Band

CLASSIC PAGES

Tilly, Alexander von

Die Memorien des Grafen von Tilly
Erster Band

Reihe: *classic pages*

ISBN: 978-3-86741-525-5

Auflage: 1
Erscheinungsjahr: 2010
Erscheinungsort: Bremen, Deutschland

Die Memorien des Grafen von Tilly

Erster Band

Vorwort

Alexander Graf von Tilly, ein Angehöriger jener altberühmten normannischen Familie, deren Ahnherr Wilhelm den Eroberer nach England begleitete, wurde im Jahre 1764 geboren, kam als fünfzehnjähriger Page an den Hof der Königin Marie Antoinette, wurde dann Offizier bei den Dragonern von Noailles und emigrierte 1792. Er bereiste Deutschland, England und Amerika und erhielt 1807 die Erlaubnis, nach Frankreich zurückzukehren. Aber sein unruhiger Geist ließ ihn nicht festen Fuß fassen. Er trieb sich abenteuernd weiter umher und endete wahrscheinlich ausgangs 1816 durch Selbstmord in Brüssel.

Er war im besten und schlechtesten Sinne ein Mann seiner Zeit: des zu Ende gehenden achtzehnten Jahrhunderts, jenes Jahrhunderts der Abenteurer, das Leute wie Casanova, Dubois, Alberoni, Ripperda, Cagliostro und Saint-Germain, Theodor von Neuhoff und hundert andere verwandte Gestalten aus brodelnden Lebenstiefen auf schillernde Oberfläche spülen konnte; das zeitweilig einer rasenden Orgie glich, die in der Erscheinung des Marquis de Sade eine fürchterliche Verkörperung fand, das sich in tobenden Genüssen verzehrte und doch auch wieder ragende Geister und neben Marmorherzen Gemüter voll tiefster Innerlichkeit und zartestem Empfinden schaffen konnte.

Man hat Tilly den »neuen französischen Faublas« genannt, in Anspielung auf den Helden des bekannten Romans von Louvet de Couvray. Und in der Tat könnte man Ähnlichkeiten zwischen ihm und dem scharmanten Chevalier entdecken: Aber sie würden doch immer nur äußerlicher Natur sein. Die Abenteuer des Faublas bilden einen Roman, bei dem trotz aller dokumentarischen Unterlagen eine zügellose Phantasie die Feder geführt hat – Tilly gibt in seinen Memoiren ein Stück Leben, das in jeder Schilderung glühende Wahrheit atmet.

Unwillkürlich drängt noch ein anderer Vergleich sich auf: der mit Casanova, dem Edelmann eigenster Erhebung, dessen Denkwürdigkeiten in unseren Tagen ja wieder in Mode gekommen sind. Aber zweifellos übertreffen die Memoiren Tillys die des Italieners an intimem Reiz und psychologischer Feinheit, an stilistischer Abrundung und künstlerischer Grazie, vor allem an philosophischem Geiste. Seine Schilderungen des Höflings- und besonders des Liebeslebens eines Galanthomme des Ancien Régime sind, als Ganzes genommen, eines der glänzendsten Kulturgemälde der vorrevolutionären Zeit: ein Bild, das uns in wundervoller Plastik die geniale Liederlichkeit der damaligen Gesellschaft vor Augen führt, ihre verpuffenden Kontraste, ihr

Hochfliegertum, ihr tumultuarisches Tohuwabohu, das schließlich notgedrungen zu gänzlicher Auflösung führen musste.

Für den Bibliophilen haben diese Memoiren ihre besonderen Reize. Bringen sie doch u. a. die tatsächlichen Unterlagen für Choderlos de Laclos' berühmten Roman »Les Liaisons dangereuses«, eine treffende Charakteristik ihres Verfassers, Rivarols, Dorats, de la Harpes, Chamforts und auch Rétif de la Bretonnes, den Tilly in einer sehr amüsanten Unterhaltung näher kennenlernte. Dazu treten die außerordentlich lebendigen Schilderungen Ludwigs XVI., der Marie Antoinette, Josefs II., des Herzogs von Orleans und anderer historischer Persönlichkeiten, berühmter Abenteurer im Genre des Saint-Germain und Cagliostro, wie jenes geheimnisvollen Chevalier Saint-Ildefonso, der in London spiritistische Soireen veranstaltet, denen Tilly als scharfkritischer Beobachter beiwohnt. Ich zweifle nicht, dass die Denkwürdigkeiten Tillys aber auch dem Sexualpsychologen ein reiches und wertvolles Material bieten können, vor allem über das Weib des französischen Rokoko und dessen eigentümliche seelische Konstitution, über die Feinheiten und geistigen Raffinements der Ars Amandi jener Zeit, in der die ganze Literatur unter dem Zeichen des Geschlechtlich-Sinnlichen stand.

Wir wissen, welche giftigen Blätter diese Literatur unter dem Wandel sozialer und geistiger Bildung in dem Frankreich des achtzehnten Jahrhunderts getrieben hat. Um so eigentümlicher berührt der Zauber einer feinen Resignation, der über den Memoiren Tillys schwebt. Sie sind das Hohelied des epikureischen Pessimismus.

Tilly schrieb sie während seines Aufenthaltes in Deutschland im Jahre 1807. Sie wurden aus dem Manuskript in das Deutsche übertragen und erschienen 1825 bis 1827 in drei Bänden bei Duncker & Humblot in Berlin unter dem Titel »Memoiren des Grafen Alexander von T***. Aus der französischen Handschrift übersetzt.« Der ungenannte Übersetzer war Friedrich Wilhelm Bruckbräu (1792–1874), ein bayrischer Oberzollbeamter, dem seine berufliche Tätigkeit noch Zeit genug gönnte, eine Anzahl von Gebetbüchern, byzantinischen Dichtungen und schlüpfrigen Romanen zu schreiben. Eine zweite auszugsweise und sehr freie Übertragung der Tillyschen Memoiren ließ Bruckbräu schon 1829 unter dem Titel »Der Leibpage der Marie Antoinette. Ein Beitrag zur Chronique scandaleuse« bei den Gebrüdern Franckh in Stuttgart erscheinen. Das vollständigere französische Original wurde erst nach der deutschen Übersetzung verausgabt: »Mémoires du comte Alexandre de Tilly, pour servir à l'histoire des moeurs de la fin du XVIIIe siècle«, Paris 1828, 3 vols. Ein Bändchen »Oeuvres mêlées« hatte Tilly schon 1785 (nicht 1795) in Paris publiziert; sie wurden 1803 auf seinen

Wunsch durch Vermittlung des Berliner Buchhändlers Mettra neu aufgelegt und erlebten später sogar noch eine dritte Auflage (Leipzig 1813).

Der hier folgenden Neuausgabe der Memoiren Tillys, die seltsamerweise bisher wenig Beachtung gefunden haben und im Buchhandel fast verschollen sind, liegt die erste Bruckbräusche Übersetzung zugrunde; doch wurde zum Vergleich auch das französische Original herangezogen, sodass mancherlei Abweichungen richtiggestellt und eine Anzahl Lücken ausgefüllt werden konnten.

Spiegelberg bei Topper, den 9. Oktober 1909.

Fedor von Zobeltitz.

An den Fürsten Karl Joseph von Ligne, Grafen de la Tour d'Auvergne etc.

Zueignung an den Fürsten von Ligne – Aufschlüsse über das Werk, über die Gründe und den Plan des Verfassers – Er schreibt Wahrheit, nichts als Wahrheit – Betrachtungen über die Geschichte, über die Menschheit – Unparteilichkeit in diesen Memoiren vorherrschend – Schluss der Zueignung – Sie ist eine Art von Vorrede

Mein Fürst!

Ich überreiche Ihnen dieses Werk, nicht nur, als dem trefflichsten Schriftsteller und Kunstrichter, sondern als einem, welcher Europa und besonders Frankreich vollkommen kennengelernt hat, und von Frankreich ebenso sehr geliebt und vielleicht noch höher geschätzt wird, als vom ganzen übrigen Europa.

Ihr Ruhm ist in Feldlagern, an Höfen, in den geselligen Kreisen begründet. Ich würde mehr sagen, wenn ich nicht besorgen müsste, Ihre Bescheidenheit zu verletzen und die Geheimnisse eines Geschlechtes aufzudecken, welches wir beide noch immer verehren, obschon wir ihm nur von weitem noch Weihrauch streuen.

Ich will Sie aber nicht durch Lobeserhebungen in Verlegenheit setzen, welche der bloße Widerhall Ihrer Erfolge in allen Gattungen sein würden. Der Glanz, den Sie über Ihr Leben verbreitet haben, das Zarte Ihrer Gefühle, die Güte Ihres Herzens, die Schönheit und der Umfang Ihres Geistes stellen sich mir vor Augen. Ich dürfte die Züge nur ausmalen, aber ich übergehe Ihre vielen Vorzüge mit Stillschweigen, weil ihre Aufstellung für *andere* eine Wiederholung und für *Sie* ein Missbehagen sein würde. ... Ich würde mir vielleicht Vorwürfe von Ihnen zuziehen.

Ich breche lieber ab, um Ihnen von den Gründen, die mich zu dieser Schrift bewogen haben, Rechenschaft abzulegen.

Ich schreibe die Geschichte *meines besten Freundes* – eines Freundes, von dessen Interesse ich das meinige längst getrennt habe; ich schreibe und rede von ihm, als wären wir nie *unzertrennlich* verbunden gewesen; ich schreibe ohne kindische Eitelkeit, ohne falsche Bescheidenheit; mit einem Worte, ich schreibe seine Geschichte, wie ich die Geschichte eines Unbekannten schreiben würde, dem ich weiter nichts als Wahrheit schuldig wäre. Aber, obschon die Laufbahn meines Freundes mit mehr außerordentlichen Ereignissen übersät ist als die der meisten Menschen, so sind mir doch die Schicksale von Schriften, denen schon ihr bloßer Name (Memoiren) und die ungeheure Menge derselben, die seit einem Halbjahrhundert erschienen ist,

Nachteil bringen, und die Gefahren, welche mit der Ausarbeitung derselben verknüpft sind, zu wohl bekannt, als dass ich die Versuchung, ein Werk dieser Art zu schreiben, nicht lange Zeit hätte bekämpfen sollen.

Sagt man *wenig*, so ist man unbedeutend und erregt kein Interesse; sagt man *alles*, so heißt es: Man sei von sich eingenommen; und wer weiß, ob die verletzte Eigenliebe der anderen uns nicht Untreue und Verleumdung schuld gibt?

Ich habe die volle Überzeugung, dass ich die Feder niedergelegt haben würde, wenn ich bloß von dem Helden dieser Geschichte zu reden gehabt hätte; allein er hat mir erklärt – und man kann es mir aufs Wort glauben –: Er ist von allem enttäuscht; er hat die Menschen und ihre Handlungen beobachtet; er hat mir seine Erfahrungen in der Einfalt seines Herzens mitgeteilt – eines Herzens, welches reiner ist als vieler, die sich's angemaßt haben, über ihn zu urteilen. Vielleicht werden die mir von ihm anvertrauten Gemälde die eigene Art und Manier eines Malers bekunden, welcher selbst gesehen, selbst zergliedert, nachgedacht und in der Wahl seiner Tableaus sein eigenes aufgestellt hat; vielleicht wird man es interessant finden, mit ihm die Hälfte einer Laufbahn durchzugehen, die in seinen Augen schon ganz vollendet ist.

Ich hätte meinen Freund vor der Gefahr warnen sollen, von sich selbst zu reden; ich habe es auch getan; aber er gab mir zur Antwort: Eben deswegen wolle *er* nicht schreiben; er lege nicht Wichtigkeit genug auf seine Person, um es zu tun; er mache mich zu seinem Stellvertreter; ich würde ihm, wenn ich statt seiner die Feder führte, die Unannehmlichkeit ersparen, welche von *Pascal* so treffend »das Gehässige des Egoismus« genannt wird. Er setzte hinzu: Diese Schrift wird nicht ohne Interesse für die heutigen Menschen und für die unglücklichen Zeiten sein, in welchen wir leben.[1] Er sagte, und ich bin davon ebenso überzeugt als er: Es sei ihm gleichgültig, was für ein Urteil man über sein Werk, in dem Augenblicke, wo es erschiene,[2] sprechen würde. Er schloss mit der Versicherung: Man habe sehr in ihn gedrungen (und das ist die Wahrheit!), diese Arbeit zu unternehmen.

Dieser letzte Grund schien mir nicht haltbar; denn die Eigenliebe soll nicht in die Schlingen fallen, die ihr von Gleichgültigen gelegt werden ... nicht einmal in die Netze, welche ihr die Freundschaft aufstellt.

Er sagte ferner: Er glaube an ein Fatum, welches über alles walte; niemand dürfe darüber stolz sein, dass er dies oder jenes gewesen, dies oder jenes

---

1 Das Jahr 1804; – aber auch selbst noch, zwanzig Jahre später, für ein anderes Geschlecht und für glücklichere Zeiten. *Übers.*

2 Um so mehr, da seine Absicht war, dass es erst zwanzig Jahre nach seinem Tode erscheinen sollte. *Übers.*

getan; nur die höchste Tugend, ein Geschenk des allerhöchsten Wesens, dürfe uns stolz machen; nur das Laster, ein Hang unserer Natur, könne uns demütigen, wenn wir uns das Zeugnis geben müssten, es nicht besiegt, wenigstens nicht bekämpft zu haben.

Mein Freund bemerkte noch: es sei mehr die Geschichte seiner Zeit (ein Abschnitt von 24 Jahren und darüber, wenn diese Schrift fortgesetzt werden sollte) als die *seinige*, welche er mir zu bearbeiten gebe; er glaube besser aufgefasst, genauer beobachtet und erforscht, den Begebenheiten näher gestanden zu haben *als viele andere*, welche so schlecht gehört, so falsch und von Weitem gesehen haben, und denen keine anderen Mittel und Quellen zu Gebot gestanden als öffentliche Blätter, lügenhafte Flugschriften, Märchen, Vorurteile, vorgefasste Meinungen, verstümmelte, gehässige Berichte untergeordneter Personen, Antichambre-Getratsch - und das ganze Heer von giftigen Verleumdungen, an deren Fortpflanzung ihre Verbreiter heimlichen Gefallen fanden, und die sie auch fortgepflanzt haben würden, wenn ihr Stil nicht von der Art gewesen wäre, dass er selbst vor Wahrheit Ekel erregt hätte.

Diese Gründe meines Freundes haben mich bestimmt.

Ihnen, mein Prinz, überlasse ich die Entscheidung, ob sie haltbar sind. Ich wähle Sie und eine kleine Anzahl von Lesern für jetzt und die Nachwelt, wenn ja dieses Werk zu ihr gelangt, zu meinen Richtern.

Das Wenige, was ich Ihnen in Berlin daraus mitteilte, schien mir Ihren Beifall zu erhalten; Ihre gütige Nachsicht schenkte mir so viel Lob, dass es mich aufgemuntert haben würde, weiter zu schreiben, wenn mich auch eigene Gleichgültigkeit davon abgehalten hätte. Denn wer vermöchte wohl, Selbstverleugnung und Entsagung aller Eigenliebe so weit zu treiben, dass er sich über den Zauber des Beifalls der Kenner, welcher schon an sich die schönste Belohnung ist und den Erfolg verbürgt, wegsetzen könnte!

In diesem Werke ist, was die Persönlichkeit betrifft, *nur Wahrheit* vorhanden; in den darin aufgenommenen Berichten und Nachrichten anderer nur das, was man als *wahr* erkennt oder *aufrichtig* für *wahr* hält. Man hat mit eigenen Augen gesehen, eigene Erfahrungen gemacht, aus Quellen geschöpft, welchen die Tatsachen in ihrer ganzen Lauterkeit entflossen sind; oder man hat sich auf bewährte Berichte, auf rühmlich bekannte Zeugen, auf unverwerfliche Gewährsmänner und Beweistümer gestützt und verlassen.

Von dem, was mir nicht durchaus bekannt war, habe ich geschwiegen.

Täte jeder Schriftsteller dasselbe, so würden wir weit über die Hälfte weniger Bücher in einem Jahrhundert haben, wo der Bücherdruck zu einer der Weltplagen geworden ist.

Ich habe die Ereignisse, die sich unter meinen Augen zugetragen, mit eben der Unparteilichkeit und Ruhe behandelt und dargestellt, mit welcher ich Begebenheiten erzählt haben würde, welche vor Jahrtausenden vorgefallen sind. Jahrtausende sind über uns hingeeilt, und wir gehören schon der Geschichte zu.

Der Geschichte! Dieser unzuverlässigen Kompilation unserer flüchtigen Erscheinungen auf einem Erdball von Kot und Blut! – Der Geschichte! Die wir nicht einmal von dem kurzen Zeitraum schreiben können, dem wir angehören, und von welcher wir ganze Jahrhunderte in unsere Trugblätter aufnehmen!! – Der Geschichte! Welche wir bis auf die Geheimnisse der Natur, bis auf den verborgensten Plan ihres Urhebers erstrecken wollen!!!

Das Menschengeschlecht gleicht einem Wächter, welchen der höchste Werkmeister neben einen Feuerberg gestellt, und dem er den Auftrag gegeben, alles mit forschendem Auge zu bemerken. Der Wächter hat gesehen und bemerkt, wie sich der Erguss der Lava einen Weg gebahnt; er hat jeden Ausbruch des Vulkans, jede Richtung des Feuerstroms gesehen und bemerkt; besonders sind die letzten Erscheinungen in seinen Augen die furchtbarsten gewesen, weil sie ihm noch immer lebendig vorschweben; – aber was ist ihm vom Innern des Vulkans, vom Feuerstoff und dessen Erzeugung, von der Kraft, die ihn emporschleudert, von dem ungeheuren Mechanismus der Feueresse bekannt? Würde er nicht, ohne zu besserer Kenntnis gelangt zu sein, den Tag erreichen, wo der Berg sich selbst aufzehren, in sich zusammenfallen ..., wo der Wächter und Beobachter selbst seine Asche mit der Asche des ausgebrannten Vulkans vereinigen wird? Dieser Vulkan ist die Welt! – Und so wird das ganze Menschengeschlecht, welches bis jetzt mit dem Verluste einzelner von der Natur vernichteter Geschlechter davongekommen ist, einst, ebenso wie der Staub, den es bewohnt, eine vollständige Vernichtung erleiden. Unsere politischen Verbrechen, unsere Rasereien, unsere Kriege, unsere Revolutionen, die beständigen Umänderungen alles dessen, was *war*, in das, was *nicht war*, sind einzelne Akte des langen Trauerspiels, dessen letzte Szene die Vernichtung des zertrümmerten Erdballs sein wird.

Und wir könnten noch irgendeiner Sache Gewicht geben und Wichtigkeit beilegen! Wir, die, erst gestern geboren, schon morgen dahinsterben, und eine Erde betreten, welche eben wie wir verschwindet! Wir könnten es wagen, einige Zeilen unserer Geschichte aufzuzeichnen, wenn alle Blätter des Lebens zerrissen sind, wenn das große Weltbuch selbst vertilgt wird und nichts als die Unermesslichkeit des Nichts übrigbleibt!!

Gleichviel!

Obschon alles auf Erden uninteressant ist, ob man schon Mühe hat, sich den Reiz zu erklären, den es für uns haben kann, auf Trümmern und mitten unter Ruinen sein Andenken zu bewahren, so fühlt gleichwohl der Mensch den Trieb in sich, dem Tode einen Teil seines Raubes streitig zu machen, und einige Spuren seines Ichs und der Gedanken zurückzulassen, welche seine kurze Erscheinung im Leben angedeutet haben. Er hofft, seine Schriften werden ihn einige Tage überleben; es tut ihm wohl, mit dem Nichtsein zu ringen.

Diese Befriedigung ist vor allem der Lohn derjenigen, welche der Wahrheit treu blieben (wenn es ja überhaupt Wahrheit gibt). *Mir* werde dieser Lohn! Ich schreibe nur Wahrheit, mein Fürst; und finde mein Vergnügen daran, es zu wiederholen: Ich schreibe nur Wahrheit! *Rousseau* sagte: Vitam impendere vero; ich sage statt vitam, – mortem: Denn man ist *tot*, sobald man sich dem Publikum ganz hingegeben hat.

Dieses Buch wird zwei große Charaktere an der Stirne tragen:

Wahrheit, Unparteilichkeit.

Es wird noch einen ändern Vorzug haben; und zwar in einer Gattung, welche gewöhnlich die Klippe ist, woran obige beiden Charaktere scheitern; es wird ein Libell auf niemanden sein ... außer auf *die*, welche kein Libell mehr zu scheuen haben, weil ihr Name dem Strafgericht der öffentlichen Meinung anheimgefallen ist und die meisten unter ihnen als Todesopfer geblutet haben.

Wenn ich von den Lebenden rede, so habe ich Sorge getragen, dass niemand darunter leide. In den Fällen, wo der ausgeschriebene Name jemandem nachteilig werden oder nur zu Unannehmlichkeiten Anlass geben könnte, habe ich ihn entweder ganz ausgelassen oder nur mit Anfangsbuchstaben angedeutet, damit er für den Leser ein Geheimnis bleibe. – Sollten diejenigen, die er bezeichnet, sich zum Teil wiedererkennen und darüber unwillig werden, so glaube ich doch nicht, von ihnen befürchten zu dürfen, dass sie ihren Verdruss an mir auslassen und mich in meiner Entfernung und meiner Einsamkeit aufsuchen werden.

Ich schließe diesen Brief, – denn ich werde ihn weder eine *Vorrede* noch eine *Zueignung* nennen; *jenes* nicht, weil eine Vorrede meine Kräfte übersteigt, dieses nicht, weil eine Zueignung unter Ihrer Würde sein würde. Ich will diesen Zeilen lieber den Titel: *Compte rendu* geben, da sie sowohl als das ganze Werk ein *Rechnungsabschluss* der Gefühle meines Herzens, der Begebenheiten meiner Zeit, der Forschungen meines Verstandes und der Betrachtungen über mein Leben – oder vielmehr über das Leben meines besten Freundes sind; denn *er* und *ich* sind nur eines; ... und warum sollte er, dieser Freund, nicht in der Wirklichkeit sein? ... Warum sollten wir beide nicht zusammen existieren, wie *Orestes* und *Pylades* und so viel andere Helden aus jener schönen Freundschaftsperiode, in welcher sie, sozusagen, nur eine und dieselbe Person waren?[3]

Wie glücklich, mein Fürst, wäre der, welcher einen Freund, wie Sie, hätte und mit ihm durch das Leben gehen könnte! Er würde dieses seltene Glück mit der innigsten Dankbarkeit erwidern, sich der Leitung eines solchen Freundes überlassen und seinen höheren Talenten und seiner aufgeklärten Anhänglichkeit ganz vertrauen.

Ein solcher Freund und Gefährte Ihres Lebens (denn die Freundschaft muss früh im Leben anfangen und nur mit dem Leben aufhören) würde Ihnen Gefühle ausdrücken dürfen, welche ich hier zu äußern mich nicht für berechtigt halte; er würde Ihnen aber diejenigen, die ich mit ihm teilen darf, nicht lebhafter und treuer schildern können als ich – die Gefühle der Bewunderung, der Anhänglichkeit und der innigsten Ehrfurcht.

Alexander von Tilly.

---

3 Ich lasse hier eine Epistel folgen, welche ich vor achtzehn bis zwanzig Jahren an ihn, diesen Freund, richtete, um ihn von seinem Leichtsinn und seinen Unbesonnenheiten zu heilen. Diese Epistel ist zwar schon oft im Druck erschienen und noch neulich in eine Sammlung meiner Gedichte aufgenommen worden. Dennoch glaube ich, dass sie auch hier einen Platz einzunehmen verdiene.

Epître

à mon meilleur Ami.[4]

Emporté par des goûts volages
Sur le char de l'illusion,
Tu suivais la religion
Des réprouvés dei tous les âges.

Tu trompais ces pauvres maris;
Tu trahissais même les plus traîtresses:
De ces vieilles enchanteresses
Tu raillais les vieux favoris,
Qui, dans d'immortelles tendresses,
Des mêmes feux toujours épris,
Mettent toujours le même prix
A leurs éternelles maîtresses.
Tu t'attachais par air, et tu quittais par ton.
Tu dépensais indécemment la vie.
Les fiers accens de la saine raison
Etonnaient ton âme engourdie,
Et le flambeau de la philosophie
S'éteignait dans le tourbillon
Où tu promenais ta folie.

D'un air léger, publiquement,
Tu saluais *ces demoiselles*.
Un créancier était un insolent;
Tes passions étaient des étincelles.
Avec les sirènes du temps
Tu savourais les plaisirs de la table,
Et t'endormais dans leurs embrassemens
Après un souper délectable.
Tes valets étaient impudens;
Ton cheval de course impayable:
Et tu vivais avec l'essaim aimable
Des *roués* et des élégans.

---

[4]   Da diese Epistel den Verfasser so treffend und ganz charakterisiert, so durfte sie um so
weniger hier weggelassen werden. *Übers.*

Un époux aimait-il sa femme?
Le trait était prodigieux.
Tu te moquais de la pudique flamme
Qui brûlait autrefois nos stupides aïeux,
Et tu trouvais miraculeux
Que ce monsieur se servît de son âme.

Tu savais des amans du jour,
Les arrangemens, les ruptures,
Les congés, les billets, les intrigues obscures
Des nouveaux-arrivés qu'on supplante à leur tour,
Et les meilleures aventures
Des danseuses et de la cour.

Tu parlais haut, tu faisais l'analyse
Ou d'une pièce ou d'un roman,
Et tu jugeais dans un moment
L'ouvrage qu'une muse assise
Dans le fauteuil qui rend savant,
Avait dessiné lentement
Pour la postérité surprise.

Comme il l'aut s'occuper un peu
Pour suivre le temps qui s'envole,
Tu jouais sans aimer le jeu;
Quand tu perdais sur ta parole,
Sans daigner pendre de l'humeur,
Tu griffonnais d'un air frivole
Un billet payable au porteur.

Sous ces orangers où chantèrent
La Fare et son ami le Prieur d'Oléron[5],
Dans ce temple où les précédèrent
Tibulle, Horace, Anacréon,
Franchissant les routes battues
Par ces chantres ingénieux,
Tu voulais, jeune paresseux,
Contempler de près les statues
De leurs Muses et de leurs Dieux:

---

[5] *Chaulieu.*

Et tu pensais que l'avenue
Où tous ces aimables goutteux
Hument encore des vins vieux,
Allait apparaître à ta vue;
Que les sons négligés et trop présomptueux
De ta muse presqu'inconnue
Charmeraient un jour avec eux
L'âme et l'oreille encore émue
Des derniers fils de nos neveux.

Tu faisais des vers trop faciles.
Il faut gravir au Pinde où tu voulais voler;
La gloire ne sourit qu'aux travaux difficiles:
C'est une vierge, ... il faut la violer.

Aux erreurs qui trompaient ta vie,
Aujourd'hui tu fais tes adieux.
Je suivrai tes leçons, et ne demande aux
Dieux Qu'un ami tendre et qu'une sage amie.

Allez, allez, décevante folie!
Je ne veux plus de vous, je ne veux qu'être heureux,
Que cultiver, obscur et vertueux,
Mes champs et la philosophie.

A Laïs, au regard moqueur,
Je n'offre plus ma bonhomie;
Phryné veut de l'argent; moi, je veux du bonheur:
Il ne s'achète pas, et le jargon m'ennuie.
Dans son alcôve, entre s es bras,
Je ne lasse plus sa mollesse ...
Et puis je veux que ma maîtresse
Ait encore plus que des appas.

J'ai reconnu qu'il était incommode
De devoir à tout l'univers;
En payant les billets divers
Que je signai quand j'étais à la mode,
J'ai promis très-décidément
De respecter mon héritage;
Je réalise prudemment
Le projet que j'eus d'être sage.

J'ai jeté des regards d'effroi
Sur mes plaisirs indiscrets et coupables;
Je ne vis plus avec les agréables
Qui sont trop sublimes pour moi;
Et ce qui plus m'étonne encore,
C'est que maintenant je conçois
Que l'on s'épouse et qu'on s'adore.
Malheureux! je crus autrefois
Que la chose était impossible.
Hé bien, puisqu'un mari peut paraître sensible,
J'en fais serment, si jamais je le suis,
Je prétends régaler madame
D'une si conjugale flamme ...
Qu'un jour elle en mourra d'ennuis.

Dans les foyers, dans les coulisses,
Je ne vois plus l'encan de chaque jour;
Je ne sais plus par chœur l'amour
Des duchesses et des actrices;
Je ne voix plus être au courant.
De ces brillantes bagatelles,
Et de ces courtes étincelles
Que fait pâlir le feu du sentiment.

Je recherche une femme honnête
Qui veuille se laisser aimer,
Dont le chœur gouverne la tête,
Et que le mien puisse estimer;
Dont l'âme devine la mienne,
Pour qui mes goûts soient des plaisirs,
De qui la raison me soutienne:
Qui prenant ma main dans la sienne,
Recueille mes derniers soupirs.

Des auteurs distingués je n'ose plus médire;
De rendre des arrêts je me suis corrigé.
O mes amis, qu'il est difficile d'écrire!
Moi, je ne juge plus, de peur d'être jugé.

Ce n'est plus le jeu qui m'occupe;
J'aime mieux exercer mon esprit, ma raison:
Après avoir trop longtemps été dupe,
Je n'ai pu me résoudre à me faire fripon.

Mais je n'ai pas guéri de la métromanie;
Mais, capricieuse et jolie,
Erato charmera mes jours;
Et si l'amante est quelquefois sauvage,
L'amant ne sera point volage:
Elle aura mes derniers amours.

O vous! l'objet de mon idolâtrie,
Objet d'une immortelle ardeur;
O vous ! des ennuis de ma vie
Ange doux et consolateur,
Tournez vers moi ce regard séducteur;
Mon âme, mon unique amie!
Inspirez-moi des vers purs comme mon bonheur.
Qu'ils vous plaisent alors, et ma tâche est remplie:
Un *accessit* à votre chœur
Vaut un prix à l'Académie.

Erstes Kapitel

Exegi monumentum.
(Horat)

Dieses Werk kein gewöhnliches Unternehmen – Es stellt Schwachheiten und
Fehler, auch Laster, aber auch Tugenden dar – Geburt des Verfassers, –
dessen Familie – Dessen Erziehung – Schilderung meines Vaters –
Meine frühe Entwicklung – Erste Jugend – Erste Liebe, oder was ich
dafür hielt – Erstes Abendmahl – Ich werde Page bei der Königin

Ein Buch, wie dieses, bedarf keiner Vorrede. Es ist kein gewöhnliches Unternehmen, keine leichte Aufgabe, die Memoiren eines Lebenden zu schreiben, ohne der Wahrheit im geringsten zu nahe zu treten. Die meinigen stellen, wie ich glauben darf, keine abstoßenden Laster dar, nur Schwächen, Fehler, dabei einige Tugenden, vor allem eine Mannigfaltigkeit von Leidenschaften und Inkonsequenzen, – zwei Bestandteile, aus welchen so ziemlich die Geschichte des ganzen Menschengeschlechts zusammengesetzt ist.

Ich werde hie und da Reflexionen einstreuen, die der Gegenstand selbst erzeugt; auch werde ich mir Abschweifungen in das Feld der Philosophie erlauben. Sie hat aber mit derjenigen nichts gemein, durch welche in unseren Tagen[6] die Elemente der Gesellschaft aufgelöst, die Zepter zerbrochen, die Reiche umgestürzt worden sind.

Sollte der Leser auf Spuren einer gekränkten trübsinnigen Einbildungskraft stoßen; sollte ihm in diesen Memoiren das Erwachen aus den lügenhaften Träumen auffallen, in welche das Leben uns wiegt; sollte er die Stimme des Missmuts eines vor der Zeit verschrumpften, übersatten, veralteten Herzens hören: So wird er sich diese Erscheinungen dadurch zu erklären wissen, dass sie in den Erzählungen eines Mannes vorkommen mussten, welcher es nicht gewagt haben würde, seine Geschichte aufzusetzen, wenn er der Welt nicht abgestorben wäre, noch ehe er zu leben aufgehört hat.

Ich bin in einer Provinzialstadt geboren,[7] welche durch ihren Etaminhandel und durch ihre Wachsbleichen in ganz Frankreich berühmt ist. Die Schmecker halten auch viel auf ihre Poularden. Meine Familie ist eine der ältesten der Monarchie. Sie hat tapfer und kräftig dazu beigetragen, das Land unter das Szepter unserer Könige zu bringen. Wir stammen wahrscheinlich von den uralten Beherrschern des dänischen Reiches ab.

---

[6] Diese Memoiren sind größtenteils vor dem Jahre 1804 aufgesetzt; ein Teil ist vom Jahre 1806. *Übers.*

[7] Le Mans; im Jahre 1764 oder 1765. *Übers.*

Mein Großvater widmete seine Jugend dem Staate. Noch in den besten Jahren und im vollen Gebrauche der Kräfte zog er sich auf ein Gut zurück, wo er dem Landbaue lebte, und sich die Erziehung seiner ziemlich zahlreichen Familie angelegen sein ließ. Er besaß nur ein geringes Vermögen, war der jüngere Sohn, und hatte sich mit der Tochter aus einem alten Hause vermählt, die ihm keinen andern Brautschatz zubrachte, als ihre Schönheit. Er war ein Mann von den strengsten Grundsätzen. Seine Gestalt erinnerte an die ehrwürdigen Züge eines Ritters aus unserm Altertume. Ich habe ihn gekannt, als er schon sehr alt und ich sehr jung war; noch immer schwebt mir sein Patriarchenhaupt vor; noch immer ist mir seine heitere unerschöpfliche Munterkeit und gute Laune gegenwärtig, welche ein reines Gewissen und ein auf der Bahn der Ehre geführtes Leben bekundeten.

Mein Vater nahm mit seinen beiden Brüdern frühzeitig Kriegsdienste, verließ aber bald diesen Beruf, dem die letzteren bis an ihr Ende treu blieben. Er überließ sich jung den Zerstreuungen und Lockungen des Lebens; doch leitete ihn ein guter Genius in der Wahl einer Gattin; sie fiel, unter den Töchtern der Provinz Maine, auf meine mit Reizen, Tugenden und Glücksgütern reichlich begabte Mutter. Er hielt bei ihren Eltern, welche, obgleich aus einer ziemlich neuen Familie, doch zu den ersten der Provinz gehörten, um ihre Hand an, und erhielt sie ohne Schwierigkeit. Meine Mutter hatte einen Bruder, welcher unter den Mousquetaires[8] diente, und, im Besitze eines damals für beträchtlich geltenden Vermögens, einigermaßen versprochen hatte, nicht aus dem ehelosen Stande zu treten. So viel ist gewiss: Er würde sein Versprechen nie gebrochen haben, wäre ich nicht, zwanzig Jahre später, unbesonnen genug gewesen, ihn durch einen verdammlichen Übermut und durch eine Beleidigung, die er mir nicht verzeihen konnte, davon abzubringen.

Begabt mit allen Reizen einer höchst interessanten Gestalt, mit dem edelsten Charakter, mit einem ausgebildeten Geiste und Verstande (wie es mir alle versichert haben, die das Glück gehabt, sie zu kennen), zählte meine Mutter keine lange Folge glücklicher Tage in ihrem Ehestande. Die Fackeln, welche Amor und Hymen ihr vortrugen, sollten sich bald, und noch vor Verlauf des ersten Jahres, in Trauerkerzen verwandeln. – Meine Geburt stürzte sie ins Grab. Mit ihrem Tode erkaufte sie mein Leben: ein sturmbewegtes Leben, in welchem mich mein Geschick einige vorübereilende Freuden, aber desto dauerhaftere Leiden, Unstetigkeit des Aufenthaltes, Glückswechsel aller Art,

---

8 Man denke hier nicht an das deutsche Wort Musketiere. Die *Mousquetaires* waren zwei aus lauter Edelleuten (oder doch dafür geltenden Bürgerlichen) bestehende, zu den königlichen Haustruppen gehörige Schwadronen. Der verstorbene Marschall Lefebvre (Herzog von Danzig) war in seiner Jugend Exerziermeister bei diesem Korps gewesen. S.

und – von allen ungerechten Strafen die ungerechteste – ein langsam tötendes Exil, finden lassen sollte.

Ein schwankendes Rohr am Gestade des Lebens, blieb ich in den Händen meiner Großmutter von mütterlicher Seite, der Frau von C...[9], zurück. Ihr Verstand würde zu den vorzüglichsten gehört haben, wäre dessen angeborene und erlernte Klarheit nicht durch eine beschränkende Andächtelei, durch eine Provinzial-Devotion, die so oft in Bigotterie ausartet, verdunkelt worden. Ich entsinne mich, dass sie *Corneille* und *Racine* nicht anders nannte, als Seelen-Vergifter. »Jener« sagte sie »ist ein profaner Deklamator, *dieser* ein vom Teufel besessener Zauberer, über welchen jedoch zuletzt die Gnade den Sieg davontrug, weil er im härenen Gewande den Tod erwartete.« Ihr Hauptfeind war *Voltaire*. »Lieber den Tod, mein Sohn, als seine Werke!« Sie versäumte nichts, was mir in ihren Augen eine gute Erziehung geben sollte; sie *verzog* mich, aber *erzog* mich nicht.

Unterdessen brachte mein Vater nicht nur sein Vermögen, sondern auch mein Mütterliches durch, dessen Verwaltung er in Händen hatte. Er brauchte viel. Heftige Leidenschaften loderten in ihm; der Hang zu kostbaren Vergnügungen riss ihn fort; sein Verstand gehörte zu den mittelmäßigen; sein Herz war besser und gehaltvoller; er würde nicht ohne liebenswürdige und schätzbare Eigenschaften gewesen sein, hätte er sich nicht zu oft den heftigsten Aufwallungen seines Zornes überlassen, und wäre sein Ahnenstolz nicht von der Art gewesen, dass dieser schon allein hingereicht hätte, der Revolution zur Rechtfertigung zu dienen. Mir ist in meinem ganzen Leben kein Mensch aufgestoßen, dem das Verlieben so leicht geworden; er hatte, wie mich dünkt, im Herzen eine unversiegbare Quelle liebender Gefühle; noch in seinem höchsten Alter hatte er Geliebte, die er abwechselnd anbetete und verließ. Er wird dem ewigen Richter mit einem Herzen voll der zärtlichsten Neigungen erschienen sein. Wohl ihm! Er ist glücklich, wenn er im Tode Gott nur halb so inbrünstig anrief, als er im Leben den weiblichen Teil der Schöpfung liebte und anbetete.

Mein Vater bekümmerte sich wenig um meine Erziehung, doch fiel es ihm eines Tages plötzlich ein, er würde sie besser leiten, wenn er mich zu sich ins Haus nähme. Und wirklich nahm er mich von der Großmutter weg. Ich wurde dem Gesinde und einer Art von Hofmeister anvertraut, der nicht viel besser war als jenes.

---

[9] In diesen Memoiren sind viele Namen nur durch Anfangsbuchstaben angedeutet oder halb ausgeschrieben. Der Verfasser gibt seine Gründe an und sagt in einer Anmerkung auf einem Beiblatte: »Ich setze nur die Anfangsbuchstaben, oft nur drei Sternchen; denn ich möchte mich lieber dem Vorwurfe aussetzen, einen Roman als ein Libell geschrieben zu haben.« *Übers.*

Ich beeile mich, hier zwei Veranlassungen zu erwähnen, welche meinen Vater bewogen, sich selbst ein paar Mal in meine Erziehung zu mischen: Und da es die ersten und letzten sind, wo er sich diesem Geschäfte unterzog; da ferner seine Sorge und seine Strenge beide Male unzeitig angebracht waren und die nachteiligsten Folgen hatten; so will ich beide Vorfälle hintereinander abtun, um diesen Punkt nie wieder berühren zu dürfen.

Ich war neun Jahre alt, als mein Vater bemerkte, dass ich gegen die derben Reize einer Art von Wirtschafterin nicht gleichgültig blieb. Ihre Liebkosungen hatten frühzeitig einen tiefen Eindruck auf mich gemacht. Der Instinkt belehrte mich, ehe der Verstand es konnte, dass diese Liebkosungen nicht unschuldig wären. Mein Vater, der seine Gründe haben mochte, befahl der Frau, meine kindischen Begierden aufzumuntern. Es kam so weit, dass ich ihr einst – maschinenmäßig, wie ich glaube – anlag, mir in der folgenden Nacht den Zutritt in das bescheidene Schlafgemach zu gestatten, das ihre Reize verbarg. Sie sperrte sich; ihr Widerstand verdoppelte meine Wünsche. Aber die Verräterin entdeckte meinem Vater alles. Es ward nun zwischen beiden verabredet, dass er am andern Morgen zum Schein auf die Jagd gehen solle. Sie gab mir zu verstehen: Wir wären allein, und der Augenblick sei günstig. Ich wurde dringend; sie zeigte sich nachgiebig; wir schlossen uns in ein abgelegenes Zimmer ein; schon siegte ich im Voraus und träumte mir das Glück der Liebe, noch ehe ich wissen konnte, was Liebesglück war, – als plötzlich mein Vater durch eine mir unbekannte Tür eintrat, meine anscheinende Geliebte mit Vorwürfen überhäufte, mir aber mit einer Jagdpeitsche, die er eben in der Hand hielt, so empfindliche Streiche versetzte, dass ich laut aufgeschrien haben würde, wenn die schnelle Entdeckung dieser verräterischen Verabredung, mein Stolz und mein natürlicher Widerwille gegen Falschheit, mir nicht Kraft genug gegeben hätte, den Schmerz zu verbeißen.

Dieser erste Auftritt war überstanden, meine Aufregung hatte sich gelegt, als ein zweites Ereignis dazu beitrug, mich gegen Liebkosungen und Drohungen gleich unempfindlich zu machen. Mein Vater hatte eine für die damaligen Zeiten sehr schöne Uhr – die aber heutigen Tages sehr hässlich sein würde. Sie verschwand aus seinem Zimmer, und man war niederträchtig genug, mich einer solchen Niederträchtigkeit für fähig und schuldig zu erklären. Die Dienerschaft beteuerte ihre Unschuld und fand Glauben; des Sohnes Unschuld wurde in Zweifel gezogen. Man verhörte mich, brachte aber kein Wort aus mir; ich hielt es unter meiner Würde, mich zu rechtfertigen. Man schloss mich ein, ich stieß alle Nahrung von mir: Man schlug mich, man erregte in mir alle Zufälle einer inneren Wut und das Gefühl einer kalten Verachtung. Die Symptome wurden immer furchtbarer, und ich weiß nicht, wohin es zuletzt mit mir gekommen wäre, hätte sich nicht, zu meinem Glücke und zu meiner Rettung, die Uhr im Zimmer des Bedienten vorgefunden, der sie gestohlen hatte. Ich bat um Gnade für ihn; – aber dies und der Wunsch, in eine Pension oder in ein Kolleg gebracht zu werden, waren auch die letzten Worte, die ich im väterlichen Hause bis zur Stunde sprach, wo ich es verließ. Ich erhielt, was ich begehrt hatte, und wurde ins Kolleg von la Flêche geschickt, welches – zwar nur noch ein Schatten von jener Lehranstalt unter den Jesuiten, von jener Pflanzschule des Glaubens, der Gelehrsamkeit, der schönen Wissenschaften – noch immer für ein vortreffliches Gymnasium galt, vielleicht für eines der besten in Europa. Ich machte schnelle Fortschritte; ich legte den Grund zu meiner Liebe für Wissenschaften und für die alten Klassiker, aus denen wir Neueren fast alles entlehnt, und denen wir alles zu danken haben. Hier verflossen mir drei Jahre unter den Augen eines Mannes, der es wert war, die Jugend zu unterrichten, sie zu lehren, was gelernt werden kann und soll, und sie stark in dem zu machen, was man nicht lernt, d. h. in guten Sitten.

Mein Vater besuchte mich ein einziges Mal; er reiste mit seinen Pferden, die er über alles liebte, sprach mit mir nur von seinen Pferden und von einem schönen Wagen, den er zu zerbrechen beinahe das Unglück gehabt hätte. Ich bat ihn um Geld, mir Bücher anzuschaffen. Er gab es mir, und ich habe es redlich zu diesem Zwecke verwandt.

Ich verweile vielleicht mit zu großem Wohlgefallen bei dieser Schilderung eines Alters, welches so schnell verfliegt und an welches man sich so gern erinnert, solange noch ein Funke von Gedächtnis in uns glimmt. Freilich haben dergleichen Erzählungen und Gemälde nur Reiz und Interesse für die teilnehmende Freundschaft; gleichgültige Leser nennen sie egoistische Ergießungen. Da ich aber behaupte und überzeugt bin, dass die Kindheit eine Skizze des künftigen Lebens ist, und dass die Handlungen und Neigungen der ersten Jahre den ganzen künftigen Gang des Menschen andeuten, so hoffe ich, dass der beobachtende und denkende Leser vielleicht meinen Anfangsschritten in der Lebensbahn aufmerksam folgen werde. Diejenigen aber, deren Einbildungskraft beflügelt ist, ersuche ich, sich über diese Einleitung wegzuschwingen.

Ich war dreizehn Jahre alt und im Begriff, meine Elementarstudien zu endigen, als einer meiner Oheime eine Stelle als Page bei der Königin für mich auswirkte. Man entriss mich der Stille und Abgezogenheit des Schullebens, die mir so wohl taten; ich reiste vorläufig zu meiner Großmutter von väterlicher Seite, die auf meine andere Großmutter, Frau von C..., eifersüchtig, mich ebenfalls eine Zeit lang bei sich haben wollte, um mich recht von Grund aus zu erziehen, ehe sie mich nach Versailles schickte und dem Hofe abträte.

Die Natur, die sich in mir entwickelte, machte mich in eine frische bescheidene Bäuerin verliebt, welche beinahe so unerfahren war als ich. Aber das verstanden wir beide sogleich, dass man schweigen müsse. Schriebe ich einen Roman, so würde ich den Verlust meiner Unschuld und meiner Tugend späterhin auf die Rechnung einer Dame vom Hofe setzen; aber die Wahrheit will, dass ich erkläre: Keine Dame vom Hofe, sondern die Bäuerin Susette erhielt die Erstlinge der Liebe von einem Jünglinge, qui depuis[10] ... Doch wir wollen der Zeit nicht vorgreifen; alles wird sich entwickeln; alles wird seinen Ort und seine Stelle finden.

Wie leicht verrät sich die Liebe! Unsere Zusammenkünfte wurden entdeckt; sie waren bald gefunden. Wir hatten entfernte stille Grasplätze, die Schatten der Wälder gewählt; diese sollten uns mit ihrem Geheimnis umhüllen. Unsere Zeugen, die wir nicht scheuten, waren die Natur und der Himmel. Ein Dritter drängte sich ein; ein Menschenauge sah, was wir nur vor Menschenaugen verbergen wollten. Die Menschen blieben nicht stumm, wie die Natur und der Himmel. Meine Großmutter erfuhr alles und schickte mich wieder in ein Kolleg, aber nicht ins vorige, sondern nach Alençon. Dieses Mal will ich den Leser nicht mit unnötigen Längen aufhalten; er wird mit mir zufrieden sein. In meiner gedrängten Erzählung soll kein Wort zu viel stehen. Ich bin auf sechs Monate in der neuen Schule; – diese Zeit musste ablaufen, ehe ich meinen Dienst in Versailles antreten konnte. Ich studiere von Neuem mit großem Eifer; Susettens Bild verfolgt mich nicht; eine Tante, deren zärtliche Liebe in meinem Herzen einen unauslöschlichen Eindruck zurückgelassen, besucht mich. Sie hält mir eine rührende Predigt über die Gefahr der Bekanntschaften von einer gewissen Art, besonders über das Verbrechen der Verführung und über die Schande, die den Verführer brandmarkt. Es gelang ihr nicht, mich ganz zu bekehren; gleichwohl fand sie mich gerührt; auch verfiel ich nicht wieder in die vorige Schuld; und so konnte sie zufrieden sein.

Einige Zeit nachher stattete man mich schön aus. Zugleich verlangte man von mir, ich sollte bei einem Priester Beichte ablegen, ihm meine Jugendsünden und Fehler bekennen, mein Inneres und sogar meine Gedanken entfalten, selbst das, was mir selbst nicht deutlich vorschwebte. Alsdann sollte ich mich am Tische des Herrn von allen Flecken der Seele reinigen. Ich tat's und es reuet mich nicht, es getan zu haben. Zwar weiß ich nicht, ob religiöse Gebräuche und Andachtsübungen, von welcher Art sie sein mögen, dem höchsten Wesen, welches weit über unsere Huldigungen erhaben ist, Ehre zu geben vermögen; soviel nur weiß und glaube ich, dass sie diesem

---

[10] Anspielung auf Biron in Voltaires Henriade: Qui depuis ... mais alors il etait vertueux. *Übers.*

Wesen Teilnahme für unsere Schwachheit einflößen können, und dass es für uns ein Bedürfnis ist, uns auf die Säulen zu stützen, welche sich zwischen uns und dem Throne der Gottheit erheben und die Kluft zwischen unserer Ohnmacht und seiner Allmacht und Unermesslichkeit ausfüllen.

Mit ruhigem Herzen, körperlich gesund, sehr schüchtern und ein bisschen gelehrt, machte ich mich auf den Weg nach Versailles. Der Marquis de V..., mein Vetter, welcher seinen Sohn, ebenfalls Pagen bei der Königin, besuchte, nahm mich mit sich. Wir steigen in den Wagen, und die Reise nach der Hauptstadt von Frankreich, in welcher späterhin die Weltschicksale abgewogen werden sollten, geht vor sich.

Zweites Kapitel

Loin de ces vains apprêts, de ces petits prodiges,
Venez, suivez mon vol au pays des prestiges,
A ce pompeux Versailles, à ce riant Marly,
Que Louis, la Nature et l'Art ont embelli.
C'est là que tout est grand, que l'art n'est point timide;
Là, tout est enchanté; c'est le palais d'Armide,
C'est le jardin d'Alcine, ou plutôt d'um Héros,
Noble dans sa retraite, et grand dans son repos,
Qui cherche encore à vaincre, à dompter des obstacles,
Et ne marche jamais qu'entouré de miracles.

(Dellile, les jardins.)

Versailles – Eindruck auf mich – Die Hofleute – Der König –
Gerechtigkeit und Strenge, in einem Monarchen vereinigt, sind das
Heil der Menschheit – Porträt der Königin – Wenig oder nichts Wahres
und Befriedigendes ist über sie und ihre Umgebungen geschrieben
worden – Ihre Herzensgüte – Pagenschule – Pagengouverneur –
Meine Fortschritte im Lateinischen und in der französischen Verskunst –
Ich werde in Paris verführt – Meine Strafe – Herr Du Chilleau,
zugleich verführt – Teilt die Folgen – Wir werden entdeckt – Moralische
Seite des Vorfalls – Die Königin wird gegen mich eingenommen –
Was sich zu meiner Rechtfertigung sagen lässt – Ein Wort an die
Erzieher der Jugend – Ich schreibe ein Drama – Es wird zur Aufführung
angenommen – Der Prince d' Henin – Sein Porträt – Die Königin
liest mein Stück – Herr Campan – Die Königin verzeiht mir – Sie will
nicht, dass ich mein Stück aufführen lassen soll – Ihre Gründe – Ich
schlage mich. – Die Königin gibt mir recht – Mein Geständnis bei
diesem ersten Duell – Ein paar Worte über die Folgenden

Ein zweiter Telemach, geführt von einem zweiten Mentor, erreiche ich Versailles, ohne unterwegs auf eine zweite Eucharis zu treffen; die wahren Eucharisse sind in Paris. Ich hatte mir vorgestellt, in ein Feenland versetzt zu werden, und, siehe da! Nichts von dem, was ich sah, erregte mein Staunen. So geht's mit allem, was man sich in der Ferne als bewundernswürdig ausmalt; die Wirklichkeit steht immer der Selbsttäuschung und den Bildern der Phantasie nach. Dadurch, dass man mir Versailles und dessen Herrlichkeiten, den mannigfaltigen und pittoresken Reichtum seiner Umgebungen, die unbeschreibliche Pracht des Schlosses, des Parks, der Gärten, der Statuen usw., den Glanz, der den Thron unserer Könige umstrahlte, als lauter Wunder beschrieben hatte, war mein Kopf dergestalt exaltiert, dass ich mir Unmöglichkeiten erträumte und Schöpfungen verwirklichte, die es dem menschlichen Auge weder zu schauen noch zu erreichen gegeben ist.

Was mich am meisten und gleich im ersten Augenblicke frappierte, war der unermessliche Abstand von Mensch zu Mensch und die Schmiegsamkeit, mit welcher die Insolenz sich in weniger als einer Minute in die kriechendste Unterwürfigkeit umwandelte. Ebenso auffallend war mir die geschäftige Beeiferung, die glatte Höflichkeit, die Beweglichkeit der Muskeln auf den Gesichtern, die Einförmigkeit in den angenommenen Stellungen und der Übergang einer affektierten Kälte zu einer ebenso gemachten und erkünstelten Wärme.

Das hatte ich nicht in Büchern gelernt; auch hatte es mir, dem vierzehnjährigen Knaben, niemand gesagt.

Die Person des *Königs* brachte mich nicht aus der Fassung. Gestalt und Haltung waren nicht, wie ich sie mir gedacht hatte. Er hatte etwas Einfaches und Gutes; ich hätte ihn charaktervoller und majestätischer gewünscht. Sein Blick war der Blick eines Vaters auf seine Kinder; aber man las in seinen Augen nicht *die* Worte: »Ich werde euch bestrafen, wenn ihr es wagen solltet, Rebellen zu sein.« Ach! Wir wissen es alle heutzutage: Strenge ist bei einem Könige eine Kardinaltugend; mit Gerechtigkeit verbunden ist sie der Schutz und Hort einer Gewalt, von welcher Monarchen als von einem anvertrauten Gute dem Himmel Rechenschaft abzulegen haben.[11] Strenge ist eine Tugend, deren vor allen anderen das Wohl der Menschen bedarf.

Es ist hier der Ort, von dem Äußeren der *Königin* zu sprechen, welche damals in ihrem höchsten Glanze strahlte. Es wird später von ihrem moralischen Charakter die Rede sein.

Überhaupt ist dieses Werk nicht für die Politik bestimmt. Ich werde zwar, wenn sich eine Gelegenheit dazu darbietet, politischen Fragen nicht aus dem

---

[11] Wenn ein Staat einmal wieder auf feste Grundlagen gestellt ist, muss jeder Versuch, die höchste Gewalt umzustoßen, als ein vollständiger Umsturz der gesellschaftlichen Ordnung angesehen werden, wäre auch die Absicht an sich die beste. Strafbare verderbliche Erfahrungen setzen dieses außer allen Zweifel. Die Häupter der Völker sind für die Macht Rechenschaft schuldig, die sie von der Vorsehung erhalten oder mit Hilfe derselben *erobert* (man vergesse nicht, dass dieses 1804 geschrieben ward. *Übers.*) haben. Nichts in der Welt geschieht ohne den übermächtigen Willen einer geheimen Kraft; in *diesem* Sinne sind die Monarchen Souveräne *von Gottes Gnaden*, der sie vor Fallstricken und Schlingen bewahrt, und der, sobald sie aufhören wollten, in die einzelnen Teile seiner Absichten einzugreifen, sie unter den Streichen der niederträchtigsten oder der ungeschicktesten ihrer Feinde dahinsinken lassen würde. – Wenn den Beherrschern der Völker alles gelingt; wenn Taten, Talente und Glück sich dahin vereinen, mit jedem Tage ihre Macht zu konsolidieren; wenn alles ihrem Übergewicht weichen muss; wenn alles vor ihrem *Stern* erblasst: So ist dies ein Beweis, dass sie die Auserwählten des unerforschlichen Urhebers der Welt, der alles hienieden leitet, und die Werkzeuge seiner Wahl zur Regierung der Völker sind. *Verf.*

Wege gehen, sie aber nicht vorzugsweise aufsuchen. Überdies will ich mir selbst und dem Gange der Zeit nicht vorgreifen. Folglich werde ich von dieser Fürstin nur dann reden, wenn mein persönliches Verhältnis zu ihr es erfordert; dann aber nicht von ihr sprechen, wie andere; sondern sagen, was ich mit eigenen Augen gesehen und von unverwerflichen Zeugen gehört habe.

Ich werde von ihr sagen, was man nicht in Büchern findet, deren Verfasser zu weit von dem Kreise abstanden, in welchem sie sich bewegte; oder in Schriften von Faktionsmännern, die sich dadurch zu erheben wähnten, dass sie andere in den Kot traten; oder in Tagblättern von Elenden, die ihre Nachrichten aus den Antichambern zusammenrafften, sie in den Provinzen von Frankreich und in dem Ausland verbreiteten, wo sie begierig aufgenommen wurden, und leider nur zu oft für Wahrheit galten.[12] Ich werde von der Königin ein Gemälde entwerfen, welches – und ich stehe dafür – der erhabenen Unglücklichen gleichen soll, die sich durch ihr Unglück mit ihren Feinden ausgesöhnt, und sich der Nachwelt auf eine Weise gezeigt hat, welche ihr das Mitleid der gefühllosesten Herzen gewinnen muss. Aber – ich wiederhole es – dieses Gemälde wird kein Standbild aus einem Gusse sein; der Leser wird die einzelnen Teile in diesen Memoiren aufsuchen und selbst die Mühe übernehmen müssen, ein Ganzes daraus zu bilden.

Marie Antoinette von Österreich, Königin von Frankreich, behandelte alle, welche um sie waren, mit außerordentlicher Güte; sie wurde von ihrer Dienstumgebung im Innern angebetet; zu dieser Klasse gehörten die Mächte, welche sie, mehr als man wohl glaubte, beherrschten. Für ihre Person war sie ohne Plan und tief überlegte Anschläge; hatte nur ein einziges Bestreben, die Sucht, sich von den Fesseln des Hofzwanges, von den Gewohnheiten und Vorschriften ihres Ranges zu befreien, dessen Würde, Majestät und Haltung sie jedoch zeigte, so oft sie es nur wollte; – nur wollte sie es nicht oft.

Ich habe die Schönheit der Königin vielfältig rühmen gehört, muss aber gestehen, dass ich nie ganz und ausschließlich dieser Meinung gewesen bin; dagegen besaß sie, was auf dem Throne mehr als die vollkommenste Schön-

---

[12] Man hat nur zu lange, vermöge einer mit dem kritischen Geist der Nation unvereinbar scheinenden Leichtgläubigkeit, in *Deutschland* den schändlichen, über den Charakter der Königin verbreiteten Lügen sowie einer Menge die Revolution betreffender Märchen Glauben beigemessen, nachdem in *Frankreich* längst die Wahrheit am Tage lag. Die mit kritischem Scharfsinn geschriebene Geschichte der Französischen Revolution von Herrn *Menzel* (Geschichte unserer Zeit, seit dem Tode Friedrichs des Zweiten, von Carl Adolf Menzel. 2 Teile. Berlin, 1824 und 1825. Bei Duncker und Humblot) unterscheidet sich auch darin von den meisten Schriften über diese Zeit, dass sie den Charakter der Personen anders als nach den Verleumdungen der Revolutionsmänner aufzufassen gewusst hat. S.

heit gilt, sie besaß das Wesen und die Gestalt einer Königin von Frankreich, selbst in Augenblicken, wo sie am meisten darauf bedacht war, sich nur als schöne Frau zu zeigen. In ihren Augen, obgleich sie nicht schön waren, malte sich jeder Seelenzustand; ich habe nie Wohlwollen oder Widerwillen deutlicher in einem Blicke gelesen, als in dem ihrigen. Ich möchte nicht behaupten, dass die Form ihrer Nase zum Gesichte gepasst habe. Ihr Mund war entschieden unangenehm gestaltet; die starke, vorliegende, bisweilen hängende Lippe hat oft dafür gelten sollen, als gäbe sie ihrer Physiognomie etwas Edles und Ausgezeichnetes; allein sie schien eher noch dazu gemacht, Zorn und Unwillen auszudrücken, zwei Züge, welche nicht geeignet sind, den gewöhnlichen Ausdruck der Schönheit zu bezeichnen. Haut und Teint von unvergleichlicher Weiße, Weiche und Feinheit, besonders Schultern und Hals; die Brust etwas zu voll; die Taille hätte eleganter sein können. Nie habe ich so schöne Arme und Hände wieder gesehen. Sie hatte einen doppelten Gang; der eine war fest auftretend, etwas pressiert, dabei immer edel; der andere weicher, schwebender, ich möchte fast sagen, dem Schmetterlinge gleich, der die Blumen küsst,[13] – doch immer dabei die ihr gebührende Ehrerbietung erheischend. Ich habe nie jemanden so anmutsvoll grüßen gesehen; mit einer einzigen Verneigung fertigte sie zehn Personen zugleich ab, die eine mit einem Kopfnicken, die andere mit einem Blicke, die dritte mit einer Bewegung der Hand, mit einem Winke, einem Lächeln; »Jedem das Seine.« Mit *einem* Worte: Wenn sie auftrat, wäre man fast immer geneigt gewesen, wie einer anderen Frau einen Stuhl, so *ihr* einen Thronsessel zu bieten.

Was die Unterscheidungszüge ihres Charakters betrifft, den ich hier, wie gesagt, nicht erschöpfend entwerfe, so will ich deren nur zwei hervorheben, weil sie scharf gezeichnet sind, sich in allen Gewohnheiten ihres öffentlichen und Privatlebens wieder finden lassen, und man sie als die Quellen ihrer Irrtümer und ihres Unglücks ansehen muss, eines Unglücks, das in seiner Art und in seinem Umfange unter den Völkern beispiellos ist. Diese beiden Züge sind: *erstlich*, ihr Widerwille gegen die Formen, womit sich die Königswürde umgibt, und in Frankreich mehr als in irgendeinem andern mir bekannten Reiche sich umgeben *muss*; und *zweitens*, ihr unheilvolles Vorurteil *für* oder *wider* diejenigen, die ihr von anderen, oder auch wohl von ihr selbst ohne Überlegung, als Gegenstände des Wohlwollens oder des Hasses bezeichnet worden waren; *ohne Überlegung*, sage ich, denn im ganzen genommen, war ihr Gemüt unentschlossen und schwankend.

---

[13] Im Originale *démarche caressante. Übers.*

Sie behandelte mich, sobald ich angekommen war, wie alle übrigen jungen Leute, die ihre Pagen waren und denen sie mit vorzüglichem Wohlwollen begegnete, bald mit fast mütterlicher Güte, bald mit einer zugleich würde- und zuneigungsvollen Freundlichkeit, welche, wo möglich, die ihr schuldige Ehrerbietung durch einen Zusatz von Liebe verstärkte.

»Haben Sie« – so wird mich der Leser fragen – »haben Sie alle diese Beobachtungen beim ersten Eintritte ins Pagenleben gemacht, in einem Alter, wo Sie selbst noch halb Kind waren?« – ich antworte: Ja; denn in meinem fünfzehnten Jahre taugte ich mehr als jetzt. Mein damals noch unverdorbener Verstand war unendlich viel richtiger und schärfer; weiter will ich nichts von ihm sagen, da ich überhaupt nicht sonderlich viel, sowohl von dem meinigen als von dem der anderen halte, wenn das übrige fehlt.

Beiläufig überlasse ich es denen, die meine Memoiren lesen werden, zu beurteilen und zu entscheiden, ob die Natur mich mit dieser *Ware*[14] versehen hat, welche übrigens heutzutage ziemlich gemein und fast immer unheilbringend ist. Sie mögen entscheiden, ob mir diese gütige Mutter einiges Talent geschenkt hat – welches von Verstand und Witz sehr zu unterscheiden ist – oder einige Geisteskraft und Geisteswärme, – zwei von Verstand und Witz noch weit verschiedenere Attribute, weil sie wesentlich zum Gebiete der Seele gehören.

Das erste Jahr meines Pagendienstes verfloss ohne merkwürdige Begebenheit. Ich machte meine Beobachtungen. Ich suchte meine Bemerkungen unter ein Ganzes zu bringen, um sie zum Leitfaden für mein künftiges Leben zu machen. Aber was den Erfolgen, die ich mir von meinem theoretischen Systeme versprechen durfte, praktisch in den Weg trat, war – der grenzenlose Leichtsinn meines Charakters. Ich hatte Lehrer in allen Zweigen der Wissenschaften; dennoch waren meine Fortschritte nur mittelmäßig, weil ich keinen inneren Zug zu irgendeiner derselben fühlte. Man hatte meinen Charakter aus einem durchaus falschen Gesichtspunkte aufgefasst, und übergab mich der kurzsichtigen Beschränktheit eines Pagen-Hofmeisters, welcher, Gott weiß wie, im zweiundzwanzigsten Jahre das Ludwigskreuz erhalten hatte. Er sprach von nichts als von diesem Kreuze, welches ihm wenig, und denen, die ihn damit dekoriert hatten, noch weniger Ehre machte. Auch die Art, wie man die Pagen im ersten, gleichsam Noviziatjahre behandelte, war meinen Begriffen von Gerechtigkeit schnurstracks zuwider, und flößte mir Abscheu gegen eine Vorbereitungsschule ein, welche meiner Meinung nach mehr Nachteile als Vorteile darbot. Ich lernte, wie alle meine Kameraden, reiten, tanzen, fechten; brachte es aber nie weit

---

[14] Im Originale *drogue*.

in der Mathematik und im Zeichnen. Von meinem Lehrer in der deutschen Sprache habe ich weiter nichts gelernt und behalten, als den Namen, und entsinne mich noch heute, dass er mir nach dreijährigem Unterricht diesen Namen vorbuchstabieren musste. Er hieß *Guérault de Palmfeld*[15], und ich nannte ihn fast immer Herr *Gérau*. – Dagegen übte ich mich selbst im Lateinischen und lernte diese Sprache sowohl als den Mechanismus des französischen Versbaues aus dem Grunde. Ich fühlte mich damals mächtig zur Poesie hingezogen. Späterhin habe ich, doch ohne diesen Anreiz, eine Menge Verse gedichtet; aber es ist so weit mit mir gekommen, dass es mir jetzt nur möglich ist, vorzüglich gute Gedichte zu lesen, und selbst von den besten nicht über hundert Verse hintereinander.

Im zweiten Jahre erhielt ein Stabsoffizier, welchen ich nicht nennen werde, die Erlaubnis, mich auf acht Tage nach Paris mit sich zu nehmen. Er war ein Freund meines Vaters gewesen und hatte mich zufällig in Versailles bei Hofe gesehen. Man vertraute mich ihm an, und tat nicht wohl daran. Er gab mir ein Zimmer in seinem Hotel und führte mich in gute Männergesellschaft ein, aber in desto schlechtere weibliche. Er unterhielt eine sehr hübsche Mätresse, der zuliebe er einen für sein Vermögen allzu großen Aufwand machte, die aber, wie sich's versteht, seiner von ganzem Herzen überdrüssig war. Ich warf ihr einige Liebesblicke zu, die sie mit Aufmunterungsblicken erwiderte. Sie behauptete, ich sähe einem hübschen Mädchen von ihrer Bekanntschaft ähnlich; ich behauptete, dass ich (wenigstens sagte man es damals von mir) eine hübsche, junge Mannsperson sei. Keine 24 Stunden waren vergangen, als mein Wirt – denn die Eifersucht hat Luchsaugen – erriet, was unter uns vorging. Er wollte sich mit mir schlagen; allein man machte ihn auf das Lächerliche dieses Entschlusses aufmerksam, und die Fehde ward in Strömen von Champagner ersäuft, welche mich um meine schwache Vernunft brachten, – die sich in die Arme einer gefälligen Nymphe rettete, bei der man Vergnügen und allzu späte Reue holen konnte. Einer meiner Mitpagen, der Graf *du Chilleau*, war zu seinem und meinem Unglücke denselben Tag nach Paris gekommen; ich führte ihn zu meiner Priesterin der gebrechlichen Tugend; er teilte ihre Geschenke mit mir.

Als wir nach Versailles zurückgekehrt waren, musste ich meine gewohnte Lebensart wieder aufnehmen. Sie fiel mir in dem Zustande schwer, in welchen mich der Gesang meiner Sirene versetzt hatte. Ich wendete mich an einen Winkel-Äskulap. Mein Freund gebrauchte denselben unwissenden Scharlatan; es erging ihm ärger als mir; seine Krankheit nahm einen so

---

[15] Man hat von ihm eine französische Anleitung zur deutschen Sprache, in zwei Bänden mit Beispielen, wo das Deutsche in Zwischenzeilen über den französischen Text gesetzt ist. *Übers.*

schlimmen Charakter an, dass er dem Tode nahe war. Was uns zu verbergen so sehr am Herzen lag, wurde entdeckt; man übergab uns der Pflege eines Arztes. Ich ward bald wieder gesund, aber mein Freund musste sich einer langen und schmerzhaften Kur unterwerfen.

Ich bitte meine Leser – und Leserinnen – um Verzeihung, einen Vorfall dieser Art so *umständlich* vorgetragen zu haben; er hat aber einen sehr direkten Einfluss auf meinen Pagenruf und vielleicht in gewisser Hinsicht auf mein ganzes Leben gehabt. Ich habe Bekenntnisse und die Wahrheit versprochen. Ich muss *alles* sagen, ohne mich entschuldigen zu wollen. Untersuchen wir folglich die Sache näher. Ein Mann von Ansehen verleitet einen fünfzehnjährigen Jüngling durch böses Beispiel, durch überraschende Verführung, zu Ausschweifungen, die ihre gerechte Strafe mit sich führen. Der Bestrafte macht einen ebenfalls jungen Freund mit dem Gegenstande seiner sinnlichen Neigung bekannt, weil er keine Gefahr weder für sich noch für ihn ahnt; beide berauschen sich aus dem Becher der Wollust, und dieser Becher wird für beide zu Gift. Ihr Zustand erheischt Hilfe; sie wollen ihn vor den Vorgesetzten verbergen, suchen fremden Beistand, der das Übel ärger macht, und endlich wird das furchtbare Geheimnis offenbar[16].– Gehen wir nun zu den Folgen dieses Ereignisses über.

Man wird von der Sache sprechen, man wird sie der Königin selbst vortragen (denn alles lässt sich ja in Erzählungen verschleiern); man wird ihr sagen, dass ich unter einem falschen Vorwande in Paris gewesen bin, dass ich mich dort mit Ausgelassenheit einer Leidenschaft hingegeben, die nicht für mein Alter gemacht war; dass ich mich geschlagen; dass ich alle Schlupfwinkel des sittenlosen Babylons besucht; dass ich es, mit den Hefen der Sünde befleckt, verlassen; dass ich einen bis dahin tugendhaften Jüngling zu einer Buhlerin, der Schande ihres Geschlechts, wider seinen Willen geführt; dass ich der Urheber seines Unglücks, der Zerstörer seiner vielleicht auf immer verlorenen Gesundheit bin; dass ich sein Herz zur Unbußfertigkeit verhärtet habe, indem ich ihn *abgehalten*, seine Schuld und seinen Zustand zu entdecken, und ihn *bewogen*, sich heimlich den Händen eines schamlosen Quacksalbers anzuvertrauen; dass hier alles zusammenkommt: Liederlichkeit, Lug und Trug, Ränke, Immoralität aller Art; dass sich alle Zeichen von Verderbtheit vereinigen, alle Keime sichtbar sind, aus welchen einst ein vollständiger Taugenichts sich entwickeln wird. Man wird hinzusetzen, dass ich alle mir auferlegten Strafen mit Verstocktheit, mit gleichgültiger Verachtung erduldet habe; – aber man wird nicht sagen, dass ich aus Verachtung schwieg, weil man mich mit größtenteils unverdienten Vorwürfen über-

---

[16] Et le voilà connu, ce secret plein d'horreur.
(*Corneille*)

häufte, weil ich statt derselben, in gewisser Hinsicht, auf Lob rechnen durfte, da ich edel genug gewesen war, weder den Stabsoffizier, der meine Aussage lächerlich gemacht haben würde, noch meinen jungen Freund zu verraten, der meine Schuld geteilt hatte, aber meine Strafe nicht teilen sollte. Ich war *nicht* der Verführer seiner Unschuld gewesen.

O ihr, denen die Sorge obliegt, die Jugend zu erziehen, lernet das Gemüt eurer Zöglinge kennen; nehmt das Maß des Ehrgefühls, des Zartsinnes, das in ihnen ist; berechnet den Grad der Empfindlichkeit ihrer Seelen; bringt die noch nicht ausgewachsene Beschaffenheit ihrer physischen und moralischen Organisation in Anschlag; bedenket, dass eine erste Züchtigung, zumal eine öffentliche, mit Überlegung, mit Mäßigung erteilt werden muss; bedenket, dass es Gemüter gibt, die man nicht niederdrücken darf, und welche, unempfindlich gegen ungerechte Herabsetzung, das ihnen angetane Unrecht durch Gleichgültigkeit erwidern und, sich über unverdiente Schande erhebend, sie denen überlassen, von welchen sie falsch beurteilt worden sind!

Einige Monate verflossen in meiner Verdammungslage. Was mich am meisten schmerzte, war, dass ich in den Augen der Königin las, wenn die Dienstreihe an mich kam, wie sehr sie die Vorurteile der übrigen teilte. Endlich zeigte sich eine Gelegenheit, mir ihre gute Meinung zum Teil wiederzugewinnen, und ich ergriff sie.

Ich hatte, nach einer Erzählung von *Marmontel*, ein kleines Schauspiel in drei Akten gezimmert, und es »Laurette, oder die von der Liebe gekrönte Tugend« betitelt. Ich war noch weiter gegangen und hatte, sitzend in einem Lehnstuhl, neben mir ein Glas mit Zuckerwasser, vor mir vier brennende Kerzen, mein Stück dem dramatischen Areopag von Versailles vorgelesen. Noch mehr: Das Stück war zur Aufführung angenommen und der Verfasser mit Lob überschüttet worden. »Ich würde« (so hieß es aus dem Munde der Herren und Damen dieses Vereins) »ich würde die komische Muse, die seit *Piron* und *Gresset* geschlafen hatte, wieder aufwecken und zu Kräften bringen.« Ein Mann, dessen Verstand nur von der einen Seite gelähmt, aber von der andern nicht abgestorben war, der *Prince d'Henin*[17], hatte der Vorlesung beigewohnt. Er versicherte, das Stück sei *entzückend*, die *Porträts vom besten Farbenton*, und erklärte, ich sei ein junger Mann, der zu den *höchsten Erwartungen* berechtigte. »Man ist« setzte er hinzu »von den ungereimten gotischen Vorurteilen gegen das Studium der schönen Wissenschaften zurückgekommen. Nur talentlose Dummköpfe verschreien es im Gefühl ihrer Ohnmacht und meinen, um recht hochadelig zu sein, müsse man sich durch

---

17 Mademoiselle *Arnould* nannte ihn durch ein doppeltes Wortspiel: le prince des nains und le nain des princes. *Übers.*

grobe Unwissenheit und Geistesschwäche auszeichnen. Fahren Sie fort, mein Herr! Fahren Sie fort; treten Sie ohne alle Einschränkung in die Bahn, welche ein so sichtbarer Beruf Ihnen eröffnet. Franz I. machte Verse. Was mich betrifft, so würde ich morgenden Tages ein Lustspiel schreiben, wenn ich Talent dazu hätte; und wollte man mich durch Widerspruch aufbringen, so würde ich mein Stück gar *aufführen*.« Der gute Mann hatte zur Hälfte recht, konnte aber nicht, wie man sieht, zu rechter Zeit innehalten. Später ist er in einem großen Trauerspiele aufgetreten, dessen fünfter Akt immer mit dem Revolutionsbeile schloss, unter welchem auch sein Kopf gefallen ist, ohne dass es jemals klar geworden, zu welcher Partei er gehörte und zu welchen Meinungen er sich bekannte. Bisweilen fing er eine gewichtige Rede an, bald aber schlichen sich in dieselbe alle Irrtümer einer falschen Urteilskraft ein, angetan mit einer falschen Philosophie. Er war von hoher Geburt; sein Stolz gab derselben nichts nach, aber er hatte das Unglück, immer sich dem zu überlassen, was ihr entgegenstand. Er brüstete sich mit einer albernen allgemeinen Menschenliebe, welche ihn zum Allerwelts- freunde machte, gerade weil sein Herz kein Gefühl für Freundschaft hatte. Er hat Antworten gegeben[18] und Handlungen getan, von welchen man auf

---

[18]   Zum Beweis führe ich hier einige seiner energischen Antworten an. Eines Tages behandelte ihn der *Comte d'Artois*, dessen Capitaine des gardes er war, mit etwas zu wenig Achtung. »Monseigneur!« sagte er zu ihm »geruhen Sie sich zu erinnern, dass, wenn ich die Ehre habe, in Ihrem Dienste zu sein, Sie die Ehre haben, von mir bedient zu werden.« Ein anderes Mal scherzte der Prinz etwas unsanft mit ihm und schob ihn beim Kopfe vor sich her. »Monseigneur!« sagte er »mein Kopf ist hier, um den Ihrigen zu schützen, nicht Ihnen zum Spielzeug zu dienen.« – Er hatte sich, im Gegensatz zur Königin; in Fontainebleau für ein Stück erklärt, dessen Name mir entfallen ist. Das Stück fiel durch. »Nun, Prinz, Ihr Stück – Ihr Schützling – ist gefallen!« – »Ja, Ihre Majestät, bei Hofe; deswegen wird es, ich stehe dafür, in Paris Beifall finden.« – Diese letzte Antwort habe ich mit eigenen Ohren gehört. Die beiden anderen sind mir von ihm wiederholt worden, und das niedrige Laster der Lüge war nicht in ihm.
Um den Sinn der stolzen Antwort zu verstehen, welche der Prinz dem *Comte d'Artois* gab, muss man wissen, dass die Henin, deren eigentlicher Titel: Grafen von Elsass (*comtes d'Alsace*) ist, zu den erlauchtesten Familien von Europa gehören und sich den Bourbons gleich achten. Sie haben in der Tat einerlei Abstammung mit dem Erzhause Österreich und führen ihr Geschlecht bis zu *Ethiko* hinauf, der im achten Jahrhundert Herzog von Elsass war, und von welchem *Gerhard* abstammte, der im Jahre 1048 erster Herzog von Ober- Lothringen wurde. Sein ältester Enkel, *Simon*, setzte den Zweig der Lothringischen Herzöge fort, der noch auf dem Kaiserthrone blüht; der zweite, *Theoderich* von Elsass, erbte von seiner Mutter die Grafschaften Flandern und Artois, welche nach dem Tode seines ältesten Sohnes, *Philipp* von Elsass, seine Tochter *Margarethe* durch Heirat in das Haus Hennegau und Namur brachte, aus welchem alle diese Länder nebst mehreren anderen Provinzen an das Haus Burgund und durch *Marie* von Burgund an das Haus Habsburg kamen. Aber nach der eigentlichen Sukzessionsordnung hätte dem *Philipp* von Elsass nicht seine Schwester *Margarethe*, sondern sein jüngerer Bruder *Simon* nachfolgen sollen, welcher die Erbin der Grafschaft *Henin-Liétard* geheiratet hatte, und dessen Nachkommen den letzteren

Kraft und Würde hätte schließen sollen, und doch brachte er, obschon einer der ersten Diener des Reiches, sein Leben unter den schlechtesten Schauspielern, unter dem erbärmlichsten Schlage von Leuten, unter den verrufensten Buhlerinnen zu, deren Schutzherr und *guter Bruder* (wie sich die Könige untereinander nennen) er war. Das Lustigste dabei ist, dass es ihm sogar an physischer Entschuldigung für sein unmoralisches Leben fehlte; bei gänzlichem Mangel an Manneskraft, die ihm einigermaßen zur Rechtfertigung hätte dienen können, besaß er alle Schwächen, die das verdammende Urteil über ihn noch erschweren mussten.

Welche lange Dissertation über den Prince d'Henin, wird man sagen, und das bei Gelegenheit eines Drama! – Ich weiß selbst nicht, wie ich dazu gekommen bin, oder, besser gesagt, ich weiß es gar wohl; denn mir ist nie ein ähnlicher Charakter aufgestoßen, ein solches Gemisch von Vernunft und Torheit, von Würde und Versunkenheit, von gesundem Verstande und Ungereimtheit. In dieser Hinsicht war er in seiner Art *einzig*.

Die Königin hörte von meinem Schauspiele sprechen; sie bekam Lust, es zu lesen. Herr Campan, ihr Kabinettssekretär, der die ganze äußere Wichtigkeit eines verzogenen Unterbeamten besaß, dabei aber besser war als die Airs, die er sich gab, erhielt den Auftrag, mir das Stück abzufordern. Als die Königin es gelesen hatte, war er artig genug, mir einen Wink zu geben. Ich ging unter einem Vorwande auf das Schloss. Die Königin erzeigte mir die Ehre, mir zu sagen: »Herr von Tilly, hier sind Ihre Hefte zurück; ich wünsche aber, – ich befehle sogar, wenn es ja eines Befehls bedarf, – dass Sie das Drama nicht aufführen lassen.« Während ich eine Antwort suchte, fuhr sie fort: »Wie kann man mit so viel Geschmack für die Poesie und mit einer solchen Leichtigkeit, Gefühle der Tugend auszudrücken, einer so schlechten Aufführung beschuldigt werden?« –

Von Schmerz zerrissen, konnte ich lange nicht anders als mit einem Strom von Tränen antworten. Als ich mich endlich erholt hatte, legte ich in allgemeinen und gemessenen Ausdrücken und in einer schnellen Schilderung

---

Namen führten, bis sie unter *Ludwig* XIV. ihren alten und glorreichen Namen wieder annahmen. Von dieser Zeit führte die ältere Linie des Hauses den Titel: *Marquis d'Alsace,* und *Karl VI.* erkannte in einem Diplom von 1740 ihre Abstammung von den alten Grafen von Elsass und folglich ihre Verwandtschaft mit den Häusern Österreich, Habsburg und Lothringen an. Eine zweite, im vierzehnten Jahrhundert gestiftete Linie erwarb im 17. Sek. durch Heirat das Fürstentum *Chimay* und dadurch die Reichsfürstenwürde. Der ältere und zweite Bruder des im Text Erwähnten waren die letzten Fürsten von Chimay; er selbst, als dritter Bruder, führte bloß den Titel: Prince d'Henin et du St. Empire. Mit ihm starb 1794 die jüngere Linie des Hauses Elsass aus; das Fürstentum Chimay aber ging durch seine Schwester auf die Familie *Caraman* über. Die ältere Linie oder die *Marquis d'Alsace* existieren wahrscheinlich noch. S.

der Königin das Unglück meiner Lage vor, die Verleumdungen, deren Gegenstand ich gewesen, die Unrichtigkeiten im Bericht meines Gouverneurs, dass der Schein zwar gegen mich sei, dass ihn aber seine Kurzsichtigkeit für Wahrheit gehalten habe. Ich wagte es nun, mit etwas festerer Stimme sie zu fragen, ob es in meinem Alter unverzeihliche Fehler, unerlässliche Sünden gebe, sobald sie nur nicht die *Ehre* verletzten? »Sie haben recht« erwiderte die Königin, mich fixierend; »ich selbst halte Herrn von Pedreauville[19] für einen höchst mittelmäßigen Kopf. Vergessen wir, was geschehen ist; führen Sie sich gut auf, und Sie werden mich Ihnen stets wohlgeneigt finden.« –

Sie entließ mich mit unaussprechlicher Grazie und mit der beigefügten Versicherung, dass sie mir ihre vorige Gnade wiederschenke. Ich bin auch fortdauernd im Besitze derselben geblieben, bis sich ein zweiter Vorfall[20] ereignete, der mir ihre Huld auf immer entzog, eine Ungnade, auf welche dieser frühere Umstand ohne Zweifel mit eingewirkt hat.

Der Grund, welcher meine ersten Schritte in der dramatischen Laufbahn hemmte, war von der Art, dass ich mich leicht darüber trösten konnte. Überdies gibt es in dem Alter, in welchem ich mich damals befand, keine dauerhaften Eindrücke. Gleichwohl nahm ich mir einige Zeit nachher die Freiheit, die Königin zu fragen, ob sie auf ihrem Verbote bestehe. – »Freilich« gab sie zur Antwort; »und dies wundert Sie?« – Ja, Ihre Majestät; liegt denn etwas Böses darin, ein Stück aufführen zu lassen?« – »Etwas Böses? Nein; aber es schickt sich nicht. Ein Mann von Stand, ein junger Mensch in Ihren Jahren muss sich nicht zur Schau stellen.« – »Sie wissen aber, Königin,[21] dass der Kardinal von *Bernis*, dass Herr von *Boufflers*, dass Herr von *Guibert*[22] selbst, der doch auch ein Mann von Welt und Oberster ist – so gut wie andere, Schauspiele geschrieben, sie vorstellen und drucken ...« – »Es soll mir lieb sein« unterbrach mich die Königin »wenn Sie nicht weiter daran denken!« – ich *dachte* daran, aber ich *schwieg*.

Vier Jahre später ward mein Drama *Laurette* von meinem Kammerdiener durch Zufall beim Anzünden einer Wachskerze verbrannt. Ich habe die Asche gesehen, aber keine Träne darüber vergossen. Und so verflossen jene Tage, welche so tiefe Spuren zurücklassen, und so schnell verfliegen und verschwinden!

---

[19] Den Pagen-Gouverneur. *Übers.*

[20] Der öffentliche Umgang des Verfassers mit der Schauspielerin *Adeline*. *Übers.*

[21] Eine französische Wendung für » *Ihre Majestät wissen*«. Im Originale: Mais la Reine sait, zur Abwechselung mit dem ewigen Votre Majesté sait usw. *Übers.*

[22] Dessen Connétable de Bourbon die Königin in Versailles und Fontainebleau aufführen ließ. *Übers.*

Meine Jugend sollte auf eine neue Probe gestellt werden; hier aber siegten Vernunft und Ehrgefühl über den animalischen Instinkt.

Herr von N... war im Begriff, die Pagen zu verlassen, um in ein Kavallerieregiment zu treten. Er war älter und weit ausgebildeter als ich. Er behauptete einst, insofern mich mein Gedächtnis nicht trügt, Mademoiselle Allard[23] sei eine sehr imposante, tragische Künstlerin und Mademoiselle Arnould[24] eine durch Leichtigkeit und Gewandtheit ausgezeichnete Tänzerin. Die Verwechslung war zu auffallend, um einer ernsthaften Zurechtweisung zu bedürfen. Nichtsdestoweniger gerieten wir darüber aneinander, trieben es bis aufs äußerste, und das Urteil fiel dahin aus, die Sache sei auf den Punkt gekommen, wo »die beleidigte Ehre Blut verlange«.[25]

Wir schlugen uns mit ziemlicher Erbitterung. Er versetzte mir einen Stoß oben in die Brust; ich musste zweimal zur Ader gelassen werden. Dagegen kam er leichteren Kaufs davon und erhielt nur eine Schramme am Hals. Die Königin erfuhr den Handel; sie erklärte sich bestimmt für mich, besonders da mein Gegner an Jahren und an Kräften mir so überlegen war. Vor dem eigentlichen Zweikampfe hatte ich einen früheren mit der Natur zu bestehen gehabt, die mich – ich will's nur bekennen – nicht hat *tapfer geboren werden* lassen; ich überwältigte sie aber und mich selbst; und seitdem habe ich ihre furchtbare Stimme nicht wieder vernommen.

Warum sollte ich über dieses Eingeständnis verlegen sein, oder mich dessen schämen? Es hat im Gegenteil etwas Pikantes in dem Munde eines Mannes, der das Unglück gehabt, in der Folge mehr als ein ernsthaftes, blutiges Duell zu haben, aus dem er sich, wie er glaubt, mit Ehre und Mut gezogen. Heutzutage lege ich so wenig Wert auf das Leben, dass ich es für nichts Verdienstliches ansehen würde, es auf eine Degenspitze zu setzen.

---

23 Eine bekannte Operntänzerin. *Übers.*
24 Eine ebenso bekannte Opernsängerin. *Übers.*
25 Où l'honneur outragé devait verser du sang. (*Voltaire*).

Drittes Kapitel

Non ego te meis Chartas inornatam silebo
(Horat. Od. IV 9.)

Eine Frau von sechsunddreißig Jahren; ein Jüngling von sechzehn –
Erster Funken dieser Flamme – Vorläufige Einleitung – Porträt der Dame –
Antwort einer berühmten Frau – Fernere Entwicklung unserer Liebe –
Demoiselle Lescaut, Schauspielerin in Versailles – Mein Glück bei ihr – Der
Pagengouverneur übt Strenge – Mein Oheim setzt ihn in Furcht – Ich setze
meine Besuche bei Frau von ... (der 36 jährigen Dame) fort – Halbe
Liebeserklärung – Ungewissheit. – Der Ludwigsritter und seine Nichte –
Porträt beider – La Bruyere angeführt – Literarischer Streit zwischen
dem Offizier und mir – Geschichte des Offiziers – Die Nichte (Sophie) macht
Eindruck auf mich – Verstellung – Mangel an Erfahrung – Billett
der Frau von ... – Zweideutiger Inhalt – Mein Roman rückt nicht weiter –
Ein paar Worte über die Romanschilderungen – Ich stelle mich krank –
Unruhe der Frau von ... – Mein Sieg – Heimliche Zusammenkünfte

Wenn eine Frau von sechsunddreißig Jahren, von vielem Verstande und dabei noch schön, einem jungen, sechzehnjährigen Etourdi ihr Herz und ihre Liebe schenkt, so ist es nicht anders möglich, sie muss, von einem geheimen Zauber besiegt, zu ihm hingezogen worden sein. Nur durch den Verrat ihrer Sinne angezogen oder von einem inneren Instinkte überwältigt, kann sie das Glück ihres Lebens und den größten Schatz desselben, ihren bisherigen Ruf, in die Hände des Leichtsinnes dahingeben.

Die Verschiedenheit und Ungleichheit der Jahre, die Notwendigkeit, auf mehr als halbem Wege entgegenzukommen, alles sollte sie zurückhalten und abschrecken. Nur dadurch, dass sie ihrer Leidenschaft immer mehr Gewalt einräumt, bis sie ganz von ihr hingerissen wird, nur durch einen heimlichen, ihr selbst entgehenden Zug, der sich nicht messen und berechnen lässt, kann eine Frau von Ehre zu einem Falle dieser Art kommen, der aber alsdann auch desto tiefer und reißender ist, je höher sie stand.

Ein ganzes Jahr war vergangen, und noch hatte ich einer Dame nicht aufgewartet, die, aus einer von Le Mans nur wenig entfernten Provinz gebürtig, mir kaum mehr als dem Namen nach bekannt war und jetzt ein Hofamt bekleidete; – als sie mir sagen ließ, sie komme von ihren Gütern und habe einer ihrer Bekannten, die sich für mich interessiere, versprochen, mich zu sehen. Auch diese letztere will ich nicht nennen; ihr Name würde selbst jetzt noch gar zu deutlich dahin führen, diejenige kenntlich zu machen, von der dieses Kapitel handelt. Sie ist zwar *tot*, aber ihr Andenken lebt in meinem Herzen, und ich muss es ehren.

Ich begab mich zu ihr. Sie setzte mich mit wenigen Worten in Kenntnis des Auftrages, den sie erhalten hatte; bezeigte mir, erst in allgemeinen Ausdrücken, eigenes Interesse für mich, tat dann verschiedene Fragen, welche diesen Anteil näher zu erkennen gaben, und als sie einige Blicke auffing, die ich auf ihre Reize warf (denn sie war wirklich schön und eben bei der Toilette), schien sie einen Augenblick verwirrt und teilte mir dadurch die ganze Aufregung mit, die ich in ihr erweckt hatte und sie nur mit Mühe verbergen konnte. Sie schalt ihre Frauen und entließ sie endlich nach einer für mich ewigen Toilette von – zwanzig Minuten.

Ich fühlte, als wir allein waren, dass ich errötete. Dieses Gefühl trieb noch mehr Blut in meine Wangen. Ich fand mich glücklich, da zu sein – und doch hätte ich mich gern weit weggewünscht. Es war eine tiefe Stille eingetreten, die ich mir nicht recht zu erklären wusste, und die ich nicht unterbrochen hätte, hätte es mir auch das Leben gekostet. Endlich knüpfte sie den Faden der Unterredung wieder an; es waren aber nur abgebrochene Worte. Nach langer, sichtbarer Anstrengung sagte sie endlich mit Lebhaftigkeit: »Sie sind außerordentlich gewachsen, seit ich Sie gesehen habe; Sie haben ausnehmend gewonnen ... Sie werden ein schöner Mann werden ... Ihre Stimme hat einen überaus angenehmen Klang ... Man hat mir Ihren Verstand gelobt ... Ich bin überzeugt, Sie haben ein gutes Herz. Beherrschen Sie nur Ihre Leidenschaften. Mit dem Namen, den Sie führen, werden Sie zu allem gelangen und Ihr Haus auf die alte Höhe heben.«

Was sie mir damals sagte, wiederhole ich hier ohne Eitelkeit. Dreiundzwanzig Jahre, welche seitdem verflossen sind,[26] und *Jahrhunderte*, welche in diesen dreiundzwanzig Jahren über Frankreich dahingeflogen, machen diese Rückerinnerung für mich zu einem lieblichen Traume, der aber im Augenblicke des Erwachens kaum eine Spur zurücklässt.

Ich bemerke hier ein für alle Mal, dass ich eine *Geschichte* schreibe, deren einziger Schmuck die Wahrheit ist. Da nun die Wahrheit aus einzelnen Zügen besteht, die sich zu einem Ganzen bilden, so kann und darf ich diese nicht weglassen.[27] Ich erkläre ferner, dass ich mir und dem, was ich von mir zu sagen habe, so wenig Wichtigkeit beilege, dass die Eitelkeit hier nicht im geringsten im Spiel ist. Ich halte sie in diesem Augenblicke für die seichteste und nichtigste von allen Leidenschaften, für ein Gefühl, dem ich längst und für immer mein Herz verschlossen habe.

---

26 Dies ist 1804 geschrieben. Übers.
27 Dies diene auch dem Übersetzer zur Entschuldigung.

So viel ein für alle Mal, und um mir jede Wiederholung zu ersparen.

Ich dankte der Dame, ohne mich schüchtern und linkisch dabei zu benehmen, aber doch mit einer Art von Verschämtheit, wodurch die Gefahr vermehrt wurde, die sie bei mir lief; – gerade als hätte ich es *gefühlt*, dass sie für mich etwas empfinde, da ich es doch nur undeutlich *ahnte*, weil es nicht zu dem Begriffe passte, den ich mir von ihrer Tugend gemacht hatte. Dieses *Halbgefühl* drückten ihr meine Augen aus; sie verstand die Sprache und ihre Verwirrung nahm zu. Ein Besuch, der eben eintrat, gab mir Gelegenheit, mich zu entfernen. Ich benutzte sie und atmete freier. Sie ebenfalls. Sie hat es mir nachher gestanden, und mir – nichts Neues entdeckt.

Die Dame, von welcher die Rede ist, war in jeder Hinsicht eine Frau von vieler Bedeutung. Sie hatte einen Mann gehabt, der ihrer auf keine Weise wert war, der nichts für sich hatte, als seinen Titel, einen ziemlich wurmstichigen Ruf, und ein großes Vermögen, welches aber mehr Schulden als Eigentum zählte. Das ihrige musste ihm wieder aufhelfen; aber was noch schätzenswerter ist, sie deckte mit der Achtung, die man ihr zollte, die Fehler eines Mannes zu, den sie nicht liebte, und blieb ihm getreu, trotz des doppelten Grundes, der sie zum Gegenteil hätte verleiten können, nämlich der Nichtliebe für ihn und der Anbetung von so vielen. Er hinterließ sie bald als Witwe, und nun widerstand sie allen Liebhabern, allen Erklärungen, allen Bewerbern. Man kann nicht hinzusetzen: allen Bestürmungen; denn es hielt schwer, dergleichen bei ihr zu wagen. Niemand, selbst nicht der eingebildetste Geck, der unerschrockenste Eigendünkler, durfte diesen Weg einschlagen. Sie war auf einen Punkt gelangt, wo der Ruf einer Frau feststeht, wo sie die größten Gefahren bestanden und überstanden hat. Männer, die sich für Glücksritter in der Liebe[28] halten und ausgeben oder es wirklich sind, nehmen es selten mit einer geprüften, feuerfesten Tugend auf, und fürchten sich, ihre Eitelkeit an einer Klippe zu versuchen, an welcher schon so mancher gescheitert ist. Für eine solche Frau gibt es weiter keine Gefahren zu besorgen als vonseiten der anziehenden, kunstlosen Unschuld, oder des raschen Angriffs eines unwiderstehlichen Verführers.

Ich entsinne mich, einst eine durch ihre Reize berühmte Frau gefragt zu haben, wie es gekommen, dass sie sich einem Manne hingegeben, von dem ich wusste, sie liebe ihn nicht, und der auch wirklich ihrer Liebe unwürdig war. Nach langem *Leugnen* sagte sie mir endlich: »Ich lebte in einer Art von Abgeschiedenheit des Herzens: *Er war da, ich war da*; ich sah ihn täglich, und sah fast niemanden sonst.« – von allen Antworten, die mir Verachtung eingeflößt haben, ist diese eine der ersten. Ich würde es lieber gesehen haben,

---

[28] Hommes à bonnes fortunes.

wenn sie mir geradezu gestanden hätte: »Ich hatte Sinne!« Aber jene Art von Selbstentsagung, von Verzicht auf Ehre (denn *hierin* besteht die *Ehre* der Frauen, und es wird einmal wieder dahin kommen! -), jene Gefühllosigkeit des Herzens, jene apathische Hingabe der köstlichsten aller Gunstbezeigungen, die Verschenkung seines Wesens an einen Mann, an dem man nicht einmal Gefallen findet; dieses – (und sollte man mich auch im Verdacht haben, dass ich aus dem Monde oder aus der Unterwelt komme; sollte mich auch alles auslachen, was in der Mode den Ton angibt!) – dieses erkläre ich für eine Monstrosität, die der äußersten Ahndung wert ist, für ein Verbrechen, welches die Person, die es begeht, auf die niedrigste Stufe der Niederträchtigkeit in der Schöpfung herabsetzt. Die Frau, welche sich im äußersten Elende *verkauft*, hat wenigstens eine Entschuldigung: Sie *bettelt* mit ihren Reizen um ein Almosen. Ich bedaure sie. Derjenigen, welche von ihrem *Temperamente* fortgerissen wird, schenke ich *meine ganze Nachsicht*; – in den argen Tagen meiner Jugend würde ich gesagt haben, *meine ganze Achtung*.

Einige Tage nach diesem Besuche begegnete mir jemand, dem Frau von ... genau bekannt war. Ich erkundigte mich näher nach ihr und suchte in meine Fragen so wenig Ungeschick als möglich zu legen, um mich nicht zu verraten. Vor allem brannte ich vor Begierde, zu erfahren, ob sie Liebhaber gehabt. Die Antwort war: »nicht einmal in der Einbildung der Leute; sie ist über allen Verdacht erhaben; selbst Männer, welche sich die Verleumdung zum Berufe machen und niemanden verschonen, – selbst Frauen, die, um sich in ein besseres Licht zu stellen, den guten Namen anderer anschwärzen, – haben es nie gewagt, den ihrigen anzutasten. Sie hat dabei mehr zu kämpfen gehabt als viele; denn sie ist mit einer tiefen Empfindlichkeit begabt; aber ihre Tugend, die sich anfangs auf Grundsätze stützte, ist ihr mit der Zeit zur Gewohnheit geworden.«

Wohl, sagte ich zu mir, als ich wieder allein war, du kannst frei atmen; eine törichte Eigenliebe hatte dich getäuscht; du hast nichts zu hoffen, nichts zu fürchten.

Ich ging wieder zu ihr, vollkommen belehrt, und legte in meine Haltung mehr Sicherheit und Ruhe.

Mit ihr war es anders; sie schien verloren zu haben, was ich gewonnen; sie verwirrte sich das zweite Mal, wie das erste; war verlegen; kam mir blässer vor; ein Anstrich, ein Schatten von Trübsinn bedeckte ihr interessantes Gesicht; es schien sie habe gelitten; ... sie sah unzufrieden mit sich aus; sie legte mehr Sanftheit in ihre Stimme.

Nach einer schläfrigen Unterhaltung über Versailles, über die Königin, über Madame Adélaïde, über meine Kunstübungen und Studien, über den heranrückenden Zeitpunkt meines Eintritts in die Welt, bat sie mich, sie zu verlassen; sie habe etwas Notwendiges zu schreiben, das sie morgen selbst in Bellevue[29] abgeben müsse.

Kaum war ich auf freier Straße, als ich mir das Wort gab, so bald nicht wieder ihr Haus zu betreten. »In welche Schlingen lässt uns die Eitelkeit fallen!« rief ich mir zu.

Es befand sich damals beim Versailler Theater eine junge, liebenswürdige, einschmeichelnde Schauspielerin, Mlle. *Lescaut*; sie sang ziemlich gut nach der damaligen Manier; ihre Stimme war schön, ihr Gesicht reizend. Späterhin hat sie bei der Oper in Paris gestanden, und ist in der Blüte ihrer Jahre, aber zu rechter Zeit, gestorben, denn sie war ungeheuer stark geworden und zu einer Masse angewachsen, die sie verunstaltete. Als ich sie kennenlernte, besaß sie alles, was zur Liebe einladen kann.

Sie hatte eine stocktaube Mutter, die aber nichts weniger als blind war. Die Dame war schön gewesen, hatte alle Liebhaberkünste und Streiche aus dem Grunde gelernt, und wusste an den Fingern herzuzählen, wie man Vormünder, Mütter und Aufseherinnen sowohl auf den Brettern als in dem wirklichen Leben hinters Licht führe. Ihr war der tollste Plan von der Welt durch den Kopf gefahren. Sie wollte ihre Tochter unter die Haube bringen oder wenigstens sie nur *dem* überlassen, der ihr einen soliden Glückstand für das ganze Leben versichern könnte. In beiden Beziehungen war ich nicht der Mann nach ihrem Herzen, wohl aber nach dem Herzen des Töchterleins; und mir fällt dabei die Antwort eines jungen Mädchens ein, die soeben das Kloster verlassen und einen Liebhaber gefunden hatte. Dieser fragte: »Wie haben wir es anzufangen, uns zu lieben? Die Mutter steht uns überall im Wege.« – Sie erwiderte: » *Ihre* Sache ist, mir zu gefallen; für das Übrige werde *ich* sorgen.«[30]

Ebenso ging es hier. Mademoiselle *Lescaut* fing an, mir Rendezvous am Fenster zu geben, welche für zufällig galten. Die Mutter war im Zimmer, nahm keinen Anteil an der Unterredung, schoss aber bald verdrießliche, bald grimmige Blicke auf die beiden Verliebten. Bald wurde ich (wohlverstanden, von der Tochter) ins Haus geladen. Ich fand die junge Person gewöhnlich am Klavier, sich mit ihrer wunderschönen Stimme begleitend, stellte mich dann hinter ihren Stuhl, zischelte ihr Liebeserklärungen zu, zuweilen untermischt von lautem Bravo, oder setzte mich neben sie, und

---

[29] Bellevue, zwischen Versailles und Paris, an der Seine, war der Sitz von Mesdames, Schwestern *Ludwigs* XV.

[30] Plaisez-moi assez, et ne vous inquiétez pas du reste.

drückte ihr Knie, während ich mir das Ansehen gab, den Takt zu schlagen, richtig oder unrichtig, was schadet's?

Bis dahin war meine Weise klar, meine Mittel rein, meine Liebe der Vernunft untergeordnet; aber unser weiblicher Argus wollte unserer Tugend und Unschuld nicht recht trauen. Sie gab (so muss ich es glauben) dem furchtbaren Gouverneur einen Wink. Dieser Cerberus hatte längst einen Hass auf mich geworfen, ließ mich aber seit geraumer Zeit, höheren Winken zufolge, in Ruhe, und fand sich dazu auch bewogen durch die bestimmten Erklärungen eines meiner Oheime, welcher, wohl wissend, dass er mir aufsässig war, weil ich boshaft genug gewesen, mich über seinen Orden *vor* dem Verdienst lustig zu machen, – ihm geradezu die Versicherung gegeben hatte, sie würden Händel miteinander bekommen.

Desto erwünschter kam ihm diese Veranlassung. Ich bekam schimpflichen Arrest, weil es hieß, ich brächte *meine ganze Zeit* bei Schauspielerinnen zu, und suchte »diejenigen zu verführen, welche von der engen Bahn der Tugend nicht abweichen wollten.«

Nach Verlauf einiger Tage setzte man mich in Freiheit. Mit pochendem Herzen begab ich mich auf das Schloss, beruhigte mich aber, als ich die Königin bei meinem Anblick ein Lächeln unterdrücken sah.

Tags darauf erhielt ich von der Frau von ... eine Einladung auf sieben Uhr abends. Ich fand sie allein; sie empfing mich mit Kälte, und dieses Mal ohne die geringste Verlegenheit. Sie erklärte mir beim Eingange, meine Aufführung sei nichts weniger als erbaulich; ich würde meine Familie dadurch kränken; Schauspielerinnen, selbst die vorzüglichsten, wären nie eine nur halbgute Gesellschaft; sie rate mir, wenn ich je das Bedürfnis einer Neigung, oder die Notwendigkeit einer zärtlichen Verbindung in mir spürte, meinen Gegenstand besser zu wählen, mich an eine Frau von Ehre, Gefühl und Ansehen zu halten, deren Haus eine Schule von gutem Ton, von gutem Geschmack, von guter Sitte für mich sein würde. – Sie setzte nicht hinzu: »*Ich will diese Frau sein*«, aber der Ton ihrer bewegten Stimme gab es mir deutlich zu erkennen. Für mich war es, als *habe* sie die Worte gesprochen. Ich warf mich ihr zu Füßen. Meine Handlung überraschte sie; sie hieß mich aufstehen, beschwor mich ... Ich beteuerte ihr, sie habe ein ewiges Recht auf meine Erkenntlichkeit; ich wolle sie von nun an als die zärtlichste Schwester ansehen, als einen Schutzengel, als die Gottheit selbst, die mich besser und zartgesinnter ... die mich zu allem machen werde, was sie aus mir zu machen wünschen würde. Ich huldigte ihr mit einem Herzen, das nur für sie schlug. Meine Hände befanden sich, ich weiß nicht, wie? In den ihrigen, die sie, ohne sie zurückzuziehen, mit meinen Küssen bedecken, mit meinen

Tränen benetzen ließ. Sie war außer sich, zitterte wie ein Espenlaub, und es ist buchstäblich wahr, dass die Schminke sich von ihren Wangen löste.

Ich lag noch immer auf den Knien. Ganz außer sich flehte sie, ich möchte aufstehen. »Wenn jemand von meinen Leuten einträte«, rief sie aus; ... aber, als fürchte sie, zu viel gesagt zu haben, setzte sie hinzu: »So unschuldig auch Ihre Absicht und Ihre Wünsche sind, darf ich mich der Gefahr der Verleumdung nicht aussetzen. Kommen Sie Montag etwas früher; wir wollen von Ihren Aussichten ... von Ihnen selbst ... miteinander sprechen, und ich werde glauben, mich mit *mir* zu beschäftigen.«

Es waren einige Personen zum Abendessen eingeladen; ich entfernte mich, als der Kreis um die Dame größer wurde.

Ich hatte eine höchst unruhige Nacht. Die Zeit bis zum Montag schien mir eine Ewigkeit. Endlich schlug die Stunde. Ich eilte zu ihr und sie empfing mich mit den Worten: »Speisen Sie mit mir zu Abend; ich werde nur zwei Gäste haben, welche spät kommen und früh gehen.« Man denke sich mein Entzücken; doch behielt sie mich nur unter der Bedingung, ins Pagenhaus zu schicken und die Erlaubnis für mich auszuwirken. Sie erhielt sie, und ich blieb.

Frau von ..., ganz ihrer mächtig, sprach nun mit mir von der Notwendigkeit, meine Erziehung zu vollenden, von meiner Verpflichtung, an dieser Vollendung zu arbeiten, wenn ich meinen Dienst antreten würde. Sie legte mir einen Studienplan vor, den ich auch größtenteils in den drei bis vier Jahren befolgt habe, die ich zu meiner Geistesentwicklung brauchte; kurz, sie unterhielt sich die ganze Zeit mit mir, wie eine liebreiche, zärtliche, einsichtsvolle Mutter mit ihrem folgsamen Sohne.

Nach acht Uhr traten zwei Personen in das Zimmer. Sie gehörten einigermaßen zum Hause. Ich will sie schildern. Die eine war ein Kapitän, der das Ludwigskreuz trug, und fünfzig Jahre alt sein mochte. Seine Gestalt war noch immer edel und schön, obschon sichtbarlich im Abnehmen. Ohne eben krank auszusehen, hatte er das Äußere eines Menschen, in dem keine Lebenskraft ist. Er schien es zu wissen, und sich's wenig kümmern zu lassen. Das Feuer seiner Augen war erloschen, seine Stimme schwach und hohl; man sah es ihm an, dass nicht das Alter, sondern Mühseligkeiten, Beschwerden und Unglück ihn vor der Zeit gebeugt hatten. Ohne den besten Ton zu haben, hatte er keinen schlechten; was er sagte, war einfach und gedrängt, und seine Manieren, keineswegs kriechend, ließen den demütigen Mann erkennen, der in der großen Welt gelebt hatte, ohne zu derselben gehört zu haben. Nur bisweilen drückte er sich auf eine für die gute Gesellschaft zu bestimmte Art aus.

Die junge Person, die ihn begleitete, war seine Nichte, eine hübsche zwanzigjährige Blondine, von der Natur mit tausend Reizen begabt, die tiefern Eindruck machen als Schönheit. Ihr Gesicht war nicht regelmäßig[31], aber es herrschte, wenn ich so sagen darf, zwischen ihren blauen Augen und ihren weißen Zähnen eine Verwandtschaft[32], welche, so oft sie lächelte, ihr alle Herzen gewann. Sie hatte eine Nymphengestalt, die Frische der Rosen, einen weichen biegsamen Wuchs, eine Stimme, eindringend und verführerisch wie ihr Gang, und einen der größten Reize des schönen Geschlechts, – unvergleichliche Arme und Hände. Bald hätte ich eine, wenigstens in meinen Augen, Haupteigenschaft vergessen, eine schmachtende Blässe. Ich will nicht behaupten, dass ein Maler sie für eine streng-vollkommene Schönheit gehalten haben würde; soviel aber ist außer Zweifel, kein gefühlvoller Mann von gesunden Augen und gesundem Verstande würde den Wunsch unterdrückt haben: »Wäre sie dein!«

Sie war schüchtern, aber nicht ohne Anstand, und begabt mit einer natürlichen Grazie, die keine Kunst lehrt.

Wie mich dünkt, ist es *La Bruyère*, welcher gesagt hat: »Personen, die sich *immer* einander ansehen, und Personen, die sich *nie* ansehen, stehen im nämlichen Verdacht, einander nicht gleichgültig zu sein.« Wir beide sahen uns anfangs mehrere Male an, dann aber hoben wir den ganzen übrigen Abend die Augen nicht mehr gegeneinander auf.

Ich werde es nie vergessen, dass der Oheim, ich weiß nicht mehr, durch welchen Übergang, das Gespräch auf *Zemire und Azor* brachte; er behauptete, dieses Stück sei sehr rührend. Ich wandte ein, *Zaïre* oder *Andromaque* wären es in einem weit höheren Grade; er aber, ohne sich überzeugen zu lassen, blieb dabei, es sei in der Welt nichts interessanter, als die Hässlichkeit, wenn sie durch den Zauber der Sanftmut und Güte über den Abscheu siegt, den ihr Anblick erregt. Bei diesem Satz blieb er, doch ohne sich im geringsten zu ereifern. Dann schwieg er lange, und erst bei Tisch sagte er: Der Herzog von *Vendôme* sei ein größerer Feldherr gewesen, als der Marschall *Turenne*. Ich war in unserer Kriegsgeschichte bewandert genug, um diese Behauptung bestreiten zu können; er aber, ganz ruhig einen Hühnerflügel zerlegend, wiederholte seinen Satz, und versicherte zugleich: Er habe nie etwas so Delikates gegessen. Beim Aufstehen sprach er davon, dass er sich entfernen würde, und erwiderte den Blick seiner Nichte, welcher deutlich zu fragen schien: »Schon?« mit den rauen Worten: »Ja, Fräulein!« Wie war ich ihm in diesem Augenblicke gram! Gleichwohl gönnte er uns, auf der Frau von ...

---

[31] Korrekt.
[32] Alliance.

Bitte, noch einige Minuten, und benutzte sie zu der Behauptung: »Europa sei in der Aufklärung weit hinter China zurück.« Jetzt hatte ich alle Mühe, mich zu halten; ich war im Begriff, ihn nach Peking zu schicken, aber ich dachte an die Nichte, die ihn dahin hätte begleiten müssen, und verschluckte meine Worte. Nur ein lautes Lachen konnte ich nicht unterdrücken. Er schien es nicht zu bemerken, grüßte mich mit einer tiefen Verbeugung, freute sich über die Ehre, meine Bekanntschaft gemacht zu haben, sprach diese paar Worte mit kalter Feierlichkeit aus, und brach mit seiner Nichte lauf.

»Nun« sagte Frau von ..., als wir allein waren »was sagen Sie?« – mit aller Falschheit, deren ich fähig war, erwiderte ich: Ich sage: Die junge Nichte ist soso, nicht wohl, nicht übel; aber dem Oheim oft zu begegnen, der mit Paradoxen um sich wirft, sie kalt wiederholt und dem Widerspruche Schweigen entgegensetzt, würde für mich unerträglich sein. – »Die junge Person ist also nicht wohl, nicht übel? Sie ist nur soso? Das tut mir leid. Ihr Urteil beweist mir, dass es Ihnen an Geschmack oder an Aufrichtigkeit fehlt ... Ein andermal werden Sie sie wohl genauer betrachten.« – ich nahm meine Zuflucht zu einer bekannten Schmeichelei, um meine Verlegenheit zu verbergen: Wer kann eine andere ansehen, wo Sie gegenwärtig sind? – »Wohl« sagte sie »aber wie haben Sie sich mit dem Oheim benommen? Ich habe Sie reden lassen und geschwiegen; mit Ihren ersten beiden Antworten war ich so ziemlich zufrieden, aber die dritte war nichts weniger als schicklich. Laut auflachen, die Achseln zucken, ist nicht höflich und heißt nicht antworten.« – Aber, Madame![33] sagte ich, etwas aus der Fassung gebracht, hat man je solche ungereimte Behauptungen gehört? – »Desto leichter war es, sie zu widerlegen. Lassen Sie es sich sagen, mein junger Freund! Dem Alter und Unglück Achtung bezeigen, ist besser, als recht haben wollen und heißt eigentlich recht haben. So wissen Sie denn, dass Herr *von Lorville* (so mag er künftig hier heißen) auf *meine* Bitte seine Paradoxen aufgestellt hat, um Ihre Kenntnisse, Ihren Verstand und Ihre Geduld zu prüfen. Er wird sich einen besseren Begriff von jenen gemacht haben, als von dieser. Übrigens glauben Sie ja nicht, dass der Mann ohne alles Verdienst sei; er hat in Indien gedient, hat Europa durchreist, ist gebildet, wissenschaftlich gebildet. Er machte früher eine stattliche Person, hat seit zehn Jahren auf den Gütern meiner Schwägerin gelebt und schickte sich an, wie er mir gesagt, nach Montpellier zu reisen, wohin ihn die Ärzte schicken, um eine nicht wieder herzustellende Gesundheit zu bessern und dort – zu sterben. Wie Sie wissen, ist meine Schwägerin kein Muster einer tadellosen und ganz achtungswerten

---

[33] Man erlasse mir das »gnädige Frau, Ihr Gnaden« usw. Warum lässt man in Übersetzungen aus dem Englischen *Mylady* und *Miss* durchgehen und verwirft *Madame* und *Mademoiselle*? *Übers.*

Frau. Er bereut es, ihr die letzten Jahre seines Lebens geopfert zu haben, und weiß nicht, wo er eine Nichte zurücklassen soll, die er liebt und die kein Vermögen besitzt. Ich habe mich erboten sie zu mir zu nehmen und werde sie behalten, bis sich eine gute Partie für sie findet. Auf ihren Oheim, der nächstens abreist und den sie allem Anschein nach nie wiedersehen wird, darf sie nicht rechnen.«

Ich hörte diese Auseinandersetzung mit einer geheimen unsteten Unruhe an, die ich mir selbst nicht zu erklären wusste. So viel sah ich wohl ein, dass ich künftig oft Gelegenheit haben würde, die hübsche junge Person zu sehen und dass ich sie mit der Zeit auch lieben würde. Das machte mir Vergnügen. Zugleich aber fühlte ich, dass ich bereits angefangen hatte, eine andere zu lieben; dass ich folglich mein Herz nicht ganz zurücknehmen könne; das machte mir Kummer. Endlich dachte ich, ohne jedoch bei diesem Gedanken stehen zu bleiben und mich darin zu vertiefen: »Vielleicht kannst du sie beide zugleich lieben.« Das war für mich eine süße Qual, ein innerer Kampf, der mein Herz zerriss, als ich wieder allein und zu Hause war. – Doch ich bin ja noch bei Frau von ... und lasse sie weiter reden.

»Wie kommt es« fragte sie mich »dass Sie in ein so plötzliches tiefes Hinbrüten verfallen sind?« – Ich dachte (erwiderte ich, mich sammelnd und zu einer Lüge meine Zuflucht nehmend), ich dachte daran, dass Sie mit mir von allem sprechen, außer von sich, und dass Sie mich von der Geschichte anderer unterhalten, anstatt mich mit Ihrer Güte zu beglücken. Jene sind mir ganz gleichgültig. – »Wohl; nichts weiter davon, es ist spät; einer meiner Leute wird Sie begleiten. Gute Nacht! Schlafen Sie wohl und ruhig ... Denken Sie ein wenig an mich – setzte sie errötend hinzu – das ist nicht mehr als billig, da ich oft, nur zu oft, an Sie denke.« Sie schellte, ein Kammerdiener trat ein und ich ging.

Es wird mehr als einen Leser geben, der über mein linkisches unbeholfenes Wesen ungeduldig geworden sein wird. Haben aber alle Anfänger, sie mögen debütieren, wo sie wollen, nicht ein Recht auf Schonung und Nachsicht?

Am folgenden Abend stellte mir, beim Eintreten in das Schauspielhaus, ein Mann von unscheinbarem Ansehen und Anzuge, ein Briefchen folgenden Inhalts zu und verschwand.

»Versailles, 5 Uhr morgens.«

»Gestern Abend bin ich mit Ihnen nicht zufrieden gewesen. Das sicherste Mittel, zu gefallen, ist die Natürlichkeit; bei jungen Männern ist sie die gefährlichste Verführungsweise. Das Gesuchte und Vorbereitete erreicht seinen Zweck nicht; was vollends in Falschheit[34] ausartet, entfremdet auf immer ein Herz. ... Vielleicht irre ich mich. Ist dieses der Fall, so sei mein Irrtum meine Strafe. ... Habe ich aber recht, so sind Sie es nicht wert, dass ich mich näher erkläre. ... Doch, was tue ich jetzt? ... Bin ich nicht eine Törin? Diese Zeilen? ... an Sie? ... Aber quälen Sie sich nicht damit, strengen Sie Ihren Kopf nicht an, in das Billett einen Sinn zu bringen, oder ihn gar erraten zu wollen. Was ich hier schreibe, ist ein Rätsel, Sie können es nicht entziffern, so hoffe ich wenigstens, oder vielmehr so muss es sein. – *Bringen Sie mir dies Blatt zurück*, so unbedeutend es auch ist, so würde ich doch sehr unglücklich sein, wenn es einem anderen als Ihnen in die Hände fiele. Man würde vielleicht ein anderes Interesse argwöhnen als das ganz einfache, welches ich hineinlege. Ich will, mein junger Freund, dass Sie an meine vollkommene Freundschaft glauben, aber ich will nicht, dass Gleichgültige dieses Geständnis kommentieren oder Missbrauch damit treiben.«

»Nachschrift. Donnerstag gegen fünf Uhr abends, wenn das Wetter fortdauernd schön ist, gehe ich nach Trianon und werde durch den Park zurückkommen. Seien Sie dort und stellen mir dann dies Blatt wieder zu, das ich schwach genug bin, nicht zu zerreißen, obschon ich mir vorwerfe, dass ich es schrieb.« –

Dieses Blatt, welches Frau von ... für so dunkel und unverständlich hielt, gab mir volles Licht in der Sache. Ich ersah daraus, dass ich weit *natürlicher* gewesen war, als sie es dachte, weil ich den Eindruck, welchen *Sophie* auf mich gemacht, nicht hatte verbergen können, und weil sie darüber eifersüchtig geworden war. Ich überlegte lange mit mir, ob ich mich nicht stellen sollte, als hätte ich ihren Brief nicht verstanden; endlich entschloss ich mich aber zum Gegenteil, in der vollen Überzeugung, dass Unschuld und Geradheit bei einer Frau, die nicht zu denen von verdorbenem Charakter gehört, eine treffendere Waffe ist, als Verschlagenheit und Verstellung. Überdies war ich gewiss, mit Offenheit weniger strafbar in ihren Augen zu erscheinen.

Ich stellte mich pünktlich ein. Mit dem Anschein der Aufrichtigkeit schilderte ich ihr meine Überraschung beim Empfang ihres Briefes. Ich dankte ihr zärtlichst für den Inhalt und für ihre Güte. Zugleich bat ich um Aufklärung über einige mir unverständliche Stellen.

Ich fand Frau von ... abgespannt, ihr Gesicht war entstellt, ihr Gang schwankend, ihr Wesen bekümmert und melancholisch. »Mademoiselle *de Lorville*« sagte sie »ist abgereist, sie begleitet ihren Onkel bis Amiens, wo sie bei einer Verwandten bleibt. ... Sie erröten? ... Was würde vollends daraus werden, wenn Sie sie wiedersähen! Folgen Sie meinem Rate, treiben Sie eine Grille

---

[34] Perfidie.

nicht weiter, die Sie doch aufgeben müssten. Die junge Person ist keine Partie für Sie, und zum Verführen ist sie ...« Mein Gott, Madame, rief ich, wohin schweift Ihre Einbildungskraft aus? Welche Pläne vermuten Sie bei mir! Was denken Sie von mir! Ich bin so wenig auf das vorbereitet, was Sie mir da sagen, dass ich kein Wort der Erwiderung finde – »Denken Sie darüber weiter nach« sagte sie »wir sind hier vor dem Hotel der Frau *von Tavannes*. Ich habe einen Besuch bei ihr abzustatten.« Hiermit nahm sie freundlich Abschied von mir und wir schieden voneinander.

»Was soll hieraus werden!« dachte ich, als ich allein war. »Ich muss mich um jeden Preis aus dieser Lage befreien. Die Ungewissheit ist mein Tod. Frau von ... liebt mich ... ich habe Grund, es zu glauben ... ich bin davon überzeugt. Hängt mein Glück von dieser Liebe ab? Ich weiß es nicht, nur so viel weiß ich: dieser Liebe entsagen müssen, würde mich sehr unglücklich machen. Wie gelange ich zur Gewissheit?«

Unter tausend Mitteln, die Sache zur Entscheidung zu bringen, die sich mir darboten, wählte ich das abgegriffenste von allen. Ich beschloss, mich krank zu stellen, um ihre Teilnahme zu prüfen. Ich hätte nur unsere Romane aufschlagen dürfen, um einen feineren Kunstgriff, eine künstlichere Wendung zu finden. Sind diese Romane nicht von Männern geschrieben, welche die Liebe und ihre Stürme, die große Welt und ihre Intrigen, den Hof und seine Sitten von Grund aus kennen? Sind sie nicht von Männern geschrieben, die für die Maler der *guten Gesellschaft*[35] gelten, für die Erzieher der Jugend in Garnisonen und Provinzstädten? Von Männern, welche treue Schilderungen der *feinen Manieren* der Hauptstadt gegeben und die Verführungsmittel in ein Système du bon ton gebracht haben? Jene großen Meister würden mir ohne viele Mühe und Anstrengung eine glücklichere Erfindung an die Hand gegeben und mir den erbärmlichen Ausweg einer Unpässlichkeit erspart haben, welcher (ich muss es nur gestehen) von einem wenig fruchtbaren Geiste zeugte. Allein (ich muss es ebenfalls gestehen) mein Auskunftmittel gelang über alle Erwartung und so mag mich der glückliche Erfolg über die Erbärmlichkeit der Mittel und die Dürftigkeit meiner Einbildungskraft trösten.

---

[35] Vielleicht haben sich seit dem Jahre 1804 (*im Original stand erst 1803, die 3 ist in eine 4 verwandelt, Übers*). wo ich dies schreibe, die Sitten in Frankreich etwas geändert. Vielleicht ist die Schule einer gewissen Klasse von Romanschreibern auf immer geschlossen. Vielleicht wird man von nun an in die Zeichnungen mehr Korrektheit, in die Gemälde mehr Wahrheit bringen. Vielleicht werden unsere Schriftsteller, wenn von Gebräuchen die Rede ist, die den Stempel des ehemaligen bon ton tragen, so denken und fragen, wie der achtzigjährige Marschall *von Termes*, als in seiner Gegenwart von einer Wöchnerin gesprochen wurde: Est-ce qu'on fait encore l'amour? Werden noch Kinder geboren?

Frau von ... schickte alle Tage zu mir, ließ sich angelegentlich nach meiner Gesundheit erkundigen, und sobald es mit mir zur Besserung ging, mich ersuchen, meinen ersten Ausgang zu ihr zu machen.

Es geschah. Unmöglich könnte ich die Aufregung schildern, worin ich sie fand und den Eindruck, den ich auf sie machte. Alle bisherigen Verhältnisse der Konvenienz wurden übersprungen, sie schloss mich in ihre Arme, drückte mich an ihr Herz, vergoss einen Strom von Tränen, gab mir alle Liebkosungen, die ich wagte, alle Entzückungen, denen ich mich überließ, mit Wucher zurück. Nach einer stummen Umarmung, nach einigen Minuten beredten Schweigens, wurde es mir klar, dass meinem Glücke nichts entgegenstehe. Es bedurfte nur einer Unze gemeinen Menschenverstandes dazu. Meinerseits erfolgte kein Sturm; ihrerseits kein Widerstand. Es war wie eine alte, wie eine heilige Schuld anzusehen, auf deren Zahlung ich drang und zu deren Abtragung sie sich für verpflichtet hielt.

Der glückliche Moment verschwand wie ein Blitz. Ihre Tränen hatten nicht aufgehört zu fließen; jetzt strömten sie häufiger. Ich beschwor sie, sich zu beruhigen. »Das Geheimnis dieser Stunde« rief ich aus »soll mir ewig unverletzlich bleiben!« – »Ach« sagte sie mit einem Ausdruck, den ich nie vergessen werde »ich weine nicht über meine Schwachheit, nicht aus Furcht, dass sie einst bekannt werde, dass meine Schande an den Tag komme, ich weine, weil ich Sie verführt, weil ich mich Ihnen angetragen, weil ich Ihrer Sinnlichkeit, vielleicht Ihrer Eitelkeit, einen leichten Sieg über mich verstattet habe, den Ihr Herz gewiss nicht teilt!«

Man kann sich meine Antwort, meine Beteuerungen, meine Schwüre denken. Wir kamen überein, nicht in ihrem Hotel, sondern in einem kleinen Hause in der Pariser Allee zusammenzutreffen. Hier sollte ich sie an bestimmten Tagen und Stunden finden und immer in einem Rocke von unscheinbarer Farbe zu ihr kommen, das sei (sagte sie) das Sinnbild einer Liebe, die sich in Geheimnis und Dunkel einhüllen müsse.

Viertes Kapitel

L'amour, qui vit dans les orages et croît souvent au sein des
perfidies, ne résiste pas toujours au calme de la fidélité.

Ruhe taugt nicht in der Liebe – Meine Verschwiegenheit – Frau von ...
denkt mehr als ich an meinen Eintritt in die Welt – Mein Geschmack an Ge-
mälden – Ein Maler in Versailles – Ich finde bei ihm Sophies Bildnis –
Er verschafft mir Gelegenheit, sie zu sehen – Liebeserklärung –
Gegenerklärung – Mein Vater kommt nach Versailles – Meine
Stiefmutter – Ihr Porträt – Wir gehen ins Schauspiel – Tancred – Abreise –
Die Herzogin von Polignac.– Der Herzog – Schnelles Glück der Familie
Polignac – Erstes Erscheinen der Gräfin Jules bei Hofe – Zuneigung
der Königin – Die Königin und die Prinzessin von Lamballe – Der Graf Jules
erhält die Anwartschaft auf die Stelle des Oberst-Stallmeisters bei
der Königin – Der Graf und die Gräfin von Tessé – Erster Eindruck der
Gräfin Jules auf mich – Meine Liebe zu Frauen der Vorzeit und der
Einbildung – Der Graf von Vaudreuil – Herr von Polastron– Seine
Gemahlin – Die Königin ehandelt die Prinzessin von Guémené zu streng –
Tod der Herzogin von Polignac in Wien – Die Herzogin von Guiche – Ihr
Porträt – Ihr Tod – Ich schreibe an Sophie – Ein paar Worte über die
Sympathie – Schwere Aufgabe, zwei Frauen zugleich zu lieben – Meine
Zusammenkunft mit Sophie – Sie lässt sich rühren – Rendezvous – Sie
widersteht – Meine Verzweiflung – Sophie schwankt – Ich verehre
ihre Tugend – Versuchungen; menschliche Schwäche – Ich schreibe an
Sophie – Die Kirche soll unsern Bund besiegeln – Sie willigt ein

Unser Verhältnis hatte keine Abgründe auszufüllen, keine Felsen zu erklimmen. Keine Eifersucht machte es pikanter. Der Argwohn träufelte keinen Wermut in den Kelch der Liebe. Alles ging still und ruhig zu. Frau von
... fand, wie ich glaube, in dieser Lage das Glück, *ich* den Genuss.

Der Augenblick rückte heran, wo ich in die große Welt eintreten sollte. Es
waren nur noch sechs Monate bis dahin. Sie schwanden unter den Flügeln
einer zärtlichen Geliebten, einer liebevollen Mutter, einer sorgsamen Freundin. Die ganze Zeit über machte ich mich keiner Indiskretion schuldig. Dies
Betragen vermehrte ihre Liebe und gewann mir zugleich ihre Achtung.
Meine Zukunft beschäftigte mich weniger als sie; ihr Auge, schärfer als
meines, durchschaute, was ich nicht einmal mutmaßte; es entdeckte auf der

Bahn meines Lebens Abgründe, wo der Jüngling nichts als Blumenpfade erblickte.

Von Zeit zu Zeit verfolgte mich jedoch *Sophies* Bild. Ich hatte keine Gelegenheit sie zu sehen. Ich musste sogar glauben, Frau von ... halte sie vor mir verborgen und habe ihretwegen einen zweiten Ort zu unsern Zusammenkünften gewählt. Ich durfte mir kaum erlauben, nach ihr zu fragen und ihren Namen zu nennen.

Endlich aber bediente mich der Zufall besser als die feinste Anlegung eines Planes, als das Resultat der tiefsten Kombinationsgabe.

Ich war ein leidenschaftlicher Zeichner geworden. Vom Zeichnen war der Übergang zum Malen schnell; ich wurde ein leidenschaftlicher Liebhaber der Malerei. Von diesem lebhaften Geschmack für die Kunst ist mir so viel geblieben, dass, ohne ein ausgezeichneter Kenner zu sein, ich noch immer imstande bin, den Gemälden ihren wahren Standpunkt anzuweisen, das Mittelmäßige vom Guten, das Schlechte vom Mittelmäßigen richtig zu unterscheiden.

Es lebte damals in Versailles ein Maler und Gemäldehändler von einigem Ruf, oder vielmehr ein begeisterter Farbenquacksalber, auf welchen *Figaros* Devise in *Beaumarchais' Barbier von Sevilla*: Consilio manuque vollkommen passte. Er war eigentlich Porträtmaler und gab Unterricht darin. Dieser Universalkünstler besaß noch überdies eine Menge Talente – vor allem eine grenzenlose Menschenliebe. Der Mann war ein *gefälliger* Philanthrop, sein Herz fühlte das dringende Bedürfnis des Wohlwollens und der Dienstbeflissenheit – besonders wenn er seinen eigenen Vorteil dabei fand. Aus kosmopolitischem Patriotismus wurde er in der Folge ein feuriger Anbeter der Revolution, aber seine Geliebte lohnte ihn mit Undank. Sein Haupt fiel unter dem Beile, obschon er sich immer als einer der eifrigsten Verfechter der Maßregeln gezeigt hatte, die man damals mit dem prunkenden Namen der grandes mesures du salut public belegte. Doch das gehört nicht hierher. Ich eile schnell über diesen Umstand weg, der ihm den Kopf kostete. Damals, als ich seine Bekanntschaft machte, trug er ihn noch, obgleich schief[36], auf den Schultern.

Ich besuchte ihn bisweilen. Eines Tages, als er mir mit Selbstgefälligkeit seine Porträts und übrigen Gemälde zeigte, erblickte ich ... man denke sich mein Erstaunen! ... man denke sich meine noch größere Freude! ... ich erblickte das Bild der jungen Person, mit welcher sich mein Herz so oft beschäftigte. Kaum durfte ich es wagen, mich zu täuschen und aus dem schönen Traume grausam geweckt zu werden. Endlich fragte ich doch

---

[36] Und zwar so schief, dass er, wie ein zweiter *Argus*, sehen konnte, was hinter ihm vorging.

Herrn *Morand* und er gab zur Antwort: »Es ist der Kopf einer meiner Schülerinnen. Ich kann sie so nennen, obwohl sie schon malte, als sie zu mir kam, denn *ich* bin der Erste, der sie in dem faire suave unterrichtete, von dem die Maler in den Provinzstädten nichts verstehen, es folglich auch nicht lehren können. Dieses Porträt ist das ihrige und von ihr selbst gemalt. Ich behalte es noch bei mir, um ein gewisses je ne sais quoi darüber zu verbreiten, was sie verfehlt, oder eigentlich nicht erreicht hat, nicht hat erreichen können, weil es sozusagen der letzte Ausdruck der Seele ist und niemand in seine eigene Seele schauen kann. Sie lebt bei einer vornehmen Dame vom Hofe, die sich für sie interessiert. Diese Dame, noch schön genug, um nicht eifersüchtig sein zu dürfen, hält sie in einer Art von Abgeschiedenheit, die mir auffällt. Auch scheint die junge Person damit unzufrieden. Sie hat einen Anstrich von sanfter Schwermut, welche doppelt für sie einnimmt ...« – Sie sind Maler, lieber Herr *Morand* (unterbrach ich ihn hier), aber den Namen der jungen Dame! Ich bitte um den Namen. – »Der Name, mein Herr Graf, ist das Letzte, was hier in Betracht kommt, es ist ein unbekannter Name, eine unbekannte Familie aus der Provinz; ein gewisses Fräulein *von Lorville*, die Tochter eines Edelmannes à simple tonsure[37], eines Landjunkers, der nichts gelernt als jagen – und obendrein schlecht jagen, seinen Pfarrer quälen, seine Bauern schinden, ein Langes und Breites von Feldzügen erzählen, die er *nicht* mitgemacht, von Garnisonen, in welchen er gehockt und sein Pflanzenleben zugebracht hat, mit einem Worte, der in seiner Provinz stirbt, ohne Paris und den Hof gesehen zu haben.« – *Sie*, mein Herr *Morand*, Sie haben beide gesehen. – »Nicht allein *gesehen*, Herr Graf, nicht *gesehen* allein! Meine Kunst, meine Verhältnisse haben mich in die Höhe gebracht. Ich habe mit den Großen, den Vornehmen gelebt, mit dem höchsten Adel, mit den ersten Künstlern verkehrt.« – Ich zweifle nicht daran, Herr *Morand*, aber die junge Person ... – »Die junge Person, Herr Graf, kam sonst bisweilen her, aber ...« – Wie? *Sophie*? ... Fräulein *von Lorville* ist zu Ihnen ... hierher ... gekommen? – »Ha, Herr Graf, Sie kennen Sie also? Mit welchem Feuer, mit welchem Entzücken Sie ihren Namen aussprechen!« – Herr *Morand*, von Stund an setze ich Sie weit über alle *Michel-Angelos*, über alle *Raphaëls*, über alle *Corregios*, wenn Sie, das erste Mal, wenn *Sophie* zu Ihnen kommt, mir einen Wink geben wollen. Zählen Sie auf meine ganze Dankbarkeit, auf eine ewige Erkenntlichkeit, die sich nicht auf Worte beschränken soll. ... Ich scheide nächstens aus der Pagenschule. ... Ich bin in kurzem mein eigener Herr. ... Vielleicht kann ich Ihnen dann Beweise geben. ... Sie können sich für überzeugt halten. ... – »Wie, Monsieur le Comte, sehen Sie mich für einen an, der

---

37 Sprichwörtlich nennt man Docteur à simple tonsure einen, der nicht viel gelernt hat; folglich ist ein Gentilhomme à simple tonsure ein bloßer *Herr von*. *Übers.*

... Können Sie glauben, dass ein niedriges Interesse mich bewegen könnte? Nichts in der Welt kann es, als die Liebe zur Kunst, nichts als der edle Zweck, zwei Personen, welche wie ich die Kunst abgöttisch lieben, einander näher zu bringen, ihnen die Mittel zu verschaffen, zu erleichtern, sich mit den Hauptwerken der berühmtesten Meister, sozusagen unter den Augen und Flügeln des Genius derselben, bekannter und vertrauter zu machen! Genug, ich will sehen, was ich tun kann. ... Doch, es stellen sich mir Schwierigkeiten ... ja, Herr Graf, viele und große Schwierigkeiten ... Schwierigkeiten aller Art entgegen. Das Fräulein kam ehedem oft zu mir ... sie kam sogar *allein* ... Jetzt ist es anders, sie kommt seltener und immer unter Begleitung. Es ist mir aufgefallen. Die erste Kammerfrau der Frau von ... weicht nicht von ihrer Seite.« – Mademoiselle *Emery*? Nicht wahr? – »Richtig, Herr Graf. Das erste Mal, dass ich hingehe und der jungen Dame Unterricht gebe, will ich es unter einem schicklichen Vorwande so einleiten, dass sie mich besuche. Ich will ihr von neuen Gemälden erzählen, die ich erhalten, sie wird neugierig sein, sie zu sehen ...« – Herr *Morand*, liebster, allerliebster Herr *Morand*, Sie sind ein Gott in meinen Augen! – »Ja, so sind die jungen Herren alle! Wenn man gegen sie gefällig ist, ihnen dient, ihren Leidenschaften nachhilft, ist man ein Gott in ihren Augen, widerspricht man ihnen aber im Mindesten, so ist man – weniger als ein Mensch.« – Ei, Herr *Morand*, wie Sie da sprechen! Was soll diese Apostrophe, diese philosophische Deklamation? Lassen Sie doch das leere Pathos weg! Wie ungerecht! Zumal unter uns beiden!

Dem guten Manne war, wie man sieht, schon ein Funke von Revolution durch den Kopf gefahren, hatte sich angesetzt, glimmte im Gehirn, schlug in der Folge Flammen und brach eines Tages, wie die bewaffnete Pallas, aus seinem Schädel hervor.

Ich schwebte zwischen Furcht und Hoffnung, ob er Wort halten würde. Hatte ich noch Zweifel über *Sophie*, so war mir in Hinsicht der Frau von ... alles klar geworden. Ihr Misstrauen, ihr Verdacht lag am Tage. Ich klagte sie einer Ungerechtigkeit gegen *Sophie* an, die ihr zwar nicht meine Ergebenheit, meine Dankbarkeit, wohl aber die Liebe entzog, die ich bisher für sie gefühlt hatte. Der Zwang, unter welchem *Sophie* lebte, ihre Traurigkeit, die ich mir vielleicht in der Einbildung vergrößerte, gewannen ihr *ganz* ein Herz, welches ich bis jetzt geteilt hatte.

Ich ließ Herrn *Morand* keinen Augenblick Ruhe, bis sein Versprechen erfüllt war. Es wurde ihm leichter, als ich es erwarten durfte, denn schon nach einigen Tagen ließ er mich wissen, er werde *Sophie* und ihre Begleiterin bei sich sehen. Ich eilte zu ihm. »Sie haben einen Garten (sagte ich). Führen Sie die Kammerfrau hin, zeigen Sie ihr alles, Ihre Blumen, Ihre Gewächse.

Lassen Sie Ihre reizende Schülerin ein paar Minuten allein, weiter verlange ich nichts von Ihnen. Mich wird ein glücklicher Zufall bedienen. Sie verbergen mich in einem Nebenzimmer. Ich benutze Ihre Abwesenheit und die paar Minuten zu einer Unterredung mit *Sophie*.«

Alles ging nach Wunsch. Mir ward das unaussprechliche Glück, mit *Sophie* allein zu sein. Ich war im ersten Moment Zeuge ihrer Bestürzung, ihrer unwillkürlichen Bewegung. Sie hatte mich nicht vergessen. Sie wollte sich vergebens das Ansehen geben, als zweifle sie an dem Eindruck, den sie am ersten Abend ihrer Erscheinung bei Frau von ... auf mich gemacht hatte. Ich merkte deutlich, dass er ihr nicht entgangen war.

Die Augenblicke waren kostbar. Ich sprach mit Begeisterung von jener Erscheinung, von der schnellen und dauernden Wirkung, die sie in mir hervorgebracht, von dem künftigen Glück oder Unglück meines Lebens. – »Oh (versetzte sie), wenn alles *Schöne*, was Sie mir da sagen, auch *wahr* wäre, warum kämen Sie so selten zur Frau von ...? Ich bin eine Zeit lang abwesend gewesen. Nach meiner Rückkehr wagte ich es einmal zu fragen, warum man Sie nicht mehr sähe? Die Antwort war trocken und kurz. Es hieß: Sie müssten Ihre Zeit zwischen Ihren Pflichten und Ihren Vergnügungen teilen, jene hätten zugenommen, da Sie im Begriff ständen, zum Regiment abzugehen; was das Vergnügen beträfe, so würden Sie wahrscheinlich Ihre Zeit besser anzuwenden wissen, als in ihrem einförmigen Umgange.« – »Oh, wie hat man Sie betrogen!« rief ich aus. »Ich habe kaum so viel Zeit, Ihnen aufs Heiligste zu beteuern, dass Sie nie, nie auch nur einen Augenblick mir aus den Gedanken gekommen sind. Das Maß Ihrer Nachsicht und Güte wird das Maß meines Glücks sein. Beweisen Sie mir, dass ich Ihnen nicht verhasst bin, dadurch, dass Sie bisweilen hierher kommen. Herr Morand, welchen ich von der Aufrichtigkeit und Reinheit meiner Absichten überzeugt habe, verspricht meiner Liebe behilflich zu sein. Sollte ich Sie nicht so oft sehen können, als ich es wünsche, so lassen Sie es sich mindestens gefallen, die Briefe, welche Ihnen Morand zustellen wird, anzunehmen, und versagen Sie mir nicht die Hoffnung, dass es Ihnen nicht zu viel Selbstüberwindung kosten werde, sie zu beantworten.« –

Dies alles wurde so schnell und so leidenschaftlich ausgedrückt, dass sie, ohne Zeit zur Antwort zu gewinnen, mir nur durch Erröten und sichtbare Verwirrung den Zustand ihres Herzens zu erkennen geben konnte. Wir hörten Schritte. Ich eilte in mein Versteck zurück.

Als sie gegangen war, dankte ich meinem Vertrauten mit einer Herzensergießung, die nie wahrer und lauterer fließt, als wenn sie ihre Quelle in der Liebe hat. Damit ihm aber Zeit, Mühe und Eifer nicht unvergolten blieben, kaufte ich ihm ein mittelmäßiges Gemälde ab, dem er selbst aber großen

Wert beilegte. Es war Achill, als Mädchen verkleidet, zu Deïdamias Füßen. Zugleich bemerkte ich, dass ich die Absicht hätte, einen schönen Rahmen für das Bild zu bestellen, und ersuchte ihn, es bis dahin bei sich zu behalten. Die Wahrheit zu gestehen, ein Page ist selten bei Geld, und ich hatte noch zwei Monate zu warten, bis ich über mich und einen vollen Beutel verfügen konnte.

Als ich wieder nach Hause kam, fand ich einen Bedienten meines Vaters, der mich von seiner soeben erfolgten Ankunft benachrichtigen ließ. Der Bediente sollte mich zu ihm ins Hotel de Modène bringen, wo er abgestiegen war. Der Herr Gouverneur machte keine Schwierigkeit, und somit folgte ich meinem Führer, der mir unterwegs erzählte, die Frau Marquise sei ebenfalls angekommen und brenne vor Ungeduld, meine Bekanntschaft zu machen. Mein Vater hatte sich aus einer Grille, die ihm viel zu teuer zu stehen gekommen ist, als dass ich sie ihm noch hier zum Vorwurf machen sollte, zu einer zweiten Heirat entschlossen. Dies konnte mir im Grunde gleichgültig sein, da mein Vermögen von mütterlicher Seite kam, und man ihm, als er anfing, etwas zu verschwenderisch damit umzugehen, die vormundschaftliche Verwaltung abgenommen und einem Familienrate übertragen hatte.

Mein Vater war noch in den besten Jahren und in seiner vollen Lebenskraft. Er hatte sich, wie man zu sagen pflegt, gut konserviert. Nichtsdestoweniger war dieser Heiratsfall eine komplette Torheit; denn seine junge Frau, aus einem guten, aber nicht reichen Hause, hätte seine Tochter sein können. Man denke sich eine äußerst pikante Brünette, mit einem üppigen, sinnlichen, Liebe heischenden Gesichtchen. Dieses Gesicht war nichts weniger als hübsch; man würde sogar geneigt gewesen sein, es hässlich zu nennen, wenn es nicht zu denen gehört hätte, welche auf den ersten Anblick eben den Eindruck eines hübschen machen. Sie hatte ein Etwas in den Augen, was ich nicht geradezu *Schielen* nennen möchte, was ihm aber so ziemlich gleichkam; bei näherer Untersuchung löste es sich in einen Blick auf, der zwischen der Begehrlichkeit der Sinne und der Schamhaftigkeit der Konvenienz mitten innelag und den inneren Kampf zwischen beiden ausdrückte. Dieser sichtbare Kampf gab ihren Augen jenen schiefen, unsteten Seitenblick. Die Nase war etwas dick; die Lippen rot, aber ungleich gestaltet. Der Mund zeigte zwei Reihen gesunder, reiner Zähne, doch ohne Emailleglanz. Dabei hatten ihre Gesichtszüge, wenn sie sprach, eine Beweglichkeit in den Muskeln, die dem, was sie sprach, so schnell und unzusammenhängend es war, immer vorauseilte. Sie war ziemlich groß, wohlgewachsen, mit einem Walde von Haaren und anderen etwas starken Reizen, deren Fülle es nicht an Schönheit gebrach. Ihr Organ war abwechselnd einschmeichelnd und abstoßend; ihr Verstand von keinem sonderlichen Umfange, aber, wie ich es nachher erfahren, schlau und wetterwendisch. Ihr

Herz war vielleicht nicht schlecht, aber schwach genug, um allen Eindrücken offen zu stehen, und sich allen nachteiligen Urteilen auszusetzen, die es nur zu leicht in die Klasse der entarteten versetzten.

Mein Vater stellte mich ihr vor, und genoss dabei in seiner Meinung keinen geringen Triumph. Im Taumel seines Glücks, im Rausch seines Sieges, schlug seine Flamme bei der Voraussetzung hoch auf, dass ich seine Bewunderung teilen müsse. Sie, die junge Frau, schien ihrerseits mir durch einen heuchlerischen Blick zu verstehen geben zu wollen: Ich möchte es ihr verzeihen, dass sie meine Stiefmutter geworden.

Ich war nachdenklich, zerstreut, gegen beide eingenommen, verstimmt, kalt, aber ehrerbietig. Mein Vater teilte mir seinen Plan mit. Er wollte im Tale von Montmorency ein Haus kaufen, und den Rest seiner Tage in der Nähe und Gesellschaft zweier Jugendfreunde, des Marquis von *Montmorency* und des Kommandeurs von *Champignolles*, zubringen. Ersterer war ein mittelmäßiger Kopf; sein Hauptverdienst bestand in einem großen Namen, der ihn zum Generalleutnant gemacht, ohne dass er selbst gewusst, wie? Und ihn in eine Karriere versetzte, die ihm das Missfallen seiner Familie zuzog, obschon alles, was Frankreich Ausgezeichnetes hat, von jeher, und mit Recht, diese Laufbahn für die allerehrenvollste gehalten hat. Letzterer war ein guter, ehrlicher Mann, nicht gerade mit Verstand gesegnet, der sich seit langer Zeit von einer alten, an Geist und Leib schwerfälligen Flamländerin gängeln und beherrschen ließ. Er betrank sich regelmäßig Tag für Tag und konnte nicht begreifen, wie dies möglich sei, weil er immer die Vorsicht gebrauchte, in jedes Glas Champagner, die er zu Dutzenden hinunterschlürfte, ein paar Tropfen Wasser zu träufeln. Niemand teilte sein Befremden; niemand wollte seine Vorsicht loben.

Mein Vater versicherte mich mit vieler Zärtlichkeit: Seine Reise nach Versailles habe keinen andern Zweck, als mich zu sehen; er werde am nächsten Morgen wieder abreisen, und könne schon aus dem Grunde nicht länger mit Anstand bleiben, weil seine Gemahlin noch nicht bei Hofe vorgestellt worden.

Abends gingen wir ins Schauspiel. Man gab *Voltaires Tancred*. Ich erinnere mich bei dieser Gelegenheit einer Bemerkung meines Vaters. »*Amenaïde*« sagte er »hätte sich mit einem Worte von dem Verdacht des Verrats reinigen können. Sie durfte nur dieses Wort sprechen.« Er wunderte sich, dass Monsieur de Voltaire[38] diesem Teile seines Trauerspiels so wenig Wahrscheinlichkeit gegeben. Dagegen behauptete meine Stiefmutter: Durch den

---

[38] Der erst vor Kurzem (1778) gestorben war, folglich noch das *Monsieur* der lebenden Schriftsteller erhielt. *Übers.*

ihrem Geschlechte angeborenen Stolz, und durch den Stolz der Unschuld überhaupt lasse sich *Amenaïdens* Schweigen erklären, und dem Vorwurfe begegnen. Sie setzte hinzu: Hätte *Amenaïde* sich gerechtfertigt, wie sie es konnte, so wäre das Stück mit dem ersten Akt zu Ende gewesen. Dieser letzte Grund gefiel mir besser als der erste. Nach Tisch nahm ich Abschied von Vater und Mutter. Sie reisten am folgenden Morgen nach Paris und von da auf ihr Landgut zurück.

Um diese Zeit, wie ich glaube (denn man verlange nicht von mir ein immer genau angegebenes Datum), sah ich zum ersten Male die Gräfin von *Polignac*, welche in der Folge durch die Gunst der Königin und späterhin durch den Hass der Nation so berühmt geworden, und vom Schicksal bestimmt war, ein frühzeitiges, unglückliches Ende zu nehmen. Der Graf *Jules*, nachheriger Herzog von Polignac, ihr Gemahl, teilte das glänzende Glück seiner Gattin, ohne es geahnt, noch gesucht zu haben. Daraus darf man aber nicht folgern, dass er dieses Glückes unwert gewesen sei; dies würde heißen, meinen Worten einen falschen Sinn unterlegen. Er war ein rechtlicher, einfacher Ehrenmann, der durch Namen und Familienverhältnisse zu allem gelangen konnte, den aber persönliche Eigenschaften und Fähigkeiten – vielleicht auch Geschmack und Neigung – zu einem stillen, einförmigen Leben beriefen. Sein Vermögen war bescheiden, seine Aussichten beschränkt. Mehr Freund als Liebhaber seiner Gattin, begnügte er sich beständig mit diesem Titel, und ertrug ohne Laune, wie wohl kein anderer, dass er den zweiten nicht führte. Unter den Zügen und in der Gestalt des Fräuleins *Polastron*[39], seiner Gemahlin, machte ihn Fortuna zu ihrem Günstling; er hatte sich nicht zu dieser Göttin gedrängt, stieß sie aber, und mit Recht, nicht von sich, und ließ sich von ihr mit allen ihren Gaben überschütten, ohne sie je, wie es wohl geheißen hat, für seine Person zu missbrauchen. Nur seine Schwester[40] und seine Umgebungen[41] waren schuld, dass sich über ihn und seine Gemahlin (welche jedoch nicht so genügsam war als er selbst), der Strom des Neides, des Unmuts, der Erbitterung ergoss, der schon vor der Revolution unwillig und dumpf hinter den bald nachher zu durchbrechenden Dämmen rauschte, und beide als seine ersten Opfer mit sich fortzureißen drohte.

Herr und Frau von *Polignac* (denn ich beschränke mich auf sie allein) verdienten nicht eben den öffentlichen Hass, der sie verfolgte. Sie liehen zwar der Schmeichelei, der Zudringlichkeit ihrer Klienten, der Stimme verderblicher Ratgeber ihr Ohr, ließen sich vom falschen Glänze des Glückes

---

[39] *Gabriele Yolande Martine*, geboren 1750, gestorben zu Wien 1793. *Übers.*
[40] Die Gräfin Diane von Polignac. *Übers.*
[41] Der Abbé *de la Balivière* usw. *Übers.*

blenden, fielen in Irrtümer, gerieten auf Abwege; dürfte es aber wohl an irgendeinem Hofe, zu irgendeiner Zeit, viele Hofleute geben, welche, in eine ähnliche Lage versetzt, weniger Habgier weniger Stolz gezeigt, weniger Fehler begangen haben würden?

Es ist damit nicht gesagt, dass der, welcher den Richterstuhl einnimmt, den menschlichen Schwachheiten ihr Maß und Ziel setzte, und alles, was darüber ist, verdamme; er muss noch überdies die Stellung, die Lage berechnen, in welcher sich der Angeklagte befand, er muss mit Uneigennützigkeit die Täuschungen abwägen, die dessen Fehler veranlassten, und Breite und Tiefe des Stromes messen, der ihn fortriss.

Die der alten Regierung gemachten übertriebenen Vorwürfe und Anschuldigungen von Missbrauch der Macht, von Bedrückungen, von geheimen Verhaftsbriefen, von gewaltsamen Handlungen des Despotismus, rührten gar oft von Leuten her, welche nie darunter gelitten hatten, oder, wenn sie damit bestraft worden, der Gerechtigkeit hätten Dank wissen sollen, die sich für sie in Gnade verwandelte. – Ungerechtigkeiten, wie sie das Ministerium des Herzogs de la Brilliere gebrandmarkt, und Männer und Frauen, die ihn beherrschten, mit Schande bedeckt haben, – solche Ungerechtigkeiten verdienen den gerechten Hass und die schwersten Vorwürfe der Nation. Aber nichts von der Art, nichts, was ihnen nur am allerentferntesten gliche, kann der während beinahe fünfzehn Jahren allmächtigen Familie der Polignacs Schuld gegeben werden.

Worin bestehen ihre Verbrechen? Dienstleistungen für ihre Freunde; ein herzoglicher Titel und hohe Hofwürden für sich selbst (zuletzt wurde die Herzogin zur Gouvernante der königlichen Kinder erhoben); Gold – (Gold nehmen die Menschen immer, wo es zu finden ist; obschon es edler sein würde, es zu verschmähen); – die ihren Mitwerbern und Feinden entzogene Hofgunst: Hierin bestand, wenn das Schlimmste zum Schlimmen kommt, die Ausübung und der Missbrauch einer Gewalt, welche sie, in den Abzweigungen und Unterabteilungen derselben, so viele Jahre zu unumschränkten Herren der Monarchie machte.

Als die Gräfin Jules von Polignac zuerst vorgestellt wurde, zog sie aller Augen auf sich, nicht sowohl durch ihre Gestalt, als durch eine Grazie, welche mehr anspricht, als die regelmäßigste Schönheit und durch einen verführerischen Reiz, der um so mehr bei ihr eine reine Naturgabe war, da auch nicht das Geringste von der Kunst erborgt zu sein schien.

Die zärtliche Freundschaft, welche die Königin bis dahin für die Prinzessin von Lamballe[42] gehegt, – und ihr auch in den letzten Zeiten und bis zum kläglichen Ende der Prinzessin wiedergeschenkt und erhalten, – hatte damals angefangen, etwas von ihrer Wärme und Lebhaftigkeit zu verlieren. Die Erscheinung der Gräfin von Polignac konnte in keinen günstigeren Zeitpunkt fallen. Das Herz der Königin suchte, sozusagen, das Herz einer Freundin. So geschah es denn, dass sie im ersten Augenblick jene Sympathie für sie fühlte, welche in der Liebe wie in der Freundschaft der Vorbote der dauerndsten Zuneigung ist. Die Königin wünschte die Gräfin immer um sich zu haben, und bot ihr deshalb, erst die Stelle einer Palastdame, dann einer Dame d'atours an. Etwas Bequemlichkeit vonseiten der Gräfin, vielleicht auch der Rat ihrer Freunde, und ein wenig Politik, bestimmten sie, die Gnade abzulehnen. Von nun an konnte sie aber in keiner anderen Eigenschaft, als in der einer Freundin, bei der Königin eintreten. Die Stelle war von neuer Art; eine Freundin, die in keiner Abhängigkeit von der Majestät lebt, eine Freundin, welche nichts von der Majestät verlangt, konnte darauf rechnen, es lange zu bleiben. Ihr Gemahl hingegen durfte, ohne Nachteil und Anstoß, mit einer Hofwürde auftreten, und erhielt demzufolge die Anwartschaft auf des Grafen von Tesse Oberst-Stallmeisterstelle bei der Königin. Diese Verfügung, von welcher dieser nicht einmal vorläufig unterrichtet wurde, war ein Dolchstich für ihn, obschon er keinen Sohn hatte, der einst sein Nachfolger hätte sein können. Die Wunde war um so empfindlicher, da alles darauf abgesehen war, seinem Stellvertreter Ehre zu erzeigen, ihn

---

[42] Die Prinzessin war außerordentlich hübsch; nur hatte ihre Taille keine Eleganz, und ihre Hände waren abscheulich dick, ohne alles Verhältnis mit der Zartheit ihres übrigen Körpers. Die Gesichtszüge, obschon nicht regelmäßig, waren einnehmend und lieblich; ihr Charakter sanft, gefällig, immer heiter und fröhlich. Es fehlte ihr aber durchaus an Verstand. Ihre gute Laune, ihr kindliches Wesen, ihre Lustigkeit verbargen jedoch zum Teil diesen Fehler und machten sie liebenswürdig. In Gesellschaften richtete sie sich nach der Person, die den größten Verstand hatte, gab acht auf das, was diese sprach, stellte sich dann, als habe sie nicht aufgemerkt und fing von neuem an von der Sache zu reden und das eben Gesagte für ihre Meinung auszugeben. Erinnerte man sie daran, so schützte sie eine Zerstreuung vor und versicherte, nichts gehört zu haben. Dabei hatte sie ein schwaches Nervensystem, oder vielmehr, sie affektierte es. Beim Geruch eines Veilchenstraußes, beim Anblick eines Krebses, – selbst eines gemalten, fiel sie in Ohnmacht. Dies widerfuhr ihr unter anderem einmal in Amsterdam, als sie die Bildergalerie des Bankiers Hope besah und auf eine Fischhändlerin stieß, welche einen großen Hummer vor sich liegen hatte. Ein andermal erschrak sie über das laute Gähnen eines Bedienten in einem Nebenzimmer dergestalt, dass sie zwei Stunden lang die Besinnung verlor und nicht eher erwachte, bis (zum Schein) alle Anstalten getroffen waren, ihr eine Ader zu öffnen und die Lanzette angesetzt werden sollte. Zuletzt steigerten sich die Ohnmachten zur förmlichen Schlafsucht. – Die Königin entzog der Fürstin ihr Vertrauen, weil diese nicht imstande war, ihr einen guten Rat zu geben, ja nicht einmal ein ernsthaftes Gespräch durchzuführen. (Memoires de la C. de Genlis.)

selbst aber Demütigungen und Herabsetzungen fühlen zu lassen. Man hoffte, ihn dadurch zu bewegen, seine Entlassung zu nehmen; er war aber stark oder schwach genug, allen Stürmen die Stirn zu bieten und im Dienste zu bleiben. Wahrlich ein bitterer Lohn für einen der rechtschaffensten Männer in Frankreich, für einen Granden von Spanien, einen Generalleutnant, einen Ritter der großen Orden, für den Enkel eines französischen Marschalls, und für den letzten Sprossen einer Familie, in welcher diese Stelle von Vater auf Sohn bisher erblich gewesen war!

Aber junge Königinnen nehmen es mit alten Hofleuten nicht so genau.

Die Gräfin Tesse, eine Tochter des Marschalls von Noailles, konnte ihrerseits und durch den Einfluss ihrer Familie einen Schlag nicht abwenden, der sie um so tiefer kränken musste, da man ihr die Absicht zuschrieb, dem Vicomte de Noailles, ihrem Vetter, die Anwartschaft auf die Stelle zu verschaffen. Letzterer hat mir jedoch das Gegenteil feierlich versichert. Die Gräfin rächte sich wenigstens für den Vorfall dadurch, dass sie laut von der Sache sprach und ihre Meinung offen äußerte, dass sie selten an den Hof kam, und so oft sie erschien, sich mit einer Würde zeigte, welche einer edlen Rache nicht unähnlich sah. Dabei hätte sie es aber bewenden lassen, keinen Schritt weitergehen, und, mit einem so vorzüglichen Verstande begabt, als der ihrige war, den Geist der bevorstehenden Revolution erraten sollen, welcher es sich zum Gesetz machte, diejenigen zu bestrafen, die sich ihrer bedienten, um Rache an ihren Feinden zu nehmen; sie hätte vor allen Dingen bedenken sollen, dass die höheren Klassen, wenn sie sich zu philanthropischer Sentimentalität herablassen, immer dafür gezüchtigt werden; sie hätte sich hüten sollen, dem Volksrepräsentanten *Barnave* den Spottnamen *Neronet* zu geben, weil dieser sich einmal einen Ausdruck[43] erlaubt hatte, der sein ganzes Andenken entehrt, und den er sich selbst oft vorgeworfen hat.

Auf Veranlassung dieser Anwartschaft und der Ernennung des Herzogs von *Polignac* zum Oberst-Stallmeister mussten wir, sämtliche Pagen der Königin, ihm und seiner Gemahlin unsere Aufwartung machen und unsern Glückwunsch abstatten. Beide befanden sich damals noch in ziemlich beschränkten Vermögensumständen und wohnten im Hôtel de Fortisson, rue des bons enfants, zu Versailles. Welch ein gewaltiger Abstand von dem Glänze, der ihrer wartete, als sie im *Schlosse* von Versailles wohnten, und täglich die Ehre hatten, die Königin, den Grafen von *Artois* und selbst den König bei sich zu bewirten!

---

[43] *Barnave* hatte nämlich bei Gelegenheit der Ermordung *Berthiers* und *Foulons* gefragt: Ce sang qui coule, est-il donc si pur?

Ich würde es vergebens versuchen, den Eindruck zu schildern, welchen der erste Anblick der Gräfin *Jules* auf mich, damaligen Jüngling machte; sie war eben aufgestanden, im weißen Morgenkleide, eine Rose in den Haaren[44], und stand vor einem Spiegel, der ihre Züge zurückgab, und ihre Gestalt, sozusagen, verdoppelte. Ich erinnere mich noch jetzt deutlich, dass, was mich am meisten frappierte, die Idee war, ich sähe eine Prinzessin vor mir stehen, welche sich anschicke, auf einem Liebhabertheater die Rolle einer Schäferin zu spielen, und zwar sie in der höchsten Vollkommenheit zu spielen. Zugleich sagte ich zu mir selbst: »Hinkte sie nur ein wenig, so würde sie, – obschon nicht so schmachtend, und viel hübscher als die Herzogin de la Vallière[45], – viel Ähnlichkeit mit ihr haben.«

Es ist sonderbar, dass der erste lebhafte Eindruck, welchen damals die Gräfin *von Polignac* auf mich machte, von keinem Bestand gewesen ist; ich habe sie in der Folge gesehen, ohne von ihrer Schönheit gerührt zu werden: Desto mehr wurde ich es aber von ihrer Haltung, ihrem Gange, von den zauberischen Stellungen und Wendungen ihrer Person, welche das Gepräge einer leichten Nachlässigkeit trugen, die von dem Treiben der Höfe, der Geschäftigkeit des Ehrgeizes, dem Rausche des Einflusses und der Macht so auffallend abstach. Auch ihrem Gemahl war ein äußerer Gleichmut, der in höheren Kreisen so selten, und in allen Lagen so empfehlenswert ist, in hohem Grade zuteilgeworden. Beide besaßen die Eigenschaft der Gelassenheit. Ihre Feinde waren nicht so kaltblütig, nicht so ruhig. Selbst der Graf von Vaudreuil, der die Gräfin beherrschte, konnte sich nicht immer beherrschen. Er besaß viel Geist und Grazie, einen edlen Anstand; er war glücklich

---

[44] Dans le simple appareil D'une beauté qu'on vient d'arracher au sommeil. (Britannicus.)

[45] Ich bin überzeugt, dass ich Mademoiselle *de la Vallière*, die ich, wie man weiß, im Leben nicht gesehen habe, Zug für Zug kenne. Es sind überhaupt zwei Frauen, in welche ich von früher Jugend an verliebt gewesen, deren Bildnisse ich in meinem Herzen und in meinem Taschenbuche mit mir getragen, und die ich unendlich besser als die meisten derer, mit welchen ich wirklich umgegangen bin, zu kennen glaubte. Die eine ist die Herzogin *de la Vallière*. Ich kenne sie sozusagen *auswendig*, so vollständig haben sie mir *Petitot*, Frau von *Sévigné* und die Memoiren ihrer Zeit geschildert; die andere ist Rousseaus Julie, die ich aber zu lieben aufgehört, als sie Frau von Volmar geworden war. Von der Letzteren, da sie nicht existiert hat, konnte ich mir noch leichter ein Phantasiebild entwerfen. Ich ließ sie, nach meiner Angabe, von Campana malen, und das Bild hatte die treffendste Ähnlichkeit mit meiner Idee. Ich behielt es lange und opferte es endlich den Launen einer zweiten (Madame De Merteuil Aus den Liaisons dangereuses von C. de Laclos bekannt. Übers.) auf, welche mir gegenüber behauptete: »Ich sei zu vernünftig, um so närrisch lieben zu können; es habe nie eine Julie gegeben; mein Bild von ihr sei das Porträt einer wirklichen Person, die ich früher geliebt hätte; kurz, sie wolle und müsse es haben und vernichten.« Ich war so schwach, es ihr zu geben und habe es seitdem nicht wieder ersetzen können. Was Madame de Tourvel (Ebenfalls eine weibliche Hauptperson in den Liaisons dangereuses, Übers.) anbelangt, so habe ich diese in der Wirklichkeit gekannt und werde mehr davon sagen, wenn ich in der Folge dieser Memoiren auf mein Zusammentreffen mit Herrn de La Clos komme.

in seinen Ausdrücken und Wendungen; er hatte ganz das Wesen eines großen Herrn und etwas Anziehendes; nur ließ er sich in der Hitze zu weit gehen, und gab dem Hange nach, dessen man ihn beschuldigte, zu oft und zu gern von sich zu sprechen. Diese Schwäche musste man ihm aber um so mehr zugutehalten, da es wenige Männer gab, die es mehr verdient hätten, als er, der Gegenstand einer interessanten Unterhaltung zu sein. Nach dem, was ich von ihm weiß und von anderen erfahren habe, möchte ich mich ungern auf die Frage einlassen: Wieweit sich sein Einfluss über die Herzogin erstreckt habe? Inwiefern er die Vorwürfe verdient, die ihm gemacht worden? Desto leichter und lieber ist es mir, von ihm zu sagen: dass es kaum in der Wirklichkeit einen ritterlicheren Charakter gegeben habe; dass wenige so viel Liberalität, so viel Unbefangenheit, so viel Eigenschaften, welche eine schöne Seele verraten, gezeigt haben, als er, selbst wenn man auch zugeben muss, dass ihm die Mittel, diese Neigungen zu entwickeln, mehr zu Gebote standen, als anderen. Man fand in ihm den aufgeklärten Freund und Gönner der Kunst und Literatur; immer gefällig gegen Gelehrte und Künstler, suchte er ihnen mit einer Grazie zu begegnen und mit einem zuvorkommenden Eifer zu dienen, welche zugleich den Wert des Dienstes, des Mäzenaten und des Klienten erhöhten. Mit so viel schönen Eigenschaften, denen freilich das Gegengewicht menschlicher Schwächen nicht fehlte, hat er es gleichwohl nie dahin bringen können, sich bei der Königin beliebt zu machen.

Was soll ich hier tun? Mich entsetzen oder lachen über Gerüchte, welche in den entferntesten Provinzen von Frankreich, und besonders im Auslande, eine Art von Glaubwürdigkeit erhalten haben? Soll ich hier wiederholen, dass es Leute gegeben, die sich die Überzeugung eines vertrauten Umgangs ... nicht haben ausreden lassen wollen? – Doch ich will dem Andenken einer durch Eigenschaften und Unfälle gleich erhabenen, erlauchten Person nicht die Schmach antun, sie gegen so niedrige Verleumdungen in Schutz zu nehmen. – Die Königin ließ Herrn von Vaudreuil nicht einmal Gerechtigkeit widerfahren; sie fühlte, wie ich es als gewiss behaupten darf, eine Art von *Entfremdung* (um mich des stärkeren Ausdrucks »*Abneigung*« nicht zu bedienen) gegen ihn; sie war nahe daran, mehr zu tun, als ihn – nicht zu lieben, und das gerade aus dem Grunde, weil sie ihm mit Recht eine große Gewalt über die Gräfin *von Polignac* zuschrieb, und weil der Abbé *de Viermont*, der ihn aus allen Kräften hasste, ihr beständig in den Ohren lag, dass jener ihr das Herz der Gräfin entziehe. *Vermonts* Hass war begründet, denn in der Tat hatte Herr *von Vaudreuil* den Abbé auf eine Weise behandelt, woran *dieser* nicht gewöhnt war.

Die Favoritin hatte einen Bruder, welcher, wie der Frau von *Maintenon* Bruder, zu keinen großen Hoffnungen berechtigte. Er machte auch keine andere Karriere, als die, für welche er zufällig bestimmt war; spielte die Violine, und war ein wenig der untertänige Mann seiner Frau. Diese, eine geborene *D'Espagnac*, war keine vollkommene Schönheit, aber ganz dazu gemacht, zu gefallen und zu fesseln; sie hat es auch durch die vieljährige Leidenschaft bewiesen, die sie eingeflößt, und durch die Tränen, welche um sie vergossen worden sind. Sie hatte im eigentlichen Sinne, was man sonst im Figürlichen un air penché zu nennen pflegt; sie neigte den Kopf etwas nach der Schulter hin; – das war eine schmachtende, nachlässige Attitüde, wenn ich sie so nennen darf, die nicht ohne Grazie war.

Die Freundschaft der Königin[46] für die Herzogin erhielt sich zwar nicht immer auf derselben Höhe, glich aber einem schönen Tage, der, obschon nicht ganz wolkenfrei und ohne Abwechslung, mit einem schönen Abend endigt.

Die Herzogin *von Fitz-Lames*, die Prinzessin *von Tarent* sind eine Zeit lang Favoritinnen der Königin gewesen; es hat sogar Zeiten gegeben, wo sie besser behandelt wurden als die Herzogin selbst; man hätte daraus schließen sollen, dass die Zuneigung der Königin für diese nicht mehr so feurig war; allein das Band war zu sehr zur Gewohnheit geworden, hatte beide Herzen zu eng und zu fest umschlungen, als dass es durch kleine Störungen hätte lockerer werden, oder gar nach längeren Unterbrechungen, den Feinden der *Polignacs* zum Triumph, hätte zerreißen können. Der König selbst, welcher so gern seine Neigungen mit denen der Königin teilte, hat sich beständig gegen die Favoritin mit sorgfältiger Beobachtung des äußeren

---

[46] Die Fürstin, welche mehr als irgendeine ihrer Vorgängerinnen auf dem französischen Throne die Süßigkeiten der Freundschaft und die Reize des Privatlebens schmecken und genießen wollte (was – im Vorbeigehen gesagt – sich weder für Könige noch für Königinnen schickt), hat sich vielleicht in dieser Rücksicht nur einen einzigen Flecken vorzuwerfen gehabt: der ihrer schönen Seele nicht zur Ehre gereicht, nämlich: die grausame Kälte, mit welcher sie die Prinzessin *von Guémené*, Gouvernante der königlichen Kinder, nach dem unglücklichen Bankrott und Fall des Prinzen behandelt hat. Man kann es nicht leugnen: Der Prinz *von Guémené* hatte sich ein unverantwortliches Verhalten zuschulden kommen lassen; aber diese *Schuld* war nicht ohne alle *Entschuldigung*. Hatte die Königin selbst an der Zerrüttung dieses Hauses keinen Anteil gehabt? War sie ganz ohne Verantwortlichkeit? Hatte sie nicht durch ihre Gegenwart das unglückliche Paar zu den ungeheueren Verschwendungen verleitet, die es zugrunde richten mussten? Hatte sie nicht den Festen beigewohnt und dadurch immer neue Feste veranlasst? Vielleicht fürchtete sie sich, wenn sie den Gefallenen zu viel Güte und Teilnahme schenkte, es möchte die Stimme des öffentlichen Tadels die Stufen des Thrones hinanmurren, es möchte das Geschrei so vieler durch den schändlichsten Betrug zur Verzweiflung gebrachten Familien in den innersten Gemächern des Schlosses widerhallen: – doch selbst *dieses* konnte dem Mangel an Interesse nicht zur Rechtfertigung dienen, welches sie einer Person hätte zu erkennen geben sollen, die sie zwar nie sonderlich geliebt, aber doch so nahe in ihrer Umgebung gehabt hatte.

Wohlwollens benommen; ja, was vonseiten eines Königs noch mehr ist, der den Namen eines honnête homme mit so vollem Rechte führte, *Ludwig XVI.* hat der Herzogin bei mehreren Gelegenheiten Zeichen seiner Achtung gegeben. Diese Beharrlichkeit gereicht beiden, der Königin sowohl als ihrer Freundin, zur Ehre.

Als der Name *Polignac* wie ein Todesurteil klang, verließ die Herzogin Frankreich und entging den Gefahren, die sie umgaben, doch nur, um der Vorsehung zu ihren geheimen Absichten eine neue Veranlassung zu geben. Es war nämlich beschlossen und im Buche des Schicksals niedergeschrieben, dass die Herzogin wegen der von ihr begangenen Fehler (wer begeht deren keine?) und selbst wegen der ihr zur Last gelegten, durch die lange Agonie der Gefangenschaft und den blutigen Tod ihrer Gebieterin, ihrer Freundin, bestraft werden sollte. Die Nachricht brach ihr das Herz; es verschloss sich dem Troste; der Kummer und dessen Begleiter, Körper- und Seelenleiden, nagten daran; sie fand das Ende ihres Elends im Grabe; dieses Grab ist in Wien, wo man sie bedauert, sie beweint hat. ... Ihre Tochter, die unglückliche Herzogin von *Guiche*, folgte ihr nach. Sie war beinahe ebenso reizend wie ihre Mutter; viele fanden sie sogar schöner; mir ist sie nicht so vorgekommen; dabei war in ihr mehr Gesuchtes, weniger natürliche Grazie. Das Unglück hat diesen schönen Blumen Säfte und Farben geraubt; – des Todes Flügel die Blätter gestreift, den Stängel zerknickt – ein Grabstein ihre Wurzeln bedeckt!!

Ich hätte diesen Abschnitt noch verlängern und mit vielen Anekdoten würzen können; aber *alles* sagen, heißt mehr noch etwas Überflüssiges als etwas Langweiliges tun. Unser Lob erreicht den Staub im Grabe nicht; und doppelt nichtswürdig und gehässig ist es, Totenurnen zerschlagen, und die leblose Asche, welche sie enthalten, unter die Füße treten. Schmeichelei und Erbitterung stehen weder meinem Herzen noch meiner Feder zu Gebot. Ich glaube genug gesagt zu haben, um eine Gunst, welche in übertriebenen oder ungetreuen Schilderungen so arg verleumdet worden, in ihr wahres Licht zu stellen, und einer Familie, welche von Menschen und Schicksalen so schonungslos verfolgt worden ist, zu ihrem Rechte zu verhelfen.[47]

---

[47] Wir teilen hier aus den Memoiren der Gräfin *von Genlis* die Beschreibung mit, welche sie von der Herzogin *von Polignac* machte. »Ihre Taille, obschon gerade, war schlecht gebaut, klein, unzart, ohne Eleganz. Ihr Gesicht hatte nur einen Fehler: die große, eckig geformte und im Verhältnis zur Gesichtsfarbe zu braune Stirn. Der Fehler verschwand, als es Mode ward, die Haare fast bis über die Augenbrauen zu tragen; jetzt war ihr Kopf vollkommen schön. Aus ihren Zügen las man Offenheit und Feinheit; Blick und Lächeln waren himmlisch. Keines ihrer Gemälde ist ähnlich. Sie war sanft, wohlwollend, von einfachem Wesen, und um desto liebenswürdiger. Ihre Gunst bei der Königin hat ihr Äußeres unverändert gelassen. Man hat ihr einen gewissen Grad von Verstand absprechen wollen; für

Doch ich komme wieder auf Frau von ... und auf ihre Rivalin zurück, welche ihren Platz eingenommen und sie aus meinem Herzen verdrängt hatte.

Interessante *Sophie*! Ehe es mir gelang, einen Brief an dich zustande zu bringen, hatte ich fünf oder sechs zerrissen, weil sie mir alle so kalt, nüchtern und nichtssagend schienen. Meine brennende Liebe, von der sie nur ein matter Widerschein waren, verwarf sie. Endlich entschloss ich mich, den siebenten abgehen zu lassen. *Morand* besorgte ihn; er wurde zwar angenommen, aber man machte viel Umstände und erklärte zuletzt bestimmt, dass keine Antwort erfolgen werde.

Dieser Entschluss brachte mich fast zum Wahnsinn. In meiner Verzweiflung, und mit dem Vorsatz, alles zu wagen, allem zu trotzen, machte ich mich auf den Weg nach dem Hotel der Frau von ... Ich hatte eine Zeit gewählt, wo ich wusste, dass sie nicht zu Hause und bei Mesdames[48] war. Ich fand leicht Zutritt bei Fräulein *von Lorville*. Ich beschwor sie mit dem Ausdruck des lebhaftesten Schmerzes, die erste wahre Liebe, die ich empfunden, mit mir zu teilen; oder, wenn sie unerbittlich bliebe, mir ohne Umschweife ein Unglück zu verkünden, dessen Folgen ich nicht voraussehen könne, nicht berechnen dürfe.

Um mir jetzt, wo ich dieses schreibe, die Herrschaft erklären zu können, welche meine damalige Leidenschaft über mich ausübte, muss ich den Grund derselben in einer geheimen Sympathie aufsuchen, die beim ersten Anblick des geliebten Gegenstandes unser Herz, besonders wenn dieses Herz noch neu und erst in die Welt eingetreten ist, überwältigt. Alsdann sind unsere Eindrücke tief, unsre Bewegungen und Triebe rastlos; alsdann ist die Liebe ein hitziges Fieber; sie hat nichts als den Namen mit jenen überlegten Verbindungen gemein, deren Grund, Gang und Wirkungen man kalt und ruhig berechnet, wenn das verschrumpfte Herz verlernt hat, sich glücklichen Täuschungen und Träumen zu überlassen.

Ich hatte zwei Aufgaben zu lösen. Ich musste *Sophie* den ganzen Umfang meiner Leidenschaft zeigen, ich musste diese Leidenschaft vor allen Augen verbergen, und vollends vor den Augen der Frau von ... Noch mehr: Ich musste *diese* bei der Überzeugung lassen, dass meine Liebe zu ihr – die bisherige, die gewesene – nicht abgenommen habe; ich musste ihr die Gewissheit geben – und das in einem Moment, wo mein ganzes Wesen einer andern gehörte – dass ich noch immer der Ihrige sei; ich musste mich in einem Verhältnis, welches mir das schwerste Joch der Sklaverei auferlegte, glücklich

---

meinen Teil habe ich sie in Gesellschaften nicht beschränkt, ja nicht einmal uninteressant gefunden. – Das schönste Lob ist ihr von der Königin selbst erteilt worden: »Allein mit *ihr*, bis ich nicht mehr *Königin*, bin nur *ich*.« *Übers.*

[48] Des Königs Tanten. *Übers.*

und entzückt stellen, und Fesseln zu küssen scheinen, die ich abzustreifen, deren Spuren ich zu vertilgen strebte.

Von jeher – und selbst in späteren Jahren – ist es mir unmöglich gewesen, die Verstellung bis auf diesen Punkt zu treiben. Ich habe zwar mehr als einmal Zärtlichkeit gelogen, wo ich nur Sehnsucht und Begierden fühlte. Ich habe oft die Sprache[49] der Empfindung geführt, oft die Züge der Schwermut geborgt, wenn ich meine heimlichen Zwecke zu bemänteln, und den Genüssen der Libertinage einen ehrbaren Anstrich zu geben suchte; – aber einer Frau, die man hochschätzt, eine Liebe schwören, die man für eine andre im Herzen trägt, ein Entzücken, das man für eine andere fühlt, in ihre Arme übertragen, sich selbst zu einem moralischen und physischen Lügner stempeln: – das heißt der Person spotten, welche man zum Gegenstand seiner Scheinhuldigung, zum Opfer und Spielwerk des Betruges macht; zugleich heißt es aber auch, sich selbst die Qual bereiten, die ein Mezenz[50] für andere erfand.

Selbst ja gestorbene Leiber mit lebenden fügt' er zusammen,
Händ' auf Hände gelegt, und Antlitz auf Antlitz,
(Ha, der Peiniger!) dass sie, in Jauch' und Verwesung zerfließend,
Langsamen Tod hinstarben in jammervoller Umarmung.
J. H. Voß.

Auf der ändern Seite ängstigte mich der Kummer, den ich der Frau von ... machen würde, wenn sie meine neue Liebe erführe. Sie hatte schon ein geheimes Vorgefühl davon; schon führte sie Klage über meine Gleichgültigkeit, über eine Veränderung in meinem Wesen: So wenig war ich Meister in der Verstellung. Ich versuchte zwar, sie zu beruhigen, doch es gelang mir nur zur Hälfte. Ich schob die Schuld auf meine Gesundheit. Sie tat, als glaube sie es. Aber es ist schwer, eine Liebende zu betrügen, die zwar leichtgläubig, aber auch zugleich hellsehend ist, die sich zwar gern von ihrem Geliebten täuschen ließe, sich selbst aber nicht zu täuschen vermag.

Sophie hatte mein rascher Überfall außer sich gebracht. Ich hatte ihr meine Gefühle mitgeteilt; meine Rührung hatte sie gerührt. Ich war von ihr mit der heiligen Versicherung entlassen worden: Sie wolle schreiben. Mit zitternder Stimme hatte sie hinzugesetzt: Sie wolle auch suchen, mich gelegentlich zu sprechen. Ich bat sie um eine Zusammenkunft bei Morand; sie dürfe nur ihre Leidenschaft für die Malerei vorschützen. Ich beschwor sie, mich nicht

---

[49] Le jargon.
[50] Mortua ... jungebat corpora vivis, Componens manibusque manus, atque oribus ora, (Tormenti genus) et sanie taboque fluentes Complexu «in misero longa sie morte necabat. Virgil. Aen. VIII. 485-8.

sterben zu lassen: Ohne ihre Liebe könne ich nicht leben (sie glaubte es, ich glaubte es ebenfalls; mein Tod war in unseren Augen so möglich, so wahrscheinlich, so unvermeidlich!). Kurz, ich verließ sie verliebter als je, weil ich selbst sie leidenschaftlicher als je verließ.

Von nun an war Morands Haus für mich ein Tempel, der alle meine Wünsche wie in einen Mittelpunkt in sich schloss. Sophie kam mehrere Male dahin. Mir war es genug, sie zu sehen, sie zu hören, von ihren Lippen die Bestätigung zu erhalten, sie teile meine Gefühle. Ich war glücklich. Noch hatte ich durch keine leise Äußerung den Anstand verletzt, von ihrer Zärtlichkeit das letzte Opfer nicht erfleht. Ich war glücklich. – Wo ist aber ein Glück, das nicht ermüdet, solange sich's nach einem höheren streben lässt! Ich ging weiter. Ich wagte es, in sie zu dringen; ich beschwor sie, mir ihre ganze Liebe auf Kosten ihrer ganzen Unschuld zu schenken. Sie widerstand der Heftigkeit meiner Bestürmung, den Gefahren meiner Künste, meinen zärtlichsten Bitten, meinen ungestümsten Verfolgungen. Zwei Schutzengel bewachten sie: ihre Tugend und noch mehr ein geheimer Instinkt von Scham und Furcht.

Sechs Wochen waren in diesem Kampfe verflossen. Schon fing mein Mut an zu sinken und meine Hoffnung zu schwinden. Kummer nagte an meinem Herzen. Mein Äußeres war bis zur Unkenntlichkeit verändert. Sophie kam ihr Sieg noch teurer zu stehen. Ihr niedliches Gesicht war noch eingefallener als meins, und das will bei der Frau mehr als bei dem Manne bedeuten.

Ich sollte in einigen Wochen die Pagenanstalt verlassen. Unsre Lage war dringend. Nachdem ich alle Vorstellungen, alle Überredungen erschöpft, schlug ich Sophie die Ehe vor, und setzte mit einer Schwärmerei, in der etwas Finsteres und Melancholisches lag, hinzu: »Wenn du diesen letzten Beweis meiner Anbetung und abgöttischen Liebe verwirfst, so schwindet alles aus meinem Leben, Ehre, Glück, Beförderung, kurz alles, was für mich Zweck des Lebens sein kann; so entsage ich von nun an jeder Hoffnung in einer Welt, die mich vor der Zeit auf das Bitterste betrogen hat.« – Mit einem feierlichen Tone, den ich «nie vergessen werde, gab sie zur Antwort: »Ich bin bereit, mit meinem Glücke das Glück zu erkaufen und zu besiegeln, welches Sie in einer Welt erwartet, für die Sie gemacht sind, in welche Sie im Begriff sind einzutreten, und in welche meine zärtlichsten Wünsche Sie noch dann begleiten werden, wenn Sie mich vielleicht längst vergessen haben. Keine Eidschwüre! (setzte sie hinzu, als sie merkte, dass ich sie unterbrechen wollte). Wären Sie in diesem Augenblick nicht aufrichtig, so würden Sie bald aufhören, gefährlich für mich zu sein. Die *Gegenwart* ist es nicht, vor der ich zittre! Auch nehme ich das Anerbieten Ihrer Hand nicht an: Unsre Ehe würde vor dem Richterstuhl der Vernunft, der Ehre und des Gesetzes ungültig sein. Fern sei es von mir, durch einen Schritt dieser Art Ihre Laufbahn in dem Moment, da sie sich vor Ihnen öffnet, auf immer zu schließen. Das Schicksal hat mir das Glück nicht zugedacht, Ihre Gattin zu werden; es hat mich auch nicht bestimmt; Ihre Mätresse zu sein; aber die Liebe veredelt alles, selbst ein erniedrigendes Verhältnis. Ja, das Andenken an diese Liebe wird mein Leben beseligen; wird in der Folge mein Trost werden, wenn Sie je so ungerecht sein könnten, mich zu vergessen, und ich so unglücklich, von Ihnen vergessen zu werden. Von nun an sollen Sie ebenso wenig *jetzt* einen Laut der Weigerung, als *einst* der Reue hören.«

O Macht der Tugend, du bist kein Hirngespinst! – Sie schwieg, und zugleich verstummten die empörten Triebe und Begierden meines Herzens, die noch vor wenig Minuten so heftig in mir getobt und mein Blut entzündet hatten. In meinem Busen ward alles still, wie auf den Schlag eines Zauberstabs, wie auf das Geheiß einer höheren Macht. In diesem Moment war Fräulein *von Lorville* für mich eine unverletzliche Gottheit, ein heiliger Gegenstand meiner Verehrung und Anbetung. Aus meinem Wesen war die Möglichkeit verschwunden, sie zu kränken; ich hatte nur ein Gefühl, die tiefste Ehrerbietung. Die Schwäche des Weibes siegte über die Stärke des Mannes.

Zu ihren Füßen liegend, überließ ich mich dem süßen Schmerz einer Wollust, die ihrer und meiner würdig war, und dem Stolze, mich beherrscht, sie nicht beleidigt zu haben. Wie beredt dankte mir ihr Schweigen! Wie sprechend und belohnend war ihr Blick! Wie viel zärtlicher liebte sie mich! Wie viel teurer wurde sie mir! Oh, welch himmlisches Gefühl wäre die Liebe, wenn sie sich auf diesen unaussprechlichen Rausch der Seele beschränkte! Wie veredelt durch den Wechseltausch, durch das Zusammenströmen der Herzen! Wie engelrein, wenn sie nicht zugäbe, die Unschuld zu morden, wenn sie auf der letzten Stufe des Glücks nicht einen Selbstmord *an sich* beginge! – Aber ein feindlicher Genius spottet unser, führt uns vom Pfade der edelsten Gefühle ab, stürzt unsre löblichsten Vorsätze um, stellt uns selbst feindlich uns gegenüber, bekriegt unser *Ich* durch unser *Ich*, teilt uns in zwei widerstrebende Hälften, schwächt und überwältigt uns endlich durch diese Teilung. Ja, es scheint, als werde dem Menschen das Gute nur in der Absicht gezeigt, damit er von dem steilen Wege, der dahin führt, desto leichter herabgleite, und auf dem Abhänge des Lasters und seiner schwächeren Natur dem Verderben entgegenrolle!

Nach diesem rührenden Auftritt empfand mein Herz das Bedürfnis, sich in seine Glückseligkeit zurückzuziehen, in einem Nachgeschmack derselben zu schwelgen, dann aber auch sich Luft zu machen, seine Gefühle mitzuteilen, sie, ohne sich zu verraten, in ein zweites Herz auszuschütten. Ich wählte *Sophie* und schrieb an sie einen Brief, den mein Gedächtnis aufbewahrt hat, den ich selbst in diesem Augenblick zwar etwas sehr romanhaft finde, der aber eben deswegen charakteristisch ist, weil er meine damalige Lage lebhaft schildert. Hier ist er.

»Trostbringender Engel! Du waltest hinfort über mein Leben; Du legst ihm einen bisher unbekannten Wert bei. Um Deiner würdig zu sein, müsste ich Dir entsagen – und sterben! Doch ein Entschluss wie dieser übersteigt meine Kräfte; ich vermag nur, das Geschenk Deiner Liebe anzunehmen und es durch meine unversiegbare Anbetung zu erwidern! Du hast Dich mir nicht wie eine andere gegeben; darum will ich Dich auch nicht wie eine andere besitzen. Ich will kein gewöhnlicher Liebhaber sein. O meine *Sophie*, meine ewig geliebte Freundin! *Montag* bin ich frei und mein eigener Herr. ... Von diesem Tage geht mir eine neue Sonne auf. Willst Du mir diesen Tag zur Morgenröte meines Glücks machen? Willst Du meine ganze Zukunft mit dem Vorgeschmack der höchsten Wonne beseligen? In den Zauberkreis Deiner Liebe gestellt, umgeben von dem magischen Gürtel derselben, trete ich dann ins Leben mit einem Vertrauen, welches mich über mich selbst erheben wird. O sprich es aus, das Wort, nach welchem mein Herz sich sehnt! Sprich, Du wolltest alles, was ich wünsche, Du wünschest alles, was ich wolle!! Ich führe Dich in ein *Gotteshaus*; dort, in Gegenwart dessen, der alles sieht, der das erlaubt, was er billigt – dort, am Fuße seines Altars, bedürfen wir nicht der Zwischenkunft seiner Diener, um ihn zum Zeugen unseres unverständlichen Willens anzurufen, unseres Willens und Entschlusses, zusammen und vereint auf einer Welt zu leben und zu wallen, wo er uns gewiss einige glückliche Momente nicht versagen wird. Du und das Glück seid ja eins! ... Teure, einzige *Sophie*; ich hoffe, Du wirst in diesen Zeilen nichts Überspanntes gefunden haben! ... Ich hoffe, die ganze Heftigkeit meiner Leidenschaft wird sich Deinem Herzen mitteilen, es entzünden. ... Du wirst fühlen, und mit innigster Überzeugung Dir sagen: Es sei Torheit, uns nicht zu lieben, es sei Meineid und Verbrechen, einander zu entsagen!«

Ich erwarte mit brennender Ungeduld die Antwort. Sie erschien. Kaum atmend las ich sie; kaum atmend hatte *Sophie* sie geschrieben. Sie enthielt nur ein einziges Wort; und dieses Wort war: ja!

Fünftes Kapitel

This devil, Beauty, is compounded strangely.
It is a subtil point, and hard to know,
Whether it has in it more active tempting
Or passive tempted ...
So soon it forces, and so soon it yields.

Unsere Zusammenkunft in der Ludwigskirche – Sophie wird mein – Ich gestehe der Frau von ... meine Liebe, ohne den Gegenstand zu nennen – Ihr Verdacht auf eine andere – Ihre Antwort – Meine Familie will mich auf Reisen schicken – Meine Abschiedsvorstellung bei der Königin – Ihre Worte – Ihr Rat – Ihr richtiger Verstand – Frau von ... ist nahe daran, mein Verhältnis mit Sophie zu entdecken – Geschenke einer Geliebten sollen nie einer ändern zum Opfer gebracht werden – Ein Armband zeugt gegen mich – Sophie leugnet – Sophie schwanger – Ich schreibe an Frau von ... – Meine Verstellung – Ihre Verstellung – Sie verlässt Versailles – Ich werde mit Dorat bekannt – Sein Talent – Sein Ruf – Dorat, als Schriftsteller und als Weltmann geschildert – Sein Hass gegen Laharpe – Herr von Pezay – Anekdote – Der Herzog von Manchester – Der Graf Maurepas – Versailles wird mir nach Sophies Abreise verhasst – Ich begebe mich auf Herrn Monvilles Landgut – Monvilles Porträt – Seine Beharrlichkeit für den Herzog von Orleans – Der Herzog hat nie nach der Krone gestrebt – Die Revolution ist das Grab ihrer Freunde wie ihrer Feinde – Sophie ruft mich zurück – Ich eile nach Paris – Mein Empfang bei Frau von ... – Sophies Verlegenheit – Ich verschaffe mir nächtliche Zusammenkünfte – Ich gewinne eine Kammerfrau – Weibliche List – Frau von ... entdeckt mich in Sophies Schlafzimmer – Ich bin meiner Doppelrolle überdrüssig – Meine Erklärung Sophies Lage – Ihr Auftritt mit Frau von ... – Meine Wut – Ich gehe zur Frau von ... – Ihr Benehmen – Ihre Nachsicht gegen uns – Sie ührt uns in die Oper – Vorgang daselbst – Frau von ... teilt uns ihren Plan mit – Sie schreibt an mich – Sophie schreibt an mich – Beide verlassen Paris – Innige Teilnahme des Marquis von Sennecterre – Er tröstet mich – Betrachtungen über die weibliche Eifersucht – Ich werde Sophie untreu – Nächtliches Abenteuer – Geschichte meiner Untreue – Ein Roman, und doch kein Roman – Erröten ist nicht immer ein Geständnis – Schluss und Aufklärung des Abenteuers – Dreistigkeit und Verschlagenheit einer Frau – Schlechter Ton, der in den neueren Romanen herrscht – Crebillon der Jüngere hat ihn angegeben – Dorat, selbst Marmontel, seine Nachahmer – Das Heer ihrer Nachfolger – Der gute Stil geht verloren – Angeführte Stellen zum Beweis – Ich treffe lange nachher mit der Heldin des Abenteuers wieder zusammen – Ähnliche

Geschichte in Wien – Verderbtheit der Frauen – Tugend der Frauen –
Ich reise zum Regiment nach Falaise – Meine Beurlaubung bei der
Königin – Ihre Gnade – Der Empfang der Pariser in der Oper tut ihr
wehe – Meine Antwort – Meine Abreise – Ich verlasse Paris ungern

Unser Roman wurde Wirklichkeit. Frau von … speiste nicht zu Hause. *Sophie*
benutzte auf alle Gefahr diese Abwesenheit. Ich erwartete sie an der Türe.
Wir begaben uns in finsterer Nacht in die Sankt-Ludwigs-Kirche. Dort
schlossen wir den Bund der Ehe, feierlicher, als ihn in der Folge so viele
schlossen, die weit weniger Gewicht und Ernst darauf gelegt haben, als
damals wir beide. Der Bund wurde im Hotel *von Noailles* besiegelt, wo ich
einige Zimmer vom Herzoge zu meiner Verfügung hatte. Dort brachte ich
die hin, die ich (zu meiner Rechtfertigung und zur Steuer der Wahrheit sei es
gesagt!) für meine gesetzliche Gattin hielt.

Noch vor Mitternacht begleitete ich sie nach Hause, und von nun an war sie
unwiderruflich *mein*.

Ich hielt es für eine heroische Handlung, der Frau von … zu bekennen, dass
ich mein Herz einer andern gegeben, hütete mich aber, ihr diese andere zu
nennen. Ich sagte ihr bloß, sie wisse so gut als ich, dass die Liebe ein ge-
bietendes, blindes Gefühl sei; in mir sei, sehr wider meinen Willen, dieses
Gefühl für eine andere entstanden; ich würde es als ein strafbares Verbrechen ansehen müssen, wenn ich beide betrügen wollte; was aber mein
erstes Verhältnis betreffe, so würde alles, was von mir abhinge, Dankbarkeit,
Freundschaft und eine grenzenlose Ergebenheit und Hingebung, an die
Stelle von Gefühlen treten, deren wandelbare, gebrechliche Natur es nicht in
meine Macht stelle, sie ewig im Herzen zu bewahren.

Obschon durch mein früheres Benehmen zum Teil auf das, was sie jetzt
hörte, vorbereitet, verstummte sie bei dieser unerwarteten Eröffnung.

Sich mit solcher Hintenansetzung des Schicklichen einem unerfahrenen
Jüngling hingegeben zu haben, sich von ihm mit einer so abstoßenden Freimütigkeit verlassen zu sehen, wäre selbst für eine an Liebeshändel ge-
wöhnte Frau[51] ein empfindlicher Schlag gewesen, und Frau von … war weit
entfernt, eine solche zu sein. Meine Jugend hatte sie bei unserer ersten
Bekanntschaft angezogen, hatte ihre Tugend verführt, und diente ihr jetzt
zur Strafe; mein Herz ohne Falsch hatte damals das ihrige gewonnen, und
jetzt war eben diese Offenheit ein Dolch, der ihre Brust durchbohrte. Zum
Glück für mich und *Sophie* war sie auf einer falschen Fährte, und anstatt auf
Fräulein *von Lorville* einen Verdacht zu werfen, dichtete sie mir Absichten
und Aussichten ganz anderer Art an, denen der höchste Eigendünkel und

---

[51] Femme galante.

die ausgemachteste Geckenhaftigkeit nicht zur Entschuldigung hätte dienen können, wenn ich sie wirklich gehabt hätte, und die ich um nichts in der Welt gehabt haben würde, auch dann nicht, wenn die zuvorkommendste Huld sie mir im Traumbilde vorgespiegelt hätte.

»Ich weiß Ihnen«, sagte sie mir »für Ihre Aufrichtigkeit Dank. Ich lobe und schätze Sie um Ihrer Geradheit willen, selbst wenn Sie dieselbe auf meine Kosten zeigen. Leben Sie glücklich! Entehren Sie nie den Altar, auf welchem Ihre erste Flamme gebrannt hat. Dieses sage ich Ihnen weit mehr in Rücksicht auf Sie als auf mich. Vor allem nehmen Sie sich vor der Eitelkeit in acht, welche uns gefährliche Schlingen legt; vor dem Stolze, der uns den verderblichsten Blendwerken preisgibt. Es liegt ein nicht zu erklärender Zauber und etwas so Magisches in der Schönheit und in der Macht, dass man sich nicht selten über die Art von Eindruck und Interesse täuscht, die man in ihnen erweckt. Ich wiederhole es, die Gefahr, welche man dabei läuft, ist fürchterlich; das Ridiküle, welches man sich dabei gibt, ist vielleicht noch unabsehbarer ... Ich mag nicht mehr sagen ... Meine Worte sind die Worte der sterbenden Liebe; mögen sie Ihnen zum Leitfaden dienen, und vor allen Dingen – Sie warnen und schrecken! ... Sprechen wir nicht mehr von dem, was vergangen ist; sehen Sie mein Haus wie das Ihrige an; seien Sie versichert, dass Sie meine ganze Freundschaft besitzen; erhalten Sie mir die Ihrige; nie werde ich es verdienen, dass Sie sie mir entziehen; und kann ich je in den Fall kommen, Ihnen nützlich zu sein, so verfügen Sie unbegrenzt über mich; die Augenblicke, wo ich Ihnen werde dienen können, sind gewiss die einzigen glücklichen, die ich mir noch in der Zukunft versprechen darf.« –

Hier wischte sie sich eine Träne vom Auge, verließ mich und begab sich in ihr Kabinett. Ich fand in mir weder die Kraft, sie zurückzuhalten, noch die, ihr zu folgen.

Wie viele Schwierigkeiten hatte ich zu bekämpfen und zu überwältigen, wollte ich mein Verhältnis mit *Sophie* fortsetzen, ohne es zu verraten! Schon gegen die bloße Fortsetzung erhoben sich tausend Hindernisse. Alles verschwor sich wider mich. Meine Familie verlangte, ich sollte vor meinem Eintritt in das Dragonerregiment von N ..., in welchem ich eine Leutnantsstelle erhalten hatte, eine Reise in das Innere von Frankreich machen und dann drei Monate in England zubringen. Außer dem Nutzen, welchen junge Leute überhaupt aus den Reisen ziehen, kam es mir vor, als sei noch ein zweiter Grund vorhanden, warum ich reisen sollte; man wollte mich vor den Klippen des Ozeans von Paris bewahren.

Am Tage, wo ich der Königin zum ersten Male als Offizier vorgestellt würde, *befahl* sie mir sozusagen in Versailles zu bleiben. Auf diesen Befehl bezog ich mich, um mich dem Reiseplane der Meinigen zu widersetzen. Ich erinnere mich noch der eigentlichen Worte der Königin. Sie hatte die Gnade, mir zu sagen: »Sie nehmen nicht Abschied, wir trennen uns nicht; Sie bleiben, wenigstens noch für einige Zeit in Versailles unter meinen Augen. Sie werden, wenn Sie mir folgen wollen, nur selten Abstecher nach Paris machen; es soll Ihnen hier nicht an aller der Unterhaltung fehlen, die Sie wünschen mögen. Betragen Sie sich, wie es sich für Sie schickt. Und Sie werden stets in Mir eine Stütze und das tätige Wohlwollen finden, dessen Sie sich würdig zu machen haben. Kleiden Sie sich einfacher. Seit wenigen Tagen sehe ich Sie schon in zwei gestickten Röcken erscheinen. Ihr Vermögen ist zwar bedeutend, aber nichts weniger als hinreichend für den ausschweifenden Modegeschmack; wozu dieses gekräuselte Haar? Diese Crochets? Wollen Sie Komödie spielen? Die Einfachheit in der Kleidung macht zwar nicht, dass wir hervorstechen, sie macht aber, dass man uns hochschätzt.«

Diese Worte der Königin haben sich nie aus meinem Gedächtnisse verloren; man wird mir's ohne Mühe glauben. Sie enthalten eine so mütterliche Güte vonseiten einer so großen Königin[52], eine so gesunde Vernunft vom edelsten Gepräge, dass es unmöglich wäre, sie zu vergessen. Und hätten sie auch zu ihrer Zeit einigen Enthusiasmus in mir rege gemacht, hätte ich sie auch damals gegen einige wiederholt, sowohl der Königin als mir selbst zu Ehren, so würde ich gewiss nicht für so lächerlich haben gelten können als Frau *von Sévigne*, wenn sie zum Grafen *von Bussy* sagte: »Gestehen Sie, mon cousin, dass unser König der größte Monarch auf Erden ist«, – weil *Ludwig* XIV. soeben ein Menuett mit ihr getanzt hatte.

Es kommt mir nicht zu, das Maß und den Umfang des Verstandes bestimmen zu wollen, den die Königin besaß, und wie sich dieser in ihren Handlungen äußerte. So viel aber darf ich behaupten: so oft ich die Ehre gehabt habe, ihr aufzuwarten, und in ihrer Nähe zu sein, habe ich in jedem Worte, das sie sprach, eine Richtigkeit und Bestimmtheit, eine Sorgfalt in der Auswahl und Abwägung der Ausdrücke gefunden, die unseren besten Köpfen Ehre machen würde.

Seit dem Tage, wo ich mit Frau von ... die erwähnte Erklärung gehabt, hatte ich keine zweite Unterredung mit ihr; wohl aber (was mir nicht eben zum Lobe gereicht) ging all mein Bemühen dahin, eine ihrer Frauen zu bestechen, und es gelang mir. Auf diese Weise hatte ich häufige Gelegenheiten, *Sophie* zu sehen, und drei Monate verflossen, ohne dass ihre Wohltäterin den leisesten Verdacht gegen sie geschöpft hätte. Für mich war es nichts Leichtes, im Tête-à-tête mit beiden zu speisen, wie dies sehr oft der Fall war. Das

---

[52] La plus grande reine du monde.

Gespräch war dann gesucht und gezwungen, und hörte nur auf es zu sein, wenn es Gäste gab, und die Unterhaltung allgemein wurde.

Ein Ereignis, das ich nicht vorausgesehen hatte, wäre bei einem Haare zum Verräter an uns geworden, hätte beinahe alles entdeckt, und war wenigstens die Veranlassung, dass Frau von ..., deren Dienstzeit in Versailles abgelaufen war, ihre Rückkehr nach Paris beschleunigte.

In den schönen Tagen unserer Liebe hatte sie mir ein Armband von ihren Haaren geschenkt. Ich trug es lange, bis ich auf *Sophies* sanftes Bitten ihr dieses Opfer brachte. Es war unrecht von mir, das Geschenkte wieder zu verschenken.

Bei dieser Gelegenheit gebe ich meinen jungen Freunden eine Lehre und einen Rat. Mögen sie beides benutzen. Man soll nie der gegenwärtigen Geliebten ein Andenken der Gunst einer früheren zum Opfer bringen, nie der Eitelkeit, dem Hasse, der Grille einer Schönen, welcher wir heute huldigen, die Briefe, die Haare, das Porträt derjenigen zum Opfer bringen, die wir gestern verehrten. Mein Rat mag kleinlich und unbedeutend klingen, er ist es aber nicht, er hängt genau mit der Ehre zusammen. Wer schlecht und niederträchtig genug ist, aus den Händen zu geben, was die Liebe ihm in dem Augenblicke der innigsten Vertraulichkeit geschenkt hat, wird schwerlich in der Freundschaft und in allen übrigen Umständen und Lagen des Lebens, wo es auf Ehre ankommt, zartsinniger und zuverlässiger sein. Und wie oft wird der Mann nicht auf eine solche Probe gestellt? Wie oft kommt er nicht in den Fall, diese Pflicht der Ehre zu erfüllen? Wie gewöhnlich ist die Schlinge nicht, worin sich so viele Frauen fangen lassen, Liebesandenken zu geben? Wie gewöhnlich *die*, worin ebenfalls Frauen ihre Liebhaber fangen, wenn sie ihnen dergleichen Andenken abfordern? Wie gemein und allgemein ist nicht die weibliche Grille, Opfer dieser Art zu verlangen, welche keinen anderen Wert für die zweite Geliebte haben können, als dass sie weiß, dass sie früher einen großen Wert in den Augen ihres Liebhabers hatten? Nur dass dieser Wert immer in dem Verhältnisse zunimmt, als sie ihre Rivalin hasst! Und man weiß, wie sehr die liebenden Frauen hassen können, wie sehr ihr Herz und ihr Kopf in beständiger Bewegung sein müssen; wie hoch sie sich einen solchen Sieg über eine Nebenbuhlerin anrechnen, wie unerbittlich ihr Herz, wie unstet ihr Kopf ist, wie viel Anziehendes ein so grausames Spiel für ihre Nerven hat, wie sehr jene gefährlichen und dabei so leicht zu führenden Waffen für sie gemacht und ihrer Natur angemessen sind. Mit zahlreichen Ausnahmen sind die Frauen inkonsequente, leichtsinnige, oft barbarische Wesen[53]. Wie aber die Männer? Sind sie viel besser? Ich zweifle sehr. Die ganze Menschheit taugt nichts!

Ich komme auf mein Armband zurück. Es war mit einer schönen Perle verziert. Auf dem Schilde standen zwei verschlungene Ziffern und die beiden englischen Worte: forever; »denn«, wie *Diderot* sagt »die Leidenschaft sieht alles *ewig*, die menschliche Natur will, dass alles *ende*.« Das Brasselett war gar zu kenntlich. *Sophie* hatte es bisher in einem geheimen Fache ihres Sekretärs sorgfältig verborgen. Nur ein einziges Mal, als sie kramte, war sie so unglücklich gewesen, es in der Eile herauszunehmen und auf ihrer Toilette liegen zu lassen. Frau von ..., gewohnt, oft in das Zimmer zu kommen, musste gerade an diesem Tage etwas darin zu schaffen haben. Sie sieht das Armband, erkennt es, wird wie vom Donner gerührt. Ich hatte *Sophie* nie gesagt, aus wessen Haaren es gewebt war; mir war nie ein Wort über die Art und den Grad des Verhältnisses entfahren, worin ich mit ihrer Wohltäterin stand. Freilich würde ich es wider die Ehre und den Anstand gehalten haben, ihr diese Eröffnung zu machen; ich muss aber auch gestehen, dass dies nicht mein Hauptgrund war, sie ihr vorzuenthalten; ich musste befürchten, ein Geständnis dieser Art würde *Sophies* Widerstand verstärken und meinen Sieg verhindern. Nach meinem Triumph fuhr ich fort, ihr diesen Umstand zu verschweigen, um sie nicht zu betrüben und zu beunruhigen. Sie glaubte, das Geschenk sei von einer anderen. Glücklicherweise war sie nicht auf ihrem Zimmer, als Frau von ... hinkam und das Corpus Delicti fand.

Ich speiste gerade an demselben Tage bei der Gekränkten und Beleidigten. Sie wusste sich aber dergestalt zu fassen und zu beherrschen, dass sie kein Wort darüber fallen ließ. Allein am Abend, als wir beide allein waren, bat sie mich mit anscheinender Gleichgültigkeit, ihr alles zurückzugeben, was ich von ihr hätte, und was für mich keinen weiteren Wert haben könne. Vor allen Dingen aber forderte sie mir das fatale Brasselett ab. Die Antwort fiel mir nicht schwer. Ich beteuerte, mich nie von dem trennen zu wollen, was mich an ein Glück erinnere, dessen Andenken eine der Freuden und Glückseligkeiten meines ganzen Lebens sein würde, und schloss mit der Versicherung, ich hätte es nicht verdient, diesem Geschenk zu entsagen. Ich hielt nämlich alles für eine vorübergehende Laune und glaubte, mich gut aus der Sache gezogen zu haben.

Am folgenden Morgen erhielt ich einen Brief von *Sophie*. Sie schrieb mir, sie sei verloren; sie könne nicht begreifen, woher Frau von ... unser Armband kenne, wie es ihr in die Hände gefallen, und vor allem, welche Wichtigkeit

---

[53] Des êtres barbares.

sie darauf lege; freilich sei sie selbst auf mancherlei Gedanken verfallen, der Buchstabe E habe ihr die Augen mehr als zur Hälfte geöffnet und ihr ein Licht gegeben, welches sie vergebens von sich abzuwenden suche; übrigens habe sie standhaft geleugnet, das Brasselett zu kennen, und da sie erfahren, dass es auf ihrer Toilette gefunden worden, habe sie behauptet, es müsse ohne ihr Vorwissen hingelegt worden sein; sie könne bei alledem nicht wissen, was diese schreckliche Geschichte für ein Ende nehmen würde; sie hüte das Bett, und müsse in dem Zustande, worin sie sich noch obenein zu befinden glaube, und da sie allem Anscheine nach das Pfand unsrer Liebe unterm Herzen trage, es als ein Glück ansehen, wenn sie nie wieder von ihrem Lager erstände.

Ihre und meine Lage war nichts weniger als erfreulich, und himmelweit von den glücklichen Augenblicken verschieden, wo wir die Kirche verließen, und den geschlossenen Bund mit den Beteuerungen einer ewigen Liebe besiegelten. Jetzt sahen wir mit anderen Augen; denn jenes Vergehen, jenes Verbrechen, welches in der Welt nur unter dem Namen einer liebenswürdigen Verirrung bekannt ist, lässt uns nicht immer sanft ruhen, und führt seine Strafe mit sich. Ich wollte verzweifeln, und doch sagte ich mir, es sei meine erste und heiligste Pflicht, Fräulein *von Lorville* zu retten. Dieser Gedanke rief meinen ganzen Mut zurück. Erst wollte ich alles bekennen; nur die Furcht, sie in der Gestalt einer vollendeten Lügnerin erscheinen zu lassen, hielt mich ab; denn, ich darf es nicht verhehlen, auf *mich selbst* hatte es einen tiefen, unangenehmen Eindruck gemacht, zu sehen, mit welcher Geistesgegenwart, oder besser zu sagen, mit welcher geübten, ausgelernten Falschheit, mit welcher Stirn sie eine so handgreifliche Wahrheit abgeleugnet und ein so laut sprechendes Zeugnis wider sie durch eine so grobe Lüge zum Schweigen gebracht hatte.

Doch Lügen sind ja das eigentümliche Departement des weiblichen Geschlechts. Die naivste, die unerfahrenste, die beste Frau, wenn es darauf ankommt, das einzige Geheimnis, welches sie bei sich behalten *kann*, zu bewahren, ist in dieser Kunst dem stirnlosesten Manne überlegen.

Mein Entschluss war gefasst. Ich ging nicht zu Frau von ..., sondern zum guten Herrn *Morand*, der, obschon ich lange meine Leser nicht von ihm unterhalten, noch immer für mich der Alte war.

Ich hatte vorher einige Zeilen an Frau von ... geschrieben, um ihr den Verlust des Armbandes zu melden, der mir doppelt empfindlich sei, weil er gerade in eine Zeit falle, wo sie dieses Unterpfand ihrer Gunst von mir zurückfordere. Ich trieb die Unverschämtheit so weit, sie zu fragen, ob *sie* vielleicht mir das Armband entwendet habe, um sich an meiner Angst zu weiden. »Ist es«, fuhr ich fort »ein wirklicher Diebstahl oder ein bloßer Scherz? Wenigstens scheint mir das gleichzeitige Fehlen und Zurückfordern dieses Geschmeides kein Zusammentreffen zufälliger Umstände. Auf jeden Fall erfüllt mich dieser Verlust mit dem bittersten Schmerze, und ich beschwöre Sie, frei meiner Ruhe und bei meiner Ehre, mich aus der äußersten Perplexität zu ziehen, worin ich mich befinde.«

Herr *Morand* wurde gleich, nachdem der Brief geschrieben und abgegeben war, und er die gehörige Anweisung von mir erhalten, mit einem Billett an die Kammerfrau, die in meinem Interesse war, abgeschickt, und diese musste auf mein Geheiß ihrer Dame vorlügen, sie habe das Armband in einem Zimmer des Hauses gefunden, es zufällig auf die Toilette des Fräuleins *von Lorville* gelegt, es dort liegen gelassen und vergessen, weiter davon zu sprechen. Auf diese Weise wollte ich den Verdacht einigermaßen auf Frau von ... selbst zurückfallen lassen.

Das ganze Lügengewebe war ziemlich locker und ungeschickt, hatte jedoch den besten Erfolg. Frau von ... ließ sich wahrscheinlich nicht täuschen, stellte sich jedoch als sei sie überzeugt. Alles trat in die gewöhnliche Ordnung zurück, und hätte *Sophies* schönes Gesicht nicht die Spur nachdenkenden Ernstes, hätten ihre bezaubernden Züge nicht Überreste von Niedergeschlagenheit und Furcht getragen, so würde von diesem Ereignis auch nicht der schwächste Schatten zurückgeblieben sein und dasselbe nur dazu gedient haben, mich bis zur Abreise der Frau von ... nach Paris, welche einige Tage später erfolgte, behutsamer zu machen.

In diesen Zeitpunkt fällt meine Bekanntschaft mit einem Schriftsteller, der nicht wenig dazu beigetragen hat, mir den Geschmack an der schönen Literatur beizubringen, und der von seiner Zeit mit einer Strenge beurteilt worden ist, welche die spätere wahrscheinlich mildern und verurteilen wird. Dieser Mann ist *Dorat*, dem es nur an Zweierlei gefehlt hat, um unter den ausgezeichnetsten Literaten eine Stelle einzunehmen, nämlich an weniger Witz und an weniger Leichtigkeit im Schreiben. Er besaß einen unauslöschlichen Durst nach Ruhm; er fühlte ein immer wieder auflebendes Bedürfnis, das Publikum mit sich zu beschäftigen; da er aber den richtigen Weg zur Berühmtheit verfehlte, so hatte dieses zur Folge, dass er beständig dichtete und schrieb, und nie an seinen Schriften besserte. Doch muss ich eines seiner Werke ausnehmen, das Gedicht auf die Deklamation, welches, nebst etwa zwanzig kleinen Aufsätzen und einigen Stellen seines Célibataire[54], ihm eine ehrenvolle Stelle anweist und verhindern wird, dass man ihn nach seinem

---

[54] Ein Schauspiel, von welchem *La Harpe* sagt: Il y a quelques scènes assez bien versifiées; mais l'Auteur manque absolument son sujet. Il eut assez peu de bon sens pour donner le rôle du Célibataire à un jeune homme livré à ses plaisirs; cette combinaison vicieuse détruit tout le comique que pouvait avoir l'ouvrage. *Übers.*

Tode auf die tiefere Stufe setze, zu welcher ihn die finsteren Zoïlusse, die ihm während seines Lebens wehe getan, verdammen möchten.

Es ließe sich, was er geschrieben, in zwei bis drei Bänden zusammentragen;[55] sie würden, bei wenigen Flecken, verdienen, in eine klassische Sammlung aufgenommen zu werden. Die Hauptursache, die ihn irreführte, die ihn verhinderte, den Gipfel des literarischen Ruhmes zu erreichen, die sein Leben mit Verdruss, mit Unglück erfüllte, die ihn vor der Zeit mit Gram und Bitterkeit in das Grab steigen ließ, – war der Umstand, dass er aus zwei Menschen, und jeder von diesen zwei Menschen nur aus einer Hälfte bestand. Er war weder ganz Weltmann noch ganz Literat. Ein ziemlich schlechter Ton, den er in sehr untergeordneten Gesellschaften, die er für die vortrefflichsten hielt, gelernt hatte (obschon er von Zeit zu Zeit wirklich in guter Gesellschaft lebte); ein unausstehliches Schillern und Flitterspiel[56] in Stil und Manier, das sich zuletzt in seine meisten Gedichte eingeschlichen und sie infiziert hat; Grimassen, die er für Grazie gehalten; unwichtige Frauengut-Geschichtchen[57], die er in Verse gebracht; ein falsches Jargon und eine noch ungetreuere Schilderung einer Welt, die er nicht malen konnte, weil er sie nicht studiert hatte, der er aber, besonders in seinen Schriften, die Wut hatte, angehören zu wollen: Dieses alles machte aus ihm ein ziemlich seltsames Gemisch und seine Werke zu einem überaus gefährlichen Beispiel sowohl für die Jugend in der Provinz, die sich im Leben ihm nachzubilden strebte, als für die Jugend in der Hauptstadt, die, der Dichtkunst beflissen, sich in ihn verliebte.

Hatte man aber die ersten Vorurteile besiegt, hatte man sich an ihn gewöhnt, so fand man sich angezogen und gewonnen von seiner reellen Gutmütigkeit[58], welche unter jenem künstlichen Firnis noch immer hervorschien; von seinem abwechselnd soliden und anmutigen Geiste, welchen alles Flittergold seiner Außenseite nicht verbergen konnte; von seiner Wissenschaft, welche weit ausgebreiteter war, als man es gewöhnlich glaubte; von einer Menge vermischter Kenntnisse aller Gattung, welche ihn zu einem lebendigen, pikanten Anekdotenschatze machten; und vor allem, von der leichten Gefälligkeit und glücklichen Natur seines Charakters, dem nichts gleichkam als die gefällige Leichtigkeit seines Verstandes und Witzes. Mit einem Worte, in Rede und Schrift, in der Gesellschaft und in seinen Gedichten, musste man ihn abwarten, ihn aufsuchen, und man war sicher, nicht leer auszugehen. Er hat in seinem ganzen Leben vielleicht nur gegen

---

55 Das ist geschehen. *Übers.*
56 Papillotage.
57 Bonnes fortunes.
58 Bonhomie.

einen einzigen Mann Hass gefühlt, dessen Geistesgaben von besserer Art, obschon nicht so glänzend waren, der seinem Vaterlande ein literarisches Ehrendenkmal[59] errichtet hat, welches nur mit der französischen Sprache untergehen wird, der aber nichtsdestoweniger die hassenswerte Schuld auf sich geladen, gegen *Dorat* höchst ungerecht gewesen zu sein, ihn mit Erbitterung und Feindseligkeit verfolgt zu haben. Brauche ich diesen Mann zu nennen?[60]

Dorat hatte unter den Mousquetaires gedient. Er war von gutem Adel und mochte gern, dass es jedermann wisse. Er besaß Vermögen, als er in die Welt eintrat, und starb in bedrängten Umständen.

Ich habe mich etwas lange bei diesem Unglücklichen aufgehalten, und nenne ihn ausdrücklich so, weil er es sehr im Leben gewesen, und weil seinem Gedächtnisse die verdiente Ehre noch nicht widerfahren ist. Übrigens rede ich von ihm ohne alles Interesse, denn nachdem ich eine Zeitlang vielen Umgang mit ihm gehabt, sind wir in der Folge auseinandergekommen und ich habe nur selten etwas von ihm vernommen.

Ehe ich diesen langen Abschnitt schließe, muss ich noch eins sagen. *Dorat* war von einem andern verdorben worden, dessen Laufbahn, ob sie schon außerordentlicher und glänzender gewesen als die seinige, kein glücklicheres Ende genommen. Dieser Andere ist der bekannte *De Pezay*, Verfasser von »Zelis im Bade«, vom »Rosenmädchen von Salency«, ein Mann, der sich zum Marquis gestempelt, einen andern zum Minister gemacht, und, was noch mehr sagen will, nahe daran war, selbst Minister zu werden, und nach allen diesen Abenteuern und Schicksalen, noch jung, an der zurückgetretenen Ehrsucht, an der Gelbsucht des Hoflebens, an der Wassersucht der Hoffnung elendiglich gestorben ist. Seine Geschichte ist fast so bekannt wie seine Person; ich brauche sie nicht zu wiederholen. Nur einen Zug will ich anführen, der den verstorbenen Grafen *Maurepas*, der mit allem, mit seiner Stelle, mit sich selbst, seinen Spott trieb, nach dem Leben malt.

Der Herzog *von Manchester*, nachheriger Gesandter am Versailler Hofe, machte in seiner Jugend, was die Engländer die große Reise durch Europa und die Franzosen le grand tour nennen. Er kam nach Frankreich und speiste in Paris bei dem Grafen *Maurepas*, dem er, als Ehrengast, zur Seite saß. Bei der Tafel fragte er den Minister: »Wer ist der Herr da, im apfelgrünen Rocke, mit der Rosaweste, mit Rosaaufschlägen und einer Silberstickerei, dort am andern Ende der Tafel?« – Mylord! Das ist der König. – »Wie?« – Der König, sage ich Ihnen, Mylord. – Mylord schwieg. Der Graf

---

[59] Le Cours de Littérature.
[60] La Harpe.

sprach nun mit seinem anderen Nachbar, und der Herzog war zu sehr mit englischem Stolze behaftet, um sich zum dritten Male zu einer Frage herabzulassen, welche seiner Meinung nach zweimal so widersinnig beantwortet worden war.

Nach aufgehobener Tafel trat *Lord Manchester* zum Minister und fragte ihn, ob er den bitteren Spott[61] verdient habe, den ihm die Frage zugezogen: Wer der Gentleman sei, der unten an gesessen, der so von sich eingenommen, so wichtig, so nachdenkend ausgesehen, und dem jetzt von allen Seiten im Saale so viele Aufmerksamkeit und Achtung bezeigt und die Kur gemacht werde? – »Mylord!« versetzte der Graf: »Ich persifliere nie. Der Herr da ist fürs Erste kein gentilhomme;[62] zweitens ist der Herr da – der König. Ich wiederhole es Ihnen zum letzten Male – der König; und da Sie es mir nicht auf das Wort glauben wollen, so hören Sie meine Beweise. Er schläft[63] bei meiner Cousine, der Frau von *Montbarey*. Diese Cousine beherrscht meine Gemahlin; meine Gemahlin macht aus mir, was ihr beliebt. Ich leite den König, wie ich will. Folglich habe ich ein Recht, Ihnen zum fünften Male zu sagen: Der Herr da ist der König.«

Dorat und *De Pezay* sind im Vorübergehen erwähnt worden, weil sie in *die* Epoche meines Lebens fallen, die ich hier abzuhandeln habe. Ich knüpfe den Faden meiner Geschichte wieder an.

Nach *Sophies* Abreise war mir Versailles verhasst geworden, und doch durfte ich mich nicht gleich in Paris zeigen, um mir nicht das Ansehen zu geben, ihr nachzureisen. Ich wählte einen Zwischenaufenthalt, *Le Désert*, den herrlichen Landsitz und das Eigentum eines Mannes, der mir bei meinem Eingange in die große Welt eine Freundschaft gezeigt, die sich nie verleugnet und mich nie undankbar gefunden hat.

Herr *von Monville* hatte vom Finanzier bloß den Namen und den Reichtum; doch war sein immer noch beträchtliches Vermögen sehr zusammengeschmolzen. Er verband die höchste Eleganz der Sitten mit dem besten Lebenston. Sein Verstand, ohne von großem Umfange zu sein, war gebildet und richtig. Kurz, er war einer von den mittelmäßigen Köpfen, die alles Erforderliche besitzen, um mit den ausgezeichnetsten Männern ihrer Zeit umgehen, ihnen gefallen, und auf diese Weise Geburt und Talent ersetzen

---

61 Persiflage.
62 Er war bürgerlicher Abkunft.
63 Im Originale: il couche. Hierzu macht der Verfasser die Bemerkung: »Ich muss um Verzeihung bitten, wenn ich die eigentlichen Worte des Premierministers wiederhole, um der Erzählung nichts von ihrer Energie, dem Texte nichts von seiner Derbheit zu rauben. Der Graf glaubte, bei einem Engländer dürfe er vom guten Tone abweichen. Ich habe übrigens die Anekdote vom General *Clairfayt*, welcher zugegen war.«

zu können. Sein Charakter war edel und bieder. Er hatte sich von der Pracht, die ihn umgab, von den Großen, in deren Nähe er sich befand, nicht anstecken lassen. Nur einen Feind trug er im Busen, die Langeweile, die ihn mitten unter seinen befriedigten Wünschen und Begierden unaufhörlich verfolgte. Sein Wesen hatte etwas Einförmiges, weil er in allen Gegenständen des Lebens die leidige Einförmigkeit des abgestumpften Genusses antraf. Seine abgespannte Gleichgültigkeit fand Vergnügen an meiner lebenslustigen Etourderie; meinem launigen Leichtsinne war seine übergroße Gefälligkeit sehr willkommen. Bisweilen geriet er in Unmut und Laune; dann sang ich ihm, so gut es gehen wollte, und immer herzlich schlecht, ein niedliches Liedchen vor, dessen Text und Musik er für ein Frauenzimmer gemacht hatte, die ihm in seiner Jugend unendlich teuer gewesen war. Es fing mit den Worten an:

Dans mon coeur agité Ramène l'espérance etc.

Ich weiß nicht, ob ich mich irre, und ob der Zauber, den dieses Lied noch jetzt für mich hat, seinen Grund bloß in der Erinnerung an die glücklichen, schnell entflohenen Zeiten hat, wo diese Töne in den schönsten Tagen meines Lebens mein Ohr ergötzten und zu meinem Herzen sprachen. Ich will zugeben, dass Text und Musik nicht vorzüglich zu nennen sind; und doch liegt in ihnen ein unaussprechlicher Reiz, der nicht tiefer mich bewegen könnte, wären die Worte von *Racine* und die Töne von *Paësiello* Monville tat unrecht daran, der Freund des Herzogs *von Orléans* zu einer Zeit zu bleiben, als dessen Umgang für eine Schande galt; doch war er nicht in seine Geheimnisse eingeweiht; er machte einem Prinzen von Geblüt den Hof, dessen nähere Bekanntschaft seinem Stolze schmeichelte, dem es zwar an Genie fehlte, ein großer Bösewicht zu sein, aber nicht an dem Verstand oder besser an der Liebenswürdigkeit eines Privatmannes. Er fuhr fort ihm anzuhängen, aus Schwachheit, vielleicht auch aus Furcht, damit der Herzog ihn schütze; denn Kurzsichtige wie er, deren Blick nicht bis auf den Grund der Revolutionen und Volksbewegungen ging, konnten sich leicht einbilden: Ein Fürst, der nach der Krone strebe,[64] werde mächtig genug sein, nicht nur sein, sondern auch seiner Freunde Leben zu sichern. Wie hätten sie, die Blinden,

---

[64] Ich spreche dieses der damaligen herrschenden *Volksmeinung* nach. Für meine Person bin ich fest überzeugt (und komme vielleicht wieder auf diesen Gegenstand zurück), dass der Herzog *von Orléans* nie mit voller Überlegung nach einer Krone gestrebt hat, die nicht für ihn gemacht war. Auch die Leiter der Revolution dachten nicht daran, sie ihm aufzusetzen; höchstens *Mirabeau* ein paar Wochen lang. Doch ließ er bald den Gedanken fahren; er hatte zuviel Takt, um nicht einzusehen: Mit einem Manne wie *Orléans* sei nichts anzufangen. *Verf.*

die Richtung der Wellen dieses uferlosen Ozeans voraussehen können, welcher zugleich die Schlachtopfer und ihre Henker verschlungen hat![65]

Monville hat die Kunst und das Geheimnis besessen, sich unter allen Stürmen der Revolution aufrecht zu erhalten und in seinem Bette zu sterben. Er hat bei denen, vor welchen niemand Gnade fand, bei den französischen *Sullas* und *Marius* Gnade gefunden.[66]

Es waren noch glückliche Tage, als er mich auf seinen von Natur und Kunst verschönerten Landsitz einlud, den er so uneigentlich mit dem Namen *Désert* belegt hatte. Überall herrschte Geschmack, Eleganz; überall atmete der Geist des Besitzers. Gleichwohl vermochten die Zerstreuungen des Orts, die nur seltenen Briefe des Fräuleins *von Lorville* und mein Umgang mit *Dorat* und den Musen nicht, mein verstimmtes Gemüt zu erheitern.

Drei Wochen waren für mich, fern von allem, was ich liebte, verflossen. Länger in dieser Verbannung zu leben, war mir unmöglich. Um jeden Preis musste ich mich in *Sophies* Nähe begeben. Der Inhalt ihrer Briefe war immer bedenklicher geworden; meine Besorgnisse nahmen von Tag zu Tag zu. Sie schrieb mir: Frau von ... sei zwar in ihrem Betragen gegen sie noch immer dieselbe; aber ihr Trübsinn und ihre Traurigkeit wachse mit jeder Stunde; sie verschließe sich auf ihr Zimmer und sehe kaum ihre vertrautesten Freunde. »Mich« fuhr *Sophie* fort: »mich macht die Gegenwart unglücklich, die Zukunft noch unglücklicher. Ich darf weder an meine Lage noch an mein

---

[65] Selbst nach *Robespierres* Tod war es unmöglich, diesen Feuerozean, dessen Quelle ein Vulkan und dessen Lava Blut waren, zu löschen. Es bedurfte dazu einer Vorsehung und der Sendung eines *Mannes*, der trotz aller Divergenz der Meinungen als der Wohltäter der Menschheit angesehen werden muss. Nach der Revolution des *achtzehnten Thermidor* ruhte das terroristische Beil nur; es war nicht zerbrochen. Ohne die Revolution von Saint Cloud wäre die Wut des Terrorismus nur vertagt worden; und – nach dem Ausdrucke eines unserer Schriftsteller – würde das letzte französische Opfer unter den Händen des letzten französischen Henkers gefallen sein. Verf. (Diese Stelle ist offenbar vor dem Jahre 1803 und vor der blutigen Ermordung des Herzogs von Enghien geschrieben, die der Stirne Bonapartes das Brandmal der Verwerfung aufgedrückt hat. Übers.!!)

[66] Ich erzeige diesen Ungeheuern, *Robespierre* und seinen Helfershelfern, dieser Schande des französischen Namens und der Menschheit, zuviel Ehre, wenn ich sie mit *Marius* und *Sulla* vergleiche. Jene Römer hatten große Eigenschaften und große Talente; nur befleckten sie dieselben mit Mordlust und Blut. Deswegen und weil sie proskribierten, nenne ich sie hier; auch deswegen, weil die Blutmenschen in Frankreich sich auf sie, als auf Muster beriefen, denen sie nicht folgen, sondern voreilen müssten. Ein zweiter Augustus, *Bonaparte*, ist erstanden. Er hat den Abgrund zugeschüttet, der soviel unschuldige Opfer und Leichname verschlang. Ein zweiter Augustus ist erstanden, nicht aber – wie jener – seinen Ruhm durch Proskriptionen befleckend, sondern groß und siegreich im Felde, noch größer und siegreicher durch die Wiederherstellung der politischen Ordnung in Frankreich. Ein zweiter Augustus, hat er, in das Rad der Revolution eingreifend, der Anarchie ein Ende gemacht und die erschütterten Grundlagen des gesellschaftlichen Lebens von Neuem befestigt. (Wir verweisen auf die vorige Anmerkung. *Übers.*)

Schicksal denken; mein Zustand leidet keinen Zweifel; bald werde ich ihn nicht mehr verbergen können. Doch ich habe mich dir hingegeben; ich bin dein; du bist mir alles; mein Leben ist in dir; nur deinem Rate will ich folgen; die übrige Welt ist mir nichts, ihr Urteil mir gleichgültig. Auf Glück habe ich verzichtet; nur eine Freude kenne ich noch auf Erden, nur einen Kummer: Meine Freude, mein Kummer bist du!«

Ich eilte nach Paris.

Frau von ... empfing mich mit einer Güte, die mein Innerstes rührte. Ihr Ton war weniger zärtlich als herzlich; ihr Blick, der jetzt weniger liebkosend war, verriet noch die Sorglosigkeit einer Mutter. *Sophie* bemühte sich zu verbergen, was in ihrem Herzen vorging. Ihr Wesen war gezwungen, ihr Atem gepresst, ihre Stimme zitternd; ihre Züge verrieten (man erlaube mir den Ausdruck) eine ungeschickte Scham. Das Erröten war ihr zur Gewohnheit geworden; die Rosen hatten die Lilien ihres schönen Gesichts verdrängt.

Meine heimlichen Einverständnisse im Hause setzten mich bald in den Stand, Mittel und Wege zu verabreden, jede Nacht sie besuchen zu können. Unsere Zusammenkünfte waren noch leichter als in Versailles. Nur eine Schwierigkeit musste weggeräumt, nämlich der Schweizer gewonnen werden. Schon früher hatte ich, wie man weiß, eine der Frauen ins Vertrauen gezogen. Sie musste mir auch dieses Mal aushelfen. Da *strenge Sittlichkeit* nicht eben ihre Sache war, nahm sie es auf sich, für den Gegenstand meiner nächtlichen Besuche gehalten zu werden, und opferte mir großmütig – aber nicht uneigennützig – Namen und Ruf auf.

Jetzt sprossten neue Blumen auf meinem Pfade. Sorglos und leichtsinnig schwebte ich dahin, ohne einem Plan zu folgen, als ein großes Ereignis meiner Gedankenlosigkeit plötzlich ein Ende machte. Der Frau, selbst der besten ihres Geschlechts, fehlt es nie an Schlauheit. Frauen verstehen sich besser als die klügsten Männer darauf, ihre kleinen Ränke zu spinnen, ihre Minen zu rechter Zeit springen zu lassen. Ich weiß nicht, ob man und wer uns verraten hatte. Genug, eines Abends nach Tisch hatte ich mich nach meiner Gewohnheit in *Sophies* Gemach begeben, zu dessen Türe ich den Schlüssel hatte. Sie erwartend, rücke ich einen Armsessel an den Kamin, und lese im *La Bruyère*. Die Stunde, in welcher sie zu kommen pflegte, war vorüber. Mit jedem Augenblicke wuchs meine Ungeduld. Jetzt wird leise geklopft; ich öffne: Man denke sich meine Bestürzung; – Frau von ... tritt ein.

Im Grunde machte mich ihr Erscheinen mehr übellaunig als verlegen. Schon längst war mir die Verstellung ihr gegenüber lästig geworden. Schon längst war es mir zuwider und peinlich, eine demütigende Rolle vor einer Frau zu spielen, welche die Mitschuldige meiner ersten Verirrungen gewesen war. Der Zeitpunkt schien mir gekommen, wo wir die Rollen wechseln und einer die Stellung des anderen einnehmen sollte. Sie nähert sich mit einem majestätischen Wesen. Sie will sprechen. Ich komme ihr zuvor. »Madame (rufe ich ihr im tragischen Tone zu), Sie sind wie *Athalie*: Sie haben *sehen* wollen, und haben gesehen.[67] Erlauben Sie mir aber, Ihnen zu erklären, dass ich keine Vorwürfe *hören* will.« – »Sie sollen auch keine hören« versetzte sie, »ich allein habe sie verdient.« Diese wenigen Worte gaben ihr das gewohnte Übergewicht wieder. – »Ich glaube aber (setzte sie gleich nachher hinzu), ich glaube einigermaßen zur Rettung des Fräuleins *von Lorville* berechtigt zu sein; ich glaube ferner ein Recht zu haben, *Sie* selbst vor der Schande zu bewahren, die von *ihr* auf Sie zurückfallen würde. Wissen Sie mir demnach Dank, dass ich Ihr Geheimnis entdeckte; ich habe es entdeckt, um es unverletzlich in meiner Brust zu bewahren. Vielleicht würden Sie in diesem Moment die Mittel nicht gutheißen, die ich angewandt, es mir zu verschaffen; es wird aber eine Zeit kommen, wo Sie es mir Dank wissen werden; dieses genügt mir zu meiner Rechtfertigung und zu meiner Ruhe.« – Ich wollte eine ihrer Hände ergreifen, sie zog sie schnell zurück, und verließ mich ohne Rührung und Zorn.

Versteinert und einer Bildsäule gleich blieb ich auf der Stelle, wo sie von mir schied, wie angenagelt, bis *Sophie* eintrat. Ihr Zustand war nicht zu beschreiben. Der meinige ließ sich gar nicht damit vergleichen. Bleich, abgehärmt, um zehn Jahre gealtert, hatten ihre Augen keine Tränen. Sprachlos sahen wir einander an, bis erst nach geraumer Zeit *ich* fragen und sie antworten konnte. Jetzt aber folgten meine Fragen schnell und abgebrochen aufeinander, dass sie kaum ihre Antworten abwarteten.

Ich erfuhr von ihr, dass nach dem Abendessen Frau von ... sie in ihr Kabinett gerufen, und rund und trocken heraus die wenigen Worte zu ihr gesprochen: »Der Graf Tilly ist in diesem Augenblicke auf Ihrem Zimmer; *er* ist Ihr Liebhaber; Sie sind von ihm schwanger!« *Sophie* sagte mir: Sie hätte versucht, einige Worte zu stammeln; es sei ihr aber unmöglich gewesen; sie sei ihrer Wohltäterin – in diesem Augenblicke ihrem strengen Richter – zu Füßen gefallen, habe ihre Knie umfassen wollen, sei zurückgestoßen worden und zu Boden gesunken. Doch wäre die erste Aufwallung der Frau von ... von kurzer Dauer gewesen, und Herzlichkeit bald an die Stelle der Härte getreten. Sophies Fall hatte sie erschreckt; sie hatte sie aufgehoben, an ihre Brust gedrückt, die Halbtote ins Leben zurückgerufen, sie mit Liebkosungen überschüttet. »Nun von dieser Seite völlig beruhigt (fuhr *Sophie* fort), verließ sie mich.« – Von *Sophie* war sie hierauf zu mir gekommen, mich zu überführen und zu beschämen. Von mir war sie wieder zu *Sophie* zurückgekehrt,

---

[67] J'ai voulu voir; j'ai vu.
    Racine.

hatte sich mit der Zärtlichkeit einer Mutter nach ihrem Zustande erkundigt, und sie ohne weitere Erklärung, und bloß mit dem Rate entlassen, sich unverzüglich zur Ruhe zu begeben.

Sophies Bericht machte mich halb wahnsinnig. Ich brachte den übrigen Teil der Nacht auf ihrem Zimmer zu; Tränen der Wut wechselten mit rasenden Plänen ab. Dabei vergaß ich mich so rasch, dass ich ihr gestand, Frau von ... habe vor ihr mein Herz besessen, sei ihre Rivalin, sei meine erste Liebe gewesen. Diese unzeitige, unbesonnene Entdeckung vermehrte den Schmerz, die Verzweiflung der Armen; doch konnte ich meine Worte nicht zurücknehmen. Jetzt entschloss ich mich, an Frau von ... zu schreiben; ich schrieb und zerriss das Geschriebene wieder. Jede Zeile (mit Erröten und Scham erinnere ich mich ihres Inhalts) atmete Drohung und Rache. Endlich wurde ich ruhiger und beschloss, um eine Unterredung zu bitten; auf diese Weise hoffte ich zu erfahren, ob Frau von ... schon einen Entschluss gefasst, und wie sie über unser Schicksal und unsere Liebe zu verfügen gedenke.

Mit Anbruch des Tages verließ ich das Hotel. Gegen elf Uhr ließ ich anfragen, ob und wann ich aufwarten dürfe. Man bestimmte die Stunde.

Ich kam, entschlossen (ich gestehe es), Frau von ... mit Vorwürfen zu überhäufen, und unbarmherzig[68] die Rechte geltend zu machen, die sie mir über sich eingeräumt hatte. Doch (und ebenso sehr beeile ich mich, dieses zur Rettung meiner Ehre hinzuzusetzen) der unwürdige Plan blieb unausgeführt. Mein Vorsatz verschwand bei meinem ersten Eintreten. Ein Blick auf sie entwaffnete mich. Sie war zum Entsetzen blass und eingefallen. Ihre matten Augen fanden den Weg zu meinem Herzen; jede Träne, die ihnen entfiel, brannte sich in dasselbe ein.

Unter anderem erinnere ich mich, dass sie auf meine Frage, was sie zu tun gedenke, zur Antwort gab: »Alles, was ich werde *können*; alles was Sie werden *wollen*.« Sie versprach *zuviel* und hat nicht Wort gehalten. Es blieb für den Augenblick bei dieser Erklärung. Nach einigen gleichgültigeren Gesprächen trat *Sophie* ein. Ihr Gesicht war totenbleich. Frau von ... bemerkte es, legte ihr mit eigenen Händen Rot auf, bedeckte sie mit Küssen. Der Auftritt drang mir ins Herz: Ich fühlte in diesem Moment, dass mir beide fast gleich teuer waren. Frau von ... setzte bei Tisch die Unterhaltung mit einer Natürlichkeit und Sanftheit fort, die mich entzückte. Sie hatte für den Abend eine Loge in der Oper bestellt und bestand darauf, so sehr ich sie um das Gegenteil ersuchte, uns hinzuführen. Wir mussten nachgeben.

---

[68] Inhumainement.

Man gab die Oper *Roland*[69]. Alles ging ziemlich gut. Als aber die Arie kam, worin die Gefühle der verschmähten Liebe so lebhaft geschildert werden, dass selbst ein freies, uneingenommenes Herz die Töne nicht ungerührt hören kann; als man die Worte sang:

Tu sais ce que j'ai fait pour elle!
Tu connais mon amour fidèle,
Et tu vois quel en est le prix!

Da warf Frau von ... einen Blick auf uns, der das tiefste Seelenleiden aussprach; da entfuhr *Sophien* ein Schrei des Schmerzes, der die Aufmerksamkeit der Versammlung auf uns gezogen haben würde, hätte sie sich nicht in den Hintergrund zurückgezogen. Hier sagte sie halblaut: »Gott ist mein Zeuge, dass ich nicht gewusst habe.« ... – »Grausames Kind« versetzte Frau von ... sie beruhigend: »Ich glaub' es, ich weiß es und klage nicht.« – »Sie sehen (nahm ich das Wort), dass ich Sie nicht betrogen habe.« – Es war für uns die höchste Zeit, die Loge zu verlassen. Wir entfernten uns schnell; ich riss beide mit mir fort.

Wir langten zu Hause an. Anfangs tiefes Schweigen. Endlich unterbrach es Frau von ... »Wir sind alle schuldig (sagte sie); ich aber bin die Schuldigste von allen. Lassen wir die Vorwürfe; vergessen wir die Vergangenheit; beschäftigen wir uns mit der Gegenwart. Erwarten Sie aber nicht, dass ich die Gefälligkeit zu weit und bis zu einer Herabwürdigung treibe, dass ich in meinem Hause die Fortsetzung eines Umgangs gestatten werde, der kein Geheimnis für mich ist, und schon mehr als einen Vertrauten hat. Ich muss Fräulein *von Lorville* als einen mir übertragenen Schatz betrachten, den ich schlecht bewacht habe; folglich muss ich, soviel von mir abhängt, das Übel wieder gutzumachen, das gegebene Ärgernis wegzuräumen, die Folgen zu verbergen suchen. *Sophie* muss sich entfernen; und da auch *Sie* im Begriff sind, zum Regiment abzugehen, so erleichtert Ihnen dieser Umstand das Opfer der Trennung. Ich schicke *Sophie* auf meine Güter; eine von meinen Frauen, auf deren Treue und Verschwiegenheit ich mich verlassen kann, wird sie begleiten und so lange um sie bleiben, bis das unglückliche Wesen, welches sie unter dem Herzen trägt, auf die Welt gekommen, und das unselige Geheimnis in die tiefste Nacht verhüllt sein wird. Übrigens sind meine Rechte auf *Sophie* nur beschränkt. Auf Sie beide kommt es an, Ihr künftiges Schicksal zu bestimmen. Überlegen Sie beiderseits, Sie, was Sie von *Sophie* verlangen wollen, und Sie, *Sophie*, was Sie ihm gewähren können.«

---

[69] Von *Quinault*; Musik von *Piccini*. *Übers.*

Ich hatte nicht den Mut, einem Ausspruche, der der Ehre und der Vernunft so angemessen war, auch nur ein Wort entgegenzusetzen. Was *Sophie* betraf, so blieb der Armen keine Wahl und kein Ausweg übrig.

Es schlug drei Uhr, als wir noch in dieser peinlichen Verhandlung begriffen waren. Ich verließ das Hotel mit einem brennenden Fieber und mit Verzweiflung im Herzen. Beim Erwachen erhielt ich ein Schreiben. Es diente nicht zu meiner Beruhigung. Ich las, was folgt.

»Sie hatten uns kaum verlassen, als wir in den Wagen stiegen. Ich begleitete das Fräulein *von Lorville* bis zwanzig Lieues von Paris und werde mich dann acht bis zehn Tage in D... bei meiner Freundin M... aufhalten. Empfangen Sie hier die eidliche Versicherung, dass weder Laune noch Eifersucht auf mein Verfahren den geringsten Einfluss haben. Es kommt die Zeit, wo ich es Ihnen beweisen werde. Ihr und *Sophies* Glück sind mir so teuer als das meinige. Erlauben Sie mir, Ihnen einen Rat zu geben. Kehren Sie nach Versailles zurück, machen Sie der Königin Ihre Aufwartung vor Ihrer Abreise zum Regiment. Für die Zukunft habe ich Ihnen nichts zu raten. Vielleicht dürften Sie berechtigt sein, an meiner Erfahrung zu zweifeln, wenn es auf Pläne für Leben und Verhalten ankommt. Desto weniger aber dürfen Sie an meinen Wünschen für Ihr Glück zweifeln. Sie erstrecken sich gewiss auf alle Zeiten und auf alle Umstände Ihrer künftigen Laufbahn. Leben Sie wohl.«

»*Nachschrift*. Ich erfülle mein gegebenes Versprechen und lasse Ihnen beifolgendes Schreiben zukommen, dessen Inhalt mir völlig unbekannt ist.«

Der Einschluss war von *Sophie*. Er enthielt Tränen und Liebe; die Bitte, sie nicht zu vergessen und ihr Andenken im Herzen zu bewahren, wenn sie ihr Unglück und ihren Zustand nicht überleben sollte.

Mein erster Gedanke war, Postpferde zu bestellen und den Flüchtlingen nachzueilen. Im zweiten Augenblick verfiel ich in ein dumpfes Hinbrüten. Ich hätte unterliegen müssen, wäre mir die tröstende Freundschaft des Marquis *von Senecterre*, der sich hier als ein Bruder zeigte, nicht zu Hilfe gekommen. Er brachte mich wieder zu mir selbst. Aber man wird auch im Verfolg dieser Memoiren sehen, dass ich nicht undankbar gewesen und dass dieser Freund in der Not, wenn ich in Grenoble gewesen wäre, als er starb, vielleicht noch jetzt lebte.

Paris war mir widerwärtig und verhasst geworden. Ich ging nach Versailles. Man denke sich meinen verschlossenen Unmut! Die Wut, die in mir tobte! Das Zorngefühl gegen die Frau von ..., das in meinem Herzen kochte!

Als ich mich dem Schlosse von Versailles näherte, rief ich aus: »Wie viel Arbeit und Mühe, wie viel Gold, wie viel Schweiß hat es gekostet, dich zu erbauen! Wie schwer würde es halten, den Löwen zu zähmen, den ich in deiner Menagerie brüllen höre! Welche Aufgabe ist es jetzt, erster Minister eines Landes wie Frankreich zu sein! Wie groß sind die Pflichten, die ihm obliegen! Wie ausgebreitet müssen seine Kräfte, seine Fähigkeiten sein! Wie ungeheuer schwer ist dieses alles! – Und doch wie unendlich viel leichter, als sich von einer Frau zu trennen, die nicht von uns getrennt sein will, wie viel leichter, als Freundschaft an die Stelle der Liebe zu setzen und *jene* zu unterrichten, wie sie *diese* überleben könne!«

War ich damals gerecht oder ungerecht? Dies ist mir bis auf gegenwärtigen Augenblick nicht klar geworden. So viel nur weiß ich: Damals fühlte ich einen wahren Kummer, den *ersten* in meinem Leben. Die Welt schien mir eine weite Einöde, keine *Sophie* war da, sie für mich zu beleben[70]. Ich hätte ausrufen mögen, wie *Antiochus*[71]:

Dans l'Orient désert quel devint mon ennui!

Doch, was ist das menschliche Herz für ein närrisches Ding! Zehn Tage später ward ich *Sophie* untreu. Freilich war's nur eine Untreue der Sinne, und wir Menschen sind längst übereingekommen, dergleichen für so viel als nichts zu achten. Gleichwohl verdient der Vorfall eine Stelle in diesen Memoiren und würde einen Roman – wohlverstanden einen von der freieren Klasse – nicht verunzieren. Was übrigens die von mir angeführten Umstände betrifft, so sind sie rein geschichtlich und durchaus wahr.

Ich hatte in der Restauration Au Juste mit Herrn *von Rabodances* etwas früher als gewöhnlich zu Abend gespeist, weil er am folgenden Morgen mit dem Frühsten nach Paris zurückreisen wollte. Nachdem wir uns getrennt, ging ich zu Fuß nach Hause. Kaum einige Schritte von der Restauration wurde ich von zwei Frauen angeredet. Die eine verließ uns, die andere blieb und lud mich, doch mit ungewisser, schüchterner Stimme ein, mit ihr zu gehen. Ich begegnete ihr nicht zum besten, wurde aber durch ein geheimnisvolles Benehmen aufmerksam gemacht. Ich hörte sie sogar lachen. Sehen konnte ich ihr Gesicht nicht, es war in Kappe und Schleier gehüllt. Aber ich betrachtete Gestalt und Wuchs, Gang und Haltung. Alles verriet, dass sie nicht zu der gemeineren Klasse gehörte. Nun lenkte ich ein, knüpfte ein Gespräch an, zog ihr den Handschuh ab und fand – oh, wie machte sich meine Neugier bezahlt, ein weiches, zart geformtes, geschontes Händchen. Meine Entdeckungen gingen nicht weiter, nur bewies mir der Ton ihrer Stimme, dass sie nicht zu denen gehörte, die einzig und allein von ihrem Handwerk leben. – »Was soll daraus werden« fragte ich sie »was willst du von mir?« – »Ihnen folgen, Ihnen gefallen, wenn ich es vermag.« – »Es verlohnt sich nicht der

---

[70] la peupler.
[71] In *Racines Berenice*, Akt 1, Szene 4.

Mühe, überdies gefällt mir keine mehr!« – »Ei! So jung und schon blasiert?« – »Eben, weil ich es nicht bin, mag ich nicht mit dir gehen.« – »Die Wendung ist nicht übel, Sie verstehen sich aufs Ausweichen.« – »Wie? Welche Sprache führst du da?« – »Nun, ich spreche Französisch, sollt' ich meinen.« – »Jawohl, aber nicht die Sprache der Gassen. ...« – »Wer sagt Ihnen, dass ich eine *solche* bin, weil man mich auf der Gasse findet? Sind Sie darum ein Kotkäfer, weil Kot an Ihren Stiefeln klebt?« – »Auf Ehre, ich muss dir ins Gesicht sehen.« – »Auf Ehre, das sollen Sie nicht, ich habe keine Lust, es Ihnen zu zeigen.«

Ich machte einen Versuch und legte Hand an ihren Schleier, aber sie hielt mich mit den Worten ab: »Kränken Sie mich nicht, bestehen Sie nicht darauf, mich *hier* zu sehen.« – »Wo denn sonst?« – »Überall, nur nicht auf offener Gasse, weil Sie doch zu glauben scheinen, dass ich mich dort herumtreibe.« – »Willst du mit mir kommen?« – »Wo wohnen Sie?« – »Im Hotel *Noailles.*« – »Dahin möcht' ich nicht gern.« – »Warum nicht? Du triffst keine Seele außer dem Kastellan, einigen Hausleuten und mir, ich habe dort nur ein Absteigequartier.« – »Mag alles sein, wie Sie sagen, und doch wag' ich nicht ...« – »Ich hätte dich für dreister gehalten.« – »Ich bin's vielleicht auch, nur nicht dreist genug ...« – »Wohin willst du mich denn führen?« – »In die Orangeriestraße, wenn's Ihnen gefällig ist, mir zu folgen.« – »Folgen? Ich folgte dir in die Hölle.« – »Damit hat's noch Zeit, ich bin eben nicht pressiert, vielleicht treffen wir einst dort zusammen.«

Wir machten uns auf den Weg. Sie hing sich an meinen Arm. Die Vertraulichkeit missfiel mir. Ich dachte nach, fing an mich zu schämen, zog den Arm zurück. »Sie sind nicht galant«, sagte sie. »Sie könnten mir immer den Arm geben, ohne sich zu kompromittieren, wer sieht uns hier?« – »Auch ist es ... *das* nicht« stammelte ich »es kam mir nur vor, als sei es nicht nötig ... und da war's mir bequemer ...« – »Keine Ausflucht! Keine Entschuldigung! Setzen Sie sich meinethalben nicht in Kosten. Ich bin zu gering ... wenigstens in Ihren Augen ...« – »Hier ist mein Arm.« – »Danke, ich brauche ihn nicht.« – »Du würdest mir wehe tun, wenn du ihn nicht annähmest.« – Sie nahm ihn. »Bist du aus Versailles?« fragte ich weiter. – »Ich bin erst seit Kurzem hier.« – »Kommst du von Paris?« – »Nein.« – »Woher denn?« – »Aus der Franche-Comté.« – »Hast du noch Eltern?« – »Eine Mutter und einen Mann.« – »Wo leben sie?« – » *Sie* in Paris, *er* weit von hier.« – »Treibst du sonst kein Gewerbe?« – »Seit einigen Monaten eines, das mir viel Langweil macht.« – »Wie? Ein so lustiges Gewerbe?« – »Es war meiner Mutter ihres.« – »Wahrhaftig! Eine respektable Familie!« – »Ja, das behauptet jeder, der sie kennt.« – »Bringt das Geschäft dir viel ein?« – »Weniger Geld als Ehre.« – (Ich spöttisch) »Allerdings!« – »Gewiss und wahrhaftig.« – »Triffst du alle Abende junge Männer, die sich so leicht bereden lassen, dir ... den Arm zu geben wie ich?« – »Ich sollte meinen, ja; ich habe die Wahl ... Allein, war es *das*, was Sie im Sinne hatten, als Sie nach meinem Gewerbe fragten?« – »Was sonst?« – » *Das* also nannten Sie ein *Gewerbe*; nein, mein Herr, das ist nur ein *Zeitvertreib*.«

Ich wusste in diesem Augenblicke nicht, woran ich war und was ich von ihr denken sollte. Wir gingen weiter und gelangten endlich an die Tür des Hauses, wohin sie mich führte. Sie blieb auf der Schwelle stehen, nannte meinen Namen, und sagte: »Ehe ich Sie einlasse, mein Herr, müssen Sie mir Ihr Ehrenwort, Ihr heiligstes Ehrenwort geben, von diesem Abenteuer nie eine Silbe über Ihre Lippen kommen zu lassen, wofern Ihnen meine Züge bekannt sein sollten.« – »Wie? Sie wissen meinen Namen?« – »Wie Sie sehen.« Ich verstummte. – »Nun, Ihr Ehrenwort« fuhr sie fort »geben Sie es?« – »Ja, *Engel* oder *Teufel*, ja, ich geb' es!«

Nun klopfte sie an; man öffnete; wir traten ein.

Das Zimmer, in welches man uns führte, war einfach, aber auf eine Art und mit einer Sorgfalt[72] möbliert, welche Geschmack, aber auch zugleich den Gebrauch andeutete, zu welchem es bestimmt zu sein schien. Als wir allein waren, ließ sich meine Begleiterin nicht länger bitten. Sie nahm Kappe und Schleier ab und zeigte mir ein Gesicht von unbeschreiblicher Anmut, aber ein Gesicht, das ich nie vorher gesehen hatte. Ich sagte es ihr, sie schien darüber erfreut. Übrigens konnte ich nicht begreifen, wie eine Frau mit so edlen und einnehmenden Zügen, mit einem Wesen voll Grazie und Zartheit so tief habe sinken können. Es war eine *Heloïsen*-Gestalt, von der man hätte glauben sollen, sie könne nur einen *Abeilard* lieben und ihm treu bleiben. Ich machte den *Abeilard*, ehe der grausame *Fulbert* Rache an ihm nahm. Ich machte ihn so gut, dass ich es mir vorwarf, als mich ein Gedanke an *Sophie* überraschte. Aber ein Blick auf den Ort, wo ich mich befand, sagte mir bald: »Du *darfst* hier nicht an *Sophie* denken!« und es gelang mir, sie zu vergessen.

Es lässt sich unmöglich so viel Witz und Laune, ich möchte sagen, so viel Geschmack und Zauber in ein Rendezvous feinerer und wirklicher Liebe legen, als diese – wie soll ich sie nennen? – diese Flugdirne, dieser Strichvogel, in ihren »Roman einer Stunde« zu legen verstand.

Ihr Benehmen und das ganze Abenteuer machten mich verwirrt. Noch zu jung und zu unerfahren, um es gehörig zu fassen und zu würdigen, schwebe ich in Ungewissheit und Zweifel. Ich fragte mich: »Spielt hier eine Dame die Rolle eines Freudenmädchens? Oder spielt ein Freudenmädchen die Rolle einer Dame? Steigt jene so tief herab, oder diese so hoch hinauf? Welche von beiden gibt sich hier ein fremdes Ansehen?« Endlich blieb ich bei dem Ge-

---

72 Recherche.

danken stehen, es sei eine gebildete Frau, welche das Elend in diesen Abgrund der Verworfenheit gestürzt. Aber, dachte ich zugleich:

Ainsi que la vertu, le crime a ses degrés.[73] Konnte sie nicht auf einer höheren Stufe stehen bleiben? Warum musste sie so tief fallen? Verzeihlich wäre es, ihre Reize – an *einen* – verkauft zu haben, aber sie *allen* auf offener Straße feilzubieten!! Dieser Umstand empörte mich, ich machte mir die bittersten Vorwürfe, ich hätte mich selbst hassen können, der einer solchen Versuchung unterlag!

Diese Betrachtungen, die mir schnell durch den Kopf fuhren, brachten mich ebenso schnell zum Entschluss, den Ort und die Person zu verlassen. Ich hielt ihr eine Handvoll Goldstücke hin, damit sie selbst den Preis ihrer Gunstbezeigungen bestimme. Aber alles sollte nun einmal bei diesem Abenteuer außerordentlich und seltsam sein. Sie schlug die Bezahlung aus. »Behalten Sie Ihr Geld« sagte sie »finden Sie sich mit der Hauswirtin ab. Mir bleibt nichts übrig, als Ihnen einen Rat zu geben, der mich vielleicht mitbetrifft, der Ihnen aber zuverlässig für jeden Augenblick Ihres Lebens nützlich und heilbringend sein wird. Lernen Sie jede erste Bewegung beherrschen, sie mag eine Folge der Überraschung, der Freude oder der Scham sein. Wer nicht Herr über sein Äußeres und besonders über seine Gesichtszüge ist, verrät sich allemal in dem Moment, wo es am wichtigsten für ihn wäre, sich nicht zu entdecken. Sollten Sie diesen Abend weiter nichts gelernt haben, als dies, so dürfen Sie ihn nicht für verloren halten.« – Diese Worte waren für mich ein Rätsel. Ich bat sie um den Schlüssel. – »Meine Worte« sagte sie »bedürfen keines Aufschlusses, sie enthalten keinen verborgenen Sinn, sie sind klar und deutlich.«

Ich sah ganz aus wie ein Schulknabe, der seinem Lehrer zuhört. Ja, ich möchte nicht in Abrede stellen, dass ich nicht so ziemlich wie ein Pinsel, wie ein Stock, vor ihr gestanden. Sie reichte mir die Hand zum Kuss mit dem vollen Anstand einer Königin, schellte hierauf und ließ mir durch dieselbe Frau hinausleuchten, die uns die Türe geöffnet hatte. Ich legte Geld auf den Leuchter und fand mich nun allein, in Nachsinnen verloren, zwischen Staunen und Reue geteilt, auf der Straße im Dunkeln. –

Als ich am folgenden Morgen den Vorgang zwei oder drei erfahrenen[74] Freunden erzählte, wurde ich unbarmherzig von ihnen ausgelacht, sodass ich es für das Beste hielt, nicht weiter davon zu sprechen.

Noch mehr; ich tat mein Mögliches, die Erinnerung an eine Sache, die mich über mich selbst so ungehalten machte, zu verwischen, es lag aber (gesteh'

---

73 Wie die Tugend, hat das Laster seine Grade. *Racines* Phädra. (Schiller.)
74 Uagés.

ich es nur!) in jenem Abend ein geheimer dunkler Reiz, der mir das Bild des Geschehenen beständig ins Gedächtnis zurückrief. Vor allem waren mir die letzten Worte der Unbekannten gegenwärtig, obschon ich Sinn und Meinung nicht ergründen konnte. Der Rat, mein Äußeres in meine Gewalt zu bekommen – ein Rat, dessen Aufschluss man weiter unten finden wird – führte mich auf eine Betrachtung, die ich hier mitteilen muss. Wie ungerecht (sagte ich mir) sind Urteile, die sich auf den Anschein gründen? Wie großes Unrecht tut man fast allgemein, wenn man z. B. jemanden für schuldig hält, oder ihn einer Anklage, eines Verdachts schon deshalb für überwiesen glaubt, weil er errötet!

Es sei mir erlaubt, mich selbst hier als Beispiel aufzustellen. Obschon ich für nichts weniger als schüchtern und als leicht aus der Fassung zu bringen gelte, habe ich mich doch nie davon zurückhalten können, in gewissen vorkommenden Fällen nicht zu erröten, sei es, wenn man mir geradezu etwas zum Vorwurf machte, was ich geredet oder getan haben sollte, oder auch, wenn ich nur erfuhr, dass man mir etwas dergleichen – selbst das Allerungereimteste – *andichtete*. Ja, ich bin überzeugt, beschuldigte man mich, den König von Schweden auf dem Opernball in Stockholm ermordet zu haben, es würde mir unmöglich fallen, mich der jedesmaligen Verwirrung und des Errötens zu erwehren, so oft ich diese lächerliche Anklage wiederholen hörte.

Diese Stimmung hängt mit der Lebhaftigkeit und Hitze des Blutes zusammen und von dem zarten Bau und der leichten Erregbarkeit der Organe ab. Sie ist keineswegs die Folge unserer moralischen Gemütsbeschaffenheit, sondern bloß der physischen Anlage, der mechanischen Zusammensetzung unseres Wesens. Zugleich aber ist sie ein großes Unglück für den, der damit behaftet ist. Denn wie oft tritt der Fall ein, dass man nach zweifelhaften Anzeichen dieser Art nicht nur beurteilt, sondern sogar *ver*urteilt wird! Ja, wie oft ist es mir selbst begegnet, mich auf ungünstigen, vorgefassten Meinungen zu ertappen, gegen welche, wenn ich nur meine Vernunft zurate gezogen, ich mehr als irgendjemand Ursache gehabt hätte, auf meiner Hut zu sein!

Der Zeitpunkt war gekommen, wo ich Versailles verlassen und mich in meine Garnison und zum Regiment begeben sollte. Der Graf von M... stellte mich dem damaligen Kriegsminister, Prinzen *von Montbarrey*, zur Beurlaubung vor. Der Prinz lud mich zur Tafel. Im Speisesaal fand ich beim Eintritt fünf Damen, von welchen ich aber nur drei kannte. Herr *von Moreton Chabrillant* übernahm es, mich den zwei andern vorzustellen. Jeder Versuch, den Zustand zu schildern, worin mich der Anblick einer derselben versetzte, wäre vergeblich. Ich fühlte mich in einen Zustand von Geisteszerrüttung versetzt, als meine Augen auf Gesichtszüge fielen, die mir so frisch im Andenken, so gegenwärtig waren. Und doch hätte ich mich selbst für einen Tollhäusler halten müssen, wenn ich auch nur einen Augenblick es gewagt hätte, mir einzubilden, dass *jene* und *diese* eine und dieselbe Person sei. Ich suchte meine Bestürzung so gut zu verbergen als möglich und auf diese Weise den ersten Schritt zur Befolgung des Rates zu tun, den ich vor so kurzer Zeit erhalten hatte. Gleichwohl konnte ich der Versuchung nicht widerstehen, ab und zu nach dem Gesicht, der Taille, den Armen und Händen zu schielen, welche jetzt mit Ringen und Geschmeide bedeckt waren, von denen früher nichts zu sehen gewesen war. Und nun vollends der Ton der Stimme! Kurz, ich war erschüttert – war, was eigentlich *ihr* hätte begegnen sollen, außer Fassung. *Sie* hingegen, ruhig wie der Priester am Altar, fand bald Gelegenheit, ihre Lebensgeschichte von ihrer Geburt an Leuten vorzuzählen, die fast so gut davon unterrichtet waren als sie selbst – bloß und augenscheinlich, damit *ich* erführe, wer sie sei. Sie tat dies alles in wenigen Minuten, in wenigen Worten, unbefangen, mit unbemerkbarer Kunst und ohne allen Schein von Affektion.

Ich erfuhr auf diese Weise, dass sie in ihrem achtzehnten Jahre mit einem Manne vermählt worden, mit welchem sie wenig gelebt; dass sie, nach einem dreijährigen Aufenthalt in der Provinz, wieder nach Paris zu ihrer Mutter gekommen, welche im Palast Luxemburg wohne; dass diese Mutter eine Hofstelle bekleidet und vor Kurzem die Erlaubnis erhalten habe, sie ihrer Tochter zu überlassen, und dass diese sie seit einiger Zeit wirklich angetreten.

Ich hörte kaum, was sie sagte, und wäre, hätte man eine Frage an mich gerichtet, nicht imstande gewesen, sie zu beantworten, so groß war meine Verwirrung. Bei Tafel hatte die Gesellschaft die Güte, zu bemerken, dass ich ein artiger junger Mensch sei, bescheiden und von angenehmer Haltung. Man hätte ebenso gut hinzusetzen können: Der junge Herr sei überaus mäßig im Essen und Trinken, denn ich rührte keinen Bissen an.

Nach aufgehobener Tafel wagte ich es, die Dame anzureden. Sie antwortete mit einem zerstreuten, gleichgültigen Wesen: Na! Nein! und dergleichen einzelne Silben. Das verdross mich; ich fand es sogar unartig[75] und verfiel nun wieder auf die Vermutung, dass ich mich geirrt haben müsse. Als ich sie aber einen Augenblick nachher wieder ansah, machte sie eine Bewegung mit dem Kopfe, als winke sie mir Ja! zu. Doch war ich tausend Meilen davon entfernt, in diesem Wink eine Antwort auf eine Frage zu finden, die ich nur mit den Augen an sie gerichtet hatte. Sie war scharfsinniger als ich und hatte

---

[75] Impertinente.

meinen Blick gemerkt und verstanden, denn während einige von der Gesellschaft eine schöne Wanduhr betrachteten, die der Minister eben gekauft hatte, und das Werk lobten, stand sie mit einer Bewegung auf, welche zugleich Unruhe und Ungeduld verriet, trat an die Uhr unter dem Vorwand, sie näher und genauer zu besehen, legte den Finger auf die Ziffer X und warf zugleich auf mich einen Blick, dessen Schnelligkeit ihn für jeden andern unmerklich und unverständlich machen musste. Einige Minuten später, im Gespräch mit der Gräfin *Blot* begriffen, erhob sie auf einmal die Stimme, und sprach laut und deutlich die Worte:»Es war in der Orangeriestraße«, nahm dann wieder den gewöhnlichen Ton an, bis sie ganz zuletzt ihn wieder erhöhte, um das Wort *morgen* mit Nachdruck auszusprechen.

Wie hätte ich noch glauben können, mich geirrt und alles nur geträumt zu haben? Die Wirklichkeit war zu augenfällig.

Man wird mir's zutrauen, dass ich bei einem Rendezvous, das mir so deutlich, so fein gegeben worden, pünktlich war. Ich fand mich Schlag *zehn Uhr* in der *Orangeriestraße* ein und man ließ mich nicht warten. Meine erste Bewegung war, die Bestellerin an mein Herz zu drücken; der zweiten, sie von mir zu stoßen, musste ich mit Gewalt widerstehen. Sie hing sich an meinen Arm und zog mich schweigend mit sich fort. Ich wollte sprechen, ich wollte fragen ... Keine Antwort. So kamen wir endlich an das Haus, in das Zimmer. Hier stellte sie sich verwundert und fragte:»Durch welch Ungefähr finden wir uns wieder zusammen? Was für Reden haben Sie unterwegs geführt? Kein Wort habe ich verstanden.« – »Wie? Haben wir nicht gestern Mittag zusammen gespeist?« – »Sie mit mir?« – »Nun ja, beim Prinzen *Montbarrey*. Sie sind doch die Gräfin De...?« – »Was für ein Märchen der Tausendundeine Nacht wärmen Sie da auf! Ich glaube, Sie sind fieberkrank.« – »Nichts weniger! Treten Sie ein wenig näher ... Ja, Sie sind's ... Zweimal lasse ich mich nicht täuschen ... Aber, ist es möglich? ... Sie ... doch ja, ganz gewiss ... wahr, zu wahr! ... Sie sind's, Sie sind's.« – »Immer besser, immer besser! Wissen Sie was? Sie machen sich höchst lächerlich. Oder soll Sie vielleicht Ihre Einbildungskraft exaltieren? Ein gutes Mittel! Wohl bekomm's!« –»Wie meinen Sie das?« – »Gehen Sie, Sie sind nicht gescheit!«

Das Einzige, was in diesem Augenblick der Verwirrung klar vor mir stand, war – was ich zu tun hatte. Ich schritt zum Wesentlichen und bemerkte mit Vergnügen, dass die Dame nicht ohne Teilnahme blieb.

Ich muss den Leser um Verzeihung bitten, wenn ich hier in denselben Fehler verfallen bin, den ich an so vielen Schriftstellern tadle und verdamme, die seit einem halben Jahrhundert die Welt mit Romanen überschwemmt haben, worin zugleich Sittenlosigkeit und ein schlechter Ton herrschten. Diesen Ton hielten sie in ihrer Verblendung für den guten, führten ihn in die niedern

Klassen ihrer Leser ein, verpflanzten ihn in die Provinzen und ins Ausland, wo er fast von allen angenommen worden ist, welche, durch Anlage und Erziehung für die sogenannte *gute Gesellschaft* bestimmt, infolge der Umstände nicht dazu gekommen sind, in dieselbe aufgenommen zu werden. – Was mich aber betrifft, so blieb mir hier keine Wahl. Ich schreibe die Wahrheit, und da ich sie nicht ganz verbergen darf, so hülle ich sie wenigstens in den dichtesten Schleier ein, den ich finden kann. Was überdies an jenen *Herren* den meisten Tadel verdient, ist nicht so sehr die Unanständigkeit der Schilderungen (ich rede nicht von den vorsätzlichen groben Wollustbildnern), als die Absicht oder vielmehr die Albernheit, vorspiegeln und überreden zu wollen, dass *geheime Laster* der großen Welt *öffentliche Sitten* der großen Welt sind; dass sittenlose Gespräche, im Innern der Boudoirs geführt, auch im Gesellschaftszimmer gehalten werden; dass junge Herren und Damen von Welt Laffen[76] und Schnattergänse[77] sind, welche den bizarrsten und ungeziemendsten Jargon zu ihrer Umgangssprache machen, dass endlich die Schule der feinen Hofsitte in Frankreich zu einer Marktschreierbude ausgeartet ist, in welcher man mit süßkandierten Zoten, mit grobem Witz, mit elegantem Unsinn um sich wirft. Denn das sind ungefähr die Züge, welche vom Pinsel jener Herren entworfen werden, wenn sie die Sitten der großen Welt schildern wollen. Solche Gemälde, in welchen sich der ekelhafteste Ungeschmack zeigt, verdienen weit mehr Tadel, als isolierte Skizzen einzelner geheimer Immoralitäten und einer Libertinage, die für kein Wunder, ja nicht einmal für etwas Seltenes und Neues in einem Jahrhundert gilt, das gewohnt ist, dergleichen ohne Scham und Erröten anzuhören und den Verfassern solcher Skizzen weder ein Verdienst noch einen Vorwurf daraus zu machen.

Doch, ehe ich mich wieder in das Zimmer einschließe, aus welchem ich jenen Abstecher gemacht, sei mir noch eine zweite Abschweifung vergönnt. Sie betrifft ein paar Schriftsteller meiner Zeit, die Herren *Dorat* und *Marmontel*. Ich habe beide, und besonders den ersten, sehr genau gekannt. Beide haben eine Galerie und eine Schule von Phantasiestücken angelegt und eine Menge von Zöglingen irregeführt und verdorben. Sie selbst hatten in *Crebillon dem Jüngern* – der weniger Talent besaß als sie beide, und namentlich als *Marmontel* – ihr Vorbild, den Erfinder der Lügenromane, den Vater des erbärmlichen Jargons, welchen er sie sprechen lässt, gefunden. Und nun vollends das Heer ihrer Nachahmer und Nachtreter! Was lässt sich von diesen sagen? Heißt es nicht Europa[78] einen Dienst leisten, wenn man

---

76 Freluquets.
77 Cailletes.
78 Europa hat jetzt mehr zu tun. (Späterer Zusatz des Verfassers.)

jenen beiden Schriftstellern einen Glanz abstreift, welchen sie so abgeschmackten Mitteln verdanken? Man kann der Lesewelt über dieses Scheinverdienst sonst so wertvoller Männer nicht schnell genug die Augen öffnen und somit dem Schaden entgegenarbeiten, den sie unter den jungen Leuten, die ihnen nachäffen, angerichtet haben.

Bei allen ihren Fehlern waren jene Männer gleichwohl ihrer Sprache mächtig und schrieben *Französisch*. Wenn der treffliche Literat *Marmontel* sich irgendwo verleiten lässt, einen seiner Helden *bei einer großen Abendtafel* sagen zu lassen: »Il n'est bruit dans le monde, que de l'arrangement plein de raison que tu as fait avec ta femme: il passe pour constant qu'elle a repris le chevalier, et toi la petite marquise; on assure que vous êtes convenus de ne vous chicaner sur rien«, so können dergleichen Phrasen nur junge, unerfahrene Neulinge irreführen, welche, wenn sie einst die Ehre haben sollten, zu *großen Soupers* zugelassen zu werden, ihren Irrtum bald einsehen würden. Sagt der Verfasser weiter: »et qu'elle te passe la rhubarbe, pour que tu lui passes le sené«, so kann höchstens ein Apotheker aus der Provinz über den abgedroschenen Gemeinspruch lachen und sich wundern, wie seine Spezies in so gute Gesellschaft gelangen. Dennoch sind, wie ich schon gesagt, Redensarten wie diese und ein Stil wie dieser, bei aller Abgeschmacktheit und Lächerlichkeit, gutes reines Französisch, die Worte sind sprachgerecht und allgemein verständlich.

Was aber in aller Welt hat dir, mächtige Gottheit des französischen Parnasses, die schöne Sprache eines *Bossuet*, eines *Fénélon, Pascal, Montesquieu, Buffon, Voltaire, Corneille, Racine* usw. zuleide getan, um sie so schändlich verhunzen zu lassen?

Ich schlage die Schriften der neueren auf und lese: des yeux vaporeux et veloutés, des robes vaporeuses, des goûts vaporeux[79], des coeurs calcinés d'amour, des lèvres ambroisiées, des roses d'amour tamisées, des larmes délirantes. Ein anderer spricht von Fingern parfilés par l'amour, von perfidies délicieusement traitées, von einem crâne sentimental, von einem roué pâli sous les rideaux de nos élégantes, von dem privilége que *nous autres grands* avons d'être de charmans tapageurs, von der vibration des cordes retentissantes du coeur, von einer tendresse filtrée dans le sang.

Ein anderer lässt den Marquis an den Chevalier schreiben: tu es dans tes domaines où tu te rouilles; ta végétation, loin de nos brillantes coteries, est un attentat monstrueux et dérogatoire à nos lois etc. etc.

---

[79] Wer sollte denken, dass ein und dasselbe Beiwort so vielen unter sich fremdartigen Dingen angepasst werden könne? Welcher Missbrauch! Vielmehr, welche Tollheit! *Verf.*

Die Feder versagt mir den Dienst zum Abschreiben solcher läppischen Ungereimtheiten in einer französisch-irokesischen Sprache. Dabei ist es in der Tat zu bedauern, dass neben dergleichen abgeschmacktem Zeuge man aufseiten echten Witzes, ausgebildeten Verstandes stößt, und dass der, welcher sie schrieb, nicht immer so schreibt, wie er es könnte, wenn er nur immer von Dingen spräche, die er versteht, und den guten Mustern, dem Anstande und den Grundsätzen der Sprache treu bliebe.

Ce *moderne naturel* dont on fait vanité,
Sort du bon *naturel* et de la vérité;
Des mots vides de sens, affectation pure,
Et ce n'est point ainsi que parle la nature[80]

Es ist ebenso offenkundig als unvermeidlich, dass unsere Sprache, nachdem sie den Wendepunkt der Vollkommenheit erreicht hat, ausarten, unverständlich werden und von der mit so vieler Mühe erreichten Höhe herabsinken muss, auf welche ihre Klarheit, ihre Eleganz und die Meisterwerke unserer Literatur sie in ganz Europa erhoben hatten. Ja, ich bin fest überzeugt: Käme der größte Redner unter den neueren, käme *Bossuet* wieder, träte er unter uns, und ihm würde dafür, dass er den *großen Fénélon* verfolgt hat, die Buße auferlegt, einen der *modernen Herren Schriftsteller* zu lesen, er würde offenherzig bekennen, dass er ihn nicht immer und nicht ganz verstehe. Vielleicht kommt es noch mit der Zeit dahin, dass man Professoren und Ausleger bestellen wird, um die Sprache der neuen Schule zu erklären und zu erläutern.

Doch ich kehre ins Rendezvouszimmer zurück.

Alles in der Welt nimmt ein Ende. Ich musste mich von der Sirene trennen, die mich verführt hatte. Vor dem Abschiede sagte sie mir ohne Umschweif und Vorrede und mit zerstreutem, gleichgültigem Wesen: »Ich war mit Ihrer ersten Gemütsbewegung, als wir uns bei Herrn *von Montbarrey* trafen, nicht zufrieden. Nicht, dass ich Ihre Verlegenheit nicht entschuldigt hätte, wären Sie nur besonnen genug gewesen, sie schnell zu überwinden. So aber fehlte wenig daran, dass Ihre Verwirrung auch *mich* angesteckt und außer Fassung gebracht hätte. Mit einem Verstande, wie er Ihnen zuteilgeworden, kann man sich unmöglich linkischer benehmen, als Sie es getan.« – »So geben Madame doch endlich zu, dass Sie jene Person waren?« – »Wie Sie sehen.« –

---

[80] Nachgeahmt vom Misanthrope de Molièrs.
Ce style figuré dont on fait vanité,
Sort du bon caractère et de la vérité;
Ce n'est que jeux de mots, qu'affectation pure,
Et ce n'est point ainsi que parle la nature. *Übers.*

»Erlauben Sie mir eine Frage. Das erste Mal, als wir zusammentrafen, war es von ungefähr oder wussten Sie, wo ich anzutreffen sei ... und suchten Sie mich?« – »Ich suchte mein Vergnügen.«[81] – »Mit wem wollten Sie es teilen?« – »Mit dem ersten Besten, der mir aufstoßen und mir gefallen würde.«[82] – »Großer Gott!« rief ich hier aus, denn ich konnte den Abscheu nicht unterdrücken, der sich meiner bemeisterte. Sie bemerkte es. »Wahrhaftig« sagte sie mit ruhiger Unbefangenheit »ist es nicht spaßhaft und lächerlich? Ihr Männer erlaubt euch alles, haltet euch alles für erlaubt, uns aber untersagt ihr alles, und lasst uns kaum noch ein Mittel übrig, unsere verlorenen Rechte wiederzugewinnen, nämlich: dasjenige *heimlich* zu tun, was ihr so stolz seid, *öffentlich* tun zu dürfen.« – »Aber auf diesem Wege werden Sie ...« – »Untergehen, mich unglücklich machen? Nicht wahr? Nichts weniger als das. Halbe Fehltritte bringen uns um Ehre und Ruf. Extreme tun es äußerst selten. Und warum? Weil die Welt nicht an Extreme glaubt. Oder denken Sie etwa, dass ich bin wie Sie, und dass es mir ganz und gar an Gewandtheit fehle? Nun, junger Herr, munter! Sehen Sie nicht so albern, so zerknirscht aus! Stehen Sie nicht genau da, wie eine junge Klosterpensionärin? Wissen Sie wohl, dass, wenn Sie Ihre großmächtigen Grundsätze ablegen könnten, Sie ein sehr wünschenswerter Liebhaber sein würden? Jetzt aber, und von nun an, da Sie mich kennen, fühle ich mich Ihrer nicht mehr würdig! Begegnen wir uns wieder in Gesellschaften, so verspreche ich Ihnen, Sie für weiter nichts als ein hübsches, schüchternes Mädchen in Mannskleidern zu halten; Sie hingegen werden mir hoffentlich die Achtung bezeigen, die Sie einer Frau von festem Charakter, einer Frau schuldig sind, die zwar ein wenig in das andere Geschlecht eingreift, dabei aber nie *öffentlich* den Anstand aus den Augen setzen wird, der die Hauptzierde des ihrigen ist.« –

Ich stand da, stumm, versteinert, wie eine Bildsäule. Sie umarmte mich. Ihre Logik überzeugte mich nicht; aber ihre Liebkosungen überwältigten meine Sinne, trotz meiner Vernunft, durch einen Zauber, dem ich keinen Widerstand entgegenzusetzen vermochte.

»Ach!« rief ich endlich mit einem Seufzer aus. »Wie strafbar bin ich! Ich liebe eine andere!« – »Oh, geschwind! Erzählen Sie! Sagen Sie mir, wen?« – »Wofür müssten Sie mich halten, wenn ich es täte? Hätten Sie nicht Grund, zu fürchten, dass ich einer Dritten ebenso wenig verschweigen würde, was

---

[81] Über dieses Gespräch – die Folge eines Abenteuers, welches zu rechtfertigen ich keineswegs auf mich nehme – begnüge ich mich zu bemerken: Es ist wenigstens in reinem Französisch geschrieben und fand unter vier Augen statt. Aber ungereimt würde es sein, mit unseren neuen Romanschreibern behaupten zu wollen, dass Gespräche dieser Art je in Gesellschaftszimmern oder bei großen Soupers geführt worden sind. *(Verf.)*

[82] Lupa sum, et lupa permanere volo. *(Verf.)*

hier vorgegangen ist?« – »Sie haben recht und unrecht zugleich. Der Fall ist nicht derselbe. Ihre Liebe hat einen achtungswerten Gegenstand, dem es zur Ehre gereichen würde, genannt zu werden. Mein Abenteuer mit Ihnen dagegen würde mir Schande bringen, wenn Sie es ausplauderten; es sinkt zu tief unter die Grenze des Schicklichen hinab.« – »Also haben Sie doch ein Gewissen, und fühlen Reue?« – »Freilich. Deswegen suche ich mich zu *verbergen*, gerade wie ich mich nicht sehen lassen würde, wenn ich Lust hätte, mich auf meinem Zimmer in Champagner zu betrinken. Eines ist nicht ärger als das andere: nur der Skandal, das gegebene Ärgernis ist ein großes Übel. Lächerlichkeiten und Torheiten sind im Grunde längst an der permanenten Tagesordnung der Welt, und man hat alles getan, wenn man nur auf den guten Schein ernstlich bedacht ist.« – »Hilf Himmel! Wo haben Sie das alles her? Aus welcher Quelle haben Sie diese Grundsätze geschöpft?« – »Aus den Quellen meines Nachdenkens und meines Herzens.« – »So kann ich Ihnen zu den Resultaten nicht Glück wünschen.« – »Adieu (indem sie mir mit der Hand über die Augen fuhr), vergessen Sie einen großen Teil des Geschehenen. Aber erinnern Sie sich auch ein wenig meiner.« – »Es steht nicht in meiner Macht, es nicht zu tun.« – »Soll ich Ihnen für diese Antwort danken?« – »Halten Sie es damit, wie Sie wollen.« – »Gute Nacht ... Nur noch eines: Ich muss Ihnen zu guter Letzt die Versicherung mit auf den Weg geben, dass ich, nach dem, was vorgefallen ist, etwas für Sie fühle, was wie ein Tropfen dem andern der Freundschaft gleicht.« – »Und ich ein Gefühl der Dankbarkeit, denn, alles genau betrachtet, Dank bin ich Ihnen schuldig. Adieu.« – »Adieu.«

Sollte die Anekdote wie eine Fabel oder die Schilderung übertrieben scheinen, so müsste ich mir den Vorwurf gefallen lassen und dürfte nicht darüber klagen. Nur würde ich dem Ungläubigen offenherzig gestehen, dass ich lange Zeit Anstand genommen, sie in meine Memoiren aufzunehmen, in welchen sich, wie ich solches auf meine Ehre versichere, keine Zeile, kein Wort finden soll, wodurch die Wahrheit verletzt wird, es müsste denn hie und da durch die unfreiwillige Schuld eines Gedächtnisfehlers geschehen. Ich würde ferner hinzusetzen, dass Frankreich nicht der einzige Schauplatz solcher ärgerlichen Auftritte ist, und dass einem fremden General, mit welchem ich genau bekannt geworden, und dessen Glaubwürdigkeit über jeden Zweifel erhaben ist, dasselbe Abenteuer (nur mit einigen anderen Nebenumständen) mit einer der bedeutendsten Damen in einer der ersten Hauptstädte Europas begegnet ist. Was beweist dies aber? Dass es in allen Klassen sehr verderbte Frauen gibt, sowie es zu allen Zeiten und in allen Ländern sehr tugendhafte gegeben hat, dass aber auch überall diejenigen Frauen, welche zu den höheren Klassen der Gesellschaft gehören, wenigstens im Äußeren, sich mit aller Dezenz und Würde ihres Standes in Worten und

Handlungen benehmen, dass sie, ihre Neigungen und Sitten mögen noch so entartet sein, vonseiten der Männer von Erziehung und Bildung ebenso viel *äußere* Zeichen der Achtung verdienen, als die Tugendhaftesten ihres Geschlechts; dass sie, weil sie Tugenden *heucheln*, auf den *Schein* der Verehrung Anspruch machen können, und dass nur Männer und Frauen, die sich von den Formen, welche die Welt in öffentlichen Reden und Handlungen eingeführt hat, entfernen, von der Welt ein strenges Gericht zu erwarten haben.

Ich muss noch, um die Ehre der Dame einigermaßen wiederherzustellen, insofern dieses nach dem, was man von ihr gelesen, möglich ist, hinzusetzen, dass ich sie nach mehreren Jahren wiedersah. Sie hatte damals ein zärtliches Verhältnis mit einem Manne, der zwar sehr bekannt, aber nichts weniger als liebenswürdig war. Er zeigte für sie, die so wenig Geschmack in dieser Wahl und Liebschaft bewies, eine so grenzenlose Leidenschaft, und sie eine so unverbrüchliche Treue gegen ihn, dass man hätte schwören sollen, er sei ihre *erste* Liebe gewesen. Wenigstens musste er der Erste gewesen sein, der den Weg zu ihrem Herzen gefunden. Ich erinnere mich, mit beiden zu Brüssel einen der langweiligsten Abende meines Lebens zugebracht zu haben, obschon *sie* eine Frau von vielem Verstande war, und es ihr an keiner Gattung desselben fehlte. Aber ach! Das verliebte Taubenpaar girrte so zärtlich und führte ein so mattes Schäferstück vor mir auf, dass mir von den Süßigkeiten, die sie einander vorsagten, nur das Süßliche[83] zuteilward, und sie nicht zu bemerken schienen, dass ein Dritter als Zeuge zugegen war, Madame hatte Versailles und ihre Abendfahrt rein vergessen.

Das moralische System des Menschen ist wie dessen physische Organisation beschaffen. Beide sind Krankheiten unterworfen, von denen sich's genesen lässt.

Ich konnte Paris und Versailles mit einer so finsteren, unfreundlichen Garnison wie *Falaise* nicht vertauschen, ohne das Gefühl zahlreicher Rückerinnerungen an mein verflossenes Jugendleben mit dahin zu nehmen. Als ich mich bei der Königin beurlaubte, versicherte sie mich ihres Schutzes, den sie mir aber nicht immer gewährt hat, und ihres Wohlwollens, welches sie mir in der Folge entzog. Doch damals, wie sie mir beides zu versprechen geruhte, war sie zuverlässig gesonnen, mir beides zu erhalten. Sie hatte vor ein paar Tagen einen Auftritt gehabt, der sie noch in dieser Stunde tief bewegte, und zugleich zum Beweise dienen kann, wie leicht es ihr bei ihrem guten Herzen geworden wäre, hätte sie nur bessere Ratgeber und bessere Umgebungen gehabt, sich die Liebe einer Nation zu erwerben, von welcher sie

---

[83] Fade.

so sehr wünschte, geliebt zu werden. Diese Liebe wünschen, hieß ja schon sie verdienen. Sie fragte mich nämlich, ob ich das letzte Mal, als sie in Paris die Oper besuchte, auch dagewesen wäre? (Es war erst vor zwei bis drei Tagen geschehen.) – »Ja, Ihre Majestät.« – »Warum«, fuhr sie fort »bin ich so kalt empfangen worden?« – »Kalt? Ich habe es nicht gemerkt.« – »Sagen Sie das nicht. Sie müssen es bemerkt haben; es war gar zu auffallend ... Übrigens, denke ich, desto schlimmer für die Pariser[84] ... meine Schuld ist es nicht.« – bei diesen Worten liefen ein paar Tränen die Wangen herab. – »Ihre Majestät legen zuviel Gewicht auf etwas, woran vielleicht der bloße Zufall schuld ist. Überdies, wenn die Königin mir erlaubt, es zu sagen, sollte sie auf dem erhabenen Standpunkt, wo sie steht, sich nur über das Gute betrüben, was nicht durch sie geschieht, und über das Böse, was sie nicht verhindern kann.« – »Worte, Worte[85], schöne Worte im Munde eines jungen Etourdi wie Sie; aber wenn man sich, wie ich, nichts vorzuwerfen hat, tut ein solches Verhalten wehe, sehr wehe!«

Wie weit war ich, als ich sie damals verließ, entfernt, mir einzubilden, dass jene schwachen Blitze Vorläufer des Wetterstrahls waren, der den Thron in den Staub schmettern sollte, dessen Besitz die Königin für die höchste Gunstbezeugung der Glücksgöttin gehalten hatte!

Am Morgen darauf reiste ich mit schwerem Herzen ab. Auch mir (wie tags vorher, der Königin) standen die Augen voller Tränen. Ich bemerkte hier im Vorbeigehen, dass ich fast nie Paris verlassen habe, oder nach längerer Abwesenheit dahin zurückgekommen bin, ohne im ersten Fall einen lebhaften Schmerz, im zweiten eine heftige Bewegung, eine tiefe Rührung zu empfinden. Trug ich vielleicht schon, wie unbewusst, die traurige Ahnung in mir, dass ich es einst, gezwungen, in den schönsten Jahren meines Lebens würde verlassen, und, sozusagen, aufhören müssen, Franzose zu sein, ohne es verdient zu haben, diesen schönen Namen zu verlieren? – Dass ich ihn verlieren würde, um Feinden zu entgehen, welche, aus dem Staube sich erhebend und mächtig geworden, unter der Larve des Patriotismus Rache an Höheren und Besseren zu nehmen entbrannten? Ahnte ich es vielleicht schon, dass ich in fremden Ländern umherirren, bald eine edle Gastfreundschaft finden[86], bald ein Opfer der Vorurteile werden, Kränkungen aller Art und eine Geringschätzung würde erdulden müssen,

qu'à l'abri du danger,
L'orgueilleux citoyen prodigue à l'etranger.

---

84 Le peuple de Paris.
85 Des phrases
86 Vor allem in Preußen, wo, wie in Sachsen, die französischen Flüchtlinge den edelsten Schutz und eine ungestörte Ruhe genossen haben. *Verf.*

während die gütige Natur mein Los an ein so teures und so ausgezeichnetes Vaterland knüpfte, das ich nie aufgehört habe, im Herzen meines Herzens zu tragen?[87]

E instinto di natura l'amor del patrio nido.

---

[87] Unter allen Übeln (sagt ein alter Schriftsteller) ist in meinen Augen das größte, wenn man nicht in sein Vaterland zurückkehren darf, und derjenige, welcher daraus verbannt, seines Vermögens und des Bodens beraubt ist, auf welchem er geboren ward, ein zweiter *Atlas*, den die Last des Himmels erdrückt. *Verf.*

Sechstes Kapitel

Il n'y a pas tant de vanité à tirer de l'amour d'une maitresse.
La nature a si bien établi le commerce de l'amour, qu'elle n'a
pas laissé beaucoup de choses à faire au mérite.Il n'y a point de
coeur à qui elle n'ait destiné quelque autre coeur; elle n'a pas
pris soin d'assortir toujours ensemble toutes les personnes
dignes d'estime. Cela est fort mêlé, et l'expérience ne fait que
trop voir, que le choix d'une femme aimable ne prouve rien ou
presque rien en faveur de celui sur qui il tombe. Il me semble
que ces raisons-là devraient faire des amans modestes et dis-
crets. (La Bruyère)

Nichtigkeit und Eitelkeit der Liebe – Über die Verführungskunst – Wie
man den Frauen gefällt – Über die Frauen, ihre Natur, ihre Neigungen,
ihren Urcharakter, ihr Gemüt – Ehrenvolle Ausnahmen – Sie sind, bei
allen ihren Fehlern, anbetungswürdig – Eine sich auf sie beziehende Stelle
des Dichters La Motte – Garnisonleben – Die Landstädte, bis auf wenige,
gleichen einander – In einigen herrscht Geschmack und der beste
gesellschaftliche Ton – Meine Vorliebe für Paris – Ich verdanke der
Hauptstadt meine Ausbildung – Ich besitze Leichtigkeit und Gedächtnis –
Mein Streit mit Champcenetz – Mein Urteil über ihn – Anekdoten –
Sein Duell mit dem Vicomte de Roncheroles, einer Chanson wegen – Der
Chevalier de Boufflers – Champcenetz und Florian – Champcenetz besteigt
das Blutgerüst. – Seine Bonmots kurz vor seinem Tode –
Seine Unwissenheit – Unsere literarische Verbindung – Gespräch
mit ihm, Rivarol und Chamfort – Definition des Gedächtnisses –
Rivarol – Seine Gedächtnisgabe – Sein Tod in Berlin – Unsere
Trennung – Seine Antworten – Seine Beredsamkeit, sein Widerwille
gegen Arbeit – Gedanken über die Kürze des Lebens, die Macht
der Gedanken, den Schwung der Fantasie im Menschen

In der Schrift ruft der betrogene Weise aus: »Ich sprach zum Lachen, du bist
toll! Und zur Freude, was hast du aus mir gemacht?« Dasselbe können von
der Liebe selbst diejenigen sagen, die von ihr am besten behandelt worden
sind. Wie viel Falschheit in ihren Täuschungen! Wie viel Leere in dem, was
sie verspricht! Wie viel Verrechnungen in dem, was sie hält! Wie viel Nichtigkeit in dem, was man ihre größten Gunstbezeugungen nennt!

Ich entsinne mich noch eines Lebensalters, das allen Lügen und Blendwerken offensteht, und wo ich Kind genug war, zu glauben, man sei ein Mann
von Verdienst, wenn man den Frauen gefalle, und es sei von dem, der sie

verehre, vorauszusetzen, dass er eine schöne Gestalt, Grazie, Gewandtheit, Verstand und tausend andere herrliche Eigenschaften besitzen müsse; ferner, man sei vollkommen berechtigt, ein eingebildeter, unverschämter Geck[88] zu sein, wenn man ein langes Namenverzeichnis von Frauen vorzeigen könne, die man betrogen habe – und von denen man zehnfach betrogen worden.

Etwas weiter in Jahren fortgerückt, begnügte ich mich mit dem Gedanken, dass, wenn auch nicht die Gesamtheit dieser Eigenschaften, doch ein Teil derselben erforderlich sei, um Eroberungen zu machen. ...

Aber auch hier sah ich ein, dass ich mich getäuscht hatte, und erhielt nun bald den mathematischen Beweis, es könne dem in jeder Hinsicht unbedeutendsten Manne gelingen, der größten Verführerin den Kopf zu verderhen.

Jetzt aber – und hier spreche ich eine große Lästerung aus!!! – jetzt bin ich von der Meinung nicht sehr entfernt, dass für die Frauen die Mittelmäßigkeit der Männer überhaupt und in jeder Art ein Empfehlungsgrund ist!!! – Ich gebe es zu, diese Behauptung mag hart und anstößig erscheinen, gleichwohl würde es mir nicht schwerfallen, sie mit entscheidenden Gründen zu unterstützen. Doch die Verehrung, die ich gegen ein Geschlecht hege, dem wir das einzige Gut im Leben – den positiven Teil der Liebe – verdanken, legt mir Stillschweigen auf und untersagt mir eine so unzarte Erörterung. Und da überdies meine Memoiren zeigen werden, dass ich die bei Weitem größere Hälfte meines Lebens dem Dienste der Schönen gewidmet, und dass dieser Teil meiner Laufbahn nicht ganz ohne Erfolg geblieben ist, so möchte sich leicht, ohne mein Vorwissen, etwas Egoismus und Eigenliebe hier einschleichen, und mir den Rat zuflüstern, die Sache lieber in ihrem Halbdunkel und die Zweifel darüber ungelöst zu lassen.

Was die Frauen im Allgemeinen mehr als Verstand und Gestalt an die Männer fesselt, ist, was man bei *diesen* Eigenheit und Charakter nennt.

Pour une qu'Amour prend par l'âme,
Il en prend mille par les yeux.

sagt ein Dichter. Ich möchte hinzusetzen: So wie es ein allgemein bekanntes Verfahren gibt, die Frauen zu erobern, so gibt es ebenfalls eine besondere Taktik des Charakters, sich in ihrer Gunst zu erhalten. Sie widerstehen oft der edelsten Behandlung und lassen sich fast immer (schrecklich zu sagen!) durch den Zauber der unwürdigsten Begegnungen überwältigen. Ihre Schönheit ist eine *kurze Tyrannei*, die sie auf die unbarmherzigste Weise nur gegen den ausüben, der sich von ihnen unterdrücken lässt. Sie suchen in der

---

[88] Impertinent et fat.

Regel diejenigen auf, die ihnen mit Geringschätzung begegnen, und unterwerfen sich meistenteils dem, der ihnen nicht schmeichelt.

Der Spruch einer Dame vom höchsten Range in Europa ist bekannt. Ihr Liebhaber hatte sich eines Abends so weit vergessen, sie – zu schlagen. Am folgenden Morgen war das Erste, was sie zu ihrer Vertrauten sprach: »Jetzt bin ich seiner Liebe gewiss.«

Überhaupt ist es Tatsache und ausgemachte Wahrheit, dass Männer, die am wenigsten taugen, die siegreichsten Verführer des schönen Geschlechts sind. Nichts beweist mehr, wie falsch die Beurteilungskraft der Frauen, wie reizbar ihre Fantasie, wie eitel ihr Herz und ihr Verstand ist, als die Beharrlichkeit, mit welcher sie die Gegenstände ihrer schlechtesten Wahlen ehren und hegen, und die Erfahrung, dass manche Frau darüber untröstlich geworden, weil sie ein Mann verließ, dem sie vielleicht in einem Anfall von Laune vierzehn Tage später den Abschied gegeben haben würde.

Man wende mir nicht ein, dass die gekränkte Eigenliebe der Frauen im Spiel ist. Freilich hat sie bei diesem erbärmlichen Kalkül eine der Hauptrollen, – nur ist es nicht die einzige. Die weibliche Fantasie überschätzt den Wert ihres Verlustes; es geht ihr ungefähr wie den schwachen Köpfen, die ein Schwindel ergreift, wenn sie von einer Anhöhe auf das Tal hinabschauen.

Aber auf einer anderen Seite, welch' ein Triumph für die Frauen, wenn sie grausam genug sind, den Mann zu verlassen, der sich und alles ihnen aufgeopfert, der alle Hoffnungen seines Glücks auf sie gesetzt, und dem nichts übrig bleibt, als die Verzweiflung einer getäuschten Leidenschaft! Mit welcher Wollust weiden und ergötzen sie sich an seinem Schmerz! Mit welcher Fühllosigkeit, ich möchte sagen, mit welchem kalten und schnöden Ennüi sehen sie seine Tränen fließen, und treten seine Schwäche unter die Füße!

Dieses Gemälde ist gleichwohl kein *Familiengemälde*, obschon mehr als einmal gesagt worden ist, dass das ganze weibliche Geschlecht zu einer Familie gehöre. Es gibt Ausnahmen. Ja, es gibt unter den Frauen Beispiele von großen Seelen, von feinen, köstlichen Gefühlen, Muster von Edelmut, von unerschöpflicher Sanftmut und Güte, von Mut, kurz von allen Tugenden. Ich habe deren zwei gekannt, zu gut für die Welt, die sie besaß, und ihrer nicht wert war, besonders die eine!! .. Ach, sie hat sich viel zu früh meiner Anbetung[89] entzogen! Ich ward durch die Beschlüsse der ewigen Schicksalsmächte verdammt, sie immer zu beweinen, sie nie zu ersetzen. Ach, ich war des reinen Glücks mit ihr unwert!

O du, die nur noch in meinem Herzen lebt! Du, wie ich hoffe, einst der letzte Gedanke dieses durch den Schmerz über dein jammervolles, tragisches Ende

---

[89] Idolâtrie.

hingewelkten Herzens! Du, angebeteter Schatten! Wenn du meine Tränen noch siehst, wie du einst meine Verzweiflung sahst, oh, so wirst du in einer besseren Welt vielleicht den Mut bereuen, mit welchem du dich in den Tod stürztest, und meinem grenzenlosen Elend Seufzer des Mitleids schenken!![90]

So wäre ich denn nicht ohne Unterschied der Herabwürdiger und Verleumder von euch allen, reizende Geschöpfe, große und anbetungswürdige Kinder, von denen man sich aber nicht beherrschen lassen muss, solange noch ein Funken von Vernunft in unserm Herzen glimmt (wenn anders im ganzen Leben ein Schatten von Vernunft ist!). Ich behaupte nur, dass ihr die *unterste* Stelle in der Natur einnehmt, sobald ihr nicht die *Zierde der Schöpfung* seid, und dass diejenigen unter euch, denen es an *einer gewissen* Tugend fehlt, *gewöhnlich* keine andere besitzen.[91] Appelliert von diesem Spruche so viel es euch beliebt, bezichtigt mich einer groben Freimütigkeit, wenn das euren Nerven wohltut; nur habt einige Achtung vor meinen Erfahrungen, denn ich habe, wie mir viele weise Männer meiner Bekanntschaft versichert, meine Zeit sehr schlecht angewandt, mein Leben sehr nutzlos vergeudet ... ich habe es, wie ihr wohl wisst, größtenteils zu euren Füßen verlebt. Im Frühling meiner Jahre, und noch weiter hinaus, als er bereits verflossen war, bin ich einer euren treusten, anhänglichsten Narren gewesen, mit einem leichten Wesen im Äußern habe ich in eurem Umgang einen Grundzug von innerer Melancholie angenommen, die das Erbteil zarter und zärtlicher Seelen ist.

Unglücksfälle aller Art haben mein Gemüt noch finsterer und schwärzer gemacht. Vor allem aber ist meine Schwermut aus der Unruhe über euren Besitz, aus den täuschenden Hoffnungen, die mir meine Verhältnisse mit euch vorgespiegelt, aus den Übertreibungen einer bezauberten und betrogenen Phantasie, aus den Hirngespinsten einer lügenhaften Liebe, und aus den Kümmernissen und Qualen entstanden, die von der Lage eines Mannes unzertrennlich sind, der euch stets nachgestrebt und sich's zur besonderen Pflicht gemacht hat, im Schatten eurer Altäre zu leben.

Wie viel Zeit vergeht, ehe der Stümper, der schwache Zögling, der bei euch in die Schule geht, soviel von euch gelernt hat, als ihr selbst versteht! Und ist er endlich so weit gekommen, dass er euren Unterricht entbehren kann, o, dann sind die schönen Jahre verschwunden, wo er am würdigsten gewesen wäre, euch eure Lehren zurückzugeben! Und diejenigen, die euch am besten kennengelernt, die mit der feinsten Unterscheidungsgabe euch zergliedern,

---

90   Eine Geliebte des Verfassers suchte und fand, wie es heißt, ihren Tod in den Wellen. *Übers.*

91   Gleichwohl kann, wie ein erfahrener Moralist behauptet, die strengste und kälteste Spröde nur höchst selten einen sehr schönen Mann ins Auge fassen, ohne an etwas zu denken, was man nicht sagen darf. *Verf.*

und über eure Fehler absprechen[92], sehnen sich ebenso sehr nach euch, als die unerfahrensten Neulinge, die unschuldigsten Novizen in der Liebe.

Car Vénus vous donna sa divine ceinture,
Ce chef-d'œuvre sorti des mains de la Nature,
Ce tissu, le symbole et la cause à la fois
Du pouvoir de l'amour, du charme de ses lois.
Elle enflamme les yeux de cette ardeur qui touche,
D'un souris enchanteur elle anime la bouche,
Passionne la voix, en adoucit les sons;
Prête des tons heureux, plus forts que les raisons;
Inspire, pour toucher, ces tendres stratagèmes,
Ces refus attirans, l'écueil des Sages mêmes;
Et la Nature enfin y voulut renfermer
Tout ce qui persuade et ce qui fait aimet.[93]

In einem Alter von etwas über siebzehn Jahren, und auf der Reise zu meiner Garnison nach *Falaise*, stellte ich freilich dergleichen Betrachtungen noch nicht an. Ich war im Gegenteil nur mit *mir* beschäftigt, von *mir* eingenommen, vom Eigendünkel über *meine* bisherigen Abenteuer aufgebläht, mit *mir* überaus zufrieden, und vollkommen überzeugt, *ich* würde es weit bringen, nichts stehe für *mich* zu hoch[94]. So langte ich in der Stadt an, und es hätte wenig daran gefehlt, dass ich im Tore das Sic itur ad astra! mir zugerufen und auf mich angewendet hätte.

Das Leben, das ich in *Falaise* führte, war himmelweit von alledem verschieden, was ich bisher, und besonders in den neun Monaten, gesehen hatte, seitdem ich mein eigner Herr geworden. Da gab es anstatt der Freuden der Hauptstadt Dragoner, die von Zeit zu Zeit einexerziert, zugestutzt und bearbeitet werden mussten, – Offiziere, die dem Neuangekommenen nicht alle mit Liebenswürdigkeit entgegenkamen, – alte Degen[95], welche im Subalterndienst grau geworden, sich an ein Wort stießen, und für welche ein etwas gesuchter Anzug ein Dorn im Auge war, – einen Oberstleutnant[96] einen der besten Offiziere in der Armee, mit dem ich ein wenig befreundet

---

[92] Médisent de vous.

[93] Wären alle Schönheiten Homers von dieser Art, dieser Kraft, diesem Geschmack, so würde er seinen ganzen klassischen Ruf mit allem Rechte verdienen; und hätte sein Übersetzer *Lamotte* immer Verse gemacht wie diese, so würde man ihm seine Stelle unter den vorzüglichsten französischen Dichtern anweisen müssen. *Verf.*

[94] J'irais au grand.

[95] Des légionnaires.

[96] Dieser Stabsoffizier und Leutnant in der Garde-du-Corps bat sich in der Folge als einer der treuesten Diener *Ludwigs* XVI. erwiesen. Der unglückliche Monarch liebte und schätzte ihn nach Verdienst. *Verf.*

und dem ich recht sehr empfohlen war, – und vor allem die militärischen Details und einen ins Kleine und Kleinliche getriebenen Gamaschendienst, den ich lernen und dem ich mich unterwerfen musste. Überdies war *Falaise* eine ziemlich hässliche, kleine Stadt mit einigen hübschen Frauen, die aber ziemlich streng bewacht wurden, mit vielen anderen – die keines Wächters bedurften, mit Männern, welchen die Pariser sich ein Vergnügen machten, Formen, Gestalten aus jener Welt anzudichten, oder sie in ihnen aufzufinden. – Hier hat der Leser einen kurzen Abriss des Gemäldes von *Falaise*, das mich beim ersten Anblick zwar frappierte, aber nicht eben entzückte.

Auf diese Weise verflossen mir vier Monate als die erste Lehrzeit meines neuen Berufs. Was mir vom Dienste übrig blieb, verwandte ich auf das Lesen guter Bücher. Der gesellschaftliche Umgang hatte keinen Reiz für mich, bot mir keine Zerstreuung. Ich habe von jeher das Unglück gehabt, an der sogenannten Provinzialunterhaltung wenig Geschmack und Vergnügen zu finden, doch sie ist, seit der Revolution, der Pariser viel näher gerückt. Auch muss ich, schon früher, zwei Städte ausnehmen, in welchem ich mich zu verschiedenen Malen, und immer mit Vergnügen, aufgehalten habe, wie man im Laufe dieser Memoiren sehen wird. In beiden konnte man Personen von beiderlei Geschlecht antreffen, welche überall für die beste Gesellschaft hätten gelten können. Ich will dabei keineswegs in Abrede stellen, dass es von jeher in Frankreich unter den größeren Städten nicht mehrere gab, wo die Pariser vom feinsten Geschmack eine Gesellschaft finden konnten, welche, bis auf gewisse unerreichbare Nuancen eines Tons, den nur die Hauptstadt haben kann, ihren Erwartungen und Forderungen völlig entsprach.

Fern sei es von mir, der sinnlosen Eitelkeit von etwa hundert Personen im alten Frankreich das Wort reden zu wollen, die sich selbst la bonne compagnie par excellence betitelten, sich für geborene Spender des literarischen Rufs, für Schiedsrichter des Geschmacks, für Lenker und Leiter der öffentlichen Meinung ansahen, mit einem Worte sich einbildeten, dass alles, was sich nicht in dem von ihnen vorgezeichneten Kreise bewege, gemein[97] oder gar verwerflich sei, – während man doch zu gleicher Zeit in hundert anderen Zirkeln dieselben Ansprüche auf die literarische Diktatur machte, sich das Oberentscheidungsrecht anmaßte, und vor allem nur für sich und seine Freunde Nachsicht übte.

Wollte man aber der Sache ganz auf den Grund gehen[98], so würde man finden, dass damals ein *ungefähr* ebenso fühlbarer Abstand zwischen Ton

---

97 Subalterne.
98 En dernière analyse.

und Sprache des Hofes und der Hauptstadt, als zwischen der Hauptstadt und der Provinz herrschte, und dass, da eine unsichtbare Kette das Ganze umfasste, obschon dieses Ganze nicht immer homogen war, aus dieser Zusammenkettung, als natürliche Folge der Nacheiferung, eine *allgemeine Höflichkeit* entstehen musste, welche ich nicht abgeneigt wäre, eine *Nationalerziehung* zu nennen. Es ist sehr zu wünschen, dass die letzten politischen Erschütterungen dieser Erziehung nicht einen empfindlichen Stoß versetzt haben mögen, oder dass wenigstens das Streben einer energischen Regierung, welche alles vermag, sie bald wieder herstelle und aufblühen machte.

Dem sei wie ihm wolle, so hat doch wenigstens der bis zur Übertreibung und fast bis zur Lächerlichkeit gesteigerte Vorzug, welchen Frankreich seiner Hauptstadt von jeher eingeräumt hat, dazu beigetragen, mir zu den wenigen Kenntnissen zu verhelfen, die ich etwa besitze. Denn die Zeitintervalle, die ich außerhalb Paris' zubrachte, habe ich vorzüglich auf meine Studien und zu Arbeiten verwendet, denen ich in den Zerstreuungen und Vergnügungen der Hauptstadt bei einem ziemlich guten Gedächtnis, bei etwas Leichtigkeit im Auffassen, und vielleicht vor allem bei gewissen natürlichen Anlagen mich nicht, wie so viel andere, unterziehen zu müssen glaubte.

Die Fähigkeit des Geistes, gehabte Vorstellungen und Gedanken zu behalten und willkürlich wieder in sich zu erneuern, – oder, mit anderen Worten, das *Gedächtnis*, ist einst für mich der Anlass gewesen, mich sehr lächerlich zu machen. Ich war unbesonnen genug, in vollem Ernst mich über einen Halbfreund zu ärgern, mich mit ihm zu überwerfen, weil er mir in Gegenwart zweier anderer, deren Urteil für mich wichtig war, den Vorwurf machte: »Ich hätte viel Gedächtnis.« Der eine dieser überlegenen Richter, *Rivarol*, zeichnete sich durch einen Verstand aus, den vielleicht kein Zweiter in gleichem Grade besaß; der andere, *Chamfort*, empfahl sich durch einen vortrefflichen Geschmack, welcher seine übrigen Talente weit überwog. Mein Ankläger war bei Weitem nicht so gewichtig. Es war der unglückliche Marquis *de Champcenetz*[99], dessen Haupt späterhin unter dem Revolutionsbeil gefallen ist. Kein Mensch auf Erden hat besser als er bewiesen, wie eitel und leer oft ein gewisser Ruf ist, wie sehr er von zufälligen Ursachen abhängt, und wie leicht der eine zu dem Namen eines Mannes von Geist gelangt, während man diesen Titel oft anderen versagt, die alles besitzen, was zu dessen Beglaubigung erforderlich ist. Man sage mir nicht: *Champcenetz* habe nie für einen Mann von Geist gegolten. Haben mir nicht zehn Jahre

---

[99] Der Marquis *Champcenetz de Riquebourg* war an dem Hofe der Königin durch seinen Witz, seine Laune, seine harmlose Satire und als einer der besten Chansonniers seiner Zeit beliebt. *Übers.*

lang und darüber alle Männer von Welt und vom Hofe das Epigramm, die Chanson, die Epistel, das Gedichtchen angepriesen, welches *Champcenetz* gemacht; die allerliebsten bons-mots wiederholt, die er gesagt; die bittern Stachelworte angeführt, die er gesprochen; die Späße aufgewärmt, die er sich erlaubt usw. usw. usw.? – Habe ich aber nicht auch, während meines intimen Umganges mit ihm, die volle Gewissheit erhalten, dass er äußerst wenig aus sich selbst schöpfte, und dass dieses Wenige noch obendrein immer der Verbesserung bedurfte, und zwar aus dem Grunde, weil er kein Wort Latein verstand, weil er seine Muttersprache nur mittelmäßig beherrschte, und sie weder grammatisch noch orthographisch richtig schrieb? – Trat man aus dem Zirkel der Hofleute in den Kreis der Literaten, so hieß es wieder: »*Champcenetz* hat viel Verstand, viel Sarkasmus[100]; niemand schwätzt so angenehm wie er[101].« Man erzeigte ihm die unverdiente Ehre, im für den Verfasser einer Menge bons-mots zu halten, die ganz andere Väter hatten, bloß weil er sich auf die Kunst verstand, sich wie die Dohle mit Pfauenfedern zu schmücken. Ich habe nie eine frechere Stirn gesehen; alles fremde Gut eignete er sich an; er ging unermüdlich mit den Geisteswaren anderer hausieren und begleitete seine Marktschreierei mit einem drolligen Stottern, das ihm treffliche Dienste leistete.

Der Chevalier *de Boufflers* hat die Stichwunde auf seinem Gewissen, welche *Champcenetz* vom Vicomte *de Roncheroles* erhielt, weil dieser ihm die beißende Chanson des jeunes gens zuschrieb, welche *Boufflers* zum Verfasser hatte. Ich besuchte ihn bald darauf. Er hütete das Bett und fand es sehr natürlich, für Verse, die *nicht sein* waren, im Zweikampf eine Wunde erhalten zu haben, die allerdings *sein* war.

Dieselbe Bewandtnis hat es mit der Chanson des dettes auf den Marquis *de Louvois. Champcenetz* hatte weiter keinen Anteil an der Chanson, als dass er den Namen *Grammont* ausgestrichen und den Namen *Louvois* an die Stelle gesetzt hatte.

De??? Tabelle??? Grammont Louvois suivant les leçons,
Je fais des chansons et des dettes.

Ebenso ist es mit dem Epigramm auf Frau *von Saint-Armande*. – Es ist von *Rivarol*, der es *Champcenetz* abgetreten, nachdem dieser es ihm gestohlen und mit so großer Zuversichtlichkeit für das seine ausgegeben hatte, dass er es zuletzt selbst in allem Ernste für eigene Arbeit hielt.

Ebenso ist es mit der Chanson: »Chloé, belle et poëte.« Der Verfasser ist bekannt, und nur sein Name mir entfallen.

---

[100] Trait.
[101] Il a une causerie fort remarquable.

Ebenso mit »Si l'on achetait du courage« und mit zwanzig anderen.

Einst trieb er die Dreistigkeit so weit, gegenüber dem biederen, trefflichen *Florian* zu behaupten, er (*Champcenetz*) habe eine seiner (*Florians*) besten Romanzen gemacht. Es war ein schöner Herbstabend. Wir gingen zusammen im Palais-Royal spazieren. Aber der Verfasser der *Estelle* wollte durchaus nicht mit sich handeln lassen und verteidigte steif und fest sein Eigentum, sodass *Champcenetz* endlich nachgeben musste. Jetzt besann er sich kurz und sagte stammelnd: »Gut, gut! Reden wi ... wi ... wir nicht weiter davon: wa ... wa ... warum soll ich die Romanze nicht so gut gemacht haben, wie ... wie ... wie ein anderer; es ist ja nu ... nu ... nur eine Romanze, und sie ... sie ... sie ... *gefällt* mir sehr!«

So viel ist gewiss, er hatte Gesichtszüge, ein Organ und einen Körperbau, welche zur Rolle passten, die er angenommen; dabei witzige Einfälle, und von Zeit zu Zeit auch glückliche. Er wagte alles, fing alles auf, behielt alles für sich, nahm und stahl alles, war mit einer unverwüstlichen guten Laune begabt, – *begabt*, sage ich, obschon das Wort hier nicht an der rechten Stelle steht; ich gebrauche es aber mit Absicht, weil es meinen Gedanken vollkommen ausdrückt: Ich will nämlich sagen, dass sein ganzer Verstand in dieser guten Laune lag. Sie hat sich nicht einmal im entscheidendsten Augenblicke des Lebens, seinem Blutrichter *Fouquier-Tinville* gegenüber, verleugnet; denn als dieser ihm das Todesurteil sprach, fragte er ihn mit heiterer Miene: Ob es nicht der Fall sei, wie in der Nationalversammlung, einen suppléant zu stellen? – »Weswegen?« fragte *Fouquier*. – »Weil ich *Sie* zu meinem Stellvertreter ernennen würde.« – Dieses echte Bonmot, dieses eigentliche Witzwort (mot d'esprit) bezeichnet den Mann von Mut, welchen nichts, nicht einmal der Tod, aus der Fassung bringen kann.

Seine Laune war unermüdlich in kleinen boshaften und mutwilligen Zügen: Sie richtete sich gegen alle und jeden, ging aber nie soweit, dass sie die Ehre verletzt hätte; denn er war ein Mann von strenger Ehre und jeder kaltblütigen, schwarzen oder tief überlegten Bosheit unfähig. Am allerlustigsten war es, wenn seine Satire über seine Familie oder auch über ihn selbst herfiel; denn, um ein Bonmot zu sagen, schonte er sich so wenig als andere und war froh, wenn er sich zur Zielscheibe des Spottes, der Lächerlichkeit machte. Was Wunder, dass er alle Tage seines Lebens seinen Freunden etwas zu lachen gab, er, der noch am letzten Tage desselben, wenige Augenblicke vor seinem Ende, und als er schon den Karren bestiegen hatte, auf welchem *Robespierre* seine Schlachtopfer abführen ließ, dem Henker zurief: »Fahre uns gut, und du sollst auch ein gutes Trinkgeld haben!« –

Übrigens besaß er wenig Fantasie, einen einseitigen, begrenzten Verstand, keine Bildung, seine Unwissenheit in der Geschichte und in den klassischen

Schriftstellern, selbst seines Vaterlandes, war unverzeihlich. Er sprach über die schönen Künste mit der ruhigen, sicheren Überzeugung der Kennerschaft, mit dem Tone und der Dreistigkeit eines Professors auf dem Katheder, sodass er in den Augen derer, die noch unwissender waren als er, für einen Kunstverständigen, für einen Vielwisser galt.

Mein Unglück hat es gewollt, und ich klage mich selbst dessen an, dass ich einige Wochen lang mit ihm an einem Blatte arbeiten musste, welches jetzt ganz vergessen ist, und dessen Titel nicht einmal neu war. Es hieß die » *Chronique scandaleuse*«. Ich hatte den Prospektus dazu geschrieben. Sie machte beim Erscheinen einiges Aufsehen, wurde aber bald durch Erscheinungen anderer Art verdrängt, durch das Angstgeschrei der Schlachtopfer, durch das Gebrüll der Henker, durch das Rasseln und Klirren der Ketten in den Kerkern, die der mächtige Terrorismus öffnete und nur zehn Jahre später ein mächtiger Arm und ein noch mächtigerer Genius wieder schloss.

Es war unmöglich, auch nur *einen* Aufsatz, der aus seiner Feder floss, in die Druckerei zu schicken, ohne ihn vorher durchgesehen und verbessert zu haben. Ich entsinne mich noch eines Tages, wo ich mir vergebliche Mühe gab, ihm begreiflich machen zu *wollen,* und nicht zu *können,* dass es nicht einerlei sei, zu schreiben quant à moi und quand à moi, weil quando und quantum im Lateinischen von ganz verschiedener Bedeutung sind.

Übrigens ist mir diese gemeinschaftliche Arbeit, welcher ich mich wider Neigung und Grundsatz, aus Ursachen, deren Auseinandersetzung hier überflüssig sein würde, unterzogen hatte, teuer zu stehen gekommen. Sie ist einzig und allein schuld daran, dass ich Frankreich im Jahre 1792 verlassen musste, um den Dolchen des *Fabre d'Eglantine* und der Rachsucht *Condorcets* zu entgehen, welchen Letzteren ich ein paar Mal in jenem Journal an den Pranger gestellt habe.[102]

Mein Leser wird finden, dass ich oft abschweife; immerhin, wenn ich nur wieder einlenke und meinen Weg zurückfinde. Ich sagte also, dass ich eines

---

[102] Der Verfasser erwähnt hier eine frühere kleine Schrift, ein *Schreiben an Herrn von Condorcet* aus London vom 5. November 1792. Er ließ es in *Peltiers* Tableau de Paris, mit Noten begleitet, abdrucken. Von diesen Noten setzen wir folgende zur Erläuterung her: »Lui (Condorcet), le Sieur *Fabre d'Eglantine* et autres, qui sont maintenant *devant le diable,* essayèrent de me faire assassiner *le treize Août 1792,* pour terminer la petite guerre que ces Messieurs me faisoient depuis deux ans. Il falloit bien quitter un pays, où ces Messieurs étaient les maîtres. – Je pris congé d'eux avec la plus grande difficulté, caché le jour, et voyageant la nuit. Je mis près de trois semaines à gagner un port de mer; je léur laissai tous mes voeux, *et n'emportai* que le pressentiment, que leur fortune n'irait pas loin.« Diese Weissagung ist in Erfüllung gegangen. *Condorcet* vergiftete sich den 27. März 1794, weil er am 28. vor Gericht gestellt werden sollte. *Fabre d'Eglantine,* Schauspieler und Schauspieldichter, wurde am 5. April 1794 zum Tode verurteilt. *Übers.*

Abends *Rivarol* besuchte: Es war, wenn ich mich recht erinnere, in der Mitte des Jahres 1792. *Rivarol* wohnte in der Rue des Victoires. Die Herren *von Champcenetz* und *Chamfort* waren eben bei ihm. Das Zimmer war spärlich beleuchtet, das Vorzimmer noch dunkler, sodass ich unbemerkt eintrat und neugierig stehenblieb. *Rivarol* sprach mit seiner gewohnten glücklichen Begeisterung, mit dem ihm eigenen Redefluss und Zauber. Die beiden anderen hörten ihm aufmerksam und bewundernd zu. Das Gespräch hatte gewiss, wie immer, mit einer politischen Erörterung über die Volkssouveränität begonnen – denn das war damals *Rivarols* Steckenpferd und der beständige Gegenstand seiner Gedanken und seiner Unterhaltung, so wie es in den letzten Lebensjahren Grammatik und Sprache wurden. Von da war er zu dem übergegangen, was die Neueren den Alten schuldig sind; denn ich entsinne mich, dass, als ich näher treten wollte, *Rivarol* seinen Vortrag mit folgenden Worten, welche ganz den Stempel des Redners trugen, schloss: »Die meisten heutigen Schriftsteller haben ein gutes *Gedächtnis*; dies ist zwar ein Glück für sie, aber ein Unglück für ihre Leser.« Das machte mich aufmerksam und stutzig.

Doch, ich tue besser, wenn ich das Gespräch der drei Herren, *ungefähr* wie es gehalten wurde, hersetze und soviel als möglich, Form und Ordnung beibehalte. Ich kann es um so mehr tun, da ich ein sehr treues Gedächtnis besitze, obschon, nahe den Vierzigern, ich es zum Teil, ja großenteils, eingebüßt habe. Es ist mir aber in jüngeren Jahren von diesem Geistesvermögen gerade so viel zuteilgeworden, und bis heute so viel geblieben, als jeder, der auf eigenen Verstand Anspruch macht, hat und haben muss. *Wie* ich dieses verstehe, und *was* ich mir unter *Gedächtnis* denke, wird der Leser weiter unten entwickelt finden.

Also hier das Gespräch.

Champcenetz (lacht). Ha! Ha! Ha! Was wäre *La Harpe* ohne Belesenheit; was wäre der Vicomte *de Ségur* und der Abbé *Dille*, wären sie in keine andere Gesellschaft gekommen, als in die ihrige!

Chamfort. Sie behandeln *La Harpe* zu streng.

Rivarol. ... Und die beiden anderen zu glimpflich.

Champcenetz. Wieso? Zu glimpflich?

Rivarol. Zuviel Ehre für sie, wenn man sie nur nennt!

Champcenetz. Aber da der *Tilly* mit seinem Gedächtniskasten![103] Man hat keinen Begriff von dem, was *der* alles behalten hat.

---

[103] Une *fière* memoire, c'est Tilly.

Chamfort. Tilly besitzt mehr als Gedächtnis. Er hat viel Verstand, viel Phantasie ..., Feuer und Kraft.

Champcenetz. Geben Sie acht: Das meiste, was er vorbringt, ist nicht sein; es sind Anführungen, und, mit Ausnahme des Weiber-Jargons, abgerissene Stücke aus Dichtern, Fragmente aus Prosaikern. Und, um sich vollends das Ansehen eines Gelehrten in uns zu geben, führt er *Horaz, Virgil* und ganze Stellen aus dem *Tacitus* an. Unter anderen wies ihm *Martin* noch neulich in einem Zitat einen Fehler nach, an welchem der arme *Tacitus* gewiss unschuldig war.[104]

Rivarol (fährt sich mit der Hand über das Gesicht). Ich sehe hier wenigstens keine Anstrengung des Gedächtnisses, wenigstens nicht des *Ihrigen.*

Champcenetz. Es wäre doch besser, *Tacitus* zu sein, als den *Tacitus* zu zitieren.

Chamfort. Der Graf Tilly würde auf keinen Fall so etwas gesagt haben.

Champcenetz (lachend). Oh, ich weiß, Sie protegieren ihn!

Chamfort. Das würde mir nicht ziemen; aber ich halte ihn für einen Mann von Geist. Wäre er von geringem Stande und Vermögen; hätte ihn dies gezwungen, von seinen Talenten zu leben; hätte er dem Studieren Geschmack abgewonnen und sich geduldig in eine sitzende Lebensart gefügt: So bin ich überzeugt, es würde aus ihm ein ausgezeichneter Schriftsteller, vielleicht ein

---

[104] *Martin*, ein Mann von Geist, ein origineller Kopf; dabei eine Art von Zyniker. Der hier angeführte Umstand verhält sich nicht so, wie ihn *Champcenetz* anführt; doch man darf es mit ihm nicht so genau nehmen. Das Wahre an der Sache ist, dass ich in *Martins* Gegenwart die Stelle vom Tode des *Germanicus* etwas emphatisch vortrug; *dass Champcenetz,* auf dessen Zimmer dies geschah, verdrießlich war, weil er kein Wort davon verstand, und dass Herr *Martin* mich beim Worte praebere (*im Original steht prebere!! Übers.*) unterbrach und – ich weiß selbst nicht warum, denn wir waren keine intimen Bekannten – erinnerte: es sei nicht nötig, auf dieses Wort einen besonderen Nachdruck zu legen, da es, wie ich wohl wisse, der gewöhnliche Ausdruck sei und soviel bedeute als dare, *geben.*
Von diesem Zyniker *Martin* hat man mehrere Bonmots in *Diogenes'* Stil und Manier. Er kam oft in ein bekanntes Kaffeehaus, das Rendezvous der Belletristen. Die Wirtin, kokett, aber nicht schön, war immer sehr geputzt. Einst lässt sich *Martin* eine Tasse Schokolade geben, findet sie schlecht und sagt es. »Monsieur« versetzt die Dame »viele *Herren vom Hofe* finden meine Schokolade gut.« *Martin* zieht ein Stück Glas hervor, welches er seine Lorgnette nannte, beschaut damit die Wirtin und spricht: »Diese *Herren vom Hofe* haben Ihnen vielleicht auch gesagt, dass Sie hübsch sind.«
Man führt noch eine andere witzige Antwort von ihm an. Mich dünkt aber, sie ist von Herrn *Favier*, der weit stärker in Bonmots war, den ich aber nur wenig gekannt habe. Er war in der Oper; ein Nachbar war so unbescheiden, ihn in einem Zwischenakt lange zu fixieren. »Habe ich die Ehre, von Ihnen gekannt zu sein« fragte *Martin* »oder haben Sie sonst einen Grund, mich anzusehen?« Jener erwiderte mit dem bekannten (französischen) Sprichwort: Ein Hund sieht ja wohl einen Bischof an. – Schnell fiel M. ein: »Wer hat Ihnen gesagt, dass ich ein *Bischof* bin?«

klassischer, geworden sein, den man mit der Zeit zitiert haben würde, wie er selbst die Klassiker. Finden Sie etwa seine Unterhaltung gewöhnlich?

Champcenetz. Ich? Nichts weniger; ich finde sie äußerst *ungewöhnlich.*

Rivarol. Bravo. Appuyez, mon neveu; vous faites des merveilles![105]

Chamfort. Ich habe Sie für Tillys Freund gehalten.

Rivarol. Geben Sie acht; er wird fragen, was das heißt: Jemandes Freund sein?

Champcenetz. Nun ja doch, ich bin einigermaßen sein Freund. Kann man eines Menschen Freund nicht sein, und doch finden, er habe mehr Gedächtnis als Geist? Damit will ich nicht gesagt haben, dass es ihm an Esprit fehle.

Chamfort. Streiten Sie sich ja nicht mit ihm; er dürfte Ihnen beides absprechen.

Champcenetz. Nehmen Sie sich nur selbst in acht; sonst gebe ich Ihnen im Petit Gautier[106] eines ab!

Chamfort. Wie aber? Wenn ich den Artikel läse, und nicht fände, dass Sie mir eines ausgewischt hätten?

Champcenetz. Wohl gesprochen, auf Ehre! Aber Sie, *Rivarol,* sind Sie stumm? Was zum Henker fehlt Ihnen? Sie verderben uns den Spaß. Ich habe ja nur den Ton angegeben. An Ihnen ist's, fortzufahren.

Rivarol. Männer, wenn sie Frauendiener sind, taugen zu nichts weiter. Das weibische Haremsleben der Zerstreuungen ist der Tod des kräftigsten, männlichen Talents. Tilly ist gewiss nicht ohne große Talente; er ist mit einer seltenen Leichtigkeit begabt; vor allem hat sein Geist viel Kraft. – Niemand fühlt dies mehr als Sie, *Champcenetz.* Wie oft lacht er über Sie, wenn Sie es nicht wollen; Ihnen gelingt das nie bei ihm. Überdies hat er so viel gelernt, dass Sie ihm gegenüber wie ein Ignorant aussehen. – Hören Sie doch einmal auf, nachteilig von ihm zu sprechen, damit mich der Geist des Widerspruches nicht verleite, Partei für ihn zu nehmen.

Chamfort (lacht).

Champcenetz. O weh! Da bin ich schön angelaufen! Das hat man davon, wenn man Sie um Ihre Meinung befragt!

Tilly (tritt plötzlich hervor). Es beliebte dir also zu sagen, ich hätte nichts als ein wenig Gedächtnis? Du, dessen ganzer Wert darin besteht, mit dem deinigen auf Raub auszuziehen. ...

Rivarol. Ei, guten Abend!

---

[105] *Destouches*, Le Philosophe Marié, Akt II Sz. 6. *Übers.*
[106] Ein damaliges Hofjournal. *Übers.*

Tilly (fortfahrend). Was weißt du von meinem Gedächtnis? Weißt du, was Lesen, was Gedächtnis haben ist? Sprichst von Zitaten! Weißt du denn, was zitieren heißt?

Champcenetz (lachend). Nun, nun, nicht so böse! Du wirst doch Scherz verstehen?

Tilly. Ei was, Scherz! Dein Lachen ist plump[107], wie du, und dein Scherz platt[108], wie dein Witz. Übrigens muss ich dir sagen, dass ich von dieser Art von Witz wenig halte; dass ich ihn sogar verachte, seitdem man dich witzig finden will.

Rivarol. Meine Herren! Meine Herren!

Champcenetz. Lassen Sie ihn reden; er amüsiert mich.

Tilly. Das werde ich nie von dir sagen; ein Dummkopf ennuiert mich immer.

Champcenetz. Das war allerfeinster Ton.

Tilly. So muss er sein, um an die Adresse zu gelangen.

Champcenetz. Herr *von Tilly*, Sie sind mir Genugtuung schuldig.

Tilly. Herr *von Champcenetz*, Sie sollen sie erhalten, und noch obenein Gerechtigkeit.

Chamfort. Aber, meine Herren, das ist ja ein Auftritt. ...

Rivarol. Auf Ehre, der lächerlichste von der Welt. Wie könnt ihr euch über etwas entzweien, das auf nichts hinausläuft? Und überdies ... aber ich sehe, niemand will mir zuhören.

Tilly. Was kann man sonst tun, wo Sie sind, als zuhören? Sie usurpieren beständig das Wort; freilich auf eine Weise, die diese Usurpation in Legitimität verwandelt.

Rivarol. Wie doch das Lob die Pille verzuckert!

Champcenetz. Tilly hat recht; Sie sind in der Tat ein U... u... u... surpator.

Rivarol. Und Sie, in der Tat ein bé... bé... bégayeur, ein Stotterer. Doch lieber noch stottern, als schmollen und sich streiten!

Chamfort. Hier ist weder von Schmollen noch von Streiten die Rede.

Champcenetz. Wir spielten Sprichwörter.

Rivarol (zu mir). Nun, lachen Sie noch nicht?

Tilly. Über wen?

Rivarol. Über sich selbst und über Ihre unzeitige Empfindlichkeit.

---

[107] Épais.
[108] Mince.

Champcenetz. Lache auch über mich, wenn's dir Vergnügen macht.

Chamfort. Das heiße ich auf eine gute Art sich aus dem Handel ziehen.

Tilly. Oh, das ist seine gewöhnliche Taktik. Er gibt seine Person preis, um keinen anderen schonen zu dürfen.

Champcenetz. Ihr dürft mich ja nur beim Worte nehmen, wenn ich was gegen mich anführe.

Rivarol. Und alles Übrige für Dichtung halten.

Champcenetz. Aber hören Sie doch ... da draußen ... das ist keine Dichtung; das ist eine traurige Realität: Es regnet in Strömen.

Rivarol. Tilly hat sein Kabriolett; er wird Sie nach Hause fahren.

Tilly. Und Herrn *Chamfort* ebenfalls.

Rivarol. Das wäre sehr überflüssig; *der* kennt den Regen und der Regen kennt *ihn.*

Tilly. Ja, und dann dachte ich auch nicht daran, dass neben Herrn *von Champcenetz* kein zweiter Platz finden kann.

Champcenetz. Ein Epigramm! Ein Epigramm! ... ist nichts dran; und doch gefällt's mir.

Tilly (lachend). Heute fahr ich *Sie* nach Hause, Herr *von Champcenetz;* aber morgen erstech' ich *dich.*

Champcenetz. Erstich mich lieber heute, und fahre mich morgen nach Hause.

Man musste lachen und sich umarmen.

So endigte dieser lächerliche Abend. Ich nenne ihn *lächerlich*, weil ich lächerlich genug war, in einem Anfall von Eitelkeit über etwas empfindlich zu werden[109], was mich hätte amüsieren und für mich die Folge haben sollen, entweder mein Gedächtnis besser auszubilden, wenn *Champcenetz* recht hatte, oder bei der nächsten Gelegenheit meinen Verstand zu zeigen, wenn er unrecht hatte.

Aber, sagt *Montaigne*: »La vanité a été donnée à l'homme en partage, et tout le trompe à la fin; il court, bruit, meust, fuit, chasse, il prend une ombre, il adore le vent, un festu est le gain de son jour; ce festu c'est la louange et la renommée.« –

Später habe ich Herrn *von Champcenetz* durch wirkliche Dienste bewiesen, dass ich wegen dieses Auftritts keinen Groll gegen ihn hegte. Ich bin in ihn gedrungen, dass er mir folgen und unseren Henkern entgehen möchte. Er war nicht zu bewegen. »Mein Schicksal schwebt mir vor Augen«, sagte er;

---

[109] De me piquer.

»ich weiß, dass mich die Guillotine erwartet.« Gleichwohl versicherte er mir standhaft, er werde sich nie von seinen Büchern und seinen Kupferstichen trennen, um den *ewigen Juden* in Europa zu spielen; er liebe das Leben, aber noch mehr die göttliche Faulheit. Ich weiß, dass er nach meiner Abreise, durch Vermittlung eines mir unbekannten Dritten, eine Zusammenkunft mit *Brissot* gehabt, der ihm unter der einzigen Bedingung: »Zu schweigen«, das Leben verbürgte. Das hieß aber: Das Unmögliche von ihm verlangen. – Auch erinnere ich mich noch, dass er mit *Condorcet* zusammengetroffen, und dass eine Art von Friedensbund unter beiden abgeschlossen worden ist. Er wird sich dabei wahrscheinlich auf Kosten meiner abwesenden Manen rein-gewaschen haben; ich verzeihe es den seinigen. Er ließ mir durch einen ge-meinschaftlichen Freund sagen: Man lasse ihn ruhig; er hoffe *durchzukom-men.* Unter *Robespierre* wurde er verhaftet. Von *Robespierre* hatte er kein Ver-sprechen erhalten. *Robespierre* versprach und hielt nichts als – Tod. Er ließ sein gewöhnliches Urteil auch über *ihn* ergehen, vermutlich eines Bonmots wegen über die Revolution, welches vielleicht nicht einmal von *Champcenetz* herrührte, und schickte ihn aufs Blutgerüst als einen Conspirateur-Calembouriste. Sein Tod ist mir nahegegangen; an ihm war nichts Arges, als die Lippen.[110]

Dieses Urteil über ihn ist mir durch kein persönliches Motiv eingegeben worden. Unsere Wege trafen nie zusammen. *Sein* Glück bestand darin, Lachen zu erregen; *ich* hingegen würde um diesen Preis nicht für den geist-reichsten Mann in Frankreich haben gelten wollen. Ich fühlte mich zu ihm hingezogen; diese Sympathie wäre vielleicht in Freundschaft übergegangen, wenn ich geglaubt hätte, in ihm einen *Freund* zu finden. Ich gäbe viel darum, er lebte noch, und ich könnte mehr zu seinem Lob sagen; dem Toten bin ich Wahrheit schuldig.

Doch mich dünkt, ich habe mir und dem Leser eine Definition des Gedächt-nisses versprochen. Das Gedächtnis ist die Fähigkeit, dasjenige zu behalten, was uns frappiert, was wir leicht auffassen, was uns gefällt, und vor allem was unseren Ideen und Begriffen analog ist. Das Gedächtnis ist eigentlich eine Superfötation von fremden Ideen, die wir auf die unsrigen impfen. Ein Dummkopf kann ebenso gut wie ein Mann von Geist sich entsinnen, dass er an dem und dem Tag, um die und die Stunde, jemanden vom Pferde hat fallen sehen usw. usw. Aber mir ist noch in meinem Leben, ich will nicht sagen, kein Dummkopf, sondern kein mittelmäßiger Kopf vorgekommen, der mit Nutzen gelesen, der richtige, fruchtbare, nützliche, wohlgeordnete Erinnerungen aus dem Gelesenen zurückbehalten hätte. Man hat schon Ver-

---

[110] Il n'avait de méchant que less lèvres.

stand, wenn man den *Verstand* anderer *versteht*; man hat einen sehr guten Verstand, wenn man dasjenige auffindet und *unterscheidet*, was vom Verstande anderer gesammelt und *beibehalten* zu werden verdient; man hat viel *Geschmack*, wenn dieses Unterscheidungsvermögen sich in uns entwickelt. Und *hierin* besteht das ganze Kunstgeheimnis des Gedächtnisses. Endlich aber hat und zeigt man noch einen durchdringenden, richtigen, geregelten[111] Verstand, wenn man das Talent besitzt, in einer abwechselnd heitern und soliden Unterhaltung anderen die Schätze mitzuteilen, die man aufgefunden und sie mit Zusätzen aus eigenem Reichtum zu vermehren. [112]

Rivarol z. B. hatte ein ungeheures Gedächtnis. Seine schnellen, lebhaften Gefühle, seine leidenschaftliche Liebe für das Schöne hatten fast alles, was in den alten und neuen Klassikern behaltenswert ist, sich angeeignet und darin verankert. Gleichwohl wurde die Originalität seiner gesellschaftlichen Unterhaltung durch jene mächtigen Hilfsmittel des Gedächtnisses verstärkt, nie gestört und verdunkelt. Sein gediegen Gold erhielt dadurch neuen Zuwachs und Glanz. Sein Geist stand da, wie eine Statue, deren Reizen die schöne Draperie, die sie deckt, ohne sie zu verhüllen, zur neuen Zierde gereicht.

Meine Augen haben in Berlin diesen leuchtenden Stern erlöschen sehen. Er hatte zwar im Norden etwas von seinem Feuer verloren; indessen warfen seine oft ungleichen Strahlen noch einen großen Glanz. Ich habe in einer andern kleinen Schrift[113] angedeutet, wie man es angelegt und dahin gebracht, uns in den letzten Monaten seines Lebens zu trennen. Ich werde es in diesen Memoiren, zur gehörigen Zeit und am gehörigen Orte, weitläufiger auseinandersetzen; und gewiss soll jener unglückliche Umstand, der uns

---

[111] Msuré.

[112] Ich will hier keineswegs jenen ewigen Zitatoren das Wort reden und sie vollends aufmuntern, ihre erborgte Wissenschaft wie ein auswendig gelerntes Pensum abzuleiern (débagouler). Est modus in rebus. Man könnte wie Lord *Chesterfield* zu ihnen sagen:»Wear your learning, like your watch, in a private pocket, and don't pull it out, to show that you have one; but if you are asked, what o'clock it is, tell it.« Kurz: Wem ein solches Gedächtnis und kein Papageigeschwätz zuteilgeworden, der hat von der Natur eines ihrer ersten und schönsten Geschenke erhalten: Ein Geschenk, welches sie nur ihren Günstlingen und denen zukommen lässt, die sie schon früher begabt und ausgestattet hat.

[113] Unter dem Titel: Mes relations avec Mr. *de Rivarol*. Es heißt darin von ihm nach großen und gerechten Lobsprüchen: »... Voilà comme je dépréciais l'homme avec lequel j'avais été lé pendant seize ans!!! qui avait pour moi une grande partie des sentimens que j'avais pour lui, avant que quelques personnes, qui l'admiraient sans avoir une balance pour le peser, et qui l'ont à peine connu, nous eussent brouillés les quatre derniers mois de sa vie. O insanité des coteries! o pauvreté des salons! o médiocrité des jaloux sans droits!!!« Herr *von Rivarol* starb 1801 in Berlin. *Übers.*

trennte, mich nicht ungerecht gegen eines der schönsten Genies machen, das die Natur gebildet.

Von jenen drei Männern blieb nicht einer übrig! Der Tod hat sie alle, vor der Zeit, gewaltsam hingerafft. Zwei darunter waren ausgezeichnete Naturen; einer von den beiden weit umfassender und außerordentlicher als der andere. Keiner von ihnen hat sich ein Denkmal errichtet, womit er sich der Nachwelt hätte empfehlen und Jahrhunderte überleben können. *Chamfort* fehlte es vielleicht an Talent dazu; er war nur mit vielem Geiste und dem feinsten Geschmack begabt. *Rivarol* verband mit einer übermäßigen Indolenz den reizbarsten Autorstolz; mit einer unheilbaren Faulheit die eitelste Eigenliebe. Aber seiner Eitelkeit fehlte es an Kraft, über seine Faulheit zu siegen; sie fand ihre Nahrung in dem kurzen Triumphe der Gegenwart, der ihm in der gesellschaftlichen Unterhaltung ward, worin er so hervorragend glänzte, und die er dem entfernten und immer ungewissen Ruhme der Schriftstellerei vorzog. Man erlaube mir über ihn den gewagten, ihn jedoch ganz definierenden Ausdruck: »Er *sprach* sein Genie, und erschöpfte es im Sprechen.«[114]

Alles was er sprach, war von der äußersten Feinheit. Man konnte ihm nicht böse werden, selbst wenn er einem wehtat, so sehr mischte sich in den boshaften Stich ein graziöses Halblachen, das er, wie Balsam, in die Wunde träufelte. Oft waren es zweideutige Reihen, einer gefälligen Auslegung fähig, wie z. B. sein Bonmot an *Florian*, als dieser seinen *Numa Pompilius* in die Druckerei tragen wollte und ihm auf der Straße begegnete. Das Manuskript ragte etwas aus der Tasche hervor. »Wenn man Sie nicht kennte, (rief ihm *Rivarol* warnend zu), wie würde man Sie bestehlen!« – Er war ein großer Liebhaber von Ringen, Cameen, geschnittenen Steinen, kurz von allem, was ihn an das Altertum erinnern konnte, dem er sich innig verwandt fühlte. Der Vicomte *de Ségur* hatte ihm einen antiken Ring geliehen, einen Julius-Cäsar-Kopf. Er zeigte ihn mir; ich lobte den Stein. »Ja« sagte er »der Ring ist schön; ich wollte, der Baron von *Bezenval* hätte den Einfall gehabt, ihn mir zu vermachen; doch gleichviel, ich habe und trage ihn, und gebe ihn auf Ehre nicht wieder heraus. *Cäsar* hat sich nie ergeben.«[115]

Er ist tot, sage ich noch einmal, und von der schönen lebendigen Flamme, die in ihm loderte, ist nur die Asche zurückgeblieben. So verschwindet alles, was im schnellen Strom der Zeit über die dunkle Bühne des Lebens vorüberrauscht, auf welcher wir, wie Schattenbilder in zerbrechlichen Rahmen, sichtbar sind.

---

[114] Il *parlait* son génie, et l'epuisait.
[115] Wortspiel zwischen *rendre*, zurückgeben, und *se rendre*, sich ergeben. *Übers.*

Welch unerforschliches Geheimnis! Wie? Der Mensch, in seinen Wünschen so grenzenlos; der Mensch, so mächtig durch sein Denken, so energisch durch seinen Willen; – der Mensch lebt so kurze Augenblicke, wird von der Kette so vieler vorübergehender, zufälliger Ereignisse umfasst, und seine Dauer selbst ist nur ein Augenblick!

Ludimus; interea celeri et nos ludimur hora!

Welch' Rätsel! Wer gibt die Auflösung!

Siebentes Kapitel

Et in Arcadia, Ego.

Das Landleben – Die Hirtinnen – Ihre Tänze – Geräusch der
Städte – Ruhe des Landes – Mein Aufenthalt auf dem Landsitze
meines Oheims – Sein und seines Sohnes trauriges Ende – Ich werde
meiner Tante durch meine Belesenheit in den Kirchenvätern gefährlich –
Bibliothek des Schlosses – Einiges über Büffon – Bruchstück aus dem
ersten Gedicht, welches von mir im Druck erschienen ist – Dampierre –
Sein Charakter – Sein Tod – Ich bilde ein junges Landmädchen zur
Operntänzerin – Ihre Erkenntlichkeit – Nachteile der großen Welt –
Hirtenleben – Glück des Landlebens – Meine Moral – Kritik des
Hoflebens – Ich werde niemanden bessern – Der Intendant von
Alençon und seine Gattin – Bemerkung des Herrn von Meilhan über
die Intendanten – Dessen Eitelkeit – Geschichte eines Geräderten –
Eines Diebes – Seltsamer Raub – In welcher Gefahr die Frauen
schweben – Herr von D... eignet sich den Schmuck der
Intendantin zu – Mein Abscheu vor Libellen

Auch ich war Hirt, auch ich habe ein Schäferleben geführt, habe den Frieden der Landluft eingeatmet, habe mit naiven Bäuerinnen beim Tone der ländlichen Schalmei neben dem Kirchhof getanzt, wo ihre Mütter ruhen, welche zu ihrer Zeit, auf derselben Stelle, Gras und Blumen im Takt einknickten. Ich habe jenem so leicht zu erringenden Glücke Lebewohl gesagt, an Höfen und in prunkhaften Städten meine Sitten zu verderben, in leichtsinnigen und strafbaren Verirrungen meinen Geist abzustumpfen, eine Welt zu langweilen, welche mich zehnmal mehr langweilt hat, – in ihr den reichsten Schatz, das einzige wirkliche Erbteil der unglücklichen Erdbewohner, die Gesundheit, zu verlieren, zu vergeuden!!!

Nachdem ich ein Schreiben von meiner *Sophie* erhalten, verließ ich auf einige Zeit die Garnison, in welcher mich der Leser zurückgelassen, um mich auf den Landsitz eines nahen Verwandten, den ich in der Provinz Maine hatte, zu begeben. *Sophie* schrieb mir: Sie sei glücklicher gewesen, als sie es verdient, alles sei in ein undurchdringliches Geheimnis gehüllt, sie sei völlig hergestellt, sei im Begriff, zu Frau *von* ... auf ihr Landgut zu gehen, und werde sie spätestens in vier Monaten nach Paris zurückbegleiten.

Diese Nachrichten bestimmten mich, meine Zeit so lange auf dem Lande zuzubringen, bis der günstige Augenblick erschiene, wo ich mich mit dem Gegenstande meiner Liebe wieder vereinigen könnte, – einer Liebe, welche durch unsere Trennung neuen Zuwachs erhalten hatte.

Ich kam ganz unerwartet bei meinem très-galant-homme von Oheim an,[116] dem diese Erscheinung mehr überraschend als ungelegen war. Er versicherte mir, sein Haus stehe mir ganz zu Diensten; er sterbe nur vor Furcht, ein Merveilleux wie ich, möchte bei der Lebensweise auf dem Schlosse und bei der Einförmigkeit des Landlebens überhaupt, vor Langeweile *umkommen*; es lägen zwar in geringer Entfernung zwei Städte, B. und A.[117], mit ganz leidlichen Einwohnern. Die Frauen wären züchtig, die Männer langweilig und eifersüchtig. Übrigens sei man bei ihm gewohnt, sich früh schlafen zu legen, er bringe für seine Person den ganzen Tag mit der Landwirtschaft, mit dem Betrieb seiner Bauten, mit häuslichen Geschäften zu, sei des Abends ein schlechter Gesellschafter und falle noch vor zehn Uhr vor Müdigkeit um. Seine Frau Gemahlin sei fromm, lese nur Andachtsbücher, und bringe einen großen Teil ihrer Zeit abgeschieden und in geistiger Sammlung zu. Übrigens (fuhr er fort) stehe mir sein mittelmäßiger Büchervorrat sowie sein ganzes Haus zu Gebot; man werde mir nichts vorenthalten und nicht ermangeln, jeden Morgen meine *Befehle* wegen des Küchenzettels einzuholen, damit, wenn ich vor Langeweile abmagern sollte, ich die Schuld nicht auf seinen Koch schieben könne; sein Gärtner werde alle Morgen in Bereitschaft sein, mich auf den Fischfang, und sein Jäger mich auf die Jagd zu begleiten. Es wurde noch hinzugesetzt: Er pflege im Orte kleine ländliche Bälle zu geben, wo dann die hübschen Bauerndirnen hinkämen und unter den Augen der Mütter, Tanten und Liebhaber sich mit Tanz belustigten.

Hierauf erwiderte ich: Die soeben gehörte Schilderung sei in meinen Augen ein bezauberndes Landschaftsgemälde; ich sei gekommen, die Reize einer tugendhaften Gesellschaft und die reinen Vergnügungen der Natur zu genießen; und mein lieber Oheim möge mir aufs Wort glauben, wenn ich ihm hier die Versicherung gebe, solcher Genüsse nicht unwert zu sein.

Die Gattin eines Onkels ist nicht so sehr Tante, dass man es nicht wagen dürfte, ihr den Hof zu machen; aber meine geehrteste Frau Tante (die sich übrigens sehr gut *konserviert* hatte) war es so sehr, dass sie mir, beim ersten Worte von *Liebe*, das ich aussprach, mit ihrem Beichtvater drohte. Ich musste einlenken und vor einer so wohlverwahrten Tugend die Segel streichen. Ich

---

[116] Mein Oheim war ein rechtlicher Mann, von geradem, schlichtem Verstande, von trefflichem Herzen; nichts weniger als glänzend, aber besonnen und von gesunden Grundsätzen. Er besaß ein ziemliches Vermögen und fand seine Lust daran, es von Jahr zu Jahr zu vermehren. Dessen ungeachtet ist er in einem Armenhause gestorben. Man hatte ihn in der Schreckensperiode, aus besonderer Vergünstigung, aus dem Gefängnisse, wo er lange hatte schmachten müssen, dahin gebracht. Sein Sohn, ein vielversprechender junger Mann, wurde auf des Vaters Schloss – in den Tagen der Freiheit – von einem Gendarmen erschossen. *Verf.*

[117] Belesme und Alençon.

beteuerte ihr demzufolge: was ich soeben gesagt, sei nur eine hergebrachte Sitte, ein bloßes Kompliment gewesen, eine Redensart der Artigkeit, des Anstandes (!); ich hätte nur meine Schuldigkeit tun und die äußere Form nicht unterlassen wollen, damit sie mich in ihrem Herzen nicht beschuldigen könne, ihren Wert übersehen zu haben, oder gleichgültig dagegen gewesen zu sein. Sie dankte mir mit einer besonderen Bescheidenheit. Wir verloren kein Wort weiter darüber und sprachen weitläufig vom heiligen *Augustin* und heiligen *Hieronymus*. Ich hatte absichtlich das Gespräch auf beide gelenkt, da bekanntlich jener in seiner Jugend viel Liebschaften gehabt und dieser sich fast ebenso sehr durch die Siege berühmt gemacht hat, welche er über sein brennendes Temperament und seine Feuerseele davongetragen, als durch seine Schöngeistigkeit[118]. Sie konnte sich nicht satt an mir hören, sich nicht genug über meine Belesenheit wundern, und ich fing an, gefährlich für sie zu werden, sobald sie die Entdeckung gemacht, dass ich in den *Kirchenvätern* so gut bewandert sei. »Vetter« rief sie aus »was hätte aus Ihnen für ein frommer Mann werden können! Vetter, Vetter, es ist jammerschade um Sie!!«

Heilige Seele! Ich weiß, sie lebt noch,[119]
doch diese Memoiren sind zu weltlich ... sie wird sie nie lesen! ...

Also gibt es eine Verführung für jede Frau; also gibt es eine Schlinge, in welcher die strengste sich fangen lässt!

Ich fing nun an, die sogenannte Bibliothek durchzumustern. Sie verdiente den Namen, den mein Oheim ihr gegeben hatte. Was fand ich? Einige mystische Bücher, einige Romane des *Calprenede*[120], die Geschichte des *P. Daniel*, zwei bis drei unvollständige Teile von *Corneille*, den Parfait Maréchal, den Grand Jardinier, die Cuisinière Française: Das waren ungefähr die Hauptbücher. Zu meinem Glücke waren aber *Pascals* Lettres provinciales, und eine unvollständige Ausgabe von *Büffons* Werken darunter. Ich machte mich mit Ernst und Eifer über *diesen* her, obschon seine Theorien und sein System mir nie ein volles Zutrauen haben abgewinnen wollen, und es mir leichter scheint, seinen Stil zu *loben*, als ihn *tadelsfrei* zu finden. Ich habe von der Harmonie und Fülle des *Büffon*schen Stils viel Rühmens machen gehört. Er besaß die Kunst, sich selbst und anderen die gerundeten, volltönenden Perioden meisterhaft vorzulesen, die er so mühsam zusammengetragen hatte. Ich bin weit entfernt, seinen Schriften das Verdienst der Schreibart

---

118 Bel-esprit.
119 Sie ist tot. Späterer Zusatz des *Verf.*
120 Verfasser der Sylvandre, der Cassandre und Cléopatre, des Pharamond usw. Man fand seine Verse *lose, schwach* (lâches) und sagte es ihm einmal. »Was!« rief der Gascogner aus »in der Familie *Calprenede* ist nichts lâche (feige)!« *Übers.*

absprechen zu wollen; aber ich darf behaupten, dass er sein großes unsterb-
liches Werk nicht mit gleichförmiger Mühe und Anstrengung geschrieben;
denn man stößt auf lange Stellen, welche, ich will nicht nur sagen, mit
großer Nachlässigkeit geschrieben, sondern voller Fehler und Flecken sind,
die man nicht ohne Befremden bemerkt, die ich aber nicht die Verwegenheit
und Anmaßung habe, einzeln anzuführen.

Ich teilte meine Zeit ein, und brachte sie mit Lesen, mit Jagen, mit Spazieren,
mit meinem Oheim und meiner Tante zu, welche beide ich doch nur selten,
außer bei Tische, sah. Des Abends, wenn die Natur ruhte, machte ich Verse.
Ich entsinne mich, in diesem ländlichen Aufenthalt das erste kleine Gedicht
zu Papier gebracht zu haben, das nachher unter meinem Namen erschienen
ist, und aus welchem die Zeitschriften folgendes Fragment ausgehoben und
mit Lob angeführt haben[121]:

Sous Darius, un Courtisan,
Poli, galant, homme à bonne fortune,
Autant que peut l'être un Persan,
(Mais Chardin dit qu'il en trompa plus d'une)
Ce satrape, en un mot, avec beaucoup d'esprit,
Fut exilé, malgré tout son crédit,
Dans le fond de la Bactriane.
Le visir Artabane Lui porta les ordres du roi,
Fit semblant de pleurer, et dit:
Comptez sur moi;
Vous savez combien je vous aime!
Et quinze jours après fut renvoyé lui-même.
Le premier fut cacher dans un triste manoir
Sa douleur et son espérance:
Car en Perse c'est comme en France,
Un courtisan n'est jamais sans espoir.
Il s'ennuya beaucoup la première quinzaine,
Il envoya deux courriers à la cour,
Il errait tristement tant que durait le jour,
Et la nuit, le sommeil, pour adoucir sa peine,
Ne venait point fermer ses yeux.
Enfin se résignant, il reprit son courage,
De sa raison il essaya l'usage;
Espérant un peu moins, il dormit un peu mieux.

---

[121] Wir geben es hier im Original, damit unsere Leser sich einen Begriff von der Poesie des
Verfassers machen können, wovon er selbst an mehreren Stellen dieser Schrift viel zu halten
scheint. *Übers.*

Il écrivit, il aima la lecture,
Il aima ses vassaux, les arts et la nature,
Il chassa loin de lui les regrets superflus,
Et dormit tout à-fait quand il n'espéra plus.
Il aima son exil, il eut une maîtresse;
Le mieux serait de s'en passer.
Le roi le rappela; mais il eut la sagesse
Et le bon sens de refuser.
Il mourut dans les bras d'une beauté fidèle
A qui dans ses malheurs il s'était engagé,
Et quelque temps après dans les plaines d'Arbelle
Par Alexandre il fut vengé.

Ich führe diese Verse an, weil sie, als erstes Erzeugnis meiner jugendlichen Muse, einen Begriff von dem geben können, was ich in der Dichtkunst hätte leisten können, wenn nicht Zerstreuungen aller Art mein Leben umlagert hätten. *Rivarol*, den ich um so lieber und um so öfter anführe, da man sich eingebildet hat, ich erwähnte und lobte ihn nicht oft und gern, – *Rivarol* hat mir mehr als einmal bei Gelegenheit dieser Verse gesagt: »Sie sind ganz in *Dorats* Manier; *Dorat* hat vielleicht in seiner ganzen bänderreichen Sammlung keine besseren aufzuweisen.« Aber da er weder die Manier, noch die Person, noch das Talent *Dorats* liebte, so hütete ich mich wohl, sein Urteil als ein Lob für mich auszulegen, und begnügte mich, es für das gelten zu lassen, was es in seiner Meinung ausdrücken sollte.

Übrigens war die lange Epistel (denn was ich hier angeführt, ist nur ein kleines Bruchstück) an den braven *Dampierre* gerichtet. Er war damals Offizier in der Garde, und ich hatte ihm, als ich Paris verließ, versprechen müssen, in Versen an ihn zu schreiben. Wir hatten einige Mal zusammen, in kleinem literarischem Komitee, bei einem Manne gefrühstückt, der sich später von einer sehr schlechten Seite gezeigt hat[122].Um mich nützlich zu beschäftigen, trug mir *Dampierre* bei meiner Abreise jene poetische Arbeit auf.

Damals wäre es überaus schwer gewesen, sowohl seine Lebensschicksale, als sein Ende vorauszusehen. Grundgut, einfach, rechtschaffen im Privatleben, in seinen öffentlichen Verhältnissen ein Mann von Ehre, von Zartgefühl, war er, ich weiß nicht wie, in nähere Verbindung mit dem Herzog von Orleans getreten, gehörte zu dessen engsten Vertrauten, stürzte sich in die Revolution, und brav, wie Cäsar – dessen Talente ihm jedoch abgingen – brachte er ihr sein Leben zum Opfer, an der Spitze einer der siegreichen

---

[122] Der Herzog von Orleans, *Philippe Egalité.Verf.*

Armeen,[123] welche dem schönen Frankreich seinen Boden und seinen Namen erhalten haben.[124]

Doch, um wieder auf mein Landleben und *auf meine Schafe*[125] zurückzukommen, so verwandelte ich mich, wie schon gesagt, alle Sonntage in einen Schäfer. Ich tanzte mit allen Dorfmädchen und fand bald eine kleine Blondine, an die ich meine Artigkeiten verschwendete, und welche gegen diese Hirtengalanterie nicht unempfindlich blieb. Sie ist seitdem Tänzerin bei einem der ersten Theater von Paris geworden und hat es mir Dank gewusst, dass ich sie aus dem Staube ihres Dorfes hervorgezogen. Hätte das Schicksal sie, wie *Alinen*, auf den Thron von Golconda erhoben, sie würde sich zuverlässig ebenso erkenntlich, wie jene, gegen mich bezeigt haben.

Die ländliche Existenz hat ihre Reize. Vier Monate verflossen mir mit der Schnelligkeit eines friedlichen Traumes. Jetzt, wo alle meine Leidenschaften beruhigt sind, frage ich mich oft: Wie kommt es, dass man die Städte nicht längst mit den Dörfern und das Stadt- mit dem Landleben vertauscht hat? Doch diese Frage habe ich erst spät an mich gerichtet; erst spät hat es mich Wunder genommen, wie man so blind sein könne, als man ist. Wie viel Jahre haben verstreichen müssen, ehe ich mich von Paris habe losreißen und die Möglichkeit begreifen können, anderswo zu leben als in Paris, oder allenfalls in den großen Hauptstädten von Europa.

Wollte man nur einen Augenblick über die Langeweile, den Überdruss, das Treiben, die Tratschereien, die Widersprüche nachdenken, die man sich ersparen würde, wenn man sein Leben nicht in der großen Welt aufzehrte und die Erfüllung seines Berufs und seine Hauptbeschäftigung nicht darin suchte, von einem Gesellschaftskreis in den andern zu gehen, um Nichtigkeiten[126] auszukramen und auf diesen Kampfplätzen der Anmaßung, der Herabsetzung anderer, der Ungerechtigkeit, der falschen Urteile und der Albernheiten und Ungereimtheiten aller Art sich herumzutummeln – wie leicht würde man zur Überzeugung gelangen, dass die Natur, dass der

---

[123] *August Heinrich Maria Picot de Dampierre*, geboren zu Paris den 17. August 1756, stand unter *Dumouriez*, wohnte der Schlacht von *Jemappes* bei, griff die Österreicher am l. Mai bei *Quivrain* an, verteidigte am 8. das Lager von *Famars*, wo ihm eine Kanonenkugel die Hüfte zerschmetterte, und starb sechs Stunden darauf an der Wunde. *Übers.*

[124] Ein großer Teil der Franzosen war der Meinung, man wolle Frankreich zerstückeln und sich darin teilen. *Übers.*

[125] In dem Avocat-Patelin von *Brueys* verwechselt der Tuchhändler Maître Guillaume in seiner Anklage vor dem Dorfrichter *Bartholin* beständig son drap et ses moutons, und dieser ruft ihm alle Augenblicke zu: à vos moutons! woraus das bekannte Sprichwort: revenez à vos moutons, auf Deutsch: *zur Sache!* entstanden ist. *Kotzebue*, in seinen *Kleinstädtern*, hat Sache und Sprichwort zugleich aufgenommen und lässt den Bürgermeister *Staar* wiederholentlich sagen: »Um wieder auf besagten fetten Hammel zu kommen usw.« *Übers.*

[126] Des riens.

Genuss, den wir in uns selbst finden, im Schoße der Freiheit und der Unabhängigkeit uns ungemischte, zwanglose Vergnügungen darbieten! Wie schnell würde man so viel Lärmen um nichts, so viel eitles Treiben und Weben mit einem stillen Aufenthalt vertauschen, den Natur und Kunst um die Wette ausschmücken, den die Freundschaft belebt, den ein wenig Liebe vollends zum Eden macht!

Es gibt noch Völker, die wir mit dem Namen der Barbaren belegen und die den wahren Begriff vom Leben haben. Sie bringen es, ohne auf den Schaden ihrer Nebenmenschen zu sinnen, mit Musik, in ihren Gärten, beim Saft der Reben, an wohlbesetzten Tafeln, in den Armen ihrer Weiber zu, während wir uns über politische Entwürfe, über ehrgeizige Pläne den Kopf zerbrechen und unsern Geist anstrengen, Wissenschaften zu erlernen, die wir nie erschöpfen, Talente zu erlangen, die wir nie besitzen, oder die uns streitig gemacht werden und nie in den Augen anderer den Grad des Wertes erhalten, den wir ihnen beilegen. So viel ist ausgemacht und unwandelbar: Was wir sehen und empfinden, ist wirklich unser (wenn es überhaupt etwas Wirkliches gibt); aber der Glanz eines großen Namens, das Leere der Lobeserhebungen, die Eitelkeit des Beifalls, sind Dinge, die wir uns mit Mühe verschaffen, die wir mit mancher Demütigung erkaufen, die wir dem Widerstande abgewinnen müssen; und wenn uns ein Sieg zuteilwird, so ist dieser Sieg ein magerer Ersatz für den Verlust der Zeit und der Gesundheit, der uns das Leben verleidet, ohne uns von der Furcht vor dem Tode zu befreien.

Lässt sich das wahre Glück nicht auch in der großen Welt finden?

Nein.

In der großen Welt wirst du von der Gattin verraten, die dir in der Einsamkeit treu geblieben wäre. Du hattest ihr Herz und ihre Sinne besiegt; du kannst sie aber nicht fesseln, die Eigenliebe entrückt sie dir. Ein anderer ist mehr nach der Mode als du; eine bekannte Kokette spannt ihn an ihren Wagen; deine Gattin will es ebenfalls, will ihn erobern, will sie demütigen, und du kannst von Glück sagen, wenn du in diesem Kampfe nicht ein Gegenstand des Hasses für sie wirst! Wenn die dir den Fehler, den sie gegen dich begeht, nicht ebenso wenig verzeiht, als den, welchen du gegen sie hättest begehen können!

In der Abgeschiedenheit eines einsamen Aufenthalts würde der Freund deiner Kindheit und Jugend fortdauernd dieselben Gesinnungen gehegt haben; ihr wäret einander Orest und Pylades geblieben: Aber im Geräusch und Gewühl der Welt wird er beim ersten Unfall, der dich trifft, beim ersten Zusammenstoß seines Stolzes mit dem deinigen, dich verlassen; er wird dir deine Geliebte und vielleicht das Leben rauben, um sich den Besitz der neuen Helena zu sichern.

Die schöne Literatur und die schönen Künste, welche dir in deiner Einsamkeit zum Troste gereicht haben würden, worin du es vielleicht zur Vollkommenheit der größten Meister gebracht hättest, werden dir in der großen Welt tausend Schwierigkeiten in den Weg legen, deinem Streben ihre Dornen entgegenstellen. Du hättest vielleicht reiche Früchte getragen; dein Geist, gereift durch Nachdenken und Forschung, hätte vielleicht Meisterwerke erzeugt; die Schönheiten der Natur – und der Kunst, die der Natur am nächsten kommt – würden dir geläufig und du vertraut mit ihnen geworden sein: so aber, mitten in einer Welt, welche am Krebsschaden der Lüge, der Entwürdigung und einer gezierten Künstlichkeit kränkelt und dahinschwindet, werden sich diese Schönheiten von dir nicht fassen und festhalten lassen.

Und ihr selbst, himmlische Wesen, herrliche Geschöpfe, Zierden der Welt, göttliche Frauen, wird nicht im Scheine von tausend Kerzen eure Schönheit verdunkelt? Wird in wenig Jahren die Blume eurer Reize nicht ihre frische Farbe verlieren? Werden die für euch so schädlichen Nachtwachen, die Sucht nach Intrigen, welche euch so schnell dahinwelken lässt, die verderblichen Spieltische, wobei euer Herz ebenso große Gefahr läuft, als euer Gesicht und euer Vermögen, – werden sie nicht die Frühlingsblüte vor der Zeit von euren Wangen abstreifen? Eure, schon an sich so schnell verwitternden Reize schwächt ihr noch vorsätzlich und lasst sie lange vor dem Ziel sich entblättern, das ihnen die Natur gesteckt hat! Hättet ihr, statt dessen, folgsam den Gesetzen der Natur, mehr in ihrer Nähe und im vollem Genuss ihrer Wohltaten gelebt, so würdet ihr in euch selbst und in der Seelenruhe ein unzerstörbares Glück gefunden haben. Oh, glaubt es einem Manne aufs Wort, der sich lange in den Taumel und in das Geräusch der Welt verliebt hat, der in beiden nicht einmal den Schatten des Glücks gefunden, dem es aber gelungen ist, es selbst zu erringen, seitdem er in stiller Einsamkeit lebt: – nur in ruhiger Abgeschiedenheit werdet ihr lernen, euch zu suchen, euch zu finden, euch zu kennen, euch und die kleine Anzahl der Teuren zu lieben, die euch umgeben. Ihr werdet – glaubt es mir aufs Wort – ihr werdet in jener stillen Sammlung und Absonderung, die zartesten Stimmungen, die entzückendsten Gefühle genießen, und nachdem ihr als Gegenstände der Achtung, der Verehrung, der allgemeinen Wertschätzung gelebt, werden Tränen über euren Tod und Klagen über euren Verlust euch jenseits des Grabes begleiten!

Doch, mein Sermon wird niemanden bessern ... War ich doch selbst lange Zeit unverbesserlich; war ich doch lange, sehr lange, ein Anbeter des Weltrausches, der sogenannten großen Gesellschaft! Solange es Menschen gibt, wird es auch Leidenschaften geben; und in der Gesellschaft, wie sie einmal eingerichtet ist, wird es nie an Kabalen fehlen, nie an Wermutskelchen, welche von Hand zu Hand gehen, nie an immer wieder aufkeimenden Plackereien, welche die große Welt hassenswert machen, ohne deshalb die Menge von dem Wunsche abhalten zu können, darin zu leben, und von der Begierde, sich in ihren Strudel zu stürzen.

Auf der Rückreise nach Paris hielt ich mich einige Zeit zu Alençon bei dem dortigen Intendanten auf. Der Mann war eine durchaus gute Haut; weniger gehasst als seine Kollegen, doch mehr als er es verdiente. Auch er hat auf dem Blutgerüste, ein sechzigjähriger Greis, seinen Tod gefunden, und dem Beil der Guillotine viel zu schaffen gemacht, denn er war von ungeheurer Dickleibigkeit. Sein Geheimnis, sich zu mästen, bestand in Folgendem: Vierzig Jahre lang aß er nicht zu Mittag, ließ sich aber alle Abende eine halbgare Hammelkeule von zehn Pfund auftragen.[127] Er war ein vortrefflicher Geschäftsmann in seinem Fache, ein unermüdlicher Arbeiter; dabei im Grunde gefällig, obschon er sich, wie damals alle seinesgleichen, das Ansehen eines römischen Prokonsuls in einer eroberten Provinz gab und das Gute was er tat, ungern und notgedrungen[128] zu tun schien. Ein Tyrann mit der freundlichen Larve des Anstandes[129] würde sich mehr Gunst und Beifall zu verschaffen gewusst haben. Gestehen wir es: Dergleichen Stellen gehörten zu den Missbräuchen der alten Regierung; es wäre zu wünschen gewesen, dass man sie in der neuen Ordnung der Dinge nicht unter einer neuen Gestalt[130] wieder ins Leben gerufen hätte. Doch, welche menschliche Einrichtung ist von Unzuträglichkeiten und Widerwärtigkeiten frei? In welchem System, von Menschen erdacht, findet man nicht Nachteile[131], immer bereit und fertig, an die Stelle der abgeschafften zu treten?

Ich erinnere mich, dass Herrn *von Meilhan*, Exintendanten von Valenciennes, einst in Aachen ein Wort gegen mich entschlüpfte, das mich frappierte. »Wären die Provinz-Intendanten«, sagte er »vornehme Herren gewesen, sie würden zu mächtig gewesen sein.« Er hatte recht. Das Gegengewicht ihres Ansehens lag in ihrer Herkunft und in der öffentlichen Meinung, welche sie

---

[127] Im Original steht: un gigot tout entier et incuit. In Polen, wo viel Hammelfleisch gegessen wird, gilt bekanntlich ein Fettkern im dicken Fleische, innerhalb des Gelenkes, für den leckersten, nahrhaftesten Teil und für die größte Delikatesse. In großen Häusern schneiden die Köche aus soviel Keulen, als Gäste sind, dieses Stück aus und bereiten es auf besondere Weise zu. *Übers.*

[128] De mauvaise grâce.

[129] Dvec des formes.

[130] Der Präfekten. *Übers.*

[131] Des nuisances.

immer auf diesen Punkt, auf ihren ersten Ursprung[132] und auf ihre Persönlichkeit zurückverwies.

Dieses Geständnis des Herrn *von Meilhan* war bescheiden genug vonseiten eines Mannes, der sich nicht eben zur Bescheidenheit bekannte, der, weil er einige oft unbedeutende und meistenteils mehr witzige als gehaltreiche Bogen geschrieben hatte, die Höhe der größten Schriftsteller erstiegen zu haben glaubte, und überhaupt eine an Stupidität grenzende Eitelkeit verriet.[133] Er hielt sich für den ersten Geschäftsmann in Frankreich. Mit der ernsthaftesten Miene und mit vieler Gravität versicherte er mir einst: »Ehe der König Herrn *von Calonne* zum Generalkontrolleur der Finanzen ernannte, ließ mich Se. Majestät rufen. Der Monarch wollte mich sehen. In einer Unterhaltung von mehr als zwei Stunden entwickelte ich ihm die unfehlbaren Mittel, den Staat zu retten. Er schien von dem, was ich sagte, innig überzeugt. Ich darf behaupten, dass meine einleuchtenden Gründe den Weg zu seinem Verstand gefunden. Schon hielt ich mich für versichert, am folgenden Tage meine Ernennung zum Generalkontrolleur zu erhalten, und dann war Frankreich aus dem politischen Schiffbruch gerettet, der es zu verschlingen drohte!! Aber ein Höfling stach mich aus; ich verlor die Stelle, für die ich gemacht war, und der Mann von Witz trug den Sieg über den Mann von Genie davon!«

Ich kehre zu meinem Intendanten von Alençon zurück. Ich habe zwar schon ein Langes und Breites von ihm gesagt; aber seine Gattin bleibt mir doch zu beschreiben übrig. Man denke sich eine Frau, die beim Reversi fluchte, ein seltsames Gemisch von schneidendem und gemeinem Tone. Vor allem aber verzeichne ich hier eine Anekdote, die sie mir bei Tisch erzählte, und die mir dergestalt auffiel, dass ich noch jetzt glaube, ihre Stimme zu vernehmen und zu hören, wie sie mir ins Ohr zischelte: »Sehen Sie die große Frau dort mit dem kupferigen Gesichte, die Frau, der Monsieur l'Intendant den Hof macht: Er *stellt* sich aber nur in sie verliebt, denn im Grunde *liebt* er nur sich ganz allein. Sehen Sie sie?« – »Ja, Madame.« – »Nun, Monsieur, sie ist die Tochter eines roué[134].« »Ei, das ist ja nichts Ungewöhnliches.« – »Nicht doch, die

---

[132] Début.

[133] »Hören Sie« sagte er mir einst »meine Definition vom Luxus: sie steht hoch über alle bisherigen.« – Behalten Sie sie für sich, erwiderte ich; für mich ist sie *überflüssig*. *Verf.* (Ein unübersetzbares Wortspiel zwischen *le luxe* est du superflu, und *votre définition* est du superflu (est superflue). *Übers.*

[134] Roué hat einen doppelten Sinn. Erst den allgemein bekannten: »ein Geräderter«. Dann den unter der Regentschaft eingeführten unübersetzbaren Sinn, den wir nur sehr unvollkommen durch *Galgenvogel* ausdrücken: »ein Mensch ohne Sitten und Grundsätze, ein Rädernswürdiger«. *Übers.*

Tochter eines Geräderten[135], eines Mannes, der gerädert worden, eines, dem des Henkers Rad die Knochen zerschlagen, sage ich Ihnen. Verstehen Sie mich jetzt?« – »Was? Abscheulich!« – »Ich will's Ihnen nach Tisch genauer erzählen, denn die Dame horcht, wie mich dünkt. Wir haben noch einige Touren zu spielen. Sein Sie hübsch artig, lassen Sie mich nicht so oft den Quinola verlieren, sonst erfahren Sie meine Geschichte nicht.« –

In der Tat, als wir aufgestanden und ich so ziemlich allein mit ihr war, erzählte sie mir, die Mutter dieser Dame sei für eine Landschönheit ziemlich hübsch und dabei von exemplarischer Tugend gewesen; sie habe einen Mann gehabt, der, ich weiß nicht, welches Geschäft getrieben, und oft abwesend habe sein müssen; während eines sehr heißen Sommers, den sie auf dem Lande zugebracht, sei sie gewohnt gewesen, im ersten Stock des Hauses, nach der Gartenseite zu, bei offenen Fenstern zu schlafen; an den Garten habe ein See gegrenzt, dessen jenseitiges Ufer an die Landstraße gestoßen; ein Dieb sei über den See geschwommen, und durch den Garten bis zum Hause gelangt; er habe eine Strickleiter in eines der offenen Fenster geworfen, sei hinauf- und hineingestiegen, habe die Dame schlafend gefunden: Ihr Anzug sei so beschaffen gewesen, wie man sich nur einem Ehemanne, und zwar einem geliebten Ehemanne zu zeigen pflege, dem man alles erlaube; der Dieb sei ein Dieb in der Regel gewesen; erst habe er ein Schränkchen oder eine Kommode, was weiß ich? ... leise mit einem Nachschlüssel geöffnet, habe alles, was ihm gepasst, herausgenommen, habe dann die Dame ermorden wollen, welche in der Zwischenzeit erwacht, und schon mehr tot als lebendig gewesen; habe sie aber näher betrachtet, Mitleid und Liebe gefühlt; ... er habe sich nun ... der Hitze wegen ... entkleidet, die Nacht mit der Dame zugebracht, sei erst kurz vor Tagesanbruch durchs Fenster hinabgeschlichen, nachdem er ihr den ganzen Raub und obenein ein hübsches kleines Mädchen zurückgelassen, welches aber erst neun Monate später sichtbar geworden, und eben diese Dame sei, mit der ich gespeist hätte.

Die Frau Mama sagte ihrem Manne kein Wort von der Begebenheit, als er zurückkam, denn gewisse Geheimnisse, auch wenn sie unfreiwillig darin verwickelt ist, weiß jede wohlerzogene Frau zu verschweigen. Die kluge Gattin tat ihr mögliches, aus ihrem Gatten einen zärtlichen, galanten – Liebhaber zu machen. Umsonst. Er hatte sich diese Sitte längst abgewöhnt, ließ sein Weibchen in der Verlegenheit, und ihm fiel das Mittel nicht ein, sie durch Liebkosungen davon zu befreien. In dieser Not, und als sie vollends erfuhr, dass ihr nächtlicher Besucher nach allen Regeln in *Domfront* gerädert worden, blieb ihr nichts übrig, als sich in einem Kloster zu verbergen, um

---

[135] D'un homme roué.

von der Diebestochter auf eine anständige Weise entbunden zu werden. Vorher hatte sie einen pathetischen, erbaulichen Brief an ihren Gatten geschrieben, und nun wurde sie eine Braut der Kirche und suchte Schutz hinter den Riegeln und Gittern, welche nur von solchen Dieben gesprengt werden können, von denen man sich freiwillig bestehlen lassen will. Sie starb ungefähr fünfzehn Jahre später, und da sie Vermögen besaß und keine andere Erbin hatte als ihre Tochter, so fand sich ein gewisser Herr *von P...*, der eine Art von Hofamt hatte, bei dieser ein, und heiratete sie. –

Das nenne ich einen furchtbaren Beweis zugunsten des Fatums, das alle Dinge auf Erden lenkt und regiert! Gibt es wohl für die Tugend eine schrecklichere Art, verloren zu gehen? Gibt es auf der ganzen Welt einen abscheulicheren, seltsameren Dieb? Und müssen alle Frauen und Mädchen, zu deren Kenntnis diese Geschichte gelangt, sich nicht auf Ähnliches gefasst machen? Haben sie nicht Ähnliches zu befürchten, wenn sie mitten in den Hundstagen bei offenem Fenster schlafen?

Diese und noch andere Betrachtungen stellte ich bei mir an, als ich über die Erzählung der Frau Intendantin nachdachte. Tags darauf begab ich mich wieder auf den Weg, ohne dem Herrn Intendanten oder seiner Frau Gemahlin die geringste Beleidigung zugefügt zu haben; gegen Madame wäre es vollends unmöglich gewesen, den gebührenden Respekt aus den Augen zu setzen. Sie schien sich übrigens ganz und gar nicht vor – Dieben zu fürchten, und stand in dem Rufe, dass ihr in der Tat mehr als einer begegnet sei, unter andern ein gewisser Herr *von D...*, welcher, wie jedermann weiß, eine Rolle beim französischen Hofe gespielt und hernach in einem andern Lande eine vorteilhafte Ehe geschlossen hat. Dieser Herr machte sich kein Gewissen daraus, der Frau Intendantin an einem schönen Morgen brillantene Ohrringe und Armbänder unter dem Vorwande wegzunehmen, dass, wer schön sei, den Schmuck der Edelsteine entbehren könne.

Doch ich will nicht, dass dieses Kapitel am Schlusse in ein Libell ausarte. Ich habe mir selbst versprochen und mir die Pflicht auferlegt, keine lebende Person zu kompromittieren. Aber Anfangsbuchstaben sind keine Namen. Diese Vorsicht genügt meinem Zartgefühl, und indem sie mich mit mir selbst aussöhnt, bin ich zugleich überzeugt, auf diese Art mich auch besser mit meinen Lesern abzufinden, in deren Moralität ich billigerweise keinen Zweifel setzen darf.

Achtes Kapitel

*Il est plus aisé de mourir pour une femme que d'en rencontre
une qui le mérite.*

Gedanken über die Duelle. – In Frankreich häufiger als in anderen
Ländern. – Aus was für Ursachen. – Zwei Offiziere wählen mich
zum Sekundanten in einer Ehrensache. – Geschichte ihres Streites. – Ich
söhne sie aus. – Meine Ankunft in Paris. – Ich eile in das Hotel der Frau
von... Ich suche Sophien auf. – Frau von... empfängt mich. – Sophie ist
vermählt. – Wut und Verzweiflung. – Strafe der Verführer. – Anekdote
von Versailles. – Vorfall, der mir zur Ehre gereicht. – Verführerischer
Vorschlag. – Ich habe den Mut, ihn zu verwerfen. – Ich betrüge den, der
mich zu seinem Mitschuldigen machen will. – Der Bischof von Limoges. –
Ich bediene mich seiner zu einem guten Zweck. – Er will zu weit gehen;
ich halte ihn zurück. – Furchtbarer Zweikampf des Grafen Du Touchet
mit einem Unbekannten. – Er tötet ihn vor meinen Augen. – Meine
Empfindungen. – Geschichte des Grafen Du Touceville. – Der Prinz
von Bauffremont. – Der letzte Prinz aus dem Hause Monaco. – Tod des
Grafen Du Touceville. – Sein Mut. – Seine letzten Reden. – Sein Porträt.
Meine Gründe, ihn zu lieben. – Frau von... schreibt an mich. – Klagt sich
an. – Gibt ihrem Herzen schuld. – Wünscht, mich wiederzusehen. – Ich
bin nicht edel und stark genug, ihr zu willfahren. – Ich reise ab. – Sie stirbt. –
Betrachtungen über die Nichtigkeit der menschlichen Natur. –
Nachforschungen. – Hoffnung einer besseren Welt

Frankreich ist das Vaterland der Zweikämpfe; Duelle sind die Frucht seines
Bodens. Ich habe den größten Teil von Europa bereist, bin bis nach Amerika
gekommen, habe unter Hof- und Kriegsleuten gelebt, habe aber nirgends so
sehr als in Frankreich jene unglückliche *Reizbarkeit* gefunden, jene traurige
Neigung, sich für beleidigt zu halten und eine oft nur eingebildete Beleidigung zu erwidern. Ich weiß es, man schmückt diese Empfindlichkeit
mit einem volltönenden Namen aus, man will daraus folgern, in Frankreich
besitze man Zart- und Ehrgefühl in höherem Grade als in den übrigen
Ländern, in Frankreich verstehe man sich besser auf die feineren Schattierungen der Lebenskunst; in Frankreich lerne man besser die Achtung kennen, die man anderen und vor allem sich selbst schuldig sei. Aber ich weiß
auch zugleich, dass dieses ehedem mit Grundsätzen zusammenhing, die
ebenso strafbar in der Anwendung waren, als sie tadelnswert und verwerflich in ihrem Ursprunge sind.

Bevor ich hier meine Meinung näher auseinandersetze, muss ich daran erinnern, dass es Nationen gibt – ich nenne und bezeichne keine besonders – welche vielleicht in den entgegengesetzten Fehler verfallen, obschon sich daraus nichts gegen ihre persönliche Tapferkeit schließen lässt, die im Kriege, in Schlachten, sich in ihrem vollen Glanze zeigen würde. Es ist ferner unleugbar, dass es kein Land gibt, wo auf alles, was die Ehre billigerweise erheischen kann, so streng und mit solcher Beobachtung der Konvenienz gehalten wird, als in Frankreich. Hier gab es zu meiner Zeit eine Ehre für alle Klassen;[136] es gab, wenn ich mich so ausdrücken darf, ein allgemeines Schamgefühl, das niemand ungestraft angreifen oder nur leise berühren und erröten machen durfte. Außerhalb Frankreich wird fast überall dieses geheime Gefühl für zu zart, zu kleinlich[137] gehalten; man ist daher übereingekommen, dass es in der Ausführung zuviel Unannehmlichkeiten, zuviel Kopfzerbrechens, zuviel Ungemach nach sich ziehen würde, sodass unser französisches Point d`Honneur, dieser mit einer Nadelspitze verletzbare Punkt der Ehre[138], im übrigen Europa unbekannt ist. Wie lässt sich's aber behaupten, dass Frankreich ein Recht hatte, dieses Punctilio, dieses zu weit getriebene quant-à-soi[139], sich anzueignen, wenn alle übrigen Nationen es entweder nicht gekannt oder es von sich gewiesen haben?

Ist es Moralität? Ist es Religion? Ist es Grundsatz der Menschlichkeit? Oder ist das alles zusammengenommen die Ursache, nicht bei jeder Gelegenheit Anstoß an Worten und Handlungen zu nehmen, welche als beleidigend ausgelegt werden könnten, und demnach die Zahl der Zweikämpfe zu vermindern?

Denn, im Grunde und im ersten Ursprunge hat die Natur einem Volke nicht mehr als dem andern die Neigung gegeben, das Blut eines Nebenmenschen zu vergießen, oder sein eigenes zu verspritzen, um wegen eines zweideutigen Worts, wegen einer vermuteten oder gar nur angeblichen Be-

---

[136] Dem Übersetzer begegnete es einst, vor einem deutschen Edelmanne von hoher Geburt, dem Baron von K...th, bei welchem er tête-à-tête speiste, zu behaupten: Er würde schlechterdings von keiner Mannsperson auf Erden eine Ohrfeige hinnehmen, ohne sie zu erwidern. Der Edelmann lächelte. »Hier ist« sagte er »ein großer Unterschied und der Fall doppelter Art. Gäbe ich Ihnen z. B. eine Ohrfeige, und Sie gäben sie mir zurück, so müsste ich aufstehen, nach meinem Degen greifen und Ihnen denselben durch den Leib rennen. Ihnen hingegen stände es frei, nach erhaltener Ohrfeige mich zu verklagen; ich würde zur Geldstrafe verurteilt, und *Ihre* und *meine* Ehre blieben unverletzt.« Ich muss gestehen, es juckte mir bei diesen Worten und bei diesem *Ehrenunterschiede* in allen Fingern, und ich fühlte große Lust – mir den Degen durch den Leib jagen zu lassen. *Übers.*

[137] Mnutieux.

[138] Cette pointilleuse délicatesse.

[139] *Campe* verdeutscht diese Redensart nicht. Den Sinn gibt *Punctilio*, nur dass dieses Wort ebenfalls fremd ist. *Übers.*

leidigung Rechenschaft zu fordern und zu geben! Überall sind die Menschen mit demselben Instinkt, mit dem Trieb und der Liebe zum Leben begabt; und solange sie nicht in wilde Ungeheuer verwandelt sind, tragen sie ein Herz in sich, das über ein geraubtes Leben Reue und Qual empfindet. Auch ist zu vermuten, dass die Natur allen Völkern ursprünglich dasselbe Maß von Tapferkeit und Mut gegeben haben wird, da sie überall einförmig und ebenmäßig zu Werke geht.

Woher kommt es denn, dass dem Franzosen diese besondere Stimmung und Neigung zum Duell so eigentümlich geworden ist? Der Charakter der Nation ist zu edelmütig, als dass wir diesen Zug desselben der Rachsucht zuschreiben könnten. Gewöhnlich schlägt man sich aus unbedeutenden Gründen, aus lächerlichen Ursachen, aus Veranlassungen, die das Phlegma der übrigen Nationen nicht einmal aus dem Gleichgewicht bringen würden. Ich nehme die entarteten Völker aus – wenn es deren noch gibt – bei welchen Stilett, Mord und Erdolchung fest eingeführt und einheimisch sind. Woher denn (so frage ich nochmals), woher diese außerordentliche Empfindlichkeit, aus welcher der Entschluss entspringt, die kleinste Beleidigung mit Blut zu sühnen, sogar solche, die es in keines andern Augen ist, als dessen, dem sie sein überspanntes Ehrgefühl dazu macht? Hier kommt nicht Klima, nicht Temperament, nicht physische Nahrung in Betracht. Keines von den Dreien kann unserer Nation den Trieb einflößen, mit ihrem Mute Missbrauch zu treiben.

Was tut es denn?

Die Erziehung, einzig und allein die Erziehung!

Nirgends als in Frankreich hört man sagen: »Die Ehre ist alles; es gibt nichts auf der Welt, als die Ehre. Das Leben ist nichts, sobald ein Mensch, der mit uns auf derselben Stufe der gesellschaftlichen Hierarchie steht, uns demütigt, uns stolz oder scheel ansieht. Das Leben ist nichts, sobald sich nach einer Schlacht der leiseste Verdacht über unsern Mut erhebt; scheint heute unser General im geringsten daran zu zweifeln, so müssen wir zwar nicht subordinationswidrig handeln, aber uns morgen totschießen lassen, um ihm seinen Zweifel zu benehmen.« –

Es hat sich zwischen deinem Freunde und dir ein Streit erhoben; du bist nicht über die Grenze einer erlaubten Hitze gegangen, auch er hat den feinen Anstand nicht aus den Augen gesetzt. Finden sich aber Frauen, welche behaupten wollen, dass euch in der Leidenschaft beleidigende Ausdrücke entfahren sind, und dass du *entehrt* bist, wenn du deinen Freund nicht umbringst oder dich von ihm umbringen lässt, – so musst du dich mit ihm schlagen, denn der Ruf steht höher als das Leben, und man muss lieber sterben, als lebend mit dem Verdachte der Feigheit von Frauen belegt werden, welche sich – wie jedermann weiß! – so gut darauf verstehen.

Du spielst, ein Stich ist zweifelhaft; es ist ein unglückliches Ungefähr, und dabei klar wie die Sonne und ausgemacht, dass es weder deine noch des Mitspielers Absicht war, eine falsche Karte zu ziehen. Dessen ungeachtet darf nur Herr N. N. den Mund spöttisch verziehen, die Nase rümpfen, seiner Schwester ein paar Worte ins Ohr raunen, diese darf nur ihrer Cousine etwas zuzischeln – was bleibt dir übrig? Du musst dich schlagen, um nicht für einen Falschspieler gehalten zu werden, da bekanntlich nichts so sehr über eine Sache dieser Art Licht verbreitet als ein Pistolenschuss und ein Degenstich. Bilde dir auch ja nicht ein, dass die Sekundanten den Streit ausgleichen werden. Beileibe nicht, müssten sie nicht fürchten, selbst für schwach und feige zu gelten und dein Schicksal zu teilen? Wird sie das Vorurteil nicht bewegen, von sechs Malen, wo sich ein Ehrenstreit auf eine ehrenvolle Art beilegen ließe, ihn fünfmal der blutigen Entscheidung zu überlassen?

Dein Weib ist eine ausgemachte Kokette. Schlage dich mit ihrem Liebhaber, lass dich von ihm erstechen; auf diese Weise verhilfst du deinem Weibe wieder zur Ehre.

Jene Tänzerin, die dir bereits sechs schöne Wiesen, vier fette Hufen und einen ganzen Wald kostet, betrügt dich, gibt einem hübschen Jüngling, der ihr keinen Grashalm geschenkt, den Vorzug. Was ist zu tun? Lass dich von dem vorgezogenen Rival totstechen; denn die Bravour macht alles Unrecht, alle Fehler, und vor allem alle Lächerlichkeiten eben und gleich.

Du stehst bei einem Regiment, dein Oberst hat dir bei irgendeiner Gelegenheit auf der Parade, vom Feuer des militärischen Enthusiasmus hingerissen, ein paar hitzige Worte gesagt, schweig in der Garnison, suche ihn aber in Paris auf, und fordre ihn. Kann sein, dass er, ein treuer Anhänger der Subordination, sich nicht schlagen will; kann sein, dass er dich angibt, und dass du die Forderung mit zwanzig Jahr und einem Tag Gefängnisstrafe büßen musst – gleichviel, er wird dadurch entehrt, und du wirst in deinem Turm, mit Ruhm gekrönt, dich ehrenvoll zu Tode langweilen.

Du hast die Frau eines rechtlichen Mannes verführt. Er hat es vielleicht im Verdruss über seine unangenehme Lage an feinem Benehmen gegen dich fehlen lassen, ist dir mit Bitterkeit begegnet; stoß ihn nieder, denn da du ihm Glück und Ruhe geraubt, ist es ja nur eine Kleinigkeit, ihm auch das Leben zu rauben; wer wollte da lange markten? usw. usw.

Sind diese Gemälde mit zu grellen Farben aufgetragen? Ich sollte denken, nein, oder wenn sie es sind, so verstoßen sie mehr gegen die Wahrscheinlichkeit als gegen die Wahrheit. Und noch habe ich nicht einmal von einer gehässigen Klasse gesprochen, von den Schlägern von Metier, die man aber jetzt nicht mehr sieht, von den Klopffechtern, deren einziges Vergnügen darin bestand, Händel zu suchen und zu finden; von den Raufbolden, deren bloßer Blick, wenn sie einen von oben bis unten maßen, schon für eine entehrende Beleidigung galt, man mochte sie nun rächen oder nicht. Ich will damit nicht gesagt haben, dass diese Klasse, welche aus durchaus schlechten Leuten bestand, die man aber leicht im Zaum halten konnte, zahlreich war; allein sie war *da*, und war ein Beweis mehr, dass in unsrer Nation die *Duellwut* obwaltete, und dass sie dem Vorurteile huldigte, das sich stillschweigend ihrer bemächtigt hatte und den Grundsatz befolgte: Nichts sei so edel und groß als diese Gattung von Tapferkeit; mit ihrem Glanze überstrahlte sie alles, und ein Schurke[140], der sich gut schlage, höre fast auf, ein Schurke zu sein.

Haben die übrigen Nationen unrecht, diesen herrlichen Grundsatz zu verwerfen, oder sind sie strafbar, weil ihr Blut träger fließt? Nein, nur muss man von dem einen Äußersten nicht in das andre fallen.[141] Man darf weder zu aufgeregt, noch zu schläfrig sein. In medio virtus.

Ich war, wie man im vorhergehenden Kapitel gelesen, auf dem Wege nach Paris. In Chartres, wo ich die Pferde wechselte und abgestiegen war, wurde ich von zwei Offizieren in königlichen Diensten angeredet, die ich nicht die Ehre hatte zu kennen, welche mir aber die Ehre erwiesen, mich zum Zeugen eines Handels zu wählen, den sie im Begriff standen, miteinander abzumachen. Ich trug Uniform und schreibe es diesem Umstande zu, dass sie sich an mich wandten, und mich höflich und angelegentlich ersuchten, sie unweit der Stadt an einen Ort zu begleiten, wo ihre Ehrensache mit dem Degen entschieden werden sollte. Die Zumutung schien mir unzeitig; ich nahm mir die Freiheit, ihnen vorzustellen, dass ich das Unglück hätte, beiden völlig unbekannt zu sein, dass der Dienst, welchen sie von mir verlangten, von der Art sei, wie ich ihn nur der vertrautesten Freundschaft leisten könnte, dass ich kein langweiligeres Geschäft kenne, als das eines

---

[140] Un malhonnête homme.

[141] Ich kenne einen Mann, der an einem nordischen Hofe ein ausgezeichnetes Amt bekleidet, und von dem ich zur Steuer der Wahrheit und der Gerechtigkeit sagen muss, dass er blödsinnig geworden ist, seitdem er, fast ohne es zu wollen, seinen Gegner im Duell erstochen hatte. Er ist so zerstreut und von dem Augenblick an so unhöflich geworden, dass man sich des Gedankens nicht erwehren kann, er sei in eine fixe Idee versunken, die das bisschen Gehirn in seinem Kopfe in Unordnung gebracht hat. Der arme Teufel hört kaum, was man spricht; seit nahezu zwanzig Jahren weiß er weder, was er tut, noch was er sagt. Dies gereicht ihm aber zur Ehre. Dagegen gibt es mehr als einen Franzosen, der im Duell mehr als einen Gegner getötet hat und nichtsdestoweniger von vierundzwanzig Stunden die Hälfte ruhig durchschläft ... Beweist dies *für* oder *gegen* Frankreich? Ich antworte im ganzen Ernste: *gegen*!!! *Verf.*

Sekundanten, es müsste denn vielleicht das Geschäft des Duellierens selbst sein, und dass ich in der Tat nicht wüsste, ob ich letzteres nicht vorziehen würde.

Sie bestanden auf ihrem Gesuch und meinten, dieses sei ein Dienst, den ein Militär dem andern nicht abschlagen dürfe. Sie setzten hinzu: Da sie die Ehre einer Frau nicht aufs Spiel setzen wollten, ob jene gleich dieser Schonung unwert sei, so hätten sie, anstatt einige der Notabeln der Stadt anzusprechen, sich lieber an einen ganz Fremden gewendet usw.

Es fiel mir schwer, bei dem theatralischen Ton, mit welchem sie das alles vorbrachten, mich des Lachens zu erwehren. Gleichwohl gab ich zuletzt nach, und da der eine von ihnen mit einem angenehmen Äußeren die edelsten Manieren verband, da überdies das Abenteuer mich vielleicht belustigen konnte, so entschloss ich mich, drei Stunden in der Stadt zuzubringen, doch unter der Bedingung, dass sie vorher mit mir eine Mahlzeit einnähmen, welche mein Kammerdiener[142] sogleich bestellen musste. Ich machte mich meinerseits verbindlich, ihre Geschichte anzuhören, um die Sühne zu versuchen, und gab ihnen mein Wort, wenn sich keine Annäherung vermitteln ließe, der Sekundant zu sein. Sie nahmen meine Einladung an, setzten aber hinzu, sie wären fest entschlossen, nach geendigtem Mahle sich in meiner Gegenwart die Hälse zu brechen; ihr Handel sei so klar wie die Sonne und ließe sich auf keine Weise in Güte ausgleichen.

Der Gastwirt, mit dem ich Gelegenheit fand, im Vorbeigehen ein paar Worte zu wechseln, sagte mir, die Herren seien zwei geachtete Edelleute der Stadt oder Umgegend und ein paar vertraute Freunde.

Eine seltsame Freundschaft! dachte ich bei mir selbst.

»Messieurs (so redete ich sie bei Tisch an), Messieurs, meine Meinung kann Ihnen kein großes Zutrauen einflößen, da ich nicht die Ehre habe, von Ihnen gekannt zu sein. Überdies zeugt mein Alter nicht von einem hohen Grade von Klugheit, aber ich bin älter als mein Taufschein, und ich glaube die Frauen hinreichend zu kennen, um Ihnen mit gutem Rate beizustehen, und vorläufig eine Betrachtung zum Nachdenken vorzulegen, die so einfach ist, dass ich mich wundern muss, dass sie sich nicht von selbst Ihnen dargeboten hat. Entweder ist die Person, um welche Sie sich die Hälse brechen wollen, unendlich achtungswert, oder sie verdient die tiefste Verachtung. Im ersten Fall wird sie trotz aller dabei gebrauchten Vorsicht durch den Auftritt[143], den Sie zu machen im Begriff sind, entehrt, im zweiten ist sie den Blutstropfen nicht wert, den Sie für sie vergießen würden.«

---

[142] Mon confident.
[143] L'esclandre.

»Das heißt gründlich, das heißt vernünftig sprechen« erwiderte der Ältere. (Er schien fünfundzwanzig, und sein Gegner zwei bis drei Jahre jünger. Dabei war er groß, wohlgewachsen, hatte martialische Züge, stand aber seinem Rival, der, wie gesagt, das liebenswürdigste Gesicht hatte, in dieser Hinsicht weit nach). Er fuhr fort: »Nichts ist verständiger als die soeben von Ihnen aufgestellte Alternative; gleichwohl gibt es besondere Fälle, die von der gewöhnlichen Regel durchaus abweichen, Ausnahmen, die Männern von Ehre und Herz nach kluger und ruhiger Beratung keine Wahl, keine Entscheidung übrig lassen. ... Wollen *Sie* sprechen (setzte er hinzu, sich an den Jüngeren wendend), so trete ich Ihnen das Wort ab.« – »Nein« versetzte dieser »Sie haben es, und solange Sie sich, wie ich davon überzeugt bin, genau an die Tatsachen halten werden, soll es Ihnen unbenommen sein.« – »Wohlan denn, so will ich die Sache erklären, die uns entzweit, die uns, trotz einer Freundschaft, die so alt ist wie wir selbst, gegeneinander bewaffnet.« Jetzt wendete er sich zu mir, zeigte auf seinen Rival mit der Hand, und fuhr folgendermaßen fort: »Monsieur hatte ein intimes Verhältnis[144] mit der Tochter eines Edelmanns dieser Stadt, mit dem ich verwandt bin. Die Liaison dauerte eine geraume Zeit, und, wie es in der Regel sein muss, niemand ahnte das Geringste davon, ich am allerwenigsten, weil ich ein ganzes Jahr von hier abwesend gewesen. Monsieur hatte meiner Anverwandten die Ehe versprochen, aber ein Familieninteresse, dessen ganze Wichtigkeit mir selbst einleuchtet, hielt ihn davon ab, sein Wort zu halten. Seine Schöne[145]. ...« Hier unterbrach ihn der andere: »Sagen Sie die Ihrige!« – »Wenn *Sie* reden wollen (versetzte jener), so verspreche ich, zuzuhören und zu schweigen; machen Sie es ebenso, oder lassen Sie uns abbrechen. Wir werden bald Zeit die Fülle haben, uns um die *Sache* zu schlagen, warum wollen wir uns um *Worte* streiten? Und vollends sind wir dieses Zeichen der Achtung dem Herrn hier schuldig, der die Güte hat, uns anzuhören, und den wir mit diesem Wortstreit zu ennuyieren nicht den Schatten der Berechtigung haben. ... Ich sagte also, dass seine *damalige* Geliebte (So ist's recht! schien hier der Jüngere mit einer Bewegung des Kopfes zu bejahen) klagte, jammerte, und ihm mit Bitterkeit vorwarf, sie verführt zu haben, und sein Wort zu brechen.

So stand die Sache, als ich zurückkam. Es entging mir nicht lange, dass mein Freund, denn damals war er's noch, einen geheimen Kummer im Herzen trug, den er mir beharrlich zu verbergen suchte. Sein Geheimnis tat mir wehe, doch ich achtete es und forschte nicht nach. Inzwischen entdeckte ich in mir, dass die Reize des Fräulein *von D...* – ich nenne sie hier *Julie* – einen

---

[144] Était du dernier bien.
[145] Maîtresse.

tiefen Eindruck auf mich zu machen anfingen. Ihr Geist, ihr Gemüt vollendeten den Sieg, zumal da ich bedachte, dass ihr Vermögen mit dem Wenigen, was ich besitze, in eine Schale gelegt, mir sehr zustattenkommen würde. Der Dienst begann mich zu langweilen. Ich sagte mir: Wozu kann er mich führen, als etwa zum Ludwigskreuz im Knopfloch, das *zu haben* und *nicht zu haben* gleich sehr zum Spott gereicht, wie jener Bonmottist sich geäußert hat. Besser, in das Joch der Ehe gehen, als das Joch der militärischen Disziplin tragen! Ich teilte Monsieur meinen Plan mit, und Monsieur, weit entfernt, mir davon abzuraten, wie es die Pflicht eines treuen Freundes gewesen wäre, bestärkte mich in meiner Idee. Ich gebe zu, dass es bequem ist, einem Freunde unsere Schmach aufzubürden, und ihn zum Verbesserer unserer Fehler zu bestellen, allein ich habe die Ehre, Sie zu fragen: Ist das ein anständiges Verfahren, und hätte ich es von dem Manne erwarten sollen, der mein bester Freund auf Erden war?«

Hier unterbrach sich der Redner, seine Blicke fest auf mich heftend; ich antwortete weder mit den Augen noch mit dem Munde. Er fuhr fort: »Auf diese Weise ward ich *Juliens Anbeter*, fest entschlossen, ihr mit meinem Herzen auch meine Hand zu geben. Jetzt kehrt die Ruhe in ihr Gemüt zurück; auf dem Gesichte ihres Verführers findet sich die Heiterkeit wieder ein. Meine Liebe gegen den Treulosen nahm zu: Ich war einfältig genug, mir einzubilden, sein persönlicher Kummer sei der Freude über mein Glück gewichen.

Nun entstand aber ein neues Hindernis. Ein entfernter Anverwandter, von dem ich einst zu erben hatte, widersetzte sich meiner Verbindung, aus Gründen, die er mir mitzuteilen nicht für gut fand. Sein Schweigen befremdete mich nicht; er ist in der ganzen Provinz als ein Original bekannt, das den Mund selten oder nie öffnet. Gleichwohl hoffte ich, sein einsilbiges Nein durch Beharrlichkeit in Ja zu verwandeln, und *meine Schöne*, der es daran gelegen war, mich unwiderruflich in ihr Netz zu ziehen, sträubte sich gerade nur so viel, als dazugehörte, meine Wünsche durch ihren Widerstand noch mehr zu entflammen. Endlich gewährte sie mir Proben derselben Gunst, die sie dem Herrn da bewilligt hatte; aber, sei es, dass sie mich weniger liebte, wie das denn sehr natürlich scheint, oder sei es, dass sie durch Erfahrung klüger und verschlagener geworden, genug, sie zwang mir ein förmliches Eheversprechen ab, wodurch ich mich verpflichtete, ihr binnen Jahresfrist meine Hand zu geben. Der Termin ist vorgestern abgelaufen; ich würde mein gegebenes Wort pünktlich und gewissenhaft gehalten haben, wären mir nicht kurz vor der Zeit die Augen am Rande des Abgrundes geöffnet worden, in den ich mich sonst gestürzt haben würde. Ich werde die Ehre haben, Ihnen zu sagen, wie?

Die treulose *Julie* war mit einer Dame in dieser Stadt befreundet, die man im Verdacht hatte, die lesbische *Sappho*, aber nicht als Dichterin, zum Muster genommen zu haben; denn zur Schande der französischen Sitten sei es gesagt, diese Nachahmungssucht hat nicht nur in Paris, sondern selbst in den Provinzen weit um sich gegriffen. Man hatte viel *von, über* und *wider* die Verbindung beider Freundinnen gesprochen; man hatte aufgehört davon zu sprechen, es war mir zwar etwas davon zu Ohren gekommen, doch muss ich gestehen, dass ich mich schämte, auf ein Gerücht dieser Art einigen Wert zu legen ... dass ich es verachtete, und sogar leichtsinnig genug war, darüber zu lachen.

Beide Damen waren vor einigen Tagen auf einem Ball. Aus einem bisher noch unbekannten Anlass entstand zwischen ihnen ein lebhafter Streit. Nur so viel weiß man, dass ein heftiger Wortwechsel vorfiel, und sie sich gegenseitig bedrohten, sich *zugrunde zu richten*.

Am folgenden Morgen erhielt ich ein Billett von der neuen Feindin meiner *Zukünftigen*. Es enthielt die Bitte, zu ihr zu kommen. Ich hoffte, es würde von einer Aussöhnung die Rede sein, und eilte zur Dame. Sie werden aber sehen, dass sie mir ganz andere Sachen zu sagen hatte. Sie stellte mir ein Paket Briefe zu, sämtlich von Monsieurs Hand, und an *Julien* gerichtet. *Julie* hatte sie ihrer damaligen Freundin aus Furcht anvertraut, dass sie bei ihr gefunden werden, und sie kompromittieren könnten. Die Niederträchtigkeit, zu der die Rachsucht diese Frau verleitet hatte, empörte mich; gleichwohl benutzte ich den Vorfall und las die Briefe. Ich fand darin den bündigsten Beweis, dass die Freundschaften auf Erden nur Resultate der Konvenienz, und dem, was zu unseren Neigungen und zu unserm Interesse stimmt, stets untergeordnet sind. Ich belehrte mich aus dieser Liebhaberkorrespondenz, dass Monsieur lange vor mir alles erhalten habe, was man mir nur aus gewissen Rücksichten, und um mich zur Ehe zu bewegen, gewährt hatte. Ich muss aber dem Schreiber die Gerechtigkeit widerfahren lassen, dass in keinem seiner Briefe, so oft er meiner darin erwähnt, Ehre und Achtung im Mindesten verletzt sind, dass sie sogar inniges Interesse für mich verraten; nur, dass sie insgesamt damit schließen: Ich *müsse* die Cousine heiraten. Nachdem er in einem dieser Briefe mein Geschick einigermaßen, doch nur schwach bedauert hat, wird er leichtsinnig, spöttelt über die Sache selbst, und führt zwei *Zeilen* an, von ich weiß nicht welchem *Schriftsteller*; denn ich muss Ihnen freimütig bekennen, dass ich in meinem Leben ganz andere Dinge zu tun gehabt habe, als Bücher zu lesen; aber die beiden *Zeilen* haben sich mir eingeprägt, und ich kann sie Ihnen wörtlich wiederholen:

Quand on le sait, c'est peu de chose;
Quand on l'ignore, ce n'est rien.«[146]

(weiß man es, – was ist es?
Wenig. Weiß man's nicht, – was ist es? Nichts.)

Hier hielt der Redner inne, und da ich glaubte, dass er fertig sei, nahm ich das Wort, und sagte: »Ihre beiden *Zeilen* eines *Schriftstellers* sind zwei bekannte Verse von *Lafontaine*. Sie enthalten die ganze Rechtfertigung Ihres Freundes, der nicht beschuldigt werden kann, dass er Sie zur Heirat verleitet, um sich selbst aus der Klemme zu ziehen, und dessen ganzes Unrecht darin besteht, Ihnen nicht davon abgeraten zu haben. Ich finde Sie sehr aufgeregt; ihn hingegen sehr ruhig; und das (erlauben Sie mir, es zu sagen) spricht schon für ihn. Erlauben Sie mir ferner, Sie zu fragen, was, so wie die Sachen jetzt stehen, der materielle Grund zu Ihrem Streite ist, denn bis jetzt sehe ich nicht ein, wer von beiden dem andern unrecht tut, wenn Sie beide das junge Mädchen nicht heiraten.«

»Ich werde die Ehre haben, es Ihnen zu sagen« erwiderte er. »Mein Gegner behauptet, ich verdanke meine Entdeckung zum Teil seiner Unbesonnenheit, an *Julien* geschrieben zu haben, weit mehr aber dem Verrate der Frau, die *Julien* durch die Mitteilung dieser Briefe in ein Unglück gestürzt habe, für dessen Urheber er sich ansehen müsse. Er will mich nun zwingen, meine Verbindlichkeiten zu erfüllen, um so mehr, da er das zur Rettung der Konvenienz für durchaus notwendig hält usw. Er setzt hinzu: Ich *müsse* heiraten, widrigenfalls die Welt zu «klein für uns sei, und einer dem andern Platz machen müsse. Ich meinerseits bestehe nicht nur darauf, *nicht* zu heiraten (wovon wohl nicht einmal weiter im Ernst die Rede sein kann), sondern ich bestehe darauf, dass der Herr da heirate, und auf diese Weise die Ehre meiner Cousine wiederherstelle, die nur er wiederherstellen kann; ich bestehe darauf, dass er das Übel wieder gutmache, das sein Werk ist, da er der Verführer ihrer Unschuld gewesen. Ich bestehe um so mehr darauf, da dieses das einzige Mittel ist, mich auf eine schickliche Art aus dem Handel zu ziehen, damit das Publikum in der Zurücknahme meines gegebenen Worts nur ein Opfer sehe, welches ich der Freundschaft bringe. Würde ich sonst nicht, wenn ich, ohne diesen Grund anzugeben, zurückträte, für einen bösen Windbeutel gelten? Denn das wird doch niemand von mir verlangen, dass ich den wahren Grund angeben und die Schande meiner eigenen Cousine aufdecken soll.«

---

[146] Herr *von Buffon* sagt: »Toutes ces conjectures d'être le premier sont si trompeuses, que les hommes devraient bien se tranquilliser sur tout cela, aulieu de se livrer, comme ils le font souvent, à des soupçons injustes, ou à de fausses joies, selon qu'ils s'imaginent avoir rencontré.«

Hier war es mir nicht möglich, länger an mich zu halten. Ich brach in ein lautes, unwillkürliches Gelächter aus; der jüngere Offizier folgte meinem Beispiele, aber der ältere war im Begriff, es übel aufzunehmen, als ich ihm zuvorkam. »Haben Sie die Güte« sprach ich zu ihm »mir zu antworten. Verlangen Sie wirklich und im ganzen Ernst, dass Ihr Freund (denn Freunde müssen Sie bleiben) die Heirat eingehe?« – »Im vollen Ernst« versetzte er.

»Wie?« rief ich aus. »Was ist das für eine Wut, für eine Krankheit, für ein … erlauben Sie mir, es zu sagen – für ein Wahnsinn! Sie müssen, ja, Sie müssen die reine Wahrheit von mir hören, Sie müssen suchen, wieder zu Sinnen zu kommen. Sie haben keinen andern Grund, Feinde zu sein, als weil Sie sich um Ihre beiderseitige Vernunft gebracht haben; denn das heißt den Verstand verlieren, wenn man sich, wie Sie, einander zu einer Heirat zwingen will, welche dem einen wie dem andern unter den obwaltenden Umständen und unter der Voraussetzung, dass Sie Männer von Gefühl und Bildung sind, gleich sehr unmöglich fallen muss. Das Einzige, was Sie zu tun haben, besteht darin: Suchen Sie einen Dritten, der in der Unwissenheit seines Herzens ein Bündnis schließe, das keiner von Ihnen mit Ehre schließen kann; und ist die Helena, die Sie entzweit, der Mühe wert, ist sie hübsch, so fahren Sie fein mit ihr auf dem bisherigen Fuße fort. Ich darf mir schmeicheln, auch *sie* würde mir für diesen Rat Dank wissen, wenn sie ihn erführe oder aus meinem Munde hörte. Glauben Sie mir, meine Herren, diese Dame, und alle Damen, die ihr gleichen, verdienen nicht, dass man mehr Umstände mit ihnen mache.«

Meine Meinung fand Eingang und bekehrte sie. Noch ehe wir zu Ende gespeist hatten, nahmen sie nicht nur den Vorschlag an, sondern dehnten ihn weiter aus, und schwuren sich ewige Freundschaft. Ich ließ sie sich noch einmal umarmen, ehe ich in den Wagen stieg; sie begleiteten mich bis vor die Türe, überhäuften mich mit Dankergießungen, mit Lobeserhebungen, und versicherten: Salomo selbst würde nicht weiser geurteilt haben; kurz, ich sei die Weisheit selbst!

Ich hatte, außer dem oben angeführten, keinen Brief von Sophien erhalten. Man denke sich, sobald ich in Paris angekommen war, meine Sehnsucht, meine Ungeduld. Sie war um so größer, da Frau von …, mit der ich ebenfalls keinen fleißigen Briefwechsel unterhielt, in ihren Briefen es auffallend vermied, ihre junge Freundin zu erwähnen, obschon ich keinen Grund hatte, daran zu zweifeln, dass jene noch immer bei ihr sei. Kaum war ich aus dem Wagen gestiegen, als ich die Kleider wechselte und in das glückliche Hotel eilte, wo ich diejenige zu finden hoffte, von der ich zuerst gelernt hatte, mein Herz zu fühlen und zu beleben. Ich wurde von Frau von … mit aller Einfachheit und Unbefangenheit einer alten Freundin empfangen. Ich beeilte mich mit den nach langer Abwesenheit gewöhnlichen Fragen nach ihrem Wohlsein, um zu der allerwichtigsten zu gelangen, und erkundigte mich, bei dem ersten schicklichen Übergang, nach dem Fräulein von Lorville. »Sie ist vermählt« gab sie mir mit eben der Kälte zur Antwort, als wenn ihr Mund gesagt hätte: »Sie wird gleich kommen.« – »Vermählt!!« rief ich aus, auf dieses Wort einen furchtbaren Ton legend. – »Ja.« – »Ohne mich davon zu benachrichtigen?« – »Sie hatte es Ihnen gemeldet; allein ich habe es besser für uns gehalten, ihren Brief Ihnen nicht zukommen zu lassen.« – »Für uns? Für uns alle!? Wer hat Ihnen, gnädige Frau, den Rat und das Recht gegeben, sich in unsere Interessen, in unsere Leiden und Freuden einzumischen? Wer hat Sie berufen und berechtigt, über mich und mein Leben zu schalten? Etwa der Gedanke, dass Sie meine ersten Schritte vergiftet[147] haben? Gehen Sie! Ich verabscheue, ich verachte Sie; Sie sehen, Sie hören mich zum letzten Male; ich bin tot für Sie!« Sie wollte antworten; ich war schon aus dem Hause und auf der Straße.

Ach! Meine Augen haben sie nie wiedergesehen. Schon trug sie in sich den Keim der tödlichen Krankheit, deren Spuren sich auf ihrem erloschenen Gesicht zeigten. Sie starb bald nachher, noch ehe ich meine Reise in die Schweiz angetreten hatte.

Meine Leser werden an einem anderen Orte erfahren, wie sich das Ereignis, das meinem Herzen beinahe den Todesstoß versetzt hätte, an- und ausgesponnen hat; sie werden den Aufenthalt dieser Sophie erfahren, die ich nicht mehr lieben darf, die ich damals über alles liebte; sie werden erfahren, wie und wo ich sie als das Muster der Gattinnen und Mütter wiedergefunden.

Wie war es ihr aber möglich geworden, in ein so trauriges Ehebündnis einzuwilligen? Wie war es ihr möglich geworden, so vieler Liebe, so vielen Eidschwüren zu entsagen, und mich zu verlassen? ... Möglich? Oh, die Antwort ist leicht! Es ist der Verführung Los, heftige Leidenschaften zu erregen; aber es ist auch der Verführung unausbleibliche Strafe, nur solche zu erregen, welche dem späteren Nachdenken und der Reue nicht widerstehen. Das Mädchen, das die Gesetze der Moral verletzt, das den bestehenden Vorurteilen Trotz bietet, das dem Gegenstande ihrer abgöttischen Liebe gegenüber die Welt in die Schranken fordert, wird bald enttäuscht[148]. In der Einsamkeit ihres Herzens und ihrer Gedanken, sich selbst überlassen, kommt die Verführte zu sich; sie sieht den Urheber ihrer Lage von anderen verachtet; sie fängt an, ihn mit den Augen der Welt zu betrachten; das all-

---

147 Corrompu.
148 Se désillusionne bientôt.

gemeine Urteil ergreift sie; die Liebe schwindet allmählich; die Bitterkeit der Vorwürfe löst sie vollends auf; die Unglückliche erblickt im Fallen einen Abgrund und in dem Urheber desselben den tödlichen Feind ihrer Ruhe und ihres Glücks. Bisweilen nimmt zwar die Leidenschaft eine günstigere Wendung und führt zu einem besseren Ausgange; dennoch beschwöre ich meine jungen Leser und Leserinnen, sich von mir warnen zu lassen, und meiner Warnung zu trauen; seltene Ausnahmen stoßen die Regel nicht um, und diese Regel lautet:»Wehe denen, welche sich durch Verführungskünste anziehen und fesseln lassen!«

War überdies Sophie, deren Sinnesänderung man vielleicht tadelt und Wankelmut zu nennen geneigt ist, – war sie nicht von Ratschlägen erdrückt und von einem Ansehen unterjocht worden, dem sie nachzugeben gewohnt war? Es gibt, bei beiden Geschlechtern, nur wenige, die, in der Liebe wie in der Freundschaft, hinreichende Kraft und Energie besitzen, für sich selbst zu denken, und den Eindrücken von außen zu widerstehen. Es ist, als bedürfe man der Meinung und des Einflusses anderer, um jemanden zu lieben. Feste Gemüter, welche sich gegen die Hindernisse anstemmen, den Einlispelungen widerstehen, selbständige Richter ihrer Herzen, ihrer Neigungen und Triebe, sind selten. Besonders die Frauen, welche sich anfangs durch den unwiderstehlichen Hang der Liebe fortreißen ließen, opfern fast immer dem Rate einer Freundin, den Vorstellungen einer bisweilen dabei interessierten, verschlagenen Rivalin ihre liebste Neigung auf. – In der Freundschaft ist es wie in der Liebe. Es gibt fast niemanden, der seinem Freunde treu bleibt, wenn dieser verleumdet worden, und die öffentliche Meinung sich gegen ihn erklärt hat!! Um so mehr, da es viel Mühe kostet, dem Zeugnis, welches man einem verleumdeten Freunde zugunsten ablegt, das gehörige Gewicht zu geben; und dagegen oft nur eines Augenblicks, nur eines Worts bedarf, das Böse in Umlauf und Kredit zu bringen, welches man dem gefallenen Freunde nachsagt. – Was aber vom Freunde gilt, gilt es nicht auch vom Feinde? Wie oft nimmt uns jemand gegen eine Person ein, die wir nicht kennen, und verlangt von uns, wir sollen sie hassen, weil er sie hasst? Und während wir seinem Beispiele folgen zu müssen glauben, hat er sich heimlich mit dem Feinde ausgesöhnt, und wir werden das Opfer ihrer Aussöhnung.

Das erinnert mich an eine ziemlich pikante Anekdote, welche mir von einer geistreichen Dame erzählt worden ist, die ehedem zum Hofe einer großen Fürstin gehörte.

Einer ihrer Freunde hatte ihr zugemutet, einen Mann, den er ihr mit den abscheulichsten Farben geschildert hatte, mit ihrem Hasse zu belegen. Sie glaubt, seinem Verlangen Folge leisten zu müssen, und fängt wirklich an, einen Menschen zu verabscheuen, den sie nicht kennt, der sich nie gegen sie verging, ihr nie das Geringste zuleide tat. Sie spricht von ihm bei jeder Gelegenheit mit der äußersten Geringschätzung; sie geht noch weiter: Sie verleumdet ihn; schwärzt ihn an. Einige Monate nachher wird dieser Mann der Fürstin vorgestellt. Die Hofdame würdigt ihn kaum eines Blickes, kehrt ihm den Rücken zu, antwortet kalt auf seine Fragen, spricht und tut gerade nur das, war's ihres Amtes Ist, bemüht sich sogar, die Fürstin gegen ihn einzunehmen; – alles das auf das Wort und Zureden ihres Freundes, alles ihm zuliebe. Was geschieht? Der Freund tritt einen Augenblick nachher ein, zieht jenen mit sich in einen Fensterbogen, drückt ihm, den er noch vor Kurzem für seinen ärgsten Feind erklärt hatte, freundschaftlich die Hand, scheint alles Vorige rein vergessen zu haben, und seine ganze Seele in das hingehaltene Ohr des anderen auszuschütten. Frau von B*** fällt aus den Wolken. Sie erspäht den Augenblick, wo beide sich trennen, tritt zum Chamäleon hin, kann sich nicht enthalten ihm zuzurufen: »Was soll ich von Ihnen denken? Sie sagen mir Gräuel von dem Manne; ich begegne ihm auf Ihr Anstiften mit der äußersten Verachtung; ich leiste ihm die schlechtesten Dienste, weil ich Sie mit ihm auf immer entzweit glaubte.« – Ganz richtig, wir waren es: Aber seit fünf Minuten ist er der rechtlichste Mann von der Welt, und wir sind Freunde auf ewig.

Voilà de vos arrêts, Messieurs les gens du monde![149]

Ich komme auf meine Angelegenheit zurück.

Ich war ohne Geliebte und wollte verzweifeln.

Ich bitte um Vergünstigung, dass man das, was nun folgen wird, für wahr halte. Der Vorfall ist zwar nicht belustigend und kein reiches Feld für Schadenfreude und Bosheit; doch halte ich dafür, dass er mir zur Ehre gereicht.

Ein Mann, der noch lebt, und die Revolution nicht anders behandelt hat als den Hof – das heißt, vor jener in allen ihren Perioden, wie vor diesem, in dem Staube gekrochen ist – erbot sich, um mich zu zerstreuen, und den Kummer, der an mir nagte, zu lindern, mich in ein Haus einzuführen, in welches er selbst nicht eben auf die lauterste Weise sich Eingang verschafft hatte. Er hatte nämlich damit angefangen, ein junges Mädchen zu verführen, eine der ersten Partien der Hauptstadt. Sie hatte eine vielleicht noch liebenswürdigere Schwester, welcher sie einen Liebhaber verschaffen wollte, damit die Jüngere der Älteren nichts vorzuwerfen hätte. Die Wahl des Herrn*** fiel auf mich, und es kam nun darauf an, mich bei der jungen Person in meiner

---

[149] Parodie des Verses:
Voilà de vos arrêts, Messieurs les gens d'esprit!

neuen Eigenschaft zu beglaubigen. Er verlangte nichts weiter von mir, als einen feierlichen Eid, dass ich mein Glück nicht offenbaren wolle; ich leistete ihn, und nun führte er mich, in einer für die Liebe geschaffenen Nacht, zum Rendezvous, wo die beiden Schönen uns erwarteten. Die Ältere zählte noch keine siebzehn Jahre: Ich erstaunte, ich erschrak über ihre Jugend, über ihre Schönheit, über die getäuschten Hoffnungen einer ansehnlichen Familie, über die Schande, die dem Hause bevorstand, über die Abscheulichkeit einer solchen Verführung, über die Mittel, deren man sich bedient hatte, sie vorzubereiten. Als ich vollends mit dem zarten Opfer allein gelassen wurde; als ich ihre Verlegenheit, ihre Tränen, ihre Abneigung gegen das Beispiel und die Lehren ihrer Schwester sah; da beschloss ich fest bei mir, nicht allein sie wie ein Heiligtum zu verehren[150], sondern auch sie vor der Gefahr zu bewahren, die ihr drohte. Vielleicht war ich in diesem Augenblick einen Teil meiner Tugend der Stimmung meines Gemüts schuldig, aus dem die Spuren einer unglücklichen Liebe nicht verwischt waren, und welches noch immer die Farbe der tiefsten Schwermut trug.

»Lassen Sie es« sagte ich zu ihr »zwischen Ihrer Schwester und sich zu keiner Erklärung kommen; sagen Sie ihr, wir gefielen einander, wir würden uns bald wiedersehen; ich würde mich nächstens wieder einstellen.« – Auf diese Weise verflossen zwei Stunden in der unschuldigsten Unterhaltung. Unser tête-à-tête war eben so anständig, als die Veranlassung dazu es nicht gewesen. Alles, was sie mir sagte, alles, was ich in ihrem Herzen las, machte mich zufriedener mit mir selbst und gab mir neuen Mut, bei meiner Handlungsweise zu beharren; – ein Verfahren, das ich großmütig und edel nennen darf, denn das junge Kind war ein Engel und besaß alles, was mich in meinem besten Vorsatz hätte wankend machen können. Ich darf es mir um so mehr als ein Verdienst anrechnen, nicht von der Bahn gewichen zu sein, da nach der ersten Stunde ihre Tränen versiegt waren, und es nur wenig Überredung gekostet haben würde, sie zu meiner Mitschuldigen zu machen.

Wenn sich im weiblichen Herzen ein Anfang von Neigung eingefunden hat, so gewinnt man die *reifen* Frauen durch Gleichgültigkeit; die *Unschuldigen* hingegen lassen sich durch Empfindsamkeit, besonders durch ein sanftes Wesen ohne auffallende Zudringlichkeit, erobern.

Mein Geleitsmann, der seine Zeit - wie man's nehmen will - besser oder schlechter als ich benutzt hatte, rühmte sich bei der Heimkehr, dass ich ihm »unendlichen Dank schuldig sei, und dass er mit seinen besten Freunden sich überwerfen würde, wenn diese den Vorzug erfahren sollten, den er mir gegeben.«

---

[150] De la respecter.

Ich dankte ihm, wie er es wünschte, und wir trennten uns in der Straße du Clerche-midi, wo unsere Wagen auf uns warteten. Sollten ihm diese Blätter zu Augen kommen, so wird er finden, dass mir nicht der geringste Umstand entfallen ist; zugleich aber mag er auch folgendes hier lesen, was ihm noch nicht bekannt ist.

Ich wohnte damals in der Vorstadt Saint Germain, mit dem Bischof von *Limoges*, bei einem Bader. Der Bischof war ein Biedermann von schlichtem, geradem Verstande; er kam selten nach Paris und lebte dann ziemlich zurückgezogen, weil er kein Freund von großen Gesellschaften war. Er hatte mir Geld geliehen und hatte sich's in den Kopf gesetzt, mich bekehren zu wollen. Ich weiß nicht, inwiefern ihm Letzteres gelungen ist; so viel aber weiß ich, was das Geld betrifft, dass ich ihm die zweihundert Louisdor, die er mir geliehen, nie zurückgegeben, auch nie gewusst, an wen ich sie zurückgeben sollte. Ich mache mir übrigens kein Gewissen daraus; ich sehe sie als Geld aus dem Kirchenschatz an, und werde sie früher oder später den geistlichen Kindern Sr. Hochwürden, den Armen, wieder zustellen, – wenn ich selbst reich sein werde. Genug, am Morgen nach unserm nächtlichen Abenteuer, fand ich den Bischof bei seiner Schokolade sitzen; er las im Brevier und murmelte halblaut etwas, wovon ich nichts verstand. Ich ließ ihn sein doppeltes Frühstück vollenden; und da er abwechselnd ernst und aufgeweckt, frei von Pedanterie und Weltlichkeit, und ein guter Gesellschafter war, so erzählte ich ihm, mit gehöriger Vorsicht, und mit Auslassung alles dessen, was den, der mir hatte gefällig sein wollen, hätte verraten und kenntlich machen können, die ganze Geschichte haarklein. Nie in meinem Leben habe ich einen Menschen so von Entsetzen und Abscheu ergriffen gesehen, wie ihn. Zum ersten Male verließen ihn Vernunft und Besinnung. Der gute Mann sprach von nichts Geringerem, als sich unverzüglich aufzumachen, und zum Minister von Paris zu gehen. – »Aber, Herr Bischof« rief ich ihm zu »Sie verlieren ja den Kopf! Wollen Sie mich mit aller Gewalt kompromittieren, mich unglücklich machen? Ich erzähle Ihnen unschuldigerweise einen Vorfall, und Sie wollen mein Vertrauen und meine Aufrichtigkeit, die Sie so oft gepriesen haben, so schlecht belohnen?« – »Nicht doch« rief er; » *Sie* werden die größte Ehre dabei einlegen.« – »Und das Geheimnis eines Freundes, das ich verrate! Und die Familie, die Sie in die äußerste Betrübnis und in Verwicklungen stürzen, welche sich weder voraussehen noch berechnen lassen! Und mein gebrochener Eid! Und das Aufsehen, der schreckliche Lärm, den es erregen wird! Und die jungen Damen, auf immer unwiderruflich verloren! Denn so viel sehen Sie doch wohl ein, dass der Schleier der Verleumdung nicht immer zerrissen wird, und dass die Bosheit nur allzu oft das Schlimmste für wahr hält ...« – Jetzt fing er an, sich zu besinnen, mich zu begreifen, und sich etwas abzukühlen.

Nach einigen Vorhaltungen von meiner Seite, nach einigen Einwendungen und Abänderungen von der seinigen, kam ein Vertrag zustande. Er bestand darin: Der Bischof sollte sich zum Vater der beiden jungen Damen begeben und ohne ins Einzelne mit ihm einzugehen, sich bloß seines Ansehens und des Einflusses bedienen, den ihm sein öffentlicher und persönlicher Charakter und sein ausgebreiteter Ruf der Frömmigkeit gaben, – um, ohne weitere Erklärung, ihn zu vermögen, dass er mit seinen Töchtern von Paris abreise, in seinem Verfahren gegen sie keine Änderung treffe, und unter irgendeinem scheinbaren Vorwande den gefährlichen Mann sobald als möglich entferne. Die eine Tochter ist tot, die andere hat sich vermählt, und ist, nachdem sie in der großen Welt eine Rolle gespielt, vom Strome der Revolution fortgerissen worden. Sie lebt, wenn ich nicht irre, in einer der Provinzen Frankreichs und ist vergessen.

Ich musste bald nachher die Jeremiaden und Threnodien meines nächtlichen Partners anhören, welcher eines Morgens früh zu mir kam und mich mit der Nachricht aufweckte: Unsere beiden Geliebten wären plötzlich verschwunden. Ich stellte mich von dem Bericht erschüttert; er seinerseits fand, dass wir beide gleich sehr zu bedauern wären.

Er wird sich vielleicht erinnern, dass wir zusammen frühstückten und ziemlich aufgeräumt und lustig wurden.

Ich will hoffen, dass er über den Streich, den ich ihm gespielt habe, lachen wird, und wünsche ihm von Herzen eine moralische, gute Besserung, damit er mir für den Streich danken möge. Übrigens darf er mir nicht zürnen, denn ich erkläre ihm hiermit feierlich – sowie allen meinen Lesern – dass ich mich für bürgerlich tot ansehe, indem ich dieses Buch und die Wahrheit schreibe und mich folglich – des Geschriebenen wegen – keiner Verantwortlichkeit unterwerfe, mich keiner Herausforderung stellen werde.

Alles betrübte mich; alles ängstigte mein Herz; alles stellte mich den peinlichen Gedanken bloß, welche aus den Erinnerungen meines Lebens entstanden und sich mir wider Willen aufdrängten. Noch so jung, und schon enttäuscht und entzaubert, entschloss ich mich nach der *Schweiz* zu reisen. Dort wollte ich die gesunde, von den Alpenwinden gereinigte Luft einatmen; dort sollte meine verwelkte, verschrumpfte Seele sich wieder frisch entfalten; dort wollte ich meinen Zoll auf den Altar der *Freiheit* legen, deren Name noch nicht, durch Frevel aller Art, in jenen glücklichen Republiken entehrt war, die sich mit Recht die Wiege der Freiheit nennen.

Man wird aus dem, was folgt, sehen, dass ich nicht ohne hinreichenden Grund den Reflexionen über die unselige Duellsucht, gleich im Eingange dieses Kapitels, einen Platz angewiesen habe.

Ich schickte mich an, Paris zu verlassen, als ein Freund, der mir sehr zugetan war, mir vorschlug, ich weiß nicht mehr welches Stück, auf dem Théâtre des Boulevards, zu sehen, nach welchem ganz Paris lief; er bot mir einen Platz in einer Loge an, die er für sich und für eine Dame bestellt hatte, in welche er sterblich verliebt war, und deren Reize zu dieser Liebe berechtigten, obschon sie nicht von den Vorzügen des Verstandes und Herzens unterstützt wurden. Ich nehme das Anerbieten an, und wir sitzen zusammen in der Loge, als bald nachher die Türe der anstoßenden geöffnet wird, und zwei mir unbekannte Männer und ebensoviel Frauen eintreten. Einer von jenen bricht sogleich in ein unmäßiges Gelächter, und dann mit lauter Stimme in sarkastische Bemerkungen über Frauen ohne Sitten und Grundsätze aus. Er nennt sie die Pest der Gesellschaft, die sie aus ihrem Schoß ausstoßen sollte, anstatt sie in den Klöstern von Paris eine Zuflucht finden zu lassen – und schließt mit den Worten: »Wie früher der Welt, so sind sie jetzt den Klöstern ein Schandfleck.« – Ich war von diesem Moralisten nur durch ein Brett getrennt, und nahm mir die Freiheit, ihn zu ersuchen: Er möchte etwas leiser sprechen. Er tat's, und zwar, wie es mir schien, mit guter Art, sodass ich glaubte, die Sache würde dabei ihr Bewenden haben. Im Zwischenakte war ich hinausgegangen und wurde beim Wiedereintritt von meinem Freunde, dem Grafen *Du Touceville*, unangenehm überrascht. Er sagte mir nämlich: Er bedürfe meiner nach dem Schauspiel, da er die Impertinenz jenes Herrn, der ihn schwer beleidigt hätte, rügen müsse. Nach dieser kurzen Erklärung ging er einen Augenblick hinaus, um sich von seinem Jäger einen Degen holen zu lassen, empfahl in der Zwischenzeit die Dame meinem Schutz, kam dann zurück und nahm seinen Platz wieder ein.

Nach Beendigung des Stückes führten wir die Dame zu ihrem Wagen. Ich muss es ihr zur Ehre nachsagen, dass sie äußerst bestürzt war, die *Helena* dieses neuen Kampfes zu sein. Während wir beide allein in der Loge waren, hatte sie mir vertraut, dass jener *Hector* ein Landjunker[151] aus einer benachbarten Provinz sei, der ihr den Hof gemacht; sie setzte wohlbedächtig, und dem Gebrauche gemäß, die Worte hinzu: »In allen Ehren und Züchten.«

Ohne das genauer zu untersuchen, fahre ich in meiner Erzählung fort. Hinter einer Stelle des Boulevard du Temple zieht sich eine jähe, tiefe Kluft. Der Gegner meines Freundes schlug diese Stelle des Boulevard vor: »Hier könne man (dies war sein Ausdruck) recht *bequem vom Leder ziehen*[152]; er verlange nur zehn Minuten, um bei einem Freunde in der Nähe einzusprechen, der ihm einen Degen leihen solle.« – Herr *Du Touceville* hielt ihn einen Augenblick zurück, um sich zu erkundigen, mit wem er die Ehre haben würde,

---

[151] Hobereau.
[152] En découdre là fort à son aise.

sich zu schlagen? – »Mein Name« erwiderte jener: »tut nichts zur Sache. Er kann Ihnen gleichgültig sein, und ist hier wenig bekannt. Das Wahre und Wesentliche ist: Ich habe Sie beleidigt; anstatt es zu bereuen, würde ich es noch einmal tun. Ich bin zugrunde gerichtet, verraten; mir bleibt nichts übrig, als von Ihrer Hand zu fallen, oder Ihnen den Degen durch den Leib zu rennen.«

Ich hatte Mühe, bei diesen Worten meiner mächtig zu bleiben. Eine so abscheuliche Logik und dabei ein so unverschämtes Wesen, ein so beleidigender Ton oder vielmehr solcher Wahnsinn, solche Raserei!

Was Herrn *Du Touceville* betrifft, so war er ruhig wie die Unschuld selbst; in der Tat hatte er auch das Blut, welches soeben vergossen werden sollte, wenig oder gar nicht zu verantworten. Der andere hingegen, der an allem schuld war – ich meine den liebenswürdigen Kapitän Bramarbas – hatte mir auf meine Frage, ob er für keinen Sekundanten sorge, zur Antwort gegeben: Er schlage sich nie mit einem Zeugen; er habe zwanzig Ehrensachen abgetan, ohne das Leben eines Dritten in Gefahr zu setzen, und sei bereit, auch mir, wenn es mir anstände, zu zeigen, dass man sich ganz gemächlich, ohne Gehilfen, die Hälse brechen könne. Mit diesem Bescheid verließ er mich, um im vollen Laufe nach einem Degen zu suchen, und rief mir die Versicherung nach, er werde auf die Minute wieder da sein. Währenddessen sprach *Du Touceville* in einem mehr als feierlichen Tone und mit dramatischem Pathos zu mir: »Der Mann ist ein Kind des Todes, und hier sein Grab!« Mit diesen Worten zeigte er auf den achtzig bis hundert Fuß tiefen Grund, der einige Schritte von uns lag.

Der Matamore ließ nicht auf sich warten. Er trug unter dem Arm einen Degen von einer Länge, die gegen die Gesetze der Ehre und die Vorschriften des Zweikampfes verstieß. Ich würde es für meine Pflicht gehalten haben, daran zu erinnern; allein Herr *Du Touceville* ließ mir nicht Zeit, warf blitzschnell die Kleider von sich, und zeigte seinem Gegner die offene Brust, was dieser ebenso schnell erwiderte. Es war noch ziemlich hell; gleichwohl, unter dem Vorwand *besser* zu sehen, zog ihn mein Freund dem Grunde, den ich früher beschrieben habe, näher und näher. Jetzt, fast am Rande desselben, begann der hitzigste, erbittertste, geschickteste Kampf, den man sich denken konnte, als plötzlich *Du Touceville* mit großer Behändigkeit eine Volle machte, die den Feind mit dem Rücken an den Rand drängte. Diesen Augenblick schien er nur abgewartet zu haben; denn jetzt stieß er ihm den Degen bis an den Griff in die Brust; packte ihn dann mit beiden Händen, wie ein heißhungriger Löwe, hob ihn vom Boden, und schleuderte ihn in die Tiefe. ... Ich gestehe, dass dieser Anblick mein Blut gerinnen machte, und ich einen lauten Schrei ausstieß, als ich den Unglücklichen, mit dem Degen in der

Brust, hinabrollen sah. »Entfernen wir uns« sagte der Sieger »er bedarf keiner menschlichen Hilfe mehr.« Mit diesen Worten hob er den Degen auf, der dem Unbekannten aus der sterbenden Hand entfallen war, und fuhr fort: »Das ist ein böser Abend und ein schlechter Ersatz für ihn: Gehen wir!«

Das war auch meine Meinung; aber um alles in der Welt hätte ich mich von dem Orte nicht entfernen können, ohne mich nach Hilfe umzusehen, so sehr ich auch versichert war, dass sie vergeblich sein würde.

Du Touceville ging schweigend, betäubt, und im finsteren Hinbrüten neben mir. Auf die vorige Waffenwut war ein Zustand der Abspannung und eine Art von Reue gefolgt: Ich gab ihm den Arm; er hatte Mühe, den ersten Fiaker zu erreichen, den wir vorfanden. Kaum hatte ich ihn in den Wagen gehoben, als ich in die nächste Wache[153] lief und den Sergeanten besonders zu sprechen verlangte; ich drückte ihm ein Goldstück in die Hand und entdeckte ihm: Unten am Fuße des Boulevards (ihm den Ort näher bezeichnend) hätte ich Klagegeschrei und Winseln gehört. Darauf entfernte ich mich und habe seitdem erfahren, dass hingeschickt und nachgesehen worden; dass aber die Hilfe zu spät angelangt, und der Unbekannte den verdienten – und vielleicht gesuchten Tod gefunden.

Da dieses Werk auch besonders zur Aufbewahrung meiner Erinnerungen bestimmt ist, so will ich hier eine historische Notiz des Helden dieses tragischen Abenteuers niederlegen, und das Grab eines Mannes mit Blumen bestreuen, der von wenigen gekannt, von vielen verkannt oder ihnen doch nur von einer schlechten Seite bekannt geworden ist. Ich will seine Fehler nicht zu verschleiern, wohl aber sein Gedächtnis vor Verleumdung und falschen Beschuldigungen zu retten suchen. Ich will von ihm sagen, was ich zuverlässig von ihm weiß und verbürgen kann. Er war kein Mann von gewöhnlichem Schlage.

Was ich hier niederschreibe, kann nützlich und heilsam für junge Leute sein, die mit Vorzügen, mit denen sie Missbrauch treiben, oder mit Leidenschaften, denen sie nachgeben, ins große Leben eintreten.

Herr *Du Touceville* war aus einer sehr alten Familie in der Normandie entsprossen, welche, zwar selbst ohne Glanz, gleichwohl mit den besten Häusern der Provinz zusammenhing. Seine Voreltern, bis auf seinen Großvater ausschließlich, waren Protestanten gewesen; und man weiß, dass das eben kein Umstand war, um zu Hofgunst und Auszeichnungen zu gelangen. Sein Vater hatte in seiner Jugend eine Dragoner-Kompanie im Regiment von *Condé* erhalten, verließ aber den Dienst, wo er sein Vermögen zugesetzt hatte. Er beging nachher den Fehler, eine ziemlich untergeordnete Stelle im

---

[153] Corps-de-garde du guet.

Magistrat einer Stadt in der Normandie anzunehmen, und den noch größeren, diese Stelle zu einer Art von *Geldgeschäft* für sich zu benutzen. Dabei benahm er sich so ungeschickt, dass er noch tief unter das schon so unscheinbare Amt herabsank, das in keiner Hinsicht für ihn passte. Zuletzt ergriff ihn Verdruss und Ekel; er ging ab. Ich rede von dieser Stelle als von einer, die nur der *Vater* bekleidet hat; denn man hat sich Mühe gegeben, sie in der Folge auf die Rechnung des *Sohnes* zu schieben, als seine Feinde die Absicht hatten, ihm wehe zu tun und ihn unglücklich zu machen. Der Sohn hat sie nie bekleidet; er ist als Page des Prinzen *von Condé* erzogen worden, und mochte es wohl leiden, dass man an ein näheres Verhältnis zwischen ihm und der Herzogin *von Bourbon* glaubte, an deren Hof er zuerst angestellt wurde. Da er sich aber nie über diesen Punkt deutlich gegen mich ausgesprochen, da ich sogar eine Menge Gründe habe, das Gegenteil vorauszusetzen, so bin ich um so mehr entfernt, dem Leben dieser Fürstin diesen Flecken anhängen zu wollen, da die Zeit der Widerwärtigkeit für sie ausgebrochen ist, und da in meinen Augen das Unglück einen noch heiligeren, unverletzlicheren Kreis um die Großen bildet, als die Konvenienz des Ranges, obschon diese für eben so heilig und eben so unverletzlich geachtet werden sollte.

Herr *Du Touceville* hatte eine einnehmende Gestalt und besonders etwas Edles und Großes in seinem Wesen.

Er ließ sich von zwei Anmaßungen fortreißen, die ihm beide verderblich geworden sind, weil sie zugleich einen gefährlichen, wilden und einen eiteln, kleinlichen Charakter andeuten. Im Grunde war der seinige keines von beiden.

Er galt nämlich für einen Mann, der sich durch Duelle und durch Glück beim schönen Geschlecht einen Ruf erworben hatte. Man kann nicht leugnen, dass er eine Menge Ehren- und Liebeshändel gehabt, deren einige großes Aufsehen gemacht haben. Zu den ersten zählt man vor allem die Ehrensache mit dem Grafen *Durfort*, der späterhin als Offizier in die Gardedukorps eintrat, und noch später, gleich nach dem Beginne der Revolution, zu ihr überging. Der Streit war auf einem Ball bei Frau *von Espagnac* entstanden, zu dem halb Paris eingeladen worden war. Die Veranlassung war eine Tanzstelle, die man sich streitig machte. Die *Herren* hatten sich schon versöhnt; aber am folgenden Tage entschieden die *Damen*: Der Auftritt sei von der äußersten Umständlichkeit gewesen; es wären Worte gewechselt worden, wie man sie im Leben nicht gehört;[154] es sei *unerhört, unbegreiflich,* dass sie sich noch *nicht* geschlagen hätten; beide hätten *die Ehre* verwirkt;

---

[154] Qu'ils s'étaient dit des choses de l'autre monde.

hinfort sei es eine Schande, *sie zu grüßen,* und unmöglich, ihren Gruß nur mit der *leichtesten Verneigung* zu erwidern. Gründen von solcher Stärke musste freilich nachgegeben werden. Die Damen erhielten volle Genugtuung. Die beiden Opfer ihres Getratsches kamen überein, sich zu schlagen, und fingen mit der Versicherung an, dass sie einander hochschätzten, dass keiner über den andern zu klagen Ursache habe, dass sie aber einer den andern umbringen würden, einem Geschlechte zuliebe, das in der Gesellschaft vorschreibt, was Recht oder Unrecht, was ein guter oder schlechter Name ist, – so oft es sich nämlich die Mühe geben will, darüber zu entscheiden. Der Zweikampf fand unter der Leitung des Herrn *von Foufay* statt, der nachher eines so tragischen Todes gestorben ist. Sie verwundeten sich beide in demselben Augenblick, mussten mehrere Wochen das Bett hüten, schwebten neun Tage zwischen Leben und Tod, und der am leichtesten wegkam, war sieben- bis achtmal zur Ader gelassen worden.

Wenn es seine Richtigkeit hat, dass Herr *Du Touceville* sich oft geschlagen und sich viel damit wusste, so möchte ich doch nicht eben so zuversichtlich behaupten, dass es ebenso sich mit den bonnes-fortunes verhalten sei, deren er sich rühmte; wenigstens ist die Sache nicht ganz so klar, obgleich er alles tat, sich und andere von seinen Erfolgen beim schönen Geschlecht zu überzeugen. Er hatte Mätressen, das ist richtig; er wechselte sie oft; da es aber in diesem Punkt mehr auf die Auswahl als auf die Menge ankommt, und seine Freundinnen überhaupt aus geschiedenen Frauen, aus prozesssüchtigen Pimbeschen[155] von der Provinz, aus Damen, welche im Précieux Sang, in der Conception[156] untergebracht waren, aus Tänzerinnen vom Corps de Ballet, aus Schauspielerinnen der dritten Klasse usw. bestanden, so habe ich oft daraus geschlossen und es ihm selbst ins Gesicht gesagt, dass seine bonnes-fortunes (mit Ausnahme einer einzigen) nicht viel auf sich hätten und ihm keine sonderliche Ehre machten. Es lag in ihm ein Gemisch von Romanton, von Theaterton, von Hofton (denn er kannte den Hof) und vom Tone der niedrigen Gesellschaften, die er durch eine Folge der Umstände geraten war; und dieses Gemisch machte ihn unfähig, bei Frauen von gereifter Erfahrung oder bei Frauen von gar keiner sein Glück zu machen. Er verstand sich schlecht auf die Taktik der einen wie der anderen, der Ausgelernten wie der Naiven, kurz, er benahm sich ganz wie einer aus der Provinz. Ebenso linkisch behandelte er die schönen Künste. Er liebte Dichtkunst und Musik, ohne gründliche Kenntnisse darin zu haben. Besonders habe ich an ihm bemerkt, dass er, dem es übrigens nicht an Sinn und Geschmack fehlte, nie einen so schlechten Ton hatte, als wenn er verliebt war.

---

155 Vgl. Les Plaideurs de Racine. *Übers.*
156 Klöster in Paris, in welchen gewisse Geheimnisse in der Stille abgetan wurden.

Frau *von Vierville* vom Hofe *Orleans* war mit ihm verwandt. Es war ihr gelungen, ihm in die Gesellschaft des Herzogs *von Orleans* und der Frau *von Montesson* zu bringen. Bei letzterer spielte er Komödie; schlecht genug, aber in seinen Augen sehr gut, und das lief bei ihm auf eins hinaus, obschon nicht bei andern. Die Folge war, dass er eine Menge Verse auswendig wusste, die er bei jeder Gelegenheit in den Gesellschaften anbrachte, wobei er aber nicht verfehlte, wie so viele Schauspieler von Metier, [157]sie zu verzerren, bald durch Einschiebsel, bald durch Versetzungen, bald durch Verstümmelung, bald durch Verwechselung eines Wortes mit einem andern. Nie habe ich einen Menschen gekannt, der so wenig Takt und Gehör gehabt hätte wie er.

Seine zur Unzeit prahlende Geckenhaftigkeit; das Gerücht (wahr oder falsch), das sich durch seine Schuld verbreitet, und durch ihn Gewicht erhalten hatte; ungereimte Anmaßungen und sogar Forderungen hatten ihm das Palais-Bourbon verschlossen. Ebenso verschloss sich eines Duells wegen für ihn das Palais-Royal. Er schob zwar die Schuld auf das Spiel; allein der Herzog *von Orleans* würde gewiss die Spielschuld übernommen haben, hätte sich *Du Touceville* bereitfinden lassen, mit einem Obristenpatent in der Tasche nach Ostindien abzusegeln.[158] Er hatte (wenn ich nicht irre, in Rainsy) mit den Herren *De la Marck* und *de Gouvernet* gespielt und verloren. Er bezahlte nicht; es kam zu Worten, zu Anzüglichkeiten; man wurde empfindlich; ein Duell erfolgte, in welchem Herr *von Gouvernet* verwundet wurde. Der Herzog, der ihm persönlich zugetan war, nahm so viel Anteil an dem Handel, dass er sogar als Vermittler bei dieser kleinen Stänkerei[159] aufzutreten geruhte, Herrn *Du Touceville* zu sich in sein Kabinett berief, und ihn, wie dieser selbst gegen mich verlauten ließ, mit den Worten eines Vaters zur Vernunft zu überreden suchte. Allein *Du Touceville* hatte einen so übermütigen und respektwidrigen Ton angenommen, dass er die Gunst des Fürsten verscherzte. Dazu kam noch die Wunde des Herrn *von Gouvernet*, die dem Herzog um so empfindlicher war, da er alles getan hatte, sie ihm zu ersparen. *Du Touceville* erhielt die höfliche Weisung, in Zukunft nicht mehr zu erscheinen. Das tat er denn auch, nachdem er vorher einen höchst unschicklichen Brief an den Herzog geschrieben hatte. Jetzt wendete er sich mit

---

[157] Besonders der große Schauspieler, der mit so schönem Talent, mit so ausgezeichneten Kunstgaben so viele und große Fehler verband – *Molè*. Es war ihm nicht möglich, einen Vers herzusagen, ohne ihn durch den Zusatz eines si, eines mais, eines tenez! zu *verhunzen*. Dazu kam noch sein beständiges Anstoßen und Stottern! *Verf.*

[158] Man bemerkt hier für einige auswärtige – und auch für einige andere – Leser, dass hier vom Herzoge *von Orleans*, dem Großvater des jetzt Lebenden, die Rede ist. Ein vortrefflicher Fürst, der es noch im Grabe, wie ich glaube, für ein Glück schätzt, gewisse Zeiten nicht erlebt zu haben. *Verf.*

[159] Tripotage.

seinen Hoffnungen nach Versailles, wo er bereits vorgestellt worden war. Allein er konnte es nie dahin bringen, nur zur Cour aufgerufen zu werden,[160] weil man dem Könige ein ungünstiges Vorurteil gegen ihn beigebracht hatte. Man hat ihm sogar das Recht der königlichen Wagen streitig machen wollen;[161] worüber mir aber, der ich den Beglaubigungsschreiben des Herrn *Cherin* und einen Brief des Herzogs *von Coigny* in Händen gehabt, nicht der Schatten eines Zweifels bleibt. Überdies scheint mir jetzt das alles ziemlich gleichgültig, und wenn ich es erwähne, so geschieht es bloß historisch; ich rede davon, wie von den Ruinen von Palmyra, Athen und Rhodos.

Herr *Du Touceville* richtete, wie schon gesagt, seine Blicke auf Versailles, wo er einige Wochen lang bei der Königin in ziemlicher Gunst stand; allein Hass und Verfolgung bleiben nicht auf halbem Wege stehen; ihr Motto ist:

Nil actum reputans, dum quid superesset agendum.

Ich kann aber auch nicht in Abrede stellten, dass er seinen Feinden viele Blößen gegeben. Man erinnerte an die Vergangenheit, man stellte ihm sein Horoskop für die Zukunft; man tat, was man konnte, ihn zugrunde zu richten; man ging so weit, dass man das Geschäft und die Handlungsweise seines Vaters aus dem Grabe hervorzog und den Sohn dafür verantwortlich machen wollte; man sprach von jenem niedern Amte, dessen ich erwähnt; man schloss damit, dass man ihm den Adel streitig machte.

Er war aber der Mann nicht, der eine Anschuldigung dieser Art ertragen konnte, so ungereimt sie auch immer sein mochte. Im Gegenteil, je mehr man seine Geburt anfeindete, desto mehr hielt er auf seinen Stammbaum, desto öfter führte er seine Abkunft, das Alter seiner Familie und die Verbindungen derselben mit den ersten Häusern der Monarchie an. Er trug fast immer heraldische Beweise, Scheine und Diplome bei sich, womit er sich brüstete und legitimierte. Der verstorbene Prinz *von Salm* und ich spotteten so lange darüber, bis er von der närrischen Gewohnheit abließ.

Das erinnert mich an eine lustige Anekdote. Er erfuhr einst, dass ich beim Prinzen *von Bauffremont*, der unendlich viel Güte für mich hatte, eingeladen war. Dieser Herr, einer der vortrefflichsten Männer von Frankreich, ist zwar nie zu den hohen Stellen des Hofes und des Reiches gelangt, hätte sie aber eben so sehr als andere durch seine Eigenschaften und mehr als viele andere durch seine Geburt verdient,[162] *Du Touceville* versicherte mir, er habe den

---

[160] D'obtenir un ordre de début.
[161] Ses preuves pour les carosses.
[162] Die strengen Moralisten warfen ihm vor, dass er sich noch als Greis eine Maitresse hielt und im späten Alter allen Schwachheiten der Jugend nachhing. Doch was will das sagen? Er war ein galant homme, von liebenswürdigem Verstande, von einem herrlichen Gedächtnis. Er war des Herzogs *von Choiseul* vertrautester Freund gewesen, der doch seine Freunde nicht

Prinzen ehedem oft gesehen, und ersuchte mich, für ihn die Erlaubnis auszuwirken, ihm aufzuwarten. Ich tat es, und der Prinz erteilte sie.

Einige Tage nachher führte ich ihn ein. Wir kommen an. *Du Touceville* erschöpft sich in Eingangskomplimenten. Dann aber, mit einem Mal, fängt er
an: Prinz, die Ehre, die ich habe, mit Ihnen nahe verbunden zu sein, macht
mir das Glück doppelt unschätzbar, Sie *wiederzusehen*. Die vielen Eheverbin-
dungen ...« – »Monsieur!« sagte der Prinz mit einer verlegenen Verbeugung. – »Ja; Prinz, wir sind, Sie und ich, mit dem königlichen Hause,
folglich miteinander verwandt: *Hyacinth Maximilian Du Touceville* und
Yolanthe von Burgund ...« – »Monsieur!!« – »Ja, Prinz, *mein Haus* und das *Haus
Bourbon* haben zu mehreren Malen ...« – »Monsieur!!!« –

Der Prinz *von Monaco*, ein intimer Freund des Prinzen *von Bauffremont*, war
gegenwärtig. Er ließ, wie man weiß, keine Gelegenheit vorbei, sich über
andere lustig zu machen und persiflierte seinen Bedienten, wenn ihm gerade
sonst niemand in den Wurf kam. Er nahm das Wort, unterbrach den Genea-
logisten, und sagte: »Mein Herr, nehmen Sie sich in acht, Sie werden dem
Prinzen *von Bauffremont* einen solchen Schrecken einjagen, dass er es nie
wagen wird, sich zu Ihrer Familie zu bekennen!« – Man meldete jemanden,
die Sache hatte dabei ihr Bewenden, und *Du Touceville* war der Einzige, der
nicht merkte, dass er die Zielscheibe des Spottes gewesen.

Nach dem verunglückten Versuch, bei Hofe anzukommen, schlug er seine
Garderobe los, die nichts weniger als unbedeutend war: er scherzte selbst
darüber und sagte: »Für Paris sei ein schwarzer Rock alles, was er brauche.«
Als ich einst diese Saite berührte, nahm er einen tragischen Ton an und
sprach: »Ich bin wie die Könige, welche, nachdem sie in der Weichlichkeit
der Höfe den Luxus der Prachtkleider erschöpft haben, Helden und Eroberer werden und die einfache Kriegs- und Felduniform anlegen!« – Er
hielt jedoch nicht Wort, denn in den letzten Jahren seines Lebens habe ich
ihn bisweilen »mit Stickerei bedeckt« einhergehen gesehen, besonders wenn
er verliebt war, oder es ihm an Geld fehlte.

Man darf aber nicht glauben, dass er immer so sprach. Nein, er konnte bisweilen sehr liebenswürdig sein. Er hatte einen ausgebildeten Verstand, dem
es aber meiner Meinung nach an einem gewissen *Ichweißnichtwas?* fehlte, das
sich besser fühlen als beschreiben und erklären lässt. Dabei hielt er sehr auf
altes Rittertum, übertrieb aber die Sache, und schien mehr daran zu hängen,
als er im Grunde daran hing. Seine Huldigung und Ehrerbietung für die

---

gewöhnlich aus der Klasse der Dummköpfe und Langweiligen nahm. Der Hof tat nichts für
ihn; Spanien schickte ihm das Goldne Vlies, als er schon in den Sechzigern war, weil es
dem alten Schlendrian folgte (l'Espagne était routée.) und seit mehr als zweihundert Jahren
gewohnt war, den *Bauffremonts*, von Vater auf Sohn, das Widderfell umzuhängen. *Verf.*

Damen ging über alles;[163] doch nur in der Theorie, denn in der Anwendung war es anders; da wich er oft genug von seinen Grundsätzen ab, worin er überhaupt strenger für die anderen, als für sich selbst war. Er war ein großer Komplimentedrechsler, fiel aber oft in das entgegengesetzte Extrem, und zeigte sich dann über alle Maßen kurz angebunden, rau und grob. Von der feinen Ironie hatte er keinen Begriff, obschon viel Anlage zum *Spott*; was er aber im höchsten Grade besaß, und in ernsthaften, wichtigen Fällen geschickt anbrachte, war ein verschlossenes Wesen, eine stumme Miene, eine wichtige Attitüde. Er wusste sich ganz das Ansehen des Verschwiegenen zu geben.

Von Schicksalsschlägen getroffen und zu Boden geschmettert, aus den Reichen dieser Welt und von ihren Großen verstoßen und enterbt, zog er sich in die Provinz zurück, kam nach einigen unbedeutenden Liebesabenteuern und Siegen auf diesem Winkeltheater nach Paris zurück, mit sechzigtausend Franken, die ihm ein deutscher Fürst geliehen hatte, weil er ihn für einen zweiten *Vardes* hielt, den ein zweiter Ludwig XIV.[164] von seinem Hofe verbannt habe. Wer vierhundert Stunden von Versailles entfernt ist, kann so etwas leicht glauben. Er machte nun ein Haus und legte sich eine Dienerschaft und einen Hausstand zu, der ein Einkommen von hunderttausend Franken erfordert hätte. Auch wurde stark bei ihm gespielt. Gegen das Ende seines Lebens, das mit einem stürmischen Tage verglichen werden konnte, fielen einige Sonnenstrahlen auf seine Bahn. Auf einer Reise in die Bretagne vermählte er sich mit einem jungen Mädchen von guter Familie. Er behauptete sogar, sie stamme von einem Ritter ab, der bei der ersten Ordenspromotion *Heinrichs* III. zum Ritter geschlagen worden sei;[165] ein Punkt, der in meinen Augen so gleichgültig war, dass ich nie daran gedacht habe, ihn zu beleuchten. Seine Gemahlin brachte ihm einiges Vermögen zu. Kaum hatte er es aber in Händen, als er wieder nach Paris eilte, um es loszuwerden. Bei so vielen Schwankungen, bei so abwechselndem Steigen und Fallen auf der Glückswaage, musste er wohl vor der Zeit alt werden, und bald blieb ihm nichts übrig, als sich hinzulegen und zu sterben. Dazu entschloss er sich denn auch. Die Erde nahm ihn, nach einer langwierigen und schmerzhaften Brustkrankheit in ihren Schoß auf. Ihm blieb beim Eintritt

---

[163] Auf einem Spaziergange bei Vincennes sah er einst jemanden, der eine Frau, allem Anschein nach eine Geliebte, schlug. Er stürzte auf ihn ein, prügelte ihn halb tot und rief immer dabei: »Auf die Knie vor Madame! auf die Knie!«

[164] Soll heißen: ein *zweiter Heinrich* IV. Dessen Leibkoch war *Vardes* , der aber auch die Liebesbriefe der Schwester des Königs besorgte, sodass *Heinrich* von ihm zu sagen pflegte: Il gagne plus à porter les poulets de ma soeur, qu'à piquer les miens. – Wortspiel mit poulets, Liebesbriefe und poulets, Hühner. *Übers*.

[165] *Heinrich* III. stiftete 1352 den Heiligen-Geist-Orden. *Übers*.

derselben die Gefahr, worin er schwebte, nicht unbekannt; mit großer Seelenruhe und Standhaftigkeit sah er dem Tode entgegen, und nur zwölf Stunden vor seinem Scheiden sagte er zu mir: »Ich mache es wie die großen Schauspieler, die von der Bühne abtreten, ehe sie aufgehört haben, dem Publikum zu gefallen. Wir leben in beklagenswerten Zeiten,[166] auf die noch schrecklichere folgen werden; ich erlebe sie nicht; ich habe von den Gebrechlichkeiten des Alters nichts zu fürchten; ich erlösche nicht im langsamen Todeskampfe meines verwitterten Wesens. Ich war kein Tugendheld, aber auch kein Bösewicht. Würdigt mich derjenige, der uns ins Leben ruft, eines Blickes, so wird er mir vergeben. Ich sterbe, wie der Rechtschaffene sterben soll, ohne Schwachheit und Kleinmut. Ich sterbe, wie man in Rom und Athen starb.«

Und in der Tat ist er zu sehr gelegener Zeit gestorben; selbst für seine Gläubiger, die sonst nichts von ihm zu erwarten hatten, als die Aussicht, ihm neuen Kredit zu geben.

Er zählte, wenn mir recht ist, noch nicht siebenunddreißig Jahre, und hinterließ zwischen drei- und viermal- hunderttausend Franken Schulden. Das heißt also, wie gesagt, zu sehr gelegener Zeit und nach allen Regeln sterben.

Ich kam von einer ziemlich langen Reise zurück, als ich ihn mit einem Fuße im Grabe fand. Meine Erscheinung war ihm angenehm; er unterhielt sich philosophisch mit mir über die kleine Anzahl derer, die ihn vermissen würden, über die große Zahl derer, die ihn verkannt hätten, und führte dabei *Delilles* Verse an: Quel homme vers la vie, au moment du départ, Ne se tourne, et ne jette un triste et long regard? A l'espoir d'un regret ne sent pas quelque charme. Et des yeux d'un ami n'attend pas une larme?

Ich versprach ihm, dieser *Freund* sein zu wollen, und habe Wort gehalten.

Die hier entworfene Schilderung ist zwar kein Panegyrikus und nichts weniger als geschmeichelt. Doch spricht sie ihm mehrere gute Eigenschaften nicht ab, die ihm Zuneigung und Teilnahme gewannen. Er war ein treuer Freund, sparte nichts, wenn es darauf ankam, denen zu dienen, die er wahrhaft liebte. Dabei ist noch zu bemerken, dass er, der sich selbst fast nie zu raten wusste, anderen fast immer guten Rat gab. Sein Herz war vortrefflich, und obschon seine Aufführung nicht tadelfrei gewesen, so habe ich doch nur wenige gekannt, die, wie er, sich durch das bloße Wort *Ehre* zu so großen Opfern verstanden, und sich – so vielen Gefahren ausgesetzt hätten. Es fehlte ihm in vielen Fällen an Takt; allein die Energie seines Charakters ersetzte fast immer diesen Mangel und glich die Nachteile wieder aus. In der Liebe war er von einer grenzenlosen Eifersucht; dennoch konnte er sie (wie

---

[166] Er sprach das im Jahre 1791.

ich es durch eigene Erfahrung weiß) der Freundschaft zum Opfer bringen. Seine Leidenschaften waren um so heftiger, da sie ihren Sitz mehr im Kopfe und in der Eitelkeit, als in seinem von Natur wohlgeordneten Herzen und in seinem Verstande hatten, der ihm stets das Rechte und Richtige wies, wenn ihn gekränkte Reizbarkeit und beleidigter Stolz nicht irreführten. Um in dem alten monarchischen Frankreich zu Achtung und Glück zu gelangen, fehlte ihm – was man allerdings von einem jungen Manne, der ohne Leitung und Vorbereitung in die große Welt eintritt, schwerlich erwarten kann – so viel Charakter, als man nötig hat, um ihn bei vorkommenden Fällen zu verbergen; so viel Verstand, um nur das Erforderliche davon zu zeigen; so viel Geschmack, um einfach und nicht abstoßend zu sein; so viel Solidität, als dazugehört, den Schein zu vermeiden, als wolle man glänzen.

Ich habe ihn in seiner Glücksperiode gekannt, bin ihm in allen Glückswechseln treu geblieben, und habe in einer zwölfjährigen engen Verbindung mit ihm wichtige Freundschaftsdienste, unzählige Beweise der Willfährigkeit und unzweideutige Proben einer gänzlichen Ergebenheit von ihm erhalten. Er hat mir stets Anlass zur Liebe, nie zur Klage gegeben. Es war nur Gerechtigkeit von meiner Seite, wenn ich ihm zugetan war, und sein heroisches Betragen bei seinem Ende, verbunden mit so mancher Erinnerung an unser Verhältnis, machen mir sein Andenken teuer. Ich muss noch hinzusetzen, um ihm volle Gerechtigkeit widerfahren zu lassen, dass er, in vieler Hinsicht, weit über einer Menge von Leuten stand, die, nachdem sie mit ihm verkehrt, oder ihm wenigstens im Leben begegnet sind, sich in der Folge gestellt haben, als sei er ihnen unbekannt und sogar verächtlich gewesen (was überhaupt etwas Gewöhnliches und Bequemes ist).

Ich bin in dieser Schilderung weitläufig gewesen. Die Stimmung meines Gemüts brachte mich dazu. *Du Touceville* war einer von denjenigen, die in mir ein unauslöschliches Andenken zurückgelassen haben, ohne dass ich es mir recht erklären könnte, wie und warum ich mich so eng mit ihm verbunden. Man hat mir unser Verhältnis zum Vorwurf gemacht; mein Herz hat es beständig gerechtfertigt. Ein Mann von Ansehen warf es mir einst in England vor, und gab mir sein Befremden über meine Parteinahme für einen solchen Freund zu erkennen. Ein anderer, der in jeder Hinsicht noch höher stand, fragte mich einst in Berlin: »Was wohl eine Verbindung dieser Art so Anziehendes für mich hätte haben können? Er habe *Du Touceville* in Paris gekannt, ohne je das Geheimnis seines Verdienstes auffinden zu können.« Diese Bemerkung hat mich nicht befremdet. *Du Touceville* konnte weder *mittelmäßig* gefallen noch missfallen. Aber Sie werden sich erinnern, teuerster Prinz, dass ich Ihnen damals zweierlei versprach; erstens, Ihnen den Beweis zu liefern, dass Sie ihn nie *gekannt* haben; zweitens, Ihnen ein treues Bild zu entwerfen, aus welchem Sie entnehmen möchten, dass Sie ihn bloß *gesehen* haben. Ich habe mein Versprechen erfüllt.

Wenn das, was man von *Du Touceville* hier liest, einigen lang und weitschweifig vorkommen sollte, so müssen diese es mir verzeihen, wenn ich sie für oberflächliche Leser erkläre, bei denen das Ansehen der Person gilt. Seine Name klingt vielleicht unangenehm in ihren Ohren; sein Andenken kann keinen Reiz in ihren Augen haben. Sollte denn aber gar nichts Merkwürdiges und die Aufmerksamkeit Fesselndes sein, ich will nicht sagen, in den Farben, deren ich mich bedient habe, sondern in dem Ensemble, in den Details des Bildes, von dem ich hier die Skizze entwarf? Sollte kein Vorteil aus dem Spiele zu ziehen sein, welches das Schicksal mit ihm getrieben? Keine Lehre daraus zu ziehen sein? Sollte nichts aus der Betrachtung der Widersprüche und Gegensätze, welche in ihm waren, aus den verschiedenen Aspekten und Erscheinungen zu lernen sein, welcher dieser zugleich so starke und so schwache Charakter entwickelt hat?

Habe ich unrecht, so habe ich mich gröblich getäuscht, so bedarf es für mich der ganzen Schonung und Nachsicht meiner Leser, und ich ersuche sie darum. Habe ich aber recht? Nun dann kommt's nicht auf die Person an, die meinem Pinsel gesessen hat, und ich bin absolviert.

Ich gehe noch weiter, lieber Leser, und wünsche dir in den schwierigen Lagen deines Lebens einen so ergebenen Freund, ein so zuverlässiges Herz, ein so zartes, feinfühlendes Gemüt, als ich in dem Grafen *Du Touceville* gefunden habe. Doch da sein Name in diesen Memoiren wieder vorkommen wird, so wirst du Gelegenheit finden, ihn nach seinen Handlungen besser, als nach meinen Worten zu beurteilen.

Ich möchte gern im Schreiben Ordnung und Zeitfolge beobachten; allein mich reißen die Ideen, die Rückerinnerungen meines Lebens, mit sich fort, und so geschieht es, dass ich oft lange Zeiträume durchlaufe, die ich hernach wieder zurückschreiten muss.

So hat mich z. B. die Episode dieses Todes zehn Jahre überspringen lassen. Ich eile zurück, und komme wieder auf den Punkt, wo ich den natürlichen Gang meiner Geschichte unterbrochen hatte.

Man hat gesehen, wie ich Frau *von De****, das letzte Mal, als ich ihr in diesem Leben begegnet, verließ. Einige Tage nach unserer Trennung erhielt ich von ihr ein Billet, dessen Inhalt das kälteste Herz gerührt haben müsste. Sie warf sich den Kummer vor, den sie mir verursacht; sie suchte nicht einmal ihre Absicht zu verhehlen, und gestand mir offenherzig, dass Eifersucht die Reinheit derselben vergiftet habe; sie gab dieser feindseligen Empfindung, die sich ihrer bemeistert hatte, alle Schuld; und, von Reue verzehrt, einer Krankheit unterliegend, die von den Ärzten für unheilbar erklärt worden war, wünschte sie nur noch einmal vor ihrem nahen Ende, mich zu sehen. Ich würde ein Barbar gewesen sein, wenn ich sie in diesem Zustande mit neuen Vorwürfen gekränkt hätte, auch tat ich es nicht; aber ich fand mich nicht edel und großmütig genug, sie zu trösten, weil ich mich selbst untröstlich fühlte.

Ich reiste noch an demselben Tage ab, und beantwortete ihr Schreiben erst in Lyon, wenige Tage vor ihrem Abscheiden.

So schwinden Individuen und Menschenalter dahin, nach einigen Augenblicken eines peinlichen Ringens, eines ängstlichen Lebenstraumes, dessen kurze Dauer so qualvoll, dessen Ziel so beschränkt, dessen Wünsche und Aussichten so grenzenlos sind! So drängt und stürzt – wie die Naturkraft Wolken auf Wolken in ewiger Folge um die höchste Bergspitze sammelt und sie von ihr einsaugen lässt – ein eiserner Arm auf unsichtbare Weise die große und beweinenswürdige Familie der Menschheit in einen Abgrund, dessen Tiefe keine Hand gemessen, dessen Räume kein Fuß durchwandert hat, aus dem keine Rückkehr zu hoffen ist!

So wirst du denn, o Mensch – vollkommenes Wesen, Beherrscher der Natur, Bändiger und Eroberer aller Elemente – der Erde, diesem Sitze der Zerstörung und Verwüstung, dessen Herr und Gebieter du dich dünkst, nur gezeigt, um einen Augenblick den Staub derselben zu betreten und schon im Folgenden den deinigen mit ihm zu vermischen!

Where is the dust, which has not been alive!

O Nichtigkeit aller unserer eitlen Bemühungen! O Leere aller unserer trügerischen Freuden! Wie? Der Mensch, ein so vollendetes, vollkommenes Wesen. ... Doch halt! Bleiben wir einen Augenblick hier stehen! Ist jene so gerühmte Vollkommenheit, ist jenes Gefühl einer in unseren Augen so allgemein anerkannten und bestehenden Überlegenheit nicht vielleicht das phantastische Werk unserer stolzen Vorurteile? Bestehen sie in der Wirklichkeit, wie wir es so keck bejahten? Können wir überhaupt wissen, ob etwas auf dieser Erdkugel existiere, die wir nicht kennen, die von Welten umgeben ist, welche wir ahnen und mutmaßen, von welchen wir aber nichts mathematisch beweisen können? Wer hat uns gesagt, ob es uns nicht an Sinnen fehle, deren Besitz und Gebrauch uns die Unvollständigkeit des uns zugeteilten Unterrichts und das Geheimnis unserer Organisation und unserer künftigen Schicksale enthüllen würde? Wer hat uns gesagt, ob der Elefant, der Biber nicht ebenso vollkommen, ob sie nicht in den Augen der Natur und ihres Erschaffers weit künstlicher zusammengesetzt und unbegreiflicher sind als wir?

Wer hat uns gesagt, ob sie sich nicht ihrer überwiegenden Intelligenz, ihrer Vorzüge über uns rühmen? Und überdies, selbst in der Voraussetzung, dass *wir* die vollkommensten tierischen Geschöpfe auf Erden sind, würde schon daraus folgen, dass wir überhaupt die herrlichsten, die vollendetsten Werke der Schöpfung wären? Würde daraus folgen, dass unsere Bestimmung die Unsterblichkeit sei? ... Doch ja, wir sind für die Unsterblichkeit geboren; wir sind ein ungeteilter Ausfluss der ewigen Substanz; wir sind die Sprösslinge des himmlischen Urhebers aller Dinge, der, wie ohne Anfang, so auch ohne Ende ist!! Wären wir bestimmt, mit unserer sterblichen Hülle vernichtet zu werden, wie müsste jenes Wesen in unseren Augen erscheinen? Würden wir nicht zugleich in ihm den Mächtigen sehen, der uns das Leben gab und erhält, und den Sinnlosen, den Schadenfrohen, der es uns zur Qual gemacht, der uns dazu verdammt hat? Würden wir nicht zugleich in ihm das freigebige und das barbarische Wesen erblicken, den Spender der Existenz und den Sender aller Plagen, die die Bedingung und die Geißeln derselben sind? Würde er uns nicht als derjenige erscheinen, der zugleich den unauslöschlichen Durst nach Glück und das Bedürfnis in uns legte, uns gegenseitig den Weg zum Glücke zu versperren? Der zugleich den Durst nach Vergnügen und Genuss in uns weckte, und uns die Fähigkeit versagte, darnach zu haschen, oder wenigstens das Erhaschte festzuhalten? Der den Werken seiner Schöpfung das Siegel des Friedens und der Harmonie aufdrückte, und im Menschen den Keim legte zum ewigen Kriege mit dem Menschen? – Würde dieses Wesen in unseren Augen nicht unbegreiflich, nicht bizarr und im Widerspruch mit sich erscheinen, wenn es, ohne ein genau berechnetes Ersatzsystem, ohne vergütenden Hinblick auf die Zukunft zugäbe, dass ein *Lavoisier*, ein *Malesherbes*, ein Marschall *de Mouchy* unter den Streichen eines *Robespierre* fielen?? Ohne allen Zweifel!!!

O du, das gerechteste, das bewundernswürdigste aller Wesen! Ich irre nicht, wenn ich mit einem Blicke zu dir ausrufe: *Wir sind unsterblich!* Der Übergang aus diesem Leben ist nur eine Stufe zum andern; diese Welt nur ein Stand der Prüfung und Lehre! Nachdem wir daraus geschieden, werden wir erkennen, dass wir nur die notwendigen Teile eines Ganzen waren, das von dir zu fein angelegt worden ist, als dass wir dessen Zusammenhang erraten könnten; wir werden einsehen, dass alles hienieden Verzweiflung und Lüge ist, nur die *Tugend* ausgenommen; und dass *diese*, die allein dazu beiträgt, uns minder unglücklich auf Erden zu machen, uns in einer bessern Ordnung der Dinge wahrhaft glücklich machen wird.

Neuntes Kapitel

Delenda est Carthago!

Reisen, das beste Heilmittel – Es gibt Leiden, die den Menschen abstumpfen – Meine Reise in die Schweiz – Die Regierung beschließt eine Landung in England – Ich werde zum Regiment gerufen – Hass der Nationen gegen Frankreich – Entwicklung der Ursachen – Ich schmeichle keiner Nation und verachte keine – Diese Schrift wird immer interessanter und gehaltvoller werden – Ich ersuche den Leser um etwas Geduld – Ich schmeichle mir, nicht ganz Gewöhnliches zu schreiben – Aus welchem Gesichtspunkt man dieses Werk betrachten muss – Fernere Ursachen des Hasses von Europa gegen Frankreich – England steht an der Spitze unserer Feinde – Ein Advokat L... aus der Provinz sucht mich auf – Seine Rolle in der Revolution – Er ersucht mich um einen Dienst – Leistet mir selbst einen – Die Königin gestattet mir eine Audienz – Bitte um ein Empfehlungsschreiben – Herrn L...s Verwunderung über die Zugäng-lichkeit der Königin – Unrichtige Begriffe vom Hofe in den Provinzen – Herrn L...s Auftritt mit dem Grafen von Chabannes im Theater – Ich beruhige ihn – Einfache und neue Definition des Adels – Die Gräfin von Tavannes – Anekdote – Herrn L ...S Einführung bei dem Minister – Seine Verlegenheit – Ich komme ihm zu Hilfe – Er erhält die Stelle – Überall Schwierigkeiten und Missbräuche – Meine Ankunft in Bretagne bei der Armee – Vergebliche Landungsübungen – Armseliges Quartier im Dorfe Chateauneuf – Traurige Gegend – Ich leide am Fieber und an der Auszehrung – Ich verliere mein Geld an einen Unbekannten – Verdiente Strafe – Mein Streit mit Herrn de la Tour Maubourg – Der Vicomte von Noailles – Reise nach der Normandie – Ich verscherze durch Leichtsinn eine vorteilhafte Verbindung – Paris – Unser Zuvorkommen gegen Ausländer bleibt unerwidert – Unsere Anglomanie – Keine Gallomanie in England – Nachtrag. Der Vicomte von Noailles

Ich berufe mich auf alle, welche in ihrem Leben mit großen Leiden zu kämpfen gehabt haben. Sie werden mit mir übereinstimmen, dass Reisen den Schmerz lindern, wenn nicht gar ihn heilen. Das Unterwegssein neutralisiert den Kummer, indem es ihn von einer Stelle an die andere versetzt. Ein weiter Horizont erfrischt das Gemüt und gießt uns unbewusst den Tau des Trostes in die Seele. Die immerwährende Folge neuer Gegenstände und Bilder legt sich auf unsere Wunden, schließt sie halb, vernarbt sie wohl ganz. Im Frieden der Fluren schläft das Leiden ein. Der Unglückliche, der in den Ringmauern der Städte nicht weinen konnte, vergießt auf dem Lande süße Tränen, seine Brust wird entlastet, er findet sich mehr gesammelt, mehr allein in freier Luft, blickt er zum Himmel hinauf, der sich über ihn wölbt, so glaubt er dort eine Zuflucht gegen das Schicksal oder gegen die Menschen zu finden; er erhebt seine Gedanken zu dem, ohne dessen Zustimmung nichts geschieht, und von dem er die innere Zusicherung erhalten, dass auf die unruhigen Träume seiner flüchtigen Lebenszeit ein stilles, heiteres Erwachen folgen wird. Er betrachtet die Stellen, die Bäume, die er einen nach dem andern hinter sich wie Schatten zurücklässt, vergleicht sie mit allem, was sich ohne Zusammenhang aneinanderreiht; und das Ziel seiner Reise ist für ihn ein Sinnbild des Zieles seiner Reise durch das Leben, nämlich eine ewige Glückseligkeit.

Es gibt aber Schmerzen – und wer weiß es besser als ich – welche aller Kunst der Trostgründe widerstehen, die man nicht anders beschwichtigen kann, als wenn man beständig daran denkt, und die sich nur durch Tränen erleichtern lassen. Schmerzen dieser Art nimmt man mit sich ins Grab. Man hat die Gewissheit, dass sich nichts gegen sie ausrichten lässt; sie sind unsre Hausfeinde, man *kann* ... man *will* sie vielleicht nicht entfernen, weil sie zu etwas gut sind; denn eben *sie* sind es, die unsre Empfindlichkeit über andre Gegenstände vermindern, die uns selbst gegen die Verleumdung gleichgültig machen, die uns gegen die Grausamkeiten der Zivilisation abstumpfen. Sie sind ein Gift, das zugleich als Gegengift wirkt. Aber ich weiß auch, dass Schmerzen und Leiden dieser Art das Los weniger Menschen sind, dass bei Weitem nicht allen von der Natur der Grad von Gefühl zuteilgeworden, der dazugehört, wenn sie die ganze Tiefe unseres Herzens erreichen sollen, dass diese Schmerzen das ganze Leben umfassen, das ganze Leben ausmachen, dass sie es verschlingen, dass sie uns nur mit dem letzten Atemzuge verlassen, uns überleben und uns dorthin folgen werden, wohin wir das Andenken an unser hiesiges Dasein mit uns nehmen.

Andere haben vor mir das glückliche Helvetien beschrieben, das vorübergehend in seinen Grundfesten erschüttert bald sein früheres Gleichgewicht wieder erhalten hat. Selbst wenn ich es besser kennengelernt hätte, würde ich es nicht schildern, weil dies schon mehr als zu oft geschehen ist; ich habe es aber zu oberflächlich und zu schnell durchreist, um mit gehöriger Sachkenntnis darüber sprechen zu können. Denn kaum hatte ich wenige Wochen in *Lausanne* zugebracht, als ich schon Befehl erhielt, mich zum Regiment zu verfügen, das damals in der Bretagne stand, und wie es hieß, bestimmt war, sich an das Armeekorps anzuschließen, das England mit einer Landung bedrohen sollte.

Landungsversuche in England sind von jeher Lieblingsprojekte unserer Regierung gewesen, Projekte, die man oft entworfen, oft liegen gelassen, oft wieder vorgenommen hat, Projekte, die ich keineswegs für unausführbar, für Hirngespinste halte, und die nur dann unmöglich sind, wenn eine Regierung schwach und unbeholfen ist, wenn Minister durch ihre Unfähigkeit und Nichtigkeit es – wie bei uns *sechzig* Jahre lang – dahin gebracht haben, dass Frankreich seine Vorteile, seine Übermacht, seine Überlegenheit zur See verlieren musste.[167]

Wollte Frankreich darauf bedacht sein, empfangene Beleidigungen zu vergelten, und Rache zu üben wegen des Hasses, den man gegen das Land und seine Einwohner hegt, so würde es sehr viel zu tun bekommen! Es würde einen allgemeinen ewigen Krieg mit ganz Europa führen müssen. Europa schließt keine einzige Nation innerhalb seiner Grenzen ein, die nicht die Rivalin Frankreichs – selbst ohne hinreichenden Grund – und eine Feindin des französischen Namens wäre. Und doch sind unsre Künste, unsre Literatur, unsre Höflichkeit, unser Hof, unser Luxus und Modegeschmack, der militärische Geist unsrer Nation, unser Theater, unsre Sprache, selbst unsre Laster, kurz alles, von dem übrigen Europa in Kontribution gesetzt und der allgemeinen Nationalerziehung zum Grund gelegt worden, sodass man glauben sollte, alle Völker müssten sich für verpflichtet halten, Frankreichs Schuldforderung an sie zu entrichten. Allein, wie haben sie sie entrichtet? Mit Hass und Neid!

Im Verlaufe dieses Werkes werde ich Gelegenheit finden, diese Idee, den Grund und die Folgerungen daraus zu entwickeln. Ich werde es dann als freier Mann tun, als Philosoph, der weder ein Schmeichler noch ein Verächter der Mächte ist; ich werde es als Weltbürger tun – aber noch bin ich mit meiner Geschichte nicht so weit vorgerückt.

Dieser *erste* Teil derselben ist vielleicht für viele nicht *gehaltvoll* genug; er wird vielleicht einigen meiner Leser sogar *leer* und unbedeutend erscheinen; aber ich werde meinen Gang fortgehen, ich werde in meiner Lebensbahn auf reichhaltigere Zeiten, auf solidere Gegenstände stoßen. Es wird mir vielleicht an Talent fehlen, sie zu erzählen, doch hoffe ich, dass Wille und Energie diesen Mangel ersetzen sollen.

Ich bitte alle ernsten und denkenden Köpfe, die an den Verirrungen, an den Duellen, an den nächtlichen Abenteuern und Liebeshändeln in diesem ersten Teil Anstoß nehmen möchten – ich bitte ferner die lebhafte, neugierige Jugend um ein wenig Geduld, und verspreche, dass meine Memoiren einen gesetzteren, einen gewichtigeren, und ich darf auch sagen, einen lehrreicheren Charakter annehmen werden.

Ein stürmisches Leben, der eigene Anblick eines großen Teils von Europa und Amerika, Begebenheiten, die von den gewöhnlichen durchaus ab-

---

[167] Geschrieben, als *Bonaparte* seinen Landungsversuch vorbereitete.

weichen, große Unglücksfälle, bisweilen Glück und Lebensglanz, die erlangte, durch Erfahrung geläuterte Kenntnis aller Gesellschaften und aller Stände, mehr als zwölfjährige Reisen – würden vielleicht dazu hinreichen, einen Alltagsmenschen aus seiner Sphäre in eine höhere zu erheben, und ihm das Recht geben, eine Meinung aufzustellen, und zu derselben diejenigen zu bekehren, für die er sich die Mühe gab, die Welt zu bereisen, die Elemente und das Glück zu bekämpfen, überall selbst zu sehen, zu beobachten, zu denken.

Aber ich habe nicht die eitle Anmaßung, mir einzubilden, dass ich in einem Jahrhundert, wo jedermann Bildung und Verstand genug zu haben glaubt, um diese Eigenschaften bei anderen zu verachten und zu verleumden – auch nur einen finden werde, den ich belehren und aufklären könnte. Ich schreibe für *mich* und für die kleine Zahl derjenigen, die der Meinung sind, dass sich aus einem mittelmäßigen Buche etwas lernen, und manches darin finden lasse, woraus man etwas Gutes machen könne. Ich schreibe, um eingewurzelte Irrtümer zu berichtigen, um verleumdete Namen zu Ehren zu bringen, um verunstaltete Tatsachen zu korrigieren, und solche vorzubringen, von denen ich mit Gewissheit behaupten kann: *ich wisse sie*, und von denen Männer gesprochen haben, die nichts davon wussten. Ich schreibe endlich für diejenigen, für welche das Schauspiel der Leidenschaften und die Entwicklung des menschlichen Herzens Lehren voll des höchsten Interesses enthält.

Doch ich komme wieder auf das Obengesagte zurück.

Ich sagte nämlich, dass trotz der Verbindlichkeiten, welche Europa während dreier Jahrhunderte Frankreich schuldig ist, wir den Hass Europas auf uns geladen haben; ich fügte hinzu: Der Augenblick, diese Frage sowohl als viele andere, die mit derselben in Verbindung stehen, zu erörtern, sei für mich noch nicht gekommen; ich wollte nur mit wenigen Worten nicht sowohl den Ursprung jenes Neides auseinandersetzen, da dieser in die Augen fällt, als die Quelle jenes Hasses angeben, da diese weniger bekannt ist.

Ich könnte mich vielleicht darauf beschränken, zu zeigen, dass, wenn wir als die Lehrmeister Europas angesehen werden können, wir ebenso oft als die Zuchtmeister, Zuchtruten und Ruhestörer Europas anzusehen sind. Dieser Grund dürfte zum Hasse hinreichend scheinen; ich finde aber deren noch mehrere. Wir haben nie unsere Vorzüge mit Mäßigung benutzt; wir sind fast immer verleitet worden, Eitelkeit und Geräusch an die Stelle des einfachen Sinnes, der ruhigen Bescheidenheit zu setzen. Unser lebhafter Charakter, unser Eigendünkel hat uns vorzüglich im Norden verhasst gemacht, wo die Natur den Menschen mehr mit dem Verstande der Vernunft als mit dem Verstande des Geistes begabt hat, wo der Mensch mehr Ordnung in den Ideen als Reichtum an Ideen besitzt, wo er mehr Kraft als Grazie, mehr

Überlegung als Einfälle und Witz, mehr Mut als Ausbrüche der Leidenschaft, mehr Sinn und Mutterwitz als Phantasie, mehr Ernst als Liebenswürdigkeit, mehr Phlegma als Munterkeit und leichte Laune zeigt.

Es gibt aber eine Nation, die uns mehr als alle ändern und ganz vorzüglich verabscheut, deren Hass kein bloßer Hofhass, kein Hass der gesellschaftlichen Kreise, kein Hass auf der großen Heerstraße ist; – es gibt eine Nation, die sich nicht mit einer trockenen, unfruchtbaren, unwirksamen Antipathie, mit einem Widerwillen begnügt, der sich in Worten, in Umgangsdeklamationen, Sticheleien und Intrigen auslässt – es gibt eine Nation, die gegen alles Französische überhaupt einen Widerwillen hat, den sie mit der Muttermilch eingesogen, die uns instinktmäßig, und dabei zugleich mit abgewogener, tief berechneter Absicht,[168] mit Überlegung, aus Überzeugung, ja selbst aus *Air* verabscheut, die es für guten Ton und Nationalgeist hält, diesen Hass wo möglich noch zu steigern, die uns alles Verdienst abspricht, selbst in Dingen, wo sie uns nichts entgegenstellen kann, die keinen feurigeren Wunsch hat, als uns von der Erde vertilgt zu sehen, die, wider Willen und im Herzen unsere Überlegenheit in unendlich vielen Stücken und unsere Gleichheit in allen übrigen anerkennend, sich aus diesem Grunde den Schein gibt, andere Nationen zu achten und zu preisen, welche keineswegs mit ihr in die Schranken treten können – es gibt endlich eine Nation, die beständig darauf sinnt, ihren Hass gegen Frankreich der übrigen Welt mitzuteilen, und die zwar manchen großen Mann hervorbrachte, der in Reden und Schriften Frankreich *bewundert*, aber keinen einzigen, der Frankreich *geliebt* hat.

Das ist die Nation, die uns vernichten will, oder von uns vertilgt werden muss.[169] Bedarf es noch unter diesem Gemälde des Namens: *England*??

Freund Leser! Halte mir meine Abschweifungen zugute; ich würde lieber dem Schreiben entsagen, als ihnen.

Ich verließ Lausanne mit der doppelten Aussicht, entweder im Meere mein Grab zu finden, oder den Boden der drei Reiche zu betreten (was mir bei Weitem angenehmer gewesen wäre). Ich eilte in dieser Alternative nach der Bretagne; keines von beiden wurde mir zuteil, wohl aber – und ich bitte den Leser um Verzeihung, wenn ich dessen Zartsinn physisch verletzte – Fieber und *Krätze*. Doch ich will mir und der Geschichte nicht vorgreifen.

In Zeit von zwei Jahren hatte ich ungefähr vierzigtausend Franken Schulden gemacht, und war überdies im Augenblicke, wo die See-Expedition vor sich gehen sollte, von Geld entblößt. In dieser Verlegenheit kam ich nach Paris und klopfte an einige Türen christlicher Wucherer, die in der Gewissheit,

---

[168] Par calcul.
[169] Geschrieben im Jahre 1804. *Übers.*

dass bei mir nichts zu verlieren sei, mir mit froher Bereitwilligkeit zu hundert Prozent Geld anboten.

Es war keine Zeit zu verlieren. Am dritten Tage nach meiner Ankunft saß ich auf meinem Zimmer und erwartete einen dieser ehrlichen Männer, als man mir Herrn L..., einen Advokaten aus der Provinz, anmeldete. Er war mir nicht persönlich bekannt; seinen Vater hatte ich bei einem meiner Anverwandten gesehen, dessen Geschäfte er besorgte.

Herr L..., der später einen sehr tätigen Anteil an der Revolution genommen, und wenn er zur Zeit seiner Macht bei mir vorgesprochen hätte, nach dem, was die Journale von ihm berichtet, mir keinen geringen Schrecken eingejagt haben würde, war ein junger Mann von konzentriertem Ungestüm, dem Ansehen nach schüchtern, von interessantem Äußeren, von anscheinend sanftem Gemüt, solange es nicht aufgeregt und gereizt wurde, von einfacher Höflichkeit und gebildetem Geiste. So kam er mir wenigstens an jenem Tage vor, als er zu mir ins Zimmer trat, mich zu besuchen.

Hat er den Keim zum Hasse gegen den Hof erst bei dieser Gelegenheit in sich aufgenommen, wo ich ihn, wie ich gleich weitläufiger erzählen werde, nach Versailles zu kommen veranlasste – so bin ich fast gezwungen, ihm diesen Hass zu verzeihen. Er kam, wie gesagt, zu mir, erinnerte mich an die Ansprüche, wie gering sie auch seien, die er auf meine Gefälligkeit habe, welche er *Protektion* zu nennen beliebte, und sagte: Da er wisse, wie viel ich bei Hofe gelte, so ersuche er mich, sein Glück zu machen, da dies nur von mir und meinem Kredit abhinge. Ich sah noch nicht ein, was er in Versailles zu suchen hatte, was ich dazu tun und helfen könnte, und ließ ihn daher weiterreden.

Die Stelle eines Direktors des Buchhandels (so wenigstens nannte er, wie mich dünkt, den Posten) in der Stadt Alençon war erledigt. Sie brachte zweitausend Taler jährlich ein, und gab Gelegenheit, ab und zu einige Leute zu verpflichten und anderen wehe zu tun. So etwas kommt schon in der Provinz in Betracht, und ich kenne viele, die auch in der Hauptstadt keinen geringen Wert darauf legen würden. Er hatte (wie er mir sagte) gleich nach dem Abgang des vorigen Direktors Postpferde genommen, und war vor allen seinen Mitbewerbern eingetroffen; ich sei die erste Person, zu der er geeilt, weil ich ihm durch meine Verbindungen in Versailles die Stelle verschaffen könne. Das war lustig genug; noch lustiger war es, dass ich ihm wirklich dazu verhalf. Doch ich erzähle der Reihenfolge nach.

Nachdem er mir dies alles auseinandergesetzt, hielt er inne, und sah nun aus wie ein Mensch, der sich in Verlegenheit befindet ... dem noch etwas auf dem Herzen liegt, das nicht heraus will, weil es gerade das Schwerste ist. Zwei- bis dreimal setzte er an und ab, stockte, schwieg. Endlich presste er die Worte einzeln heraus: »Wollten der Herr Graf mir erlauben ... zu bemerken ... dass ich mit Vergnügen ... drei ... dreihundert Lou ... Louis ... für die allerdings unvermeidlichen ... Kosten ... und Schritte ... *deponieren* würde?«

Ich beeilte mich, um mir die Mühe, mich zu ärgern, zu ersparen, ihm, ohne es mir merken zu lassen, dass ich ihn verstanden, zu antworten: Die Kosten, von denen er spräche, und denen er sich unterziehen wolle, wären unnötig; der einzige Weg, den ich einschlagen könne, ihm zu dienen, sei von der Art, dass keine Maßregel dieser Art nötig sei, ihn zu ebnen; dass ich mich aber zufällig in dem Fall befände, Paris in wenig Tagen verlassen zu müssen, dass ich Geld brauche, noch nicht volljährig sei, den Wucherern in die Klauen fallen würde, und daher, wenn ich das Geschäft übernähme und sein Ansuchen gelingen sollte, auf sein Anerbieten einginge, doch unter der alleinigen Bedingung, ihm eine gerichtliche Obligation auszustellen, die ihm die Rückzahlung des Kapitals nach achtzehn Monaten nebst den Interessen zusichere. Er verbeugte sich tief und lieh mir die Summe, die ihm noch vor Ablauf eines Jahres durch meinen damaligen Geschäftsmann, Herrn *Bérus*, wieder zugestellt wurde, weil ich ein Landgut einem Oheim überließ, der es um der Lage und Wohlfeilheit willen noch während meiner Minderjährigkeit kaufte.

Diese Details gehen ins Kleinliche ... Sie sind eine der unangenehmen und unausbleiblichen Folgen der Gattung von Schriften, die unter dem Namen der Memoiren bekannt sind.[170]

Herr L... schied überaus zufrieden von mir, nachdem ich ihn zum folgenden Tage Schlag zwölf Uhr in die *Galerie von Versailles* bestellt hatte, wo ich die Nacht zubrachte.[171]

Am folgenden Morgen fand ich ihn daselbst und ließ ihn dort warten. Er klagte sehr über Langeweile, fand alles, was er sah, neu und außerordentlich und wünschte nur zweierlei: die Stelle zu erhalten und sogleich wieder abreisen zu können. Ich versprach ihm das Letztere, für die Stelle könne ich ihm nicht stehen. Und in der Tat, ich zweifelte sehr, dass er sie bekommen würde.

Ich nahm für meine Person in der Galerie den der Türe, welche zu den Zimmern der Königin führte, zunächst liegenden Platz ein, um den Augenblick nicht zu verfehlen, wo sich Ihre Majestät in die Messe begeben würde. Sie bemerkte mich, erzeigte mir die Ehre, mich zu grüßen, mich, während sie

---

[170] Einen neuen Beweis dieser Wahrheit liefern die bändereichen Memoiren der *Madame la Comtesse de Genlis*. *Übers.*

[171] Wo? Es wird Leser geben, die dieses *Wo* und diesen Satz überhaupt nicht recht deutlich konstruiert finden werden. Sie werden fragen, ob ich in *Versailles* oder in der *Galerie* geschlafen? Ich halte es nicht der Mühe wert, ihnen zu antworten. *Verf.*

vorüberging, anzureden, was für mich eine Aufmunterung war, ihr folgen zu dürfen. Nach verschiedenen Fragen, und nachdem sie unter andern den Herrn *von Poix* erwähnt hatte, der zum Regiment abgegangen war, folgte eine kleine Pause. Ich benutzte sie und nahm mir die Freiheit, der Königin zu sagen, wie sehr ich wünschte, mich ihr zu Füßen zu legen und Ihre Majestät um eine Minute Audienz zu ersuchen. »Finden Sie sich vor fünf Uhr bei mir ein« war die Antwort.

Jetzt konnte ich Herrn L... von seinem Posten ablösen. Ich *beschied*[172] ihn um halb fünf Uhr in den Gardesaal der Königin. Er ging, und trieb sich bis dahin herum, wo und wie er Lust hatte; ich tat dasselbe.

Er fand sich pünktlich ein und erwartete mich auf seinem Posten, müde, mit bestaubten Füßen. Er hatte alle Bosketts der Gärten durchkrochen, bei einem Schweizer schlecht zu Mittag gespeist, und bemühte sich vergebens, mir die böse Laune zu verbergen, die sich seiner in nicht geringem Grade bemächtigt hatte. Ich ermahnte ihn zur Geduld: »Er möchte nur noch ein klein wenig warten!« Mit diesen Worten verließ ich ihn und trat ins Speisezimmer. Ein Kammerhuissier sagte mir, die Königin sei noch nicht zurück, sie würde aber jeden Augenblick erwartet; und in der Tat waren keine fünf Minuten verflossen, als sie eintrat.

»Bonjour« redete sie mich an »wo haben Sie gespeist?« – »Ihre Majestät, bei Frau *von Beauvilliers*.« – »Bei der meinigen?« – »Nein, Ihre Majestät, bei *der*[173] *Madame Adelaïde*.« – »Hält sie Tafel?« – »Ja, Ihre Majestät; wenigstens hat sie mich empfangen, da sie mich von Kindheit an kennt, und sich mit mir nicht zu genieren braucht.« – »Wäre Herr *von Champcenetz* in Versailles gewesen, so hätten Sie gewiss bei ihm gespeist. ... Das nenne ich einen guten Gesellschafter!« – »Es fehlt ihm nicht an Witz, und besonders nicht an Munterkeit und Laune.« – »O gewiss. Mit diesen Eigenschaften wird er es noch weit bringen![174] Nun, Graf, was führt Sie zu mir? Treten Sie ein.« – »Ich ersuche Ihre Majestät, mir Geduld und Nachsicht zu schenken, weil ich vielleicht etwas länger sein werde, als ich sollte.« – »Nun ja, ich werde Sie ruhig anhören.« – »Königin, es ist hier jemand angekommen, eine Art von Magistratsperson, dem meine Familie wohlwill, und ich ebenfalls; er wünschte sehr eine Stelle in Alençon zu erhalten, eine erledigte Stelle ... ich habe sie aufgeschrieben ... (hier reichte ich ihr ein Blatt Papier hin) ... sie hängt vom

---

172 Der Verfasser sagt appointer; es schien ihm spaßhaft, einen Advokaten zu *bescheiden*, zu *appointieren. Übers.*

173 Einige Spaßmacher der schlechten Sorte nannten diese Herzogin die *weiße Stute*.

174 Unglückliche! Du hast dasselbe Ziel erreicht wie er! *Verf.*

Herrn *von Miromesnil*[175] ab; mein Klient ist ein sehr zu empfehlender Mann; es würde mich unendlich glücklich machen, wenn er die Stelle erhielte: *Ein Wort der Königin an den Herrn Großsiegelbewahrer würde hinreichen ... es ist sonnenklar ...«* – »Nun, sonnenklar? Was ist sonnenklar? ...« – »Dass der Siegelbewahrer Ihrer Majestät es nicht verweigern würde ...« – »Ist das alles?« – »Ja, Königin.« – »Ich will schreiben. Geben Sie mir das Papier.« – »Majestät, es ist ganz zerknittert.« – »Geben Sie mir das Papier; kommen Sie morgen um halb vier Uhr wieder, Sie sollen den Brief fertig finden. Adieu.« – »Ich weiß nicht, wie ich Ihre Majestät meine ganze Erkenntlichkeit ausdrücken soll.« – »Durch Ihre gute Aufführung.«

Als ich wieder zu meinem Schützling kam, sagte ich ihm: »Man darf hier in der Hofluft nur dann auf etwas rechnen, wenn es geschehen ist; allein Ihre Sache nimmt eine gute Wendung. Sie haben sich von meinem Kredit mehr versprochen als ich selbst, und es sollte mir leidtun, wenn Sie sich geirrt hätten.« – »Wie, Herr Graf, Sie haben die ganze Zeit über mit der Königin gesprochen?« – »Ja, mein Herr.« – »Und in der Provinz hat man uns versichert, der König und die Königin sprächen so wenig, dass es fast ebenso wäre, als wenn sie gar nicht sprächen.« – »Hat man Ihnen nicht auch weisgemacht, dass sie stumm sind?« – »Das eben nicht, aber es heißt allgemein, dass sich bei Hofe beinahe niemand finde, mit dem sie sprächen; die *Etikette* verlange, dass sie bei jeder Audienz von ihrem ganzen Hofstaat umgeben seien.« – »Auch bei einer geheimen Audienz? Nicht wahr, Herr L...? Oh, man wird Ihnen wohl noch ganz andere Dinge von ihnen gesagt haben, und ebenso wahre, als diese!« – »Herr Graf, ich habe gelesen ...« – »Ja doch, gedruckt gelesen, ich zweifle nicht; Tatsachen von einer Gründlichkeit, von einer Wahrheit ... Herr L. ..., zur Vergeltung für den geringen Dienst, den ich Ihnen leiste, verlange ich weiter nichts, als dass Sie den Ungereimtheiten, die Sie über diesen Hof[176] hören oder lesen werden, nicht blindlings Glauben beimessen. Diejenigen, welche mit voller Sachkenntnis darüber schreiben könnten, schreiben nicht. Diejenigen aber, welche über diesen Gegenstand ganze Ries Papier verschmieren, sind Schlucker, die von ihrer Dachkammer herab die öffentliche Meinung irreführen; Nichtswürdige, die keinen Begriff, keine Ansicht von Menschen und Dingen haben, Elende, die mit schneidendem, dogmatischem Ton über alles absprechen, und weitläufig über Sachen räsonieren, von denen sie nicht die entfernteste Kenntnis haben. Ihre grobe Unwissenheit, ihre ungeregelte Einbildungskraft möchte gern die

---

[175] *Hue de Miromesnil*, erster Präsident des Parlaments von Rouen, erhielt kurz nach *Ludwigs* XVI. Thronbesteigung die Siegel aus den Händen des Königs, verlor sie 1788 und hatte Herrn *von Lamoignon* zum Nachfolger. *Übers.*
[176] Ce pays-ci.

Schwachen überreden, dass ihnen Türen und Tore der Paläste und Kabinette, und alle Zugänge zu Königen und Fürsten offen sind; sie unterstehen sich, eine Welt zu zeichnen, die sie nicht gesehen haben und die sich nicht von ihnen erraten lässt, und, was das schlimmste ist, sie finden Leute, welche ebenso wie sie, mit der Zeit und der Bildung im *Rückstand* sind, und immer bereit sind, sie anzuhören und ihnen aufs Wort zu glauben. Unter diesen Leuten, die sich die gröbsten Unwahrheiten aufbürden lassen, befinden sich, leider! nicht wenige Männer von Verstand, die aber, dem allgemeinen Strome nachgebend, dem natürlichen Hang zum Erdichteten und Lügenhaften folgen,[177] und besonders der verführerischen Neigung Gehör geben, alles, was hoch steht, herabzusetzen und zu entwürdigen. Auf diese Weise finden jene Libellisten leichtgläubige Seelen, welche der Lüge und Verleumdung Gewicht geben, weil sie von ihrem Standpunkt aus das Lächerliche vom Reellen, das Falsche vom Wahren nicht unterscheiden können. Ich verlasse Sie jetzt, Herr L..., und rate Ihnen, sich diesen Abend im Stadttheater zu zerstreuen. Morgen treffen wir um drei Uhr hier wieder zusammen. Wollen Sie mich noch in den Morgenstunden sprechen, so finden Sie mich im Gasthof *Le Juste*; ich gehe nicht vor halb zwölf Uhr aus. Guten Tag!«

Am folgenden Morgen kam er zu mir; er war wütend. Er war meinem Rat gefolgt und hatte das Schauspiel besucht. Aber in welchem Anzuge? Mit langen, fliegenden Haaren, in schwarzem Rock, schwarzem Mantel. Zwei junge Etourdis hatten sich über ihn lustig gemacht. Beim Herausgehen wurde er von einem dritten gestoßen, der einer sehr hübschen Dame den Arm gab. Er beschwerte sich ziemlich laut. Jener fragte ihn, was er wolle, und wer er sei. Er war so einfältig, seine sämtlichen Titel und Qualitäten anzugeben. »Sie tun sehr wohl daran, das alles zu sein« erwiderte hierauf die Person, die ihn gestoßen hatte »ich bin der Graf *Chabannes* und habe viel Eile«, lachte ihm hierauf ins Gesicht und stieg in den Wagen.

»Das ist also« sagte mir Herr L... »der schändliche Unterschied, den Hoffart und abgeschmacktes Vorurteil zwischen Mensch und Mensch macht! Mich zu stoßen, mich zu *verhören*, mich auszulachen! – Und ich darf nicht Rache nehmen!!« – »Wer wehrte es Ihnen, Herr L..., ihn wieder zu stoßen? Wer hieß Sie, seine Fragen beantworten? Wer hinderte Sie, ihm wieder ins Gesicht zu lachen? Wer steht Ihnen dafür, dass er das versagen würde, was Sie unter *Rache nehmen* verstehen?« – »Ich zweifle sehr, Herr Graf, ob der Graf *von Chabanon* ...« – »Es gibt keinen *Grafen* von Chabanon; ich kenne nur

---

[177] Wir haben in dieser Gattung ein dickes Buch, das einen gewissen Herrn oder Abbé *Soulavie* zum Verfasser hat. Es ist um so widerlicher, da es einige scheinbar verbürgte Stellen enthält und sich bisweilen das Ansehen der Wahrheit gibt. *Verf.*

einen homme de lettres dieses Namens, einen geistvollen, liebenswürdigen Mann, der wie ein Engel die Violine spielt, der nächstens eine Stelle in der Akademie erhalten wird, der aber niemanden stößt, weil er nie Eile hat. Mit diesem haben Sie es nicht zu tun gehabt, sondern mit Herrn *Chabannes*. Er hat Sie, wie ich fest überzeugt bin, unwillkürlich angestoßen, ist ein angenehmer junger Mann, von ausgezeichneter Geburt, stammt von Ahnen ab, die sich dem Vaterlande durch die wichtigsten Dienste empfohlen haben. Finden Sie es nicht natürlich, sogar billig und gerecht, dass ein Teil ihres Glanzes auf ihn übergehe? – ein Glanz, der ihm wie eine Fackel voranleuchtet und dazu dienen wird, die Flecken in seinem Leben, wenn es deren gibt, sichtbarer zu machen.« – »Aber er soll mich nicht umrennen!« – »Nein, gewiss, *das* soll er nicht!«

Das war der Anfang – sozusagen der erste Stoß – der Herrn L... in die Revolution drängte. Am folgenden Tage vollendete Herr *von Miromesnil* das Werk.

Ich begab mich zur vorgeschriebenen Stunde zur Königin und fand den Befehl vor, mich bei der Palastdame, Gräfin *von Tavannes*, einzufinden. Es ist dieselbe, von der sich ihr Gemahl, Ehrenkavalier der Königin und nachheriger Herzog, mit den paar Worten getrennt hat: »Sie hätten wenigstens die Tür abschließen sollen, Madame!« Er hatte sie nämlich mit dem Herrn *von Montmorency*, man weiß nicht womit, beschäftigt gefunden. Das nenne ich ruhige Kälte! Das nenne ich Lebensart! Der Herzog war ein kleiner Mann mit schneeweißem Haar, ziemlich lebhaft, der aber äußerst wenig sprach. Damals galt die Bartholomäusnacht für das höchste Verbrechen, für den größten Schandfleck unserer Geschichte; ich konnte nicht ohne Abscheu an sie zurückdenken, daher sah ich den Herzog von *Tavannes* nie, ohne zugleich an einen der wütendsten Teilnehmer der Bluthandlung, den damaligen Marschall *von Tavannes*, zu denken. Er war Page beim Könige *Karl* IX. gewesen, wurde später sein Günstling, und wer kann es vergessen, dass er durch die Straßen von Paris rannte, und aus vollem Halse rief: »Lasst zur Ader! Lasst zur Ader! Im August ist ebenso gut Aderlassen, wie im Mai!«

Doch muss man bemerken, dass Männer wie er wenigstens nicht aus Spekulationsgeist mordeten, dass sie kein persönliches Interesse hatten, ihre Schlachtopfer zu würgen. Ihr Eifer war ein Höllenfeuereifer, ein Kannnibalenfanatismus; die meisten unter ihnen bildeten sich ein, die göttliche Religion, das Christentum könne Gräueltaten befehlen und heiligen!!

Haben aber Ehrgeiz, Hoffart, Eitelkeit, Rache, persönliches Interesse, Streben nach Höhe nicht ebenfalls ihren Fanatismus? O beweinenswerte Menschheit!

Frau *von Tavannes* hatte noch Spuren von Schönheit, viel Embonpoint und eine frische Farbe. Sie stellte mir ein Schreiben der Königin für den Groß-

Siegelbewahrer zu. Nach den gewöhnlichen Gemeinplätzen fragte sie mich: Ob sie den Inhalt des Briefes wohl erfahren könne? – »Madame« gab ich zur Antwort »ich zweifle nicht, dass die Königin Sie damit bekannt machen werde; Sie besitzen das ganze Zutrauen Ihrer Majestät; die hohe Gunst, in welcher Sie bei ihr stehen, beweist es.« – Die Königin liebte sie nicht sonderlich; das wusste ich sehr wohl, sodass ihr meine Antwort für ein beißendes Epigramm gelten konnte. Natürlich wurde die Unterhaltung von nun an schleppend; ich machte ihr ein Ende und empfahl mich.

Von ihr ging ich zu Herrn L... »Kommen Sie« sagte ich »zum Groß-Siegelbewahrer. Ich habe Ihre Stelle in der Tasche.« – Wir gehen zusammen, wir werden gemeldet, vorgelassen, und finden das Haupt der Justiz, von einer Wolke von Zivilbeamten aus allen Klassen und Provinzen umgeben, und – eine Tasse Kaffee schlürfend.

Des Herrn *von Miromesnil* großes Talent, die Valets de comédie zu spielen, erinnerte mich in diesem Augenblicke an einen Molièreschen Bedienten, der, als Richter oder Polizeikommissar verkleidet, im Begriff steht, einen Vormund oder seinen Herrn zu prellen.

Wie dem auch sei, Herr *von Miromesnil*, den ich oft Gelegenheit gehabt hatte, beim Herzog *d' Havré* zu sehen, und der übrigens nichts weniger als auf den Kopf gefallen war, empfing mich mit außerordentlicher Artigkeit, benahm sich auch höflich gegen Herrn L..., als ich diesen vorstellte. Kaum aber hatte ich die Absicht erwähnt, die ihn nach Versailles führte, als sich alle Züge des Ministers und seine ganze Haltung veränderten. »Tudieu«, rief er aus, indem er sich plötzlich zu ihm wandte »junger Tollkopf, rappelt's bei Ihnen? Was! Sie melden sich zu einer Stelle, die nur die Belohnung langer und wichtigster Dienste sein soll; zu einer Stelle, die einen Grad von Geschicklichkeit erfordert, von der Sie noch keinen Beweis abgelegt haben? Sie haben die Gutmütigkeit des Herrn Grafen *von Tilly* überrascht (hier wendete er sich zu mir mit einem hämischen Blick und bitterem Lächeln); Sie haben seinen guten Glauben missbraucht, indem Sie ihn zu diesem *unschicklichen* Schritt verleitet haben ...« – »Gnädigster Herr ...« stammelte der arme L... – »Still, Herr!« – Und, als wollte er den Teil des Ausfalls wieder gutmachen, den er sich gegen mich erlaubt hatte, redete er mich mit den Worten an: »Kann ich Ihnen eine Tasse Kaffee anbieten?« – »Ich danke, Monsieur«, erwiderte ich; »hier ist aber ein Schreiben der Königin, welches ich Ihnen überreichen soll.« – »Der Königin?« – »Ja, der Königin.«

Sein Gesicht wurde strahlend; er eilte, das Siegel zu erbrechen: Aber während er las, wie verfinsterten sich seine Züge! »Herr Graf« sagte er endlich »ich bin überzeugt, dass Ihre Majestät nicht gewusst hat, wie schwierig ... wie, ich möchte fast sagen, wie unmöglich es ist ... aber doch ... ich sehe mein ganzes Glück darin, den Befehlen der Königin zu gehorchen ... nur muss ich dabei gestehen ... es ist hart, grausam, eingegangene Verbindlichkeiten nicht zu erfüllen ... und ... vor allem wünschte ich zu wissen, welchen so lebhaften Anteil *Sie* an dem jungen Mann nehmen ... *Sie*, junger Mann, sollen die Stelle erhalten; allein ich will schon dafür sorgen, dass es kein leerer Titel, keine Sinekur für Sie sein soll, und dass man Sie zur Arbeit anhalten wird.« – »Gnädigster Herr, ich besitze zu viel Ehrgefühl, um meine Schuldigkeit nur halb zu tun.« – »Parbleu, das versteht sich; wir wollen sehen! Wir wollen sehen!«

»Ich habe die Ehre (nahm ich jetzt das Wort), dem Herrn Groß-Siegelbewahrer meinen ehrfurchtsvollen Dank auszudrücken, und ersuche ihn, sich von der Größe meiner Erkenntlichkeit zu überzeugen, die die huldreiche Art, mit welcher er sich mir gefällig gezeigt, mit unauslöschlichen Zügen in mein Herz graben wird.« – Er wollte den Persifleur begleiten; der Persifleur war schon zur Türe hinaus.

»Ach, Herr Graf, wie sehr habe ich an mich halten müssen! Wie nahe war ich dabei, mich unglücklich zu machen!« (So sprach mit einem Seufzer, womit er sich Luft machte, mein Advokat aus der Provinz.) »Wie regte sich in mir die Lust, dem alten Affen zu antworten! Verzeihung! Ich weiß, dass ich von einem Mitgliede der höchsten Behörde nicht so sprechen sollte; ist es aber nicht entsetzlich für einen, der *auf* dem Boden liegt, *in* den Boden getreten zu werden, ohne sich aufrichten zu dürfen?« – »Seien Sie ruhig, mein lieber Herr L...; fassen Sie sich; es war ein Sturm, auf welchen ein schöner heiterer Tag folgt. Sie haben ihre Anstellung; war es nicht *das*, was Sie wünschten?« –

Er erhielt sie wirklich einige Tage darauf, sagte mir aber, es habe ihn noch fünfundzwanzig Louis gekostet, die er einem expedierenden Sekretär habe geben müssen, um die Angelegenheit zu beschleunigen. Ich wünschte ihm Glück, so wohlfeilen Kaufs mit den Herren Subalternen[178] abgekommen zu sein. Er verließ bald darauf Paris und ist, wie ich glaube, nicht eher wieder dahin gekommen, als um denen, die ihm wehe getan, doppelt wehe zu tun!!

In welcher Ordnung der Dinge, in welchem Werke menschlicher Hände und menschlichen Verstandes gibt es nicht Missbräuche, Anstöße, Verdruss und Missvergnügen? In welchem Lande, unter welcher Regierungsform, macht Größe und Macht nicht schwindelig? Wo fühlt man nicht die Härte bei der

---

[178] Es würde höchst ungerecht sein, den Chef der Behörden, die nicht alles mit eigenen Augen übersehen können, die Nachlässigkeit zuzuschreiben, mit welcher ihre Befehle vollzogen werden. Ich habe irgendwo gelesen – und halte es für Wahrheit – dass einst der Kardinal *Richelieu*, als er sich über die Rhone setzen ließ, seinen Leuten befahl, dem Schiffsvolk fünfzig Louis zu geben. – »Fünfundzwanzig, Monseigneur« rief einer von ihnen »geruhen aber Ew. Eminenz, sie uns selbst zu geben!« – Wie fein!! *Verf.*

Zurückweisung, die Gleichgültigkeit und Kälte bei der Gewährung? In welchem System sind die Oberen stets darauf bedacht, die Formen ihres Ansehens den Untergebenen angenehmer, die Hand leichter zu machen, welche die Zügel der Gewalt lenkt, und nach Gefallen Strenge ausübt oder Wohltaten spendet? Die beste Staatsverwaltung – zur Unvollkommenheit sind wir einmal verdammt – ist *diejenige,* auf welcher die wenigsten Fehler haften; die väterliche Regierung ist *diejenige,* welche sich bemüht, alles so nahe als möglich zu betrachten und zu untersuchen, obschon es unmöglich ist, alle Gegenstände zugleich zu umfassen; welche sich bestrebt, das Böse am tätigsten zu hintertreiben, und das Gute auf die beste Weise zu befördern; welche sonst keine Ungerechtigkeiten begeht, als solche, deren sie sich nicht bewusst ist, oder solche, die eine unvermeidliche Folge einer zu ausgedehnten und zu verwickelten Organisation sind, folglich nicht in allen ihren Zweigen übersehen werden können. Die beste Staatsverwaltung ist diejenige, die alles Böse verhindert, was sich durch ihren festen Gang abwenden lässt; die alles Gute tut, was in ihren Gedanken und in ihren Kräften steht, und die mit Beständigkeit einem großen Ziele entgegenstrebt, nur dass sie es nie ganz erreichen kann, weil sie die Unermesslichkeit der Gottheit nicht besitzt, welche allein alle Teile ihrer unzähligen Werke umfasst.

Nachdem ich noch einmal der Königin meine Ehrerbietung dargebracht, eilte ich nach der Bretagne, zum Heere, welches unter den Befehlen der Herren *De Vaux* und *Langeron* stand. Die Stadt Saint-Malo hatte das Ansehen eines Feldlagers; die Einwohner waren stolz über das kriegerische Geräusch; Offiziere aller Gattungen galoppierten in den Straßen, uneingedenk der Gefahr, Frauen und Kinder umzureiten; auch sah man eine Anzahl feiler Dirnen von Paris, aus den unteren Klassen, die sich aber das Ansehen gaben, wie vornehme Damen spazieren zu fahren. Die Herzoge *von Lauzun* und *de la Feuillade,* und der Fürst *von Nassau* hatten sie hinbestellt und ihnen Hoffnung zu einer reichen Ernte gemacht, die aber ausblieb. Sie hatten Mühe, Paris wieder zu erreichen und die Postpferde zu bezahlen.

Was mich betrifft, so hatte ich das Vergnügen, mehr als einmal bei den Landungsversuchen, worin wir uns üben mussten, mir aus der See nasse Füße zu holen. Die Truppen und ich fanden kein sonderliches Behagen an diesen Fußbädern. Mein Quartier war ein Dorf; es hieß, wenn ich nicht irre, *Châteauneuf,* und ein Herr *de la Vieuville,* ehemaliger Garde-Kapitän, hatte ein Landgut in der Nähe. Meine einzige Zerstreuung bestand darin, kleine Abstecher nach *St. Malo* zu machen und mein Geld im Spiele zu verlieren, wie ich es gleich zu Nutz und Frommen der jungen Leute erzählen werde, die sich leichtsinnigerweise mit dem ersten, dem besten unbekannten Spieler einlassen. Des Morgens reiten, nachmittags fechten: Das war mein einziger Zeitvertreib in einem Dorf, wo das schöne Geschlecht nicht schön, die Landschaft weder reizend noch malerisch war. *Demoustier* würde hier gewiss nicht die Begeisterung gefunden haben, welche ihm die allerliebsten und rührenden Verse auf den Tod eines jungen Landmädchens eingab:

Grâce, fraîcheur, fleur printanière,
La mort devrait vous respecter.
Ah, pourquoi cesser d'exister,
Quand on n'a pas cessé de plaire?

Après avoir dit quelque temps:
»Elle était jeune, elle était belle«
On l'oubliera; l'herbe nouvelle
Couvrira sa tombe au printemps.
Là, fixant sa course légère,
Le jeune chasseur, vers le soir,
Qu'il foule aux pieds une bergère.

In *Châteauneuf* gab es einen Kirchhof wie in der Provinz *Maine;* es gab alte Bäuerinnen, vielleicht auch junge Landmädchen; aber ich sah mich vergebens nach *Schäferinnen* um. Dagegen holte ich mir aus diesem Orte das hässliche Übel, das ich schon früher erwähnt habe;[179] es kam ganz von selbst, ich weiß nicht wie? In der Bretagne ist es etwas Gewöhnliches, worauf man fast gar nicht achtet; mehrere Offiziere unseres Regiments teilten die Bescherung mit mir, die ich von ganzem Herzen zum T...l wünschte. Glücklicherweise wurde ich sie nach acht bis zehn Tagen los.

In den acht Wochen, die ich hier in der Hoffnung zubrachte, einst Marschall von Frankreich zu werden und der erste zu sein, der den Fuß auf englischen Boden setzen würde, hätte ich volle Muße, mich zu überzeugen, dass die ganze Expedition nur ein Theaterfeldzug, eine Expedition ad honores, eine große Parade sei, und dass wir ebenso zurückkommen würden, wie wir hingegangen waren. Was meinem Glücke vollends die Krone aufsetzte, war ein schleichendes Fieber, ein, wie ich erfuhr, endemischer Zoll, den jeder Ankömmling der Gegend zu entrichten hat. Ich wurde quittengelb, mager, glich mehr einem Gespenst als einem Lebenden. Dabei zehrte eine unüberwindliche Traurigkeit an meinem Herzen. Gott weiß es, ich fürchtete mich nicht vor den Engländern, aber eine unerklärliche Ahnung regte sich in mir; meine Einbildungskraft zeigte mir mein Grab in dieser abgelegenen Einöde. Mein Übel bot allen Ärzten, allem Chinapulver Trotz. Von Tag zu Tag erlosch mein Geist in Trübsinn, und mein Körper schwand vor der Zeit in Abgelebtheit und Altersschwäche hin.

---

179 Die Krätze.

Eines Tages ging ich nach *Saint-Malo*, um mir die finsteren Gedanken einigermaßen zu vertreiben. Ich meldete mich zu Mittag bei Herrn *von Rulecourt*, der die ...sche Legion als Oberst kommandierte und späterhin, als Abenteurer, aber auch bald als Held, in den Straßen von Jersey, wo er mit einer Handvoll Leute eine Landung versucht hatte, unter Haufen aufgetürmter Leichen seinen Tod fand. Man sagte mir beim Eintreten, er sei nach *Saint-Servan* geritten. Schwerlich konnte ich nun in *Saint-Malo* mit ihm speisen. Ich war schon im Begriff, umzukehren, als ein Herr, der sich mir als Baron ... vorstellte, mich aufhielt. Er versicherte mir, Herr *von Rulecourt* werde zur Essenszeit zurück sein; und da es mir vorkam, als ob die Dienerschaft ihm wie einer Person begegnete, die nicht ohne Einfluss im Hause sei, so gab ich nach, um so mehr, da es ganz das Ansehen hatte, als mache er den Wirt und die Honneurs. Wir traten in den Saal; er sprach ein Weilchen von Krieg und Politik; dann ging er auf einen anderen Gegenstand über – auf das *Spiel*; bot mir eine Partie an, mir die Zeit zu vertreiben; wartete kaum meine Antwort ab, ließ Karten bringen, und in weniger als einer Stunde hatte er mir im Trente und Quarante einhundertundfünfzig Louis abgenommen. Mein guter Geist nahm sich in diesem unangenehmen Augenblick meiner an und flüsterte mir zu: Dass man *mit einem Fremden* nur so viel *verspielen* müsse, als man *bar bezahlen* könne. Ich legte die Karten nieder und ließ mich nicht von den schönen Worten des Herrn Barons, von seinen glatten Beteuerungen, von seinem Leidwesen über meinen Verlust, am wenigsten von seinem Wunsche, mir Revanche zu geben, betören und überreden. Er gebrauchte die äußerst kluge Vorsicht, sich von mir einen Schein über die *Kleinigkeit*, die ich verloren, ausstellen zu lassen. Ich löste das Papier am folgenden Tage ein, um das Recht zu erlangen, in Zukunft ihn weder zu grüßen noch ein Wort mit ihm zu sprechen.

Dieses kleine Erlebnis, das in der Gemütslage, in der ich mich befand, nicht eben geeignet war, mich aufzuheitern, gab dem Widerwillen, den ich gegen mein Vegetieren, gegen mein abgestumpftes Nichtsein empfand, den letzten Stoß. Ich sah das elende Dorf nur mit Ekel an. Das Fieber verzehrte mich und nahm von Tag zu Tag einen bedenklicheren Charakter an. Reiten und Fechten waren meine einzige Erholung, mein höchstes Vergnügen. Das Fechten wäre mir aber fast verbittert worden. Um ein Haar hätte ein ernsthafter Kampf daraus entstehen können, – ein Kampf mit dem Marquis *de La Tour Maubourg*, der sich durch sein entschiedenes Eintreten für die Revolution und durch große Unglücksfälle berühmt gemacht hat.

Damals war er nur durch einen ausgezeichneten Namen bekannt, durch ein großes Vermögen, durch die Gunst der Königin, die ihm vor der Zeit zu einer Oberstleutnantsstelle verhalf, – durch einen hohen Grad von Edelmut, von Großmut, von Tapferkeit, von Rechtlichkeit, Ehre und Geradheit, –

Eigenschaften, welche ihn zum Schiedsrichter in unserem Regiment machten. Nie gab es einen Mann, der so allgemein geliebt worden wäre, und es in einem solchen Grade verdient hätte, wie er; nie gab es so viel Gefälligkeit und Einfachheit in Dienstleistungen gegen seine Waffenbrüder; nie so wenig Ansprüche und Anmaßungen, selbst gegen den letzten seiner Untergebenen, höchstens etwas Tadelsucht über die Höheren und einen Hang, sich zum Anwalt des Unrechts aufzuwerfen; dabei ein prächtiges, imposantes Äußeres und die anmutigsten Formen. Er war zugleich mit dem Vicomte *de Noailles* und Herrn *de La Fayette* in die militärische Laufbahn eingetreten; die Partei, welche *sie* ergriffen hatten, ergriff auch *er*; die Gefangenschaft des Letzteren (welche wahrscheinlich auf die Wahl Einfluss hatte, die ihn traf, den König auf seiner Heimkehr von *Varennes* zu begleiten) ist ebenfalls später sein Los gewesen. Wenn die Seelenwanderung keine leere Hypothese wäre, wenn ich, unter einer anderen Gestalt, diesen Erdball ein zweites Mal besuchen sollte – so würde ich (Maubourg, ich sage es Ihnen!) über niemanden ein Urteil fällen, bevor nicht eine ganze Revolution vor meinen Augen vorübergezogen wäre, und meine Meinung geklärt und gereift hätte.

Eines Abends übten wir uns miteinander im Fechten. Er erhitzte sich, weil er meinte, ich hätte einen Stoß empfangen, den ich ableugnen wolle. Ich beteuerte, nicht berührt worden zu sein, und mag vielleicht, da ich meiner Sache gewiss war, in meine Worte zu wenig Schonung gelegt haben. Wir fochten weiter. Nach einigen Gängen stieß er mir das Rappier mit solcher Kraft auf die Brust, dass es sich bog, und setzte hinzu: »Es bedürfe allem Anschein nach nicht weniger als eines solchen Stoßes, mich zu überführen ...« Kaum hatte er ausgesprochen, als ich das Rappier mit dem Ausruf von mir schleudere: »Wir wollen sehen, ob Sie mit dem Degen ebenso glücklich sein werden!« Er lässt sich's nicht zweimal sagen. Mit einem Satz springt er auf seine Kleider zu; in einem Nu ist er hineingefahren. Er ergreift meine Hand mit krampfhaftem Druck und ruft: »Fort, fort! Die Säbel geholt! Du sollst sehen!« ... – »Nein, du sollst sehen« erwiderte ich; aber ich bin kein Tor, mich mit jemandem zu *hauen*, der viel größer und stärker ist als ich; überdies verstehe ich mich nicht auf den Säbelhieb; schlagen wir uns auf den Degen!« – »Ich bin's zufrieden.« – Wir machen uns auf den Weg. Wir erreichen die Stelle. Wir ziehen. Zwei Offiziere, von denen, die man damals Officiers de fortune zu nennen pflegte, weil sie nicht von Adel waren – holen uns ein, fordern uns in des Königs Namen auf, die Degen einzustecken, tun ihr mögliches, die Sache beizulegen. *Maubourg* erbot sich mit vielem Anstand zur Aussöhnung; es kam mir nicht zu, Schwierigkeiten zu machen, da jener älter an Jahren, länger im Dienste war und von der Ehre und ihren Gesetzen die vollkommenste Kenntnis besaß. Er drückte mich an seine Brust, vergoss dabei einige Tränen, die ich gerührt erwiderte; wir wurden wieder die besten Freunde, und ich musste bei ihm zu Abend speisen.

Das war für mich die letzte Waffentat dieses Feldzuges; denn ich erhielt gleich nachher von einem Anverwandten ein Schreiben, der mir eine vornehme und vorteilhafte Heirat vorschlug, und mich zugleich einlud, vor meiner Reise nach Paris ihn auf seinem Landgut zu besuchen. Die vorgeschlagene Partie war so annehmbar, dass nur ein Tor, wie ich damals war, sie ausschlagen konnte. Wäre ich dem Rate meines Blutsfreundes gefolgt, oh, wie vielem Kummer und Unglück würde ich aus dem Wege gegangen sein! Wie viel trübe Tage würde ich mir erspart haben! Wer kann aber seinem Schicksal entgehen? Die Dame, die er mir antrug, und die ich unfehlbar bekommen haben würde, hat sich später mit Herrn *de M....* Mestre de Camp im Kavallerie-Regiment von L..... vermählt, und ihm sechzigtausend Franken jährlicher Renten zugebracht. Dieser Umstand, und mehr noch meine zerrüttete Gesundheit, bewogen mich, bei dem Prinzen *von Poix* um die Erlaubnis einzukommen, mich von den Fahnen entfernen zu dürfen. Zugleich machte ich mich auf meine Ehre anheischig, mich wieder einzufinden, sobald man unsere Banner auf englischem Grund und Boden aufpflanzen würde. Doch das hielt niemand für möglich. Ich reiste ab, kam in Paris an, schickte zu meinem Arzt, der mich in kurzer Zeit wieder herstellte und mir die Kraft eines neuen Lebens gab.

Die See-Expedition war verfehlt, alle Landungsentwürfe waren aufgegeben; alles trat den Rückmarsch nach Hause an. Wären mir die Gründe bekannt geworden, die bald nachher den Frieden[180] herbeiführten, und die Bedingungen, die ihn befestigten, so würde ich sie hier mitteilen. Aber ich muss gestehen, dass ich nicht die geringsten Aufschlüsse über diese Operation der Regierung besitze, und dass in der Entfernung, in der ich mich gegenwärtig befinde, in dem Zeitpunkt und an dem Ort[181], wo ich dieses schreibe, ich es bei der Unmöglichkeit, allen diesen Mängeln abzuhelfen, und die Lücken auszufüllen, für kürzer und bequemer halte, ganz darüber zu schweigen. Nur so viel weiß ich: Kurz darauf wurde Paris von Engländern überschwemmt, die nach gewöhnlicher Sitte, bei Hofe und in der Stadt, mit Auszeichnungen, Artigkeiten und Gefälligkeiten aller Art überhäuft wurden; denn von jeher haben wir für eine großmütige, aber charakterlose Nation gegolten; von jeher sind wir mit der Fremdensucht behaftet gewesen, sind den Fremden zuvorkommend begegnet, die, weit entfernt, unsere törichte Vorliebe zu erwidern, es sich zum Gesetz gemacht haben, in Frankreich alles zu suchen, was nicht in Frankreich ist, alles hoch zu preisen, was

---

[180] 1783.
[181] Berlin.

uns fehlt und – um den Gegensatz zwischen uns und anderen Nationen vollständig zu machen – alles zu verachten, was wir besitzen.

Die neue Ordnung der Dinge hat einen kräftigeren Nationalcharakter zur Folge gehabt, hat einen grandiosen Stolz an die Stelle einer kleinlichen Eitelkeit gesetzt. Wird nur der heutige Charakter der Franzosen in verständigen Schranken gehalten, so wird unstreitig der französische Ruhm alles dabei gewinnen, was er in anderen Beziehungen verlieren würde, wenn dieses stolze Gefühl seines Wertes schrankenlos bliebe. Lassen wir anderen Nationen Gerechtigkeit widerfahren; seien wir gerecht gegen uns selbst, und vor allem (ich wende mich hier an alle Stände, an alle Klassen der Gesellschaft, an alle Erinnerungen der Vergangenheit, an alle Vorurteile) vor allem lassen wir ab von der *Anglomanie*; denn noch nie ist mir ein englischer *Gallomane* aufgestoßen, nicht einmal einer aus dieser Nation, der, nachdem er auf dem Festlande mit einem Franzosen intim verkehrt, ihn in London gut empfangen und gern gesehen hätte.

Nachtrag zum neunten Kapitel.

Da ich am Schlusse dieses Kapitels des Herrn *de la Tour Maubourg* und meiner Beziehungen zu ihm so weitläufig erwähnt, und dabei auch seiner Verbindung mit dem Vicomte *de Noailles* und Herrn *de la Fayette* gedacht, so erlaube ich mir, über den Ersteren, den ich genau gekannt und geliebt habe, etwas Näheres nachzutragen.

Der Vicomte *de Noailles* ist, was seine Gaben und Fähigkeiten betrifft, unterschätzt worden. Ich behaupte, dass er kein Mann von gemeinem Charakter war, kein Mann, wie man sie so oft im gewöhnlichen Leben antrifft. Er hat Ruhe, Ehre, Leben, kurz alles dem unauslöschlichen Durst geopfert, von sich in der Welt reden zu machen und seinen Schwager (Lafayette) zu verdunkeln, für dessen Rivale er sich zu eigenem Verderben frühzeitig erklärt hatte. Dieser Schwager besaß mehr Klugheit, vielleicht auch mehr Moralität als er, aber bei Weitem keinen so stark organisierten Kopf und keine so kräftige Energie. Der Vicomte *de Noailles* hat in der Revolution eine unscheinbare Rolle[182] gespielt, weil alle Parteien derselben kein rechtes Zutrauen zu ihm hatten (wie er es mir selbst gestanden hat), weil ihm nie große Aufträge und wichtige Interessen übertragen wurden, und weil er die Gabe der Beredsamkeit in öffentlichen Versammlungen nicht besaß, obschon er in Privatzirkeln gut und leicht sprach.

---

[182] Un rôle pâle.

Überdies waren seine politischen Meinungen nur geborgt und von Umständen abhängig;[183] sie standen im Gegensatz zu seiner Erziehung und dem Rate seiner ehrwürdigen Anverwandten, die der Denkungsart des vorigen Jahrhunderts noch immer anhingen; sie stimmten nicht einmal zu den Neigungen seines Herzens, zu den Vorschriften seiner Vernunft, zu den Eingebungen seines Gemüts. Ich weiß das alles genau aus meinen vielen Unterhaltungen mit ihm. Wie oft habe ich ihn sagen hören, und das zu einer Zeit, wo er keinen Vorteil dabei fand, wo kein Interesse ihm zur Verstellung bewegen konnte, wo ihn nichts hinderte, ein freies, aufrichtiges Bekenntnis abzulegen: »Ich sah die Revolution als unvermeidlich an. Ich war aber auch der Ansicht, dass wir sie würden *leiten* können; später weiter fortgerissen, als ich es vorausgesehen, habe ich es vorgezogen, dem Strome zu folgen, als mich von ihm gegen die Klippen schleudern zu lassen.« Im Grunde war ihm aber nur daran gelegen, viel Aufsehen zu machen; und das beste Mittel in seinen Augen, Staunen zu erregen, wo noch etwas diese Wirkung hervorbringen konnte, war, sich *demokratisch zu gebärden*[184], er, der dazu geboren und berufen war, eine der Grundsäulen des Thrones zu sein.

Eben diese falsche Stellung, die er einnahm, ist schuld, dass er kein ehrenvolles Andenken, keinen ausgezeichneten Ruf in unseren bürgerlichen Fehden erwarb. Er fühlte das so tief, dass er die Armee, bei welcher er angestellt war, nur deswegen verließ, und sich nach den Vereinigten Staaten von Amerika begab, weil diese Armee, in ihrer ersten Zusammensetzung aus ungleichen disharmonischen Elementen bestand, ohne Disziplin und Gewandtheit war, und es ihm unmöglich machte, seinen Tod auf eine ruhmvolle Weise zu finden; denn damals war *ein ruhmvoller Tod* sein einziger Wunsch. Hätte er sich nur geduldet; die Gelegenheiten, seine Talente zu zeigen, würden nicht lange ausgeblieben sein; und ich zweifle keineswegs daran, dass er als würdiger Rivale in die Fußstapfen der großen Generale getreten wäre, welche die Armee aufs Neue bildeten und den Sieg unter Frankreichs Fahnen zurückriefen, als sie den französischen Grund und Boden verteidigten.

Seit der Revolution reiste er nie aus Frankreich oder einem anderen Lande ab, ohne Tag und Stunde seiner Abreise in die öffentlichen Blätter einrücken zu lassen: Das nannte er: »Seine Rechnungen in jeder Hinsicht abschließen.«

Mir sind wenige Männer bekannt, die in höherem Grad als er, die Gabe besessen hätten, kräftige Ideen aufzufassen, sie festzuhalten, und sie mit mehr Wahrheit, Nachdruck und Geist zu verfolgen und in die Wirklichkeit über-

---

183 Et de commande.
184 Faire de la démocratie.

zuführen; wenige Männer, deren Freundschaft mehr Hilfsquellen angeboten, mehr Zutrauen eingeflößt hätte, und deren Festigkeit im entgegengesetzten Fall mehr zu fürchten gewesen wäre. Ich rede hier von seinem *Privatleben*.

Übrigens ist er gestorben, wie es ihm vom Schicksal angewiesen war, mit den Waffen in der Hand. Das war seine Bestimmung, sein Beruf, sein Stern. Schon einmal hatte sich der Fall ereignet, wo das Leben keinen Wert für ihn hatte; er gewann es später wieder lieb. Zum zweiten Male aber nahm ihn der Tod beim Worte, als er sich von Neuem für lebenssatt erklärte. Er war ein Mann von ausgezeichnetem Mute (ich sage es noch einmal), und von einem Charakter, der auch in Frankreich selten aufzufinden ist.

Ich erinnere mich eines Zuges, der schon aus *dem* Grunde der Aufbewahrung wert ist, weil er dazu beiträgt, einen Begriff von dem Aufschwung seiner Seele, und von der großen Liberalität seiner Gesinnungen zu geben. Während des amerikanischen Krieges war er Oberstleutnant des Regiments *Soissonois* gewesen. In diesem Kriege traf einen Kapitän des Regiments eine Kugel, die einen Grenadier, der vor ihm stand, getötet hatte, in die Brust. Die Wunde war von der Art, dass der Kapitän nie völlig genesen konnte. Er kam lange Zeit darauf nach Paris und meldete sich zum Ludwigskreuze. Der Mann war mit Wunden bedeckt und von edlem Ansehen. Schon hatte er sich einige Monate in den Bureaus umhergetrieben, ohne sonst etwas als leere Versprechungen zu erhalten. Eines Tages bemerkte ihn der Vicomte *de Noailles* im Vauxhall, als er eben im Gespräch mit mir begriffen war. Er verlässt mich, eilt auf ihn zu, umarmt seinen alten Waffenbruder (damals kommandierte er schon das Regiment des Königs), drückt ihn an sein Herz und fragt ihn: Was ihn nach Paris bringe? »Ich habe« versetzt jener »die Ehre gehabt, Herr Vicomte, mich mehrere Mal in Ihrem Hotel einzufinden, um Ihnen meine Aufwartung zu machen, bin aber bis jetzt nicht so glücklich gewesen, Sie zu treffen. Ich leide sehr an meinen Wunden, besonders an der Brust, und halte um das *Kreuz* an.« – »Mein Herr« erwiderte der Vicomte *de Noailles* »ich bin untröstlich, Sie nicht eher gesehen zu haben; ich komme selten nach Versailles, wenig zu den Ministern; jedoch hoffe ich noch Einfluss genug zu haben, um Ihnen Gerechtigkeit verschaffen zu können. Ich lasse sie mir selbst widerfahren (mit diesen Worten zog er das Ludwigsband aus dem Knopfloch und steckte es in die Tasche), ich lasse Recht über mich ergehen, und will dieses Kreuz nicht eher wieder anstecken, bis auch *Sie* es erhalten haben werden.« – Es wurde ihm wenige Tage nachher zugeschickt.

Ich füge am Schlüsse noch eine Anekdote hinzu, weil sie mir pikant scheint, und zum Beweise dienen kann, wie sehr er für alles war, was ihn als Sonderling charakterisieren konnte. Er wusste, wie sehr ich mich über die Marschälle *von Ségur* und *von Stainville* in einer Sache zu beschweren hatte, die vor das Marschallsgericht gehörte, und verlangte daher in den ersten Zeiten der konstituierenden Versammlung von mir, ich sollte eine Schrift gegen die Gerichtsbarkeit dieses Tribunals, das er geradezu eine Inquisition nannte, aufsetzen und einreichen. Ich schlug alte Scharteken nach, schrieb einige Bogen über die Eingriffe und Gewaltmissbräuche dieser militärischen Kronbeamten zusammen, und übergab sie ihm. Damals hatte jeder seine Revolutionsgrillen im Kopfe; das war die meinige. Ist es aber nicht einzig in seiner Art, dass der Sohn, Enkel und Urneffe von *vier* französischen Marschällen gegen diesen Stand eingenommen war und mich, zu einer *solchen* Zeit, und vor dem ersten Prinzen des Geblüts, zu einem *solchen* Schritt aufforderte!

Ich habe, wie man finden wird, unparteiisch über ihn geschrieben. Ebenso urteile ich noch in diesem Augenblick über ihn. Er hat bei mir ein wohlwollendes und liebevolles Andenken hinterlassen, obschon spätere Unfälle, die mich betroffen haben, aber jetzt aus meinem Gemüt verwischt sind, mich wohl berechtigen könnten, ihn als den Urheber derselben anzuklagen, obschon mir über die Freundschaft, die er mir geschworen, die er aber verraten hat, die Augen geöffnet worden sind.

Zehntes Kapitel

Le plus exercé ne trouve pas facilement un fil pour sortir du labyrinthe de quelques perfides enchanteresses. L'adresse, la fourberie, les faux sermens, la feinte, le désespoir simulé, la fausse assurance d'une tendresse éternelle, sont des détours dans lesquels on ne saurait se retrouver.

Einfaches Ereignis, woraus ein sehr außerordentliches entsteht – Neue Bekanntschaft – Seltsame Personen – Die Schauspiele – Vorzug der Französischen – Lächerlicher Tadel der Ausländer – Was darauf geantwortet werden kann – Die Marquisin von C.... – Der Prinz von Broglie – Vorfall des Herrn von Serne mit seinem Obersten – Herr von Serne erschießt sich – Über die militärische Subordination – In welchen Fällen man sie übertreten darf – Der Prinz von B... und Herr von Bos... – Anekdote, den Vicomte de Noailles betreffend – Meine Grundsätze weichen von denen des Prinzen von Broglie ab – Danton – Mein Zusammentreffen mit ihm – Meine Liebschaft mit Cäcilien – Sie nimmt ein tragisches Ende – Ich schlage mich in ihrem Zimmer mit Herrn de la T... – Er wird gefährlich verwundet; ich gleichfall – Cäcilie will uns trennen, erhält eine Wunde; sie verlässt Paris – Ich gehe nach Brüssel – Das österreichische Militär – Btrachtungen über das französische Militär – Schöne Landhäuser – Der Prinz von Ligne – Ich begebe mich im Mietswagen zum Regiment in Metz – Der Marschall von Broglie schickt mich in Arrest – Der Graf von Caraman – Dessen Familie – Madame de Pons, Intendantin von Metz – Der Graf von Damas – Der Vicomte de Ségur – Dessen Werke; dessen Person – Der Prinz von Hessen-Rothenburg – Fénélon – Tragisches Ereignis in der Familie eines meiner Freunde – Die Liaisons dangereuses; kurze Zergliederung des Buches – Herr de Laclos – Ich mache seine Bekanntschaft bei dem Herzog von Orleans – Der Prinz von Wales – De Laclos entdeckt mir das Geheimnis seines Buches – Meine Meinung darüber – Ich veräußere einen Teil meines Eigentums – Unzufriedenheit meiner Familie – Beschwerden meines Vaters – Er liegt dem Prinzen von Poix an, mich zum Regiment zurückzurufen – Torheit meines Vaters, sich die Stelle eines Grand Bailly d'Epée vom Prinzen von Guémené zu kaufen – Bonmot der Gräfin von Tessé – Ich werde ein Spieler – Der Graf von Genlis – Sein Haus – Seine Beredsamkeit – Der Präsident von Champ... – Der Marquis von Genlis, Bruder des Grafen – Tod des Grafen (nachherigen Marquis de Sillery) – Ich verliere mein Geld im Spiel Herr von Poinçot gewinnt es für mich wieder – Herr Necker – Herr Taboureau – Die Nation wird unruhig – Herrn Neckers Einrichtungen, Pläne, Neuerungen; sein System, sein Stolz, sein Tod;

seine Tochter; sein Grabmahl – Der Prinz von Poix und ich auf dem
Opernball – Der wachhabende Offizier Mazoyer – Folgen meines Streites
mit dem Prinzen – Lord Mountnorris in Paris – Sein Selbstmord –
Seine Rede im Parlament von Irland – Er führt mich in eine
Restauration – Ich stoße auf ein Ungeheuer – Folgen der Eifersucht –
Betrachtungen darüber – Ich reise nach England (1783)

Meine Gesundheit war wieder hergestellt. Ich fühlte mich zu allem hingezogen, wozu das Jünglingsalter verleitet, dieses Alter der Kraft, wo das
Leben, sozusagen, ein Übermaß von Leben und Kraft ist. Ich jagte dem Vergnügen nach, ich suchte mein Herz anzubringen. Glück und Zufall bedienten mich besser, als es Gewandtheit und ein angelegter Plan getan
haben würden.

Ich kam von Passy, saß im Kabriolett, fuhr mit der Raschheit, welche *Ludwig
den Fünfzehnten* einst bewog, *unköniglich* zu sagen: »Wäre ich der Lieutenant
de police, wäre ich Herr von *Sartines*, ich würde das Schnellfahren der
Kabrioletts und die Kabrioletts selbst verbieten.« Unweit der großen Allee
begegne ich einem Wagen. Er bricht, wie durch plötzlichen Zauber, in meier
Nähe. Drinnen saß eine Dame, die einen lauten Angstschrei ausstieß. Ihre
Leute waren um sie beschäftigt, halfen ihr aussteigen; sie kam mit dem
Schreck davon. Ich habe nie etwas Schöneres, etwas so vollkommen Schönes
gesehen; ich war ihr zu Hilfe geeilt, bot ihr den Arm an; noch wusste sie
nicht, so schwer kam sie zu sich, ob sie nicht beide gebrochen hätte, und
hatte schon alle meine Fragen beantwortet, ehe sie mich gefragt, wer *ich* sei.

Sollte sie dieses Kapitel lesen, sollte dieser Eingang sie erschrecken, so mag
sie sich schnell beruhigen; ich setze nicht einmal den Anfangsbuchstaben
ihres Namens her. Was ich von ihr zu sagen habe, passt auf tausend andere;
... z. B. dass sie seitdem die Gattin eines Mannes von Weltkenntnis und Erfahrung geworden ist, der der festen Überzeugung ist, dass es noch keiner
Frau gelungen ist, in Liebeshändeln ihn hinters Licht zu führen. Diesem
feinen Fuchs hat sie, um das Gleichgewicht wieder herzustellen (denn das
Gleichgewicht regiert die Welt), alles, was er anderen geliehen, mit Wucher
zurückgezahlt; ... von *ihr* sind *ihm* alle Streiche gespielt worden, worin er es
zu einer Doktor- und Professorvollkommenheit gebracht zu haben geglaubt
hatte. – Ebenso wenig soll man den Namen der Stadt von mir erfahren, wo
diese Dame sich aufgehalten, ehe sie nach Paris gekommen; ebenso wenig
den höchst traurigen Umstand, der sie zwang, ihren Aufenthalt in der
Provinz zu verlassen, und die Art, wie sie ihren Gatten verlor, bevor sie
noch Zeit gewonnen hatte, ihn zu hassen. Ebenso wenig ... doch ich halte
ein! Beruhigt euch alle, ihr schönen, aber etwas weltlichen Damen! Ich
schreibe kein Libell; und sollte ich auch hie und da eine von euch so deutlich

bezeichnen, dass man sie vielleicht wiedererkennen möchte, so soll es immer geschehen, ohne die Ehre zu verletzen.

Du aber, schöne Unbekannte, weder dein Name, noch was dich sonst kenntlich machen könnte, soll über meine Lippen kommen, soll meiner Feder entschlüpfen. Die Natur hat alle Menschengesichter nach einem Modell gebildet; und doch unterscheidet sich jedes derselben durch einen einzelnen und einzigen charakteristischen Zug von allen andern: Den unterscheidenen Zug, der *dich* verraten würde, will ich nicht bezeichnen. In dieser Schrift soll niemand gebrandmarkt werden, als wer es schon im Voraus, entweder von den Zeitgenossen oder der Nachwelt, ward. Ich nenne dich *Cäcilie* (ein schöner Name! Du magst ihn immer für den deinigen gelten lassen) und fahre in meiner Erzählung fort.

Cäcilie war in der Straße *Saint-Dominique* zu einem Besuche gewesen. Sie fuhr nach Passy zurück, wo sie ein kleines Haus hatte. Das erzählte sie mir mit noch bewegter Stimme. Ich wusste das Übrige. Bescheiden, sehr bescheiden buchstabierte ich ihr meinen Namen. Ebenso gut hätte ich mich *Pompejus* oder *Cäsar* nennen können: Ich war ihr völlig unbekannt. Lernet es von mir, ihr, die ihr mit euren Namen prunkt und mit ihm Eroberungen zu machen gedenkt; lernt es von mir: Es ist oft ein großes Glück, wenig gekannt zu sein ... besonders von Frauen, deren Phantasie gern in unentdeckten Räumen umherzuschweifen und mit Chimären Umgang zu haben liebt.

»Sie sehen das Kabriolett da, Madame; wollen Sie sich mir anvertrauen? Ich verstehe mich so ziemlich aufs *Fahren*. Ich werde die Ehre haben, Sie in Ihrer Wohnung abzusetzen, und anstatt mir einen Lohn zu verdienen, mir einen Kummer bereiten, – den Schmerz, Sie so bald wieder verlassen zu müssen.« – Die Dame stammelte einige wohlgesetzte Worte, die mir entfallen sind. ... Mit einem Sprung war sie im Wagen und ich mit einem zweiten ihr zur Seite. – »Mein Herr, wenn ich bitten darf, etwas weniger schnell.« – »Schritt vor Schritt, Madame, wenn Sie es befehlen; mein Glück wird desto länger dauern.« – »Meine Leute sind unausstehlich; sie sehen nach nichts; ich habe große Lust, den Kutscher wegzujagen; er allein ist schuld. ...« – »Madame, so nehm' ich ihn in meine Dienste.« – »Warum das, mein Herr?« – »Weil ich ihm mein Glück schuldig bin.« – »Welch Glück?« – »Das Glück, diese Frage aus Ihrem Munde zu hören.« – »Wollten Sie die Güte haben, Ihr Pferd in Trab zu setzen?« – »Nicht doch, Madame!« – »Warum nicht?« – »Ich würde mich einer zu großen Verantwortlichkeit aussetzen. Haben *Sie* aber die Güte, die Zügel zu führen (ich bot sie ihr an); es würde ein Glück für mich sein, mich von Ihnen leiten zu lassen; ich überlasse mich Ihnen ganz und gar.« – »Ich habe schon bisweilen gefahren; aber geputzt, wie ich bin, würde man mich für eine Närrin halten ... und dann in Gesellschaft eines Mannes, den zu kennen ich nicht die Ehre habe; ... gleichwohl, geben Sie her. ...« Sie ergreift die Zügel, biegt sich vornüber, senkt den Kopf, fährt im stärksten Trab, lenkt in einen Hof ein, hält vor einer Freitreppe, alles mit einer unnachahmlichen Grazie, mit einer allerliebst ernsthaften Miene. Zwei Herren, die auf der Terrasse spazieren, tun zu gleicher Zeit einen Schrei der Verwunderung. Sie springt aus dem Kabriolett. »Mein Herr, wollen Sie mir die Ehre erzeigen, mit uns zu speisen?« – »Muss ich, Madame?« – »Sie müssen nicht, mein Herr, aber es würde mir sehr lieb sein.« – »Und mir ebenfalls, Madame.« Ich bot ihr die Hand; sie erzählt den Herren auf der Terrasse im Gehen ihre Geschichte, und wir gelangen in den Salon. Einer der Gäste, *Monsieur l'Abbé*, ist entzückt, mich zu sehen; der andere, ein dicker Herr im grünen Rock, war nahe daran, mich zu umarmen, wenn ich es hätte geschehen lassen wollen. ... Ich würde gern sein Porträt zeichnen, aber ich tue mir Gewalt an, und widerstehe einer Versuchung, die mir Gefahr bringen könnte.

Man setzte sich zu Tisch; man sprach wenig; der dicke Herr am wenigsten; er aß nicht, er verschlang. Der Abbé übernahm die Rolle des Spaßmachers, aß aber dabei ebenfalls für viere. »Kennen Sie« fragte mich die Dame »den Oberst *de la Tour-du-Pin*?« – »Ja, Madame.« – »Kennen Sie auch seine Gemahlin?« – »Nicht genau; ich habe sie in Gesellschaften angetroffen; weiß auch, wer sie ist.« – »Nicht wahr? Eine Tochter des verstorbenen K...gs.« – »Hat Herr *De la Tour* die Ehre, von Ihnen gekannt zu sein, Madame?« – Hier nahm der Abbé das Wort. »Ehedem sahen wir uns alle Tage.« – «Wie?« sagte hier der andere »Sie erinnern sich seiner noch, und dass Sie sich mit ihm schlagen wollten? Das wäre lustig gewesen; ein Abbé, der sich mit einem Obersten schlägt!« – »Weniger lustig als lächerlich« sagte *Cäcilie* »und toller als der Oberst im *Cercle*.[185] Der Abbé schnitt ein Gesicht, beugte sich über seinen Teller, sprach kein Wort. Der dicke Herr würde gelacht haben, wenn das Hauptgeschäft seines Mundes es ihm erlaubt hätte.

Was mich betraf, so merkte ich wohl, dass hier ein Geheimnis obwaltete, wozu ich den Schlüssel nicht hatte; allein, die Natur hat mich mit einer großen Gleichgültigkeit gegen Heimlichkeiten begabt, die man mir nicht anvertraut, und ich konnte nicht voraussehen, dass in diesem Auftritte eine Hauptrolle meiner wartete. – Doch ich erzähle weiter.

---

[185] Im *Cercle*, einem kleinen Lustspiel *Poinsinets*, kommt ein junger Marquis und Oberst vor, der in einer Gesellschaft, wo gespielt, gesprochen, gesungen und vorgelesen wird, einen kleinen Arbeitsbeutel hervorzieht und Blumen ausnäht. Der Verfasser dieser dramatischen Satire wollte die Unterhaltung in gewissen Salons lächerlich machen. Man hat von ihm und seinem Stücke gesagt: Il a écoute aux portes (er hat an der Tür gehorcht) *Übers.*

Als es den beiden Herren endlich gelungen war, ihren Magen, diesen unersättlichen Tyrannen, der ihnen so viel zu schaffen machte, durch reichliche Spenden zu befriedigen, kam das Gespräch auf die Vortrefflichkeit unserer Schauspiele und auf die anerkannten Vorzüge unseres Theaters. Ich hatte zwar die erforderlichen Kenntnisse über diesen Gegenstand, um eine Meinung äußern und behaupten zu können; allein, da ich noch wenig in die Tiefen der Kunst eingedrungen, auch wenig gereist war, und da ich nur das zu vergleichen und vorzuziehen oder herabzusetzen liebe, was ich gründlich gelernt habe, und worüber ich aus Erfahrung sprechen kann, so nahm ich an der Erörterung keinen so eifrigen Anteil, als ich jetzt wohl tun würde.

Jetzt würde ich, als mir selbst und allen erwiesen, behaupten, dass die Alten keinen *Molière* gehabt, dass unsere großen Tragiker die Alten übertroffen, und dass sie das von *Sophokles* und *Euripides* Entlehnte vervollkommnet haben.

Was das Theater der übrigen Nationen betrifft ... Doch warum sollte ich eine Frage beleuchten wollen, welche der Eigenliebe, der Nationalliebe aller Völker so nahe liegt, und sie so empfindlich berührt? Warum sollte ich für nichts und wieder nichts ihre Empfindlichkeit reizen, und mir von allen Seiten Feindschaft und Erbitterung zuziehen? Warum sollte ich die undankbare Mühe übernehmen, ihnen zu beweisen, dass sie unrecht haben, auf ihre Weise Vergnügen zu empfinden, bewegt und gerührt zu werden, zu lachen oder zu weinen? Wer kann sich über Gefühle oder Anschauungen ganzer Nationen in Hinsicht auf das, was sie für schicklich oder unschicklich halten, zum Richter aufwerfen? Wer darf, im Übermaß eines vermessenen Stolzes, sagen: »Alles, was ihr billigt, ist mittelmäßig; ich tadle und verwerfe es; nur bei *uns* sind die Muster und Vorbilder des Schönen, des Großen, des Pathetischen, des Natürlichen zu finden! Eure Tragödien sind schwülstige Ungeheuerlichkeiten; eure Pläne sind ohne Kunst, ohne Wahrscheinlichkeit angelegt, ohne Methode und Regel ausgeführt; eure Komödien sind unbedeutend, farblos, mit schwacher oder fehlerhafter Intrige!« – Würden sie mir nicht zur Antwort geben: Die Sprache, die du führst, ist beleidigend, deine Eitelkeit empörend, selbst wenn du das Recht hättest; das Absprechen ist fast immer eine Folge der Unwissenheit und ein Beweis der Vorurteile. Wie kommst du zu einer solchen Anmaßung, zu einem solchen Tone? Wer bist du, um aufzutreten, und uns belehren zu wollen, wie wir uns zu ergötzen und zu betrüben haben? Bist du etwa der Mann, der unser Wesen, unsere Empfindungen leiten und lenken soll? Hast du einen so richtigen vollständigen Begriff von unsern Sitten, unserm Verstand, unseren Gebräuchen, unserm Geschmack, dass du imstande wärest, mit Unfehlbarkeit zu wissen und zu entscheiden, was unter dem Himmelstrich, den wir bewohnen, sich für uns schickt und nicht schickt? Sind deine Urteile über uns nach den Grundsätzen unserer Erziehung geformt und modifiziert oder auf despotische Vorurteile gegründet? Bist du der Urheber der Dinge und Menschen? Lebst du in und mit unserm physischen Wesen? Denkst du in und mit unserm moralischen Wesen? Besitzest du das Geheimnis unserer Gewohnheiten, unserer vorausgesetzten Begriffe, unserer feststehenden Ideen, unserer Organisation?

»Aber, die Natur ist doch überall dieselbe. ...«

So denkst du, wir aber glauben es nicht. Behalte deine Natur; genieße die Vergnügungen, die sie dir anbietet; allein, lass uns die unsrige oder das, was wir dafürhalten; lass uns die Genüsse, die sie uns gewährt.

»Aber alle unsere Schauspiele, selbst die schlechtesten, sind übersetzt und werden überall auf euren Bühnen dargestellt.«

Das beweist, dass wir keinen so ausschließlichen Geschmack, keine so verächtliche Absicht haben, als ihr; es beweist, dass ein Geschmack neben dem andern bestehen kann, und dass wir dahin streben, den Kreis unserer Genüsse zu erweitern, während ihr ihn gern einengen möchtet; es beweist endlich, dass wir auch einige Gerechtigkeit widerfahren lassen, die ihr uns versagt.

»Aber unsere Überlegenheit ist doch unbestreitbar.«

Denkt es, sagt es uns aber nicht; – dächten wir dasselbe von euch, wir würden es euch nicht sagen.

»Aber die meisten guten Schriftsteller des Auslandes haben es anerkannt. Einer der besten Geister Englands, Lord *Chesterfield*, sagt: *There is not, nor ever was, any theatre comparable to the french theatre*.«

Lord *Chesterfield* mag recht oder unrecht haben, so ist es doch immer etwas anderes, wenn man in der Ruhe des Studierzimmers und am Schreibtische einen allgemeinen Satz aufstellt, oder ihn gesprächsweise im gesellschaftlichen Kreise der Menge aufdringen will. Die Behauptung ist von der Art, dass sie kritisch beleuchtet werden muss, mancher Erläuterung bedarf, manchen Einwürfen, Einschränkungen, Gegengründen unterworfen ist. Und selbst, zugegeben, es gehe aus den geschlossenen Akten der Untersuchung hervor, dass das französische Theater den bestrittenen Vorzug im Allgemeinen hat, – haben wir nicht auch *unsere* dramatischen Vorzüge? Unsere Sagen und Volksmärchen? Unsere Phantasien und Dichtungen? Unsere Sitten und Gewohnheiten? Unsere Begriffe von Schönheit und Poesie? Mit einem Worte, unsere Anklänge und Berührungspunkte, die uns mehr zusagen, tiefer bewegen, besser gefallen, und worüber wir allein kompetente Richter sind, und euch nicht als Richter anerkennen. Behaltet eure Regeln, euren Dichterstolz, eure Vergleichungen, euren Geschmack und Missgeschmack, eure Eleganz, euer übertriebenes Zartgefühl und alle eure Vorurteile für euch! Behaltet selbst recht, wenn ihr wollt, und habt den Anspruch der Vernunft auf eurer Seite! Lasst uns aber dagegen, wie billig, unsere Art und Weise zu sehen und zu fühlen; lasst uns das, was uns am innigsten rührt, am stärksten bewegt und erschüttert; lasst uns mit einem Worte das dramatische System, das uns am besten anspricht, das uns eigen und eigentümlich ist!

Das und noch mehr hätte ich vorbringen können, als bei *Cäcilie* über diesen Gegenstand gesprochen wurde. Ich würde die Herren zum Schweigen gebracht haben. ... Aber ich war gescheiter und fuhr nach der Oper, weil es gerade Zeit war. Ich bat die schöne Dame beim Abschiednehmen nicht um die Erlaubnis, sie wieder besuchen zu dürfen. Sie hatte mich zuerst eingeladen, und eine solche Einladung gilt für einen Befehl, den Besuch zu wiederholen. Ich fand mich nach einigen Tagen ein; und, um hier in keinen Idyllenton zu fallen, und um die Leser mit dem Detail von Schäferszenen zu verschonen, setze ich bloß hinzu, dass ich nach geraumer Zeit der vertraute Freund des Hauses ward. Die Gesellschaft bestand größtenteils aus Provinialen. Ich erwähne nur zwei andere.

Die eine war eine Marquise von C..., eine geistreiche Frau, früher mehr als galant, über alle Maßen unmoralisch; und doch war *sie* es, die, als die berüchtigten *»Liaisons dangereuses«* erschienen, dem Verfasser, Herrn *De Laclos*, ihre Tür verschloss. Sie hatte ihn vorher oft und gern gesehen, ließ aber bei dieser Gelegenheit ihren Schweizer rufen, und sagte ihm: »Du kennst doch den großen, schmächtigen, gelbfarbigen Herrn im schwarzen Rock, der so oft herkommt: ich bin künftig nicht zu Hause für ihn; verstehst du mich? Keinen Augenblick könnte ich ohne Furcht allein mit ihm bleiben!« – Sie mochte glauben, *De Laclos* habe seine *Frau von Merteuil* nach ihr gestaltet, und mag sich nicht ganz geirrt haben; sie war wenig besser und ist in späteren Jahren ebenso hässlich geworden wie jene.

Man hat von ihr ein *Bonmot*, das einer andern, der Herzogin *von Créqui*, ohne Grund zugeschrieben worden ist: Hier ist es. »Der Baron ist ein Sot, aber wahrhaftig keine Bête.«[186]

Von ihr pflegte die *Maréchale de Luxembourg* zu sagen: »Sie macht die Augen beständig, wie wir sie zu gewissen Zeiten – so gern machen.«

Der andere war der *Prinz von Broglie*, der kälteste, unbedeutendste *Fat* von allen, die damals berufen waren, zu den ersten Staatsämtern zu gelangen. Er war Sohn, Enkel und Urenkel von Männern, welche tief aus Piemont nach Frankreich gekommen waren, um ihr Glück zu suchen, und es weit über alle

---

[186] Der Unterschied lässt sich deutsch nicht wiedergeben.

Erwartung fanden. Er war der Neffe eines Mannes, der zu früh gestorben, und vielleicht der Einzige von der Familie gewesen ist, der sich durch wirkliche Verdienste emporschwang. Wer hätte nicht gedacht, der Prinz *von Broglie* würde eine der letzten Stützen der Monarchie sein, die so viel für seine Vorfahren getan hatte, soviel für ihn getan haben würde. Wer hätte es nicht gedacht, wenn man ihn persönlich gekannt hat und nur etwas intim mit ihm verkehrt hat? Bei seinem Stolze, seinem Eigendünkel, seiner individuellen Nichtigkeit, bedurfte kein Mensch in so hohem Grade als er eines Kreditbriefes auf den Ruhm, den seine Vorfahren auf ihn übertragen hatten.

Wie ganz anders hat es sich gefügt! Der Sohn eines *Maréchal de France*, eines erblichen Herzogs, im Besitz eines Reichsfürsten-Diploms,[187] vielleicht des *einzigen*, das in Frankreich den Glanz dieses Titels erhöhen konnte, – ein eitler Narr[188] findet eine Revolution vor, stürzt sich hinein, wie ein *Philosoph*, wie ein *Glücksritter*, und bringt sich aufs Schafott, weil er dumm genug ist, nicht zu wissen, dass er ein mittelmäßiger Kopf ist; blind genug, sich einzubilden, dass er inneren Wert hat; lächerlich genug, sich zu überreden, man werde ihn noch für *jemanden* halten, für *etwas* ansehen, wenn er aufgehört hat, ein *Bruchstück* der königlichen Macht zu sein.

Ich erinnere mich, dass ich einst mit ihm bei *Cäcilie* einen sehr lebhaften Streit über die Missbräuche der Gewalt führte. Er nannte diese Missbräuche »die Weisheit der Regierungen«. Damals war er der Ritter des Despotismus und ich ein Freund der Freiheit.

Übrigens bin ich das beständig gewesen: Nur muss man über den Sinn beider Wörter einig sein. *Er* ist von seinem politischen Glauben gewaltig abgewichen; *ich* bin dem meinigen und meinen Bekenntnissen unverändert und standhaft treu geblieben. Ich hatte feste, uneigennützige Grundsätze; die seinigen richteten sich nach Zeit und Umständen und nach seinem Egoismus. Ich bin stets der Meinung gewesen, dass es für ein ganzes Volk das größte Unglück sei, wenn es gewaltsamerweise die Macht umstürzt, von der es beherrscht wurde. Ich bin von jeher überzeugt gewesen, dass eine bestehende Regierung, mit allen ihren Mängeln, besser ist, als alle Abstraktionen einer vollkommenen Regierung, die erst durch Anarchie und durch alle Übel, die sie erzeugt, erkauft werden muss. Zugleich aber ist mir immer die Tyrannei der Willkür ein Gräuel, die Macht der Unterdrückung ein Ab-

---

[187] Das für den Prinzen von *Broglie* ausgestellte kaiserliche Diplom ist sehr ehrenvoll und die Belohnung für einen erfochtenen Sieg. Der *Deutsche* Kaiser hielt sich zur Dankbarkeit verpflichtet und drückte sie so aus.

[188] *Narr* und *Dummkopf* drückt es hier nur halb aus, zumal da *Sot* noch eine Nebenbedeutung hat. *Übers.*

scheu gewesen. Ich habe stets die Gleichheit der Gesetze der Ungleichheit der Privilegien vorgezogen und, obwohl ein Anhänger der bürgerlichen Hierarchie, die Missbräuche verdammt, die aus der Verschiedenheit der Stände entstehen, sobald sie die von der Vernunft und der ewigen Gerechtigkeit aufgestellten Schranken überschreiten.

Ich komme auf meinen Streit mit dem Prinzen von *Broglie* zurück. Die Veranlassung dazu war folgende: Ein Herr *de la Serne*, Kapitän in einem Infanterie-Regiment, glaubte von einem Stabsoffizier tödlich beleidigt zu sein, dessen Kredit bei Hofe und Ansehen beim Publikum eben nicht hervorragend war. Herr *von Serne* griff ihn eines Abends auf der Straße mit dem Degen an und forderte ihn zum Zweikampfe heraus. Er, der beleidigte, an seiner Ehre gekränkte Herausforderer hatte sich zu diesem gewaltsamen Verfahren und zur Überschreitung aller Regeln berechtigt geglaubt. Jener, obschon bewaffnet, weigert sich zu ziehen, weil Ordnung und Subordination in seinen Augen zugleich übertreten sind, und hält es für seine Pflicht, den Vorfall anzuzeigen. Der Kapitän wurde eingezogen, nach der Abtei Saint-Germain gebracht, und jagte sich eine Kugel durch den Kopf.

Die Sache hat zwei Seiten; es ist kein Wunder, wenn die Meinungen geteilt waren.

Ich will versuchen, das *Für* und *Wider* auseinanderzusetzen.

Früher wagte es nur selten ein Offizier, wenn er weiter nichts war, als Offizier, von seinen Vorgesetzten Genugtuung zu fordern, weil diese ihn um seine Stelle und bisweilen um die Freiheit bringen konnten, die ihm noch teurer war als das Leben. Es gab nur eine Ausnahme: wenn man nämlich auf eine Weise beleidigt worden war, die der Ehre einen unauslöschlichen Flecken anhing. Hatte sich der Chef so weit vergangen, dass die Verzweiflung des Beleidigten, dem nur dies eine Mittel übrig blieb, gerechtfertigt war, so traten das Publikum und die Armee als Richter auf und übten Strafgericht gegen den Feigen, der eine Genugtuung versagt hatte, die er schon im Voraus entschlossen war, nicht zu leisten.

In diesem sehr seltenen Falle und nach einer *sehr schweren* Beleidigung nahm der Offizier seinen Abschied, trat wieder in den Zivilstand, in eine Privatstellung, forderte seine Ehre von *dem* zurück, der sie verletzt hatte, und schlug sich mit ihm. So war es bei dem großen *Condé* der Fall. Er hatte einen Grand-Mousquetaire in der Schlacht von *Steinkerke* beschimpft, und erbot sich großmütig zur Genugtuung. Beide trafen zusammen, beide zogen den Degen, aber der Offizier legte den seinigen dem Prinzen zu Füßen.[189]

---

[189] Der Prinz von B..., Oberst eines Dragonerregiments, das seinen Namen führte, hatte einst seinem Offizierkorps vorgeschrieben, ein besonderes Abzeichen zu tragen. Es war kein

In diesen äußerst seltenen Fällen wurde der Oberst oder Stabsoffizier, der sich an die höchste Behörde wendete, um sein Opfer zweimal zu treffen, vor das furchtbarste Strafgericht – vor den Richterstuhl der öffentlichen Meinung – gezogen und verdammt.

Was würde aber auf einer andern Seite, besonders in Frankreich, die Folge sein? Welche Quelle von Missbräuchen, welcher Umsturz aller Grundsätze und Regeln der militärischen Hierarchie, und des passiven Gehorsams, der das Wesen und die Kraft eines Kriegsheeres ausmacht, würde daraus entstehen, wenn der erste beste junge Schwindel- und Brausekopf, den Eingebungen seines kranken Gehirns, seiner überspannten Phantasie Gehör gebend, ein Recht hätte, die Stellvertreter der Gewalt, seine gesetzmäßigen Vorgesetzten, denen er, Kraft der Heiligkeit seines Eides, in allem, was den Dienst betrifft – wie dem Könige selbst – Gehorsam und Ehrfurcht schuldig ist, unbestraft vor die Klinge zu fordern![190]

---

schriftlicher Befehl ergangen; die Offiziere gehorchten nicht. Einige Tage nachher kommt der Prinz auf die Parade, ereifert sich und erklärt endlich sehr bestimmt, es solle ihm leidtun, wenn er in der Hitze eines Manövers sich *versähe* und aus Mangel am Abzeichen einen Offizier für einen Gemeinen hielte und den Säbel an ihn legte. Tags darauf erscheint Herr von B..., einer der ersten Offiziere des Regiments, vor der Front und hat die Pistolen auffallend hoch aus den Halftern vorstehen. Den Prinzen von B... befremdet das; er fragt, was dies zu bedeuten habe. »Mein Prinz« gibt B... zur Antwort »Ihre gestrige Warnung hat einen tiefen Eindruck auf mich gemacht. Sollten *Sie* sich versehen, so schwöre ich Ihnen, *ich* würde es nicht.«

[190] Aus diesem Gesichtspunkt erlaube ich mir, den überspannten Rittersinn des Vicomte *de Noailles* zu tadeln. Er kommandierte das Dragonerregiment des Königs. Einst, an öffentlicher Tafel, im Beisein der Offiziere des Regiments, sagte er, er würde einen Obersten verachten, der sich weigerte, einem Offizier, den er beleidigt hätte, Genugtuung zu geben. Er bediente sich hier eines Ausdrucks, dem es an Bestimmtheit fehlte: Er hätte sich nicht des Ausdrucks *beleidigt* (offensé), sondern *beschimpft* (insulté) bedienen und lieber überhaupt nicht so sprechen sollen. – Dann setzte er aber hinzu:»Ich würde ohne Nachsicht den Offizier unglücklich machen, der mich im Regiment selbst und in der Garnison forderte; in *Paris* hingegen, im grauen Überrock, stehe ich jedem, der Lust hätte, einen Gang im Boulogner Wäldchen mit mir zu machen.« (Diese an sich liberale Rede war im Munde eines Regimentschefs sehr unpassend.) Ein Kapitän, Herr von *Bray*, hatte kein Wort davon verloren. Er findet sich einige Zeit darauf beleidigt (offensé), fordert Genugtuung, erhält sie und verwundet seinen Chef. Dieser übt die edle Rache, ihn, als er selbst bald nachher das Garde-Chasseurregiment erhielt, zur Majorstelle vorzuschlagen. Der Kriegsminister, Herr *von Brienne*, macht Einwendungen, aber der Vicomte besteht darauf. Herr von *Bray*, einer der besten Offiziere seines vorigen Regiments, sei ihm unentbehrlich, und nur unter dieser Bedingung könne er das Kommando der Chasseurs übernehmen. Nur wenige sind einer solchen Rache fähig!

Der Entschluss, seinen Vorgesetzten zu fordern, darf nur höchst selten gefasst werden; ja, es wäre zu wünschen, dass er in der französischen Armee beispiellos bliebe. Auf alle Fälle muss er der allgemeinen Vernunft, die in letzter Instanz entscheidet, dem Gewissen, das nie trügt, der öffentlichen Meinung, die sich verirren kann, aber früh oder spät die wahre Richtung nimmt, der absoluten Notwendigkeit, die *wahrhaft* verletzte Ehre wiederzuge-

Der Prinz ist später von der Höhe seiner Grundsätze bedeutend herabgestiegen; denn, nicht zufrieden damit, in den Reihen der Freiheit zu fechten, wo er mich zum Nebenmann gehabt haben würde, ist er zu den Fahnen der Rebellion übergegangen, und hat sich selbst als Rebell proklamiert. – [191]

Drei Monate verflossen mir in Cäcilies Umgang, im Schoße einer Ruhe, eines Glückes, dessen Ende ich nicht voraussah, nicht einmal ahnte. Ihr liebenswürdiges Gesicht drückte zwar bisweilen eine Unruhe aus, die ich mir nicht erklären konnte; ihr Herz schien mir von einer Last gepresst, die ich nicht zu erleichtern vermochte. Hätte ich ihr Geheimnis auch teilen wollen, so konnte ich es nicht, denn sie hatte mir erklärt, sie habe keines. Es war ihr sogar gelungen, meine Besorgnisse zu stillen, so viel Güte und Kunst wusste sie in ihre Versicherungen zu legen. Zweimal hatte ich zwar ihre Türe verschlossen gefunden: aber noch tobte die Tyrannei der Liebe nicht in meinem Herzen, noch kannte ich die Raserei, die Eifersucht des Liebhabers nicht, die späterhin – ich gestehe es zu meiner Beschämung – vielleicht kein Mensch auf Erden so weit getrieben hat als ich. Dieses Bekenntnis macht mich, indem ich es niederschreibe, erröten, obschon die Zeit vorüber ist, wo ich wieder in diesen Fall des Errötens kommen könnte. Sie hatte mir mehr als einmal versichert, dass bloße Familienverhältnisse die Veranlassung dessen

---

winnen, untergeordnet werden. Daher bezog sich denn auch mein Streit mit dem Prinzen *von Broglie* nicht sowohl auf die einzelne Ehrensache des Herrn von *Serne*, von der ich nie ganz genau unterrichtet worden, als auf einen allgemeinen Satz des militärischen Despotismus, dem er huldigte, und den ich verwarf.

[191] Das erste Mal, als er, zur Zeit des Terrorismus, verhaftet wurde, begab sich eine Frau zu *Danton* und erbat sich den Prinzen von Broglie von ihm zurück. »Sie sollen ihn haben«, erwiderte dieser Athlet der Demagogie »aber unter der Bedingung, Madame, dass Sie ihm mit dürren Worten sagen, er solle sich schlafen legen; er solle machen, dass man ihn vergessen; er solle *uns* die schwere Arbeit der Demagogie und das schmutzige Machwerk des Sansculottismus überlassen.« Das nenne ich deutlich sprechen und klaren Wein einschenken; das nenne ich Loyalität und Energie; das nenne ich der *Kraftmann* sein, der seinen Platz einnehmen und behaupten will und den schwachen *Gliedermann* mit Verachtung belegt, der den seinen verlassen möchte. Aber ich habe sie auch beide gekannt, *Danton* und den Prinzen von *Broglie*. Welche ungeheure Kluft hatte die Natur zwischen dem energischen und großen Empörer und dem farblosen Undankbaren gelegt! Jener ist einer der Ersten gewesen, welche die Revolution begründet haben, und von derselben ausgebildet worden; *dieser* einer der größten Schwächlinge, die der Hof emporgehoben hat und die den Hof zugrunde gerichtet haben. Ich habe *Danton* zwölf Stunden vor meiner Abreise von Paris gesprochen; meine Hand hat in seiner blutigen gelegen, ohne dass ich zurückgeschaudert wäre. Ich habe, im Beisein des Abbé *d'Espagnac*, seine furchtbare Stimme gehört; diese Stimme hatte etwas Dumpfes, aber auch etwas Menschliches; der Ton, mit welchem er mir seinen Schutz versprach, war nicht abschreckend. *Danton* hatte viel Böses wieder gutzumachen; er wollte es auch. Der Prinz von Broglie hatte nur wenig Böses tun können; aber selbst seine Reue darüber war nichtig!!!

wäre, was meine Besorgnisse erweckte; sie sei glücklich; sie sei mir ihr ganzes Glück schuldig. ... Es ward ihr so leicht, es mich glauben zu machen! Die Eigenliebe ist ein Mitschuldiger, den man so gern schont und begünstigt ... und um mich hier des Ausdrucks eines unserer beliebtesten und liebenswürdigsten Dichter zu bedienen:

»je croyais surtout aux caresses!«

Es war mir nicht entgangen, dass eine ihrer Frauen, und zwar diejenige, die vor allen anderen ihr Vertrauen besaß, sich weder durch glatte Worte, noch durch Geschenke von mir gewinnen lassen wollte. Warum? Das wusste ich nicht und erfuhr es nur, als es zu spät war. Sie hasste mich, weil sie schon einen andern begünstigte, von dem sie viel erhalten und noch mehr zu erwarten hatte.

So befand ich mich, ohne es zu ahnen, schon im letzten Akt dieses Schäferstücks, dem, wie man sehen wird, ein tragisches Ende bevorstand. Ich werde mich, um dieses Tableau auszumalen, derselben Farben bedienen, von denen ich schon in einem andern Werke Gebrauch gemacht (als von diesen Memoiren noch kein Gedanke in mir war). In jenes habe ich Wahrheit und Dichtung gebracht, Beschreibungen und Ereignisse aus verschiedenen Zeiten zusammengetragen und Abenteuer verzeichnet, die mich und einen mir ewig teuren Freund bestrafen.[192]

Es war Nacht. Nach dem ersten Rausche beglückender Liebe überließ ich mich, in das Andenken der zu schnell verschwundenen, seligen Augenblicke versunken, der Ruhe, als ich plötzlich mit starkem Geräusch den Vorhang wegschieben höre, der eine Tapetentüre bedeckt. L. T... tritt ein. »Du wirst« sagte er »allem Anschein nach deinen Triumph nicht lange überleben. Steh auf! Wehre dich! Ich weiß, du hast deinen Degen bei dir!«

Ich sprang auf. Zugleich stürzte *Cäcilie* vom Lager herab auf ihn zu. Er stieß sie mit Entrüstung und gewaltsam von sich. Das verdoppelt meine Wut. Ich ergreife mein Schwert, und wie zwei losgelassene Tiger fallen wir uns wütend an. Ich brauche nicht zu betonen, wie ungleich das Gefecht zwischen uns war. Ich befand mich in einem Aufzuge, den ein keuscher Pinsel keuschen Augen nicht beschreiben dürfte.

Auch wurde ich verwundet, noch ehe ich Zeit gehabt, zu mir selbst zu kommen. *Cäcilie*, zur Besinnung gelangt, erfüllte das Zimmer mit ihrem Geschrei, warf sich zwischen uns, wollte uns trennen, als ich, der indessen kälteres Blut gewonnen, weniger blind vor Wut als mein Gegner, und meinen Stoß sicherer auf ihn führend, ihn mitten in die Brust treffe ... Er wankt, fällt und vergießt einen Strom von Blut.

---

[192] Den Marquis von *Sennecterre*.

Wie ward mir aber, als ich *Cäcilien*, den Gegenstand meiner Liebe und unseres Kampfes, zu meinen Füßen liegend, verwundet, in ihrem Blute schwimmend, erblickte! Welche Hand hatte es vergossen? ... Noch immer weiß ich es nicht. ...

Beim ersten Schrei, den sie ausstieß, war diejenige von ihren Frauen, welche, von Herrn de L. T ... verführt, ihm das Geheimnis ihrer Gebieterin verraten und mich mit meinem längst nicht mehr begünstigten Rivale zusammengebracht hatte, verschwunden. Sie war zu einer anderen Kammerfrau geeilt, um Hilfe zu holen. Man denke sich, wo möglich, meine Lage! Die teure Geliebte meines Herzens überströmte mit ihrem Blute das Liebeslager. Auf dem Boden ausgestreckt lag der halbtote Leichnam eines Mannes, den ich genau kannte, den ich von jeher geschätzt hatte; sein Blut strömte über das Getäfel hin; meines floss; unsere blutigen Schwerter lagen auf der Erde; Stühle, Leuchter waren umgestürzt. ... Es sind jetzt seit diesem Auftritt zwanzig Jahre vor mir vorübergegangen, und immer noch ist er meinen Sinnen und meinem Gedächtnis gegenwärtig; noch immer schwebt mir jene Blutnacht vor Augen; noch immer ergreift mich ein kalter Schauder! – Bald sah ich nichts mehr; ich verfiel in fürchterliche Krämpfe und gleich hernach in eine leblose Abspannung. Dieser todesähnliche Zustand dauerte zwölf Stunden. Als ich wieder zu mir kam, befand ich mich auf meinem Zimmer, von Arzt und Wundarzt umgeben, die Kunst und Kräfte erschöpften, mich in mein Leben zurückzurufen, das mir verabscheuungswürdig schien. Der Wundarzt berichtete, als ich meiner Sinne mächtiger geworden: Mitten in der Nacht sei er von einem Menschen geweckt und zu einem Wagen geführt worden, worin ich gelegen hätte. Er habe meine Wunde auf der Stelle untersuchen wollen, der fremde Mann habe ihm aber nicht Zeit gelassen, sei mit ihm und mir in meine Wohnung geeilt, habe mit meinem Kammerdiener nur ein paar Worte gesprochen, und sei mit dem Versprechen verschwunden, am Abend wiederzukommen.

Er kam auch wirklich. Es war einer von *Cäcilies* Leuten. Er brachte mir gute Nachrichten von ihr, sie war außer Gefahr; aber, setzte er hinzu, der Urheber des Unglücks werde allem Anschein nach seine Schuld mit dem Leben büßen; er liege noch immer schwer verwundet in *Cäcilies* Hause; man wolle versuchen, ihn diese Nacht fortzubringen.

Herr de L. T ... ist einige Jahre nachher, ich weiß nicht woran? weit von Paris entfernt gestorben. Er hätte es verdient, als Opfer dieses Duells, oder vielmehr dieses nächtlichen Überfalls zu fallen; er allein war schuld an den Folgen; alles Unrecht war auf seiner Seite, denn ich kann mir nichts Unedleres und Ungereimteres denken, als wenn man eine Frau zwingen will, eine Kette zu *schleppen*, die sie nicht mehr *tragen* mag, und wenn man alle Gunstbezeugungen für ein Recht hält, sich neue zu *erstehlen*.

Cäcilie verlangte mich nach unserer Genesung wiederzusehen. Sie weinte viel; beteuerte mir, dass sie mich anbete (das heißt bei den Frauen *lieben*); gab mir so ungenügende Aufschlüsse über alles, was vorgegangen, dass ich nicht klug daraus werden konnte, und bestimmte mir ein Rendezvous für den folgenden Abend, zu dem sie sich aber nicht einstellte, denn als ich ankam, war sie abgereist. Wir haben uns später oft wiedergesehen; es schien ein geheimer, stummer Vertrag zwischen uns obzuwalten; nie haben wir versucht, die Asche einer, Liebe wieder anzufachen, die ein so trauriges Ende genommen hatte, und von der ich, was mich betraf, völlig geheilt und entnarrt[193] war.

Damals tat mir eine Zerstreuung not. Ich hatte, wie ich glaubte, mit einem Engländer, der gegenwärtig Parlamentsmitglied ist, eine enge Freundschaft geschlossen. Er reiste nach Brüssel. Ich begleitete ihn. Wir durchzogen diese schönen, vom Himmel und mit Priestern gesegneten Fluren, welche zur Hauptstadt führen, und untersuchten (Ich weiß selbst nicht, warum?) das Innere des österreichischen Flandern und Brabant mit einer Sorgfalt und einem Fleiße, als wäre es der klassische Boden Italiens gewesen. Über meinen Aufenthalt in Brüssel habe ich wenig zu sagen; zu dieser Zeit (1784) wurden die schönen Künste ziemlich vernachlässigt, der gesellschaftliche Ton war noch zurück; in der Liebe ging alles schlecht und recht zu; die Frauen zeigten sich nicht hinterlistig, die Männer nicht prahlerisch.

Ich sah viele Offiziere und schöne Truppen. Sie galten für besser und unterrichteter als die unsrigen. Unser Militär, so hieß es, sei nicht mehr das alte unter *Condé, Turenne, Luxembourg, Villars* und den übrigen Helden, welche die lange Regierung *Ludwigs* XIV. hervorgebracht hatte; unser Militär, hieß es weiter, habe viel von seinem Glanz und seinem Wert verloren, was mir jedoch aus zweierlei Gründen nicht recht einleuchten will. Denn *erstens* finde ich, dass wir unter *Ludwig* XV. Schlachten gewonnen haben, und lasse mich von dem ewigen Zuruf: » *Roßbach! Roßbach!! Roßbach!!!*« nicht irremachen, wohl wissend, dass bei Roßbach ein persönlich tapferer, aber am Geiste mittelmäßiger General, von *Friedrich dem Großen*, der *allein* mehr galt als ein ganzes Heer, *erdrückt*[194], zermalmt worden ist; – *zweitens* weiß ich ebenso gewiss, dass sich in einem Heere wie dem französischen, alle Elemente zu hohen Kriegstaten finden müssen; in einem Heere, von dessen Wesen die Bravour unzertrennlich ist; in einem Heere, das mit dem Mute

---

[193] Désinfatué.
[194] Assommé.

die Intelligenz und den National-Ungestüm verbindet; in einem Heere, worin zwei Waffenarten sich von jeher so ausgezeichnet, so vollkommen erwiesen haben – die *Artillerie* und das *Geniewesen*.

Mögen übrigens die französischen Heere die für verloren gegebene Kriegskunst und Taktik *verloren haben*, – sie haben sie wiedergefunden; ... oder ist es, eine *neue*, nun so steht sie der *alten* wahrlich nicht nach.

Ich besuchte die Gärten und Umgebungen von Brüssel, die benachbarten Lustschlösser und Landsitze, unter anderem *Laeken* und *Beloeil*; Laeken, berühmt durch die Schönheit und den Reiz seiner Gärten; Beloeil, noch berühmter durch seinen Eigentümer, durch einen Mann, der sich in jeder Gattung von Verdiensten hervorgetan, dessen Liebenswürdigkeit den Neid über seine Vorzüge und hervorragenden Eigenschaften verstummen macht, – mit einem Worte, durch den Fürsten *von Ligne*.

Ich verließ den angenehmen Aufenthalt in den Niederlanden, kehrte nach Paris zurück, brachte einen ganzen Monat in der Hauptstadt zu, und begab mich so spät als möglich und auf eine Weise zum Regiment in *Metz*, auf die vielleicht vor mir kein Kavallerieoffizier verfallen ist, – nämlich im Mietswagen.

Diese Art des Transports kann als ein Gegenstück des Mittels angesehen werden, dessen sich der Prinz von Nassau bediente, als er die Postpferde auf jeder Station mit Wechseln bezahlte.

Nicht ganz so lustig war das Los, das in der Garnison auf mich wartete; denn so, wie ich ankam, musste ich, auf des Marschalls *Broglie* Befehl, auf zehn Tage in Arrest wandern; gerade soviel, als ich mich in Paris über meinen abgelaufenen Urlaub hinaus aufgehalten hatte. Ich verdiente die Strafe durch meinen Leichtsinn, der diese Verzögerung veranlasst hatte. Ich war nämlich über die Zeit geblieben, um die Debüts einer jungen Schauspielerin abzuwarten, welche Anlage und Talent versprach, aber nicht Wort gehalten hat. Ich mag sie hier nicht nennen, um ihre Eigenliebe nicht zu verletzen, zumal da es ihr doch zu nichts helfen würde, denn sie hält sich für vortrefflich und würde besser sein, als sie ist, wenn ihre Mittel mit ihrem Fleiße Schritt hielten.

Wir alle kennen den Marschall Broglie, die Schlacht von Bergen, seinen Eigensinn, seine Frömmelei.

Der Kommandierende in den *drei Bistümern* war der Generalleutnant, Graf von *Caraman*. Es eröffneten sich ihm die schönsten Aussichten in der militärischen Laufbahn. Mehr als einmal hieß es, er würde Kriegsminister werden. Diese höchste Stufe in seinem Departement schien ihm gewiss. Ohne Gelegenheit gehabt zu haben, sich glänzend auszuzeichnen, und die seltenen Talente und Kenntnisse zu entwickeln, die er in einem langen, tiefen und durchdachten Studium seines Faches gesammelt hatte, waren ihm gleichwohl alle Stimmen und die allgemeine Meinung des Volkes und der Armee günstig. Er gehört zu den Männern, welche, von der Revolution in ihrem Laufe plötzlich gehemmt, das Ziel in dem Augenblicke verfehlt haben, wo sie schon die Hand nach der Palme ausstreckten. Er hatte bei Hofe, mehr als andere, mit Hindernissen zu kämpfen; die Königin war ihm nicht gewogen; dazu kam noch, dass Neid und Missgunst über sein Glück und sein Vermögen, ihm das Einzige zum Vorwurf machte, was nicht von ihm abhing, seine Geburt, denn er stammte nicht aus einem *alten Hause* ab. Er war ein Mann von den strengsten Grundsätzen, von den reinsten Sitten, und hatte eine der achtungswürdigsten Frauen zur Gemahlin, der man die vornehme Abkunft gewiss nicht absprechen konnte, denn sie war eine geborene *Chimay*, eine Schwester des Fürsten dieses Namens und des *Prince d'Hénin*. Sie bildete mit ihren liebenswürdigen Töchtern eine Familie von Engeln. Der Graf von *Caraman* machte damals in Metz ein großes Haus, was ihm bei seinem bedeutenden Vermögen leichter wurde als vielen anderen. Er machte sein Haus zum Sammelplatz für alle, die für den Wert dieser Wohltat und den Reiz einer auserlesenen Gesellschaft Gefühl hatten.

Der Ordensritter, Graf *von Damas*, war ebenfalls in dieser Provinz angestellt; ein ausgezeichneter Stabsoffizier; ein Mann von Ehre, von Rechtlichkeit, von einem musterhaften Benehmen gegen die ihm Untergebenen. Ich bin später in trüben Zeiten in Berlin mit ihm zusammengetroffen. Er blieb einfach, fest und edel im Unglück, und bewies, dass er der Glücksgöttin und ihrer Gunst entbehren konnte.

Die liebenswürdigste aller Intendantinnen, der auch nicht die geringste kleine Lächerlichkeit, die man den Damen, die diesen Titel führen, zuzuschreiben gewohnt ist, anklebte, Frau *von Pons*, machte ebenfalls ein Haus, dessen höchste Zierde sie selbst war. Zu Paris lebte sie in den allerersten Kreisen, deren Ton und Anstand auf sie übergegangen war. Ohne zu den vollkommenen Schönheiten zu gehören, besaß sie eine Menge Reize und einnehmende Eigenschaften, welche einen Mann (den Grafen *de Grand*) sehr lange fesselten, der jetzt für Frankreich verloren ist, der mit Kenntnissen und Unterricht leichte Grazie, mit liebenswürdigen Talenten die heiterste Laune und ein offenes, gefälliges Benehmen verbindet. Ich wünsche und hoffe, dass in Madrid, oder in Valencia, oder in Granada, wo er sich jetzt aufhalten mag, seine Kollegen, die Granden von Spanien, ihn ebenso sehr lieben und schätzen und würdigen werden, als wäre er in ihrer Mitte geboren. Sollten diese Zeilen ihm vor Augen kommen, so finde er hier den Ausdruck meiner Freundschaft für ihn; er finde hier ein schwaches Denkmal der Gesinnungen und Gefühle, die er in mir erregt hat und die ich ihm bis an meines Lebens Ende erhalten werde.

In diesem Bildersaal von Erinnerungen darf ich einen Mann nicht vergessen, mit dem ich sehr wenig Beziehungen hatte, den ich nicht liebte, gegen den ich aber, eben deswegen, gerechter sein werde. – Dieser Mann ist der Vicomte *de Ségur* . ... Sein Vater, der Kriegsminister, hatte sich bei der Armee nicht beliebt gemacht, weil er sich in seinem Departement nicht so zu benehmen wusste, wie im Felde, wo ihn ein glänzender Mut auszeichnete. Der Sohn stand beim Regiment *Noailles* als Oberstleutnant, besaß ebenfalls nicht die Liebe des Korps, weiß es aber ebenso gut als ich, dass sich daraus nichts gegen ihn schließen und beweisen lässt. Er dichtete allerliebste Chansons, mitunter auch wohl manche mittelmäßige, sang sie nicht so gut, als er sich's einbildete, hatte einen unvergleichlichen Gesellschaftston, wenn er nicht spöttelte, und unendliche Grazie, wenn er nicht in den Fehler verfiel, den ich bei einem anderen – Geckenhaftigkeit nennen würde.

Im Ganzen war er ein überaus angenehmer Mann, was ihm um so mehr zum Lobe gereicht, da man ihn in seiner Jugend über alle Maßen verzogen hatte. Wir haben von ihm eine unzählige Menge Schriften, worin mehr Eleganz als Kunst, mehr Leichtigkeit als Talent herrscht, die ihm aber unter denen, die zugleich als Weltmänner und Schriftsteller aufgetreten sind, eine ehrenvolle Stelle einräumen. Seit meinem Aufenthalt im Norden ist mir ein Band Gedichte, die er in Paris herausgab, in die Hände gefallen. Sie enthalten manches Vortreffliche aus der guten Zeit und vom besten Geschmack. Ich habe ebenfalls sein Werk: » *Sur les femmes*« gelesen; niemand war wohl mehr geeignet als er, über diesen Gegenstand zu schreiben, da niemand von den Frauen mehr begünstigt worden ist. Es war billig, dass eben derjenige, der über so viele von ihnen gesiegt hatte, es übernahm, sie zu preisen und ihnen Anbeter zu verschaffen. Sein Werk muss als ein Denkmal der Erkenntlichkeit angesehen werden. Er war es dem schönen Geschlecht schuldig; er arbeitete in seinem Beruf; nur hat ihn das Talent nicht immer unterstützt. ... Ich sehe sein Werk als ein solches an, das – noch zu machen wäre.

Wenige Tage vor meiner Abreise – vor meinem Abschiede von Frankreich! – las er mir auf seinem Zimmer Fragmente aus einer Oper vor, die mir überaus gefielen. Ich hoffe, er wird dem Publikum ein angenehmes Geschenk mit dieser Dichtung gemacht haben.

Ich entsinne mich noch einer Unterhaltung mit ihm in den Tuilerien beim Könige. Er trug gesunde, loyale Meinungen vor, erklärte sich aber bestimmt und freimütig gegen den Grundsatz der Emigration. Möge hier das Zeugnis meiner Erfahrung sein Urteil bestätigen! Ich versichere ihm auf meine Ehre, dass ich geradeso denke wie er. Noch mehr: Ich beteuere, wenn es ihm lieb sein kann, ohne meinem Gewissen und der Achtung zu nahe zu treten, die ich seinem Geist und seinen Schriften schuldig bin, dass dieser Ausspruch über die Auswanderung in meinen Augen seinem Verstande weit mehr zur Ehre gereicht, als sein ganzer literarischer Ruf.

Ich mag hier einem Manne keine Stelle einräumen, den ich genau gekannt habe, und der damals ein fremdes Regiment in Metz kommandierte. Ich habe nie viel von ihm gehalten, obgleich es ihm keineswegs an Anlagen und Mitteln fehlte; aber ich war weit davon entfernt, ihn der Scheußlichkeit für fähig zu halten, womit er in allen Szenen der Französischen Revolution sein Leben befleckt und seinen Namen geschändet hat. Dieser Mann ist noch mehr das Brandmal seiner Partei, als der Abscheu der entgegengesetzten gewesen. Das Haus, aus welchem er abstammt, das einer großen Nation einen König gegeben, und mit fast allen Thronen Europas verwandt und verschwägert ist, hat ihn aus seiner Mitte verstoßen und macht es mir zur Pflicht, das Andenken an ihn und an die Schmach, womit er sich bedeckt hat, und worüber selbst seine Mitschuldigen erröten, zu unterdrücken.[195]

Ich näherte mich dem Augenblicke, wo ich Paris wiedersehen sollte, und sehnte mich danach wie ein Liebhaber, der nach einer langen Abwesenheit in die Arme seiner Geliebten fliegt. Der Neffe des *Schwanes von Cambray*, der junge *Fénelon*, nicht ganz so engelrein, so tugendhaft wie sein Oheim, bot mir einen Platz in seinem Wagen an, und wir gelangten zusammen in die Hauptstadt.

Meine Freude war von kurzer Dauer. Mit Bestürzung und Schmerz erfuhr ich bei meiner Ankunft ein trauriges Ereignis, das sich soeben begeben hatte, und glücklicherweise, anstatt großes Aufsehen zu machen, nie ins Publikum gekommen ist. Einer meiner Jugendfreunde hatte eine Schwester. Sie war um einige Jahre älter als wir beide; ich hatte sie oft gesehen, sie hätte auf eine der größten Verbindungen Anspruch machen können. Schön, geistreich, talentvoll, wurde sie in einem Kloster zu Arras, in der Nähe ihrer Tante, erzogen, die auf ihren Gütern lebte und ihr ganzes sehr ansehnliches Vermögen der Nichte zudachte. Ein junger Edelmann aus Artois, von einnehmendem Äußeren, dem später seine Wohlgestalt zu einem großen Glücksstande an einem nordischen Hofe verhelfen hat, war so glücklich oder unglücklich[196], die Mauern des heiligen Asyls zu ersteigen oder vielmehr sich ohne viele Umstände in den Schafstall des Herrn durch die offene Tür Eingang zu verschaffen. Sei's auf diese oder jene Weise, genug, das Resultat seiner Besuche war, dass zwei Fräulein aus vornehmen Häusern,

---

[195] Es war Prinz *Karl von Hessen-Rheinfeld-Rothenburg*, der spätere »citoyen Hesse« der Revolution.
[196] Eut triste bonheur.

und vielleicht auch ein Paar Nönnchen, die es nicht werden verlautbaren lassen, mit Pfändern seiner Liebe und Kühnheit beschenkt wurden.

Die junge Person, von welcher hier die Rede ist, schrieb an ihre Tante: Der schlechte Zustand ihrer Gesundheit mache ihr den Genuss der Landluft notwendig. Die Tante nahm sie aus dem Kloster. Kaum im Schlosse angelangt, verschluckte sie ein überaus subtiles Gift, das sie sich, man weiß nicht wie, zu verschaffen gewusst hatte, und wurde am Fuße eines Baumes im Park auf sehr romantische Weise tot aufgefunden. Ihr Bruder wütete, wollte verzweifeln, lechzte nach Rache; aber die Verwandten zwangen ihn aus Grundsätzen der Ehre und des Zartgefühls, von seinem blutigen Vorhaben abzustehen, ihrem Beispiele zu folgen und zu schweigen. »Man müsse« hieß es »über diese Familienschmach einen dichten Schleier ziehen.«

Des Bruders Freundschaft für mich lüftete diesen Schleier. Er entdeckte mir alles. Mit Recht für ihn besorgt und seinem stummen Schmerze misstrauend, ließ ich ihn sechs Wochen lang nicht aus den Augen, wachte über ihn, wie über ein Kind in Lebensgefahr. Mir ist kein so tiefes Leiden, wie das seinige vorgekommen. Er war höchst unglücklich: Ich kenne nur einen auf Erden, der es noch mehr werden sollte als er!

Ungefähr um diese Zeit erschien ein Buch, das ein ungeheures Aufsehen im Publikum machte und in den Köpfen mehr Unheil anrichtete, als die schlüpfrigsten Gemälde und die unzüchtigsten Geisteserzeugnisse; ein Buch, das seinen Verfasser zwischen Tadel und Lob, zwischen Verachtung und Achtung stellte, ihm zwischen den ausgezeichnetsten Schriftstellern und denen, die einen verderblichen Gebrauch von ihren Talenten machen, zwischen den großen Malern einiger auffallenden Laster und den Verderbern und Vergiftern aller Tugend einen Platz anwies; – ein Buch, dem der Verfasser sich erfrechte, einen moralischen Zweck unterzulegen, während es eine offenbare Beleidigung aller Nationalmoralität war; – ein Buch endlich, wovon alle Frauen bekennen und *beichten*, es gelesen zu haben, das alle Männer hätten streben sollen zu vertilgen, und das verdiente, von Henkershand öffentlich verbrannt zu werden, obschon es in seiner Gattung wert ist, in den ausgesuchtesten Sammlungen einen klassischen Platz einzunehmen. Ich glaube, die *Liaisons dangereuses* nicht erst *nennen* zu brauchen.

Ich rede heute von diesem Werke anders, als ich bei dem ersten Erscheinen darüber dachte; denn ich gestehe und werfe es mir vor, zu dessen leidenschaftlichsten Bewunderern gehört zu haben. Noch mehr; ich habe es damals, als es neu war, zwei oder drei Frauen geliehen, die es insgeheim verschlangen und sich sorgfältiger beim Lesen versteckten, als sie es später bei der praktischen Befolgung seines Inhalts getan haben.

Mir war außerordentlich viel daran gelegen, die Bekanntschaft des Herrn *de Laclos* zu machen; aber dieser Wunsch schwand bald, wie alle Wünsche, die auf keiner festen Grundlage beruhen. Ich fand viele Jahre später Gelegenheit, ihn zu sehen, und wieder eine geraume Zeit nachher die Veranlassung, mich mit ihm über seinen berüchtigten Roman zu unterhalten, der aber eigentlich kein Roman ist, da ich aus seinem eigenen Munde erfahren habe, was in diesem zugleich so eleganten und so zynischen Werke *Dichtung* und *Wahrheit* ist.

Und da ich einmal hier von den *Liaisons* zu reden angefangen habe, so will ich mich nur gleich in den Zeitraum versetzen, wo meine Unterredung mit Herrn *de Laclos* stattfand und die chronologische Ordnung (wie schon oft), auch dieses Mal hintenansetzen.

Im Jahre 1789 gab mir der Herzog *von Orleans* (welchen ich um einen Dienst ersucht hatte, der ihn nur ein paar Briefzeilen kostete), in seinen kleinen Zimmern des Palais-Royal ein frühes Morgen-Rendezvous. Ich stellte mich zwischen neun und zehn Uhr ein und traf schon die Herren *Heymann*, *de Travanet* und einen dritten an, den ich nicht kannte. *Travanet* nannte ihn mir; es war Herr *de Laclos*.

Welche sonderbare Vereinigung (dachte ich) von Männern, die so wenig im Charakter und infolge ihrer ursprünglichen Stellung zueinander, und noch weniger zum Umgang mit dem ersten Prinzen vom Geblüt passen! Gleichwohl versäumte ich die Gelegenheit nicht, mich Herrn *de Laclos* zu nähern, dessen *Liaisons dangereuses* ich über meine eigenen beinahe ganz vergessen hatte. Kaum gewann ich Zeit, ein paar Höflichkeiten mit ihm zu wechseln, als unser kurzes Gespräch schon ein Ende nahm, weil man mich ins Kabinett des Herzogs rief. Hier blieb ich einige Minuten, begleitete alsdann den Herzog in das erste Zimmer, wo sich unterdessen mehrere Personen eingefunden hatten. Ein neues Werk des Herrn *von Calonne* bildete den Gegenstand der Unterhaltung; die Meinungen waren, wie immer, geteilt. Ich dachte nicht weiter an Herrn *de Laclos* und traf ihn erst zwei Jahre später in England wieder, wohin er den Herzog *von Orleans* begleitet hatte, als dieser, aus dem Salon der Herzogin von *Coigny*, von Herrn *de la Fayette*, in außerordentlicher Sendung nach London geschickt wurde, um dorthin die Nachricht zu bringen »dass man ihn nicht länger in Paris haben wolle«.

Es ist hier nicht der Ort, auf die einzelnen revolutionären Maßregeln und Schritte einzugehen, womit sich Herr *de Laclos* befasst hat, und sich mit der Gewalt zu beschäftigen, die er über einen Prinzen geübt, den seine Freunde und seine Feinde auf einem und demselben Wege dem Blutgerüste zugeführt haben, nämlich durch die Vorspiegelung eines Thrones, den er nur mit Schauder – und noch mehr mit Befremden – bestiegen haben würde. Ich habe es hier nur mit dem Verfasser der *Liaisons dangereuses* zu tun. Ich versuchte es ein- oder zweimal in London, von ihm selbst das ganze Geheimnis seines Buches herauszubringen, indem ich überzeugt war, dass ein Werk wie dieses, ohne wirklich bestehende Originalcharaktere, die der Verfasser benutzen und zugrunde legen konnte, niemandem in den Sinn gekommen sein würde. Er entzog sich, obwohl mit vieler Artigkeit, meinen Fragen und gab mir keine befriedigenden Antworten.

Endlich aber lieferte ihn die Langeweile in meine Hände und bediente mich besser als meine Neugierde und seine Eigenliebe es getan hatten.

Wir waren beide einmal beim Lever des Prinzen von *Wales*, der aus zwei Ursachen erstaunlich lange auf sich warten ließ; einmal, weil es Fürstensitte ist; zweitens, weil die Toilette eines der schönsten Männer von Europa viel Zeit erforderte. Herr *de Laclos*, weniger aus Mangel an Kenntnis der Hoftaktik, als infolge der finsteren Ungeduld eines Philosophen oder eines Staatenumwälzers, anstatt seine Laune hinter einem angenommenen Phlegma zu verbergen, anstatt nach der Uhr zu sehen oder auf und ab zu gehen, suchte sich die Zeit durch Plaudern zu vertreiben. Er unterhielt sich mit mir und sprach ungefähr wie folgt:

»Ich stand in Garnison auf der Insel Ré und langweilte mich wie in diesem Saale. Ich hatte zum Zeitvertreib ein paar Elegien auf Tote verfertigt, die nichts davon erfahren werden; ich hatte einige Episteln gedichtet, welche zu meinem und der Leser Glück, ungedruckt geblieben sind; kurz, ich hatte ein Geschäft betrieben, von dem ich mir wenig Beförderung und wenig Achtung versprechen konnte, sodass ich mich entschloss, an einem Werke zu arbeiten, das sich von der gewöhnlichen Bahn entfernen, Aufsehen machen, und mir noch lange nachhallen sollte, wenn ich schon tief im Grabe liegen und schweigen würde.[197] Ich hatte einen literarischen Freund, der sich in den Wissenschaften einen großen Namen gemacht und in seinem Leben eine Menge Abenteuer bestanden hatte, denen es nicht an Glanz und *Eklat*, nur an einem Rahmen und einem Schauplatz fehlte. Dieser Mann war im eigentlichsten Sinne für die Frauen geboren, und in alle Falschheiten und Treulosigkeiten, worin es das weibliche Geschlecht soweit gebracht hat, eingeweiht. Mit einem Worte: Wäre er ein *Hofmann* gewesen, er würde den Ruf eines *Lovelace* erreicht und denselben im guten Gesellschaftstone noch übertroffen haben. Er hatte mich zu seinem Vertrauten gewählt; ich lachte

---

[197] Das waren seine eigenen, etwas rhetorischen Ausdrücke, deren ich mich noch, wie von gestern her, erinnere. Sie frappierten mich um so mehr, da sie von dem Ton und der Farbe seiner gewöhnlichen kalten und methodischen Unterhaltungssprache so sonderbar abstachen.

über seine Streiche[198], half ihm aber bisweilen mit meinem Rate. So kannte ich z. B. eine seiner Mätressen, die der *Frau von Merteuil* so ziemlich nahe kam; aber erst in Grenoble fand ich das eigentliche Original, welches zu meiner Schilderung gesessen und von welcher meine *Frau von Merteuil* nur eine schwache Nachbildung ist; es war eine gewisse Marquise *de L.T.D.P.M.*, von der die ganze Stadt Züge wusste und erzählte, die in der Geschichte der berüchtigtsten Kaiserinnen des alten Rom eine Hauptstelle eingenommen haben würde. Ich zeichnete mir das Merkwürdigste auf und nahm mir vor, zu seiner Zeit Gebrauch davon zu machen. *Prévans* Geschichte war lange Zeit vorher einem Stabsoffizier bei den Mousquetaires, Herrn *von Rochechouart*, begegnet. Der Vorfall brachte ihn um Ruf und Ehre. Heute würde man darüber lachen. Ich hatte einen Vorrat pikanter Abenteuer und Geschichtchen aus meinen Jugendjahren. Ich verschmolz alles, machte aus den heterogenen Teilen ein Ganzes, erdichtete das Fehlende und schuf insbesondere den Charakter der *Frau von Tourvel*, auf den ich viel halte und der mir nicht zu den gewöhnlichen zu gehören scheint. Ich verwandte großen Fleiß auf den Stil, und nachdem ich an meinem Werke ein paar Monate gefeilt hatte, schickte ich es ins Publikum. Seitdem habe ich es fast aus den Augen verloren und weiß nicht, hat es Glück gemacht oder nicht; nur so viel hat man mir gesagt, dass es noch *am Leben* sei.«

Ich habe meine Antwort vergessen. So viel aber ist gewiss, seine Rede steht hier Wort für Wort.

Und da ich einmal diesen Exkurs gemacht habe, so will ich auch, ehe ich acht bis neun Jahre zurückgehe, in wenigen Worten meine Meinung über das Werk selbst sagen, das ich hier (wohlverstanden!) nur nach seinem literarischen Werte untersuche, und in Hinsicht auf die Art und die Gefahr der darin enthaltenen Gemälde beurteile.

Was hier folgt, ist ganz *meine* Ansicht. Ich habe mich nie darüber mit anderen auf Erörterungen eingelassen, die meine Ansicht bestimmt haben könnten.

Fürs Erste hat der Verfasser auf seine *Frau von Merteuil* viel Kunst verwendet; er hat sie absichtlich verderbt geschildert, damit sie desto mehr mit der engelhaften Reinheit der *Frau von Tourvel* kontrastiere und selbst gegen *Valmont* absteche, der bei Weitem nicht so arg ist wie sie. Der Verfasser zeigt sich als Menschenkenner und befolgt die Regel. In der Regel nämlich sind die Frauen besser und mehr wert als wir; weichen sie aber einmal von dem Pfade der Tugend und Weiblichkeit ab, so geht's mit ihnen desto rascher und desto weiter auf der Bahn des Lasters und der Sittenlosigkeit fort.

---

[198] Espiégleries.

Dagegen ist es ein großer Fehler, dass er jeder Person ihren besonderen Stil im Sprechen und Schreiben beilegt. Er hätte sich damit begnügen sollen, ihnen eine unterscheidende *Physiognomie* zu geben. Durch diese Verschiedenheit ist der Übelstand veranlasst worden, dass neben vortrefflich geschriebenen Stellen man auf andere stößt, die durch übel angebrachte Naivitäten oder nicht zu entschuldigende Nachlässigkeiten auffallen und nicht als Kontraste, sondern als wahre Flecken anzusehen sind. Die Schilderung der Frau *von Tourvel* ist das Schönste, was man lesen kann, und hat der Jugend von beiden Geschlechtern Ströme von Tränen gekostet. Welches junge Mädchen würde nicht lieber sterben wie sie, als leben wie ihre verabscheuungswerte Rivalin! Welches junge Mädchen würde der Tugend nicht diesen Zoll bringen! Welcher Jüngling hat sich nicht eine Geliebte geträumt wie sie, hat nicht das Knie vor ihrem Bilde gebeugt, und ihrem Schatten die Huldigung seines Herzens dargebracht! Das ist der Zoll, welcher der wahren Liebe gebührt! Aber hiermit ist es auch abgetan; weiter nehme die Jugend an diesem Buche keinen Anteil. Das Übrige ist ein strafwürdiges Erzeugnis; es sind Gemälde, tadelnswerter als Aretins Bilder; aber die meisten sind elegant, einige wahr, mehrere übertrieben und mit stark aufgelegten Farben ausgemalt. Für diejenigen, welche die große Welt nur vom Hörensagen kannten, hat dieses Werk für eine glänzende Schilderung der allgemeinen Sitten einer gewissen hohen Klasse gegolten, und ist in dieser Hinsicht eine der tausend Wogen im revolutionären Ozean geworden, die den Hof verschlungen haben, einer der tausend Blitze im Ungewitter, das den Thron zerschmettert hat. – Das ist meine feste Überzeugung. Man wende mir nicht ein, dass niemand vor mir auf diesen Gedanken verfallen, man finde meine Behauptung nicht übertrieben, nicht lächerlich, man frage mich nicht: »Haben Sie es von dem Verfasser?« – Nein, er hat es mir nicht *gesagt,* aber er, der Mitarbeiter an einem so tief angelegten Verschwörungsplan, sollte es nicht *gewusst* haben? – An einem so weit ausgedehnten Plan, wo jedem im Voraus, am Hofe, in der Hauptstadt, in den Provinzen, in der Armee seine Rolle vorgeschrieben war? Selbst *Valmonts* Tod ist kein Schluss, keine Ehrenrettung für die Moral, weil er, streng genommen, zu verdammen ist: die Dazwischenkunft des Pater *Anselm* ist eine Verspottung seines heiligen Amtes. Selbst für die unteren Klassen sind die Liaisons ein Unterricht in der Schamlosigkeit, eine Aufmunterung zur Sittenverderbnis. Was soll ich endlich von der Rolle der jungen *Unschuldigen*[199] sagen, die alles tat, was die erfahrensten Buhlerinnen tun können, die ihre Mutter lächerlich macht, den jungen Mädchen das

---

[199] Innocente.

schlimmste Beispiel gibt, kurz, die der letzte Pinselstrich dieses mit einer dreifach strafbaren Kunst ausgemalten Tableaus ist?

Der Stil ist natürlich, bisweilen zu natürlich, daher schwach, doch fast immer elegant, graziös und gedrängt. Alle Teile der Intrige gehen mit einer Leichtigkeit ineinander über, hinter der Arbeit und Mühe sich künstlich verbergen. Was bei der Reflexion zum scheußlichsten Laster wird, erscheint beim Lesen ganz einfach. Der Verfasser reißt die Leser mit sich fort, man trennt sich nur dann von ihm, man macht sich vom Interesse, das er einflößt, von dem Einverständnis mit ihm nur dann los, wenn man die ganze Bahn durchlaufen hat und am Ziele steht. Mit einem Worte, sein Werk ist das Werk eines Kopfes ersten Ranges, eines in Fäulnis übergegangenen Herzens und – des Genius des Bösen.

Unter dem neuen Gesellschaftszustande hat das Buch an Interesse verloren; gleichwohl wird es so lange bestehen als die Sprache, in der es geschrieben ist.

Sollte sich jemand über diese lange Diatribe wundern und nicht begreifen, warum ich ein altes Werk neu untersuche und zergliedere, so fühlt er nicht wie ich, so hat das Werk nicht auf ihn eingewirkt wie auf mich, so hat er die Folgen, die es hervorgebracht, nicht gesehen wie ich; – so geschieht's, entweder weil er zu unempfindlich ist, oder ich zu eindrucksfähig;[200] – so geschieht's, weil er die *Liaisons dangereuses* als einen Roman ansieht, den man in der Jugend von sich legt, wenn man ihn gelesen hat, und *ich* sie als eines von den verderblichen Meteoren, als eines von den Unheil verkündenden Zeichen der Zeit betrachte, welche gegen das Ende des achtzehnten Jahrhunderts an dem in Flammen stehenden Himmel erschienen sind.

Ich führe meinen Leser mit mir nach Paris zurück; – nach Paris, wo ich einen unglücklichen Freund wieder aufsuche – nach Paris, das ich mit diesem Freunde verlasse, um ihm ein paar Wochen auf seinem Landgute Gesellschaft zu leisten. Dort überlasse ich den Halbgeheilten der Zeit ... denn was vermag nicht die Zeit, die heilsamste Trösterin im Unglück? Von da gehe ich nach der Provinz Maine, auf eine Besitzung, die ich, noch immer minderjährig, nicht veräußern darf, wo ich aber einem lachenden Käufer einen bedeutenden Holzschlag für ein Spottgeld verkaufe. Mit dem Kaufpreis in dem Portefeuille geht's wieder nach Paris. In diesem bodenlosen Abgrund, in dieser Hauptstadt, die alles verschlingt, werde ich bald mein Geld verschwendet haben, habe ich doch mit noch größerem Leichtsinn meine Jugend dort vergeudet ... meine Jugend, deren schöne Tage wie ein Traum verschwanden!

---

[200] Impressionable; ein neu geprägtes Wort.

Jener Holzverkauf missfiel meiner Familie. Mein Vater, dem seine eigenen Angelegenheiten genug zu schaffen machten, hielt es für gut, sich bei diesem Anlass in die meinigen zu mischen. Doch das konnte mir sehr gleichgültig sein, weil ich über den Ertrag meines Vermögens bis zur Vollbürtigkeit verfügen konnte. Er schrieb sogar an den Prinzen *von Poix* und bediente sich seines väterlichen Ansehens, um ihn zu ersuchen, mir einen Verweis zu geben und mich zum Regiment zu berufen. Sein Brief blieb ohne Folgen. Um sich zu trösten, kaufte mein Vater vom Prinzen *von Guémenée* die Hofstelle eines Grand-Bailli d'épée in der Apanage *Monsieurs*, Bruders des Königs, mit der Anwartschaft für mich. Er tat diesen Schritt, ohne mich zu befragen, denn er mochte wohl wissen, wenn ich mein Gutachten zu geben gehabt hätte, wie es ausgefallen wäre, und dass ich die Familie vermocht haben würde, ihm diese Ungereimtheit hart vorzurücken.[201] Der Handel hat ihn viel Geld gekostet, und ihm von der Gräfin *von Tessé* das Kompliment zugezogen, sie könne ihm zu seiner neuen Würde nicht Glück wünschen, weil es nur noch im *Molière* Seneschälle gäbe.[202] Nichtsdestoweniger veranstaltete mein Vater bei dieser Gelegenheit in seiner Provinz große Festlichkeiten, welche ihn viel Geld kosteten. Ebenso teuer kam ihm die Taufe eines Söhnleins aus der zweiten Ehe zu stehen, wobei *Monsieur* und *Madame Elisabeth* Patenstelle vertraten. Das brachte die schon zerrütteten Finanzen meines Vaters vollends in solche Unordnung, dass an keine Hilfe und Rettung zu denken war.

Der Herzensangelegenheiten und großen Leidenschaften müde, suchte ich leichtere Zerstreuungen, und vor allem den Umgang der Musen. Ich machte eine Menge Verse und brachte meine neugeborenen Kinder in einigen Tagesblättern zu Grabe. Um aber in nichts zurückzubleiben, ward ich ein Spieler, ohne je das Spiel geliebt zu haben. Der Graf *von Genlis* erhielt mein Handgeld. Er wohnte damals auf der *Place Vendome*. Bei ihm fanden sich Spieler aus der guten Gesellschaft ein – aber auch aus solcher, die diesen Namen nicht verdiente. Dame Fortuna, welche den Anfängern immer eine Zeitlang zuzulächeln pflegt, so wie Dame Venus gern mit jungen Liebhabern kokettiert, legte mir ihren gewöhnlichen Fallstrick und ließ mich gewinnen;

---

[201] Le faire gronder de cette absurdité.

[202] Groß-Seneschall und Grand-Bailli dapée sind zwei gleichnamige Titel. Die Sache ist veraltet; die Rechte waren ehedem bedeutend. In schwierigen Fällen besorgte der Seneschall das Kriegsaufgebot des Adels; in ruhigen Zeiten hatte er nichts weiter zu tun, als, so oft es ihm gefiel, unter einem reich mit Fransen und Federn geschmückten Thronhimmel in dem Hauptorte seinen Umzug zu halten, begleitet von einer zahlreichen Dienerschaft in Staatslivree, mitunter auch von einem Teil des Magistrats usw. Es hatte freilich so ziemlich das Ansehen einer Mummerei, wobei der Seneschall die Hauptrolle spielte mit seinem Federhut, seiner goldenen Kette, seinem langen Degen, seinem kurzen Mantel usw. usw. Ich würde um nichts diese Hauptrolle gespielt haben. *Verf.*

aber früh genug musste ich ihre vorübergehende Gunst teuer bezahlen. Ich bin dem Grafen *Genlis* die Gerechtigkeit schuldig, dass ihm meine Jugend und Unerfahrenheit Sorge machten, dass er mich warnte, dass er mir über das Spiel und die verderblichen Streitigkeiten, deren Tummelplatz sein Haus war, heilsame Lehren gab, dass er mich sogar bat, mich bei ihm zu amüsieren, mit ihm zu speisen, aber mein Geld zu behalten. Leider aber war die Gelegenheit da, und die Verführung stärker als seine Beredsamkeit, obschon sie damals kräftiger und eindringender war, als jene, die er auf der Rednerbühne vortrug, vielleicht auch aufrichtiger und gutgemeinter.

Meine Besuche bei ihm und beim Präsidenten *von Champ...* (der ungefähr dieselbe Gesellschaft und außerdem eine Menge Frauen aus allen Ständen, Farben und Jahren sah) wurden von Personen von Rang und Achtung, die mir wohlwollten, und zum Teil zu meiner Familie gehörten, übel ausgelegt. Ich hörte nicht auf sie, ließ mich bei ihnen nicht sehen, und sie erlaubten sich nun die Freiheit, mich ein mauvais sujet zu nennen, eine Benennung, mit welcher man ratsamer zu Werke gehen sollte als gewöhnlich geschieht, besonders wenn man sie jungen Leuten erteilt, denn diese werden anfangs zu stark dadurch gereizt, woraus folgt, dass sie sich darüber hinwegsetzen und durch ihre Gleichgültigkeit den Beinamen verdienen.

Wie mancher macht sich dadurch, dass er im Anfang des Lebens die öffentliche Meinung verachtete, der Verachtung wert! Erst späterhin ist es dem Menschen erlaubt, sich über die Meinung zu erheben, sie für das zu halten, was sie ist, und über Richter zu lächeln, die oft weniger gelten als die Opfer, denen sie das Brandmal aufdrücken.

Während ich mich so in diesen beiden Häusern umhertrieb, dabei kleine Liebschaften im Dunkeln anknüpfte, sie bald wieder auflöste, mich von Zeit zu Zeit wider Willen in guten Gesellschaften sehen ließ, wo man keinen Gefallen an mir fand, und wo ich durch unanständiges Gähnen zu erkennen gab, dass sie mir nicht gefielen – verging der Winter.

Der Graf *von Genlis* und nachherige Marquis *von Sillery*[203] war eben kein liebenswürdiger Mann. Er galt in der Hofwelt für unterrichtet, so wie er nachher in der Revolution für einen Staatsmann gegolten hat. In beiden Urteilen hat man sich, wie das so oft der Fall ist, geirrt. Ebenso ungereimt war aber auch die Behauptung, dass es ihm an Mut fehle. Seine Wunden haben das Gegenteil bewiesen; er hat in Ostindien glänzende Beweise der Tapferkeit abgelegt, und sich in Ouessant sehr zu seinem Vorteil gezeigt, so sehr man sich auch bemüht hat, bei Gelegenheit dieser Seeschlacht ihm

---

[203] Gatte der Gräfin *von Genlis*.

sowohl als dem Herzoge *von Orleans*, dessen Gardekapitän er war, Feigheit anzudichten.

Sein Bruder, der Marquis *von Genlis*, war in meinen Augen nicht nur weit liebenswürdiger, sondern auch weit unterrichteter. Seine Liebenswürdigkeit ist wohl von niemandem in Zweifel gezogen worden. Was seine geistige Bildung betrifft, so besaß er allerdings die erste aller Wissenschaften, die nützlichste und anwendbarste von allen: das große und seltene Geheimnis, zu gefallen. Ein zweites Kunst- und Meisterstück, welches man an ihm bewundern musste, bestand darin, dass er mitten in der Revolution den gebildetsten Ton beibehalten hat, einen Ton, der des allerfeinsten Hofes würdig war; dass er, mitten unter gemeinen Weibern lebend, die Sprache der ausgezeichnetsten Frauen nicht verlernt hat, dass er, mitten unter den gröbsten Unordnungen, beständig ein Muster des feinen und guten Geschmacks geblieben und zu einer Zeit nicht *rostig* geworden ist, wo jeder andere, der es in der einschmeichelnden Urbanität, in der attischen Grazie, in der natürlichen Eleganz des Umgangs nicht so weit gebracht hatte, unfehlbar Schiffbruch gelitten haben würde. Er sprach ohne alle Anmaßung, es war aber immer ein glückliches Ereignis, wenn man ihn reden hörte; bisweilen zeigte er aber auch eine Unwissenheit, worüber er selbst gelacht haben würde, wenn man sie ihm bemerkbar gemacht hätte. Ich kann den Eindruck, den er auf mich gemacht und in mir hinterlassen hat, nicht besser beschreiben, als wenn ich von ihm sage: Er glich jemandem, der viel weiß, dem man es aber ansieht und anhört, dass er nichts gelernt hat.

Die beiden Brüder achteten einander sehr, wurden aber von wenigen geachtet. Dagegen gab es wohl keinen, der sich dem verführerischen Wesen des Marquis hätte entziehen können, der ihn nicht hätte lieben müssen, so unwiderstehlich war er. Auf der Rednerbühne des Lasters würde er dem größten Kanzelredner die Spitze geboten, das Laster liebenswürdig, die Tugend hassenswert gemacht haben. Man hat von ihm eine Menge *Bonmots*, die ich zum Teil anführen könnte, zum Teil aber auch nicht, obschon sie in gewissem Sinne und für gewisse Ohren der Anführung vollkommen wert wären. Seine Philosophie war die der Alltäglichkeit, des Augenblicks. Sie hat ihm in der Revolution gute Dienste geleistet; er hat noch im fünfzigsten Jahre die Schönen nichts weniger als grausam gefunden, hat es aber auch nie übel genommen, wenn seine Gattin nicht die Grausame spielte.

Seit dem Kanzler *von Sillery*, der zu seiner Zeit sicher kein Dummkopf war, hat diese Familie stets Männer von Geist hervorgebracht.

Aber auch eine Frau hat derselben in dieser Hinsicht keinen geringen Glanz gegeben. Frau *von Genlis*, so berühmt durch ihre Erziehungsgaben, durch ihre Schriften, durch ihre Liebhaber (wohlverstanden, durch die Liebhaber eines Teils dieser Schriften) hat gleichwohl weniger Erzeugnisse ihrer Feder aufzuweisen, als ihr Gatte *(Genlis-Sillery)* in den ersten Jahren der Revolution zutage gefördert. Ich speiste oft bei ihm, als die konstituierende National-versammlung ihren Sitz noch in Versailles hatte. Er ermahnte mich immer, alles ziehen zu lassen und zu bleiben,[204] er las mir Aufsätze vor (denn er besaß die traurige Leichtigkeit, über alles Aufsätze zu machen). Ich weiß kein Wort von ihrem Inhalt; so viel weiß ich nur, sie wiegten mich in einen sanften Schlummer, Und ich muss ihm noch in diesem Augenblick für die Höflichkeit danken ... artiger konnte sich in der Tat kein Wirt gegen seinen Gast benehmen. Es würde ihm vielleicht diese Liebe durch eine ähnliche erwidert werden, wenn er meine Memoiren lesen könnte; aber er schläft einen festen, *eisernen*[205] Schlaf, aus welchem ihn alle Albernheiten und Tor-heiten der Welt nicht wecken könnten.

Er war einer von den Ratgebern des unglücklichen Fürsten, der in meinen Augen mehr den Namen eines verworfenen Menschen als eines abscheu-lichen Ungeheuers verdient, obschon man es der Nachwelt nicht ganz wird verdenken können, wenn sie an ihm irrewerden sollte; er selbst hat sie dazu berechtigt. Übrigens hat der Marquis *von Sillery* seinem Gönner wenig ge-schadet. Sein Gönner schenkte ihm von Anfang an wenig Vertrauen und bediente sich seiner gegen das Ende als eines alten, schlechten Instruments, auf welchem man nur noch aus Gewohnheit fortklimpert. Herr *von Sillery>* starb auf dem Blutgerüste, nachdem er sich tief gegen das Pariser Volk ver-neigt hatte (was ich bei einem Hofmanne sehr natürlich finde) und seinem Beichtvater die Hand gereicht (was mir von einem Freigeiste nicht so gut gefallen will).

Ich sagte weiter oben, dass ich in des Grafen *von Genlis* Hause mein Geld verlor; ich hatte es so ganz verloren, dass mir gegen das Ende des Winters nichts übrig blieb, und ich an meinem Spieltisch ebenso schlechte Geschäfte machte, als Herr *Necker*, welcher eben seine Stelle als General-Kontrolleur der Finanzen angetreten hatte, der Monarchie vorbereitete.

Eines Abends hatte ich mich selbst, meine Zeitleere und dreißig Louis zum Präsidenten *von Champ...* gebracht, dessen Haus ich früher erwähnt habe. Es blieben mir nur noch fünf, als die Marquise *de Soudeille*, Nichte des Präsidenten, mir zur Tafel die Hand bot. Ich führte sie mit dem edlen Gleich-mut des Spielers, den die Gegenwart zu Boden drückt, der aber aus Ge-wohnheit gegen eine Schöne aus der vergangenen Zeit artig ist; denn sie schien mir in der Tat schon zur Vergangenheit zu gehören und mit ihren

---

204 De survivre à tout le monde.
205 Er ist 1793 guillotiniert worden. *Übers.*

Jugendreizen etwas sehr geeilt zu haben. Einem gewissen Herrn *von Poinçot*, der sich in Versailles beim Spieltisch der Königin als Croupier eingeschoben hatte,[206] war meine bedrängte Lage nicht entgangen; meine Jugend und das Unglück im Spiel, das mich verfolgte, hatten seine Teilnahme erregt. »Gehen Sie zur Tafel« sagte er »geben Sie mir Ihre fünf Louis.« – Ich besann mich keinen Augenblick; ja, ich wusste nicht einmal recht – so sehr war ich gewohnt, zu verlieren – ob ich sie nicht schon verloren hätte, und sie ihm noch *geben könnte*. Er nahm sie. Ich setzte mich zur Tafel, er an den Spieltisch. Nach einer Stunde kam ich wieder, sah ihn und vor ihm einen großen Haufen Goldes, worauf ich nicht den geringsten Anspruch machen zu können glaubte. Ich dachte so: »Er hat deine armseligen Louis bald zum Opfer gebracht, und dann das Spiel auf eigene Kosten fortgesetzt und das viele Geld gewonnen.« Er indessen spielte immerfort, pointierte mit unglaublicher Kaltblütigkeit, ohne mir ein Wort zu sagen, ohne mich anzusehen. Erst nach einiger Zeit kehrte er sich zu mir, und fragte: »Sind Sie nicht der Meinung, dass es töricht *von Ihnen* gehandelt sein würde, die in den letzten Zügen liegende Bank vollends *sprengen* zu wollen? Ich gebe Ihnen den Rat, *sich zurückzuziehen*.« – »Mein Herr?« – »Sie gewinnen viel.« – »Ist denn das Geld ...« – »Es ist Ihr Geld; ich habe den ganzen Abend nicht für meine Rechnung gespielt.« – »Sie scherzen!« – »Nun, so wäre es wenigstens kein Scherz, den Sie übel deuten könnten. ... Seien Sie aber ganz ruhig; ich gebe Ihnen mein Ehrenwort, das Geld hier gehört *Ihnen*.«

Ich schüttete es in meinen Hut; es waren über zwölfhundert Louis. War das nicht ein edler Zug eines edlen Mannes? War es nicht eine allerliebste Art, aus wenigem viel zu machen?

Der Name des Herrn *Necker* und dessen Eintritt ins Ministerium ist mir in die Feder gekommen; ich setze sie also wieder an, um weitläufiger über ihn zu schreiben.

Herr *Necker* hatte klein angefangen. Er war erst Buchhalter, dann Handelsgenosse des Herrn *Taboureau*, welchem er bald das Geschäft verleidete und Lust machte, es zu verlassen. Ehrgeizige wissen nicht allein, wie man zu Stellen gelangt, sie verstehen sich auch darauf, wie man andere daraus vertreibt. Alle Welt kennt sein Debüt, das Glück, das er gemacht, und den Weg, den er uns hat machen lassen. Es ist aber wohl nicht zur Unzeit, wenn hier bemerkt wird, dass es vielleicht der erste Fall in seiner Art ist, wo ein großes Schriftstellertalent, verbunden mit einem großen Rechnertalent, einen Mann zu den höchsten Ehren und ins Ministerium gebracht hat. *Necker* vereinigte das Talent eines scheinbar vollkommenen Finanziers und eines beredten

---

[206] Fourré.

und ernsten Schriftstellers. Seine Feder schien ganz der Tugend gewidmet; er schien die Farben, mit welchen sein Pinsel sie schilderte, aus dem Herzen zu nehmen, und seine Gemälde würden noch glänzender ausgefallen sein, hätte ein gewisser Stolz, der fast immer durchscheint, ihnen nicht einen Teil ihrer Frische benommen.

Schon fing die Nation an, in Bewegung zu kommen, als er alle Keime von Uneinigkeit, alle Urstoffe des Faktionsgeistes, allen Sauerteig des Zwiespaltes in den Ministerrat brachte – lauter Bestandteile, die unter seinen Händen zur Gärung kommen sollten, lauter Erzeugnisse seiner Rechtlichkeit und seiner Ansprüche, seiner Verwaltungstalente und Verwaltungsfehler, der geraden Absichten seines Herzens und der Pläne seiner Eitelkeit!

Frankreich war seines Glücks müde, weil es ein langweiliges, ruhiges Glück war, ohne Glanz, folglich auch keinen Wert in den Augen der Franzosen hatte. Alle Köpfe waren mit der Gegenwart unzufrieden, stürmten auf die Zukunft ein und nahmen die Ruhe für Sklaverei. Die Gemüter, denen es zu sehr an Beschäftigung fehlte, brachten ihre Muße mit Untersuchungen, mit Erörterungen zu; man sprach über alles, entschied über alles. Wir waren nicht unglücklich; aber wir fühlten, dass wir nicht mehr glänzten, und die Nation wollte ihre alte Stelle wieder einnehmen. – Unglaublich und doch wahr! Unter einer Regierung der Sanftmut und des Friedens gebärdete sich alles und nahm eine feindliche Stellung an, als sei schon zwischen Knechtschaft und Tyrannei die offene Fehde ausgebrochen.

Die Hand, die man gewählt hatte, einen der Staatszügel zu halten, war nicht imstande, den Lauf des bergab rollenden Wagens zu hemmen. Es war nicht schwer, vorauszusehen, dass ein Mann, gewöhnt an die kleinlichen Forschungen einer enggeistigen Philosophie, ein Mann, der durch die niederen Gassen der Subalternstände gewandert war, ein Rechenkopf, ein schöner Geist, nicht viel Gutes oder Böses, und allenfalls nur das letztere, stiften würde. Es war klar, dass ein Republikaner kein warmer und gewandter Freund der Monarchie sein konnte, dass ein Protestant wenig Eifer für ein katholisches Land, ein Bürger von Genf keine blinde Vorliebe für den Adel zeigen, – dass mit einem Worte ein Mann wie *Necker*, welcher der Königin und dem Hofe (mit Ausnahme seiner Partei) verhasst war, suchen würde, sich zu einer Art von König zu machen, und wenn man ihn vom *Konseil* ausschlösse, für sich allein ein *Konseil* bilden würde.

Uns allen sind die letzten Blätter seiner Geschichte bekannt, wir alle haben gesehen, wie das Reich unter seinen Versuchen zugrunde gegangen, wie der Staat unter seinen Neuerungen und Heilmitteln Todes verblichen ist.

Das ist das Tagewerk, das er vollendet, die Aufgabe, die er gelöst, das Schicksal, das er gehabt, kurz alles, was er gemacht hat. – Doch nein, noch etwas: Die Frau *von Staël* ist sein Werk.

Ich weiß, dass er sich das Unglück, woran er schuld war, zu Herzen genommen; ich weiß aber auch, dass seine Reue nicht schuld an seinem Tode gewesen ist und diesen nicht schneller herbeigeführt hat. Er hat das Geschehene tief und aufrichtig bereut, und die selbstgemachten Vorwürfe haben ihn in das Grabmal begleitet, das er für sich und für die Gefährtin seines unbezwinglichen Stolzes errichtet hat. Ein Beweis, dass, wenn es ihm gelingen sollte, in jener Welt Minister zu werden, er sich weiser benehmen und vor allen Dingen unverheiratet bleiben würde, nur würde er dadurch nicht wieder gut machen, was er in *dieser* verbrochen hat.

Dieses Jahr zeichnete sich für mich durch ein seltsames Abenteuer aus, das ich mit meinem damaligen Obersten, dem Prinzen *von Poix*, hatte. Meine Beziehungen zu ihm waren ganz besonderer Art. Er schwankte beständig zwischen Zuneigung und Kälte; dem Meere gleich, hatte seine Freundschaft Ebbe und Flut; doch ist mir bei allem Wechsel zwischen uns das süße Gefühl, der Beweis und die Gewissheit verblieben, dass in der letzten Zeit die Freundschaft das Ufer behauptet hat.

Aber dieser Freund ist lange für mich das gewesen, was sich nur von einem gefährlichen Feinde erwarten lässt, sodass, wenn es im Evangelium heißt: »Vergib deinen Schuldnern, liebe deine Feinde!«, ich um so mehr die Verbindlichkeit fühle, *dem* zu verzeihen, der sich durch Leichtsinn und Lebhaftigkeit des Kopfes Fehler hat zuschulden kommen lassen, die nicht aus seinem vortrefflichen Herzen flossen, sodass ich einer mehr als zwanzigjährigen zärtlichen und engen Verbindung mit Freuden das Andenken an einige unbedachtsame Handlungen zum Opfer bringe, selbst wenn sie auch manche für mich unangenehme Folgen gehabt haben. Er hat sich entschuldigt, er hat sie bereut; heißt das nicht, sie tilgen?

Nach dieser kurzen Einleitung knüpfe ich den Faden meiner Erzählung wieder an.

Ich war auf dem Opernball; ich gab einer *hübschen Maske*, mit der ich zu Abend gespeist hatte, den Arm ... Ich sollte sie erst spät, nach dem Balle, verlassen: so war die Abrede, so lautete das Versprechen. Aber das Versprechen blieb unerfüllt, denn nichts verscheucht Amor und die Grazien so sehr, als der zürnende Mars. Der Prinz *von Poix* bemerkt mich, kommt auf mich zu, redet mich mit dem lärmenden Ausdruck übler Laune an, wirft mir mit lauter, gellender Stimme vor, dass ich nicht beim Regiment bin, dass ich Schulden gemacht habe (was die Königin durchaus nicht dulden wolle), ruft aus: Es schicke sich besser für mich, Remontepferde zum Regiment zu bringen, als in gesticktem Kleide auf dem Opernball zu erscheinen usw. usw. Das alles war das Werk von einigen Minuten, aber mir war nicht anders zumute, als sollte das Haus über mir einstürzen. Der geneigte Leser, ja selbst der allergeduldigste und nachgiebigste, wird zugeben, dass ich einen Ausfall dieser Art zum Mindesten für sehr unschicklich halten musste, was die Zeit und den Ort betrifft. Auch erwiderte ich ihn mit aller Unlenksamkeit[207] eines Marschalls von Frankreich, der mehr als einen Sieg davontrug. Der Prinz *von Poix*, vor dem sich damals viele Knie beugten, die ihm in der Folge Widerstand geleistet, geriet in den heftigsten Zorn, rief den diensttuenden Sergeanten der *Gardes françaises Mazoger* herbei, einen alten Ludwigsritter und grundehrlichen Mann, den wir alle liebten und schätzten. »Sie kennen mich« spricht er »ich bin der Prinz *von Poix*, Gouverneur von Versailles und Kapitän der Garden. Hier steht der Graf von *Tilly*, Offizier in meinem Regiment, von dem ich zu verlangen berechtigt bin, dass er zur Garnison abgehe, und von dem seine Verwandten dasselbe verlangen; bringen Sie ihn auf der Stelle in Arrest!« – Ich war außer mir. Jeden Schritt, den dieser Befehl zur Folge gehabt hätte, würde ich auf eine Art erwidert haben, welche ... doch mir wurde meine Widersetzlichkeit glücklicherweise erspart. »*Monseigneur*« versetzte Herr *Mazoger* »ich habe vollkommen die Ehre, Sie zu kennen, aber ich werde mir erlauben, bei dieser Gelegenheit Ihrem Befehle nicht nachzukommen. Bei allem Respekt, den ich Ihnen schuldig bin, vergönnen Sie mir, zu erinnern, dass ich *hier* von niemandem als von meinem unmittelbaren Vorgesetzten[208], dem Herrn Marschall *von Biron*, Befehle anzunehmen habe.« – Ich wartete das Ende der Unterhaltung nicht ab, lachte ins Fäustchen, stahl mich durch die Menge, um den Streit nicht zu verlängern, und suchte meine hübsche Begleiterin wieder auf, konnte sie aber nicht finden; das Geschrei des Stoßvogels hatte das zarte Täubchen so sehr verschüchtert, dass es mir unmöglich ward, sie wieder an meine Leimstangen zu locken.

Dies machte mich vollends rasend. Ich bat *Monville*[209] um Erlaubnis, die Nacht bei ihm zuzubringen. Er selbst traf ein paar Stunden später ein, und suchte mich zu besänftigen, doch vergebens. Gegen fünf Uhr ließ ich einen Wagen kommen und eilte nach der Straße von Varennes zu einem Freunde, der mich ins Hotel von *Noailles* begleiten sollte; aber seine Gattin lag in Kindesnöten, sodass er mir den Dienst versagen musste; er schlug mir einen andern Offizier des Korps vor, der sich ebenfalls in Paris befand, einen ge-

---

207 Indoclité.
208 Chef naturel.
209 Dieser *Monville*, der schon bereits erwähnt wurde, war einer der ersten Liebhaber der Frau *von Genlis*, wie wir in ihren Memoiren lesen. *Übers.*

wissen Baron *von Froman*, einen guten Spieler und schlechten Bonmotisten, der sich auch sogleich bereitfinden ließ, mit mir zu gehen. Ich habe seitdem erfahren, dass die Herzogin von *Duras* von dem Lärme erwachte, den wir machten, als wir zu einer so sehr ungehörigen Stunde vorfuhren und mit aller Gewalt an das Haupttor klopften, dass sie aufstand, sich ans Fenster stellte und es sie nicht wenig wundernahm, zwei Männer in der Frühe über den Hof gehen zu sehen, dass ihr besonders der eine auffiel, der in vollem Staat,[210] mit dem Federhut auf dem Kopfe, mit dem Degen unter dem Arm lebhaft vorschritt, und dass sie nicht anders glaubte, als wir seien ein paar Paladine, welche eine Schöne zurückholten, die ihr Bruder entführt habe.

Als wir endlich zum Prinzen von *Poix* gelangten, der sich soeben zu Bett gelegt hatte, fanden wir vonseiten seiner Leute den größten Widerstand. Niemand wollte es auf sich nehmen, ihn, den der Ball ermüdet haben musste, zu wecken. Wir gaben ihnen aber zu bedenken, er könne noch nicht eingeschlafen sein, und sie wagten es endlich, uns in sein Schlafzimmer einzuführen.

Ich fing damit an, ihm meine Demission einzureichen, und fuhr dann ohne Umschweife fort, ihm zu erklären: dass ich auf die Genugtuung dränge, die ich von ihm zu erwarten berechtigt sei.

Der Mut des Prinzen *von Poix* ist nie und von niemandem in Zweifel gezogen worden. Während der Sitzungen der konstituierenden Versammlung hat er es bewiesen,[211] dass es ihm so wenig als seinem Vater und seinem Bruder daran fehle, und dass er beiden, welche so glänzende Proben von Bravour abgelegt, nicht nachstehe. Hier aber kam es nicht so sehr darauf an, sich tapfer und unerschrocken zu zeigen, als ein junges Gehirn zurechtzusetzen und das Aufbrausen eines *Etourdi* zu dämpfen. Er hörte mich an, lachte, nötigte mich mit zuvorkommender Güte, mich zu setzen, gab Herrn *Froman* ziemlich lebhaft sein Missfallen zu erkennen und verlangte von ihm, uns sogleich zu verlassen. Als wir allein waren, sprach er wie ein Vater mit mir, gab seine Gründe an, brachte mich halb aus Höflichkeit zum Geständnis, dass er nicht unrecht gehabt, er sprach von dem Anteil, den er an mir nehme, umarmte, entließ und bat mich, ihn ruhig ausschlafen zu lassen. Ich schied von ihm, fest versichert, dass er recht gehabt; aber Freunde, Frauen und eigenes späteres Nachdenken stießen meine Überzeugung über den Haufen,[212] und brachten mich zu dem Entschluss, nicht wieder zum Regiment zu gehen. Ich teilte ihm als Chef den Vorsatz mit, ging einige Tage darauf nach Versailles, hatte die Ehre, der Königin meine Aufwartung zu

---

210 En habit habillé.
211 In einem Duell mit dem Grafen von *Lambertye*, der eine schwere Wunde davontrug.
212 Me dépersuadèrent; ein neugeprägtes Wort.

machen, und nahm mir die Freiheit, sie inständigst zu ersuchen, mir ein Patent eines agreierten Kapitäns bei den Garde-Dragonern ausfertigen zu lassen. Ich war schon im Begriff, mich auf eine kurze Auseinandersetzung meiner Klagen über den Prinzen *von Poix* einzulassen, als mich die Königin unterbrach. Sie sei zwar, sagte sie, noch dieses Mal geneigt, meine Bitte zu bewilligen, sei aber weit besser von der Affäre unterrichtet, als ich es mir einbilde; meine Aufführung sei schlecht, der Prinz *von Poix* habe sehr nachteilig von mir gesprochen; sie rate mir, einen besseren Weg einzuschlagen, wenn ich nicht tief in ihrer Meinung sinken wolle. – Gleichwohl hatte sie die Gnade, als sie bemerkte, dass ich etwas zu meiner Verteidigung vorbringen wollte, es mir zu erlauben, und schien, als sie mich entließ, mit meiner Rechtfertigung ziemlich zufrieden zu sein. Der Prinz von Poix hat später gefühlt, dass er sich vergessen, dass er zu weit gegangen, dass er *ungerecht* gegen mich gewesen ist. Mehr als einmal hat er es mir gestanden, und es bereut. Und jetzt, da jene Verhältnisse und Interessen verschwunden sind; jetzt, da ein Wetterstrahl den Palast zerschmettert und der Sturm die Macht umgestürzt hat; jetzt, da ich diese Geschichte niederschreibe, als wenn diese Tatsachen zehn Jahrhunderte alt wären; – jetzt erwähne ich dieses Unrecht, diese *Ungerechtigkeit*, um sie zu vergessen; ich erwähne die Freundschaft des Prinzen, um ihm dafür zu danken, und sein Reuegefühl zu seiner und meiner Ehre.

Ich schließe dieses Kapitel mit einer abscheulichen Tat, die mir zwar persönlich fremd ist, gleichwohl in die Zeit fällt, von der ich rede, und der Geschichte aller Menschen, aller Länder und Zeiten angehört; – einer Tat, die zur Schande der Menschheit aufbewahrt werden muss, und zum Beweise dient, welch eine entsetzliche Herrschaft die Leidenschaften ausüben können; – einer Tat, gegen welche unsere kleinen Tugenden so viel als nichts sind; – einer Tat, welche uns gegen die Laster, die Verbrechen, die Neigungen unserer Natur mit Abscheu erfüllt, weil diese Natur oft verworfener und barbarischer ist als der blinde Instinkt der Tiger und Löwen in der Wüste.

Es hielt sich damals in Paris ein irländischer Pair auf, ein wütender Bewunderer *Shakespeares*, Lord *Mountnorris*. Er hat sich späterhin dramatisch und bühnenmäßig erschossen, weil ihn eine englische Zeitung einen Fortunehunter[213] genannt hatte. Das hieß, sich auf die Lieblingsweise seines Lieblingsdichters aus der Welt schaffen, wohlfeilen Kaufs zur Ehre gelangen, ein guter Tragikomiker sein, seinen fünften Lebensakt mit einem Knalleffekt beschließen, und, eines Spottnamens wegen, sich auf eine zugleich

---

213 Glücksjäger, Eheschleicher, Freier nach Reichtum usw.; bei den Engländern etwas sehr Gewöhnliches. *Übers.*

schauderhafte und lächerliche Weise in die Ewigkeit befördern. Es war übrigens sehr natürlich, da er selbst nicht reich war, dass er, mithilfe seines Pairstitels, womit er sich brüstete, weil ihm anderes Verdienst abging, nach einer reichen Erbin seine Angel ausgeworfen hatte. Er hielt sich übrigens für einen großen Redner, und ermüdete in dieser eingebildeten Eigenschaft die Geduld des Parlaments von Irland, das anfangs bei seinen Vorträgen laut gähnte, und zuletzt gar nicht zuhörte, wenn er sprach.

Einst geschah es, als er einen langen *Speech* über die innere Lage des Reiches hielt, die seinen hochgeehrten Herren Kollegen ebenso bekannt und wohl noch bekannter war, als ihm, dass ein Mitglied nach dem andern das Haus verließ. Er hatte die Gewohnheit,[214] mit geschlossenen Augen zu reden. Seine in Fluss geratene Beredsamkeit riss ihn fort; er vergaß sich selbst und bemerkte nichts von dem, was um ihn vorging. Er sprach also, sprach, sprach ohne Unterbrechung und mit selbstgefälliger Behaglichkeit. Zwei Stunden waren verflossen, als er am Schluss, seine Gründe summarisch wiederholend, dem Hause für die schmeichelhafte Aufmerksamkeit dankte, mit welcher es seinen Vortrag angehört habe; – »eine Aufmerksamkeit« setzte er hinzu »deren er sich nicht jederzeit zu erfreuen gehabt habe, und deren er oft, zum größten Nachteil des Staates, habe entbehren müssen, wenn er in den Debatten über Gegenstände von höchstem Interesse seinem patriotischen Eifer für das Wohl des Vaterlandes freien Lauf gelassen hätte. ...«

Mit diesen Worten beendigt er seine Rede, schließt den Mund, öffnet die Augen, setzt sich nieder, schaut um sich, und statt aller Zuhörer sieht er nur den Parlamentsdiener, der den Saal ausfegt.

Er war dabei ein breiter langweiliger Erzähler; doch obige Geschichte hat er nie erzählt. – Ich will's nicht machen wie er, und eile zu der meinigen zurück, von welcher mich diese Episode und Lord *Mountnorris* abgeführt haben.

Ich schickte mich zu meiner ersten Reise nach England an. Ich sah vorher noch so viele Engländer, als möglich. Damals lebte ich in dem Wahne, dass sie uns die Zeit über lieb hätten, wo sie sich nicht mit uns schlügen. Ich wollte meinen Eltern und Lehrern übel, weil sie mir den Rat gegeben hatten, sie zu hassen. Meiner Verblendung zufolge suchte ich auch bei Lord *Mountnorris* mir Eingang zu verschaffen. Der wohlberedte irländische Pair empfing mich mit Höflichkeit; aber kaum hatte ich einen Fuß über die Schwelle gesetzt, als er schon mit seinem *Shakespeare* mir entgegenkam, eine lange Vergleichung zwischen ihm und *Corneille* anstellte, und sich in einen

---

[214] Wie Lord *North* und vielleicht aus Nachahmungssucht. *Übers.*

ungeheuren dramatischen Streit mit mir einließ, der dem armen *Corneille* kein Blatt von seinem Lorbeerkranze ließ. Nach diesem Siege musste ich in einer vornehmen Restauration, die neuerdings in der Straße *du Mail* eröffnet war, sein Gast sein. Hier versammelten sich gewöhnlich die Ausländer, und vor allem die Insulaner der drei Reiche.

Ich nehme die Einladung an. Wir machen uns auf den Weg. Kaum sind wir eingetreten, als sich ein allgemeiner Lärm gegen einen gewissen Herrn *von* C... erhebt, der als Stabsoffizier bei der irländischen Legion stand, weil er einen Gast mitgebracht hatte, der allen, die ihn kannten, ein Abscheu war, und auf mich, der ihn nicht kannte, als ich seine Geschichte erfuhr, einen so widerwärtigen Eindruck machte, dass ich einen unwillkürlichen Aufschrei nicht unterdrücken konnte, der die allgemeine Aufmerksamkeit der Gesellschaft auf sich zog.

Dieser Gast, dieses Ungeheuer in Menschen- und zwar in sehr schöner Menschengestalt, hatte sich im vierzigsten Jahre mit einer jungen achtzehnjährigen liebenswürdigen Person vermählt. Er hatte, aus erster Ehe, einen Sohn, welcher zu den schönsten Hoffnungen berechtigte, der aber, zu seinem Unglück, für seine Stiefmutter in einer Leidenschaft entbrannte, welche nicht unerwidert blieb. Es ist nicht das erste Mal, dass ein Sohn auf diese Weise seinem Vater von einem Geschlechte vorgezogen worden ist, in dessen Augen Jugend für die erste und reizendste der Grazien gilt, obschon einige sentimentale Frauen es nicht zugeben wollen, ohne allerdings Glauben zu finden. Freilich ginge alles besser, wenn man ihnen Gehör geben und nur dasjenige lieben wollte, was man lieben soll. Aber wer von uns lebt ganz seiner Pflicht? Für wen hat sie größeren Reiz als das, was ihr entgegensteht? als das, was uns verboten ist?

... pauci quos aequus amavit Jupiter.[215]

Doch lassen wir die Moral hier beiseite und fahren in unserer Erzählung fort. Der junge Mann und seine junge Stiefmutter gaben sich alle erdenkliche Mühe, das gefährliche Gefühl, das sich ihrer bemeistert hatte, zu unterdrücken; der Sohn ging so weit, dass er bei seinem Vater um Erlaubnis anhielt, auf Reisen zu gehen; sie ward ihm verweigert. Was nun geschehen musste, geschah. Beide Liebende unterlagen, wurden glücklich und strafbar. Dem Vater entging der verbotene Umgang nicht, denn was entgeht der Eifersucht, sie, die das sieht, was nicht ist? – Er verbarg Wut und Rache bis zum günstigen Augenblicke des Ausbruchs. Der junge Mann, der eine Ahnung des ihm bevorstehenden Schicksals hatte, war nach einer benachbarten Stadt gereist. Aber er schrieb von da aus an seine Mutter. Der be-

---

[215] Virgil. Aeneid. VI. 129.

leidigte Vater fing einen Brief auf, der die Untreue seiner Gattin an den Tag legte, und bestimmte, unter dem Schein einer edlen Verzeihung, den Sohn zur Rückkehr zu bewegen. Er selbst schützte eine Abwesenheit vor, nahm Abschied, blieb aber verborgen. Der junge Liebhaber ging in die Falle, die sein Herz seiner Vernunft gestellt hatte. Er eilte auf den Flügeln der Liebe herbei und dem Tode entgegen. Denn plötzlich dringt der barbarische Urheber seines Lebens in das Zimmer, das die Entzückungen der Liebenden verbergen sollte, wirft ihnen ihr Verbrechen, ihren Treubruch vor, und jagt vor den Augen des ihm zu Füßen gestürzten, flehenden Weibes seinem Sohne eine Kugel durch den Kopf, ergreift dann seine schwangere Gattin bei den Haaren, schleift sie auf dem Boden hin und her, tritt sie mit Füßen, und lässt nicht eher ab, bis er seine Kannibalenwut an ihr und an der zweimonatlichen Leibesfrucht glaubt befriedigt zu haben. Drei Leben konnten sie kaum sättigen. Das Ungeheuer entsprang, drei Leichen hinter sich zurücklassend, floh von einem Ende Europas zum andern, der gerechten Strafe, den Landesgesetzen und den tief verletzten Gesetzen der Menschheit zu entgehen, floh, – konnte aber seinem Gewissen nicht entfliehen ... fand sich überall wieder. Seine totenbleiche Stirn trug das Brandmal der Verworfenheit, das Gott dem Erstgeborenen des Menschengeschlechts, dem ersten Brudermörder, eingebrannt hatte, damit sich seine Augen fernerhin nicht erfrechen dürften, gen Himmel zu schauen. In seinem Herzen tobten die Qualen, die Beängstigungen des Fluches, welchen *Kain* den ganz Verstoßenen unter seinen enterbten Nachkommen hinterlassen hat.

Mir fehlen die Worte, die Schriftzüge, die Pinsel, den Abscheu zu schildern, den dieser Tiger, der sich menschlich trug, kleidete, nährte, in mir hervorbrachte.

Oh, was für eine ungerechte Leidenschaft ist die Liebe! Einen Augenblick erweicht sie das Herz, und versteinert es oft für das ganze Leben. Sie beschränkt die Seele auf einen Gegenstand und sondert sie von allen übrigen ab. Oh, was für eine abgeschmackte Leidenschaft ist die Liebe! Sie tötet alle anderen Zuneigungen, und wenn sie den höchsten Punkt erreicht hat, reißt sie sich von allen anderen Herzensgefühlen los. Sie erzeugt eine Tochter, noch zügelloser als sie, die Eifersucht!! Die Eifersucht, diese Furie, lüstern, ihren eigenen Busen zu zerreißen, ungeduldig und unfähig des Glücks und der Ruhe, Vorwände und Scheinbilder zu eigenen Qualen aufsuchend, von Verdacht und Argwohn lebend, von Besorgnissen sich nährend, sich in Nachforschungen verzehrend, um zu erfahren, was sie vor Verlangen brennt, nicht zu wissen, und zu wissen verlangend, was ihr größtes Interesse wäre, nicht zu ergründen. Teuflische Furie! Erstgeborene Tochter der Hölle! Du erzeugst im Herzen eines Mannes den abscheulichen Mut, ein Opfer zu schlachten, dessen Blut den Durst deiner Grausamkeit stillen, dessen Leichnam den rasenden Hunger deines Egoismus sättigen soll, und – seinen Sohn zu diesem Opfer zu machen! Wem hast du nicht Willen und Kraft mitgeteilt, das Wesen, das er früher liebte und anbetete, zu betrüben, tödlich zu verletzen?

Meine Augen haben den niederträchtigen Mörder nicht wieder erblickt; aber er hat mir lange vor Augen geschwebt. ... Ich sehe ihn noch! ... Er steht immer vor mir!!

Einige Tage darauf reiste ich nach England, mit meinen neunzehn Jahren und mit fünfhundert Louis in der Tasche.

Elftes Kapitel

Tros, Tyriusve, mihi nullo discrimine agetur.
Virgil

Aufenthalt in Calais – Grille einer schönen Frau – Überfahrt – Dover –
Schöne Frauen in der Grafschaft Kent – Vorurteile der Engländer –
Gemälde von England – Meine Unparteilichkeit (?) – Bequemes
Reisen – Schöne Heerstraßen – London – Gesellschaftliches Leben
daselbst – Vergleichungen mit Paris – Der Graf von Adhémar,
französischer Botschafter in London – Seine Geschichte – Urteile
über ihn – Aufnahme der Franzosen an fremden Höfen vor der
Revolution– seit der Revolution – Emigrierte – Abenteurer; wie sie
sich geltend gemacht haben; sind das beißendste Epigramm auf die
frühere Regierung – Der Chevalier de Durfort – Herr von Bouillé –
Der englische Hof – Der König – Die königlichen Schlösser – Smollett –
Englischer Eigendünkel in allen Klassen – Sadlers Wells – Quiberon –
Freundschaft der Engländer – Ihre Feindschaft – Die Herzogin von
Devonshire – Schönheit des Landes – Gegensätze zwischen England
und Frankreich – Parallele beider Länder – Englands Seetyrannei –
Englands Sitten, Politik, Eifersucht – Hass und Feindschaft gegen alle
Völker, eine Folge der Selbstliebe und des Egoismus – Strenge und Mängel
der Justiz in England – Ein Beispiel davon auf meine Kosten – Benehmen
des Herzogs von Orléans und des Grafen von Adhémar dabei – Mein
Arrest – Nähere Umstände – Englische Kaltblütigkeit in Ehrensachen –
Der Herzog von Lauzun – Ein interessantes Abenteuer beschleunigt
meine Abreise aus London – Parallele zwischen den Engländerinnen
und Französinnen – Diatribe gegen die Lebemänner ohne Grundsätze

Ich kam in Calais an, stolz auf die Schnelligkeit meiner Reise, denn ich hatte
die Postillione angetrieben wie ein Diplomat, wie ein mit dem wichtigsten
Auftrag reisender Ministre Plénipotentiaire, für welchen jede verlorene
Minute ein unersetzlicher Zeitverlust wäre.

Ich stieg bei Herrn *Dessain* ab, dessen Hotel mit den größten und schönsten
in Europa wetteifert. Ich verlangte eines der besten Zimmer. Er gab mir zur
Antwort: Er habe kein mittelmäßiges. Ich fuhr fort: »Ein *gutes* Abendessen,
Herr *Dessain*!« – Er: »Bei mir hat noch niemand *schlecht* gegessen.« Mit er-
höhter Stimme gab ich ihm deutlich zu verstehen: Das Geld sei in meinen
Augen nichts. Er, stillschweigend meiner Meinung, gab mir einige Tage
nachher durch seine Rechnung deutlich zu verstehen, dass er anders denke.
Ich blieb eine ganze Woche bei ihm, betrug mich wie ein verschwendeischer

Narr, wie einer, unter dessen Fenstern ein Arm des Paktolus flösse; und Herr *Dessain* zeigte sich mir wie ein Mann, der es gewohnt ist, mit *Etourdis* umzugehen, und aus ihren *Etourderien* Vorteil zu ziehen.

Damals befand sich in demselben Hotel eine Engländerin, die sich später in Paris einen Ruf durch ihre Schönheit erworben hat. Ich ermangelte nicht, ihr meine Aufwartung und sogar den Hof zu machen. Ich kann nicht sagen, dass sie meine Artigkeiten nicht erwidert hätte; allein sie hatte, wie alle ihre Landsmänninnen, ihre Launen: Sie verlangte – im buchstäblichen Sinne des Wortes – ich sollte auf einer Leiter in ihr Zimmer steigen. Das missfiel mir, zumal da wir kaum hundert Schritte voneinander waren, und ich nicht Lust hatte, mir den Hals zu brechen, um mich einer englischen Grille zu fügen. Sie gab vor, sich vor einer Art von Kammerfrau zu fürchten, deren forchendem Auge ich mich entziehen sollte.

Späterhin machte sie weniger Umstände, und in Paris konnten die jungen Herren ganz bequem zu ihr die *Treppe* hinaufsteigen.

Ich hatte die Überfahrt mit einem überaus geistreichen gebildeten Manne gemacht, dessen Umgang ich nicht näher suchte, der mir aber unvergesslich ist, – mit einer hübschen, jungen, seekranken Frau, die ich kaum ansah, weil ich noch kränker war als sie; – und mit einem unleidlichen Original, einem zweiten Herrn *des Mazures*[216], der mir ärger zusetzte, als das Seeübel.

Dover ist eine Stadt, deren Hässlichkeit mir beim ersten Anblick auffiel. Was mich aber bald tröstete, war die Schönheit der Frauen vom gemeinen Stande und (fast schäme ich mich, es zu sagen) von der dienenden Klasse. Sie machen in der ganzen Grafschaft *Kent* einen besonderen Stamm aus, der um so weniger unbeachtet bleiben darf, als aus ihm die Pflanzschulen der Venus in London mit jungem Baumschlag versehen werden, und da es nichts Ungewöhnliches ist, diese Pflänzchen von der Provinz aus den Boudoirs der Londoner Liebesgöttin in den Tempel der britischen Glücksgöttin[217] eintreten zu sehen; denn bekanntlich machen sich die Engländer, unter allen Nationen von Europa, am allerwenigsten eine Schande und ein Gewissen daraus, ihre Buhldirnen zu verehelichen, und bekümmern sich wenig um ihre frühere Lebensart – und nicht viel mehr um ihre gegenwärtige. Ihr philosophischer Geist erhebt sich über jedes irdische Vorurteil.

Die edle Kochkunst steht in England in hohen Ehren; es wird viel davon gesprochen, aber wenig dafür getan. Die Worte sind gut, die Gerichte

---

[216] Eine lächerliche Person in *Destouches* Lustspiel: La fausse Agnès. Angelika nennt ihn: un provincial, un campagnard, et, qui pis est, un campagnard bel-esprit. – Il est de ces gens, sagt ein anderer, dont on cherche ce qu'ils on dit, après qu'ils ont parlé. *Übers.*

[217] Königliche und andere Herzoge, Lords und Nabobs haben ihre Mätressen und zum Teil ihre Gemahlinnen aus öffentlichen Häusern und von der Bühne geholt. *Übers.*

schlecht; doch da die Speisen einfach und gesund sind, so gewöhnt man sich bald daran, und befindet sich wohl dabei. Die Engländer sind der festen Überzeugung, dass sie, und nur *sie*, wissen, was eine servierte Tafel sei; sie bilden sich ein, größere Feinschmecker zu sein, als irgendein Volk in Europa; und doch kenne ich keines, dessen Gaumen so leicht befriedigt wird, und dessen Kost so schlecht ist, als die ihrige. Es herrscht bei den Engländern (mit wenig Ausnahmen von Reisenden und Gereisten) der Glaube, dass es in *Frankreich* nur Sudelköche gibt, dass man in Frankreich schlecht und spärlich isst. In Frankreich, wie *Yorick* sagt »verstehen sie das Ding besser«, und kehren den Vorwurf um.

Es gibt überhaupt, bei vielen großen und schätzbaren Eigenschaften, keine Nation, die so abergläubisch fest auf ihre Sitten und Gebräuche hält als die englische; keine Nation, in der Vorurteile aller Art so tief haften, und ihr, die ihre ganze Kraft aus ihrem Nationalgeist zieht, so wesentlich notwendig sind, obschon sie größtenteils an das Lächerliche grenzen. Sie gleichen dem Stalle des *Augias*; wer hat den herkulischen Mut, ihn zu reinigen? Und doch sollte man ihn haben, um sie abzustreifen, anstatt sie beizubehalten und zu verewigen.

Ich will ebenso wenig ein Libell auf die Engländer schreiben, als eine geschmeichelte Schilderung von ihnen entwerfen. Ich will schreiben, was mich ein Aufenthalt von mehr als fünf Jahren, zu verschiedenen Zeiten, in der Jugend, im reiferen Alter, gelehrt hat. Kann sein, dass ich in den Augen einiger nicht streng genug urteile, in der Meinung anderer zu wenig schmeichle. Allein, ich habe mich in diesen Memoiren verbindlich gemacht, wahr zu sein, nichts als wahr. Ich habe niemandem versprochen, seinen Vorurteilen, seinen Launen, seiner Parteilichkeit, seinem Hasse zu schmeicheln.

Ich kam in London an, ohne unterwegs Langeweile gehabt zu haben. Nirgends reist man besser als in England. Man braucht nicht zu warten; man darf nicht auf die Postillione schimpfen. Die Gegenden sind so schön; sie gewähren ein herrliches Schauspiel von Ruhe, Behaglichkeit und Reichtum; sie stellen ein so lebendiges Bild der Natur dar, dass man glauben sollte, der Weg führe durch einen großen Garten. Das englische Wiesengrün verdiente wohl einen eigentümlichen Farbennamen, so sehr wird es von der mit Meeresdünsten geschwängerten Luft erfrischt und befeuchtet, nur dass auf diesem schönen Gemälde die Sonne neun Monate durch vermisst wird.

London ist eine der schönsten Städte Europas, wenn man nämlich die Länge der Straßen, die Größe der Plätze und den unermesslichen Umfang dieser kleinen Welt in Betracht zieht. Die Trottoirs längs den Häusern sind für den Menschenfreund und Denker eine tröstliche Erscheinung und ein Beweis, dass man sich in London mit dem Volke beschäftigt, und dass der Mensch dort etwas gilt. Aber für *den*, welcher Paläste, Gebäude und Monumente für den Maßstab der Hauptstadt eines stolzen und reichen Volkes hält, ist London nur eine Stadt zweiter Ordnung. Meine Nachbarn, die Herren Engländer, werden es mir verzeihen, wenn ich behaupte, dass London, dieser ungeheure, unnatürliche Auswuchs, dieser an einem Ende ihres Landes aufgetürmte Steinklumpen weit entfernt ist, eine angenehme Hauptstadt zu sein, worin man die Kunst zu leben versteht (ich will nicht sagen »wie in Paris«, denn mit Paris lässt sich in dieser Hinsicht kein zweiter Ort vergleichen), sondern nur wie in anderen großen Städten Europas.

Ich wiederhole es: In London muss man nicht leben. Nicht, dass die Engländer eine so ungesellige Nation wären, wie es ihnen von so vielen, die ihr Land besuchen, vorgeworfen wird. Im Gegenteil findet man hier Gelegenheit zu leben, wenn man nur selbst ein guter Gesellschafter ist. Wenn man auch einigen Engländern mit Recht nachsagen kann, dass sie auf dem festen Lande zuvorkommend und zu Hause abstoßend und geringschätzig sind, so ist ihnen dieser Fehler mit anderen Nationen gemein, denn überall findet man Leute, welche außerhalb ebenso freundlich und bescheiden, als bei sich stolz und wegwerfend sind. Im allgemeinen lässt es sich in England, wie überall in der großen Welt, leben. Nur der engere Verkehr ist seltener und schwieriger, weil die Engländer eine kalte, bedächtige Nation sind, weil in England ein kaltes, ruhiges Gemüt zum Nationalcharakter geworden ist, weil der Engländer, selbst seinen Landsmann in einiger Entfernung zu halten gewohnt, nicht in den ersten Tagen mit einem Fremden vertraut wird.

In Paris hielt es noch schwerer als in London, in das Innere der großen Häuser zu dringen. Doch muss man die Hotels der Prinzen ausnehmen, worin so ziemlich der Fremde mit bedeutendem Namen Eingang und Gelegenheit fand, die übrigen Gäste und Hausgenossen zu langweilen. Ferner standen die Hotels der Herzogin *de la Vallière*, des Marschalls *von Biron*, des Prinzen von *Soubise* den Reisenden offen, die trotz ihrer Familiennamen in Paris oft nicht wussten, wo sie hin sollten.

Der Botschafter, welchen Frankreich damals in London hatte, verdankte sein glänzendes Glück dem Ungefähr und seinen Posten der Intrige. Es war der Graf *von Adhémar*, dessen Geschichte kurz folgende ist: Als Herr *von Montfalcon* diente er, ward verwundet, wurde in eine Provinzialstadt versetzt, und schien bestimmt daselbst als halber Invalide zu leben und zu sterben. Mit einem Mal wird der dreißigjährige Kapitän zum Seigneur, zum großen Herrn, ohne sich durch Rang oder Hoffnungen zu dieser plötzlichen Glücksstaffel vorbereitet zu haben. An einem Badeorte macht er die Bekanntschaft einer vornehmen Dame vom Hofe, die ihm vorschlägt, sie nach Paris zu begleiten, dort ihren zärtlichen Umgang fortzusetzen, und zugleich den Kriegsminister mit der Himmel weiß welchem System einer neuen militärischen Taktik, über den sogenannten Ordre profond und das französische Militär zu behelligen. Dabei hatte er eine angenehme Stimme, sang die kleinen Lieder von *Collé* und anderer Mode-Chansonniers und mitunter auch einige Couplets eigenen Machwerks. In der Liebe fehlte es ihm an physischer Kraft, in Geschäften an geistiger; bei den Frauen ersetzte er den Mangel größerer Verführungsmittel durch feines, süßes, einschmeichelndes Geschwätz. Sein Militärglück machte er dadurch, dass ihm der Herzog von *Orléans*, welchem er von seiner Gönnerin empfohlen war, das Infanterieregiment *Chartres* anvertraute, um bei demselben die äußerst vernachlässigte Manneszucht wieder herzustellen. Wir sind es der Wahrheit schuldig, zu gestehen, dass er dieses Militär von Grund aus umschuf. Beim ganzen Regiment war er übrigens verhasst, weil er es mit dem dreifachen Despotismus des Neulings, des Eitlen und des Querkopfs quälte. Zu eben der Zeit trat er als ein Abkömmling des Hauses *Grignan* auf, und da es niemandem einfiel, ihm einen für erloschen gehaltenen Titel streitig zu machen, so nannte er sich von nun an *Graf Adhémar* und hielt sich nun zu allem berechtigt, sogar zu einer Verbindung mit der Frau von *Valbelle*. Sie, die Witwe eines Mannes, dem der Ruf eines angenehmen Weltmannes zuteilgeworden war, war Palastdame, und bereute es später, ihren Namen mit dem seinigen vertauscht zu haben. Übrigens will ich es keineswegs bestreiten, oder nur in Zweifel ziehen, dass Herr *von Adhémar* nicht wirklich der Mann gewesen sei, für welchen er sich ausgab. Der Graf *von Vaudreuil* – der Erste, der ihm zu seinem Sṭammbaum verhalf, und der Letzte, der dieses auf Kosten der Wahrheit getan haben würde – hat mir aufs Bestimmteste versichert, dass die öffentliche Meinung ihm mit Unrecht seine Geburt habe streitig machen wollen, und dass seine Abstammung besser sei, als er selbst. Auch der Genealogist *Chérin* hat sie nie bezweifelt.

Dem sei wie ihm wolle, mit dem Familiennamen erhielt er auf einmal alle möglichen Talente. Sie erhoben ihn zum Maréchal de Camp. Vom Maréchal de Camp sah er sich in die diplomatische Laufbahn geschleudert und wurde zum Gesandten in *Brüssel* ernannt. Bald nachher richtet die unglückliche Schwester Ludwigs XVI., *Madame Elisabeth*, ihr Haus ein und Herr *von Adhémar* erhält eines der Hauptämter. Endlich (risum teneatis!) ernennt ihn der König zu seinem Botschafter in London. Er würde die Stelle nicht angenommen haben, wenn er sie hätte ausschlagen dürfen, und das schon aus dem einzigen Grunde, weil er über die See musste. Das Klima, der Kohlendampf untergruben seine ohnehin schwächliche Gesundheit, und der Verdruss, später als er es erwartet hatte, mit dem großen Ordensbande bekleidet zu werden, machte ihn nachher zu einer Art von Revolutionsmann.

Er starb einige Lieues von Paris, als Nationalgardist in seinem kleinen Landhause, unzufrieden mit einem Hofe, der Grund hatte, noch unzufriedener mit sich zu sein, weil er einem *Adhémar* so viel Auszeichnungen gespendet hatte.

Das war der Mann, der den tugendhaften *Ludwig XVI.* in London repräsentierte, als ich dort ankam. Er machte ein gutes Haus; doch war es mehr das eines reichen Privatmannes, als eines Diplomaten, der an die Stelle so großer und glänzender Vorgänger trat. Die Engländer spotteten über ihn, und die Franzosen, von lange her an den Prunk, den Glanz und den Aufwand der Botschafter ihrer Nation an fremden Höfen gewöhnt, wunderten sich über den Abstand. Was in ihren Augen dem Diplomaten, dem Repräsentanten ihrer Könige, fehlte, wurde auf keine Weise durch die Eigenschaften des Privatmannes ersetzt, und sie hatten Mühe, in die Sarkasmen und den Spott der Engländer über ihn nicht einzustimmen.

Damals konnte man sich im Auslande ebenso sehr Glück wünschen, ein Franzose zu sein, als es später in Verlegenheit setzte, wenn man keinen andern Empfehlungsbrief bei sich führte, als diesen, und vollends wenn man des Verbrechens schuldig war, in seinem Vaterlande eine ausgezeichnete Rolle gespielt und der alten Ordnung der Dinge angehört zu haben.

Damals aber lief man auch in fremden Ländern nicht Gefahr, sich in der Person zu irren, und von Abenteurern betrogen zu werden. Nur derjenige, welcher von seinem Gesandten vorgestellt war, fand Eingang bei Hofe und in die großen Häuser. Später ist das Ausland mit Franzosen überschwemmt worden, und zwar von einer Klasse, welche das Unglück ihres Vaterlandes benutzte, um außerhalb Lügen und Verleumdungen zu verbreiten; mit Menschen, welche um ihres eigenen Vorteils willen sich für Opfer einer Revolution ausgaben, die sie nicht erreichen konnte, weil sie nichts zu verlieren hatten; mit Menschen, welche beständig von Dingen sprachen, die sie nie gesehen, von Ehrenstellen und Würden, die sie nie bekleidet hatten, die sie nur vom Hörensagen kannten, und die oft nicht einmal existierten; mit Menschen, die sich die Häupter einer Nation nannten, deren – anderes Extrem sie gewesen waren, und den leichtgläubigen Nachbarn die Lüge aufbanden, man habe sie ihres großen Vermögens wegen vertrieben; mit Menschen, welche dem Interesse des Hauses *Bourbon* den letzten Stoß dadurch versetzten, dass sie mit unverschämter Stirn behaupteten, die Kreaturen und Günstlinge dieses Hauses gewesen zu sein.

Ich könnte hier eine Menge Beispiele anführen und die Personen mit Namen nennen, wenn ich ihrer nicht aus Mitleid schonen wollte. Ich begnüge mich mit einigen allgemeinen Andeutungen. So habe ich z. B. in fremden Landen einen Oberst des Regiments der *Berry-Dragoner* (nie gab es ein solches), eine Surintendante des Hauses von *Madame Elisabeth* (nie gab es eine dergleichen) angetroffen. Sie ließen sich ohne Scheu Monsieur le Colonel, Madame la Surintendante nennen. Ein Emigrant, der sich herabließ, mich mit Schuhen zu versorgen, die mich drückten, gab mir sein Ehrenwort: »Dieses sei unmöglich, denn er sei *Maréchalde Camp* gewesen« (er zählte keine dreißig Jahre). Ich habe eine Frau gekannt, die vorgab, Gesellschaftsdame bei der Gräfin von *Artois* gewesen zu sein. Was war sie gewesen? Ihr Leben lang eine Modehändlerin in einer flandrischen Stadt. Eine große deutsche Fürstin hat anderthalb Jahr einen sich ehemaligen Colonel de la Gendarmerie Nennenden an ihre Tafel gezogen!!

Der Graf *de la For* ... erkannte in Deutschland seinen ehemaligen Kammerdiener, der den vornehmen Herrn spielte. Er wollte ihm vernünftig zureden und ihn in aller Stille abziehen lassen, ohne ihn zu verraten. Was geschah? Der Kammerdiener hatte an dem kleinen Hofe eine Art von Wichtigkeit erlangt; er leugnete seinem Herrn die Kammerdienerschaft ab, drohte, vermittelst seines Kredits, ihn zu entfernen, und war nahe daran, die Drohung durchzusetzen. Ein anderer rühmte sich, Menin bei Ludwig XVI. gewesen zu sein, er war sein Porte-Coton gewesen. Mir ist im Norden fast kein Jugendlehrer, kein Dorfvikar oder sonst ein Pädagoge und Geistlicher vorgekommen, der nicht nahe daran gewesen wäre, Bischof zu werden, der nicht einen Bischof zum Oheim gehabt, der nicht zu einer vornehmen Familie gehört hätte; ich habe keine Gouvernante oder Erzieherin gesprochen, die nicht ein Fräulein aus den besten Häusern gewesen wäre.

Die Ausländer freuten sich meistenteils, mit solchen Herren und Damen in Verbindung zu treten, sie ins Haus, an den Tisch aufzunehmen, ihnen ihre jungen Herrlein und Fräulein anzuvertrauen. Sie waren entzückt über ihre Manieren, ihre Reden, ihren Ton; es schmeichelte ihnen, den französischen Adel in ihren Vorzimmern, in ihren Küchen zu haben, sich von ihnen Sand in die Augen streuen zu lassen; denn jene Bourgeois Gentilhommes ermangelten nie, den Mund recht voll zu nehmen und die wirklichen Emigranten zu überschreien. Ein *Montmorency* mit schwachen Lungenflügeln würde neben ihnen eine erbärmliche Figur gemacht haben.

Das nenne ich eine Koalition des Auslandes mit dem Innern des revolutionären Frankreich. Das hieß die ehemalige Regierung mit Strömen von Schmach überschütten, das hieß, die Herabwürdigung der unglücklichen Emigranten durch die günstige Aufnahme von Gaunern und Betrügern vollenden, das hieß, den Adel, der in den Stürmen der Revolution abgeschafft worden war, völlig in den Grund treten, das hieß, zwanzig Revolutionen, statt einer, das Wort sprechen, das hieß, dem Unglück seine Rechte zugleich mit seinen Rechtstiteln rauben.

Doch, um wieder auf den Grafen *von Adhémar* zu kommen, so fand ich in seinem Hotel die einzigen Franzosen von Namen und Ruf, welche damals in London waren: den Ritter und den Grafen *Alfonse de Durfort*, den alten Baron *von Wurmser* und Herrn *von Bouillé*, den ich vorher noch nie gesehen hatte. Der Gesandte stellte uns bei Hofe vor, und der König empfing uns alle mit der ihm eigenen edlen Einfachheit und freundlichen Güte. Nur konnte es uns nicht entgehen, dass er Herrn *von Bouillé* besonders auszeichnete, und zwar aus dem Grunde, weil er im letzten Kriege gegen England mit seltenem Mute gefochten und ein großes Talent entwickelt hatte. So wahr ist es, dass überwiegende Verdienste selbst dem Feinde, der sie am wenigsten anerkennen möchte, Lob und Bewunderung abringen. Ich muss hier noch hinzusetzen, dass Herr *von Bouillé* in allen englischen Häusern, die sich um seine Bekanntschaft stritten, mit einem Enthusiasmus und einer Hochachtung aufgenommen wurde, die um so schmeichelhafter für ihn sein mussten, je unwillkürlicher sie waren.

Und in der Tat hatte er sich in *Dominique, St. Eustache, St. Christophe* (Kitts) und überhaupt in allen Westindischen Inseln, wohin ihn der Krieg führte, in seinem militärischen Beruf ebenso untadelhaft als ehrenvoll betragen und seinen Siegen den Stempel eines Edelmuts aufgedrückt, wovon es nur wenig Beispiele und seltene Nachfolger gibt. Er hätte sich bereichern können, suchte aber nur Ruhm, und fand ihn. Die Stadt *London* gab ihm zu Ehren ein Fest und überreichte ihm einen goldenen Degen; ein größeres Geschenk als die von ihm verschmähten Schätze. Er war bisher in allen seinen Unternehmungen glücklich gewesen; nur zuletzt erblasste sein Stern bei einer Gelegenheit, wo Frankreichs Verhängnis das seinige überwiegen sollte!![218]

In England ist der Hof einfach und edel, zahlreicher als in *Versailles*, weil die Aufnahme leichter ist. Der König und die Königin zeichneten sich durch eine zuvorkommende Güte und Höflichkeit aus. Die Frauen sind im Allgemeinen ziemlich schön, dagegen aber auch einige hässlicher, als ich sie sonst irgendwo angetroffen habe. Man muss zweierlei zugeben. Erstlich: dass es in England vielleicht mehr schöne Frauen gibt als irgendwo, denn die Natur hat hier viel für das schöne Geschlecht getan, obschon sie mit der Grazie kargt, welche nur unvollkommen durch eine angenommene Natürlichkeit[219] ersetzt wird; zweitens: dass, wenn eine Engländerin anfängt, hässlich zu sein, diese Hässlichkeit alle Grenzen und Begriffe übersteigt, und ein

---

[218] Der Verfasser meint hier die Flucht Ludwigs XVI. nach Varennes.
[219] Ingénuité.

wahrer Triumph für die übrigen ist. Die Engländer bei Hofe kleiden sich meistenteils reich, obschon sie in ihren Stickereien und mit ihrem Galanteriedegen mehr steif und geniert als geputzt erscheinen. Sie sind nur für den Morgenanzug gemacht. Hier bewegen sie sich in ihrem Element, hier muss Europa in ihnen die Gesetzgeber der Mode suchen.

Der Palast von *St. James* ist die erbärmlichste Steinmasse, welche man je einem großen Könige zur Wohnung bestimmt hat, und man muss gestehen, dass die innere Einrichtung der Zimmer der Disharmonie des Äußern nicht nachsteht. Ich würde von *Windsor* nicht vorteilhafter sprechen können, wenn die malerische Lage, der Wald und die großen Erinnerungen, die das Schloss hat, nicht wären. – Was sollen wir aber von dem Tollhäusler *Smollett* sagen, der auf seiner Reise durch Frankreich so viel Päläste, königliche Schlösser und Gärten sah, ohne von dem Glanz, der Pracht, der Größe derselben frappiert zu werden, und nach seiner Rückkehr in London drucken ließ: »Die Schlösser der Könige von Frankreich, *Versailles* an der Spitze, seien nur Taubenschläge (pigeon-houses) in Vergleichung mit den Palästen der Könige von Großbritannien.« Freilich fand der arme Hypochonder auch in *Rom* nichts, was er für würdig erachtet hätte, seine milz- und gelbsüchtigen Augen auf sich zu ziehen, da selbst die Königin aller christlichen Tempel, die St. Peters-Kirche, nicht Gnade vor seinen Augen fand, und er sich in der Überzeugung nach England einschiffte, *Michel Angelo* stehe dem Ritter *Wren* unendlich nach.

Es gibt noch heutzutage manchen Pair in England, der steif und fest behauptet, man lebe in Frankreich von – *Fröschen*. Wie oft hört man auf den Straßen, beim Anblick eines Fremden den Pöbel rufen: »Franzosenhund, türkischer Frankenhund!« (french dog, turkish french dog!). Nachgerade sollten die Engländer einsehen, dass es Zeit sei, Vorurteile abzulegen, welche Folgen der größten Unwissenheit sind und die Nation um Jahrhunderte zurücksetzen. Allein (wird man sagen) diese Nationalvorurteile, dieser Hass, diese bittere Animosität, sind jenem Inselvolke notwendiger als dem Kontinent. Das heißt gerade soviel, als wollte man sagen: »Man müsse sich ins Feuer werfen, um sich zu wärmen.« Nichts beweist in meinen Augen die unbezweifelte Überlegenheit der französischen Nation so mathematisch, als eben diese auffallende Ungerechtigkeit unserer Nachbarn, an die wir in unserm edlen, unpolitischen Stolze bei jeder Gelegenheit jede Art von Lobpreisung selbst über Gegenstände verschwenden, wo sie am wenigsten verdienen, gelobt zu werden. Unsre Schriften bezeugen die Gerechtigkeit, die wir ihnen widerfahren lassen; sie sind ein schlagender Beweis, dass wir in unsern Urteilen mehr als billig, dass wir schonend und nachsichtsvoll sind. Unsre Theater ertönen oft vom Lobe Englands, wir haben nichts verabsäumt, die englische Geschichte und Literatur, die Fortschritte dieser Nation in Wissenschaften und Künsten zu verbreiten; man sollte glauben, wir hätten die Verpflichtung übernommen, ihren Ruhm in ganz Europa zu verbreiten. Und was hat England für uns getan? Es hat gesucht, uns zu verkleinern, zu verschlechtern, eines unsrer Verdienste nach dem andern anzufechten; es hat uns mit der größten Unwürdigkeit abgestritten, was sich nicht streitig machen ließ; es hat nie einen französischen Charakter auf seine Bühne gebracht als in der Absicht, ihn herabzuwürdigen, ihn verächtlich, ihn lächerlich zu machen, ihn dem Spott und dem Hohne des groben, unwissenden Pöbels preiszugeben.

So oft es eine Gelegenheit gab, der Bravour (ich kann nicht sagen, der Taktik) der englischen Truppen Gerechtigkeit zu verschaffen, haben wir es mit einer Aufrichtigkeit getan, die in dem edlen und biederen Freimut ihren Grund hat, womit die französische Nation, welche niemandem etwas beneidet, zu Werke geht. Sie, die Engländer, beneiden allen alles, bestreiten alles, leugnen alles ab. Ich habe die ganze Zeit, die ich mit Engländern zugebracht, von ihnen hören müssen, wie sie die Siege der französischen Armeen im Revolutionskriege abstritten. Ihr ewiges Lied war: the French conquer by numbers (die Franzosen siegen durch Überzahl).[220] Ich habe nie eine höchst erbärmliche Winkelposse in *Sadlers Wells* vergessen können, wo ein Engländer ein ganzes Dutzend Franzosen vor sich auf die Knie fallen lässt, wo sechs Engländer ganze französische Kolonnen durchbrechen und gefangen nehmen. Jene waren die Riesen, diese die Pygmäen. Meine Nachbarn, wohl wissend, dass ich zu den – Pygmäen gehörte, lachten, wieherten vor Freude und Hohn. Ich meinerseits begnügte mich mit aller Kaltblütigkeit ihnen zu sagen: Yes, Gentlemen, and such has been the case in Flanders. (Ja, meine Herren, das war unter andern der Fall in Flandern.)[221]

Ich bin gewiss, dass in dem Augenblicke, wo ich dieses Kapitel schreibe,[222] der Mann, den der Sieg auf den Kaiserthron erhoben, der Mann, der sich anschickt, an Frankreichs *unversöhnlichstem Feinde* Rache zu nehmen, der Mann, dessen Blitz die Schlachtopfer von *Quiberon* und unsere im Hafen von *Toulon* in Brand gesteckte Flotten rächen wird (denn so behandelt England seine Schützlinge, so achtet es seine Bundesgenossen!), der Mann, der sich vornimmt, Europa von einer tyrannischen und kaufmännischen Nation zu befreien, welche sich längs der Seeküsten bis zum Gipfel einer Gewalt hingeschlichen hat, die ihr nicht bestimmt war – ich bin (sage ich nochmals) gewiss, dass *Bonaparte* die Engländer zittern macht, ohne ihnen nur einen

---

[220] Wellington ließ in Spanien seine und der Feinde Truppen zählen; wenn er 300 Mann weniger hatte als sie, zog er sich zurück. *Übers.*

[221] Wo die Engländer von den Franzosen geschlagen wurden. *Übers.*

[222] Im Jahre 1805.

Gedanken, einen Laut des Beifalls zu entreißen. Ihr Hass lässt sich von ihrer Furcht nichts abdingen, und die Besorgnis einer Landung, so groß sie auch sein mag, ist immer mit einer Art von Verachtung begleitet, und vermindert ihren Spott nicht um ein Hundertstel. Selbst die Eroberung von England würde die Engländer nicht bekehren.

Ich darf aber hier eine Engländerin nicht unerwähnt lassen, eine so ausgezeichnete Frau, dass sie dazumal sozusagen die Königin von London war. Schönheit, Reichtum, Geburt, vornehme Stellung und persönliche Achtung, eine seltene Geistes- und Charakterbildung, Haltung und Ton, alles vereinigte sich in ihr und sicherte ihr in der Gesellschaft eine Überlegenheit, welche ihr niemand streitig machte. Es war die Herzogin *von Devonshire*. Ich war erst zwei Tage in London, als ich mit ihr beim Grafen *von Adhémar* speiste, und muss gestehen, dass mich nie etwas so sehr frappiert hat wie ihr ganzes Wesen[223], die Würde in ihrer Haltung, welche keineswegs die Grazie ausschloss, ihr Eintreten in das Zimmer und die überragende Schönheit, die sie zu umwallen schien. Sie ließ bis gegen sieben Uhr auf sich warten. Auch früher gekommen, würde sie immer Aufsehen genug gemacht haben, aber mir ist dieser kleine weibliche Kunstgriff bekannt. Ich verzieh ihr denselben, sobald ich sie sah, und mein Herz, das in der ersten Minute ihr Fürsprecher ward, brachte meinen murrenden Magen zum Schweigen.

Ich habe oben gesagt: In London müsse man nicht leben. Ich habe gesagt: In London finde man wenig schöne Denkmäler, wenig schöne Gebäude. Dagegen ist nichts so schön wie das Land, wie das Landleben der vornehmen Engländer, wie ihr gastfreier Luxus. Der Reisende wird es nicht müde, einen schönen Landsitz nach dem andern zu besuchen und zu bewundern. Vor allem sind die Parke, die Gärten einzig in ihrer Art, und reizende Vorbilder, welche man im ganzen übrigen Europa entweder gar nicht kennt oder nur höchst unvollkommen nachzuahmen sich bestrebt hat.

Frankreich und England lassen sich nicht durch Berührungspunkte, sondern nur durch Gegensätze vergleichen. Beide Länder sind ein ewiger Gegensatz von Anfang bis zu Ende, von den rein menschlichen Sitten an bis zu den auffallendsten Formen, von den Ideen bis zu den Worten. Ich will es versuchen, dieses Antithesenbild zu entwerfen.

In Frankreich gab es vor der Revolution prachtvollere Wohnungen, mehr Schmuck im Innern, mehr von dem, was man unter »Luxus der Großen« versteht, bequemere Einrichtungen für das Gesellschaftsleben, mehr müßiges Bedientenvolk in den Vorzimmern, mehr Spiegel, Bronze, Gerät und Vergoldung in den Salons. In England herrscht dagegen eine wohlhabende

---

[223] Attitüde.

Einfachheit; die ländlichen Wohnungen bleiben der Natur getreuer, mehr Zimmer im Erdgeschoß zum Empfang eingerichtet, oben unvollständig und karg möblierte Schlafzimmer, die man nicht sehen lassen dürfte (obwohl schon die Engländer immer das Wort comfortable, bequem, behaglich, im Munde führen, und alles bei ihnen comfortable sein soll); mehr Stallbediente, heiteres, nicht überladenes und zum Teil seltenes und ausgesuchtes Hausgerät, hier und da viel Gemälde.

In englischen Landsitzen wurde getrunken, geritten, gejagt, kurz, auf dem Lande gelebt, um die Stadt zu vergessen. In anderen wurde vorzüglich gut gegessen. Man machte Musik, man spazierte, man isolierte sich, man las, man führte kleine Gesellschaftsstücke auf, man hielt Proben, man unterhielt sich beim Tee, man lieh der Zeit Flügel, man hatte mitunter, wenn sich's fügte, eine Liebschaft, kurz, man lebte wie in Paris.

Die englischen Formen waren in einigen Häusern einfach, natürlich, bisweilen ein wenig unzart; in anderen artiger, gesuchter, eleganter; dabei hatten sie aber auch oft etwas Gezwungenes und Affektiertes.

Die Sitten waren so ziemlich die gleichen.

Die Engländer *essen* wie Leute, für welche das Essen ein Geschäft ist; sie essen so lange, dass man glauben sollte, sie hätten kein anderes. Ihr einfacher, substantieller Tisch belebt sich nicht eher, als bis diejenigen, die dessen größte Zierde sind, sich weggegeben haben; alsdann, nachdem man mehr als unbescheiden auf ihre Gesundheit getrunken, bringt der Wein jene rauschenden und lärmenden Ausbrüche hervor, die man für die Ergänzung des Freimuts, für die schönste Seite des Nationalcharakters hält.

Für die Franzosen war die Speisestunde eine notwendige Erholung, wobei aber jederzeit die Sittsamkeit, die Eleganz und eine anständige, abwechselnd ernsthafte und heitere Unterhaltung ihren Platz bei der Tafel einnehmen mussten. Wir lebten wie solche, in deren Augen die *Trunkenheit*, anstatt für etwas Achtbares und Ehrwürdiges[224] zu gelten, ein unverzeihlicher Schandfleck war, wie solche, denen die Frauen alle Augenblicke des Lebens verschönern, wie solche, für die das hässliche Wort »essen« (obwohl wir uns besser darauf verstehen als andere) nur so viel bedeutete, als dem Bedürfnisse des Hungers abhelfen. Bis zum fünfzigsten Jahre soll die Tafel weiter nichts sein, als ein angenehmer Ruhepunkt, von welchem wir zu angenehmeren und wichtigeren Geschäften übergehen.

In England wird den Frauen der Hof nachlässig gemacht; sie müssen abwarten, bis die Männer Zeit dazu finden. In Frankreich hatten sie kein anderes Geschäft, als Huldigungen zurückzuweisen oder unter mehreren die

---

224 Respectable.

beste zu wählen. Die Engländerinnen geben der Stimme der Natur nach, die Französinnen ließen sich in einen Kampf ein, und stellten sich, als würden sie durch Kunst besiegt. Die Liebschaften in England sind entweder von sehr langer Dauer oder sehr schnell vorübergehend, weil sich ihnen große Hindernisse entgegenstellen, und nur wenige günstige Gelegenheiten sich darbieten. In Frankreich ergaben sich die Frauen nur nach langem Widerstande, um nicht in den Fall zu kommen, zu früh verlassen zu werden. Die Koketterie selbst gebrauchte Vorsicht und übereilte sich nie. Aber der Geist der Galanterie und die gewöhnliche Lebensweise vervielfältigten die Gelegenheiten so sehr, dass man selten den Entschluss fasste, eine Liebschaft auf ewig fortzusetzen.

Die einen lieben, um einen Zeitvertreib zu haben, die andern, um dem Leben einen Zweck zu geben. In England sind die Ideen richtig, von geringem Umfang, und enthalten immer ein Stück von trockener Geometrie. Die Sprache ist kurz, ohne Schmuck, ohne Reichtum, ohne etwas von dem *Überflusse* zu haben, der in der Unterhaltung das *Notwendige ist*.[225] Die Vernunft stößt selten auf Klippen und gestattet wenig Widerspruch.

In Frankreich zeigt man, wenn man mit Überlegung spricht, einen ebenso gesunden Verstand, spricht man aber leicht und obenhin, so weiß man sich mit Witz zu helfen, man bringt mehr Reichtum und Redefluss in das Gespräch hinein, breitet mehr Schmuck und Gefälligkeit über den Gegenstand aus. Die Sprache selbst, die sich durch den Luxus verschönert, fordert dazu auf. An Geist und Grazie gewöhnt, Witzfunken hervorlockend und liebend, verwirft die Gesellschaft alles, was dieses Gepräge nicht trägt; in dem schnellen und weitschweifenden Fluge des Verstandes verirrt sich bisweilen die Urteilskraft, und wird zu spät auf den rechten Weg zurückgeführt. Die englischen Kanzelredner legen Gott die einfache Menschensprache in den Mund, die französischen suchen in der ihrigen das Erhabene der Gottheit zu erreichen.

Unsere Theater sind für Europa und für uns selbst eine Schule der Höflichkeit, der Schicklichkeit, der Vernunft, eine Ausstellung natürlicher Ereignisse heitern und rührenden Inhalts, die mithilfe eines reinen, gediegenen Vortrags unmittelbar auf das Herz und den Verstand aller Völker einwirken können und sollen. Die Theater unsrer englischen Nachbarn finden nur vor ihren eigenen Augen Gnade, sind nur Lokalgemälde für sie selbst, und machen nur Eindruck auf ihre Nationalorgane.

---

[225] Le superflu, chose très-nécessaire
Voltaire.

Die Beredsamkeit ihrer Redner ist rein logisch, und eine Kopfphilosophie; sich auf die Vernunft beschränkend, hat sie es nur mit der Vernunft zu schaffen, die ihr Gehör gibt. Sie verschmäht die Rednerkünste oder kennt sie nicht, sie weiß nichts von den leidenschaftlichen Ergüssen großer Gemütsbewegungen, welche das Herz ebenso sehr als den Verstand ansprechen. Ja, was auf den Gedanken bringen sollte, dass der Gang ihrer Beredsamkeit mehr der Dürftigkeit als dem Willen und der Absicht zugeschrieben werden muss, ist, dass Herr *Burke*, dessen Eloquenz ganz französisch war, es ihr zu verdanken hat, zu den größten Rednern seines Landes gezählt zu werden, obschon man ihm etwas zuviel Deklamation vorgeworfen hat.[226]

Die Beredsamkeit unsrer Redner erhält ihren Glanz von dem großen Charakter, in dem sie auftritt, von der Wahl der Worte und Wendungen, von der Kenntnis des menschlichen Herzens, das sie zu führen hat, von Abschweifungen, die bisweilen der Hauptsache fremd sind, aber immer auf dieselbe zurückzuführen, und oft den Ausschlag geben, mit einem Worte, von einer enthusiastischen Wärme, von einer Erhabenheit der Gedanken, eingehüllt in den Redeschmuck, der lange nachwirkt, und in dem einzelne Stellen vorkommen, welche die Überzeugung erzwingen, und einzelne Gedanken, die sich zu allgemeinen Apophthegmen erheben.

Die Tapferkeit der Engländer ist ebenso fest und echt als die unsrige, nur die unsrige glänzender als ihre. Sie verstehen sich besser auf den Handel als auf die Künste, sie sind ein in einen Winkel von Europa hingeschobenes Volk, wir liegen im Mittelpunkt; folglich ist auch ihr Einfluss ein seitwärts laufender, der unsrige ein geradeaus gellender. Unsre Städte sind wohlhabender, ihre Gefilde reicher.

Die englische Literatur, in so vieler Hinsicht durch die großen und wichtigen Resultate der Ausdauer und in der Philosophie achtungswert, ist gleichwohl im Allgemeinen trocken, dürr, und vor allem ohne Abwechslung. Das »toto divisos orbe Britannos« klebt ihnen noch immer an. Das Jagen und Haschen ihrer Schriftsteller nach Originalität hat sie oft zur Sonderbarkeit verleitet. Das Bestreben, tief zu sein, macht, dass sie eine Idee nach allen Seiten hin drehen, und dergestalt ausspinnen, bis ihr letztes Ergebnis in Dunkelheit, in Sophismen und Paradoxe ausläuft. Immer nach dem Erhabenen strebend, verfallen sie nicht selten ins Riesenhafte, ins Kolossale, und ihre Kunst ist in den meisten Fällen im Gegensatz mit der Natur, deren Nachahmung sie doch zum Hauptteil ihrer Geisteswerke zu machen bemüht sind.

---

[226] Einer der ersten Staatsmänner von England sagte mir: Burke's oratory is rather turgid. (Burkes Beredsamkeit ist etwas schwülstig.)

Da die Geschichte etwas Positives ist, so konnte sich ihre Vernunft und ihre Urteilskraft mit besserem Erfolg damit beschäftigen. Dieses Feld ist bei ihnen vorzüglich gut ausgebaut, insofern das Unkraut und die Giftpflanzen der Nationalvorurteile und des Parteigeistes den guten Samen nicht ersticken. Ihre Romane, von denen man so viel Redens und Rühmens gemacht hat, sind wenig mehr als Schilderungen ihres Landes und ihrer Sitten. Die darin geschilderten Leidenschaften gehören der Welt an, Farben und Charaktere sind englisch.

Die epische Poesie ist für den Dichter geschaffen, der alles wagt, dem es gleich gilt, sich bis zum Himmel zu erheben und in die Hölle hinabzusteigen. So war es denn natürlich, dass England einen solchen finden musste. *Milton* ist (wie ich in einer andern Schrift bemerkt habe), wenn er sich im günstigen Augenblicke seiner poetischen Ader befindet, und ihn sein Gegenstand emporhebt, der erhabenste von allen bekannten Dichtern, ohne selbst *Homer* und *Tasso* ausnehmen zu wollen, obschon ich als Leser dem Letzteren den Vorzug gebe. Das *Verlorene Paradies* enthält Stellen, welche den höchstmöglichen Begriff vom Genius seines Verfassers geben, und stellt alles dar, was der menschliche Geist Hohes und Erhabenes erzeugen kann; gleichwohl fehlt es ihm auch nicht an Längen, an ziel- und farblosen Stellen, in welchen weder Kraft noch Eleganz anzutreffen ist. Hätte *Milton* später und unsrer Zeit näher gelebt, wäre er nicht in der unglücklichen Periode, in die sein Leben fiel, vom Parteigeist hingerissen und niedergedrückt worden, hätte ihm die Glücksgöttin jene Heiterkeit und Unabhängigkeit zugelächelt, deren er bedurfte, um seinem Gedichte mehr Glätte zu geben, hätte er nicht bisweilen seine Begeisterung überboten und seiner Muse Gewalt angetan, so würde er die letztmögliche Stufe der Vollkommenheit erreicht, und die Siegespalme des Epos davongetragen haben. Er starb ohne Ruf! Aber die Engländer ließen ihn nicht lange ohne Nachruhm. Sie sind die Leute nicht, die einen einzigen Zweig am Baume der Nationaleitelkeit verdorren lassen!! Mit *Milton* glückte es ihnen besser als mit *Shakespeare*, denn in der Tat ist der *britische Homer* beinahe das, wozu sie ihn gemacht haben.

Doch wie groß ist der Abstand von einigen guten Werken, die England aufzuweisen hat, von den literarischen Schätzen in allen Gattungen, die Frankreich besitzt! Eben diese Schätze sind es, welche Frankreich zur Sprach- und Lehrmeisterin von Europa gemacht haben. Würde die französische Sprache Europas Sprache geworden sein, wenn unsre Dichter, unsre Philosophen, unsre Moralisten, unsre Redner, unsre Schriftsteller, selbst die von der leichtesten Gattung[227], nicht wären? Und wenn ich im Auslande sagen höre, dass die schönen Tage der französischen Literatur vorüber sind, so gebe ich es insofern zu, als wir die heutige mit der früheren vergleichen, muss es aber leugnen, wenn ich zwischen der unsrigen und der fremden eine Vergleichung anstelle. *Voltaire* und *Buffon* lebten noch gestern.[228] Noch ist die Asche von *Saint Lambert*, von *Thomas, d'Alembert, Diderot, Marmontel* warm, noch schreiben *Colin d'Harleville, Picard* und andere Lustspiele, wie man sie sonst nirgendwo schreibt, und werden überall übersetzt, ohne eine Schar junger, angehender Schriftsteller zu rechnen, deren Talent, von dem kaum beruhigten politischen Faktionsgeist noch unterdrückt, bald in einem Glanze erstrahlen wird, der dem unsrer größten Meister gleichkommen dürfte.[229] Wer sagt uns, wenn ein halbes Jahrhundert über die Schriften *la Harpes* und *Delilles* dahingerollt sein wird, ob auch *sie* nicht in die Galerie der Klassiker aufgenommen werden, auf die mein Vaterland stolz ist? Überdies ist ja die Menschheit in Masse wie der einzelne Mensch zu betrachten, der besonders nach den Stürmen der Ruhe bedarf. – Ja, ich begreife kaum, *wie und wann* es den Franzosen möglich wäre, in ihrer Literatur, welche den höchsten Gipfel erreicht hat, noch weitere Fortschritte zu machen. Können unsre großen und einzigen Muster wohl je übertroffen werden? Heißt von der Bahn abweichen, die sie uns vorgezeichnet haben, nicht, sich vorsätzlich und vermessen verirren wollen? Sollen wir uns nicht mit dem schönen Erbteil begnügen, sie nachzuahmen? – Aber es gibt noch freie Künste, in welchen der Ruhm, zur Vollkommenheit zu gelangen, uns noch erwartet. Diese *Ernte* aller Lorbeeren wird bei dem allgemeinen Enthusiasmus, der die höher gestiegene Nation ergriffen hat, und bei dem Aufsammeln der unermesslichen Kunstschätze, die wir nationalisiert haben, uns nicht entgehen.

Die Begriffe der Franzosen und Engländer über den Ehrenpunkt sind ebenfalls eine der charakteristischen Verschiedenheiten beider Völker. In Frankreich waren, wie ich schon bemerkt habe, die Zweikämpfe eine zur Gewohnheit gewordene Manie, in England sind sie eine nur selten vorkommende Notwendigkeit. Die Engländer sind tapfer, aber es liegt in ihnen eine sentimentale Moralität, die sie vom Blutvergießen zurückhält, und mancher, der kein Bedenken tragen würde, sein Lebensziel abzukürzen und sein eigener Mörder zu werden, wird Anstand nehmen, sich bei jeder leichten Veranlassung der Gefahr auszusetzen, von der Hand seines Widersachers zu fallen. Die Vorurteile der Erziehung sprechen ebenfalls zu-

---

[227] Les plus profanes.
[228] Vivaient hier.
[229] *Spätere Anmerk.* Jetzt, da ein Held Frankreich wieder neu geboren hat, jetzt, da Frankreich die Wohltat einer festen und starken Regierung genießt, jetzt *wird* die Literatur auch gewiss ihren alten Ruhm behaupten. (*Verf.*)

gunsten dieses heilsamen Widerwillens, und die Sitte des Boxens unter dem Volke, eine Sitte, die auch höheren Ständen nicht fremd ist, kommt dem moralischen Gefühle zu Hilfe, verstärkt es, löscht aber zugleich das glänzende Feuer des enthusiastischen Ehrenpunktes aus, das bei uns in so verzehrende Flammen ausbricht. Ich sah während meines Aufenthaltes in England im Foyer des Theaters von Coventgarden, populi stante corona,[230] einen Pair sich mit einem Bäcker *boxen*, der ihm nichts schuldig blieb.

Dergleichen Fälle sind selten, aber sie ereignen sich. Dazu kommt ein neuer Beweggrund, sich gegen den Zweikampf zu verwahren, und ein neues Mittel, sich ihm zu entziehen. Man weiß, dass die Engländer dem Genuss, ich möchte sagen, dem Übergenuss des Weins ergeben sind. So kommt es denn oft, dass die Lage, worin sie sich des Abends versetzen, sie zu Händeln verleitet, die am folgenden Morgen mit dem einzigen Worte abgetan werden: I was in liquor. Ich war betrunken.[231] Dieses Geständnis wirft kein ungünstiges Vorurteil auf den Charakter dessen, der es macht, und gleicht alles wieder aus. In Frankreich würde es dazu dienen, den Trunkenen von gestern und den Bekenner von heute zwiefach zu brandmarken, und eine Entschuldigung dieser Art würde man entweder der Feigherzigkeit oder einem sehr beschränkten Verstande zuschreiben.

In Frankreich machte jeder Versuch, einen Ehrenhandel beizulegen, die Sache schlimmer; man war sicher, sich dadurch ohne Erfolg um seinen Ruf zu bringen. In England ist der Hauptpunkt: 1. unnötigerweise kein Blut zu vergießen, 2. gegen andere und gegen sich selbst nicht im Unrecht zu sein. Ein Engländer, der sich dem Tode aussetzt, will wissen, warum er es tut. Ein Franzose in Todesgefahr tröstet sich im Voraus damit, dass ihn seine Freunde bedauern, seine Geliebte ihn beweinen wird. Die englischen Duellgesetze sind außerordentlich strenge. Auch die unsrigen waren es. Aber nur jene werden befolgt; und daher kommt es, dass die Zweikämpfe in England selten, aber auch desto ernster sind. Bei uns ging man oft abends in die Oper, wenn man am Morgen im Gehölz von Boulogne seinen Mann erschossen oder erstochen hatte. In England ist man gezwungen, wenn man nicht in drei Instanzen sein Recht dargetan hat, das Land zu verlassen, um der Strafe des vorsätzlichen Mordes zu entgehen. Diese auffallenden Verschiedenheiten sind notwendige Folgen des Unterschiedes im natürlichen Charakter beider Völker, und beweisen, dass die Behandlungsweise in der Regierung und in den polizeilichen Einrichtungen, die für die eine Nation

---

[230] Vor einem zahlreichen Kreise von Zuschauern.

[231] Der englische Ausdruck ist gemäßigter und schonender; der Franzose sagt: j'étais entre deux vins. Unter Lichtenbergs Formeln der Trunkenheit kommt folgende am nächsten: Ich hatte ein Glas zu viel getrunken.

passen, auf die andere nicht übertragen werden kann, ohne dass man sich eines schülerhaften Fehlers in der Legislatur schuldig macht. Deswegen ist auch unter allen Übeln, welche die Engländer uns angetan haben, und deren sie sich frohlockend rühmen, in meinen Augen das Erste und vornehmste, die lächerliche Anglomanie und Affensucht, die sie uns eingeimpft haben, sie, welche ehedem die sklavischen Nachahmer unsrer Moden waren, und, wie *Burke* in seinem bildlichen Stil mit Recht sagt, sich vor nicht langer Zeit mit den Lumpen unsrer Trödelbuden behingen.

Daher ist unter unsern jungen Leuten, und unmerklich in der ganzen Nation, die Gewohnheit entstanden, unsre alten, eingeführten, anständigen Gebräuche und Formen zu belachen und zu verachten, daher die Vermischung der Stände und Rangordnungen, deren Folge die völlige Umwälzung gewesen ist, daher die Abschaffung der äußeren Scheidewände und Abstufungen, welche allein vermochten, eine bewegliche Phantasie im Zaume zu halten und an deren Stelle man neue Sitten, neue Gebräuche und Kostüme gesetzt hat, wodurch alles einander näher gerückt, alles geebnet, nivelliert werden, und die Subordination aufhören sollte, die nichts anderes ist als der dem Alten herkömmlich gebrachte Zoll der Ehrerbietung.

Um das Verzeichnis der Gegensätze zwischen England und Frankreich zu vervollständigen, ist es nicht unangebracht, den Kontrast der Erziehungsarten in beiden Ländern vorzuführen. Man müsste den steifen, linkischen Stolz der jungen Engländer, die weder sprechen noch grüßen können, und ihre nichtssagende, rein passive Stellung mit der bisweilen zu lärmenden und um sich greifenden französischen Lebhaftigkeit vergleichen, die zwar im Schattenhain der Grazien aufgewachsen ist, der es aber oft an Reife der Weisheit fehlt.

Man müsste die abstoßende Steifheit der Engländer, ihre kalte Zurückhaltung, ihr Ungeschick, elegante Formen anzunehmen, ihren fast allgemeinen und beständigen Mangel an Unterhaltungsgeist und Unterhaltungston und das ihnen von Natur anklebende schroffe Wesen zu erklären suchen; man müsste zeigen, wie diese Eigenschaften mit ihrem Himmelsstrich, ihrer Lebensweise, ihrer Kost, ihrer Sprache, ihrer Regierungsform, und vor allem mit ihrer geographischen Lage zusammenhängen. Man würde handgreiflich beweisen, dass trotz der blinden Vorliebe[232], welche man, ohne zu wissen, warum, seit langer Zeit für diese Nation hat, sie eine von denen ist, die von der Vorsehung in vieler Hinsicht am wenigsten begünstigt worden; es würde in die Augen fallen, dass in ihr alles später sich entwickelt und früher aufhört als sonst irgendwo, sodass die Elite der Nation – die wenigen,

---

[232] Engouement.

welchen der Beruf geworden ist, für die übrigen zu *denken* – erst mir den *dreißig* Jahren anfangen, *denkend* und nützlich zu werden, nachdem sie bis dahin mit ihren Altersgenossen ihre Zeit zwischen der Jagd, die sie ermüdet, dem Zeitungslesen, das sie zerstreut, und dem Wein, der sie einschläfert und vor der Zeit geistig und körperlich abnutzt, zugebracht haben. Man würde endlich aus diesem allen den Schluss ziehen, dass die Engländer ein *mathematisches Volk* sind, für welche das Leben ein kaltes Räsonnement ist.

Die Natur schenkt nicht alles; das Gold ihrer Gunstgaben führt immer einen fremdartigen Zusatz mit sich. Warum wird der französische Geist, der gewöhnlich in den schönen Tagen der Jugend mit so großem Ungestüm sich über das Strombett ergießt, nicht immer von der Klugheit gezügelt, und in den Grenzen zurückgehalten, welche Vernunft und Nachdenken ihm setzen?

Wäre aber hier alles, wie es sein sollte, so würde es den übrigen Nationen an dem tröstlichen Verwände fehlen, die Gesetztheit, die Gründlichkeit denen zu versagen, die dem Glanze und der Lebhaftigkeit zu sehr nachjagen, und unsern jungen Landsleuten, welche dem leichten, liebenswürdigen Wesen zu viele Opfer bringen, vor dem Mannesalter die korrekte Urteilskraft absprechen möchten. Daraus folgt mit wenigen Ausnahmen, dass ein Engländer in seiner Jugend langweilend und gelangweilt ist, und oft zu leben aufhört, ehe er an diesen beiden Klippen vorbeigeschifft ist; dass hingegen ein Franzose in seiner Jugend sehr oft unausstehlich ist, gewöhnlich aber am Schlusse seines Lebenssommers ein ausgezeichneter, wesentlich nützlicher Mensch wird. Jener besitzt bisweilen ein Verdienst, das aber nur selten mit Liebenswürdigkeit verbunden ist; dieser muss das Feuer der Jugend auslodern lassen, um zur Vernunft zu gelangen, zur wohltuenden Vernunft, die bei dem Engländer die Folge seines phlegmatischen Temperaments, bei dem Franzosen ein Sieg über seine Naturanlagen ist.

Der höchste Ruhm der Engländer, derjenige, welcher oft bei ihnen, sowohl im Vaterlande als auf Reisen, alle übrigen Gattungen von Ruhm ersetzt, sind ihr Nationalgeist und jene patriotische männliche Geisteskraft, welche dieses Volk als Ganzes zu einem großen Volke macht. In Masse geben sie sich eine nachdrückliche, gebieterische Stellung, die mit dem natürlichen Bollwerk des sie umströmenden Ozeans verbunden, ihnen das Ansehen der Kraft, der Stärke und einer schroffen, rohen Natur mitteilt, die man – man wolle oder wolle nicht – achten muss. Jeder einzelne bekommt sein Scherflein von dieser unwillkürlichen Hochachtung, die man für ihr System hegt. Ist man doch überdies immer geneigt, denen das meiste zu gewähren, welche entweder das wenigste verlangen oder anderen das wenigste zukommen lassen.

Die Franzosen haben einen Gemeingeist[233], der keinem andern National-geiste nachsteht; da aber Frankreich als Macht bekannt genug ist, so sprechen sie nicht viel von ihrem Vaterlande. Dagegen fühlt der Franzose seinen Wert, und in diesem Bewusstsein spricht er gern von sich; das missfällt. Die Engländer geben sich das Ansehen, sich selbst zu vergessen, um desto mehr ihr Vaterland zu rühmen; sie gehören samt und sonders zu der großen Nationalverschwörung, welche nur *einen* Zweck hat, nämlich, ihre Niederlagen und ihre schwachen Seiten zu verbergen, ihre Siege und ihre Macht zu übertreiben, mit einem Worte, ihr Vaterland zu preisen, wie ein Liebhaber seine Geliebte: das langweilt, missfällt aber nicht so sehr.

Wollte ich die *Anglomanie* erklären, die die Reise um Europa gemacht hat, aber gegenwärtig im Abnehmen ist, so würde ich ihren Grund in dem stillen und ruhigen Stolze finden, womit die Engländer die Welt zum Kampfe heraus gefordert haben und womit sie besonders als die Rivalen Frankreichs aufgetreten sind. Sollte man nicht glauben, wenn man sie reden hört, ihre Ansprüche wären Rechte, ihr Eigendünkel Gründe, ihre Behauptungen entscheidende Beweise und ihr Stolz eine Tugend, der alles huldigen soll!

Aber der Hauptzug im Charakter der Engländer ist und bleibt ihr eingewurzelter Franzosenhass, ihre Verachtung aller Nationen, ihr kalter Egoismus, der das ganze menschliche Geschlecht auf dem Altar des Vaterlandes schlachten würde, um seinen unersättlichen Ehrgeiz zu befriedigen, um seinen Herrscherdurst zu stillen, und um sich auf der von ihm usurpierten Höhe zu erhalten.

Die englischen Schiffe sind auf allen Meeren Vulkane, welche in ihren Feuerschlünden das Verderben aller Nationen mit sich bringen, reißende Geier, welche auf den Klippen, die ihre Inseln umgürten, auf Raub, Beute und Opfer lauern. Als Kosmopolit, als Freund der Menschheit behaupte ich: Wenn die Engländer sich nicht in die Grenzen einschließen wollen, welche ihnen Natur, Billigkeit und eine gesunde Politik angewiesen haben, so muss das Axiom des Cato, delenda est Carthago, dieses Axiom der allgemeinen Wohlfahrt, auf sie angewendet werden.

Will sich England begnügen, der Welt das Bild einer großen Nation zu geben, einer durch den Handel blühenden und mit Recht für kunstfleißig und kunstgeübt geltenden Nation, lässt es sich daran genügen, durch seine Verfassung und durch sein Gewicht in der politischen Weltwaage eine schöne Stelle unter den Regierungen einzunehmen, scheint ihm die Ehre hinreichend, großen Männern, Philosophen, und einer Zierde der Welt, seinem *Newton*, das Dasein gegeben zu haben, will Großbritannien, zu-

---

[233] Esprit public, public spirit.

frieden mit der alten Achtung, die es einflößt, und mit seinen Aussichten auf Wohlstand, sich darauf beschränken, seinen schwankenden Kredit aufrecht zu halten, seine von innen bedrohte Existenz zu verjüngen und das ihm entzogene Zutrauen wiederzugewinnen, kann es sich endlich entschließen, die Wege der Gerechtigkeit, der guten Treue, der Mäßigung zu betreten – nun, so mag es leben und bestehen! So mag es fortfahren, uns eine im Abnehmen begriffene Nation von Sonderlingen und Kraftmenschen darzustellen, der nur noch eine kurze Frist übrigbleibt, ihr Schicksal zu verbessern, sich mit den Grundsätzen aller Völker auszusöhnen, und die erschütterten Grundfesten eines Gebäudes zu stützen, das mehr Schein als Festigkeit hat, und bald einstürzen muss, wenn Weisheit und eine liberale Vernunft sich nicht beeilen, den Geist des Schwindels, des Machiavellismus und der Usurpation zu verbannen und deren Stelle einzunehmen.

Beim Entwurf dieser Skizze haben Hass und Erbitterung die Feder nicht geführt. Ich bin mehr auf Wahrheit bedacht gewesen, obschon ein Franzose es nie vergessen wird, dass die englische Politik die Französische Revolution erzeugt hat, um die beiden letzten Franzosen einander gegenüberzustellen, und sie beide in demselben Augenblick einen von der Hand des andern fallen zu lassen. Ich habe Englands Städte und Landschaften besucht, ich habe die Obrigkeiten, das Militär, das Volk kennengelernt. Abwechselnd bin ich zu den höchsten und niedrigsten Ständen hinauf und hinabgestiegen, ich habe die Projekte ihres Ehrgeizes, die falsche Treulosigkeit ihrer Schmeicheleien und Liebkosungen, die Fallstricke ihrer Hilfsleistungen und die *Naivität* ihres Hasses durchschaut. Ich bin Zeuge gewesen, wie sie das Elend mit Geld unterstützt haben, um es zu verraten, wie sie das Unglück in Schutz genommen haben, um den Unglücklichen den Dolch ins Herz zu stoßen. Ich habe die Engländer gesehen, wie sie die Werkzeuge, deren sie sich bedient haben, zerschlagen und Feindschaften angefacht haben, in der ergötzlichen Absicht, die Opfer aller Parteien ihrer Rache aufzuopfern. Ich habe mich *überzeugt*, dass es kein Ausrottungs- und Vertilgungsmittel geben könne, das, gegen uns gekehrt, in ihren Augen nicht erlaubt, rechtmäßig und geheiligt sei. Ihr Wahlspruch ist: dolus an virtus, quis in hoste requirat?[234] Es ist mir bis zur Evidenz klar und bewiesen, dass alles, was zur Herrschaft führt, ihnen genehm ist und von ihnen benutzt wird, dass für die Engländer ihre Insel die Welt ist, und die übrigen Teile der Erde nicht zum Departement der Freiheit und Menschheit gehören.[235]

---

[234] Virgil. Aen. II. 390.

[235] Dieses mit einer in Galle getauchten Feder entworfene Bild Englands, das dem Verfasser beliebt, eine *Parallele* zu nennen, geben wir in der Übersetzung, ohne einen Zug zu verwischen. Es ist ein Beitrag zur Charakteristik der Meinungen in *der* Zeit, da der Verfasser schrieb. *Übers.*

Ich will hier auf meine Kosten ein Beispiel der Strenge zeigen, womit die englische Rechtspflege verfährt, und der Unannehmlichkeiten, welchen man durch dieselbe ausgesetzt ist. Die Engländer selbst geben diese Unannehmlichkeiten zu, sind aber der Meinung, in einem Handelsstaate, wie der ihrige, könne es nicht anders zugehen, und der Nachteil werde durch überwiegende Vorteile hinlänglich ausgeglichen.

In meinem neunzehnten Jahre waren meine Finanzen schon so zerrüttet, als sie es mein Leben lang infolge meines leichten und sorglosen Charakters gewesen sind, den ich gern edel und groß nennen würde, wenn mit dem Hange, schlechte Geschäfte zu machen, die uns zum Verlust der Ruhe und der Unabhängigkeit führen, sich Edelmut und Seelengröße vereinigen ließen. Ich hatte einem gewissen *Smith*, Kastellan des Schlosses zu *Mouceaux* (und also in Diensten des Herzogs von *Orleans*), einen Schein über zweitausend kleine Taler ausgestellt, wofür er mir einen Phaeton und zwei Pferde verkauft hatte. Mein Schein, auf acht Monate lautend, war ungefähr zwei Monate vor meiner Abreise aus Paris unterzeichnet worden.

Einige Zeit nachher kam der Herzog von *Orleans*, mit dem damaligen Prinz von *Wales* eng befreundet, nach London. Eines Tages, als ich ihm meine Aufwartung machen will, finde ich im Vorzimmer Herrn *Smith*, der mir die herrlichsten Dinge von der Welt sagt, und entzückt ist, mich zu sehen. Ich erwähne meinen Schein mit keinem Worte, weil es nach einem allgemeinen Axiome heißt: qui a terme, ne doit rien.[236] Bald darauf speise ich mit dem Herzog von *Orleans* bei dem Grafen *von Adhémar*. Man spricht von einem nahen Wettrennen. Ich jammere, dass es mir an Pferden fehlt, dem Feste beizuwohnen. Der Herzog gibt mir den Rat, mich an meinen allezeit dienstfertigen *Smith* zu wenden.[237] Ich danke Sr. Hoheit für den Rat. Am folgenden Morgen stellt *Smith* sich bei mir ein, und nach Verlauf von kaum zwei Stunden bin ich zu Pferde und mein Jockey reitet hinter mir. Um vier Uhr nachmittags komme ich nach Hause, mich umzukleiden. Kaum bin ich aus den Bügeln, als ein mir unbekannter Herr mich begrüßt. In seinem Gefolge sind zwei *Jemande*[238] von widrigem Aussehen. Er raunt mir ins Ohr: Ich sei sein Gefangener und müsse ihm folgen. Ein kalter Schweiß überlief mich; ich hatte Mühe, zu mir zu kommen; kaum erholt, frage ich ihn, was er von mir wolle, und falle aus den Wolken, als ich erfahre, dass ich auf Antrag eines Herrn *Smith* sein Arrestant bin und augenblicklich mit ihm müsse. Ich hatte nicht übel Lust, Widerstand zu leisten, aber mein Wirt warnte mich vor Gefahr. Ich stieg also mit dem dicken Herrn in den Wagen. Unterwegs erzeigte

---

[236] Wem ein Zahlungstermin gesetzt worden, ist bis dahin nichts schuldig.
[237] à Smith, qui est tant mon serviteur.
[238] Deux quidams.

er mir die Ehre, sich zu freuen, dass ich so ruhig geworden; und weil er sehe, wie gut ich mich benähme, sei er ebenfalls entschlossen, mir aufs Artigste und höflichste zu begegnen. Er fing damit an, dass er seine beiden Begleiter entließ. Zugleich geruhte er, mich zu benachrichtigen: Was mir begegne, sei ein gewöhnliches Ereignis, geschehe alle Tage in London, und gelte für etwas Einfaches, Natürliches. Er zählte mir ein langes Verzeichnis von ausgezeichneten Namen her, Engländern und Ausländern, welchen Ähnliches widerfahren sei, und schloss mit der Bemerkung, die Hauptsache bestehe darin, von beiden Seiten den Anstand nicht zu verletzen. Ich unterbrach ihn mit der Frage, wohin er mich führe? – »In eine sehr anständige Wohnung« erwiderte er gravitätisch »in ein *Sponging-House*.[239] – »Hier« fuhr er fort »bleibt man einige Tage, bis man ins eigentliche Gefängnis abgeführt wird. Da Sie aber nichts schuldig sind, und erklärt haben, nichts bezahlen zu wollen, so gebe ich Ihnen den Rat, zu einem ehrlichen Anwalt meiner Bekanntschaft zu schicken, der Sie in weniger als zwei Stunden befreien wird.« – »Aber bedenken Sie nur, mein Herr, das fürchterliche Aufsehen, das diese Geschichte machen muss.« – »Keineswegs; niemand wird ein Wort davon erfahren, und sollte es auch ruchbar werden, so kümmert sich niemand darum.« – »Ich bin aber zu einem großen Diner eingeladen.« – »Sie werden hier recht gut zu Mittag und zu Abend speisen.« – »Womit werde ich mich aber bei dem Herrn entschuldigen, der mich erwartet?« – »Damit, dass Sie die Einladung vergessen haben.« – »Das wäre höflich!« – »Oder Sie haben sich plötzlich übel befunden.« – »Aber die Schande!...« – »Oh, mein Herr, es ist gar nicht angenehm, sich mit Ihnen zu unterhalten; Sie wiederholen beständig das nämliche; ich habe Ihnen ja gesagt, dass dergleichen alle Tage den vornehmsten Leuten begegnet. I'll tell you what. (Ich will Ihnen nur einen Fall anführen.) Lord *** wollte mit der Frau des Sir W*** zu Bette gehen. Sir W*** ist ein lächerlicher, eifersüchtiger Hüter seines Weibes, der sie mit keinem Auge verlässt. Lord ***, entschlossen, eine ruhige, ungestörte Nacht zu haben, lässt den Baronett, der ihm nichts schuldig ist, unter dem Vorwand einer bedeutenden Forderung festsetzen. Ihm war bewusst, dass jener would bring an action against him, ihn gerichtlich belangen, und er zu den damages, zu den Kosten und zu einer ansehnlichen Entschädigung verurteilt werden würde; das war denn auch der Fall.« (Hier konnte ich mich des Lachens nicht erwehren.) – »Sie sehen wohl« fuhr mein Begleiter fort

---

[239] Sponging house oder Spunging house ist ein Haus, in das Schuldner gebracht werden, ehe sie ins Gefängnis kommen, und wo die Bailiffs, welche sie festgenommen haben, mit ihnen auf ihre Kosten leben. Die Benennung ist charakteristisch, denn in solchen Vorhöfen der Gefängnisse wird der Geldbeutel wie ein *Schwamm* (spunge) geleert und ausgepresst, und man bringt nur solche dahin, von denen man vermutet, dass sie etwas draufgehen lassen können und sich bald loskaufen oder loskautionieren werden. *Übers.*

»wie es geht und wie Sie sich zu benehmen haben. Mich freut's; Sie sind schon ein ganz anderer Mann; You behave like a man; ich kenne Sie kaum wieder.« – Unterdessen waren wir angekommen. Wir steigen vor einem hässlichen Hause, in einer hässlichen Straße (Wild-Street) aus. Man öffnet die Tür, schließt dreimal hinter uns ab. Kaum bin ich oben, als ich gefragt werde, was ich zu Mittag verlange? Was für Wein? Und ob ich lieber Small beer oder *Porter* trinke? – »Nichts von dem allen; einen Anwalt will ich, und Herrn *Reed*. Feder und Papier will ich, und das gleich. Ich gebe fünf Guineen, wenn ich nicht in diesem Hause schlafen darf.« In weniger als einer Stunde hatte ich beide Herren bei mir. Der Anwalt war der Meinung, ich sei gegen Fug und Recht verhaftet, allein ich müsse zunächst das Geld bezahlen oder einen Bürgen stellen. Der gute Herr *Reed* erbot sich dazu und ward angenommen. Nach vielen Schreibereien und anderen Förmlichkeiten zahlte ich zehn bis elf Pfund Kosten und erhielt meine Freiheit. Gegen elf Uhr abends kam ich nach Hause, krank vor Wut.

Gleich am folgenden Morgen eile ich zum Herrn *von Adhémar*, erzähle ihm den Vorfall, frage ihn um Rat. – »Der Herzog von *Orleans*«, gibt er mir zur Antwort »ist heute früh aufs Land gefahren, und wird Donnerstag bei mir speisen. Kommen Sie dann zu mir; ich werde ihn vorbereiten, und will, dass Ihnen recht geschehe. Es ist ganz abscheulich! Erzählen Sie ihm, wie sich alles zugetragen hat; aber Mäßigung, Herr Graf, Mäßigung! Bestehen Sie ehrerbietig darauf, dass *Smith* entfernt werde. Ich will hoffen, Sie werden keine Fehlbitte tun, und mit dem Herzog zufrieden sein. Er ist zu sehr *Edelmann*, als dass er Ihnen diese Genugtuung versagen sollte.«

Es wird Donnerstag. Ich finde mich ein, trete zum Herzog von *Orleans*, und erbitte mir die Erlaubnis, ein paar Worte mit ihm zu sprechen. »Ich weiß, was Sie wollen, Herr von *Tilly*« sagte er zu mir »Graf *von Adhémar* ist Ihnen zuvorgekommen ... auch *Smith* hat mir heute gesagt ...« – »Wie, gnädigster Herr, ist *Smith* noch bei Ihnen?« – »Ja, freilich.« – »So hat er Ihnen nicht die Wahrheit gesagt, und ich muss glauben, dass Ew. Hoheit in der Sache nicht recht berichtet sind ...« – »Herr von *Tilly*, wenn man Geld schuldig ist, hat man unrecht, selbst gegen einen Menschen wie *Smith*.« – »Ich bin ihm nichts schuldig.« – »Mit Erlaubnis, ja. Sie haben Paris verlassen, waren ihm schuldig, und haben ihm kein Wort gesagt; ich habe Ihren Schein gesehen, er ist in zwei Monaten fällig; man hat *Smith* hinterbracht, dass Sie eine Reise nach Italien vorhätten. ... Überdies ist Paris eben nicht der Ort, wo ein Mann wie *Smith* einen Grafen von *Tilly* belangen kann ... In England lässt sich eher so etwas tun ... Ich missbillige den Schritt, aber er hat sich Zeit und Ort zunutze gemacht.« – »Gnädigster Herr, was ist das für eine Logik? ... War's nicht um der unumschränkten Ehrerbietung willen, die ich Ihnen schuldig bin, ich würde kein Wort mehr anhören ... Erlauben mir Ew. Hoheit die

Frage: Ist dieses Räsonnement von *Smith*?« – »Es ist von *mir* und von *ihm*.« – »So muss ich mich enthalten, ihm den rechten Namen zu geben.« – »Mein Herr!« – »Gnädigster Herr, ich will die Frage ganz einfach stellen. Wollen Ew. Hoheit den *Smith* fortschicken, einen Elenden, der mir den empfindlichsten Schimpf angetan, der mich hat festnehmen lassen, ohne mir vorher ein Wort zu sagen, ohne meinen Schein gerichtlich vorzuzeigen, weil er wohl wusste, dass er nicht abgelaufen war – einen Elenden, der auf die bloße Angabe, dass ich ihm Geld schuldig sei, einen französischen Edelmann festnehmen lässt, der die Ehre hat, Ew. Hoheit seine Aufwartung zu machen – einen Elenden, der gerade diese Ehre benutzt und missbraucht!« – »Ich kann ihn nicht von mir lassen. Was Ihnen widerfahren ist, schändet in England nicht; *Smith* ist mit meinen Angelegenheiten in seinem Fache vertraut; er kennt sie besser als ich selbst, er ist mir unentbehrlich ... und in der Tat ... ich sehe nicht ein, wodurch er sich gegen Sie vergangen hat.« – »Gnädigster Herr, ich habe eine meiner Pflichten erfüllt. Sollte ich jetzt das Unglück haben, etwas zu tun, das Ihnen missfiele, sollte die Ehre, in Ihren Diensten zu sein, ich nicht schützen können, so ersuche ich Ew. Hoheit, sich erinnern zu wollen, dass ich meine Schuldigkeit beobachtet habe.« – Mit diesen Worten, und ohne eine Antwort abzuwarten, machte ich dem Herzog eine tiefe Verbeugung, und ließ ihn im Fensterbogen stehen. Er blieb ein paar Minuten unbeweglich, sich den Schein gebend, als sehe er zum Fenster hinaus auf die Straße.

Herr *von Adhémar* verließ einige Personen, mit welchen er im Gespräch begriffen war, und führte mich in ein anstoßendes Zimmer, wo das von Madame *Lebrun* gemalte Porträt der Herzogin von *Polignac* hing. Kaum waren wir allein, als er anfing: »Nun?« – Ich erzählte ihm Wort für Wort, was man soeben gelesen hat, und muss ihm die Gerechtigkeit widerfahren lassen, dass es ihn empörte. Mit Unwillen rief er: »Ich muss noch einmal mit dem Herzoge sprechen!« – »Tun es Ew. Exzellenz nicht. Empfangen Sie den Ausdruck meiner innigsten Erkenntlichkeit, aber auch zugleich die Versicherung, dass, ehe vierundzwanzig Stunden vorüber sind, ich auf meine Gefahr den Herrn *Smith*, sollte er auch im Vorzimmer des Herzogs sein, halbtot prügele. Ich werde Postpferde in Bereitschaft haben, und gebe Ihnen mein heiligstes Ehrenwort, dass ich mir Recht verschaffe.« – »So sind Sie!« erwiderte der Gesandte. »Sie würden da ein schön Stück Arbeit verrichten, wider allen gesunden Menschenverstand handeln, und in diesem Lande das Unmögliche möglich machen wollen. Seien Sie vernünftig, wenn Sie wünschen, dass ich mich in Ihre Angelegenheiten mischen soll ... Seien Sie ruhig, und warten Sie noch einen Versuch ab.« – Nach aufgehobener Tafel hatte Herr *von Adhémar* eine lange Unterredung mit dem Herzoge. Der Chevalier *de Durfort*, der mir nicht eben wohl wollte, mischte sich in den Handel, nahm sich jedoch meiner an. Genug, einige Augenblicke nachher kam der Prinz auf mich zu und erzeigte mir die Ehre, mir zu sagen: »Herr *von Tilly*, ich werde *Smith* fortschicken.« – Ich verneigte mich, und als der Herzog gleich nachher fortging und in den Wagen stieg, folgte ich ihm und sagte: »Ich ersuche Ew. Hoheit, den Ausdruck meiner ehrerbietigen Dankbarkeit anzunehmen. Ich habe volle Genugtuung. Geruhen Ew. Hoheit einen Mann, der das Glück hat, Ihnen gefällig zu sein, in Ihren Diensten zu behalten.« – »Sie wollen es, mein Herr?« – »Monseigneur, ich bitte untertänigst.« – »Nun wohl, er bleibe, und verdanke es Ihnen.«

Am folgenden Morgen meldet man mir Herrn *Smith*. Ich ließ ihn nicht vor. Bis zur Abreise des Herzogs war nicht mehr die Rede von ihm. Der Herzog, den ich täglich zu sehen Gelegenheit hatte, ließ kein Wort fallen, war kalt, aber höflich. Erst lange Zeit nachher erwähnte er in Gegenwart des unglücklichen, bedauernswerten *Lauzun* den Vorfall, und sagte mir lachend: »Lassen Sie es sich ins Ohr sagen, dass Sie unrecht hatten.« Ich wollte es nicht zugeben und erzählte nochmals den Vorfall; er bestand auf seiner Meinung; der Herzog *von Lauzun* widersprach und meinte: Es sei *unmöglich*, eine so einfache Sache aus einem *falschen* Gesichtspunkte zu betrachten. Aber es gelang uns beiden nicht, den Herzog zu bekehren; er sah weiter nichts in der Sache als eine *Geldschuld*; die Ehre galt ihm dabei für nichts; und eben dieser Liebe zum Gelde, diesem Durst nach Gold und nach Schätzen, die er später mit einer so sündlichen und für seine Familie so verderblichen Verschwendung versplittert hat, ist es zuzuschreiben, dass sein von Natur gerades und gesundes Urteil so schändlich verdorben wurde.

Ein Aufenthalt in London von beinahe fünf Monaten schien mir ein langes Exil. Wie würde ich ihn aber genannt haben, wäre schon damals das Buch des Schicksals vor mir aufgerollt worden, hätte ich darin gelesen: »Die zwölf besten Jahre sollen aus deinem Leben gelöscht werden, du sollst sie in der Verbannung und im Elend zubringen, fern von Paris, wohin deine unruhigen Wünsche sich sehnen!«

Als ich mich anschickte, die Hauptstadt von England zu verlassen, beschleunigte ein Liebeshandel (denn was konnte ich damals für ein anderes Geschäft haben?) meine Abreise. Ich hatte einen Tag auf einem Landhause, einige Meilen von London, zugebracht, und sollte am Abend dahin zurückkehren. Bei Tisch war mein Platz neben einer Dame, die eine große Rolle spielte. Sie hatte einen Anbeter, mit dem ich ziemlich bekannt war; er war auf einer Reise nach Frankreich begriffen. Diesen Umstand wollte ich mir zunutze machen und bewog den Freund, mit dem ich angekommen war, vor der Zeit und allein wieder nach der Stadt zu fahren. Ich beobachtete den Augenblick, wo die Dame die Gesellschaft verließ, traf wie von ungefähr auf der großen Stiege mit ihr zusammen, spielte sehr natürlich den Verlegenen, der nicht wisse, wie er nach London kommen sollte, und was ich vorausgesehen hatte, geschah. Sie bot mir nach einigem Zögern einen Platz im Wagen an, den ich sogleich mit vieler Erkenntlichkeit annahm. Der Weg war ziemlich lang, aber auf den schönen, festen, ebenen Heerstraßen von England bringen sechs rasche Pferde bald zum Ziel. Es war keine Zeit zu verlieren. Ich musste eilen, das Gespräch auf den Punkt zu bringen, den ich im Auge hatte, und der Dame zu erklären, sie sehe in mir einen Unverschämten oder einen Gimpel.[240] Da ich aber auf dem gewöhnlichen Wege nicht weiter kam, und sie meinen Wendungen mit vieler Klugheit auswich, so wagte ich einen Angriff anderer Art, den sie ebenfalls kräftig zurückschlug, bis ich endlich die schwache Seite der Festung auffand, und nicht eher vom Sturme abließ, bis mir nur noch ein zweiter Sieg übrig blieb. Die erste Eroberung war mit so ungünstigen Umständen verknüpft gewesen, dass der Wunsch nach einem bequemeren Besitze sehr natürlich war. Allein man sagte mir ins Angesicht, ich sei ein Ungeheuer, ein Räuber (glückliche Zeiten!), man werde mir nichts gewähren; ich hätte einen Triumph davongetragen, der mir nichts einbringen werde, als bittere Erinnerungen, Vorwürfe und Reue. Kurz, man kramte alle Gemeinplätze aus, die man bei ähnlichen Gelegenheiten vorbringt, und die man füglich mit dem Theramenesschuh vergleicht, der zu allen Füßen passt.[241] Inzwischen musste ich vor meiner Wohnung absteigen, denn mir gelang es nicht, die schöne Beleidigte in ihr Hotel zu begleiten. Sie bediente sich des sehr scheinbaren Grundes, es schicke sich nicht, eine Mannsperson um drei Uhr morgens bei sich aufzunehmen.

Tags darauf wollte ich meine Aufwartung machen; man sagte mir, die Dame sei ausgegangen. Zwei Tage später hieß es, sie sei auf dem Lande. Ich schrieb, keine Antwort. Meine Einbildung erhitzte sich, entflammte sich durch den Widerstand: Sie wiederzusehen wurde bei mir zum Bedürfnis, fast hätte ich gesagt, zu einem unentbehrlichen Glück. Ich suchte alle Gelegenheiten auf, endlich fand ich eine. Es war auf einem Ball bei der Herzogin *von Ancaster*. Wir hatten die Rollen gewechselt. Ich war schüchtern, sie unbefangen. Ich versuchte sie anzureden, ihr Vorwürfe zu machen, sie schwieg, und ihr Schweigen war ein noch härterer Vorwurf. Ich wünschte, sie zu einer Erklärung zu bringen, sie vermied sie sorgfältig; ich spielte die Empfindsamkeit, die Leidenschaft, noch mehr: ein wirkliches Gefühl bemächtigte sich meiner, meine Verwirrung wurde sichtbar; sie schien von der Furcht ergriffen, dass dieser Umstand und diese Lage sie vor so vielen

---

[240] Un impertinent ou un sot.
[241] Mir ist wohl der Récit de Théramène, aber nicht der Soulier de Théramène bekannt. *Übers.*

Zeugen bloßstellen könne, und, um es zu vermeiden, brach sie endlich das Schweigen und sagte: »Wenn ich nicht eine zu tiefe Neigung im Herzen trüge, wenn ich nicht glauben müsste, dass diese Verbindung zu bekannt sei, so würde ich Sie anhören, und es würde mir gleichgültig sein, ob man uns bemerke oder nicht; aber ich gehöre mir selbst nicht an, und beschwöre Sie, meiner zu schonen und sich zu achten.«Ich fuhr leise fort, wollte meine Rechte in Erinnerung bringen; sie aber unterbrach mich: »Sie haben keine« sagte sie »ich hingegen bin berechtigt, mich über Sie zu beschweren; doch hier ist es weder die Zeit noch der Ort, Ihnen Vorwürfe zu machen; ich verspreche Ihnen, Sie übermorgen bei mir zu sehen, wenn Sie vor zwei Uhr kommen wollen ...« Zugleich entfernte sie sich, trat zu einigen Frauen, mischte sich in ihren Kreis, und ließ mich halb bestürzt, halb über das ihr abgedrungene Rendezvous erfreut stehen.

Die Nacht schien mir endlos, der folgende Tag ein Jahr. Ich war ein Raub widersprechender Gedanken. Bald siegte das Vergnügen, sie wiederzusehen, bald riet mir die verletzte Eitelkeit, die dargebotene Gelegenheit zu verwerfen. Endlich gewann die Sehnsucht die Oberhand ... ich gehe hin, lasse mich melden, werde angenommen; sie ist allein. »Es steht bei Ihnen« sagte sie »meine Lage zu missbrauchen, und mich der Notwendigkeit zu unterwerfen, Sie zu meiden, oder meiner zu schonen, und sich ein ewiges Recht auf meine Dankbarkeit, auf meine Freundschaft, und vor allem auf meine Achtung zu erwerben.« – »Ein Recht ... es steht bei mir? ... (rief ich). Wenn Sie *mir* die Wahl lassen, so habe ich keine Wahl, so *kann* ich unmöglich großmütig sein.« – »Wie kann Ihnen die Wahl schwerfallen (erwiderte sie), wenn von der einen Seite meine ganze Achtung, von der andern ...« – »Meine ganze Liebe (fiel ich ein) geboten wird.« – Zugleich mit diesen Worten flog ich, hingerissen von einer gebieterischen Kraft, von einem unbezwinglichen Instinkt, in ihre Arme. – Sie *liebte* mich in diesem Augenblicke; wenigstens durfte ich es glauben, wenigstens mir einbilden, sie habe in der Zwischenzeit aufgehört, einen andern zu lieben. – »Sie haben es gewollt ... Sie sind schlecht genug gewesen, es zu verlangen«, stammelte sie leise und langsam, die Augen mit beiden Händen verbergend. »Sie haben gemacht, dass ich mir selbst feind bin, dass ich mich verachten muss, auf Lebenslang mich verachten. ... Mein Unglück will's, dass ich mich den Verführungen des ersten Augenblicks hingebe; meine Schuld und mein Unglück; der Moment siegt über meine Entschlüsse. Seien Sie aber versichert, Ihr Sieg soll Ihnen keine Früchte bringen; Sie sollen mich ohne Vorteil erniedrigt haben; Sie sehen mich nie ... niemals ... wieder; wir sind getrennt, als wenn sich der Tod zwischen uns stellte.«

Ich versuchte alles Mögliche, ihren Entschluss zu bekämpfen; ich war im Begriff, mich zu ihren Füßen zu werfen, als sie selbst vor mir auf die Knie fiel, und mit einem Ton, mit einer Bewegung, die sich nicht schildern lässt, mich beschwor, sie zu vergessen, sie zu fliehen ... ihr durch die heiligsten Eidschwüre die Versicherung zu geben, nie wieder ihre Ruhe stören, ihre Schwäche benutzen zu wollen. »Es sei barbarisch« rief sie aus »von einem gebrechlichen Weibe Vorteil zu ziehen und ein Herz zu betrüben, welches das Eigentum eines andern sei; da es der Frauen so viele gäbe, welche mir, dem Stürmenden, dem Verwegenen, ein freies und ganzes Herz nicht versagen würden.«

Der Ton ihrer Stimme, der Ausdruck ihrer Züge, ihre Stellung, die Tränen, die sie vergoss, alles erzwang diesen Eid; ich schwor ihn und habe ihn nicht gebrochen. Als einzige Bedingung erbat ich mir eine Haarlocke. Sie wollte nicht ... sie rief mich zurück, um sie mir zu geben; auf ihre Bitte musste ich sie ihr wieder zustellen, allein von selbst schickte sie sie mir, als sie erfuhr, dass ich abreisen würde – mit der beigefügten Bitte, sie als ein Andenken von ihr[242] zu behalten. – Ich bewahre sie noch immer, diese Locke, und als ich im Jahre 1792, von den Mördern verfolgt, die Frankreich in ein Blutbad tauchten, das sie das Bad der Wiedergeburt nannten, mich ihrer Wut entziehen wollte, und nach einer dreitägigen Entfernung unter tausend Gefahren meine Wohnung wieder betrat, um einige Briefe, Porträts, Haare und andere Andenken meiner Jugend und meiner Liebschaften zu retten – war die Erinnerung an *sie* einer der Hauptgründe für mich, dem Tode zu trotzen.

Später habe ich Gelegenheit gehabt, mit einem ihrer Verwandten zusammen zu kommen und ihm nützlich zu sein. Diese Dienstleistungen haben mich glücklich gemacht.

Dieses Abenteuer (so will ich es nennen), über das ich oft nachgedacht habe, ist eines von denen, welche die tiefsten Spuren in mir zurückgelassen haben, um so mehr, da es sich von unseren Sitten so sehr entfernte. Selten wird eine französische Frau sich selbst für so unwichtig halten, dass sie sich so bald und so schnell hingeben sollte. Selten wird sie einer Überraschung der Sinne ohne Kampf und Widerstand unterliegen. Noch seltener wird die, welche leichten Kaufs ihre Gunst gewährt, Tugend genug besitzen, es schnell zu bereuen. Wen in Frankreich wird es nicht befremden, wenn eine Frau, die einem ersten Liebhaber untreu geworden, aus Treue gegen ihn den zweiten entlässt? Diese Rückkehr zur Beständigkeit ist in meinen Augen ein der Tugend dargebrachter Zoll, dessen sich die Sittenverderbtheit und die Libertinage bei uns nicht rühmen kann. Ich erinnere mich bei dieser Gelegenheit, was mir der Graf *von Genlis* einst sagte: »Ich habe Frau *von* ... nur zweimal gehabt, das erste Mal für mich, das zweite für sie, dann bin ich

---

[242] Pour l'amour d'elle.

nicht wieder zu ihr gekommen, weil keinem von beiden ein Gefallen damit geschah.«

In Frankreich war viel Beflissenheit, viel Gewandtheit, viel scheinbare Aufrichtigkeit, viel Spiel[243] und viel Kunst nötig, um über eine Frau zu siegen, welche des Sieges verlohnte; es waren Förmlichkeiten zu beobachten, die eine immer notwendiger als die andere, die letzte ebenso unerlässlich als die erste. Dagegen aber konnte man sich auch gewöhnlich des Sieges erfreuen, wenn nur der angreifende Teil kein Gimpel oder der angegriffene kein Tugenddrache war. Es gab in Frankreich dergleichen weibliche Drachen, nur hütete sich ein geübter Eroberer wohl, seine Ehre gegen einen solchen Fels von Grundsätzen zu verspielen, er wurde bald gewahr, was er vernünftigerweise zu hoffen hatte oder nicht, und zog sich zurück, ehe das Publikum seine Niederlage ahnen konnte. Nur Neulinge wagten sich an solche und opferten ihren Weihrauch vor der unerbittlichen Gottheit.

In anderen Ländern setzen die Frauen einem regelmäßigen Angriffsplan, einem wohlberechneten Verführungssystem den stärksten Widerstand entgegen, unterliegen aber oft einer einzelnen Gelegenheit, der zufälligen Frucht des Ungefährs. Andere besitzen eine überlegte Tugend, die aber einem gelehrten Widersacher nicht Stich hält, noch andere vereiteln oft eine heftige Leidenschaft oder einen tief angelegten Angriff mithilfe einiger moralischer und religiöser Vorurteile, entgehen aber der unvermuteten Niederlage eines gefährlichen Augenblickes nicht.

Ich habe bemerkt, dass man eine französische Frau mit den Worten: »Ich liebe Sie« dahin bringt, uns zu lieben, dass man hingegen einer Ausländerin mit diesen Worten fast immer zu verstehen gibt: »Seien Sie auf Ihrer Hut, lieben Sie mich nicht wieder.« Nur ein plötzlicher Überfall kann über ihre Schwäche den Sieg davontragen.

Ich wiederhole es, das hier Gesagte lässt sich nur auf die bessere Klasse von Frauen anwenden. Unter allen Völkern gibt es eine Hefe ihres Geschlechts, wie des unsrigen, der Zergliederung unwürdig, die unterste Stufe der Nation, keiner Prüfung wert, nur der Verachtung preiszugeben. In allen Ländern ohne Unterschied, in England und Deutschland, wie in Frankreich, habe ich achtungswerte Frauen ausgezeichnet und verehrt, ich habe sie vollkommener gefunden als die besten aus meinem Geschlechte, ich habe ihnen als der Zierde des ihrigen mit innigstem Gefühl gehuldigt und sie als Muster und Mittel erkannt, wodurch die Ungläubigkeit des Lasters sich von der Wirklichkeit der Tugend überzeugen kann.

---

[243] Manége.

Übrigens mögen diejenigen, welche mich lesen – wenn sie so glücklich sind, es nicht aus eigener Erfahrung erkundet zu haben – von mir lernen, dass die leichten ... oder schweren Verführungen des schwächeren Geschlechts weder zum Glück noch zum Ruhme führen. Sie mögen ein für alle Mal lernen, dass jene das Herz unbefriedigt lassen, diese das Gewissen foltern, dass jene Widerwillen und Ekel, diese Vorwurf und Reue erzeugen; dass beide Verleumdung, Gefahren und unabsehbares Elend zur Folge – und zur verdienten Strafe haben, dass sie oft den Verlust des Lebens und der Ehre nach sich ziehen; dass das Aufsehen und das Vergnügen, die wir in strafbaren Verbindungen finden, einen falschen, lügenhaften Glanz über sie verbreiten, dass Schande und Qualen die unvermeidliche Bedingung derselben sind, und dass ein anstößiger Umgang, den die Welt nicht mit gehöriger Strenge richtet, über den die Welt leichtsinnig weglacht, nicht nur die gröblichste Beleidigung der Moralität, sondern auch eine Quelle von Kummer und Plagen ist und eine *ganz besondere Gattung von Widerwärtigkeiten* erzeugt, die kein anderes Laster, kein anderes Verbrechen über uns zu bringen vermag.

Kein Bösewicht, wenn er in den Jahren vorrückt, wird so furchtbar enttäuscht[244], wie der Verführer der Unschuld, kein Herz in der ganzen Schöpfung ist so welk, so vertrocknet, wird so vom Gewissen gefoltert, so von Geiern aller Art zernagt, als das Herz desjenigen, den man so uneigentlich einen Homme à bonnes fortunes nennt. Nicht erst im Alter, und wenn er die letzten Stufen zum Grabe hinabsteigt, schon früher und sobald ihn die erste Jugend verlassen hat, ist er unter den Unglücklichen der Unglücklichste.[245] Kein Wandel auf Erden bringt in so kurzer Zeit eine solche *Nichtachtung*[246] mit sich. Ich bediene mich dieses Wortes statt des eigentlichen, aber härteren – *Verachtung*.

---

[244] Désillusionné.
[245] Le roi des Infortunés.
[246] Déconsidération. Der Verfasser setzt im Original hinzu: Si ce mot n'est pas français, je veux m'en servir, parce que le mot *mépris*, qui ne serait que juste, est dur.

Zwölftes Kapitel

Chiama gli abitator dell'ombre eterne I
l rauco suon della tartarea tromba;
Treman le spaziose atre caverne,
E l'aer cieco a quel romor rimbomba.

Tasso Cant. IV. St. 3.[247]

Das Grab, Ziel der Nichtigkeit des Lebens – Bonmot der Königin –
Ich bezahle meine Schulden; – verkaufe ein Landgut – Mein
lächerlicher Streit mit meinem Mutterbruder – Tragisches Ereignis
in der Stadt Mans – Der Chevalier Dolomieu – Die Marquisin von Br... –
Wohin führt die Liebe? – nicht zum Glück – Mein Beispiel – Herr
von Ma... ein junger Offizier – Abscheulicher Auftritt – Meine
Meinung darüber – Gründe für und wider – Ich reise nach Italien –
Chambéry – Turin – Die Lombardei – Mailand – Erinnerungen aus
dem Mailändischen – Tod meiner Großmutter – Meine Liebschaft mit
der Marquisin von Br... – Erfolg – Ihr Gatte entdeckt unser Verhältnis –
Sonderbarer Zufall – Er reist nach Paris – Seine Gattin stirbt –
Umstände ihrer Krankheit, ihres Todes – Meine Verzweiflung – Ihre
letzten Worte – Frau von Fondville – Herr von Savonnières –
Beider zärtliche Freundschaft für mich – Mein Andenken – Sein
Tod – Gleichgültigkeit des Marquis von Br... – Die Einsamkeit
des Weisen – Kein Trost für mich – Tod der Frau von Fondville –
Ihre Schilderung – Ihr und der Marquisin Grab – Mein Gebet
an ihren Gräbern – Ein kleines Gedicht auf beide

Unaufhörlich erschallt die Posaune des Tartarus und ruft die Schatten zusammen, die wir das Menschengeschlecht nennen. Ihren Grabestönen ge-
horchend, drängen sich die Kinder der Menschen herbei, das *neue Reich* zu
betreten. Hier zerstieben die Träume des Glücks, die Verfolgungen und
Tücke des widrigen Schicksals, die Luftblasen des Ruhmes, der getäuschten
oder befriedigten Ehrsucht, und alle Hirngespinste, aller Lügentand, der uns
von der Wiege zum Grabe, zwischen Thron und Strohhütte in beständigem
Lebensschlummer erhielt.

---

[247] Es ruft dem grausen Volk urnächt'ger Klüfte
Der höllischen Posaune heis'rer Ton.
Ihr zittern rings die weiten schwarzen Grüfte;
Des Orkus Nacht rückhallt ihr raues Droh'n.
(Übers. *v. Gries.*)

Das also sind die Bedingungen des Daseins, das ist das Ende so vieler Be-
strebungen und Gedanken, so vieler Entwürfe, die sich untereinander
kreuzten, wie die Wogen des Ozeans! Das also ist der Grenzstein, gegen den
der Stolz unserer gebrechlichen Größe anprallt und woran die letzten Trieb-
räder unserer Fähigkeiten sich zerschellen, welche jenes mächtige Ganze –
die *Seele* – bilden! Die *Seele*, die das Vergangene, das Gegenwärtige, das Zu-
künftige – der Erinnerung, dem Genusse, den Forschungen des Menschen
unterwirft! – Die *Seele*, dieses zugleich bewundernswerte und beschränkte
Wesen, dieses unbegreifliche Uhrwerk, der sich selbst nicht kennt und versteht, und die Stunde schlägt und andeutet, ohne sich's erklären zu können!!
War es wohl der Mühe wert, dem langen Zuge von Menschen – von Luftbildern – sich anzuschließen!?!

In Paris wieder angelangt, war der Entschluss, meine Schulden zu bezahlen,
mein Erstes, und der Vorsatz, keine neuen zu machen, mein Zweites. Die
Königin, der ich nach meiner Rückkehr aus England die Ehre hatte aufzuwarten, und die noch einige Gewogenheit[248] für mich hegte, sprach mit mir
über den Zustand meiner Finanzen und setzte scherzend hinzu: »Diese Reise
fehlte Ihnen noch. Herr *von Lauraguais* ging nach England, um, wie er sagte,
zu denken (penser). Sie können von sich sagen: Ich bin nach England gereist,
um zu verschenken (dépenser).«[249] – Man muss gestehen, dass eine Schuld
von mehr als sechzigtausend Franken nicht eben für meine Lebensklugheit
und meine Wirtschaftlichkeit sprach. Ich nahm mich zusammen und beschäftigte mich ernstlich mit einer großen Maßregel, welche ich mir längst
vorgenommen hatte, reiste nach Maine, besprach mich mit einem meiner
Verwandten, und schlug ihm vor, eines meiner Güter an sich zu nehmen,
dessen Ankauf ihm ebenso gelegen, als es mir war, einen Käufer zu finden.
Er wandte ein: ich sei noch nicht volljährig; ich brachte ihm Opfer, die
seinem Vorteil schmeichelten; endlich bequemte er sich dazu. Auf diese
Weise ward ich meine Schulden los und behielt noch einen Notpfennig
übrig, den meine Vernunft mich als einen Schatz ansehen ließ, an dem ich
mich nicht vergreifen dürfe.

---

[248] Un reste de bonté.

[249] Wir haben das Wortspiel, so gut es sich tun ließ, wiederzugeben versucht. Übrigens wird
Ludwig XVI. ein besseres in den Mund gelegt. Der Herzog von *Orléans* (derselbe, von dem
oben die Rede war) machte ihm nach seiner Rückkehr aus London die Aufwartung. Der
König fragt: »Weswegen sind Sie nach England gegangen?« – »Sire« versetzt der Herzog
»um denken zu lernen (pour apprendre à penser).« Der König stellt sich, als verstehe er
panser, und setzt hinzu: »*Les cheveaux?*« (*Panser un cheval* heißt ein Pferd warten.) Der Vorwurf war um so treffender, da der Herzog bloß der Pferde und der Wettrennen wegen nach
England gereist war. *Übers.*

In jeder Hinsicht war dieses Geldgeschäft für mich ein sehr schlechtes, denn außer dem Verlust, den ich erlitt, führte es einen Umstand herbei und verleitete mich zu einem Schritte, wo das Unrecht ganz auf meiner Seite war und wo die Strafe dem Unrecht auf dem Fuße nachfolgte. Um als Minderjähriger den Kaufkontrakt meines Landguts abschließen zu können, bedurfte ich der Einwilligung meines Oheims mütterlicherseits. Ich hatte sie anfangs nachgesucht, man machte Schwierigkeiten, endlich, der Volljährigkeit nahe und der Zögerungen des Herrn *von Chassille* müde, suche ich ihn einst auf der Parade auf und frage ihn nach derselben in Gegenwart mehrerer Offiziere, in einem gebietenden Tone, zum dritten und letzten Male: ob er einwilligen wolle oder nicht. Ich legte in diese Frage einen Nachdruck, ein Ungestüm, der für Ungezogenheit gelten konnte, sodass ich mir von Herrn *von Chassille* die Antwort zuzog: »Nein, mein Herr, nein, zum dritten und letzten Male nein; aber ich ersuche Sie, sich zu mäßigen und nicht zu vergessen, wer und was ich Ihnen bin.« – Er sprach diese Worte mit funkelnden Augen, hatte die Hand an den Griff seines Degens gelegt und rüttelte nachdrücklich daran. – »Und *Sie*« versetzte ich »vergessen Sie nicht, wer *ich* bin, und dass mein Vater Ihrer Schwester die Ehre angetan, ihr seine Hand zu geben.« – Bei diesen Worten drang er auf mich ein, um mich zu züchtigen. Im Begriff zu ziehen, brachte man uns auseinander. Meine unsinnige Rodomontade, die ich noch jetzt der Vernunft und dem gesunden Menschenverstande abbitte, hat mich um hunderttausend Taler gebracht, und das mit Recht!! Mein Oheim vermählte sich vier Wochen darauf, – für mich eine wohlverdiente Strafe!

Ich hielt mich noch eine lange Zeit in *Mans* auf. Damals ward diese Stadt der Schauplatz eines tragischen Ereignisses, das sich um so tiefer meinem Gedächtnisse eingeprägt hat, als ich in der Folge die unglückliche Heldin des Trauerspiels mit abgöttischer Liebe verehrt habe. Der Vorfall gehört zu denen, welche je mehr und mehr abmahnen, den Geschichtsschreibern Glauben zu schenken, da selbst Tatsachen, die sich vor unseren Augen zugetragen haben, sich in Dunkel hüllen und der Forschung entgehen. Ferner ist diese Begebenheit geeignet, uns in der Meinung zu bestärken, dass man auf nichts, nicht einmal auf die innigste Herzensneigung und Treue, einen Wert legen darf. Es gibt Umstände, welche über die Wirklichkeit der zärtlichsten Gefühle, über den Wert derselben, über die Verbindlichkeit der Gegenliebe Zweifel in der Seele zurücklassen.

Ein Mann von vielem Verstande und der für ein Original galt, ein Mann, dessen oberflächliche Kenntnisse ihm den Ruf eines wissenschaftlich Unterrichteten zugezogen hatten, ein Mann, der über alles sprechen konnte, über alles sprach und anders sprach als andere; – dieser Mann hatte mit einem nicht einnehmenden Gesicht und seinen sechsunddreißig Jahren das Herz einer reizenden Frau von zwanzig erobert, deren Jugend das kleinste ihrer Verdienste war. Es war der Chevalier *von Dolomieu*, ein jüngerer Bruder des berühmten Geologen und Mineralogen. Er war auf einige Monate nach dem Dauphin gereist und hatte sich wider Willen vom Gegenstande seiner Liebe entfernt, einer Liebe, deren Geheimnis er mir, weniger im Übermaß der Eitelkeit, als im Erguss der Freundschaft[250] vertraut hatte, denn das sind die beiden gewöhnlichen Quellen, welche dergleichen Geheimnisse verraten. Herr *von Dolomieu* stand bei einem Dragonerregiment in Mans. Ein Offizier des Regiments, ein bildschöner Mann, ein Mann ohne Grundsätze und Pflichtgefühl gegen sein Geschlecht, keck und zuversichtlich bei den Schönen, fand die Gelegenheit erwünscht und hielt sich für berechtigt, eine unbesetzte Stelle einzunehmen. Er hatte gerade den Ton, dem es gelingt, zu gefallen, sobald er nicht empört, und besaß alle Mittel, die für die Sinnlichkeit anlockend und für die Tugend gefährlich sind. Unterlag die Marquise von Br..., oder zog sie sich triumphierend aus dem Kampfe? Nie hat man es erfahren, ein ganzes Jahr des vertrautesten Umgangs hat es mir nicht entdeckt, so sehr ich auch, angespornt von Eifersucht und Neugier, alles aufbot, in ein Geheimnis einzudringen, das der gemeinen Klasse der Liebhaber ziemlich gleichgültig ist. Ich meinesteils bin jederzeit der Meinung gewesen, es sei wichtig, überaus wichtig, seine Geliebte kennen und würdigen zu lernen, den Wert ihres Herzens aus ihren früheren Neigungen abzumessen, in diesem Herzen den Grad der Liebe und vor allem der Achtung zu lesen, die man ihr schuldig ist, in ihren älteren Verbindungen den Grund des Vertrauens zu finden, das ihre gegenwärtige Empfindung verdient und durch Vergleichungen mit den früheren Verhältnissen auf die Natur des gegenwärtigen zu schließen.

Sollte diese Bemerkung *Männern* auffallen und ihnen für gezierten Unsinn[251] gelten, – so würde ich dazu lächeln. Sollten *Frauen* so urteilen, so würde es mir leid um sie tun. Ich weiß es nur zu gut: Die Liebe ist für wenige eine *wichtige* Angelegenheit, nur wenige machen so viel Umstände damit. Die meisten fühlen sich glücklich, wenn sie einem leichten Vergnügen nachjagen, wenn sie Rosen ohne Dornen brechen, sie wollen das *Leben* genießen, nicht es zergliedern: Sie wollen die *Liebe* kosten, ohne sie im Brennkolben der Nachforschungen verdunsten und ihre Blumen im Hohlspiegel der Reflexion verdorren zu lassen.

Mir ist dieses Glück nicht geworden. Ich habe mich und mein Leben dem schönen Geschlechte gewidmet. Zwar suchte ich in dieser Laufbahn nicht diejenige *Achtung*, die man selten erhält und über deren Mangel man sich

---

[250] (moins) Par un excès de vanité Que par un excès de tendresse.
[251] Un galimatias précieux.

trösten kann, wenn man sich nur nicht selbst verachtet; ich suchte das *Glück*, oder, da es nicht auf Erden zu finden ist, den Schatten des Glücks, aber auch *diesen* habe ich nicht gefunden. Meine schönsten Jahre habe ich verloren; die Qualen einer zu reizbaren, zu zart organisierten Phantasie, haben die Blüten meiner Jugend abgestreift. ... Mit einem Worte, ich habe zuviel verlangt.[252] Ich verzehre mich in meinen Wünschen, meinen Anforderungen, in dem ewigen Misstrauen, das mein Herz in das Herz anderer setzte, in den ewigen Stürmen einer unruhigen, nie befriedigten Empfindung, die ein Nichts aufregen und vieles nicht beschwichtigen kann; ich klagte beständig über die Liebe, und doch war Liebe fast meine einzige Beschäftigung; ich fand nie, dass sie hielt, was ich mir von ihr versprochen hatte; ich zitterte immer, sie möchte mir wieder entreißen, was sie mir gewährt hatte. In meinen liebsten Herzensangelegenheiten bin ich nie zur Ruhe gelangt, habe ich immer wider Willen mich selbst, immer wider Willen den Gegenstand meiner Liebe gequält. Seltsamer Kontrast! Und doch hat er seinen Reiz! Eben weil man weniger Liebe verdient, erhält man mehr, eben weil man mehr Tränen vergossen hat als andere, ist man, in gewissem Sinne, glücklicher gewesen als sie.

Liebe! – ernste Schellenklapper der großen Kinder!

Gleichgültigkeit! – eiserner Schlaf der Herzlosen!

Das längste Leben! – ein kurzer Lügentraum!

Jener junge Offizier, von dem ich abgekommen bin, weil es mir unmöglich ist, zu schreiben, ohne mit und aus meinem Herzen zu schwatzen – hieß Herr *von Ma...* Er war in seiner Provinz zu einer Art von Berühmtheit gelangt, die er sieh durch eine reizbare Bravour, durch glückliche Liebesabenteuer, wie man sie in den Garnisonen zu haben pflegt und durch einen starken und kernhaften Körperbau erworben hatte, der sie ihn überall würde haben finden lassen, wenn seine Erziehung vollendet und sein Geist ganz ausgebildet gewesen wäre.

Eines Abends, als er mit seinen Chefs und den Vornehmen des Ortes bei der Marquise *von Br...* gespeist hatte, verbarg er sich, als die Gesellschaft aufbrach, hinter einem Schirm im Hausflur. Als er glaubte, dass alles zur Ruhe sei, die Dame und ihre Leute, schlich er sich an das Schlafgemach der ersteren und versuchte die Tür zu öffnen, zu der er einen Schlüssel hatte. Allein er fand sie von innen verriegelt. Nun flehte er um Einlass und beschwor die Dame, im Namen ihrer Liebe, aufzumachen. Mit Unwillen und Verachtung abgewiesen, änderte er seinen Ton, berief sich auf Versprechungen, auf heilige Rechte, die er habe, und schloss mit unwürdigen Be-

---

[252] Je fus trop difficile.

leidigungen und Vorwürfen. Zugleich behauptete er: Sie sei mit einem begünstigten Rivale eingeschlossen, und vermaß sich, er werde an beiden, an ihr und ihm, auf eine Weise Rache nehmen, die für Meineidige und Eindringlinge eine furchtbare Lehre sein sollte. – Wütend riss Frau *von Br...* das Fenster auf und rief ihre Leute herbei. Verwirrung und Skandal stiegen aufs Höchste. Der Haushofmeister und der Kutscher versuchten, sich der Person des Herrn *von Ma...* zu bemächtigen. Allein er zog den Degen und wehrte sich wie ein Rasender. Es kam noch mehr Gesinde dazu, er ward überwältigt, sein Degen zerbrochen, er selbst misshandelt, obschon die Beleidigte rief: Man solle ihn schonen. In diesem Zustande wurde er um zwei Uhr in der Nacht auf die Straße gestoßen. Hier sammelte sich, durch den Lärm, das Geschrei, die Flüche herbeigezogen, Gesindel aller Art und eine Menge Nachtschwärmer aus den niederen Klassen. Vor ihnen stieß der Offizier die ungeheuersten Abscheulichkeiten aus, und warf zuletzt noch einen Schlüssel durch das Gittertor, mit dem Beifügen: Es sei der Schlüssel zur Schlafkammer der Dame; sie habe ihm denselben selbst zu einer glücklicheren Zeit und in der Abwesenheit seines Rivalen (des Ritters von *Dolomieu*), gegeben, der erst vor zwei Tagen zurückgekommen war.

Außer sich vor Verzweiflung, kleidet sich die Marquise an, wirft sich in den Wagen und eilt zum Regimentschef, der zwar mit dergleichen Händeln vertraut und seinem Dünkel nach ein Held darin, Spott damit zu treiben und sie als Kleinigkeiten anzusehen pflegte – dieses Mal aber, als Verwandter der Dame, die Sache ernsthaft nahm, ihrer Klage aufmerksam zuhörte, von ihren Tränen gerührt wurde, und ihr einen schnellen und der Verwegenheit und Größe der Beleidigung auf alle Fälle angemessenen Rechtsspruch verhieß. Augenblicklich schickte er einen Unteroffizier und einige Gemeine ab, die sich des jungen Wüterichs bemächtigen sollten, der mit Gewalt das Schlafzimmer von Frauen stürme, die nie *sein* waren, oder es nicht länger sein wollen, denn beides ist für einen Galanthomme ein und dasselbe. Er ließ ihn in das Verließ eines Klosters bringen, bis er dem Minister Bericht abgestattet, und dieser über sein Schicksal verfügt haben könne. Aber der unsinnige Kraftmann, der wohl voraussah, dass ihm als geringste Strafe die Kassation bevorstand, ließ halb aus Verzweiflung, halb aus Leidenschaft, zwei seiner Kameraden rufen, beteuerte auf Ehre, dass er berechtigt gewesen sei, den Liebesverrat zu rächen, und jagte sich zwei Kugeln durchs Herz. Er lebte noch sechs Stunden unter unsäglichen Schmerzen und flehte seine Freunde vergebens um Abkürzung derselben an.

Frau *von Br...* hatte inzwischen an ihren damals abwesenden Gatten einen Kurier abgefertigt. Sobald dieser die Nachricht des Vorganges erhalten hatte, machte er sich auf den Weg und eilte, die Wut im Herzen, um die Ehre seiner Gattin (ob mit Recht oder Unrecht?) zu rächen.

Weniger war er seiner eigenen nicht schuldig. Aber er machte sich vergebliche Kosten, denn als er aus dem Wagen stieg, lag derjenige, dem er das Leben hätte rauben, oder das seinige preisgeben müssen, auf der Bahre. – Dieser Ausgang mochte dem Gatten wohl eben nicht ganz unangenehm sein, wenigstens nicht unangenehmer als der andere.

Der Chevalier *von Dolomieu*, still und verschlossen, ruhig und unbefangen, ließ sich von allen Umständen einer Affäre unterrichten, deren Hauptgegenstand und Hauptzeuge er selbst gewesen sein sollte, und schien nichts davon verstehen zu wollen. Der Marquis *von Br...* ergriff die Partei seiner Gemahlin mit der unerschrockenen Festigkeit und Beharrlichkeit eines Mannes, der dem Publikum die Stirn bietet, und an die Tugend glaubt; er vertrat die Ehre seiner Gattin gegen die Meinung der wider sie aufgebrachten Provinz, die, sich nicht mit einer Leiche begnügend, noch zwei andere Opfer verlangte. Er trocknete ihre Tränen und gab ihr den Mut, ihre Unschuld an den Tag zu legen, oder den noch größeren, die Unschuldige zu spielen.

War sie es? War sie es nicht?

Verdiente sie, auch unter der schlimmsten Voraussetzung, den unaufhaltsamen Strom der Verleumdung, den ich gegen sie losbrechen sah, als ich, noch jung aber mutvoll, es unternahm, meine Stimme für sie zu erheben; als ich es wagte, auf ihre Seite zu treten und mir ein Recht auf ihre Dankbarkeit erwarb, die sich später in Liebe verwandelte?

Verdiente Herr *von Ma...*, selbst in dem günstigsten Fall, das allgemeine Mitleiden, das er in der ganzen Provinz und bei den vielen Personen von Rang, Reichtum und Ansehen fand, welche sie zählte?

Es scheint mir nicht wahrscheinlich, dass eine Frau, welche ihren Liebhaber in seiner Abwesenheit verraten hat – schon *das* ist ein großer Fehler, sich von dem Gegenstand seiner Liebe zu entfernen[253], – um die Zeit, wo sie ihn zurückerwartet, nicht alles anwenden sollte, sich von dem Stellvertreter, den sie ihm gegeben, loszumachen, und diesem einen anvertrauten Schlüssel wieder anzufordern, – es ist unwahrscheinlich, dass sie einen solchen Anstoß geben, einen ärgerlichen Auftritt veranlassen, ihre Leute zum Schutz ihrer Ehre zusammenrufen und nicht lieber versuchen werde, den Edelmut zweier Männer anzurufen, und (wenn sie nicht beide betrügen kann) sich und ihre Ehre nicht lieber beiden preiszugeben, als ihren eigenen Leuten und einer ganzen Stadt? Es scheint mir nicht wahrscheinlich, dass eine junge Frau, die noch keinen Beweis von Sittenlosigkeit gegeben, mit solcher Kraftäußerung zu Werke gehen, einen Unverschämten aus dem Hause werfen

---

253 S. Voltaires *Pucelle*. Ch. IV. im Eingang.

lassen, eine öffentliche Klage gegen ihn erheben werde, wo ihr Ruf, ihre Unschuld und die gute Meinung des Publikums hinreichend waren, sie über jeden Verdacht hinauszusetzen.

Es scheint mir nicht wahrscheinlich, dass sie, über den Verlust ihres guten Mannes untröstlich, sich nur gleichgültig bei dem Tod desjenigen gezeigt haben sollte, von dem sie behauptete »er habe sich selbst bestraft«; – dass sie sich nicht verraten haben sollte, wenn er je ihrem Herzen teuer war; – dass ihr nie ein Wort, ein Blick, eine Bewegung entfahren sein sollte; – dass *ich*, über ein Jahr im Besitz ihrer Zärtlichkeit, von ihr nie etwas anderes hätte erhalten sollen, als das beharrlichste Ableugnen dieser doppelten Verbindung.

Ist es wohl wahrscheinlich, dass, wenn ein vertrauter Umgang mit Herrn *von Ma...* stattgefunden und sogar einige Monate gedauert hätte, keine Spur von Verdacht im Hause, in der Stadt, auf einem so beschränkten Schauplatz, wo aller Augen auf eine Frau von ihrem Stande gerichtet sein mussten, entstanden wäre, zumal bei der bekannten Lebhaftigkeit Und Petulanz des jungen Mannes, bei dem Rufe, worin er stand, kein Geheimnis bewahren zu können? Wie wäre es möglich gewesen, sei's von seinen Freunden, sei's von ihren Frauen und übrigem Gesinde, bei allen von anderen (und besonders von mir) angestellten Nachforschungen kein Anzeichen, keine Entdeckung, keinen Beweis auftreiben zu können?

Ist es wahrscheinlich, dass bei ihrem Tode, dessen Zeuge, dessen unwillkürliches Werkzeug ich gewesen bin, eine so sanfte, so bängliche Frau sich dem Schlummer der Unschuld hingegeben und kein Wort gesprochen haben sollte, welches ein so drückendes Geheimnis von ihrem Herzen lösen oder einigermaßen zur Entsündigung ihrer letzten Augenblicke hätte dienen können?

Ich muss jeden aufrichtig bedauern, dem dieser letzte Beweis unvollständig oder gar lächerlich scheinen sollte.

Das ist die *eine* Seite der Frage.

Ich lasse die *andere* folgen.

Ist es wahrscheinlich, dass sich ein Mann in einen Abgrund von unglücklichen, unabsehbaren und doch vorauszusehenden Folgen gestürzt haben würde, wenn er nicht ein Recht zu haben geglaubt, ihnen zu trotzen, wenn er nicht frühere Begünstigungen zum Vorwande und darauf sich gründende Wünsche und Begierden zur Entschuldigung gehabt hätte? Ist es wahrscheinlich, dass er, in so viele andere Liebesabenteuer verwickelt, sich an eine Frau gewendet haben würde, der es, in ihrer Lage, in ihren Umständen und Verhältnissen, so leicht war, ihn von Grund aus zu verderben, und von der er am meisten befürchten musste, ihr Widerstand werde durch das daraus entstehende Aufsehen seiner Eitelkeit den Todesstreich versetzen? Ist es wahrscheinlich, dass er darauf bestanden haben würde, in ein Schlafzimmer einzudringen, dessen Tür ihm keine Rechte aufschlössen; dass er hinter den Riegeln einen Rivale sich gedacht und ohne allen Grund sich einem Manne gegenübergestellt haben würde, mit dem er nichts auszumachen gehabt hätte?

Ist es wahrscheinlich, dass ihn ein eingebildetes Unrecht, dass ihn vermeintliche Beleidigungen in eine so plötzliche, so blinde Wut versetzt haben sollten, ihn dergestalt aller Besinnung, aller Beobachtung der Schicklichkeit beraubt, – ihn vermocht haben sollten, der Dienerschaft eines ganzen Hauses einen löwenartigen Widerstand entgegenzusetzen, der, wenn er nicht überwältigt worden wäre, ihm nicht sowohl zum Siege, als zur Schande anzurechnen war? Ist es wahrscheinlich, dass er sich in den Ausfällen einer grundlosen Wut so weit vergessen haben sollte, eine Frau, von deren Unschuld und Tugend er die Überzeugung gehabt hätte, öffentlich zu beschimpfen und zu entehren, – dass er ihr einen heimlich entwendeten Schlüssel auf eine schändende Weise[254] zurückgeworfen hätte, wenn er es nicht aus Wut, ihn nicht gebrauchen zu können, getan hätte? – Ist es wahrscheinlich, dass er beim Fortgehen die, die ihm nichts schuldig war, und den, der ihn nicht beleidigt hatte, mit dem Übermaß seiner Rache bedroht haben würde?

Ist es endlich wohl wahrscheinlich, wenn er zwei Freunde kommen lässt, wenn er die Rechtmäßigkeit seiner Raserei mit blutigen Tränen beteuert; wenn er Briefe verbrennt, von denen er schwört, sie seien von seiner Ungetreuen; wenn er sich zwei Kugeln durch das Herz jagt und bis zum letzten Atemzug bei der Wahrheit seiner Aussagen beharrt – ist es dann wohl wahrscheinlich, dass alles Wut, Wahn und Lüge sei?

Hier hat man die *andere* Seite.

Über *beiden* schwebt ein undurchdringliches Dunkel.

Verdiente aber die Marquise *von Br...*, wenn sie nur *einen* Anbeter gehabt, wenn sie ihm *treu* geblieben, die Verachtung, womit man sie belegt hat? Ich will noch mehr sagen: ... verdient sie, auch in dem Fall, wo sie, der Schuld einer *doppelten* Schwäche sich bewusst, den zweiten Liebhaber nicht ferner sehen will und zur ersten Wahl zurückkehrt, den allgemeinen Hass ohne alle Einschränkung?

Verdiente der Mann so überschwängliches Bedauern, der unter der ersten Voraussetzung ein Ungeheuer, unter der zweiten ein Wüterich ist? Doch die

---

[254] Avec infamie.

Welt nimmt es nicht so genau, sie spricht die Toten frei, um die Lebenden desto strenger zu verdammen. Sie lobt mit aller Langsamkeit der Reflexion, sie *billigt* nur mit Parenthesen und Einschränkungen; tadelt aber ohne Schonung und verdammt mit der Blitzesschnelle des Instinkts.

Die Marquise *von Br...* erhob sich wieder, sie und ihre Familie boten dem Ungewitter die Stirn, sie hielt ein gutes Haus, man knüpfte die Beziehungen wieder an, wäre sie von geringem Stande und ohne Vermögen gewesen, so würde man sie ein für alle Mal verstoßen haben. Ich riet ihr, nach Paris zu reisen. In diesem Abgrund (sagte ich ihr), wo die Geschichten, welche in der Provinz zu Klatschereien Anlass geben, augenblicklich verschwinden, werde sich auch die ihrige verlieren.

Sie folgte meinem Rat.

Schon damals hatte sie mir eine lebhafte Leidenschaft eingeflößt, die ich ihr aber in ihrer Lage zu entdecken Bedenken trug. Sie wusste es mir Dank. Später wurde mein bescheidenes Schweigen belohnt.

Italien zu bereisen, war seit meiner ersten Jugend einer meiner Lieblingswünsche gewesen. Ich gab ihm Gehör, und ohne außerordentliche Ereignisse kam ich am ersten Februar 17.. in *Lyon* an, und befand mich, ich weiß selbst nicht wie, in dieser volkreichen, blühenden Handelsstadt, die späterhin, nachdem die Revolution sie in Trümmer gestürzt, durch die Wohltaten der neuen Regierung wieder aufgerichtet worden ist.

Ich sah nichts Merkwürdiges in dem kleinen *Chambéry*. Es zählt höchstens zehntausend Seelen. Das einzige Bemerkenswerte ist, dass der König *Victor Amadeus* II. nach seiner Abdankung und Vermählung mit Frau *von Saint-Sébastian* im Jahre 1730 seinen Aufenthalt daselbst genommen und dann noch bis 1732 daselbst gelebt hat. Auf dem Wege nach *Turin* ist der Anblick der vielen Kröpfe widerlich, die in Savoyen einheimisch zu sein scheinen. Desto freudiger ruht das Auge auf *Turin*, desto lieblicher ist der Anblick dieser prächtigen, regelmäßigen Stadt mit ihren im rechten Winkel durchschnittenen Straßen am Po. Die schönste dieser Straßen – eine der schönsten in Europa – führt den Namen des Flusses. Die Geißel Gottes, der wilde *Attila*, zerstörte *Taurinum* von Grund aus im Jahre 405. Die Stadt zählt heute 80000 Einwohner. Sie gehört dem Hause Savoyen seit 1278, ist dreimal von den Franzosen erobert worden, das erste Mal vom ritterlichen König *Franz I.*, das zweite im Jahre 1640, das dritte und letzte Mal im Revolutionskriege, der sie auf ewige Zeiten und unwiderruflich(!) dem französischen Reiche einverleibt hat.

Obschon der königliche Palast einer der schönsten in Italien ist und sich ebenso sehr durch Geschmack als durch Pracht auszeichnet, so enthält er doch wenig Sehenswertes. Das Schauspielhaus ist als eines der größten und schönsten berühmt, und die Zitadelle ein Meisterstück und Wunder der Kunst.

Mein kurzer Aufenthalt in *Turin* setzte mich nicht in den Stand, über die gesellschaftlichen Gebräuche ein festes Urteil zu sprechen; soviel ich gesehen und bemerkt habe, herrschte in den höheren Ständen ein edler und anständiger Ton. Der Hof ging mit dem besten Beispiel voran und teilte seine Sitten einem aufgeklärten, aufgeweckten Volke mit, das sich zu dem vom Souverän aufgestellten Muster von Würde, Ernst und Größe hingezogen fühlte.

Das schöne Geschlecht ist hier im Allgemeinen von der Natur sehr begünstigt und scheint es zu wissen.

Der Weg von *Turin* nach *Mailand* führt durch die schönsten Gegenden und ist mit einer unzähligen Menge heiterer Landhäuser besetzt. Die unvergleichliche Ebene der Lombardei bietet ein einziges Schauspiel dar. Eine freundliche Stadt folgt auf die andere, schließt sich der andern an, nur könnten die Wirtshäuser einladender sein. *Mailand*, Italiens dritte Stadt an Rang und Größe, zählt über 150000 Einwohner. Ihre Schicksale sind bekannt. Die Annalen der Geschichte der Reiche und Städte sind, wie die Geschichte des Menschengeschlechts überhaupt, eine lange Folge von Unglücksfällen, von Torheiten, von Grausamkeiten aller Art. So wurde auch *Mailand* um die Mitte des zwölften Jahrhunderts von Grund aus zerstört. Der Pflug zog über den Boden hin, auf dem es gestanden hatte, man bestreute ihn mit unfruchtbarem Salz. Wie können Sieger mit solcher Barbarei verfahren! Wie schnell können aber auch Besiegte sich erholen, und durch Kunstfleiß die Spuren der Verheerung tilgen! Wie weit hat es der Mensch auf beiden Seiten gebracht, alles vernichtend, und alles – außer sich selbst – wieder herstellend!

Da liegt es vor meinen Augen, das schöne Mailand, die kurze Eroberung *Franz' I.*, die ewige Wunde in Frankreichs Geschichte seit der Schlacht von *Pavia*, wo die Blüte des französischen Adels fiel, wo der gefangene König nur dadurch wieder zur Freiheit gelangte, dass er einen Eid brach, dessen Inhalt ihn beinahe vom Meineid lossspricht. Unglückselige Schlacht, die dem Hause Österreich ein Land erwarb, dessen Lorbeeren wir mit unserm Blute bespritzt hatten!

Mailand hat eine Menge Denkmäler, der Ansicht und Aufmerksamkeit der Reisenden würdig. Der Kanal, der die Stadt mit der Adda verbindet, ist die Hauptquelle der Fruchtbarkeit ihres Bodens. Die öffentlichen und Privatsammlungen von Kunstwerken zeichnen sich besonders durch schöne Originalgemälde aus. Der Adel, dem eine angeborene Höflichkeit eigen ist, zeigt sich glänzend und prächtig in der Gastfreiheit. Die Frauen (denn von *diesen* muss immer und überall die Rede sein) sind reich an Reizen und Bildung.

Wem fällt unter dem Himmel von *Mailand* nicht *Gaston von Foix*, der glänzende Held, Neffe Ludwigs XII., Gouverneur des Herzogtums, ein? Wer bedauert nicht seinen frühzeitigen Tod, im 24. Jahre des Lebens, in den Armen des Sieges und sein Grab, in das er einen Ruhm mit sich hinab nahm, der gewöhnlich nur den Krieger belohnt, dessen Haar eine lange Reihe von Feldzügen gebleicht hat.

In *Mailand* erhielt ich ein Schreiben, das mich mit einem Male in dem Laufe meiner vorgehabten klassischen Reise aufhielt, und mich nötigte, ebenso schnell nach Frankreich zurückzukehren, als ich es verlassen hatte. Der Umstand, der mich rief, war der Tod meiner Großmutter mütterlicher Seite. Ihr Verlust schmerzte mich, obschon er mir ein ziemliches Erbe einbrachte. Ich eilte nach *Maine*, brachte meine Angelegenheiten in Ordnung, und wäre reich genug gewesen, wäre ich nur weise genug gewesen, meinen Reichtum zu benutzen. In *Mans* traf ich die Marquise *von Br...* wieder an, deren Reize und deren Unglück einen so tiefen Eindruck auf mich gemacht hatten; ich fand sie noch traurig, aber trostesfähig. Noch mehr, ich fand sie frisch wie die Gartenblumen, und in ihren Zügen einen Ausdruck von Tiefgefühl und Melancholie – zwei Reize, denen ich nie habe widerstehen können. Sie wusste, wie lebhaft ich mich ihrer angenommen hatte; ich liebte sie zu sehr, um daran zu denken, sie liebte mich genug, sich dessen zu erinnern.

Aus dieser Sympathie entstand, was daraus entstehen musste. Ehezwiste nahmen die Stelle der früheren Einigkeit ein, das Publikum erlaubte sich schmähende Äußerungen und Reden, wir gewöhnten uns daran, verachteten sie, und da wir dagegen gleichgültig blieben, fielen die Gerüchte in ihr Nichts zurück. Eine übergroße Empfindlichkeit gibt der Verleumdung den ersten Zunder, die erste Nahrung, und den Lästerzungen Gewicht und Nachdruck.

Es verging einige Zeit, ehe der Marquis, um dessen Freundschaft ich mich bemüht hatte, hinreichende Beweise sammeln konnte, loszubrechen, und einen Skandal zu erregen, der zu nichts hilft, wenn er zu spät kommt. Er war ein Mann von Ehre, der mit dem Hofe zerfallen war, weil er Ursache zu haben glaubte, sich über ihn zu beschweren. Der einzige Grund seiner Klage bestand darin, dass der Hof für seinen Oheim *zuviel*, folglich für den Neffen zu *wenig* getan habe. Unter allen Sonderbarkeiten des alten französischen Adels war diese eine der auffallendsten und bizarrsten, dass er die Hofgunst für ein Familieneigentum hielt. Der Marquis, von dem hier die Rede ist, war solch ein Sonderling und Trotzer im Kleinen[255], er hatte einige Ansprüche auf Beförderung, die er aber außerordentlich übertrieb, und auf die man nicht Rücksicht genommen hatte, weil er nichts Glänzendes an sich hatte und in der Intrige nicht bewandert war. Später tröstete er sich damit, dass er schnell zur Revolution überging, das heißt »um den Schmerz zu vertreiben, sich mit Ruten streichen«.[256] Er hatte seine Gattin grenzenlos geliebt; ihm war diese Liebe mit Freundschaft und Achtung erwidert worden. Die Herzensbande ließen seinerseits nach, die Gewissheit, dass ich vorgezogen wurde, zerrissen sie vollends. Die Art, wie er den Beweis einer Sache erhielt, die er lieber nicht hätte erfahren sollen, ist zu sonderbar, um sie nicht ausführlich zu erzählen.

Im Schauspielhause zu *Mans* war, was man in der Provinz eine *Redoute* nennt, veranstaltet worden, – ein Maskenball, wenn man will, ein Opernball. Ich speiste zu Abend beim Marquis. Die Gesellschaft beschloss, bis auf wenige Ausnahmen, auf den Ball zu gehen. Hr. *von Br...* entschuldigte sich: er fühle sich ermüdet, wolle sich schlafen legen, und wünsche uns viel Vergnügen. Aber anstatt Wort zu halten, warf er einen Domino um, nahm eine Maske vor, ging auf den Ball und erkannte uns, seine Gemahlin und mich, mit leichter Mühe. Wir waren erst eine Zeitlang im Saal umhergeschlendert, hatten uns dann auf eine Bank gesetzt, und waren in einer lebhaften Unterredung begriffen, welcher die Liebe das Hauptthema lieferte. Eine Maske folgte uns, etwas sehr Gewöhnliches! Sie setzt sich neben uns, gleichfalls sehr gewöhnlich! Sie sitzt aber bewegungslos da. Ist sie tot? Nein, sie schläft, und hat ohne Umstände den Kopf auf meine Schulter gelehnt. Der Spaß fing an, mir lästig zu werden. Nach einigen Minuten stoße ich den Schläfer sanft an, und ersuche ihn, mich nicht länger für sein Kopfkissen zu halten. Er stammelt mit angenommener weiblicher Stimme einige Entschuldigungen, fällt aber gleich wieder in den alten Fehler und in die vorige Stellung zurück. Wir setzen, Frau *von Br...* und ich, unser Gespräch fort. Es betraf eine Aussöhnung – den Himmel der Liebe. Ich glaubte mich über Kälte und über den einem andern gegebenen Vorzug beschweren zu können; ich tat es zwar mit leiser Stimme, aber mit dem vollen Ausdruck der Leidenschaft, mit der lebhaften Pantomime meines Alters und meiner feurigen Liebe. Die lästige Maske lag immer unbeweglich auf mir, drückte mich mit dem ganzen Gewicht ihres Körpers, stieß einzelne Seufzer aus der bedrängten Brust. Verdrießlich stoße ich endlich den Schläfer von mir, in der Hitze unsers Gesprächs nicht ahnend, dass er aufmerksam zuhöre. Bei der Bewegung, die der Unbekannte macht, fasst ihn Frau *von Br...* ins Auge, betrachtet ihn

---

[255] En miniature.
[256] Vouloir se distraire avec des verges.

näher, und flüstert mir ganz leise die Worte zu: »Himmel! Mein Mann! Ich bin verloren!« – »Nicht möglich!« – »Kein anderer!« – »Kommen Sie!«

Wir stehen auf. Die Maske folgt; will sich an meinen Arm hängen. Ich reiße mich gewaltsam los. Wir verlieren uns in der Menge ... Man denke sich aber die Verzweiflung der Marquise und meine Verwirrung! Unser Gespräch war so deutlich gewesen als möglich, selbst für einen gleichgültigen Dritten.

Nach gepflogenem Rate trug sie Bedenken, nach Hause zu gehen. Sie wollte sich zu ihrer Mutter oder nach Paris zu ihrer Schwester begeben und auf eine Trennung in der Güte dringen. Ich widerriet es ihr und war der Meinung, sie solle sich benehmen, als sei nichts vorgefallen, eine ruhige und feste Haltung annehmen, ihres Mannes Erklärung abwarten und dann alles leugnen. Sie hatte es nicht nötig. Am folgenden Morgen nahm er Postpferde und ging unter dem Vorwande eines Prozesses nach Paris. Auf halbem Wege schrieb er an seine Gemahlin in kaltem und edlem Tone. Er meldete ihr, seine Abwesenheit werde von langer Dauer sein; er wünsche von ihr zu erfahren, wann es ihr gelegen sein würde, ihn aus Paris abzuholen, damit er mit ihr nach *Mans* zurückkehren, die Angelegenheiten seines Hauses wieder übernehmen und seine Geschäfte betreiben könne. Es war einleuchtend, dass er kein Aufsehen machen, die Mutter seines Sohnes nicht beschimpfen wollte, aber zugleich auch entschlossen war, nicht länger mit ihr zu leben, wenigstens nicht so lange, als ihm ein Liebhaber im Wege stehen würde.

Die Liebe, die die Stelle alles Übrigen einnimmt und alles ersetzt, tröstete sie in dieser Lage. Ich ward ihr alles und wurde um so mehr an sie gefesselt, weil sie sich um meinetwillen über alles hinweggesetzt hatte. Ein zweites Schreiben ihres Gatten meldete, dass seine Gesundheit gelitten habe, dass seine Kräfte schwänden, und er befürchten müsse, nicht lange zu leben. Ihre Verwandten bestätigten diese Nachricht; sie hatte zuviel Seele und zuviel Gemüt, um sich darüber freuen zu können, konnte sich jedoch nicht enthalten, an die Möglichkeit einer Zukunft zu denken, die wir uns früher nicht hatten versprechen dürfen. Wir träumten beide, ohne es uns zu gestehen und zu vertrauen, den schönen Traum, einst mit unauflöslichen Banden vereinigt zu sein.

Doch derjenige, der mit unseren Plänen sein Spiel treibt, und unsre Hoffnungen zuschanden macht, hatte es anders beschlossen. Die Fackel, die uns Hymen vortragen sollte, war bestimmt, einer Leiche zu leuchten. Ein Grab sollte sich für die öffnen, welche vor dem Altar zu treten sich anschickte; ihr Brautbett sollte ein Rasenhügel decken. Auf dem eisernen Bette des Todes sollte sie die Ruhe finden, die den Mann, den sie zu ihrem Lebensgefährten ausersehen hatte, noch immer flieht!

Traurige Rückerinnerung! Jammervolles Gemälde, dessen Farben nach zwanzig Jahren noch so lebhaft sind! Schwere, aber sehr angemessene Strafe für die vielen Fehler, die ich begangen, wodurch ich mein Leben mit Bitterkeit erfüllt, mir Trübsale und Feinde in Menge zugezogen und über meine Bahn ein totenfarbenes Dunkel verbreitet habe!!

Sie war krank, schien es aber nicht gefährlich zu sein. Ich hatte, mich zu zerstreuen, eine Einladung angenommen. Bei der Tafel erhalte ich ein mit zitternder handgeschriebenes Billett: »Komm', eile, du hast keinen Augenblick zu verlieren ...« Ich tue einen Schrei, springe auf, verlasse das Haus ohne Abschied und fliege zu ihr hin.

Ach, der Tod, der blasse Tod lag auf ihrer Stirn. Ihre sanften, zärtlichen Augen waren starr und erloschen. Ihr anbetungswürdiges Gesicht trug die Farbe und den Ausdruck des Todes. Umgeben von Ärzten, auf einem Bette mitten im Zimmer, fand ich sie sterbend, und alles um sie in Verwirrung und Aufruhr. Eine zehnmal wiederholte Ohnmacht nahm sie uns, gab sie uns wieder. *Savonnières* (der an den Folgen des *fünften Oktober* einen edelmütigen und treuen Tod starb) versuchte es, mich, der das Zimmer mit Klagegeschrei erfüllte, zu entfernen. Dasselbe tat eine Verwandte, Frau *von Fondville*, deren Schönheit sowohl in Paris als in der Provinz so viel Herzen entflammt hat, die, eine zweite *Ninon*, bis zu ihrem Ende ihren Siegeswagen von Anbetern umgeben sah – sie bediente sich ihrer ganzen Gewalt und machte mir's zur Pflicht, entweder mich wegzubegeben oder meinen Schmerz zu mäßigen. Umsonst. Zu den Füßen der Sterbenden kniend, ihre kalte Hand in meinen brennenden Händen haltend, war ich nicht von der Stelle zu bringen, bis die Nacht einbrach, wo ich des Anstandes wegen mich überreden ließ, das Zimmer zu räumen. Es war mir aber unmöglich, nach Hause zu gehen; ich blieb mit der Sterbenden unter einem Dache, holte alle Augenblicke Nachricht über ihren Zustand ein, der trotz aller angewandten Mittel derselbe blieb. Gegen Morgen sammelte sie ihre letzten Kräfte und ließ mich rufen. Ich wurde mit ihr allein gelassen. Langsam und leise, mit abgebrochenen Worten, mein in Tränen schwimmendes Haupt an ihr Herz drückend, sagte sie mir: »Vergib mir meinen Tod, liebster Freund, vergib mir den verbrecherischen Schritt, dessen ich mich schuldig gemacht habe. Ich war schwach genug, mich vor der Welt zu fürchten, jetzt straft mich der Himmel. Es zu vermeiden, dass ein noch unentwickeltes Wesen einst ins Leben trete, habe ich vor drei Wochen einen Trank genommen, den mir ein Wundarzt mit der Versicherung gegeben, dass er unschädlich und gefahrlos sei. Ich bin jetzt überzeugt, dieser Trank ist mein Tod. Ich will durchaus nicht, dass man Nachforschungen anstelle, die diesem Menschen und meiner Kammerfrau Unruhe und Nachteil bringen könnten. Versprich mir ein ewiges Geheimnis.« – Sie beteuerte mir zuletzt noch, mich einzig und mit unverbrüchlicher Treue geliebt und sich vor *dieser* Liebe nur einer ähnlichen Schwachheit schuldig gemacht zu haben, welcher aber nicht tief in ihr Herz eingegriffen hätte. Jetzt überließ sie sich dem Gedanken an den Schmerz, den mir diese Trennung verursachen würde, bat mich gerührt und mit Tränen um Verzeihung, ließ mich meine Briefe aus einem Fache ihres Schreibpultes zurücknehmen, und beschwor mich, wo möglich, sie mit meinem Bilde, das sie im Medaillon auf dem Herzen trug ... und zu mehreren Malen küsste, sterben und begraben zu lassen. – Sie schloss mit der Bitte, ihres Gatten, ihrer Ehre, ihres Nachrufs zu schonen, wie jede Gelegenheit zu Streitigkeiten zu vermeiden, die einen Flecken auf ihr Leben und auf ihr Andenken bringen könnten.

Wie leicht ist es, den Tod zu finden, wenn man ihn nicht sucht? Wie schwer ist es, wenn man sterben sollte, und sterben will! Leblos brachte man mich aus dem Hause ... Eine Stunde später war sie in eine bessere Welt gegangen. Ich blieb in dieser zurück, ohne den Mut, sie zu verlassen, ohne den Trieb, darin zu verweilen, ihren Tod und mein Leben gleich sehr verabscheuend.

Sobald sie in den Armen der Frau *von Fondville* und des Herrn *von Savonnières* verschieden war, beschäftigten sich beide ausdrücklich mit mir, und gaben mich dem Gefühl, dem Lichte, dem Leben zurück, – dem Lichte, dem meine Augen mit Entsetzen sich öffneten. Meine vortreffliche Freundin nahm mich zu sich, behielt mich bei sich, mischte ihren Schmerz in meine Verzweiflung, versuchte nicht, meinen Gram zu schwächen, zerteilte ihn, indem sie ihn teilte. Zwei Tage später meldete ein vorauseilender Kurier die nahe Ankunft des Marquis. Frau *von Fondville* wollte mich überreden, auf einige Zeit die Stadt zu verlassen; ich blieb unbeweglich.

Herr *von Savonnières* vereinigte seine Bitten mit den ihrigen, ich blieb standhaft. Endlich fragte er mich:»Wissen Sie auch bestimmt, ob bei der Marquise nichts gefunden werden kann, was ihrem Andenken Nachteil bringen könne? Haben Sie alles in Händen, was in den Augen ihres Gemahls gegen sie zeugen, alles, was ohne Not das Herz des Gatten, des Vaters brechen würde?« – »Alles, mit Ausnahme meines Bildnisses, das sie gewünscht hat, nach dem Tode in ihre letzte Ruhestätte mit sich zu nehmen.« – Hier erschraken beide; er sprang auf, eilte in das Trauerhaus, trat an das Bett, wo die Abgeschiedene unter ihren wachenden Frauen schlief, und unter dem Vorwand, nachzusehen, ob alles in Ordnung sei, beugte er sich über die Leiche, nahm ihr das Medaillon ab und brachte es mir. Beim Empfang fühlte ich einen neuen Dolchstich im Herzen; es war mir, als würde ich ein zweites Mal von der Geliebten getrennt.

Aus einem falschen Ehrgefühl blieb ich noch einige Zeit in der Stadt und nahm dann Abschied von einem Orte, der für mich so schmerzhaft geworden war, und wo Herr *von Br...* eine Gleichgültigkeit zur Schau trug, welche aller Herzen der Unglücklichen zuwandte, die dieser Genugtuung nicht mehr bedurfte. Ich sagte dem Boden Lebewohl, der die Gebeine einer Frau in sich schloss, die ich so herzlich geliebt hatte, und von der ich, als der Tod sie mir geraubt, glaubte, ich würde ewig nur sie anbeten können. Ich begab mich aufs Land, begrub mich in die stille Wohnung eines Freundes, eines Weisen, barg mich in die freundliche Einsamkeit, worin er des Jahrhunderts und der Lebensträume vergaß. Er versuchte, mich mit dem Verstande und dem Herzen zu beruhigen; es gelang ihm aber nicht, die Wohltat seiner Erfahrungen und die Ruhe seines Alters auf mich zu übertragen. Dann erbot sich der vortreffliche Greis, mir nach *Paris* zu folgen. Sollte ich ihn aber dem Frieden seiner Fluren, der Kühle und dem Schatten seiner Wälder, dem Genusse des Landlebens entziehen? Sollte ich schuld sein, dass er sie gegen das Getümmel der Hauptstadt, gegen das Geräusch und Treiben der ville de boue, gegen alle Unruhen des Lebens, denen er so glücklich entgangen war, vertauschte? Nein, das würde ein schlechter Dank für seine Teilnahme und für alle Gefälligkeit gewesen sein, die er für mich hatte; es wäre in meinen Augen die allergrausamste, die ausgesuchteste Undankbarkeit gewesen. Ich reiste allein ab.

Nur mein Schmerz erhielt mich am Leben, erinnerte mich an mein Dasein; in ihm fand ich einen Reiz, der sich nicht beschreiben lässt, eine Art von Glück in dem Gefühl, dass ich alles Glücks beraubt sei, und Ruhe in meiner Trostlosigkeit; ich würde mich selbst verachtet haben, wäre ich des Trostes fähig und dafür empfänglich gewesen.

Das Bild der Geliebten, die ich beweinte, war mein Schutz, bewahrte, rettete mich lange vor einer zweiten Liebe. Über sechs Monate waren verflossen, als ich an einem schönen Abende im Palais Royal die Stimme ihrer Schwester hörte, die mit einem Bekannten lachte. Noch jetzt fühle ich (mag's auch übertrieben scheinen), wie ihr Ton mir das Herz durchschnitt. Ich war außer mir, war wütend, hielt ihre Fröhlichkeit für beleidigend gegen mich, gegen den Schatten ihrer Schwester; in dieser Familie sollte nicht mehr *gelacht* werden. In einem Zustande, der sich nicht beschreiben lässt, kam ich nach Hause, physisch und moralisch angegriffen, erschüttert; man musste mir eine Ader öffnen. Ich kann mir selbst nicht erklären, wie eine so unbedeutende Kleinigkeit, ein bloßes Auflachen, meine Herzenswunde so schmerzhaft aufreißen konnte. Der Vorfall brachte mich an die Pforten des Todes.

Später traf ich bei dem Prinzen von *Condé* mit dem Marquis *von Br...* zusammen. Er sah mich kaum an, ich konnte kein Auge von ihm wenden; verstohlen ruhte mein Blick auf seinen Zügen; er erinnerte mich so lebhaft an *sie*, dass ich ihn hätte *lieben* können. Sein Betragen war gleichgültig, anständig. Ich fand aber, dass er sich's bei Tafel zu gut schmecken ließ. Ich selbst konnte keinen Bissen anrühren. Wie gern hätte ich meinem Herzen, meiner Rührung, meinen Schmerz freien Lauf gelassen, wie gern hätte ich in diesem Augenblick mich allen mitgeteilt, die *sie* kannten, denen sie angehört hatte, denen sie teuer, denen sie nur etwas gewesen war!! ... Selten lassen die Toten ein so langes Andenken zurück, höchstens benetzen bald versiegende Tränen den Marmorstein ihres Grabmals!

Um diese Zeit starb Frau *von Fondville*, an welche so manches Band mich fesselte. Sie starb an einer langwierigen, schmerzhaften Krankheit. Ich war ihrer Freundschaft eine Erwiderung für die Dienste schuldig, die sie meiner sterbenden Freundin und mir geleistet hatte; ich wollte die Schuld abtragen, kam aber nur an, um Zeuge ihrer letzten Stunde zu sein. Vor meinen Augen starb diese durch einen ausgezeichneten Geist und eine noch ausgezeichnetere Gestalt berühmt gewordene Frau, deren Leben bis ins sechzigste Jahr ein beständig heiterer Frühling gewesen war, und keinen Winter gekannt hat.

Sie würde selbst noch kurz vor ihrem Tode jedem Jünglinge die heftigste Leidenschaft eingeflößt haben, und wäre imstande gewesen, ihm die beste Erziehung und Ausbildung zu geben. Mit dem feinsten Geschmack begabt, wusste sie jeden Ton anzunehmen, und hatte von der Natur den besten erhalten. Ihr halbes Leben hatte sie in der Provinz zugebracht; und doch, wenn man sie in Paris sah, hätte man glauben sollen, sie habe die Hauptstadt nie verlassen. Zu ihren Freunden gehörten die vorzüglichsten Männer bei Hofe, der Marschall *von Duras*, die Herren *von Thiars* und *von Voyer*, Leute, von denen man nicht sagen konnte, sie hätten sich nicht auf Schönheit verstanden, und bei den Schönen den Mangel an Verstand übersehen oder begünstigt.

Nach ihrem Tode wurde mir die Stadt *Mans* so zuwider, dass, obschon ich in der Gegend noch Güter besaß, welche einen längeren Aufenthalt erfordert hätten, ich sie mit dem Entschluss verließ, nie wieder hinzukommen. Ich habe Wort gehalten.

Frau *von Fondville* wurde unweit der Gruft begraben, in welcher Frau *von Br...* ruhte. Beider Staub wird sich im Laufe der Zeit vermischen. Ich machte es mir zur schmerzlichen Pflicht und tat mir fast Gewalt an, beide Grabmäler zu besuchen, welche Liebe und Freundschaft mir zu Heiligtümern machten, und vor ihnen meine Andacht zu verrichten. – Es schlug zwölf, der Himmel war finster und schwarz, wie meine Seele. Als ich den Kirchhof betrat, wo diese Frauen, welche mir beide – und besonders die eine – so teuer gewesen waren, den langen Schlaf der Ewigkeit schliefen, sträubte sich mein Haar. In demselben Augenblick brach die wohltätige Fackel der Nacht durch die

Wolken und beleuchtete die Gräber. Ich fiel auf die Knie, dankte dem Höchsten, der meine Schritte geleitet hatte, und wagte es, für *sie* und für *mich* zu beten. Ist meine durch Seufzer und Tränen erstickte Stimme bis zu seinem Thron hinauf, bis in die Grabestiefe hinabgedrungen? Ich weiß es nicht; so viel aber weiß ich, dass innerer Friede und Andacht mein Herz erfüllen, und in dasselbe den Trost der Religion und die sanften Rührungen gegossen hat, die den Menschen beglücken und adeln. Ich erhob mich wieder, mit weniger strafbaren Neigungen und mehr Liebe zur Tugend.

Hatte ich unrecht, diesem Kapitel die Zeilen aus *Tassos* Beschreibung des Tartarus voranzustellen? Von allen, deren Namen hier verzeichnet stehen, bin ich allein noch unter den Lebenden. Alle, deren Gemälde ich hier entworfen, deckt der Trauerflor, deckt der Todesschleier, den selbst der Arm der Zeit nicht zu lüften vermag! Du vor allen, teuerste *Emilie*! Du, mein teurer *Dolomieu*! Ihr beide ward die teuren Gegenstände der Neigung meiner schönsten, längst verschwundenen Jugendjahre. Um Blumen in die Zypressen zu flechten, die eure Gräber beschatten, hätte es einer bessern Hand als der meinigen bedurft; sie würde eurem Andenken mehr Glanz verliehen haben, ohne die Bitterkeit meines Schmerzes weder zu vermehren noch zu vermindern. Mein Huldigungszoll an eure Manen sei der Gedanke: »Ich verlor sie erst *gestern*, und werde mich *nie* über ihren Verlust trösten.«

Car si facilement les morts sont oubliés,
Si promptement les larmes sont séchées,
Avec tant de dédain l'homme foule à ses pieds
De ses amis les cendres dispersées,
Qu'on a tort de croire aux regrets
Lorsqu'on sera parmi les ombres éternelles!
Qu'il est peu d'amitiés fidèles,
Et que peu de tombeaux sont ornés de cyprès!
Moi, je veux élever un monument durable
Aux Souvenirs de mon printemps;
L'Amour et l'Amitié donneront à mes chants
Un intérêt ineffaçable.
Je saurai défier le temps
D'anéantir l'histoire mémorable
De ces penchans si doux de mes premiers beaux ans,
Et d'une larme intarissable
J'écrirai ma douleur stir les marbres parlans
De ce sépulcre impénétrable,
Où mes amis dorment avant le temps.

Dreizehntes Kapitel

On se désintéresse à la fin de soi-même;
On cesse de s'aimer si quelqu'un ne nous aime,
Et d'insipides jours, l'un sur l'autre entassés,
S'écoulent lentement, et sont vite effacés.[257]

Wie schwer es hält, nach einem großen Unglücksfall wieder zur Ruhe zu gelangen – Eine Freundin von mir will mich verheiraten – Ich will und kann mich nicht dazu entschließen – Aufenthalt bei meinem Vater – Meine Stiefmutter – Ich verlasse beide – Mich wandelt der Gedanke an, Trappist zu werden – Aufenthalt im Kloster de la Trappe – Geschichte eines Trappisten – Aufenthalt in der Normandie; ich führe ein Jägerleben – Herr von Nocé – Er ahnt die Revolution – Seine und meine Ansichten darüber – Des Kaisers Joseph II. Aufenthalt in Frankreich – Seine Schilderung – Urteile über ihn – Die Königin – Ihre Verbindung mit ihrem Bruder – Prüfung der Nachrichten und Verleumdungen über ihr öffentliches und geheimes Leben – Rechtfertigung – Aufschlüsse – Wahrheit – Ihr Verhältnis zum König; zum Herzog von Coigny; zum Grafen von Fersen – Ich schreibe ein Lustspiel – Es wird angenommen – Frau von Angevillers – Ihr Gatte liebt die vornehmen Schriftsteller nicht – Die Literatur kurz vor der Revolution – Ihr Verfall – Marmontels Urteil darüber –Vorschlag zu einer literarischen Polizei – Vorfall auf dem Opernballe – Folgen – Mein Zusammentreffen mit dem Liebhaber meiner Schönen – Mein Versprechen, sein Glück nicht zu stören – Weibliche Rache – Ich will in die diplomatische Laufbahn eintreten – Ich werde ihrer bald überdrüssig – Was wäre in derselben aus mir geworden? – Betrachtungen über den Ehrgeiz und das Glück – Nachteile des Verstandes – Nachteile einer gefälligen Gestalt

Wie schwer ist es, ans Leben und die Täuschungen, die es liebenswert machen, wieder anzuknüpfen, wenn uns trübselige Begebnisse davon losgerissen haben, deren Erinnerung uns bei jedem Schritte verfolgt! Was sind die Freuden, die es uns bietet? Lockungen, denen wir misstrauen. Das Glück scheint nur Schlingen legen zu können; unsere Hoffnungen, unsere Gedanken selbst haben ihre Flügel verloren, wir bleiben auf der Stelle stehen, wo das Unglück uns erreicht hat. Dem verwundeten Vogel gleich, der aufzufliegen versucht, aber bald ohnmächtig und blutend auf den Boden zurücksinkt, strebt unsre Phantasie, sich zu neuen Luftbildern emporzu-

---

[257] Diese vier Verse sind, wie ich glaube, von der *Frau von Stael* und würden hinreichen, ihr einen Ruf zu machen, wenn sie auch weiter nichts geschrieben hätte. Sie drücken den Augenblick lebendig aus, wo ein Liebhaber sie verlassen hat. *Verf.*

schwingen, fällt aber sogleich wieder mutlos zurück, weil das Gefühl der Freude ihr fremd geworden ist, und Schwermut jeden Nerv lähmt. Die einzige Hand, welche Leiden zu lindern vermag, *die Zeit*, träufelt allmählich den Balsam des Trostes in das wunde Herz – für gewisse Gemüter ein Heilmittel, für andere ein Palliativ. Mir hat sie die *Geduld* zugeteilt, das zu ertragen, was sie nicht zu heilen vermag.

Eine Frau, die mir nie mehr war als eine Verwandte, eine Frau, die in mein Herz blickte, sich über meine Traurigkeit betrübte, und mich zerstreuen wollte, gab sich Mühe, mich zu verheiraten. Sie fand zwei Partien für mich, beide tadellos. Meine Wahl mochte ausfallen, wie sie wollte, so konnte ich dabei nicht verlieren; in beiden Fällen zog ich ein gutes Los. Ich entschied mich für das junge Mädchen, das mir die angenehmste Unterhaltung und das reinste Glück zu versprechen schien. Ich warb ohne Zudringlichkeit, meine Bewerbung schien angenehm, alles glaubte, ich sei meiner Sache gewiss – aber als nur noch das Jawort zu erhalten und der Lohn meiner Beharrlichkeit einzuernten war, entsagte ihm – ich weiß selbst nicht, welches von beiden – mein *Kopf* oder mein *Herz*.

Um diese Zeit hatte mein Vater ein hübsches Landgut im Tale von *Montmorency* gekauft und sich in der Nähe seines Freundes, des Comthur *von Champignolles*, niedergelassen. Ich nahm meine Wohnung bei ihm; er empfing mich mit väterlicher Zärtlichkeit und hatte Mitleid mit meinem Schmerz, dessen Größe und Dauer ihm aber nicht einleuchteten. Seine gütige Behandlung ist mir noch jetzt gegenwärtig und macht mir sein Andenken teuer. Was aber die sogenannten Täuschungen und die Stimme des Bluts betrifft, so muss ich gestehen, dass ich jene nie gefühlt, diese nie vernommen habe. In meinen Augen ist der Umstand, dass mir jemand das Leben gab, nur ein schwacher Grund, eine schwache Verpflichtung, ihn zu lieben, wenn er keine andern Ansprüche auf dieses Gefühl hat, als das bloße Ungefähr, wenn seine Rechte sich nicht auf Handlungen gründen, die sein Wille bestimmt.

Meine Stiefmutter, hierin den meisten Frauen gleich, nahm an meiner Schwermut, weil sie ihren Grund in der Liebe hatte, innigen Anteil. Eine solche Stimmung ist für das schöne Geschlecht gefährlich und führt es schnell dahin, *den* zu lieben, den es anfangs nur bedauerte. Ich selbst war gegen die Teilnahme, die sie mir bewies, nicht unempfindlich; doch beim ersten lebhaften Gefühl, das ich in mir gewahrte, beschloss ich, mich zu entfernen. Ich tat es, ohne Aufsehen zu machen, und nach einem Aufenthalt von einigen Monaten vertauschte ich ihn mit der Normandie und mit der Jagd, die mich ermüden, zerstreuen und meiner vergessen machen sollte. Auf der Reise dahin ergriff mich eine plötzliche Eingebung. Ich wollte

Trappist werden und mich in dieser Menschenwüste lebendig begraben. Ich lenkte vom Wege ab. So wie ich dem Kloster nahte, malte sich meine Phantasie eine Wildnis, eine Todesstille und das finstere Gefolge der Melancholie; ich fand aber in der Wirklichkeit weder jene friedliche Abgeschiedenheit noch jene raue und öde Gegend, die ich in Büchern erträumt hatte. Ich fühlte meinen Eifer erkalten. In den Gärten, wo ich die unglücklichen Brüder unter dem Joche schwerer Arbeit sich krümmen sah, konnte ich mich nicht enthalten, den Stifter des Ordens anzureden. »Unglücklicher Schatten« sprach ich »abwechselnd Sünder und Heiliger, abwechselnd fühlend und Barbar, *Rancé*, dein Orden hat nichts von jenem feierlichen überirdischen Reize, den meine Jugend ihm lieh!! Auf den nichtssagenden bleichen Stirnen deiner Jünger lese ich nichts, in ihren Augen finde ich nicht die Funken der Liebe, des büßenden Ehrgeizes; auf ihren Wangen nicht die Verheerungen der brennenden Leidenschaften der Welt. Überall um mich ist das Schweigen des Lebens, aber nicht die Ruhe des Todes. – Auch du, auch du hast mich betrogen!« –

Man erwies sich im Kloster gegen die Fremden sehr gefällig. Für mich bestimmte man das Zimmer, welches der Herzog von *Penthièvre* bewohnt hatte. Die Erinnerung an seine Tugenden söhnte mich nicht mit der magern Kost aus, die ihm gereicht worden war und die auch ich erhielt. Ich hätte mich an Brot und Wasser gewöhnen können, aber nicht an die nicht essbare Speise, die man mir vorsetzte. Dabei war die geistige Kost nicht schmackhafter. Ich fand eine zahlreiche aber schlecht gewählte Büchersammlung. So schwand schon am dritten Tage meiner Probezeit meine Neigung dahin; mich interessierte schon nichts mehr, als die Erzählung eines Mönches, des Einzigen, der, wenn ich es sagen darf, romantische Züge im Gesicht trug und eine Stirn, auf der die tiefen Leiden eingegraben waren, aus welchen Liebe zur Einsamkeit und zum abgestorbenen Leben, Hass und Abscheu gegen die Welt entspringen. Er war mir zur Dienstleistung beigegeben worden, und ich musste wiederholentlich in ihn dringen, ehe es mir gelang, meine Neugier befriedigt zu sehen.

Er selbst mag reden.

»Mein Name ist *Barbazan*, mein Geburtsort *Toulouse*. Ich wäre der Gegenstand eines berühmten Rechtshandels geworden, wenn ich mich ihm nicht entzogen, und die Anzahl der Unglücklichen vermehrt hätte, welche hier büßen. Ich habe gedient. Mein Vater zeichnete sich als Advokat durch einen rechtlichen, aber harten Charakter aus. Seine unbeugsame Strenge als Richter war in sein häusliches Leben übergegangen und erregte meinen Widerwillen gegen den Stand, für den er mich bestimmt hatte. Durch den Einfluss eines Verwandten erhielt ich eine Leutnantsstelle und verließ meine

Vaterstadt. Nach einigen Jahren kehrte ich zurück. Nun fesselten mich die Reize der Tochter eines Parlamentsrates, eines Freundes unserer Familie, aber in ungleich besseren Vermögensverhältnissen. Mein Vater war der Erste, der mir zu verstehen gab und sogar deutlich erklärte, er werde meine Bewerbung höchst ungern sehen. Er setzte hinzu: Je mehr die Tochter seines Freundes zu den ersten Partien der Stadt gehöre, desto weniger müsse man sich einer abschlägigen Antwort und dem Verdacht eigennütziger Liebe aussetzen. Die junge Person erhielt von ihren Eltern ähnliche Vorschriften, und zuletzt wurde uns förmlich verboten, uns zu sehen. Um dieser Maßregel gehörigen Nachdruck zu geben, brachen auch die Väter verabredetermaßen ihren Umgang ab. Doch die Liebe saugt aus Hindernissen Leben und Nahrung, sie spottet der Schranken, sie machte uns erfinderisch. Wir kamen nachts zusammen. Der Himmel schien unser Vertrauter und Begünstigter zu sein; er deckte seinen Schleier über unsere Liebe, über ihre Folgen. Aber ach! Endlich entzog er uns seinen Schutz.

Das Verbrechen, das er mich, obschon nicht vorsätzlich, begehen ließ, macht mich zum Ungeheuer in meinen Augen. Ich habe meinen Vater umgebracht. In einer stockfinsteren Nacht komme ich nach Hause, steige eine Geheimtreppe hinauf, fühle mich von einer kräftigen Hand ergriffen. ... Der Zuruf: »Bube!« hätte mich an die Stimme erinnern sollen, die ihn ausstieß. Ich verkenne sie. Ich war bewaffnet; ein Pistolenschuss streckt den Verwegenen zu meinen Füßen, der es wagt, mich anzufallen und mich die Treppe herabstürzen will. Der Verwegene war – ich hab' es schon gesagt – war mein Vater. Der Knall weckt das Haus, man eilt mit Licht herbei, ich sehe den Schein von Weitem, ergreife die Flucht, werfe mich auf ein Pferd, eile aus Frankreich. Mein unglücklicher Vater hatte alles erfahren und sich ohne Vorwissen seines Freundes in den Stand gesetzt, mich zu überführen, mich zu bestrafen. Seine strenge Rechtlichkeit erlaubte ihm nicht, meiner Leidenschaft nachzusehen und meinen Betrug zu verzeihen. Er hatte schon einen Verhaftsbefehl ausgewirkt und würde mir nur zwischen Westindien und einem finsteren Kerker die Wahl gelassen haben. Seine wohlüberlegte Absicht ging offenbar dahin aus, mir Glück und Freiheit zu rauben, als ich, unwissend und schuldlos, sein Mörder ward. Die näheren Umstände habe ich erst später erfahren.

Ich irrte einige Jahre in Spanien umher und vernahm, dass die von mir Verführte Leben und Reue in einem Kloster vergraben hatte. Ich hielt es für Pflicht und mich für stark genug, ihrem Beispiele zu folgen und fand es edler, in meinem Vaterlande die Kutte und das härene Hemd zu tragen, als im Auslande ehrlos mein Brot vor den Türen zu betteln. Seit mehr als zwanzig Jahren suche ich mich mit mir auszusöhnen, ohne mich über mein Verbrechen zu trösten, ohne mich an mein Grab gewöhnen zu können. Der

Pfad, der hier aus dem Leben führt, ist mit Dornen bedeckt; man büßt zu schwer für die Schuld, geboren zu sein. Anstatt unmerklich in das Grab zu sinken, muss man es sozusagen *erklimmen*; und jeden Schritt, der zur schroffen Felsenspitze führt, von der man endlich herabgestürzt wird, mit Schmerzen erkaufen.«

Seine Erzählung, mit dem Akzent des südlichen Frankreichs vorgetragen, der Aufmerksamkeit gebietet, war einfach und kurz. ... Nachdem er sie beendet, legte er sich, mit sichtbarer Freude, das Joch des Schweigens wieder auf. Hätten seine Augen Tränen gehabt, sie würden geflossen sein; ich vergoss sie statt seiner, und noch am selben Abend verließ ich diesen Ort, eine finstere Zuflucht der Verzweiflung, aber nicht das stille Asyl für weichgeschaffene Seelen, die sich der sanften Schwermut hingeben und der Gottheit sich nähern wollen.

Ein Edelmann in der Nähe hatte ein schönes vollständiges Jagdzeug. Seine Nachbarn teilten mit ihm Kosten und Vergnügen. Man empfing mich, als hätte ich von jeher zu ihnen gehört und behandelte mich wie einen, den man lieb hat. Ich blieb den größten Teil der Jagdzeit da. Am Tage ging's im Galopp durch die Wälder, abends wurde gezecht – was weder von gutem Tone, noch ehrbar und erbaulich ist. Wir gingen trunken zu Bett und fanden den tiefen eisernen Schlaf, dessen wir benötigt waren. In diesem Aufenthalt, bei dieser Lebensart fing ich an, die Vergangenheit zu vergessen und mich wieder gesund zu fühlen, denn die Gesundheit findet man nur in Wäldern, in kräftigen Zerstreuungen, fern vom Sybaritenleben der großen Städte, fern von den Blendwerken und Träumen, die den Menschen verweichlichen.

Welch trauriges Geschenk ist das Leben, wenn unser größtes Glück darin besteht, unsere Gedanken vom Leben abzuziehen!

Unter jenen Söhnen einer wilden, lärmenden und tobenden Freude lernte ich einen Greis kennen und unterscheiden, der die ganze Kraft des jüngeren Alters, über das er weit hinaus war, beibehalten hatte und sich den Vergnügungen und Leibesübungen der Jugend ungestraft hingeben konnte. Zu jenen rechne ich auch die Liebe, denn diese, oder was ihre Stelle vertritt und an sie erinnern soll, gehörte mit in den Kreis dieser lustigen Brüder. Der Greis war ein gewisser Herr *von Nocé*, Großneffe des bekannten Lieblings des Herzogs-Regenten. Vor fünfzig Jahren war er bei den Mousquetaires eingetreten, hatte mit Leuten einer höheren Klasse[258] Bekanntschaft gemacht und einen Ton beibehalten, den man nicht in Wäldern, mitten unter Hirschen und wilden Schweinen, findet. Ich habe es nicht vergessen, dass dieser Mann die Revolution voraussah und vorher verkündigte. »Herr Graf«

---

[258] D'un certain monde.

sprach er »schlagen Sie die Annalen unserer Geschichte auf und Sie werden finden, dass wir ein Tragödienvolk sind, eine Nation, die sie nicht bloß auf den Brettern, sondern auf eignem Grund und Boden spielt. Vor langer Zeit waren wir Zuschauer. Diese Zeit ist vorüber. Die Tragödien der Fronde, der Religionskriege, selbst der Pariser Bluthochzeit bleichen und schwinden gegen das, was *Sie* erwartet und *ich*, Gottlob! nicht erleben werde. Jenseits des Grabes, wenn man sich dort wiederfindet, werden Sie mir davon erzählen. Die Königin wird verabscheut, der König ist schwach, die Minister sind unfähig, bestochen; die Finanzen, dieser ewige Vorwand zu allen Revolutionen, sind erschöpft; das Heer hat zwar den alten ererbten Ruhm, aber die großen Generale sind tot und haben keine Zöglinge gebildet und zurückgelassen. Was hat Frankreich noch für Vorzüge? Etwa, dass unsere Theater die ersten in Europa sind? Oder unsere kleinen Dichter? Oder unsere leichtfüßigen Tänzerinnen? Unsere – Mädchen würden die gefährlichsten Sirenen von der Welt sein, wenn sie von unseren Frauen, von denen sie so manches lernen können, nicht übertroffen würden. Unsere Haarkräusler, unsere Köche, unsere ... sind aus der Art geschlagene Kinder ihrer Väter vom Jahrhundert Ludwigs des Vierzehnten. Mit dergleichen Elementen lässt sich einem Staate, wie Frankreich, keine lange Lebensdauer versprechen. Frankreich geht unter, Herr Graf, ... *und zwar noch zu Ihrer Zeit.* Frankreich ist ein altes Schwert, das man wieder im Feuer glühen, im Blute härten muss, damit es eine neue Schneide erhalte.« – »Ich glaub' Ihnen« erwiderte ich »aber ich werd' es nicht erleben; dieses traurige Vermächtnis ist für Ihre und meine Nachkommen bestimmt.«

Ich war im Irrtum, er im Rechte. Ich war der Tor, er der Weise.

Ich hätte die Reise *Josephs II.* und seinen Besuch an unserm Hofe (1777) früher erwähnen sollen. Wenn ich es bis jetzt aufgespart habe, so ist es deshalb geschehen, weil zur Zeit meiner Rückkehr nach Paris (1784) dieses Ereignis aufs Neue in Erinnerung gebracht, anfing tiefen Eindruck zu machen und tiefere revolutionäre Wurzeln zu schlagen. Es hieß allgemein, der Kaiser habe mithilfe seiner Schwester ungeheure Summen aus Frankreich gezogen. Dieses absichtlich verbreitete Gerücht diente dazu, die Königin bei den Parisern und bei der Nation verhasst zu machen. Ich werde hier behandeln, was in diesen Gegenstand einschlägt. Wenn ich aber der chronologischen Genauigkeit nicht treu bleibe, so geschieht es, weil ich sie nicht im Kopfe habe. Es würde mir ein Leichtes sein, nachzuschlagen und zu ordnen; aber ich gestehe, dass solcherlei Arbeit für mich etwas Widriges und Abstoßendes hat, und dass, wenn ich die Tatsachen treu wiedergebe, ich hoffen darf, man werde mir die Anführung der Jahre, Tage und Stunden erlassen.

Über Joseph II.

In diesem Jahre (1777) sah Frankreich den Kaiser *Joseph II.* unter dem Namen eines Grafen *von Falkenstein*. Er kam nach Frankreich, entzückt, eine geliebte Schwester zu besuchen; er verließ es unzufrieden, weil er diese Schwester weniger liebte, seitdem er sie als Königin gesehen. Er schien zweierlei vergessen zu haben; erstlich, dass sie Königin geworden, zweitens, dass sie Königin von Frankreich war. Er hatte keinen Begriff von diesem Hofe; mit seinem königlichen Schwager war er unzufrieden.

Was ihm aber auf dieser Reise zur Ehre angerechnet werden muss, ist, dass er, mit dem Scharfsinn der Eifersucht auf den ersten Blick übersah, was Frankreich sei und was es leisten könne. Die Mittel und Hilfsquellen des Staates, die blühende Lage der Provinzen, die Anzahl der Städte, der Festungen, der Arsenale, der Schiffswerften, der Häfen usw. setzten ihn in Erstaunen, und der Glanz der Hauptstadt blendete seine Augen und Sinne.

In Paris machte er es wie in Wien. Er buhlte um den Beifall des Volkes; die Gelehrten staunten über seine Kenntnisse; den Philosophen missfiel er, weil er ihnen zeigte, dass es nicht schwer sei, ein Philosoph zu sein; den Parisern gab er ein großes Beispiel von Einfachheit, um ihnen zu zeigen, er bedürfe nicht des Glanzes, um sich gegen ihren Leichtsinn und ihren Wankelmut zu verwahren.

In Luciennes besuchte er die Gräfin *Du Barry*, Ludwigs XV. Favoritin, die einzige Frau in Frankreich, die das Blutgerüst mit Furcht bestieg, als in der Revolution Blut, Mord und Guillotine an der Tagesordnung waren. Sie hatte früher die Frechheit gehabt, sich öffentlich für die Feindin der *Dauphine* zu erklären, ja, selbst als *Königin* sie zu beleidigen. *Joseph* gab sich das Ansehen, es vergessen zu haben, *Marie Antoinette* wusste es ihm keinen Dank. Er ging noch weiter und machte der abgelebten Schönen bei diesem Besuche ein fades Kompliment, denn als – absichtlich oder nicht – ihr ein Strumpfband entfiel, hob er es auf, und als sie sich in Entschuldigungen erschöpfte, sagte er: »Es sei nicht unter der Würde eines Kaisers, Grazien zu bedienen.« Als *Karl V.* den Pinsel *Titians* von der Erde aufhob, geschah es aus Liebe zur Kunst. Als *Eduard* von England das Strumpfband der Gräfin *von Salisbury* mit den Worten aufhob: Honny soit qui mal y pense und den Orden stiftete, geschah es aus leidenschaftlicher Liebe. *Joseph* hingegen ergriff die erste beste Gelegenheit, eine – Plattheit zu sagen, denn eine unzeitige Süßigkeit ist nichts mehr und nichts weniger als das, was wir in Frankreich eine *Sottise* nennen.

In Lyon zeigte sich der Kaiser nicht so galant und ließ sich von übler Laune dergestalt hinreißen, dass er zu einer Gruppe vornehmer Damen, die sich auf seinen Weg gestellt hatten, um ihn zu sehen, sagte: »Hier bin ich, Mesdames; betrachten Sie mich; so viel aber muss ich Ihnen sagen: Ich bin kein *Adonis* und kein *Herkules!*«[259] Wären diese Worte aus einem anderen Munde, als dem eines Kaisers, gekommen, so würde man sie wohl geradezu brutal nennen.

Joseph benahm sich bei einer andern Gelegenheit besser. Ein Mann, der sich ein Ansehen geben wollte, ging vor ihm her, um Platz zu machen: »Habe ich Sie, mein Herr, zu meinem Zeremonienmeister gemacht?«

Überhaupt hat er in *Lyon* kein Glück gemacht; es war auch nicht anders möglich; denn da von allem was er sah, ihm *nichts* gefiel, da er über alles lachte oder sich ärgerte, machte er sich durch beides bei den Einwohnern lächerlich.

Er merkte es, und sein erstes war, abzureisen, um zu zeigen, wie sehr er es bereue, gekommen zu sein.

Vor dem Könige befliss er sich der demütigsten Hofmannsstellung, bei den Hofleuten eines höflichen Umgangs, wie mit seinesgleichen.

Im Herzen brachte er Neid, Hass und den bestimmtesten Vorsatz nach Wien zurück, uns so viel zu schaden, als ihm möglich sein würde. Er besaß Charakter genug, Wort zu halten; nur fehlte es ihm an Genie dazu.

Hätte er noch beim Ausbruch der Revolution gelebt, so würde sie anfangs in ihm einen Anhänger gefunden haben. So sehr ihn die Richtung seines Ehrgeizes und das Interesse seiner Politik aufgefordert hätten, sich ihr zu widersetzen, so würde das wahrscheinlich nur geschehen sein, als es zu spät war. Wenigstens hätte der Tod der Königin, seiner Schwester, unserer Geschichte kein neues Brandmal aufgedrückt; *Joseph* würde *infolge seiner philosophischen Verbindungen* Einfluss genug gehabt und Mittel genug gefunden haben, dieses erhabene Schlachtopfer dem Mordstahl zu entreißen. Wäre ihm aber wider Vermuten der Versuch misslungen, sie zu retten, hätte man ihm die Auslieferung ihrer geheiligten Person verweigert, wäre sie dem grässlichen Los, das ihr die Kannibalen bereiteten, nicht entgangen; – so bin ich überzeugt, *Joseph* würde den letzten Mann seines Heeres, ja vielleicht aus Stolz sein eigenes Leben als Monarch geopfert haben, um seine Rache als Bruder zu sättigen.

Alles musste in den Schicksalen dieses Kaisers außergewöhnlich und bizarr sein. Mit Ausnahme des Feldmarschalls *von Lascy* hatte er keinen Freund, so sehr ihm daran gelegen war, das Äußere seiner Würde abzulegen und mehr Mensch als Kaiser zu sein. Er war der Gemahlin seines Neffen aufs Zärt-

---

[259] Wie fein und zart ist dagegen, was einst *Ninon Lenclos* zum Prinzen von *Condé* sagte: »Monseigneur, wenn das bekannte Sprichwort (homo pilosus usw.) nicht lügt, so müssen Sie ein *Herkules* sein.« *Übers.*

lichste zugetan gewesen und als Hauptstifter einer Ehe anzusehen, die wider den Wunsch seines Bruders, des nachherigen Kaisers *Leopold*, geschlossen ward, der mit seinem Sohne andere Absichten, wenigstens nicht diese, hatte. Allein einem Bruder, welcher Throne hinterließ und sich selbst vermählen konnte, musste Genüge geleistet werden. Die liebenswürdige Fürstin[260] fand einen frühzeitigen Tod im Schoße eines unerwarteten Glücks. Das glänzende Kinderspiel zerbrach in ihrer Hand. Sie starb allgemein bedauert.

Um seinen Gefühlen für sie die Krone aufzusetzen – vielleicht auch, um nichts zu tun wie ein anderer – starb *Joseph* zwei Tage nach ihr und hinterließ seinen Nachfolgern ein glänzendes aber verwickeltes Erbe. Sie haben es mit nicht gewöhnlicher Kunst wiederhergestellt und – durch Niederlagen befestigt, Niederlagen sind dem Hause Österreich ersprießlicher gewesen als Siege, die den Neid erregt und bewaffnet haben würden; durch sie hat (unglaublich und doch wahr!) der Ruhm der tapferen österreichischen Truppen, die sich in den letzten Zeiten der Anführung eines Helden[261] erfreuten, nichts verloren.

So endigte *Joseph* II., der zu viel oder zu wenig gelebt hat. Er hat Zeit genug, Pläne zu entwerfen, aber nicht Zeit genug, sie auszuführen; vielleicht würden sich, wenn er länger gelebt hätte, einige schwache Teile derselben durch ihre Anreihung an andere, durch ihre Verbindung unter sich verstärkt und zu einem kräftigen Ganzen gestaltet haben.

Joseph II. wird die Geschichte in Verlegenheit setzen. Ich habe Männer von Geist gekannt, die zu seiner näheren Umgebung gehörten. Bei allem ihren Scharfsinn, bei aller ihrer Unparteilichkeit würden sie Mühe haben, zu bestimmen, ob sich mehr *für* oder *gegen* ihn sagen lasse.

Von allem Gesagten ist das Resultat: *Joseph* erregte mehr Verwunderung als Bewunderung; er war mehr Sonderling als Phänomen, mehr anziehend als auf die Dauer liebenswürdig, mehr glänzend als tief, mehr außerordentlich als groß. Als Genie war er mehr unternehmend als weit umfassend, mehr schnell umfassend als richtig auffassend, und um mit wenigen Worten viel zu sagen: er besaß tausend Eigenschaften, deren die Monarchen nicht bedürfen, und die bei ihnen als Überfluss, als Luxusartikel anzusehen sind; es mangelte ihm aber fast an allen, die für den Fürsten zum absolut Notwendigen, zum Wesen des Herrschers gehören.

---

[260] *Elisabeth*, Prinzessin von Württemberg, Schwester der Kaiserin Mutter (Maria) von Russland. *Übers.*
[261] Des Erzherzogs *Carl*

Er glich den Kometen, welche den fernen Himmel erleuchten, aber der Erde zu nahe kommend sie in Brand setzen.

Ich komme auf *Josephs* II. Schwester, auf die Königin, zurück. Was ihre Verhältnisse mit ihrem Bruder betrifft, so muss ich zwar die Volksgerüchte und Verleumdungen verwerfen, welche über diesen Punkt verbreitet worden sind; gleichwohl zwingt mich die historische Unparteilichkeit, zu erklären, dass ich Grund habe, überzeugt zu sein, dass diese Fürstin, sei's als Geschenk oder als Darlehn, an den Kaiser Geldsummen hat gelangen lassen, welche anzunehmen weit tadelhafter war, als sie anzubieten.[262] Diese Summen waren aber bei Weitem nicht so hoch, als die Bosheit und Parteigeist angegeben hat. Wie kann man von der Lügenstimme, die den Ruf öffentlicher und Privatmänner brandmarkt, von dem Schlangenstachel, der sich in Galle und Herzblut taucht, billige und gemäßigte Aussprüche erwarten, wenn von den Herrschern der Völker die Rede ist?

Ich verweile noch bei der Königin, weil ich hier die beste Gelegenheit finde – und sie benutzen will – die mannigfachen unsinnigen Verleumdungen, die man von allen Seiten auf ihr teures Haupt gehäuft hat, mit einem Male zu widerlegen. Es würde ihrem Andenken und der Wahrheit schlecht damit gedient sein, wenn man *alles* durchweg leugnen wollte. Ich werde ihren Schwächen eine Stelle einräumen; aber, nachdem die Lüge von der Wirklichkeit geschieden worden, wird sich's zeigen, dass sie nur *gebrechlich* gewesen, wie das Weib und der Mensch überhaupt[263], dass sie es nur in einem Grade gewesen, welchen das unempfindlichste Herz bemitleiden muss, und dass sie weit unglücklicher gewesen ist, als alle weiblichen Gebilde der ausgelassensten Romanphantasie. Es ist zweckmäßig und gut, ihre Fehler, ihre Verirrungen aufzudecken, um sie zugleich gegen die ungeheuren Anschuldigungen in Schutz zu nehmen, mit denen man ihr Leben angeschwärzt hat, und um ihr Andenken bei der Nachwelt von dem Schmutz[264] zu reinigen, womit sie in Vorzimmertratschereien, in Schmähschriften und Libellen beschmutzt worden ist.

Aus Achtung und Ehrerbietung für ihr Geschlecht, für ihre Drangsale, für ihren Ruf, für ihren Nachruhm und – noch einmal sei es gesagt! – für den

---

[262] Wenn ich die Gründe meiner Überzeugung nicht angebe und auseinandersetze, so geschieht es, weil ich den Namen einer erhabenen Person hier nicht kompromittieren darf. *Verf.* (Die Beschuldigung, dass die Königin ihrem Bruder große Summen übermacht habe, ist durchaus widerlegt, seitdem man weiß, welche Beweggründe sie dazu bewogen haben, und dass die Geldsendungen auf Befehl des Königs geschehen, um geheime Verbindlichkeiten zwischen ihm und dem Kaiser zu erfüllen. S.).

[263] Frailty thy name is woman! (Gebrechlichkeit, dein Name ist Weib!) *Hamlet.*

[264] Fange.

Triumph der Wahrheit lasse ich mich ohne Bedenken und Anstand in die Beleuchtung desjenigen Teils ihrer Lebensgeschichte ein, der die zarteste Behandlung des Biografen erfordert, in die Untersuchung der Liebschaften, die ihr zugeschrieben werden, der vielfältigen, immer durch neue ersetzten Liebschaften, die man mit dem Namen und Charakter der *Libertinage* belegt und ihr angedichtet hat, in die Aufzählung und in die Schilderung der Begünstigten, welchen ihre zuvorkommende Hand, ohne zu ermüden, das Tuch zugeworfen haben soll, wenn man den Elenden und Niederträchtigen Glauben beimessen will, die in ihren Dachstuben Nachrichten gesammelt, und in Schriften, die ihnen der Hunger abpresste, sich zum Widerhall der Lüge, zu Söldnern der Rachsucht haben gebrauchen lassen.

Es ist so schwer, selbst im genauen und vertrauten gesellschaftlichen Umgang, mit Sicherheit zu entscheiden, ob eine Frau den Liebhaber, den man ihr im Publikum gibt, begünstigt hat oder nicht. Ist *sie* fein, ist *er* weder ein Holzkopf noch ein Ausplauderer, haben sie vollends ein *gleiches* Interesse sich zu verbergen, so ist es, selbst für das geübte Auge des Beobachters, nur zu leicht, fehlzutreffen.

Der Mann – auch wenn es ihm ganz an Grundsätzen fehlt – lässt es sich selten zuschulden kommen, Geheimnisse zärtlichster Art zuerst auszuplaudern, fast immer sind die Frauen, die von ihm Verschwiegenheit verlangen, die ersten, die das Geheimnis einer guten Freundin mitteilen, die es um so weniger verschweigt, da sie zu schweigen versprochen hat. Nur, weil der Mann weiß, dass es auf diese Weise an den Tag kommt, bedient er sich bisweilen dieses Vorwandes als Grund, sich seines Glückes zu rühmen und deckt, bald aus Eigenliebe und Eitelkeit, selten aus überfließendem Gefühl, den Schleier einer zärtlichen Verbindung auf, womit die Bosheit oft noch dann ihr Spiel treibt, wenn die beteiligten Hauptpersonen sich schon längst getrennt haben. Bei dem allen habe ich in der Welt tausend Beispiele von Irrtümern, Missgriffen und falschen Urteilen in den Berichten über Liebesabenteuer erlebt. Ich habe gesehen, wie man dem einen eine Geliebte gegeben, die er nie gehabt, wie man einem andern eine Geliebte streitig gemacht, die er – bis zur Sättigung – besessen. Ich habe mehr als eine Frau gekannt, die einen oder gar zwei Liebhaber dem Publikum verheimlicht hat[265], sodass dieses erst nach sechs Monaten hinter die Geschichte gekommen und mit doppelter Strenge darüber hergefallen ist. Ja, ich habe oft, sehr oft, zwei Personen gesehen, welche, von gleichem Interesse getrieben, die Sache geheim zu halten, das Vergnügen der Liebe durch das Vergnügen der Verschwiegenheit verdoppelten. Es gibt für diese Art von Verbindungen

---

[265] Volé.

Schleier, wie es deren fast für alles auf Erden gibt. Fast niemand wird zu Grabe getragen, der nicht die Kenntnis irgendeiner Handlung mit sich nimmt, die nie ans Licht kommen wird. Ich weiß sehr wohl, dass man gerade das Gegenteil als Grundsatz aufzustellen pflegt, aber ich bin ebenso sehr überzeugt, dass mein hier zugrunde gelegter Satz neben jenem bestehen kann, und dass der große Haufe gewöhnlicher Liebenden eine Menge Mittel und Auswege hat, der forschenden und auflauernden Neugierde zu entgehen.

Und wie ist es vollends, wenn man Liebschaften beleuchten will, die fern von uns liegen und in einen Zeitraum gehören, in den das geübteste Auge Mühe hat, einzudringen? Wie ist es, wenn man eine Meinung feststellen will, die sich nur mithilfe Ungewisser, schwacher, entfernter Lichtstrahlen bestimmen lässt? Eine Meinung, wobei man so manche Gefahr läuft, sich zu irren? Wie ist es vollends, wenn die Liebschaft *in den höchsten Rang* hinüberspielt? Wenn der *Mann* Ehre, Leib und Leben aufs Spiel setzt? Wird er nicht alles tun, um sich sicher zu stellen? sich vor Entdeckung zu schützen? Wird *sie*, *Frau*, welche ihren Liebeshandel – und ihren Geliebten – an den Rand des Abgrundes führt, nicht mit der möglichsten Behutsamkeit zu Werke gehen? Werden sich *beide* nicht vor Unbedachtsamkeit hüten? Werden sie eine einzige Vorsicht unangewendet lassen? sich durch das kleinste Eingeständnis bloßstellen? – Und wenn sie auch eines oder einer Vertrauten bedürfen, wer von *diesen* wird als Verräter auftreten und sagen: »Ich habe sie überrascht!« Wo ist der Zeuge, der sie sah und gegen sie aussagt? Ist jemand als Helfer in das gefährliche Vertrauen gezogen worden, so sind tausend gegen eins zu wetten, dass er schweigen wird, um der schweren Last der Verantwortung nicht zu unterliegen. *Argus* selbst mit seinen hundert Augen würde Mühe haben, auf frischer Tat die *Frau* zu überraschen, die, gegen den einzigen Liebhaber dreist, vor der ganzen übrigen Welt auf ihrer Hut ist, die nur in der weiblichen Klugheit, in der ängstlichsten Wachsamkeit, in der Scheu, die sie in ihre geheime Vergnügungen legt, Beruhigung und Sicherheit findet. *Argus* selbst würde seine hundert Augen vergebens anstrengen, wenn er den Liebhaber in ihren Armen entdecken wollte, der im Schoße des *für die* zittert, die er liebt, auch wenn er Kraft und Mut genug besäße, mitten in der bedenklichsten Lage nicht *für sich selbst* zu zittern.

Wo sind sie, die Halbbeweise voreiliger Anschuldigungen, anmaßender Strafurteile? Wo sind sie, die Gründe zu schmähenden Voraussetzungen? Wo sind sie, die Fäden des verworrenen Labyrinths? Welche Hand hat sie angefasst, hat sie entwirrt? Diejenigen, welche zunächst Erklärungen hätten geben können, fesselte die ehrerbietige Gewohnheit des Schweigens, sie folgten hier zugleich der Pflicht und ihrer Neigung. Zurückhaltend und stumm, schon über das, was ihnen etwa materiell bekannt war, hüteten sie sich vollends, sich in bloßen Vermutungen zu ergehen. Wer also hat zuerst den Ton der Lästerungen und Verleumdungen angegeben? Wer hat darin eingestimmt? Wer? – Untergeordnete Angestellte bei Hofe, Intriganten, elende Papiersudler, weibliche Klatschmäuler, Kammerfrauen von Kammerfrauen, Caféhausredner, welche besser wussten, was in *Peking* als was in *Versailles* und *Trianon* vorging. Und auf diesem Grund, auf das Wort und Gewicht so erbärmlicher Aussagen hin hat man der ersten Frau in Europa eine Schandsäule errichtet und sie zur Rivalin der ausschweifendsten Kaiserinnen im alten Rom gemacht?

Unglückliche Monarchin, du bist ungerecht gegen mich gewesen – gegen mich, der sich darüber nicht wundern sollte, weil er es selbst bisweilen gegen andere gewesen – ungerecht gegen mich, der in deinem glänzenden Kreis nur ein kleiner unbedeutender Punkt war. Zu seiner Zeit werde ich zeigen, wie und warum du gegen mich ungerecht gewesen. Jetzt aber soll meine Empfindlichkeit der Gerechtigkeitsliebe nicht in den Weg treten, mein Urteil soll nicht die Farbe des Vorurteils und der Empfindlichkeit annehmen; ich will deinen Schatten mit den Waffen der Wahrheit retten und rächen, die Wahrheit soll hier das Wort führen, denn ich bin mir *der ganzen Wahrheit* bewusst. Sollte es aber Leute geben, welche sich stellen, als glaubten sie, diese Wahrheit klinge wie Anklage, so wird das enttäuschte Europa finden, dass eben *sie* es ist, welche dich freispricht. [266]

Als die junge Königin (damals Dauphine) in Frankreich und Versailles ankam, sah sie sich einem Hofzwange unterworfen, auf den sie keineswegs vorbereitet war. Zu ihrer Rechten stand das Wort Représentation, zu ihrer Linken das Wort Etiquette. Nirgends in ganz Europa, nicht einmal an dem förmlich-ernsten Hofe ihrer erhabenen Mutter, der Kaiserin *Maria Theresia*, gab es eine so große Lebensleere, eine so schwere Bürde des höchsten Ranges, so viel Einförmigkeit in der Repräsentation, so viel Zwangssitte vonseiten der Höflinge, als in Versailles. Ich bemerke hier im Vorbeigehen, und es mag wohl eine der Ursachen der Revolution gewesen sein – welche aber sicherlich von der Revolution nicht wird beseitigt werden – dass in keinem Lande und an keinem Hofe zwischen Mensch und Mensch ein so großer Abstand war, und dass an keinem Hofe die höchste Würde von einem so erhabenen Standpunkt herabschaute wie in Frankreich.

Schönheit und Grazie haben kein Interesse, sich hinter Stolz zu verbergen; freundlicher Umgang hat seinen Wert. Es hielt schwer, einer jungen, liebens-

---

[266] Mit den abgeschmackten Märchen, die man mir hat aufbinden wollen, die man mir von diesem unglücklichen Schlachtopfer der Menschen und des Verhängnisses erzählt hat, könnte ich ein ganzes Kapitel anfüllen. Und wer hat sie mir erzählt? Die vornehmsten Personen in den Ländern, durch die ich gekommen bin. *Verf.*

würdigen Fürstin die Überzeugung zu geben, dass es besser sei, gehuldigt als geliebt zu werden, und dass es angenehmer sei, sich zu langweilen als zu gefallen. Sie, der Abgott einer großen Nation, sobald sie in ihrer Mitte erschien, wie konnte sie es ahnen, dass so viel Liebe sich in so viel Hass umwandeln würde, und dass es eine unerlässliche Sünde sei, auf einem Throne – zu lachen, und sich mit der Freundschaft, mit den Vergnügungen und der Vertraulichkeit des Privatlebens zu umgeben? Hierin lag ihr erster Fehler, das war der erste Federstrich zu ihrem langen, blutigen Prozess, der erste Laut ihrer Anklageakte. Ihr Erscheinen auf der *Terrasse von Versailles*, wo die schönen Abende und die schöne Musik sie in die Gruppen der Lustwandler lockte – gab einen neuen Vorwand zur Verleumdung und Bosheit. Es ist wahr, sie zeigte sich ohne das Gefolge, das sich jedem Schritte einer Königin von Frankreich anschließen soll, aber nie war sie ganz ohne Begleitung, nie ohne solche Zeugen, die für den Anstand hinreichten, und deren Gesellschaft man ihr nicht zum Vorwurf machen konnte, wollte man nicht für lächerlich gelten. In diesen nächtlichen Lustwandlungen suchte und fand man die Waffen, womit man sie tödlich verwundete. Die Maskenbälle in der Oper, im Schauspielhause, die Vertraulichkeit zwischen ihr und der Prinzessin von *Lamballe*, ihre lange freundschaftliche Verbindung mit der Herzogin von *Polignac* öffneten der anklagenden und strafenden Meinung ein neues, unermessliches Feld. Ihr Widerwille gegen Hofzwang und gegen die genaue Befolgung der ihrem Range auferlegten strengen Etikette galten für Vernachlässigung, für Nichtachtung, für Verachtung der königlichen Pflichten. Es hat sich wohl niemand besser darauf verstanden als sie, die Person einer Königin mit Würde und Anstand durchzuführen, sobald sie es wollte; und doch sah man in der ungezwungenen Freiheit ihres Benehmens – Sittenlosigkeit, in ihrer Abneigung gegen gewisse Personen – Leidenschaftlichkeit und eine Folge verlorener Gunst, in ihrer Güte und Herablassung – Leidenschaft und weibliche Schwächen.

Mit tausend achtungswerten Eigenschaften verband der *König* wenige von denen, die Liebe erwecken, und noch weniger solche, die mit dem Geschmack, dem Geiste und Wesen des schönen Geschlechts im Einklange stehen. Die Königin war ihm wirklich[267] aufrichtig zugetan (sie hat es im Unglück bewiesen), allein sie erfüllte ihre Pflichten mehr aus Pflicht als aus Gefühl. Letzteres entwickelte sich erst in den Tagen der Widerwärtigkeit, wurde aber auch desto lebhafter und zärtlicher, gedieh zu einer Huldigung, die sie der Tugend brachte, und ihr nicht gebracht haben würde, wäre ihr eigenes Herz der Tugend bar gewesen.

---

[267] Essentiellement.

Was umlagert nicht alles die Schönheit auf dem Throne, umspinnt sie, bemeistert sich ihrer, ohne dass sie es gewahr wird! Die Langeweile, die so viel über gewisse Gemüter vermag – der Jugendlenz, der so vielen Stürmen und Kämpfen mit Sinnen und Leidenschaften ausgesetzt ist – die Geschäftsleere der Großen, die, von der *Repräsentation* ermüdet, das Bedürfnis fühlen, eine einfachere Empfindung als Ruhepunkt aufzusuchen – die Rauchwolke von Anbetung, von der eine Frau umgeben ist, die sich doppelt Königin fühlt, einmal durch ihren Rang, und zweitens durch ihre Reize – der Schwarm von Hofleuten aus allen Altern, die unter der Maske der Ehrerbietung Wallungen zarterer Art verbergen – lauter heimliche Feinde der Schönheit auf dem Throne!

Die Frauen sind die besten Beurteiler der Wirkung, die ihre Reize hervorbringen. So wusste es die Königin – besonders *zweimal* ganz bestimmt – dass sie eine Leidenschaft erregt hatte, deren Ausdruck von den beiden, die sie im Herzen trugen, nur durch die ganze Kraft ihrer Vernunft, nur durch die Betrachtung der Verhältnisse, nur durch das Gefühl der Gefahr unterdrückt wurde. Wie manche andere würde die geheimen Anbeter, die sich von der Macht ihrer Reize hatten hinreißen und überwältigen lassen, besser behandelt haben! Was tat sie? Sie schien die Leidenschaft zu übersehen, sie spottete nicht eines Gefühls, das für Königinnen wie für Hirtinnen eine Huldigung ist; aber bei Hofe, wo beide[268] vielbedeutend waren, hielt sie es für Pflicht, sie nur eine kalte Teilnahme merken zu lassen. Hätte sie einen ausgesprochenen Hang zur Galanterie in sich gefühlt, so würde sie an einem Hofe, der an ausgezeichneten jungen Männern so reich war, um die Wahl nicht verlegen gewesen sein. Aber ihre Abneigung, ihre Kälte gegen die *jungen* Leute war ein Hauptunterscheidungszug in ihrem Charakter. Der Mann, von dem es unmöglich ist, sich's verbergen zu wollen, dass sie ihn auszeichnete, zählte mindestens fünfundvierzig Jahre, als sie die Augen auf ihn warf. Es war eben kein schöner Mann, kein Mann von großem Verstande. Er besaß aber mehr als das: einen vortrefflichen Anstand, einen feinen, ausgesuchten Ton, eine unvergleichliche *Tournüre*, einen einfachen, richtigen Sinn, viel Gelassenheit, viel Sitte, ein gerades Herz; er war von der großen Welt unangesteckt, von der Gunst unverdorben. Von allen geliebt, hasste der Herzog *von Coigny* niemanden.

Dieses Verhältnis war von langer Dauer; es hatte das Verdienst der Treue, ohne den Charakter einer großen Leidenschaft zu haben. Die Königin musste das Herz des Herzogs einer Dame streitig machen, die später seine Gemahlin ward, aber sie benahm sich mit Sanftmut und Mäßigung, und die

---

268 Der Vicomte *von Noailles* und der Herzog von *Lauzun*.

Gattin hat sich nie über die Fürstin zu beschweren gehabt. Nie mischten sich Missgunst und Bosheit in dieses Verhältnis. Die Königin betrug sich mit vieler Behutsamkeit, der Herzog mit Anstand und einfach. Nie hat er die Vorliebe seiner hohen Gönnerin gemissbraucht, nie damit geprahlt, nie Vorteil daraus gezogen. Mit Ausnahme der Pairswürde, die er erhielt, als schon die Verbindung aufgehört hatte, verbesserte sich die Lage des Günstlings auf keine merkliche Weise. Er sagte sich zuerst von einem Verhältnisse los, das ihn zittern machte, dem aber tausend andre mit Vergnügen ihr Leben zum Opfer gebracht haben würden. Der Königin war die Trennung schmerzlich, aber sie gewann es über sich, edelmütig zu verzeihen, und beehrte mit fortdauernder Freundschaft den Mann, der, meiner Meinung nach, das unschätzbare Glück, das ihm in seinem Lebensherbst zuteilwurde, nicht genug zu würdigen verstand. Er musste besorgen, die Gerüchte und Mutmaßungen des Hofes würden früher oder später zu den Ohren desjenigen gelangen, vor dem es so überaus wichtig war, das Geheimnis zu verbergen. Einmal besonders hielt er sich für verloren ... Was tat er, um dem Verdachte zu entgehen? Er stellte sich in eine junge Tänzerin verliebt. Die List gelang. Der König, der wie von ungefähr von der Sache reden hörte, glaubte an die vermeintliche Liebschaft, spottete vor dem Hofe und dem Herzoge selbst darüber, und nun hatte dieser fürs Erste allem Verdachte vorgebeugt. Allein Verbrannte scheuen das Feuer. Es ward ihm von diesem Augenblick an unmöglich, unbefangen und liebenswürdig zu sein, der Abgrund gähnte zu seinen Füßen; er zog sich zurück und freute sich, so wohlfeilen Kaufs davongekommen zu sein. Die Königin warf ihm Kleinmut vor, rügte die unnütze Vorsicht mit Strenge, schalt ihn feige, schmollte, doch, wie gesagt, das zärtliche Verhältnis zwischen beiden schloss mit unwandelbarer wechselseitiger Freundschaft.

Indessen war ihre Eigenliebe gereizt. Statt aber daran zu denken, dem Herzoge einen Nachfolger zu geben, suchte sie ihr Glück in den Mutterfreuden und fand es.

Man verlange nicht von mir, dass ich das ungereimte Namensverzeichnis der Günstlinge der Königin anführe. Man mute mir nicht zu, dass ich Anbeter nenne, die ihr so fern geblieben sind wie der Großmogul. Man bürde mir vor allem die Pflicht nicht auf, die abscheulichste Verleumdung zu widerlegen, welche der Königin eine Verbindung mit ... angedichtet hat. Ebenso grundlos und aberwitzig sind die Gerüchte, welche von einem vertrauten Umgange mit dem Herzog *von Dorset* sprechen, den die Königin ein gutes, altes Weib zu nennen pflegte; mit *Eduard Dillon*[269], den sie nur einen

---

[269] Man erzählt: Die Königin habe auf einem Ball, nachdem sie viel getanzt, zu ihm gesagt: »Fühlen Sie, Herr *von Dillon*, wie mir das Herz schlägt;« und setzt hinzu: Der König, der es

Augenblick auszuzeichnen schien, dessen Geckenhaftigkeit sie aber schon im zweiten anekelte – mit dem Herzoge von *Liancourt*, der eine Art von Günstling ohne Bedeutung und Wichtigkeit war – mit dem Prinzen *Georg von Hessen-Darmstadt*, gegen den die Königin seiner Schwester wegen, und weil er ein Deutscher war, sich artig bewies – mit *du Roure*, dessen Tod ihr naheging – mit dem Garde-du-Corps-Offizier *Lambertye*, der auf sehr kurze Zeit bei ihr in Gnaden stand (als sei es einer Königin nicht ebenso erlaubt wie jeder andern Frau, jemanden auszuzeichnen und mit Wohlwollen zu beehren, ohne gleich die giftigen Zungen der Verleumdung in Bewegung zu setzen!) – mit Herrn von *Saint-Paër*, den sie achtete, weil er einer Frau, die der Königin angenehm war, den Hof machte – mit einem Grafen *Romanzow*, mit einem Engländer aus der Familie *Conway*, nachmaligem Lord *Hugues Seymour* – mit dem Herzog *von Guines* – und um der Lächerlichkeit dieser Nomenklatur die Krone aufzusetzen, mit dem Grafen *von Vaudreuil* und dem Herzoge *von Polignac*, an welche sie nie gedacht hat, nie hat denken wollen und können. Ich könnte die Liste noch verlängern und eine Menge schimärischer Liebhaber anführen, die man ihr – angedichtet; denn der Hof war viel zu klein für die Bosheit, die ihren Ruf beflecken wollte, und für den Unverstand, der alles aufgriff und verbreitete, was ihr nachteilig war. Doch ich habe schon zu viel Namen vor mir vorübergehen lassen; es würde mir unerträglich sein, mich länger mit Luftbildern herumzuschlagen.[270] Es würde ebenso armselig wie lächerlich sein, sich einzubilden, dass eine Königin von Frankreich, auch wenn sie eine *Messaline*, eine *Brunhild* gewesen wäre, sich ihrem Hange zur Ausschweifung an einem Hofe hätte überlassen können, wo ihr Rang und ihre Stellung sie den hundertäugigen Aufsehern, Spähern, Späherinnen, den unwillkürlichen Blicken ihrer näheren und nächsten Umgebungen aussetzte. Selbst eine *Ninon*, auf den Thron erhoben, würde ihrer Buhlkunst entsagt, ihr System verändert, ein neues Wesen angenommen haben.

Die nur einmal durch den Herzog von *Coigny* eingenommene Stelle eines Günstlings – dem die Verleumdung so viele Stellvertreter untergeschoben hat – war offen geblieben, als derjenige, der das ganze Vertrauen der Königin besitzen, der am tiefsten in ihr Herz eindringen sollte – als der Graf *von Fersen* erschien.

---

gehört, habe das Wort genommen: »Nicht doch, Madame, er wird es Ihnen schon aufs Wort glauben.« Hat die Sache ihre Richtigkeit, so läuft sie auf eine Naivität der Königin ab. Übrigens habe ich die Worte nicht gehört und zweifle an der Anekdote.

[270] Madame *Campan* führt obige Namen großenteils an, setzt noch andere hinzu, z. B. Herrn *von Besenval*, und spricht, wie der Graf *von Tilly*, die Königin von aller Schuld und allem Argwohn frei. Übers.

Sein Vater, der in Schweden zur sogenannten französischen Partei gehörte, war nach Frankreich gekommen und hatte daselbst ein Regiment und den General-Leutnants-Rang erhalten. Der Sohn hatte in einer guten Schule den Geschäftsgang gelernt. Er war dem Baron *von Breteuil* als Gesandtschaftssekretär nach Neapel beigegeben, und dessen besonderer Leitung anvertraut worden. Weiterhin verschaffte ihm die Königin das Regiment Royal-Suédois nebst einem ansehnlichen Gehalt. Der Graf *von Fersen* war einer der schönsten Männer, die ich gesehen; sein Äußeres war kalt, aber von der Art von Kälte, die den Frauen nicht zuwider ist, wenn sie sich Hoffnung machen können, sie zu erwärmen. Ich will nicht behaupten, dass er einen ausgezeichneten Verstand gehabt habe, er diente ihm aber dazu, sich in seiner schwierigen Lage mit Fassung, Bedacht und Überlegung zu benehmen. Er liebte Musik, die schönen Künste und das Stillleben, fern von Intrige, von der Sucht zu glänzen. Das Einzige, was vielleicht zu dem Verdacht führen konnte, dass sein Verhältnis zur Königin ein zärtliches sei, war die Zurückhaltung und Ehrerbietung, die er nie aus den Augen ließ, und die die Absicht zu verraten schienen, als wolle er die Augen des Hofes täuschen.

Aber bei ihm *schien* nichts, bei ihm war alles kunstlos und einfach. Die Königin schenkte ihm eine unwandelbare Neigung, und diese lange und zärtliche Beständigkeit ist die beste Widerlegung der Schändlichkeiten, die man ihr schuld gegeben hat. Herr von *Fersen* besaß auch das Zutrauen des Königs, er ward in das Geheimnis der Reise nach *Montmedy* eingeweiht, und als der unglückliche Plan gescheitert war, entging er nur mit Not der Strafe des Verbrechens gegen die Volksmajestät, zog sich in sein Vaterland zurück, wo er zu wichtigen und vertrauten Angelegenheiten gebraucht wurde. Die Königin hat in der Wahl dieses Günstlings bei einiger Schwäche einen hohen Grad von Klugheit gezeigt; sie konnte nicht besser wählen, nie ist sie durch diese Neigung kompromittiert, nie dadurch auch nur ein Funken des Hasses angefacht worden, der den Ruf und das Leben dieser unglücklichen Fürstin verzehrt hat.

Somit sei es denn genug, *zwei* Schwächen aufgedeckt zu haben, ohne in den schmutzigen Blättern herumzuwühlen, worin die Verleumdung ihre Bosheit niedergelegt hat. Genug sei es, diese beiden Verirrungen berührt zu haben ... Sie sind wahrscheinlich ... ich halte sie dafür ... beinahe hätte ich gesagt, sie gelten mir für gewiss, aber zugleich erbiete ich mich, auf die Verantwortlichkeit meines Lebens zu behaupten, dass es die einzigen Schwachheiten sind, von denen die Königin sich vor dem obersten Richterstuhl zu reinigen haben wird, wenn auf Gebrechlichkeiten dieser Art Strenge und Strafe erfolgen, und wenn die letzten Jahre und der Tod des erhabenen Opfers nicht hinreichen, sie vor ihrem Gotte wie vor der Nachwelt Gnade finden zu lassen.

Es ist mir mühsam und peinlich gewesen, diese Anklageakte aufzusetzen; sie ist vielleicht ein Flecken im Leben der Königin, doch ist sie noch mehr ein Vorwurf für die, welche sich nicht geschämt haben, ihr Andenken zu schmähen, für die, welche mich gezwungen haben, die Wahrheit aus dem Grabe hervorzurufen, um die Verleumdung zu beleuchten, und die Lüge aufzudecken.

Aber selbst die Gerechtigkeit, die ich den beleidigten Manen der Königin widerfahren lasse, tut meinen Grundsätzen und meinem Herzen wehe. Warum musste ich durch diese Apologie dazu beitragen, die erhabene Angeklagte zu verletzen? Warum musste ich diejenige verwunden, die ich retten wollte? Ich habe es getan, weil es nicht zu vermeiden war. Eine schwer lastende Pflicht hat es mir zum Gesetz gemacht. Ich habe ein verdienstliches Werk zu tun geglaubt, indem ich aus der leblosen Asche der Königin das *Blatt* hervorgezogen, das sie *zweimal* anschuldigt, aber zugleich *tausendmal* freispricht.

Ich höre Stimmen (denn an solchen fehlt es nie!), welche mich fragen: »Was geht es dich an? Wo ist dein Beruf, dein Auftrag?« Ich hörte sie und verschmähe, ihnen zu antworten, denn sie haben mich und meine Absicht nicht verstanden, und würden meinen Gründen ebenso wenig Gehör geben.

Jemand[271], dessen Freundschaft mich beehrt, und dem ich keinen Leichtsinn und keine üble Laune zumuten kann, wenn es darauf ankommt, den guten Ruf meines Herzens und meines Verstandes zu gefährden, hat die Bemerkung gemacht: »Wer einer Frau auf dem Throne *zwei* Günstlinge einräume, sei nicht weit von denen, die ihr *zwölf* geben.« – Diese Schlussfolgerung ist mehr scheinbar als gründlich. Da sie sich nicht auf die *Frauen* überhaupt anwenden lässt, warum auf die *Königinnen* insbesondere? Warum hier mehr Strenge als dort? Die Wahrheit hat nicht doppelt Maß und Gewicht. Ich bin dieser *mathematisch* gewiss, deshalb habe ich sie ohne Scheu der Lüge entgegengestellt. Sollten einige mir den Grad des Zutrauens nicht schenken wollen, den ich zu verdienen glaube, sollten andre die Reinheit meiner Absichten in Zweifel ziehen, oder gar anschwärzen, so appelliere ich an den Richter, der mich über alles tröstet, wo er mich über nichts anklagt – an mein Gewissen. Ich bin gerecht gewesen, weil ich gerecht sein *musste*, und kümmre mich nicht darum, ob man aus Absicht oder Missgunst verweigern sollte, es gegen mich zu sein.

Doch ist es Zeit, auf dasjenige zurückzukommen, was mich persönlich betrifft.

---

[271] Der Herzog von *Fleury*. *Verf.*

Ich gab mir Mühe, die Seelenruhe wieder zu erlangen, deren Mängel das höchste Unglück ist. Ich versuchte es mit den Musen und mit Geisteszerstreuungen. Ich schrieb ein Lustspiel in fünf Akten und in Versen, war streng und gerecht genug, es nachher in einen Akt umzuschmelzen, übergab es dem Verein der Comédie française, der die Artigkeit hatte, es anzunehmen, wahrscheinlich deshalb, weil Mademoiselle *Raucourt* es vorlas. Ich war nicht mehr in Paris, um der Sache nachhelfen zu können, und weiß bis auf den heutigen Tag nicht, was daraus geworden ist; ich habe seitdem an wichtigere Dinge zu denken gehabt. Als ich daran arbeitete, führte mich, wenn ich nicht irre, der Marquis *de Bièvre* zur Frau *von d'Angevilliers,* mit der ich wegen ihres Rufs Bekanntschaft zu machen gewünscht hatte. Ich fand ihren Geist noch über ihren Ruf erhaben, und nicht allein ihren Geist, sondern tausend andre liebenswürdige Eigenschaften, die ich ihm vorziehe. Sie sah eine Gesellschaft bei sich, die um so interessanter war, als sie aus verschiedenartigen Teilen bestand; man fand bei ihr eine treffliche Auswahl vom Hofe und von der Stadt, nebst den vorzüglichsten schönen Geistern. Ich las mein Lustspiel vor, es schien zu gefallen; der Beifall war ermunternd, ich verdanke ihm meine entschiedene Neigung für die Literatur, er befestigte meinen schwankenden Beruf und stählte meinen Mut gegen die Widerwärtigkeiten, die sich dieser Bahn entgegenstellen, und gegen so manche Betrachtung, welche damals den Weltmann von derselben abhalten konnten. Herr *von d'Angevilliers* zum Beispiel, ein sehr achtungswerter Mann, ein großer Freund und Anhänger der Konvenienz, gehörte zu denen, die in diesem Punkte nicht nachsichtig dachten, ihm wollten die Männer von Geburt und Welt nicht sonderlich behagen, welche dem Rufe nachstrebten, der ihnen in der schönen Literatur zuteilwerden konnte. Alles auf der Welt lässt sich zwiefältig betrachten, und hat zwei Seiten; man kann alles tadeln und alles verteidigen. So viel ist gewiss, unsre Literatur ist tief gesunken, teils durch die Schuld derer, die sich mit ihr beschäftigt, teils derer, die zu ihrer Herabsetzung beigetragen haben. Seit dreißig Jahren hat man in Europa so viel und so schlecht geschrieben, dass ein gesunder Verstand bald nichts mehr lesen wird, als was mit den Wissenschaften in Verbindung steht oder sich mit nützlichen Entdeckungen beschäftigt. Auch die Geschichte, und was in das Feld derselben einschlägt, wird immer neue Belehrung und neues Interesse darbieten, denn der Horizont der Natur ist unbegrenzt, und die Leidenschaften sind eine unerschöpfliche Quelle für den Beobachter.

Welch einen brennenden Durst, Aufsehen zu machen, muss der Schriftsteller nicht haben, der sich vor den Richterstuhl des Publikums hinstellt, des aus so verschiedenartigen Köpfen und Teilen bestehenden Publikums, und sich dessen Aussprüchen unterwirft? Er denke nur ein wenig nach, was er beginnt. Er schreibt für einige Hundert Leser, die er als einzig befugte

Richter seines Talents anzusehen hat – wenn er wirklich Talent hat – und muss tausend Leuten das Recht einräumen, über ihn abzusprechen, weil sie die Befugnis zugleich mit dem Buche erkauft und bezahlt zu haben glauben. Und freilich könnte man ihnen im Grunde dieses Recht nicht absprechen, wenn sie es nur nicht selbst durch den schändlichen Missbrauch verlören, den sie damit treiben! Wie ist es aber möglich, einer übelwollenden Masse zu gefallen, die sich noch *vor* dem Lesen vorgenommen hat, ein Werk zu verdammen? Kann man schon Richtern nicht gefallen, die sich darauf verstehen, aber ihre Ursachen haben, das Lobenswerte zu tadeln, wie ist es vollends möglich, Leuten zu gefallen, welche sich *nicht* darauf verstehen, und nur durch mächtige Hebel in Bewegung gesetzt werden wollen, ohne vom Feinen, vom Zarten, von Schattierungen, von Farbenübergängen irgendeinen Begriff zu haben? – Das seltenste Verdienst des Schriftstellers »Ausdruck und Stil«, entgeht fast allen, die nicht selbst schreiben, oder wenigstens nicht mit Feingefühl, mit geübten Geistesorganen, mit der Empfänglichkeit für diese herrliche Gabe ausgestattet sind? Erscheint heutzutage eine Schrift, wen kümmert es, ob sie von gutem oder schlechtem Geschmack zeugt? Wer merkt es nur? Wer *schmeckt* es? Solch' eine Bahn ist in der Tat nicht einladend, und diejenigen, denen ihre Meinungen und ihre Ruhe etwas wert sind, diejenigen, die ihre Eigenliebe nicht gern aufs Spiel setzen, tun klüger daran, sich der Albernheit der einen und der Missgunst der andern nicht preiszugeben, und von einem Wettlauf abzustehen, an dessen Ziel sich für den Sieger höchstens eine halb verwelkte Palme erringen lässt.

Ungefähr ebenso drückte sich *Marmontel* aus, als ich die Bekanntschaft des vortrefflichen Mannes machte. »Wäre ich« so sagte er »in Ihrem Stande geboren, oder hätten mich die Umstände, mein Instinkt und die Notwendigkeit nicht zum Schriftsteller berufen und allmählich auf die Bahn geführt, in welcher ich mein Brot und mein Glück gefunden – nie würde ich den literarischen Pfad betreten haben, auf welchem die Mitbewerber und Feinde *Feuer* – Leser und Publikum *Eis* sind.«

Diese erste Betrachtung führt mich zu einer zweiten.

Es sollte ein Obergericht eingesetzt werden, das die Pflicht hätte, alle unnützen Bücher zum Scheiterhaufen zu verdammen. Es müsste diejenigen verwerfen, woraus sich nichts lernen ließe, und die den Stempel einer großen, allgemeinen Bedeutung oder des Genius nicht an der Stirn trügen. Wäre der europäische Büchersaal in so enge Grenzen zusammengepresst, befände man sich in der glücklichen Unmöglichkeit, sie ohne triftige Gründe zu überschreiten, würde unter andern auch *diese* Schrift unter meiner Feder mit dem Bannspruch belegt und den Flammen zugeteilt – so besitze ich Philanthropie und Liberalität genug, mich über den herrlichen Gewinn zu freuen, welcher der Menschheit daraus erwüchse, ja, ich würde mit Freuden und Frohlocken mit zusehen, wenn ein neuer Omar aufträte und alles, was von Büchern Überflüssiges oder Verderbliches wäre, und was der Versittlichung Europas auf die Dauer mehr Schaden bringen wird als eine neue Überschwemmung von Barbaren – mit Feuer und Flammen vertilgte.

Doch ich halte ein, will mir selbst nicht schaden und den größten Teil meiner Leser nicht durch solcherlei Wahrheiten und Betrachtungen abspenstig machen. »Es ist nicht immer gut, die Wahrheit zu sagen« ist ein bekanntes Sprichwort oder es müssen wenigstens kleine, lustige Wahrheiten sein. Eine solche will ich also hier zum besten geben und eine wirkliche Anekdote erzählen, doch so, dass sie, mit der gehörigen Behutsamkeit vorgetragen, und gehörig verschleiert, niemandem zu nahe treten soll.

Ich war auf den Opernball gegangen. Hier wurde ich von einer weiblichen Maske geneckt und verfolgt, die mit einem leichten Geschwätz[272] so schöne Umrisse und einen so edlen Wuchs verband, dass man auf ihr Gesicht und ihre Reize einen vorteilhaften Schluss ziehen konnte. Da überdies ihre Unterhaltung anziehend und ihr Ton der beste war, so trug ich kein Bedenken, mit ihr die Verabredung zu treffen, dass ich sie beim nächsten Ball auf der Treppe zum Amphitheater erwarten wolle. Sie versprach, sich einzufinden, durch ein verabredetes Zeichen sich mir kennbar zu machen, und bestimmte die Stunde: »Ein Uhr nach Mitternacht.« Sie hielt Wort. Somit schlenderten wir im Saal umher, und überboten uns in Witz und Zärtlichkeit. Mit jeder Minute stieg meine Neugierde höher, mit jeder Minute ward ich mehr von ihr eingenommen. Ich hatte das erste Mal den Ball besucht, um mich von einer unglücklichen Liebe zu zerstreuen, das zweite Mal tat ich es, mich zu heilen. Die trübsinnigsten Stimmungen der Seele weichen gewissen Verführungen, und die wirksamste Arznei gegen eine hoffnungslose Leidenschaft – hat man nur die Kraft, den Becher an den Mund zu setzen – ist eine *neue Liebe*. Ich glaubte zu bemerken, dass ich meiner Unbekannten nicht gleichgültig sei, dass ich Fortschritte machte, sodass ich anfing, an dem Abenteuer Vergnügen zu finden, besonders als die Schöne das Geständnis hören ließ: Ich hätte den Weg zu ihrem Herzen gefunden, zu einem Herzen, das bis dahin Bedenken getragen hätte, zu wählen und sich zu verschenken. ... Wie rührend! Wie zärtlich! Wie herzbrechend! Dabei wurde hinzugesetzt: Man müsse äußerst behutsam zu Werke gehen, man habe gewisse Rücksichten zu beobachten, man befinde sich in überaus zarten Verhältnissen,

---

[272] Beaucoup de jargon.

man werde von allen Seiten beobachtet, ein einziger Fehltritt sei hinreichend, Ruf und guten Namen, Glück, Ruhe und alles[273] zu kosten.

Das mochte einigermaßen wahr sein, mir aber genügte es nicht, mir machte es Langeweile. Der dritte Ball und die dritte Zusammenkunft erfolgten, und man fuhr fort, alle Vorkehrungen zu treffen, um nicht erkannt zu werden und meiner Flamme neue Hindernisse in den Weg zu legen. Endlich siegte ich. Die Fastnacht sollte meine Beharrlichkeit krönen. Sie kam, diese beglückende Nacht. Wir verlassen den Ball, steigen in einen Mietswagen und gelangen nach vielen Umwegen an die kleine Tür eines unscheinbaren Hauses. Man öffnet, wir treten in ein Zimmer, wo eine einzige Nachtlampe brennt. ... Hier hing es nun von mir ab, so glücklich zu sein, als ich es wünschte, und ich würde gegen das schöne Geschlecht eben nicht galant sein, wollte ich dies Glück heute für keins ausgeben.

Am Tage, der auf diese – Glückseligkeit folgte, trat jemand zu mir ein, den ich nur obenhin kannte. Nach den ersten Begrüßungen eröffnete er mir: Er sei von einem Manne abgeschickt, dem nur wenige in Frankreich die größte Ehrerbietung verweigerten, und der mich einlade, mich morgen Abend neun Uhr im Eingangshofe des *Palais Luxembourg* einzufinden. Ich nahm keinen Anstand, zuzusagen, stellte mich ein, und zweifelte nicht länger an der Bestellung, als ich einen Mann auf mich zukommen sah, dessen Züge und Stimme nicht zu verkennen waren.

»Herr Graf (redete er mich an), mein Zutrauen in Ihre Rechtlichkeit und in Ihre Verschwiegenheit hat mir zu diesem Schritt geraten, und mich bewogen, Sie um eine Zusammenkunft zu ersuchen. Es kann Ihnen nicht unbekannt sein, in welcher Verbindung ich mit Frau von *Bal..* stehe; ich bin von allem unterrichtet, was vorgefallen ist, ich weiß auch, dass Sie keine Liebe für die Dame empfinden, ich will sogar glauben, dass, wenn Sie auf dem Maskenball gewusst hätten, wer *die* war, der Sie, oder vielmehr die Ihnen nachgegangen, Sie aller Wahrscheinlichkeit nach den Verkehr mit ihr nicht angeknüpft haben würden. Bringen Sie mir – ich bitte Sie inständig darum – bringen Sie mir dieses Opfer; es kann von keinem großen Gewicht in Ihren Augen sein, und rechnen Sie auf meine ganze Erkenntlichkeit. Wollen Sie Ihrer Gefälligkeit die Krone aufsetzen, so bleibt diese Unterhaltung ein Geheimnis zwischen uns beiden.«

Nachdem ich die Anschuldigung gehörig abgeleugnet, mich unwissend und unschuldig gestellt, und beteuert hatte: Ich würde jenes Glück, das mir aber nicht zuteilgeworden, für sehr wünschenswert gehalten haben, – gab ich ihm die Versicherung, ihn nie in dem Besitz dieses Kleinods stören zu

---

[273] Son existence.

wollen, und ihm alle Möglichkeit zu benehmen, mich je wieder in Verdacht zu haben. Und so verließen wir uns als die besten Freunde.

Es lag damals nicht in mir, mich in den Willen anderer zu fügen, einen gelehrigen Charakter anzunehmen, meine Leidenschaften zu zügeln; ich gestehe gern, dass ich es in diesen Eigenschaften noch nicht weit gebracht hatte. Ich war der Mann nicht, der nachgab, wenn er Zeit, Umstände und Folgen berechnete und voraussah. Ich hatte den Mut des Widerstandes. Hier aber kostete es mir gar keine Selbstüberwindung, zu versprechen und zu halten. So sehr war ich von der Dame nicht eingenommen und entzückt, dass ich um nichts und wider nichts einen Mann hätte kränken sollen, dessen Benehmen mir gefiel, dem ich viel schuldig war und der so großen Wert auf ein Opfer legte, das ich vielleicht nicht zu würdigen verstand. Ich wollte es bringen, ... es zu einem verdienstlichen machen – aber man überhob mich dieses Verdienstes.

Das schöne Geschlecht vergibt es dem unsrigen nicht, wenn wir den Gunstbezeigungen schnell und von selbst entsagen, die es allein sich für berechtigt hält, ohne Erbarmen zurückzunehmen. Unter falschen und ungenügenden Vorwänden hatte ich ein paar Zusammenkünfte abgelehnt und schmeichelte mir schon, der weibliche Stolz, würde der weiblichen Überlegung zu Hilfe kommen, man würde mich vernachlässigen, so wie ich es täte. Allein, ich sollte bestraft werden. Es erging eine Einladung zum Abendessen, ich nahm sie ohne Anstand an, weil sie mir von keiner Bedeutsamkeit zu sein schien. Ich wollte mir das Ansehen nicht geben, eine lächerliche Bedenklichkeit zu weit zu treiben und einer Person, die so viel Schritte tat, um gut mit mir zu stehen, keinen Schritt entgegen zu tun. Ich gehe also hin, finde zwei spärlich beleuchtete Zimmer, sehe niemanden, und werde in ein Kabinett geführt, in welchem ich drei sitzende Frauen antreffe. Eine von ihnen steht bei meiner Ankunft langsam und gravitätisch auf und schließt die Tür hinter mir ab. Die beiden anderen schieben ein Kanapeekissen weg und ziehen drei mit starken Knoten versehene Servietten hervor. Ohne mir Zeit zur Besinnung zu lassen, fallen die drei Furien über mich her und fangen an, im eigentlichsten Sinne auf mich loszuschlagen. Ich ziehe den Degen, in der Hoffnung, den Pariser Eumeniden Einhalt zu tun und ihnen Furcht einzujagen, umsonst: Nichts hält sie zurück. Ich laufe von einem Winkel in den andern, ich springe auf die Stühle, sie verfolgen mich, holen mich ein, lassen nicht ab; hätte ich Orpheus' Gesang und Spiel gehabt, so würde ich geglaubt haben, die neuen Bacchantinnen hätten mir sein Schicksal zugedacht. Aufs Äußerste gereizt, ergreife ich zwei Leuchter, zünde das Kleid der einen, den Rock der andern, zünde die Gardinen an. ... Jetzt folgt kreischendes Geschrei auf die Drohung mich zu ermorden, man reißt die Türe auf, man stürzt hinaus, man ruft um Hilfe; ich benutze den Umstand, entfliehe auf die Straße, derb durchgeprügelt und über den Vorgang wie aus den Wolken gefallen.

So sind die Frauen: boshaft, schwach und bizarr.

Verliebte Abenteuer – mit glücklicherem Ausgang – füllten die Leere meiner Seele nicht aus. Mein brennendes unbeschäftigtes Herz bedurfte eines Hauptgegenstandes, an den es sich anschließen könne. Es ergriff mich eine ehrgeizige Grille[274]. Ich hielt es für schön, meinen Kopf mit diplomatischen Begriffen anzufüllen, da der in einen langen Friedensschlummer versunkene Staat meines Armes nicht bedurfte. Die Königin geruhte nochmals die Bereitwilligkeit für mich zu haben, sich für diesen Plan zu verwenden und erwirkte einen Befehl, der mich als Mitglied in den Bureaus des auswärtigen Departements anstellte. Aber kaum waren einige Wochen vorüber, als mich die trockene, reizlose Arbeit anekelte. – Die *beständige Unbeständigkeit*, dieser Wankelmut, dieses ewige Hin- und Herschwanken meines Gemüts entfernte diejenigen von mir, welche Anteil an meiner Glücksbeförderung nahmen, die Gleichgültigkeit der übrigen schlug mich vollends nieder. Ich war vielleicht dazu berufen (man hat es mir wenigstens gesagt) ein schnelles und ausgezeichnetes Glück zu machen, hätte ich es nur verstanden, die Leidenschaften zu zähmen, die mich irregeführt haben, und die Feuerseele zu bemeistern, die mich verzehrte. Doch was hätte ich nicht zu bereuen gehabt, hätte mich Fortuna erhoben. Nach den Stürmen der Revolution, die allen Ehrgeiz und mit ihm alle Ehrgeizigen wie Spreu zerstreut haben, wäre ich um so unglücklicher geworden und hätte die Trümmer eines Gebäudes doppelt zu beweinen gehabt, das auf den Sand gegründet war, ich hätte die Härte meines Schicksals doppelt gefühlt, wenn ich als Hofmann aus dem Himmel meiner Hoffnungen herabgestürzt wäre; das Andenken an einige schöne Lebenstage, an einige reizende Genüsse meiner Jugend würde sich mir nicht mit den lebhaftesten Farben darstellen, woran sich meine Einbildungskraft noch bis auf den heutigen Tag ergötzt. Die Ehrsucht ist unter allen Leidenschaften die unfruchtbarste für die Empfindung des Glücks; die Freuden, die sie gewährt, sind trübe, verschlossen, finster und mürrisch wie sie selbst; sie befriedigt sich, ohne je sich zu sättigen; ohne Ruhe, wie ohne Hoffnung, hat sie noch weniger Stetigkeit und ist dem Reize fremd, den man im Stillstand findet. Alles ist für sie ein hinderliches Bollwerk, nichts scheint ihr ein Ziel, wo sie ihren Lauf beendigen könne. Den geringsten Glücksanteil, worauf der Mensch, ohne ein Tor zu sein, Anspruch machen kann, findet er nur in der Gleichgültigkeit gegen alles, was die meisten Menschen lockt und versucht, in einer weisen Verachtung aller umgebenden Außen-

---

[274] Velléité.

dinge, die nicht wesentlich mit den Grundsätzen der ewigen Gerechtigkeit zusammenhängen (insofern es für Wesen, welche von Natur so durchaus ungerecht und so unselig wandelbar und vorübergehend sind, wie der Mensch, – Gerechtigkeit und Ewigkeit gibt). Nur die, welche es verschmähen, der Glücksgöttin zu huldigen und sich in ihre Launen zu fügen, verdienen von ihr aufgesucht zu werden; sie haben nichts zu besorgen, wenn sie kommt, weil sie nichts zu fürchten haben, wenn sie geht. Das einzige Palliativmittel gegen unsere Leiden liegt in einer unscheinbaren Mittelmäßigkeit. Ich berufe mich auf alle, die mit einem richtigen gesunden Verstande noch einige Geistesgaben vom Himmel zum Geschenk erhielten. Wer von ihnen, wenn er seine Lebensbahn zum zweiten Mal durchlaufen könnte, würde sich einen größeren geistigen Schatz wünschen, einen Grad von Verstand, der über alles abspricht, den alles anekelt, der sich so wenige zu Freunden macht und so viele Feinde hat? Wer würde nach den äußeren Eigenschaften trachten, wenn er vorauswüsste, worin das eigentliche Geheimnis der glücklichen Existenz liegt; wie schnell dieses Glück verschwindet, wie unendlich weit es irreführt und welche Saat von Trübsalen es im Frühling des Lebens auf das Feld unseres Daseins streut, damit sie aufgehe und uns im Winter unsere Tage zu unserer Qual und zu unserm Verderben die Früchte einsammeln lasse?